BIBLIOTHEK DER SCIENCE FICTION LITERATUR

Herausgegeben von Wolfgang Jeschke

Von Alfred Elton van Vogt erschienen in der Reihe
HEYNE SCIENCE FICTION & FANTASY:

Der Krieg gegen die Rull · 06/3018; auch 06/3205
Die Weltraumexpedition der »Space Beagle« · 06/3047; nachgedruckt auch als: Die Expedition der »Space Beagle« · 06/3047
Das unheimliche Raumschiff · 06/3076
Slan · 06/3094
Die Waffenhändler von Isher · 06/3100
Die Waffenschmiede von Isher · 06/3102
Welt der Null-A · 06/3117; auch 06/3925
Kosmischer Schachzug · 06/3119
Die Veränderlichen · 06/3199
Palast der Unsterblichkeit · 06/3257
Kinder von morgen · 06/3278; auch 1005

In der BIBLIOTHEK DER SCIENCE FICTION LITERATUR:

Null-A · 06/58
umfassend die Romane:
Welt der Null-A (The World of Null-A)
Die kosmischen Schachspieler (The Players of Null-A)
Der dritte Gosseyn (Null-A Three)

A. E. VAN VOGT

I·S·C·H·E·R

Ein Zyklus
in zwei Romanen und zwei Erzählungen

Nach der Urfassung
erstmals vollständig übersetzt

Mit einem Bildteil zur Publikationsgeschichte
sowie einem Vorwort
und einem Nachwort versehen

herausgegeben von

RAINER EISFELD

Science Fiction

WILHELM HEYNE VERLAG
MÜNCHEN

BIBLIOTHEK DER SCIENCE FICTION LITERATUR
Band 06/73

Redaktion: Wolfgang Jeschke
(Einzelrechte jeweils am Anfang der Texte)

Printed in Germany 1989
Umschlaggestaltung: Atelier Ingrid Schütz, München
Satz: Schaber, Wels
Druck und Bindung: Presse-Druck Augsburg

ISBN 3-453-03121-0

INHALT

VORWORT

von

RAINER EISFELD

»Science Fiction, wie ich sie zu schreiben versuche, verherrlicht den Menschen und seine Zukunft«, hat A. E. van Vogt 1952 im Nachwort zu seiner Kurzgeschichtensammlung *Destination Universe* erklärt. Den vielleicht schlagendsten Beleg für diese Aussage, die sich in van Vogts Werken findet, bilden seine in ferner Zukunft angesiedelten Erzählungen von den Waffenschmieden und ihren Läden, von dem unsterblichen Walter de Lany alias Robert Hedrock und von den Kaiserinnen der Dynastie Ischer, insbesondere von der einen, so hochmütigen wie verletzlichen, Kaiserin Innelda.

»Der Aufstieg der Dynastie Ischer« — das ist van Vogts farbiger Gegenentwurf zu Edgar Allan Poes düsterem »Fall des Hauses Ascher«*. Dort die Familie Ascher, die mit ihrem Besitztum ihre morbiden Charakterzüge ihren Nachkommen immer weiter vererbt hat; hier die Dynastie Ischer, für deren emotionale Stabilität der unsterbliche de Lany-Hedrock durch immer neue Ehen mit aufeinanderfolgenden Herrscherinnen gesorgt hat. Dort, bei Poe, die Lady Madeline Ascher, heimgesucht von kataleptischen Anfällen, endlich scheintot beigesetzt, nur um sich aus ihrem Sarg zu befreien und vor dem endgültigen Hinscheiden ihrem Bruder Wahnsinn und Tod, damit aber auch ihrer Familie den Untergang zu bringen. (Ein unterschwelli-

* Die Namen »Isher« (van Vogt) und »Usher« (Poe) sind hier, ihrer englischen Aussprache entsprechend, in lautlicher Umschrift wiedergegeben.

ges Inzestmotiv schwingt in Poes Erzählung mit: Die uneingestandene und unerfüllte, weil verbotene Liebe zwischen Bruder und Schwester trägt dazu bei, daß beide an ihrem Leben scheitern; erst entseelt sinken sie miteinander nieder.) Hier, bei van Vogt, die Kaiserin Innelda Ischer, die zwar im Kindbett stirbt — doch nur, um von den Spinnenwesen, die in die Geschicke der Menschheit eingreifen, zum Leben wiedererweckt zu werden. Nachdem sie gezwungenermaßen gelernt hat, mit der permanenten Opposition der Waffenschmiede zu leben und mit ihnen die neue Technik der interstellaren Raumfahrt zu teilen, wird sie nun ihr und Hedrocks Kind aufziehen — Symbol der Zukunft des Hauses Ischer. (Bei van Vogt klingt das Inzestmotiv, wenn auch sehr viel indirekter und mit anderen Konsequenzen, ebenfalls an, wenn darauf verwiesen wird, daß Hedrock wiederholt voneinander abstammende Kaiserinnen geheiratet hat.)

Auch ohne die psychologische Meisterschaft des Poeschen Werks, von dem er sich inspirieren läßt, zu erreichen, ist van Vogts Ischer-Zyklus in einem noch weiterreichenden Sinn als Kontraststudie zu Poes Erzählungen konzipiert. Poe reduziert die menschliche Umwelt auf erdrückende Innenräume — auf Verliese, in denen der Wahnsinn droht, der seelische Tod vor dem körperlichen. Solche Verliese mögen beweglich gebaute Mauern aufweisen, die sich knirschend zusammenschieben, den Gequälten hindrängen zum schreckenerregenden Abgrund (wie in »Die Grube und das Pendel«); oder sie mögen nichts als gewölbte Wohngemächer sein, jedoch versehen mit dicken Mauern und dunklen Böden, schmalen Fenstern und düsteren Wandbehängen (wie in »Der Fall des Hauses Ascher«). Im Gegensatz dazu weitet van Vogt die irdische Umwelt atemberaubend aus; im Raum wie in der Zeit tun sich überwältigende Perspektiven auf. Es ist die Ahnung dieser unglaublichen Weite — und nicht, wie bei Poe, die Wahrnehmung lähmender Enge —, die die Fassungskraft der Protagonisten wie der Leser der Ischer-Dramas zu übersteigen droht. In einem einzigen Zyklus vereint van Vogt die Erschaffung der Welten des Sonnensystems durch menschliche Einwirkung mit der Unterwerfung des Universums durch das Menschengeschlecht — der Beherrschung des »Sevagramms«, wie in der allerletzten Zeile der *Waffenschmiede* das geheimnisvoll nachklingende Wort wiederum jener Spinnenwesen lautet, die mit ihrem kalten Verstand dem menschlichen Potential auf den Grund gehen.

Die einzelnen Teile des Zyklus' sind im Verlauf von acht Jahren, zwischen 1941 und 1949, entstanden. 1951 hat van Vogt die beiden ersten Geschichten aus *Astounding Science Fiction* sowie die *Thrilling Wonder Stories*-Veröffentlichung von 1949 »aufbereitet« zu einer Buchfassung mit dem Titel *The Weapon Shop of Isher.* Nach *The Voyage of the Space Beagle* aus dem Jahre 1950* war dies die zweite »Aufbereitung« früher publizierter Erzählungen durch ihre Zusammenfassung, teilweise Veränderung und Ergänzung zu einem Roman, die van Vogt vornahm. Der von ihm dafür geprägte Ausdruck »fix-up novel« ist als feststehender Begriff in die Science Fiction-Terminologie eingegangen — zumal kein anderer Autor von Rang derart zahlreiche »fix-ups« produziert hat wie van Vogt.** Die 1943 gleichfalls in *Astounding Science Fiction* abgedruckte ursprüngliche Version des Romans *The Weapon Makers* (zusammen mit den anderen Ischer-Geschichten in den vorliegenden Band aufgenommen) erschien bereits 1947 als Buch. Van Vogt überarbeitete sie dann jedoch erheblich; die geänderte Fassung kam 1952 auf den Markt.

»Die Wippe« ist die siebte Science Fiction-Erzählung (den Roman *Slan* nicht gerechnet), die van Vogt, damals knapp

---

* Dt. *Die Weltraumexpedition der Space Beagle* (Heyne 06/3047).

** Die bekanntesten sind *The Mixed Men* (1952, dt. *Das Reich der 50 Sonnen,* Bastei/Lübbe 21157), *Empire of the Atom* (1956, dt. *Das Atom-Imperium,* Bastei/Lübbe 24045) sowie *The War Against the Rull* (1959, dt. *Der Krieg gegen die Rull,* Heyne 06/3018).

dreißigjährig, veröffentlicht hat — ungewöhnlicher im Auftakt und grandioser im Entwurf als alle vorangehenden. Was in irgendeiner unwichtigen amerikanischen Kleinstadt namens »Middle City« mit einem merkwürdigen Laden beginnt, der für kurze Zeit auftaucht und wieder verschwindet, das endet damit, daß der Protagonist der Handlung, der Reporter Chris McAllister, Jahrmillionen weit in die Zeit zurückgeschleudert wird und um den Preis seines eigenen Lebens die Entstehung des Sonnensystems verursacht. An konzeptioneller Kühnheit hat van Vogt diese Geschichte nur noch einmal übertroffen: knapp ein Jahrzehnt später mit dem Roman *The Shadow Men* (später in *Universe Maker* umbenannt), deutsch erst als *Die Schatten* (1957), dann unter dem Titel *Der Zeitspieler* (1977) erschienen. Dessen Hauptfigur Morton Cargill begnügt sich nicht mit den Welten des Sonnensystems; er vollbringt erst recht ein Wunder — er erschafft eine Nachbildung des gesamten Universums.

»Autokreation«, die Selbstschöpfung des Menschen und seiner Umwelt, hat der polnische Science Fiction-Schriftsteller und -Kritiker Stanisław Lem in seiner Untersuchung *Phantastik und Futurologie* diesen Vorgang genannt. Lem steht van Vogt zwar generell mit erheblichen Vorbehalten gegenüber: er attestiert ihm »extreme wissenschaftliche Ignoranz«, kompensiert durch ebenso extrem ausgeklügelte Handlungen (ein Punkt, auf den ich weiter unten zurückkomme). Dennoch fasziniert ihn an der »Wippe« van Vogts »Maximallösung« des Paradoxons der Selbstzeugung. Bevor Lem van Vogts Erzählung auf seine eigene Weise abwandelt, umreißt er knapp und plastisch die zugrundeliegende Idee:

> In ziemlich weiter Zukunft kommt ein berühmter Kosmologe ... zu dem unwiderlegbaren Schluß, daß der Kosmos aus einem einzigen Teilchen entstand und zugleich, daß es solch ein einzelnes Teilchen nicht geben konnte, denn woher hätte es kommen sollen? ... Der

Kosmos ist also entstanden, aber er hätte nicht entstehen dürfen! ... (Er) existiert auf Kredit! Er ist wie ein Pfandbrief, wie ein Wechsel, der materiell und energetisch unverzüglich eingelöst werden *muß*, weil sein Sein eine reinste, eine hundertprozentige sowohl energetische als auch materielle Verschuldung ist.

In seiner Abwandlung der van Vogtschen Geschichte macht Lem sich die quantenphysikalische Hypothese zunutze, wonach Positronen nichts als Elektronen sind, die sich »gegen den Strich« des Zeitstroms bewegen. An Lems Lösung des Problems, die man in *Phantastik und Futurologie* nachlesen kann, interessiert hier zunächst, daß auch bei ihm (und zwar gezielt, bei van Vogt dagegen eher ungeplant) der Mensch sich mittels Anwendung einer »maximalen Zeitschleife« zum faktischen Schöpfer des Universums aufschwingt. Das metaphysische Thema der Schöpfung wird, mit Gotthard Günther* zu sprechen, durch Lem wie durch van Vogt verweltlicht zum empirisch-praktischen Problem; die hochfliegende Verheißung »eritis sicut Deus« — ihr werdet sein wie Gott —, aus christlicher Perspektive blasphemisch, erweist sich aus der Sicht einer kosmischen Zukunft der Menschheit als technisch realisierbare Eigenschaft menschlicher Existenz.

Wie aber diese »technische Realisierbarkeit« so schildern, daß sie glaubhaft, jedenfalls logisch denkbar erscheint, ohne direkt gegen heute bekannte physikalische Gesetze und die Grenzen, die sie dem Menschen setzen, zu verstoßen? Die Lösung, die van Vogt ersonnen hat, lautet: Ein Mensch wird unfreiwillig in die Lage eines Gewichts am Ende einer Zeitwippe versetzt; bei jeder Schwingung der Wippe lädt dieses Gewicht sich mit einem immer gigantischeren Energiepotential auf. Es explo-

---

* Siehe dessen Kommentar zu van Vogts Erzählung »Wiedererwekkung« im Nachwort zu *Überwindung von Raum und Zeit,* Düsseldorf 1952.

diert schließlich in unvorstellbarer Vergangenheit und löst jenen »Urknall« aus, dem auch das Sonnensystem seine Entstehung verdankt.

Doch diese Idee ist schon vor vierzig Jahren unter Beschuß geraten. In einem Leserbrief an *Thrilling Wonder Stories* (Nr. XXXIV, Juni 1949) hat damals George Farrell, Mathematik- und Physikstudent an der Universität Connecticut, auf die beiden Schwachstellen des Konzepts hingewiesen. Seine Argumentation lautet, etwas abgewandelt wiedergegeben*, wie folgt:

Wird ein physikalisches System (in diesem Fall die Zeitwippe) aus seinem Gleichgewicht ausgelenkt, so vollführt es harmonische Schwingungen — entweder mit gleichbleibender Amplitude, falls keine Reibungskräfte entgegenwirken; oder, im Falle von Reibungswiderstand, mit abnehmender Amplitude, die das System schließlich an seinen Ausgangspunkt zurückführt. Um die Schwingungsausschläge (die Amplitude) zu vergrößern, wie das in der Geschichte der Fall ist, müßte die Wippe weiter, und zwar regelmäßig, mit der sog. »Resonanzfrequenz« angestoßen worden sein. Dabei würden jedoch unweigerlich große Spannungen, in der Folge Risse, auftreten, und irgendwann käme es zur Zerstörung des Systems.

Nur beim ständigen Anstoßen mit der Resonanzfrequenz — und das ist der zweite Gesichtspunkt — könnte außerdem die in dem System vorhandene Energiemenge zunehmen; andernfalls bliebe sie gleich (konstante Amplitude) oder ginge zurück (sinkende Amplitude). Mit anderen Worten: Die Ausschläge der Wippe und mit ihnen McAllisters Energiepotential ließen sich dann und nur dann ins Gigantische steigern, wenn von außen her dem System kontinuierlich Energie zugeführt würde. Dieser Vorgang aber wird in der Erzählung nicht geschildert — und, ganz davon abgesehen, woher sollte die Energie ge-

---

* Für seine Unterstützung bei der Formulierung danke ich meinem Kollegen Prof. Dr. Klaus Ringhofer (Theoretische Physik) sehr herzlich.

wonnen werden? Hätten die Waffenschmiede — diejenigen, die die Wippe in Gang setzen — ein solches Problem lösen können, hätten sie ihre Gegnerin, die Ischerkaiserin Innelda, kaum zu fürchten brauchen.

Die Lösung, die Lem vorschlägt, ist deshalb logisch weitaus eleganter: ein einziges Elektron »rückläufig gegen« die Zeit abzuschießen. Während es durch die Zeit zurückrast, wird es nicht nur in ein Positron umgewandelt; es sammelt auch — und insoweit bleibt *dieses* Gedankenspiel schlüssig — mehr und mehr Energie an, bis es schließlich »an einem Ort, an dem der Kosmos überhaupt noch nicht war«, mit den bekannten Folgen detoniert.

Freilich hat diese Variante einen entscheidenden Nachteil: Sie ermangelt gänzlich jener menschlichen Dramatik, durch die van Vogts Erzählung sich auszeichnet ...

Ungeachtet ihrer Dramatik, trotz aller Grandiosität des Konzepts ist nicht »Die Wippe«, sondern »Der Waffenladen«, die zweite Erzählung des vorliegenden Bandes, als einzige Arbeit van Vogts unter die 15 besten Science Fiction-Kurzgeschichten der Periode zwischen 1929 und 1964 gewählt worden: Bei einer Abstimmung unter den Science Fiction Writers of America, den Mitgliedern des Berufsverbandes der SF-Schriftsteller in den USA, gelangte »Der Waffenladen« auf Platz 13.

Dieses Ergebnis mag auf den ersten Blick überraschen. Nicht ganz ohne Grund schrieb John W. Campbell jr., der langjährige Herausgeber von *Astounding Science Fiction*, 1942 an van Vogt, nachdem er den »Waffenladen« zur Veröffentlichung angenommen hatte, die Erzählung sei »gut, ohne daß man wüßte, weshalb sie einen fesseln sollte. Sie hat keine Handlung, setzt nirgendwo im besonderen ein, schweift umher und endet schließlich an einer genauso beliebigen Stelle. Aber«, fügte Campbell hinzu, »man macht beim Lesen einen angenehmen kleinen Spaziergang, als schlendere man durch einen Park. Mir hat diese

Geschichte gefallen, wie Sie an den 25 % Honorarzulage wohl gemerkt haben.«*

Nimmt man Campbells Bild als Schlüssel, dann läßt sich unschwer erklären, weshalb van Vogts Kollegen, die sich sonst mit seiner Schreibweise eher schwertun, gerade auf diese Erzählung positiv reagiert haben. Um es am Kontrast zu verdeutlichen: Chris McAllister bleibt von der ersten bis zur letzten Seite der »Wippe« eine hölzerne Figur. Wir erfahren nicht viel mehr über ihn, als daß er ein schmales Gesicht hat und »Reporterinstinkt« besitzt. Im übrigen sind seine Persönlichkeit, seine Neigungen, seine Stärken oder Schwächen dem Erzähler erkennbar unwichtig. Nicht McAllister oder irgendein anderer der auftretenden Charaktere treibt die Handlung voran; ihr Tempo und ihre Wirkung schöpft diese buchstäblich aus sich selbst, aus der Kraft der Ideen und Bilder, die van Vogt im Stakkatostil heraufbeschwört.

Demgegenüber ist »Der Waffenladen« eine eminent menschliche Geschichte. Die Geschlechterrollen- und Generationskonflikte zwischen Fara Clark, seiner Frau Creel und beider Sohn Cayle existieren bereits; das Auftauchen des Waffenladens liefert nur den Auslöser, der die gespannte Situation zur Entladung bringt. Durch seine patriarchalische Unnachgiebigkeit sorgt Fara Clark dafür, daß sein Sohn sich ihm endgültig entfremdet; er wird (fast ist man versucht zu sagen: als gerechter Ausgleich) um Geschäft und Ersparnisse gebracht, empfindet sich als ausgestoßen und steht kurz davor, Selbstmord zu begehen. Doch er lernt nicht nur die verborgene Funktion der Waffenläden, deren Organisation ihm Rettung bringt, in der korrupten irdischen Zivilisation des Ischer-Zeitalters kennen. Ihm wird auch höchst eindringlich vor Augen geführt, daß er sich ein System starrer Wertvorstellungen zurecht-

---

* Brief vom 12. Juni 1942. Copyright © 1986 by Perry A. Chapdelaine, Sr., for AC Projects, Inc. Chapdelaine hat 1985 einen ersten Band mit Briefen John W. Campbell jrs. veröffentlicht und plant weitere Bände.

gelegt hat, das auf einer fundamentalen Selbsttäuschung über seine Umwelt beruht. Der Mechanismus, der ihm jahrzehntelang als psychische Krücke gedient hat, erweist seine Brüchigkeit, als es zur Krise kommt.

»Ich habe mich benommen wie ein Geisteskranker«, läßt der Erzähler Fara Clark am Schluß von sich selbst sagen. In »Der Waffenladen« tastet van Vogt sich zum erstenmal an ein psychoanalytisches Konzept heran, das ihm zwanzig Jahre später als Vorlage für seinen politischen, im maoistischen China angesiedelten Roman *The Violent Man* dient: das des Menschen, der in einer Welt der Selbsttäuschung lebt, der sich nie im Unrecht sieht, nie zugibt, er könnte einen Fehler begangen haben; der deshalb stets einen Sündenbock braucht; für den immer irgend jemand anders »schuld« ist, wenn er sich irrt oder ihm etwas fehlschlägt. Ein solcher Mensch

> »ist ein zwanghafter Egoist mit Unfehlbarkeitsphantasien, den andere Menschen im Grunde überhaupt nicht interessieren. Er ist nicht auffällig geistesgestört. Häufig ist er verheiratet und hat Familie, von der er uneingeschränkten Gehorsam verlangt und die er behandelt, als wäre sie sein privater totalitäter Staat.«*

Es handelt sich, anders ausgedrückt, um den Prototyp des »autoritären Charakters« (Adorno), der aggressiv auf jede Herausforderung seiner »Autorität« reagiert. Geprägt durch eine hierarchische soziale Ordnung, ist sein Welt- und Gesellschaftsverständnis selbst hierarchisch. So fixiert er darauf ist, daß ihm Gehorsam entgegengebracht wird, so zwanghaft ist seine Bereitschaft, sich seinerseits anderen »Autoritäten« zu unterwerfen. Ebenso aggressiv reagiert er deshalb dort, wo solche »überlegene« Autorität — im Falle Fara Clarks die der Kaiserin Innelda Ischer — angezweifelt wird.

---

* Colin Wilson in seiner Studie über A. E. van Vogt, abgedruckt in dem von E. F. Bleiler herausgegebenen Sammelband: *Science Fiction Writers* (New York 1982).

Ungemein deutlich arbeitet van Vogt heraus, wie unterwürfig-subalterne und aggressiv-dominierende Charakterzüge sich nicht ausschließen, sondern einander gerade ergänzen. Der Untertanenmentalität, die Fara Clark selbst gegenüber der kaiserlichen Regierung an den Tag legt, entspricht das Bedürfnis, daß Frau und Sohn vor ihm »parieren«. Erst eine Krise, die ihn an den Rand seiner physischen und psychischen Existenz bringt, erschüttert sein schablonenhaftes Denken und bricht seine rigiden Verhaltensweisen auf.

Rückt also van Vogt Fara Clarks psychologische Entwicklung in den Mittelpunkt der Erzählung, so entwirft er zugleich in Creel ein weibliches Gegenbild zu dem in seiner stereotypen Männerrolle befangenen Fara. Emotional stabiler, psychisch reifer und flexibler, hat Creel sich dessen familiären Machtansprüchen zwar, durch Erziehung und Gewohnheit bedingt, jahrzehntelang gefügt. In der Krisensituation aber beweist sie, wie wenig ihr Selbstwertgefühl abhängt von Äußerlichkeiten wie dem »Ruf der Familie« oder dem »eigenen Heim«. Sie ist es, die Fara vergeblich rät, sich von der Bank nicht mit der Drohung einer Anzeige gegen Cayle erpressen zu lassen; sie ist es, die nach der finanziellen Katastrophe ganz selbstverständlich den Umzug in bescheidenere Verhältnisse ins Auge faßt. Am Schluß emanzipiert sie sich von Faras Autorität, indem sie seine Anordnung ignoriert und ihm während der entscheidenden Konfrontation zur Seite steht — eher beiläufig, ohne daß sie, wie Fara, zur Änderung ihrer Verhaltensweise der Nachhilfe von außen bedürfte.

Van Vogt ist wiederholt kritisiert worden, weil er im Ischer-Zyklus eine absolute Monarchie mit einer gewissen Sympathie geschildert und auf diese Weise dazu beigetragen habe, undemokratische Regierungsformen in der Science Fiction-Szene populär zu machen. Der Vorwurf ist nur begrenzt plausibel, weil van Vogt die »basisdemokratische« Antwort auf den monarchischen Absolutheitsanspruch, an dem dieser zuschanden wird, gleich mitliefert — nämlich die allgemeine Verbreitung von Defensivwaffen, garantiert durch die Waffenschmiede (ein Punkt, auf den ich ausführlicher im Nachwort eingehe). Davon ganz abgesehen aber hat diese Kritik den Blick dafür verstellt, daß van Vogt in den Ischer-Geschichten mit Creel Clark, im weiteren Verlauf mit Innelda Ischer und Lucy Rall mehrfach Frauen als sensibel und selbständig, attraktiv und lebenstüchtig in einer Weise geschildert hat, die den damaligen Konventionen der Trivialliteratur völlig zuwiderlief. Unter den drei führenden Science Fiction-Autoren der »Goldenen Ära«, Robert Heinlein, Isaac Asimov und eben van Vogt, hat nur der letztere Frauengestalten entworfen — Innelda, Kaiserin des Ischer-Reichs; in der *Mixed Men*-Serie (dt. *Das Reich der 50 Sonnen)* Gloria Cecily Lady Laurr, Befehlshaberin des Schlachtschiffs »Star Cluster« —, die ohne eine Spur von Blaustrümpfigkeit oder auch Puppenhaftigkeit nach Kompetenz wie nach sozialer Stellung ihre männliche Umgebung ausstechen. Van Vogt hat damit ein Stück weit jene Versuche vorweggenommen, die Rolle der »women of wonder« in der Science Fiction neu zu bestimmen, wie sie viel später von Ursula K. Le Guin, Joanna Russ, Pamela Sargent, Joan D. Vinge, Kate Wilhelm und anderen Autorinnen unternommen worden sind.

Wechsel der Erzählperspektive — diese Veränderung in der Darstellungsweise fällt nach den ersten beiden Geschichten des Zyklus' sogleich ins Auge: In »Die Wippe« wie in »Der Waffenladen« hatte van Vogt die Geschehnisse noch aus dem begrenzten Blickwinkel seiner jeweiligen Hauptfiguren Chris McAllister bzw. Fara Clark berichtet, nun, in »Die Waffenläden von Ischer« (und auch in »Die Waffenschmiede«), schlüpft er in die Rolle des allwissenden Erzählers. An die Stelle der naiv-unwissenden »Mit-Sicht«, die den Leser vor dieselben Rätsel stellt wie die Hauptperson, tritt die »Sicht von oben«, mit der van Vogt die von ihm geschaffene fiktive Welt vor dem Leser ausbreitet.

Diese Welt ist nicht mehr die kleine Welt der Waffenhandlung am Greenway Park von Imperial City, wie in »Die Wippe«, oder des idyllischen Dorfes Glay, in dem die Zeit stillzustehen scheint, wie in »Der Waffenladen«. Zwar hat van Vogt die räumliche und zeitliche Enge beider Schauplätze schon vorher durchbrochen: Chris McAllister ist aus der Waffenhandlung in die Unendlichkeit geschleudert, Fara Clark aus Glay zu der gigantischen Auskunftszentrale der Waffenläden versetzt worden. Der Hintergrund der Handlung aber, das weite, Erde und Sonnensystem umfassende Ischerreich mit seinen beiden Kontrahenten, dem herrschenden Kaiserhaus und der oppositionellen Organisation der Waffenhändler bzw. -schmiede, hat noch kaum Konturen gewonnen.

Das bislang fehlende Panorama der — nach der regierenden Dynastie benannten — Ischer-Zivilisation des fünften irdischen Jahrtausends zeichnet van Vogt in den »Waffenläden« und den »Waffenschmieden«. Die Skizzierung einer Monarchie mit Absolutheitsanspruch, die gleichzeitig das staatliche Monopol physischer Gewaltsamkeit eingebüßt hat; die Schilderung extremer privater Gewinnsucht, die einhergeht mit verbreiteter öffentlicher Korruption bei Militär und Verwaltung; die Darstellung einer Kolonisierungsstrategie auf den ausbeutbaren Planeten des Sonnensystems, die Sozialpolitik für Beschäftigungslose ersetzt durch deren erzwungenen Abtransport von der Erde zur Arbeit auf Mars und Venus; die Beschreibung der fiebrigen Atmosphäre in den Spielsälen und den Illusionshäusern entlang der Allee des Glücks in der Hauptstadt Imperial City — diese Hinweise fügen sich zusammen zum Bild einer hedonistischen Ellbogengesellschaft: Rücksichtslose individuelle Durchsetzung und Bereicherung bilden die Voraussetzung für raffinierten sinnlichen Genuß als allgemein akzeptiertes höchstes Ziel.

Die Dominanz des Lustprinzips in dieser von ihm ersonnenen Zivilisation nutzt van Vogt, um erneut die mittlerweile erfolgte gesellschaftliche Aufwertung der Frau zu demonstrieren, diesmal freilich an einem Beispiel, das der feministischen ebenso Anlaß zum Schlucken geben dürfte wie der »male-chauvinistischen« Seite: Seine Illusionshäuser unterscheiden sich (bis auf einiges technisches Raffinement) in nichts von den sogenannten »besseren« Sexclubs der Gegenwart — mit einer Ausnahme: Diejenigen, die in ihnen festgehalten und sexuell ausgebeutet werden, sind Männer; die Rolle der zahlenden Kundschaft fällt gutsituierten Frauen zu.

Wie man sich zu diesem Einfall auch stellen mag: In verkleideter Gestalt formuliert van Vogt nichts anderes als die Erkenntnis, daß auch zukünftig in Gesellschaften, die sich weiter auf Egoismus statt auf tief verwurzelte Einsichtsfähigkeit gründen, die Emanzipation sozialer Gruppen diese nicht davor schützt, in weiterbestehende Beziehungen von Ungleichheit und Abhängigkeit re-integriert zu werden, um, mit neuer Macht ausgestattet, selbst an ihnen teilzuhaben. Das spricht nicht gegen Emanzipation; es verweist lediglich darauf, daß das Problem der — wenn man so will — Dialektik von Freiheit und Unterdrückung sich auf jeder gesellschaftlichen Entwicklungsstufe neu stellt.

Und zwar keineswegs nur im gegenseitigen Verhältnis der Geschlechter: Van Vogt schreibt dem Science Fiction-Genre ins Stammbuch, daß die Angehörigen weitgehend automatisierter, immer konsum- und genußorientierter Gesellschaften wohl wenig Anlaß sehen dürften, Härten und Entbehrungen zu ertragen, wenn es um die Besiedlung anderer Planeten geht. Dabei unterstellt van Vogt, daß Mars, Venus und die Monde der äußeren Planeten des Sonnensystems Rohstoffe aufweisen, auf deren Ausbeutung die Erde zunehmend angewiesen ist — während die Bürger der Erde immer weniger freiwilligen Pioniergeist aufbringen. Deshalb treibt die Regierung die Besiedlung dieser Welten repressiv voran: Mittellose und Kriminelle werden zwangsdeportiert — ein deutliches Gegenstück zur Idylle der »Pioniere im Weltall«, wie Robert A. Heinlein sie um dieselbe Zeit propagiert.

Solche Einsichten van Vogts kontrastieren merkwürdig mit dem Umstand, daß er als Regierungsform einer hochentwickelten Zukunftsgesellschaft ausgerechnet eine zum Despotismus tendierende Monarchie gewählt hat. Ich habe zwar schon oben darauf hingewiesen, daß die Unterstellung, er hege Sympathie für diese Herrschaftsart, nicht zutrifft — wie besonders an den »Waffenschmieden« deutlich ablesbar. Das ändert jedoch nichts an der Berechtigung der Kritik, die Damon Knight (»In Search of Wonder«) bereits vor vierzig Jahren vorgebracht hat:

> Die absolute Monarchie war eine Regierungsform, die sich überall auf dem Boden feudaler Sozialverhältnisse entwickelt hat — und die allerorten mit dem Feudalismus untergegangen ist. Moderne Versuche, Hochkulturen ähnliche Systeme aufzuzwingen, sind vollständig fehlgeschlagen. Die (absolute) Monarchie ist tot; ihr Wiederaufleben setzt eine Rückkehr derjenigen wirtschaftlichen Bedingungen voraus, die sie hervorgebracht haben.

Ein Stück unfreiwilliger Komik haftet den Passagen zweifellos an, in denen die Atmosphäre am Hof der Kaiserin Innelda geschildert wird: die Zofen, denen das Ankleiden der Herrscherin obliegt, die lebensfrohen jungen Männer des kaiserlichen Gefolges, der reaktionäre Haushofmeister, das renitente Palastpersonal — dies alles paßt in ein europäisches Duodezfürstentum des 18. Jahrhunderts, zu gepuderten Perücken und Pferdekutschen, doch wohl eher als in die sonnensystemumspannende Zivilisation des fünften Jahrtausends, zu Zeitparadoxa und energiegetragenen schwebenden Villen. Konzessionen an die romantischen Bedürfnisse der »Pulp«-Leserschaft im Lande »ohne Burgen und ohne Schlösser« mögen dabei ebenso mitgespielt haben wie van Vogts eigene schriftstellerische Vergangenheit als Verfasser melodramatischer Herz/Schmerz-Geschichten, ehe er sich ab 1939 der Science Fiction zuwandte.

Doch wiederum: Ob der absolute Herrschaftsanspruch nun von einer verzopft anmutenden Monarchie vorgetragen wird oder von einer Diktatur, die die Menschenrechte unter ihre Militärstiefel zu treten sucht, ist für die politische Aussage, die van Vogt beabsichtigt, letztlich ohne Belang. Die Aussage lautet: In die Schranken wird der Staat nicht gewiesen durch selbstsüchtige Machtkämpfe um die politische Gewalt — auch nicht in der »gezähmten« Form des Wechselspiels von Regierung und Opposition —, sondern durch die Existenz einer organisierten Gegengewalt. Diese muß drei Voraussetzungen erfüllen: Sie muß erstens mächtig genug sein, damit die Regierung sie niemals vernichten kann; sie darf zweitens ihrerseits die Regierung zu keinem Zeitpunkt in Frage stellen, schon gar nicht mit dem Ziel, sich selbst an deren Stelle zu setzen; sie muß drittens jedem Bürger helfen, sofern er dies wünscht, sich gegen Übergriffe der Staatsmacht zu schützen — durch Verkauf einer Waffe, die sich infolge einer eingebauten Elektronik ausschließlich zu Verteidigungszwecken verwenden läßt.

Eine eingehendere Behandlung dieser drei Fragen — der Existenz einer permanenten Opposition, der Aufsplitterung des staatlichen Gewaltmonopols und der Einführung einer »defensiven« (statt »offensiven«) Verteidigung — findet sich im Nachwort, in dem ich mich mit einigen politischen Aspekten im Werk van Vogts auseinandersetze. An dieser Stelle soll zunächst der Hinweis genügen, daß die politische Ordnung des Ischerreichs, wie van Vogt sie erdacht hat, eine ebenso ungewöhnliche wie komplizierte Zuspitzung des liberal-demokratischen Instruments der »checks and balances«, der politischen Hemmungen und Gegengewichte, darstellt.

Van Vogt selbst ist sich — worauf ich schon früher hingewiesen habe* — der politischen Dimension seiner The-

---

* In meinem Vorwort zu van Vogts »Null-A«-Trilogie (Heyne Bibliothek der Science Fiction Literatur 06/58).

men durchaus bewußt. An der Einbeziehung politisch-sozialwissenschaftlicher neben technisch-naturwissenschaftlichen Spekulationen während der 40er Jahre, der »goldenen Ära« der Science Fiction, beteiligte er sich sehr dezidiert. Das heißt freilich nicht, daß er innerhalb des Genres an dem mitgewirkt hätte, was man zusammenfassend als »Rückkehr aus dem Weltall auf die Erde« angesichts drohender Selbstvernichtung der Menschheit, Umweltzerstörung und Aushöhlung der Demokratie bezeichnen könnte. Unter die Vorläufer dieses neuen politischen Realismus der Science Fiction, verkörpert durch Romane wie John Brunners »Schafe blicken auf«, »Das Gottschalk-Komplott« und »Morgenwelt«, wird man A. E. van Vogt kaum einordnen können.

Denn auch im Ischer-Zyklus geben die politisch-sozialen Verhältnisse lediglich den *Hintergrund,* nicht aber das eigentliche *Thema* der Handlung ab. Thema, im Falle der »Waffenläden« wie der »Waffenschmiede«, sind vielmehr die Entfaltung paranormaler Eigenschaften und Begabungen — der uralte Menschheitstraum der Unsterblichkeit; telepathische Kommunikation; Unempfindlichkeit gegen Folter; Immunität gegen die Gesetze der Wahrscheinlichkeitsrechnung. Die übermenschlichen Protagonisten — Cayle Clark in den »Waffenläden«; Dan Neelan in den »Waffenschmieden«; Robert Hedrock in beiden Romanen — erleben einen Kreuzweg der Verfolgung, an dessen Ende sie sich triumphierend behaupten. Extreme Allmacht (Isolierung) und exzessive Ohnmacht (Verfolgung) kulminieren auf denkwürdige, kaum mehr zu übertreffende Weise in der Person Robert Hedrocks, des »einzigen Unsterblichen der Erde«: Er hat vor Jahrtausenden sowohl die Dynastie der Ischer ins Leben gerufen wie die oppositionelle Organisation der Waffenläden geschaffen — und sieht sich nun von der Kaiserin Innelda ebenso mit dem Tod bedroht wie vom Rat der Waffenschmiede.

In seiner Sammlung biographischer Skizzen von Science Fiction-Autoren (»Seekers of Tomorrow«) hat Sam

Moskowitz nicht zuletzt mit Blick auf den Ischer-Zyklus geurteilt, van Vogt schreibe »in religiösen Symbolen«: Jommy Cross in »Slan«, Dan Neelan und Robert Hedrock in den »Waffenschmieden«, Gilbert Gosseyn in »Welt der Null-A«, Clane Linn in »Das Erbe des Atoms« seien

> Christusabbilder mit christusähnlichen Motiven. Seine Figuren erleben die Abfolge von symbolischer Kreuzigung und Auferstehung derart häufig, daß ein unverwechselbares Muster sich herausschält.

Tatsächlich hat van Vogt wie keinen anderen Science Fiction-Autor das Thema der Überwindung menschlicher Hinfälligkeit beschäftigt — des menschlichen »Willens zum Tode«, den er in seiner Kurzgeschichte »Der Rull« (1948) auf eigenwillige Weise beschrieben hat:

> Alles Leben trägt in sich den Willen zum Tode. Jede organische Zelle speichert die ererbten, tief eingeprägten Lasten ihres anorganischen Ursprungs. Der Puls des Lebens ist ein schuppiger Film, aufgetragen auf eine zugrundeliegende Substanz — derart komplex infolge des subtilen Gleichgewichts, in dem sie die unterschiedlichsten Energien ausbalanciert, daß alles Leben nur ein kurzes, vergebliches Aufbäumen gegen dieses Gleichgewicht darstellt.
>
> Für einen Augenblick in der Ewigkeit wird die Bildung eines Musters versucht. Es nimmt mannigfache Formen an, die alle nur Erscheinungen sind. Die wirkliche Gestalt ist immer eine der Zeit, nie des Raums. Und diese Gestalt ist eine Kurve. Hinauf und dann hinab. Aus der Dunkelheit ins Licht und wieder zurück in die Finsternis.
>
> ... Im Menschen findet sich das schicksalhafte Muster zurückgedrängt in Quadrillionen individueller Zellen.
>
> Doch es existiert. Und wartet.

Wartet darauf, könnte man in Anlehnung an Vogt hinzufügen, überlistet zu werden: durch VERJÜNGUNG UND REGENERATION VON KÖRPERTEILEN (Totipotentismus) — das Thema von *The Changeling* (1944) durch WIEDERGEBURT — so, wie Kathleen Layton Gray, die weibliche Zentralfigur von van Vogts erstem Roman »Slan« (1940), ermordet und wiedererweckt wird, so kündigen die letzten Zeilen der »Waffenschmiede« (1943) Innelda Ischers Wiederbelebung durch jene Spinnenwesen an, die schon Gilbert Neelan vom Tode zurückgeholt haben, während in der eindrucksvollen Kurzgeschichte *The Monster* (1948) die eroberungssüchtige Spezies der Ganae vier Erdenmenschen mit fatalen Folgen für ihre eigenen Pläne aus dem Staub ihrer Knochen wiedererweckt; endlich durch UNSTERBLICHKEIT — was in den »Waffenläden« und den »Waffenschmieden« noch Robert Hedrocks einzigartige Eigenschaft ist, das wandelt sich im »Haus der Unsterblichen« (1950) zum Attribut, das allen Bewohnern jenes Gebäudes zuteil wird.

Beide Vorgänge, Unsterblichkeit und Wiedergeburt, implizieren bei van Vogt (wiederum in fast metaphysisch-christlicher Analogie) einen Prozeß menschlicher Läuterung, als deren Folge dem Protagonisten gleichzeitig politische und soziale Macht zuwächst. Seine Unsterblichkeit erhebt Robert Hedrock *auch* über die kleinlichen Intrigen und Ränke seiner Umwelt; nach seiner Wiedergeburt übernimmt Gilbert Gosseyn das Gesetz des Handelns in »Welt der Null-A«; durch ihre Wiederbelebung gewinnen Menschen einer »höheren« Existenzstufe die Macht, die Pläne der expansiven Ganae zu vereiteln. Kurz: van Vogt setzt Überwindung des Todes gleich mit moralischer Erhöhung und sucht in dieser Weise Macht auf Moral zu gründen.*

---

* Vgl. dazu auch die Bemerkungen in dem 1952 erschienenen Artikel von Arthur Jean Cox: »Deus ex Machina: Eine Studie über A. E. van Vogt«; deutsche Übersetzung in ANDROMEDA, der Clubzeitschrift des Science Fiction Clubs Deutschland, Jg. 13 (1967), Nr. 60 und 62.

Die *Er*hebung über die Schwächen der Umgebung *ent*hebt den unsterblichen Protagonisten freilich auch der Kontrolle durch die Gesellschaft. Die Verknüpfung von Macht und Moral bei van Vogt kann nicht darüber hinwegtäuschen, daß in den »Waffenschmieden« die Perspektive des geistigen und technischen Fortschritts der Menschheit weitgehend zusammenfällt mit dem subjektiven Entschluß Robert Hedrocks, bahnbrechende Erfindungen, die er zurückhält, aufgrund »höherer Einsicht« in bestimmtem Ausmaß freizugeben — oder eben nicht. Und Macht steigert sich zur Omnipotenz dort, wo Hedrock nicht nur die Ischerdynastie wie die Waffenläden begründet hat, sondern gleichzeitig er es ist, der durch immer neue Eingriffe — einschließlich ständig wiederholter Einheirat in die Dynastie — die weitere Stabilität des Systems sichert.

Omnipotenzphantasien solcher Art sind grundsätzlich typisch entweder für Kinder — oder für psychopathische (schizoide) Erwachsene. Mit anderen Worten: Zwischen Science Fiction-Szenarios, wie van Vogt sie vorzugsweise präsentiert, und schizophrenen Symptomen besteht eine morphologische Ähnlichkeit. Die Popularität derart grandioser Luftschlösser wächst in dem Maße, in dem die Massenzivilisation mit ihren Mammutbürokratien, die den einzelnen reduzieren zum »Rädchen im Getriebe«, als unbefriedigend empfunden wird: Autor wie Leser bieten sie Gelegenheit zur gefühlsmäßigen Identifizierung, Ersatz für die Verkürzung eigener Einflußmöglichkeiten, Entlastung von der Banalität der eigenen Lebensperspektive. Science Fiction wird (nach der Diagnose Robert Planks) zum Barometer eines kulturellen Klimas, dessen Anfälligkeit für schizoide Äußerungen gestiegen ist.

Daß seine Tendenz, den Hauptfiguren seiner Erzählungen übermenschliche Fähigkeiten anzuphantasieren, »etwas im paranoiden, schizophrenen Bereich« gelegen hätte, urteilt van Vogt selbst rückblickend in seiner 1975 erschienenen Autobiographie (»Reflections of A. E. van Vogt«). Schon 1970 hatte er in einem Brief an John W.

Campbell jr.* vermerkt, er habe lange Zeit nur schreiben können, wenn er sich in einem manisch-überdrehten Zustand befunden habe. Daß van Vogt sich jahrelang alle anderthalb Stunden nachts vom Wecker aus dem Schlaf reißen ließ, um für den Fortgang der Erzählung, an der er gerade arbeitete, buchstäblich sein Unterbewußtsein anzuzapfen, dürfte zu dieser Verfassung — und zur hypnotisch-intuitiven, über weite Strecken an Traumvisionen erinnernden Atmosphäre seiner Schilderungen — nicht wenig beigetragen haben.

Je nachdem, ob man mehr eine jugendliche oder in höherem Maße eine erwachsene Leserschaft im Auge hat, wird man dazu neigen, zentrale Elemente der Erzählungen van Vogts als eher märchen- oder eher »wahn«-haft einzustufen. Die eine wie die andere Akzentsetzung liefern einen ersten Zugang zur Lösung des Problems, das der amerikanische Literaturkritiker Leslie Fiedler 1983 zugespitzt aufgeworfen hat:

> Van Vogt ist deswegen ein Testfall, weil jede Auseinandersetzung mit Science Fiction, ob nun auf Kritik oder auf Rechtfertigung hin angelegt, das Genre verfälscht, *so lange es ihr nicht gelingt*, die Ursachen für seine Anziehungskraft und seine herausragende Bedeutung zu klären ... Jeder gescheite Literaturstudent im dritten Semester kann einem sagen, woran es van Vogts Erzählungen *mangelt.* Die Herausforderung für eine Kritik, die Science Fiction gerecht werden will, besteht aber gerade darin, den Finger auf das zu legen, was diese Erzählungen *aufweisen.*

Fiedler liefert einen Teil der Antwort auf seine Fragestellung mit, wenn er anschließend van Vogts Gabe hervorhebt, »dem Unglaublichen wieder zu seinem Recht zu verhelfen in einer Welt, in der die Technik die Stelle der

---

Magie eingenommen hat und Gott tot ist«. Und tatsächlich — tritt nicht in den »Waffenläden« ein zwar gewalttätiger, letzten Endes aber doch wohlmeinender Riese auf? Und gehören nicht gutmütige Riesen ebenso wie listige Zwerge zu den unverwechselbaren Attributen des Märchens? Daß bereits in der ersten Science Fiction-Erzählung, die van Vogt überhaupt verfaßt hat (»Das Gewölbe des Ungeheuers«), im Grunde ein Märchenprinz gegen einen bösen Hexenmeister kämpfte, hatte vor Fiedler schon Colin Wilson in seinem weiter oben zitierten Artikel behauptet.

Aber diese Antwort scheint denn doch zu einfach. Bis heute ist niemand ernstlich dafür eingetreten, van Vogts Erzählungen dem Bereich der Fantasy zuzuschlagen. Van Vogt selbst hat berichtet, daß seine wenigen Ausflüge auf dieses Gebiet — drei Kurzgeschichten, 1948 zusammengefaßt in der Sammlung *Out of the Unknown,* sowie der Roman *The Book of Ptath* (1943) — ihm die größten Schwierigkeiten bereitet hätten: »It was fantasy, and it was out of my territory.«

Der Riese der »Waffenschmiede« ist nicht einfach da, wie im Märchen oder in der Sage. Er entsteht als *technische* Schöpfung, Produkt eines »Vergrößerers«, mit dessen Hilfe Hedrock sich für eine bestimmte Zeit Riesengestalt zulegt. Wohlgemerkt, für eine bestimmte Zeit, denn — so van Vogt — »wer sich der Vergrößerungstechnik bediente, alterte«, weil sie sämtliche Lebensprozesse parallel zum körperlichen Wachstum beschleunigte, »alle dreißig Minuten um fünf Jahre«. Eine längere Anwendung kann sich deshalb nur der unsterbliche Hedrock leisten. Grundsätzlich aber gilt: Die Erfindung, wie phantastisch sie auch anmuten mag, unterliegt technischen Schranken; die »Entgrenzung« der Handlung ist deutlich geringer als in der Fabel.

Damit wird die spezifische Qualität der fiktiven Welten van Vogts deutlich: *Sie versöhnen Technik mit Magie* (und entziehen sich damit der oben erwähnten Kritik, die Stanisław Lem geübt hat). Van Vogts Themen sind die der »harten« SF: Raumfahrt, außerirdisches Leben, Cybernetik, Mutationen, Cloning, außersinnliche Fähigkeiten (Telepathie, Teleportation, Telekinese), Zeitreisen und Zeitparadoxa. Er behandelt sie jedoch in einer Weise, die zu der Kennzeichnung seiner besten Erzählungen als »hard-sf dreams« geführt hat (John Clute in Peter Nicholls' *Encyclopedia of Science Fiction*): In der grandiosen Spannweite, den komplexen Verwicklungen und Realitätssprüngen von Traumabläufen strahlen sie eine überwältigende »Traumlogik« aus, die von den 40er bis zu den 80er Jahren immer wieder neue Lesergenerationen angezogen hat.

Dabei sollte man nicht aus dem Auge verlieren, daß bereits vergleichsweise »nüchterne« technische Aussagen jeweils zu ihrer Zeit einen nachhaltigen »sense of wonder«, ein Gefühl atemloser, fast ehrfürchtiger Fassungslosigkeit gerade dann vermitteln können, wenn sie besonders lakonisch formuliert sind — wie der einleitende Satz in Hermann Oberths »Die Rakete zu den Planetenräumen« (1923):

> Beim heutigen Stande der Wissenschaft und der Technik ist der Bau von Maschinen möglich, die höher steigen können, als die Erdatmosphäre reicht ...

oder Eugen Sängers Charakterisierung der lichtquantengetriebenen Photonenrakete dreißig Jahre später:

> Die Natur wird wissen, warum sie uns neue Welten erobern heißt. Jene letzten und äußersten Welten, zu denen die Photonenstrahlantriebe Schlüssel sein sollen.

Was in solchen Sätzen bereits angelegt ist, findet bei van Vogt seine nachhaltige Ausgestaltung: Messianische Übermenschen treten in einer Handlung auf den Plan, die verheißt: »Seht, so Großes vermag der Mensch« — und deshalb unwillkürlich erschauern läßt. Denn van Vogt verbindet pseudo-technische Akzente mit einer nicht leicht zu übertreffenden emotionalen Intensität der Schilderung. Das »glühende Filigranwerk aus reiner Energie« des Raumes, der die Zeitkarte birgt; der »endlose Ozean der Zeit«, in dem »reglos zwei schattenhafte Umrisse liegen«; die »unirdische Bewegung«, mit der die beiden Schatten »weichen, um wiederzukehren« — dies sind Bilder aus den »Waffenläden«, die ebenso im Gedächtnis haften wie die nachhallenden Worte »Herrschaft über das Sevagramm« am Schluß der »Waffenschmiede«. Zusätzlich gesteigert wird die emotionale Intensität durch den breiten Strom von Bewußtseinsinhalten — Empfindungen, Reflexionen, Erinnerungen, inneren Reaktionen auf äußere Eindrücke —, der die Handlung anreichert und vorwärtstreibt: van Vogt setzt erlebte Rede und inneren Monolog in einem Umfang als Stilmittel ein wie kaum ein zweiter Science Fiction-Autor.

»Die Wippe« und »Der Waffenladen«, »Die Waffenläden von Ischer« und endlich »Die Waffenschmiede« sind Musterbeispiele für jene »traumhaft sichere« Verbindung von technischem mit magischem Denken, von Emotionalität mit Rationalität, von anhaltender Ohnmacht mit schließlicher Allmacht. Diese Verknüpfung sichert van Vogt seine letztlich einzigartige Stellung: Er ist, so das Urteil David Hartwells in *Age of Wonders,* derjenige Schriftsteller, dessen Werk »die ursprüngliche Kraft jener primitiv fabulierten Geschichten«, wie sie unter dem Einfluß Hugo Gernsbacks zwischen 1926 und 1939 gang und gäbe waren, »herübergerettet hat erst in die Ära John W. Campbells und dann weiter bis in die Gegenwart.«

Jene Fassungen des Ischer-Zyklus, die sich — in den USA wie bei uns — zur Zeit im Handel befinden, haben ein gut Teil dieser faszinierenden Kraft eingebüßt. »Die Waffenschmiede« hat van Vogt, wie eingangs erwähnt 1952 überarbeitet — und zwar einschneidend. Die alternierende Darstellung der Erlebnisse Neelans und Hedrocks ist entfallen, Hedrocks omnipotente Rolle weiter aufgewertet worden. Er ist jetzt derjenige, der in Neelans Maske in das interstellare Raumschiff gelangt, mit der Pinasse entkommt und die Spinnenwesen konfrontiert. Die Herabstufung Neelans zur bloßen Randfigur hat die Handlung erheblich verwickelter gemacht, den mühelosen Fluß ihrer Dramatik dagegen abgeschwächt. Verwässert hat van Vogt auch, wie man leicht nachlesen kann, die kühne Konzeption der »Selbstschöpfung« des Menschen und seiner Umwelt, als er die drei ersten Erzählungen dieses Bandes »aufbereitete« zur erweiterten Romanfassung der »Waffenläden von Ischer«.

Ist die Wirkung des Zyklus' damit schon im Englischen geschmälert worden, so gilt dies erst recht für die deutsche Übertragung. Die 1960 als Band 35 und 36 der Reihe »Terra Sonderband« erschienenen Übersetzungen von Lothar Heinecke waren derart radikal auf Heftumfang gekürzt, daß sie vom Original nur den alleroberflächlichsten Eindruck vermitteln konnten. Die Neuübersetzung, sieben Jahre später, als Band 3100 und 3102 der Heyne-Reihe, hat zwar die Kürzungen beseitigt, van Vogts eigenwilligem, ebenso knappem wie intensivem Stil aber kaum Aufmerksamkeit geschenkt.

Eine buchstäbliche »Wiedererweckung«, wenn nicht aus dem Staub, so doch aus den brüchig gewordenen Seiten von *Astounding Science Fiction* und *Thrilling Wonder Stories* stellt deshalb der vorliegende Band dar. Die Idee dazu entstand vor vier Jahren in einem New Yorker Buchladen. Amerikanische Kollegen, mit denen ich an einem gemeinsamen Forschungsprojekt arbeitete, hatten mich an die Columbia University eingeladen. Den letzten Nachmittag vor meinem Rückflug brachte ich damit zu, daß ich durch Greenwich Village schlenderte, Manhattans »europäischem« Viertel mit seinen gewundenen Straßen, malerischen kleinen Geschäften, Galerien, Cafés und Restaurants.

Dort, am unteren Broadway, stieß ich auf einen reklameblitzenden Eckladen mit dem treffenden Namen »Forbidden Planet«, spezialisiert auf Science Fiction und Comics (um genau zu sein: entsprechend dem Trend der Zeit hauptsächlich auf Science Fiction-Comics). Ich stöberte darin umher und erkundigte mich schließlich, mehr aufs Geratewohl, ob nicht vielleicht irgendwo noch Magazine aus den vierziger und fünfziger Jahren vorhanden wären. Man schickte mich ins Untergeschoß; unter langen Tischen wurden verstaubte Pappkartons hervorgezogen. Ich stieß auf van Vogts *Vault of the Beast* (»Das Gewölbe des Ungeheuers«) von 1940, dann auf *The Seesaw*, die erste Erzählung in diesem Band — und während ich die vergilbten Hefte in der Hand hielt, stellte ein Stück »sense of wonder« sich ein, wie ich ihn den Lesern dieses Buches bei der Wiederentdeckung der Geschichten aus den »goldenen Jahren« der Science Fiction wünsche.

DIE WIPPE

(1941)

MENSCHENMENGE OFFENBAR VON ZAUBERKÜNSTLER HYPNOTISIERT

11. Juni 1941 — Bei Polizei und Presse vermutet man, daß Plakate in Middle City demnächst den Auftritt eines bedeutenden Hypnotiseurs ankündigen werden. Hier wie dort will man diesen Zauberkünstler mit offenen Armen empfangen — vorausgesetzt, er lüftet sein Geheimnis und klärt die Stadt darüber auf, wie er es fertiggebracht hat, buchstäblich Hunderten von Leuten vorzuspiegeln, sie sähen mit ihren eigenen Augen ein sonderbares Gebäude — allem Anschein nach eine Art Waffenladen.

Dieses Bauwerk schien an eben der Stelle aufzutauchen, wo Sallys Imbißstube sowie die Schneiderei Patterson standen — und nach wie vor stehen. Von den anwesenden Angestellten will niemand irgend etwas Ungewöhnliches bemerkt haben. Über dem Eingang des Geschäfts, das dort wunderbarerweise aus dem Nichts erstanden war, prangten große Leuchtbuchstaben, die schon verrieten, daß es sich um eine meisterhaft erzeugte Illusion handeln mußte. Aus jedem beliebigen Blickwinkel schien die Schrift dem Betrachter geradewegs ins Auge zu springen:

ERSTKLASSIGE WAFFEN

DAS RECHT AUF WAFFEN
BEDEUTET DAS
RECHT AUF FREIHEIT

Im Schaufenster waren verschiedene, eigenartig konstruierte Waffen ausgestellt, Gewehre ebenso wie Handfeuerwaffen. Ein Neonschild verkündete:

DIE BESTEN ENERGIEWAFFEN IM BEKANNTEN UNIVERSUM

Inspektor Clayton von der Kriminalabteilung wollte den Laden betreten, stieß aber auf eine verschlossene Tür. Nur wenige Augenblicke später versuchte der Reporter C. J. (Chris) McAllister vom *Gazette-Bulletin* sein Glück, fand die Tür offen und trat ein.

Als Inspektor Clayton ihm folgen wollte, stand er erneut vor verschlossenem Eingang. McAllister kam erst nach geraumer Zeit wieder zum Vorschein, wobei er einen benommenen Eindruck machte. Offenbar war er hypnotisiert worden, denn auf die Fragen der Polizei und der Zuschauer vermochte er keine Auskunft zu geben.

Sobald er wieder aufgetaucht war, verschwand das merkwürdige Gebäude so plötzlich, wie es auf der Bildfläche erschienen war.

Bei der Polizei gibt man offen zu, daß man nach wie vor keine Erklärung dafür hat, wie es dem Zauberkünstler gelingen konnte, eine Menschenmenge solchen Umfangs mit einer derart raffinierten Illusion so lange zu täuschen. Jedenfalls zeigt man sich dort willens, das anscheinend kurz bevorstehende Gastspiel uneingeschränkt zum Besuch zu empfehlen.

ANMERUNG DES VERFASSERS: In dem hier wiedergegebenen Bericht wird nicht erwähnt, daß die Polizei, der das Geschehen nicht geheuer vorkam, erfolglos versucht hatte, McAllister zu einer erneuten Vernehmung vorzuladen. Die Wochen vergingen, ohne daß es gelang, ihn ausfindig zu machen.

Nachstehend wird geschildert, was McAllister von dem Augenblick an widerfuhr, als er die Tür der Waffenhandlung unverschlossen fand.

Die Eingangstür zu dem Waffengeschäft vermittelte ein merkwürdiges Gefühl. Das hing weniger damit zusammen, daß sie sich plötzlich öffnen ließ, als mit dem Umstand, daß sie auf seinen Zugriff reagierte, als fehle ihr jegliche Schwere. Einen Augenblick lang glaubte McAllister, der Drehknopf habe sich unter seiner Hand gelöst.

Betroffen hielt er inne. Ihm fiel ein, daß Inspektor Clayton sich eben erst vergeblich an derselben Tür versucht hatte.

Wie auf ein Signal hin dröhnte hinter ihm die Stimme des Inspektors: »So, McAllister, das weitere können Sie mir überlassen.«

Im Ladeninnern war es düster, zu düster, um Einzelheiten zu unterscheiden, und aus irgendeinem Grund wollten seine Augen sich nicht an die Finsternis gewöhnen …

Reiner Reporterinstinkt trieb ihn dazu, einen Schritt in das drückende Dunkel hinter der Tür zu machen. Aus einem Augenwinkel registrierte er, wie Inspektor Clayton die Hand nach dem Türknauf ausstreckte, den seine Finger gerade losgelassen hatten, und eine innere Stimme sagte ihm, daß kein Reporter dieses Gebäude betreten würde, so lange es dem Polizeibeamten gelang, ihn daran zu hindern.

Er hatte den Kopf immer noch halb zurückgewandt. Den Blick hielt er mehr auf den Inspektor gerichtet als auf die Dunkelheit, die vor ihm lag, und eben setzte er zum nächsten Schritt an, als das Erstaunliche sich zutrug.

Der Türknauf ließ sich von Inspektor Clayton nicht ergreifen. Wie unter der Einwirkung einer inneren Kraft drehte er sich, verschwamm dabei und entschlüpfte dem Griff. Die Tür selbst, ohne sich sichtbar bewegt zu haben, so rasch schlug sie zu, berührte plötzlich McAllisters Ferse.

Federleicht, fast schwerelos fiel die Berührung aus; und bevor er noch einen Gedanken fassen oder auf das Geschehene reagieren konnte, hatte der Schwung seiner eigenen Bewegung ihn ins Innere getragen.

Sowie er in das Dunkel gelangte, zuckte jeder Nerv seines Körpers unter einem jähen, mächtigen Schlag zusammen. Dann schloß die Tür sich, der kurze, unvorstellbare Schmerz verschwand. Vor ihm lag das nunmehr hell erleuchtete Geschäft — hinter ihm ein unglaubliches Bild!

Während des unmittelbar anschließenden Augenblicks nahm McAllister nichts in sich auf als einen Eindruck, den sein Verstand nicht verarbeitete. Unbeholfen verharrte er, halb nach hinten gekehrt, sich des Ladens kaum bewußt, aber in der knappen Zeitspanne, ehe er gestört wurde, umso überwältigender gewahr, was hinter der durchsichtigen Tür sich erstreckte, durch die er gerade getreten war.

Nirgendwo noch undurchdringliches Dunkel. Inspektor Clayton war verschwunden und mit ihm die murmelnde Menge gaffender Neugieriger ebenso wie die schäbigen Krämerläden auf der anderen Straßenseite.

Auch von einer gegenüberliegenden Straßenseite konnte keine Rede sein. Die Straße gab es nicht mehr.

An ihrer Stelle breitete ein friedlicher Park sich aus. Dahinter schimmerten in mittäglichem Sonnenlicht die Türme und Wolkenkratzer einer Großstadt.

Hinter ihm äußerte eine klare, wohlklingende Frauenstimme: »Sie möchten sicherlich eine Waffe erwerben?«

McAllister drehte sich um. Das hieß nicht, daß er vorhatte, den Blick schon von der wundersamen Stadt abzuwenden. Die Bewegung war eine reine Reaktion auf die

Worte. Aber weil ihn sein Erlebnis immer noch wie ein Traum anmutete, verblaßte das Bild der Stadt fast sofort; an seine Stelle trat die Wahrnehmung der jungen Frau, die sich ohne Eile aus dem Hintergrund des Ladens näherte.

Er hatte Mühe, einen klaren Gedanken zu fassen. Die verschwommene Überzeugung, etwas sagen zu müssen, kollidierte mit dem ersten Eindruck von der äußeren Erscheinung des Mädchens. Sie war schlank, hatte eine gute Figur und lächelte freundlich. Ihre Augen und ihr gewelltes Haar waren braun. Das einfache Kleid und die Sandaletten muteten McAllister auf den ersten Blick so alltäglich an, daß er keine weitere Überlegung daran verschwendete.

»Ich verstehe nicht«, brachte er schließlich hervor, »wieso der Kriminalbeamte nicht hereinkonnte, als er mir folgen wollte. Und wo ist er geblieben?«

Zu seiner Überraschung schien aus dem Lächeln des Mädchens die Bitte um Nachsicht zu sprechen. »Ich weiß — viele Leute halten uns für töricht, weil wir immer noch auf der alten Auseinandersetzung herumreiten.«

Die melodische Stimme gewann an Nachdruck. »Wir sind uns durchaus im klaren, daß wir mit unserer angeblich überholten Einstellung der Propaganda der Gegenseite in die Hände arbeiten. Trotzdem haben *ihre* Leute hier keinen Zutritt. Unsere Grundsätze nehmen wir unverändert sehr ernst.«

Sie hielt inne, als rechne sie spätestens jetzt mit einer verständnisvollen Reaktion, aber an der Verwunderung, die allmählich in ihren Blick trat, erkannte McAllister, daß seine Miene so nichtssagend blieb, wie die Gedanken hinter seiner Stirn.

Ihre Leute ... Das Mädchen spielte offensichtlich auf eine bestimmte Person an, und es hatte den Ausdruck benutzt, nachdem er das Wort »Kriminalbeamter« gebraucht hatte. Das hieß, daß *ihr,* wer immer das sein mochte, die Polizei unterstand, die in der Waffenhandlung jedoch nicht erwünscht war. Dementsprechend mußte die Tür eingestellt sein.

Eine eigenartige Leere bemächtigte sich McAllisters Kopf, dem hohlen Gefühl nicht unähnlich, das sich in seiner Magengrube auszubreiten begann; das Empfinden, er starre in unerforschte Tiefen, die erste, erschreckende Gewißheit, daß die Welt alles andere als in Ordnung war.

In schärferem Tonfall forschte das Mädchen: »Wollen Sie damit sagen, Sie wüßten nichts von alledem? Nichts von der Gilde der Waffenschmiede, die in diesem zerstörerischen Zeitalter dem gemeinen Mann seit Generationen den einzigen Schutz gegen Unterjochung bietet? Das Recht auf Waffen ...«

Sie brach von neuem ab, musterte ihn aus schmal gewordenen Augen; dann: »Etwas fehl am Platz kommen Sie mir bei genauerem Hinsehen schon vor. Ihre fremdartige Kleidung — aus den ländlichen Gebieten im Norden stammen Sie wohl nicht?«

McAllister schüttelte stumm den Kopf, mit jeder Sekunde, die verstrich, ärgerlicher über seine Reaktion. Doch er war machtlos dagegen. Seine innere Anspannung wuchs, wurde von Augenblick zu Augenblick unerträglicher, als würde eine lebenswichtige Sprungfeder in ihm überzogen, bis sie zu reißen drohte.

»Und wenn ich darüber nachdenke«, redete das Mädchen hastiger weiter, »finde ich es äußerst verwunderlich, daß die Alarmanlage nicht angesprochen hat, sobald der Sicherheitsbeamte sich an der Tür zu schaffen machte.«

Ihre Hand bewegte sich; Metall blitzte darin auf, hell wie Stahl in blendendem Sonnenlicht. Nicht der leiseste entschuldigende Beiklang lag mehr in ihrer Stimme, als sie ihn aufforderte: »Sie bleiben stehen und rühren sich nicht vom Fleck, Sir, bis ich meinen Vater verständigt habe. Schon die Verantwortung, die wir tragen, verbietet uns in unserer Branche, irgendwelche Risiken einzugehen. Und irgend etwas ist hier mehr als faul.»

Eigenartigerweise war dies der Punkt, an dem McAllisters Verstand wieder zu funktionieren begann. Der Gedanke, der sich ihm aufdrängte, glich dem des Mädchens aufs Haar: Wie nur war der Waffenladen in eine Straße des Jahres 1941 geraten? Und wie war er selbst in diese phantastische Welt gelangt?

Irgend etwas daran war oberfaul — das konnte man wohl sagen.

Die Waffe zog seine Aufmerksamkeit auf sich. Sie erweckte den Eindruck einer Taschenpistole, aber oben aus der zwiebelförmigen Zündkammer ragten drei zu einem Halbkreis angeordnete Würfel.

Ihn fröstelte, während er darauf starrte; denn das bösartige kleine Instrument, das in den gebräunten Fingern glitzerte, war genauso Realität wie das Mädchen selbst.

»Großer Gott!« flüsterte er. »Was für ein Teufelsding ist denn das? Stecken Sie es weg und lassen Sie uns lieber herausfinden, was hier überhaupt geschieht.«

Sie schien nicht zuzuhören; und plötzlich gewahrte er, daß ihr Blick zu einem Punkt an der Wand links von ihm huschte. Er folgte ihren Augen — um gerade noch zu bemerken, wie sieben weiße Lichtpünktchen dort aufblitzten.

Sonderbare Lichter... Fasziniert verfolgte er, wie sie nacheinander aufflammten und fahler glühten, das eine greller, das andere matter glomm, wie Helligkeit und Dunkel wechselten, die Pünktchen sich ständig veränderten, als reagierten sie auf irgendwelche hochempfindlichen Instrumente.

Die Lichter kamen zur Ruhe; sein Blick kehrte zu der jungen Frau zurück. Zu seiner Überraschung schickte sie sich eben an, ihre Waffe wegzustecken. Sein Gesichtsausdruck mußte ihr aufgefallen sein.

»Schon gut«, äußerte sie kühl. »Sie werden jetzt von der Automatik überwacht. Falls wir uns geirrt haben, entschuldigen wir uns gern. Sollten Sie immer noch an einer Waffe interessiert sein, dann führe ich Ihnen inzwischen gern die eine oder andere vor.«

Nun überwachte ihn also die Automatik, dachte McAllister. Das zu wissen, trug keineswegs zu seiner Beruhigung bei. Was immer der Sinn dieser Automatik sein mochte, zu seinen Gunsten würde sie sich bestimmt nicht auswirken; allein der Umstand, daß die junge Frau trotz ihres Mißtrauens auf ihre Waffe verzichten konnte, sprach Bände.

Ihm blieb gar nichts anderes übrig, als bei dieser ebenso bösen wie unerklärlichen Farce weiter mitzuspielen. Entweder er hatte seinen Verstand eingebüßt, oder er befand sich nicht mehr auf der Erde, zumindest der Erde des Jahres 1941 — und beides war barer Unfug.

Also mußte er zusehen, wie er hier herauskam. Einstweilen schien das Mädchen als selbstverständlich vorauszusetzen, daß jeder, der eine Waffenhandlung betrat, unter normalen Umständen auch wirklich im Sinn hatte, eine Waffe zu erstehen.

Unvermittelt wurde ihm bewußt, daß er sich tatsächlich brennend dafür interessierte, eine dieser ungewöhnlichen Waffen in Augenschein zu nehmen. Schon ihr bloßes Aussehen ließ Unbegreifliches ahnen. Laut sagte er: »Unbedingt. Zeigen Sie mir, was Sie haben.«

Im selben Augenblick kam ihm ein weiterer Gedanke. Er setzte hinzu: »Ich nehme an, daß Ihr Vater inzwischen irgendwo im Hintergrund bemüht ist, sich ein Bild von mir zu machen.«

Die junge Frau traf keine Anstalten, ihr Angebot in die Tat umzusetzen. Ihre Augen wirkten wie dunkle Teiche, aus denen ihre Verwirrung sprach.

»Auch wenn Sie selbst nichts davon ahnen«, sagte sie schließlich zögernd, »haben Sie unseren Betrieb bereits gründlich durcheinandergebracht. Die Lichter der Automatik hätten in dem Moment ansprechen müssen, in dem mein Vater aufmerksam geworden ist und auf die Knöpfe gedrückt hat. Nichts dergleichen war der Fall. Das ist abwegig, geradezu unnatürlich.

Trotzdem« — sie runzelte die Stirn — »falls Sie dazugehören, wie sind Sie dann durch die Tür gelangt? Sollten *ihre* Wissenschaftler am Ende Personen entdeckt haben, auf die die empfindlichen Energieimpulse nicht ansprechen? Menschen, von denen Sie nur einer sind, damit beauftragt zu testen, ob sie bei uns eindringen können?

Aber nein, das ergäbe keinen Sinn.

Bestünde nur die geringste Hoffnung auf Erfolg, dann würde man wohl kaum auf das Überraschungsmoment verzichtet haben. In diesem Fall wären Sie nur der Wegbereiter für einen Angriff auf breitester Front. Denn sie ist skrupellos, sie ist scharfsinnig, und sie strebt nach unbegrenzter Macht — nicht zuletzt mit Hilfe solcher Tröpfe, die ihr zu Füßen liegen und sich von ihrer Schönheit und der Pracht ihres Hofs blenden lassen.«

Das Mädchen hielt inne und lächelte. »Nun halte ich schon wieder eine politische Rede. Aber Sie sehen hoffentlich ein, daß wir allen Anlaß haben, Ihnen zu mißtrauen.«

In einer Ecke stand ein Sessel. McAllister strebte darauf zu. Mittlerweile hatte er sich innerlich gefangen.

»Ehrlich gesagt«, setzte er an, »weiß ich immer noch nicht recht, wovon Sie eigentlich reden. Ich habe nicht einmal eine Ahnung, wie ich in Ihr Geschäft geraten bin. Wenn Sie meinen, daß dieser Vorgang einer Klärung bedarf, stimme ich Ihnen völlig zu, aber in einem ganz anderen Sinne, als Sie ihn anscheinend vor Augen haben. Mir geht es darum ...«

Die Stimme versagte ihm. Er hatte sich angeschickt, Platz zu nehmen, doch statt in den Sessel zu sinken, richtete er sich schwerfällig wieder auf wie ein alter, uralter Mann. Sein Blick haftete auf den gerahmten Leuchtziffern über einer gläsernen Ausstellungsvitrine. Heiser brachte er hervor: »Ist das — ein Kalender?«

Sie folgte überrascht seinem Blick. »Ja, wir haben heute den dritten Juni. Was stört Sie daran?«

»Davon spreche ich nicht. Ich meine ...« Mit entsetzlicher Anstrengung nahm er sich zusammen. »Ich meine die Zahl darüber. Ich meine — welches Jahr schreiben wir?«

Immer stärkeres Erstaunen sprach aus der Miene des Mädchens. Sie setzte zu einer Antwort an, schloß jedoch den Mund wieder und wich einen Schritt zurück. Endlich: »Starren Sie mich nicht so an! Was stimmt denn nicht? Wir leben im viertausendsiebenhundertvierundachtzigsten Jahr der Herrschaft des Kaiserhauses Ischer. Das weiß doch jedes Kind.«

Jede Regung in ihm war wie erstorben. Ganz langsam ließ er sich in dem Sessel nieder, und der Gedanke kam ihm: Was eigentlich *soll* man unter solchen Umständen empfinden?

Selbst das Gefühl der Überraschung wollte ihm nicht zu Hilfe kommen. Denn die Abfolge der Ereignisse begann ganz simpel, ihre eigene — wenn auch verquere — Logik zu entwickeln.

Die Gebäudefront, die sich vor die beiden Läden aus dem Jahre 1941 geschoben hatte; die Reaktion der Tür; das erleuchtete Reklameschild, das Freiheit mit dem Recht auf Waffen verband; das Schaufenster mit seinen ausgestellten Waffen — *den besten Energiewaffen im bekannten Universum* ...

Allmählich wurde ihm bewußt, daß lange Minuten verstrichen waren, während er vor sich hinbrütend dagesessen hatte. Und daß die junge Frau mit einem hochgewachsenen grauhaarigen Mann sprach, der auf der Schwelle der offenen Tür stand, durch die sie zuvor den Laden betreten hatte.

Etwas seltsam Angespanntes ging von der Art aus, wie sie miteinander redeten. Die leisen Worte, mit gesenkten Stimmen ausgesprochen, verbanden sie zu einer merkwürdigen, beunruhigenden Geräuschkulisse. Er vermochte den Sinn des Gesprächs nicht zu erraten, bis das Mädchen sich zu ihm umwandte und mit gepreßter Stimme sagte: »Mr. McAllister, mein Vater möchte wissen, aus welchem Jahr Sie stammen.«

Einen kurzen Augenblick lang überschattete der eindringliche Klang ihrer Stimme den Sinn ihrer Worte.

»Was?« stieß McAllister hervor. »Soll das heißen, Sie tragen die Verantwortung dafür, daß ich hierher — und wieso, zum Donnerwetter, kennen Sie meinen Namen?«

Der ältere Mann schüttelte den Kopf. »Nein, uns trifft keine Schuld.« Er begann schneller zu sprechen, ohne daß seine Stimme weniger ernst klang. »Uns bleibt keine Zeit für lange Erklärungen. Nun ist das eingetreten, was wir Waffenschmiede seit Generationen befürchtet haben: daß früher oder später jemand auf der Bildfläche erscheinen würde, den es nach uneingeschränkter Macht gelüstet und der uns vernichten muß, bevor er als Tyrann herrschen kann.

Daß Sie hier anwesend sind, demonstriert, welche Energien sie gegen uns einsetzt — Kräfte, die so völlig neuartig sind, daß wir nichts davon geahnt haben. Aber ich darf jetzt keine Zeit mehr verschwenden. Versuch so viele Einzelheiten wie möglich in Erfahrung zu bringen, Lystra, und warne ihn vor der Gefahr, in der er selbst schwebt.«

Der Mann wandte sich ab. Lautlos schloß die Tür sich hinter seiner schlanken Gestalt.

»Was hat er gemeint?« fragte McAllister. »Wieso befinde ich mich in Gefahr?«

Er gewahrte, daß die braunen Augen der jungen Frau unruhig auf ihm ruhten.

»Das ist nicht leicht zu erläutern«, begann sie mit unbehaglicher Stimme. »Am besten stellen Sie sich ans Fenster, dann will ich es versuchen. Sie müssen inzwischen wohl ziemlich verwirrt sein.«

McAllister holte tief Atem. »Nun kommen wir der Sache schon näher.«

Seine Angst begann zu verfliegen. Der ältere Mann

schien über eine Erklärung zu verfügen; das hieß, daß an eine Rückkehr wieder zu denken war. Über die Gefahr, die der Gilde der Waffenschmiede drohte, mochten diese sich den Kopf zerbrechen. Was ihn anging ...

Er stand auf und schritt auf die junge Frau zu. Zu seiner Verblüffung wich sie zurück wie vor einem drohenden Schlag.

Als er sie verständnislos anstarrte, lachte sie unsicher, um endlich tief Luft zu holen und zu sagen: »Halten Sie mich nicht für albern, seien Sie nicht beleidigt — aber wenn Ihnen Ihr Leben lieb ist, berühren Sie keinen Menschen, in dessen Nähe Sie geraten.«

McAllister fühlte, wie es ihm kalt über den Rücken rann. Unvermittelt begriff er, woher die unbehagliche Miene des Mädchens rührte, und erschrak: Sie hatte — Angst!

Seine eigene Furcht wich einer Welle der Ungeduld. Nur mühsam beherrschte er sich.

»Kommen wir doch zur Sache«, setzte er an. »Ich möchte nun endlich Klarheit haben. Wir können hier gefahrlos miteinander reden, so lange ich Sie nicht berühre oder Ihnen zu nahe komme. Stimmt das?«

Sie nickte. »Der Fußboden, die Wände, die Einrichtung — buchstäblich der gesamte Laden besteht aus nichtleitendem Material.«

McAllister hatte das Empfinden, über einem bodenlosen Abgrund auf einem Drahtseil zu balancieren. Sein Gegenüber hatte eine Art, drohendes Unheil anzudeuten, ohne es unzweideutig zu benennen, die an seinen Nerven zerrte.

Er zwang sich zur Ruhe. »Fangen wir von vorn an. Wie haben Sie, beziehungsweise Ihr Vater, meinen Namen erfahren, und woher konnten Sie wissen, daß ich nicht aus ...« — er hielt inne, ehe die fremd anmutenden Worte ihm über die Lippen wollten — »aus Ihrer Zeit stamme?«

»Mein Vater hat Sie durchleuchtet«, antwortete das Mädchen mit einer Stimme, die ebenso gezwungen wirkte wie ihre Körperhaltung. »Auch den Inhalt Ihrer Taschen. Dadurch ist er auf des Rätsels Lösung verfallen. Die Tür hat nicht auf Sie angesprochen, weil die Energie, mit der Sie geladen sind, die empfindliche Schaltung beeinflußt hat. Aus demselben Grund hat auch die Automatik sich nicht sofort auf Sie eingestellt, und wir...«

»Einen... einen Augenblick«, stammelte McAllister. Ihm wirbelte der Kopf. »Mit Energie — geladen?«

Die junge Frau starrte ihn an. »Begreifen Sie denn nicht?« brach es aus ihr heraus. »Sie haben einen Zeitraum von siebentausend Jahren durchmessen. Keine Energie des Universums wirkt so mächtig wie die Zeit. Sie sind mit Trillionen und Abertrillionen von Zeitenergieeinheiten aufgeladen. Sollten Sie nur vor die Tür treten, dann würden Sie die Residenzstadt der Ischer in die Luft sprengen und in weitem Umkreis das Land zerstören.

Sie...« — ihre Stimme bebte und wurde lauter, als sie schloß — »Sie könnten am Ende die gesamte Erde vernichten.«

Er hatte den Spiegel bislang nicht bemerkt. Das war merkwürdig, denn er war groß genug und nahm eine Stelle der Wand ein, an der — das hätte er schwören können — noch vor einer Minute massives Metall sich befunden hatte.

»Schauen Sie sich an«, redete das Mädchen ihm besänftigend zu. »Nichts wirkt so beruhigend wie der eigene Anblick. Im Grunde verkraftet Ihr Körper den Schock über Erwarten gut.«

Und das stimmte. Mit gedämpfter, aber dennoch zunehmender Überraschung starrte McAllister sein Spiegelbild an. Das schmale Gesicht, das ihm entgegenblickte, war bleich; doch das Gefühl, er müßte am ganzen Leib zittern, hatte ihn getrogen.

Langsam wurde er sich der Anwesenheit des Mädchens wieder bewußt. Sie stand an der Wand, ihre Finger lagen auf einem von mehreren Schaltern. Plötzlich war ihm leichter zumute.

»Danke«, sagte er schlicht. »Die Ermutigung hatte ich nötig.«

Sie lächelte aufmunternd, und McAllister war immerhin wieder so weit, daß er über die widersprüchlichen Züge ihrer Persönlichkeit staunen konnte. Einerseits hatte es ihr wenige Minuten zuvor noch an Worten gefehlt, um ihm unzweideutig die Natur der Gefahr zu verdeutlichen, in der er sich befand; andererseits bewies die Art und Weise, wie sie sich des Spiegels bediente, daß sie sich auf die menschliche Psyche verstand. Er fuhr fort: »Für Sie handelt es sich jetzt also darum, dieser Dame namens... Ischer ein Schnippchen zu schlagen und mich in das Jahr 1941 zurückzuschaffen, bevor ich die Erde — von welcher Zeit auch immer — unversehens in die Luft sprenge.«

Das Mädchen nickte. »Mein Vater meint, Ihre Rückkehr ließe sich bewerkstelligen. Was die Voraussetzung angeht, die Sie erwähnt haben — sehen Sie selbst!«

Ihm blieb keine Zeit, Erleichterung zu empfinden. Die junge Frau betätigte den Schalter; der Spiegel verschwand in der Wand. Ein weiterer Schalter — und die Wand selbst zerfloß.

Löste sich buchstäblich in Nichts auf. Ein Park erstreckte sich vor ihm, ähnlich dem, den er bereits durch die Eingangstür gesehen hatte — augenscheinlich dessen Fortsetzung, bestanden mit Bäumen und Blumenrabatten und grünem Gras, auf das die Sonne schien.

Auch die Stadt war wieder sichtbar, auf dieser Seite näher an den Waffenladen herangerückt, dabei unvergleichlich düsterer wirkend.

Ein riesenhaftes Gebäude, so hoch wie lang, dunkel gegen den Himmel aufragend, beherrschte den gesamten Horizont. Es lag wohl einen halben Kilometer weit weg; unglaublicherweise schienen seine Länge wie seine Höhe der Entfernung zu entsprechen.

Weder in dem Park noch im Umfeld des gewaltigen Bauwerks gewahrte McAllister auch nur eine Menschenseele. Überall Zeugnisse des dynamischen Wirkens von

Menschen — aber nirgends Leben, nirgends eine Bewegung. Selbst bei den Bäumen regte sich kein Blatt an diesem sonnenhellen Tag, der auf unbestimmbare Weise den Atem anzuhalten schien.

»Schauen Sie hin!« sagte das Mädchen wiederum, nun mit leiserer Stimme.

Diesmal drückte sie auf keinen Schalter. Sie veränderte nur die Einstellung; und plötzlich wirkte die Sicht nicht mehr so klar. Zwar hatte weder die intensiv vom Himmel strahlende Sonne sich verdunkelt, noch war plötzlich eine Glasscheibe dort aufgetaucht, wo noch einen Augenblick zuvor nichts sich befunden hatte. Zwischen ihm und dem Park lag nach wie vor kein sichtbares Hindernis. Aber...

Der Park war nicht mehr unbelebt!

Er wimmelte von Männern und von Gerät. McAllister starrte fassungslos auf das Schauspiel; dann, als das Gefühl ihn verließ, Opfer einer Illusion zu sein, und die finstere Drohung sich ihm mitteilte, die von diesen Männern ausging, verwandelte sein Staunen sich in Bestürzung.

»Aber«, brachte er schließlich hervor, »das sind doch Soldaten, und die Maschinen ...«

»Sind Energiegeschütze«, vollendete die junge Frau seinen Satz. »Mit dem Problem haben sie sich seit eh und je herumgeschlagen: ihre Geschütze nahe genug heranzuschaffen, um unsere Läden zu vernichten. Natürlich sind ihre Waffen auch auf große Entfernung höchst wirksam. Selbst die, die wir verkaufen, können ungeschütztes Leben über Meilen hinweg töten. Aber jede einzelne Waffenhandlung ist so stark befestigt, daß sie mit ihren größten Kalibern bis in Kernschußweite vordringen müßten.

Und genau das haben wir ihnen bis jetzt verwehrt. Nicht nur gehört uns der umliegende Park; auch auf unsere Warnanlagen war immer Verlaß. Auf die neue Energie dagegen, derer sie sich jetzt bedienen, sprechen unsere Instrumente nicht an; schlimmer noch, sie bietet ihnen außerdem Schutz gegen unsere Waffen. Zwar sind die technischen Voraussetzungen, sich unsichtbar zu machen, seit langem bekannt; trotzdem — wären Sie nicht aufgetaucht, dann hätte man uns vernichtet, ehe wir das geringste geahnt hätten.«

»Und warum unternehmen Sie jetzt nichts?« rief McAllister. »Dort draußen gehen die Vorbereitungen weiter...«

In den braunen Augen des Mädchens brannte eine zornige gelbe Flamme. »Was glauben Sie, wo mein Vater geblieben ist? Er hat die Gilde gewarnt; und sämtliche Waffenschmiede haben inzwischen entdeckt, daß vor jedem Laden unsichtbare Geschütze von ebenso unsichtbaren Mannschaften in Stellung gebracht werden. Alle suchen fieberhaft nach einer Lösung.

Gefunden hat sich bislang noch keine. Ich denke, das sollten Sie wissen«, fügte sie ruhig hinzu.

McAllister räusperte sich, öffnete den Mund, um etwas zu sagen — und schloß ihn wieder, als er merkte, daß ihm die Worte fehlten. Fasziniert verfolgte er, wie die Truppen schwere Kabel auslegten, die zu dem riesigen Gebäude im Hintergrund führten; schenkeldicke Kabel, die ahnen ließen, welche titanischen Gewalten bald über die winzige Waffenhandlung hereinbrechen sollten.

Dazu gab es nichts zu sagen. Die bedrohliche Wirklichkeit degradierte alle vorstellbaren Sätze zu Phrasen. Unter den Menschen hier war er der nutzloseste, seine Meinung die unwichtigste.

Ohne es recht zu merken, mußte er diese Überzeugung laut ausgesprochen haben, denn unvermittelt ließ die vertraute Stimme des grauhaarigen Mannes sich vernehmen:

»Sie irren sich sehr, McAllister. Unter sämtlichen Leuten hier sind *Sie* am wichtigsten. Durch Sie haben wir überhaupt erst entdeckt, daß wir von der Ischerkaiserin angegriffen werden. Außerdem wissen unsere Gegner noch nichts von Ihrer Anwesenheit; also setzen sie die neutralisierende Energie ein, ohne ihre Wirkung gänzlich zu kennen.

Mit anderen Worten: Sie sind der unbekannte Faktor — und unsere einzige Hoffnung, denn die Zeit, die uns noch bleibt, ist unglaublich kurz. Finden wir keinen Weg, die unbekannte Größe einzusetzen, die Sie darstellen, dann ist alles verloren.«

Der Mann wirkte sichtlich gealtert, dachte McAllister. Die Falten in seinem fahlen Gesicht und der schroffe Ton seiner Stimme, als er sich an seine Tochter wandte, verrieten den Druck, unter dem er stand: »Nummer sieben, Lystra.«

Während die Finger des Mädchens auf den siebten Knopf drückten, erläuterte ihr Vater dem Reporter hastig: »Der Großrat der Gilde tritt zu einer Notstandssitzung zusammen. Wir müssen versuchen, die geeignetste Methode zur Lösung des Problems zu finden, und dann müssen wir uns gemeinsam auf diese Methode konzentrieren. Gebietsweise haben die Besprechungen schon eingesetzt, aber bis jetzt ist erst ein einziger brauchbarer Gedanke ... ah, meine Herren!«

Er sprach an McAllister vorbei, der zusammenfuhr, sich umwandte und erstarrte.

Männer kamen aus der massiven Wand, so selbstverständlich, als befände sich dort eine Tür, und sie träten über die Schwelle. Eins, zwei, drei — zwölf insgesamt.

Sie hatten samt und sonders grimmige Mienen, außer einem, der McAllister einen Blick zuwarf, sich anschickte, an ihm vorbeizugehen, dann jedoch mit leicht amüsiertem Lächeln stehenblieb.

»Sie brauchen nicht so verdutzt dreinzuschauen. Was glauben Sie wohl, wie es uns gelungen wäre, unsere Unabhängigkeit so lange zu bewahren, wenn wir die Schranken der Materie nicht überwunden hätten? Die Fahnder der Ischers hätten viel darum gegeben, uns von unseren Nachschubquellen abzuschneiden. Übrigens, mein Name ist Cadron — Peter Cadron.«

McAllister nickte mechanisch. Die beeindruckende Wirkung begann zu verblassen, die das technische Potential seiner neuen Umgebung anfänglich auf ihn ausgeübt hatte. Was ihm vorgeführt wurde, waren die nicht endenwollenden Erzeugnisse des maschinellen Zeitalters — Wissenschaft und Forschung derart unermeßlich fortgeschritten, daß Menschen sich kaum noch bewegten, ohne daß Maschinen in Tätigkeit traten. Er wurde gewahr, daß nicht weit von ihm entfernt ein Mann mit fleischigem Gesicht zum Sprechen ansetzte.

»Wir haben uns an diesem Ort versammelt«, begann der Mann, »weil feststehen dürfte, daß die Quelle der neuen Energie in dem Gebäudekoloß dort drüben zu suchen ist ...«

Er wies auf die Wand, wo sich wenige Minuten zuvor der Spiegel befunden hatte und dann das Fenster, durch welches McAllister das riesige Bauwerk erblickt hatte.

»Seit das Gebäude vor fünf Jahren fertiggestellt wurde«, fuhr der Sprecher fort, »wissen wir, daß es sich dabei um eine Energiezentrale handelt, die auf uns zielt. Energie hat sich jetzt tatsächlich daraus ergossen und die Welt umschlossen, unermeßlich wirksame Energie, derart mächtig, daß unter ihrem Ansturm das Spannungsgefüge der Zeit selbst zerrissen ist. Glücklicherweise war das nur an dieser einen Stelle der Fall. Offenbar läßt die Wirkung mit der Entfernung nach. Sie ...«

»Dresley, ich bitte Sie!« unterbrach ihn ein kleiner, dürrer Mann. »Wozu die Vorrede? Sie haben die Vorschläge geprüft, die von den einzelnen Gruppen auf regionaler Ebene unterbreitet worden sind. Befindet sich eine brauchbare Idee darunter, oder nicht?«

Dresley zögerte. Zu McAllisters Überraschung warf der Mann ihm einen zweifelnden Blick zu. In seinem plumpen Gesicht zuckte es, ehe seine Züge sich verhärteten.

»Ja, es existiert ein Weg. Allerdings müßten wir unseren Freund aus der Vergangenheit zwingen, ein erhebliches Risiko auf sich zu nehmen. Sie wissen allesamt, worauf ich damit anspiele. Wir würden dadurch den Aufschub gewinnen, den wir dringend brauchen.«

»Wie bitte?« stieß McAllister hervor. Wie gelähmt verharrte er an seinem Platz, während er von allen Seiten angestarrt wurde.

Die Sekunden verrannen. Der Gedanke durchzuckte den Reporter, daß er nichts sehnlicher herbeiwünschte als wiederum jenen Spiegel — um sich zu vergewissern, ob er immer noch eine halbwegs gute Figur machte; um auf irgend etwas, ganz gleich, was, zurückgreifen zu können, das ihm Kraft gab.

Sein Blick überflog die Gesichter der Männer. Die Waffenschmiede gaben ein eigenartiges Bild ab, wie sie verstreut dasaßen, herumstanden oder an den durchsichtigen Ausstellungsvitrinen lehnten. Es schienen ihm weniger, als er zuvor gezählt hatte. Eins, zwei — zehn, die junge Frau inbegriffen. Er hätte schwören mögen, daß es eben noch vierzehn gewesen waren.

Seine Augen wanderten weiter, gerade rechtzeitig, um wahrzunehmen, wie die rückwärtige Tür sich schloß. Die vier waren also nach hinten gegangen. McAllister widmete ihnen keine weitere Überlegung mehr.

Immer noch fühlte er sich aus dem Gleichgewicht gebracht. Seine Augen suchten Halt an dem technischen Wunderwerk des Waffenladens, das einer fernen Zukunftswelt angehörte; eines Ladens, der selbst einen komplizierten Mechanismus darstellte.

Er merkte, daß er sich eine Zigarette anzündete, und wußte plötzlich, was ihm am meisten gefehlt hatte. Beim ersten Zug rann ein köstliches Kribbeln seine Nerven entlang. Er wurde ruhiger; sein Blick wanderte nachdenklich über die Gesichter in der Runde.

Er sagte: »Ich begreife nicht, wie Sie auch nur den Gedanken an Zwang erwägen können. Nach Ihren eigenen Worten bin ich mit Energie aufgeladen. Ich mag mich irren, aber sollte jemand unter Ihnen versuchen, mich anzurühren oder gar zurück in die Rutsche der Zeit zu stoßen, dann dürfte diese Energie wohl verheerende Schäden anrichten ...«

»Sie haben verdammt recht«, mischte ein jüngerer Mann sich ein. Gereizt wandte er sich an Dresley. »Wie konnten Sie bloß einen derartigen psychologischen Schnitzer begehen? Sie wissen sehr gut, daß McAllister überhaupt keine andere Wahl hat, als unseren Vorschlag zu befolgen, wenn er seine eigene Haut retten will — und zwar schleunigst.«

Dresley fuhr unter dem scharfen Angriff zusammen. »Zum Teufel«, machte er sich Luft, »wir haben keine Zeit zu verlieren, und ich dachte, er würde sich vielleicht ins Bockshorn jagen lassen. Ich sehe aber ein, daß wir es mit einem intelligenten Menschen zu tun haben.«

McAllister musterte die Versammelten prüfend. Ihr Verhalten machte ihn stutzig. Sie redeten zuviel, vergeudeten die Minuten, die sie angeblich so dringend brauchten, als warteten sie auf den Eintritt irgendeines Ereignisses.

Er sagte scharf: »Versuchen Sie nur nicht, mich einzuwickeln, Sie schwitzen doch allesamt Blut und Wasser. Sie würden Ihrer eigenen Großmutter den Hals umdrehen und mir noch den schwarzen Peter zuschieben, wenn das zur Rettung Ihrer kostbaren Welt beitrüge. Also — wie sieht Ihr Plan aus, zu dem ich gezwungen werden sollte, meinen Teil beizutragen?«

Der jüngere Mann war es, der ihm Antwort gab. »Wir stecken Sie in einen isolierten Anzug und schicken Sie in Ihre eigene Zeit zurück.«

Er hielt inne. McAllister warf ein: »Das klingt soweit nicht übel. Und wo ist der Haken an der Sache?«

»Sie hat keinen Haken!«

McAllister starrte ihn an. »Versuchen Sie mir doch nichts weiszumachen! Wenn es wirklich so einfach wäre, wie, zum Donnerwetter, soll ich Ihnen dann dabei helfen, der Energie Herr zu werden, die sich gegen Sie richtet?«

Der junge Mann bedachte Dresley mit einem bösen Blick. »Da haben Sie's! Ihr Gerede hat ihn nur kopfscheu gemacht.«

Er wandte sich McAllister zu. »Was uns vorschwebt, ist

eine Anwendung des Prinzips von Hebelarm und Drehpunkt. Sie sollen das ›Gewicht‹ am langen Arm eines energetischen ›Hebebaums‹ bilden, das ein größeres ›Gewicht‹ am kürzeren Ende bewegt. Sie kehren fünftausend Jahre in die Vergangenheit zurück; die Maschine in dem riesigen Bauwerk, die uns in diese prekäre Lage gebracht hat und auf die Ihr Körper abgestimmt ist, rückt annähernd zwei Wochen in die Zukunft vor.«

»Und dadurch«, warf jemand anders ein, noch ehe McAllister zu Wort kam, »gewinnen wir genügend Zeit, um Abwehrmaßnahmen zu entwickeln. Es muß eine Lösung geben, sonst wären unsere Gegner offen gegen uns vorgegangen. Also, was halten Sie davon?«

McAllister tastete sich zu dem Sessel, in dem er gesessen hatte. Seine Gedanken rasten, aber die grimmige Vorahnung wollte nicht von ihm weichen, daß er nicht einen Bruchteil des technischen Wissens besaß, das er gebraucht hätte, um seiner Interessenlage entsprechend reagieren zu können.

Er antwortete zögernd: »Ich nehme an, das Ganze soll ähnlich wie ein Pumpenschwengel funktionieren. Im Einklang mit der alten Idee, wonach man mit einem Hebel, wenn er nur mächtig genug wäre und über einen entsprechenden Drehpunkt verfügte, selbst die Erde aus ihrer Bahn kippen könnte.«

»Richtig!« Es war wieder Dresley, der das Wort ergriff. »Nur wird dieser Hebel in der Zeit angesetzt. Sie legen fünftausend Jahre zurück, das Gebäude einige Wo ...«

Aller Eifer fiel von ihm ab, und er verstummte, als er McAllisters Gesichtsausdruck gewahrte.

»Es gibt nichts Kläglicheres«, sagte McAllister, »als eine Schar ehrenwerter Männer, die sich anschickt, ihre erste Schandtat zu begehen. Sie sind alle charakterfeste und intelligente Leute, die ihr Leben der Durchsetzung eines idealistischen Ziels verschrieben haben. Sie haben sich immer wieder eingeredet, daß Sie auch vor drastischen Opfern nicht zurückschrecken würden, sofern die Umstände das erfordern sollten. Deshalb frage ich Sie noch einmal: *Wo ist der Haken?*«

Daß ihm ausgerechnet in diesem Moment der Anzug hingehalten wurde, traf ihn unvorbereitet. Er hatte die Rückkehr der vier Männer nicht bemerkt; daß sie die Isolierkleidung geholt hatten, ehe sie wissen konnten, ob er sie überhaupt anlegen würde, war ein Schlag, den er erst verdauen mußte.

Er funkelte Peter Cadron an, der ihm die schlaffe, in stumpfem Grau gehaltene Kombination entgegenstreckte. Plötzlich aufflammender Zorn schnürte ihm die Kehle zu; noch ehe er ein Wort hervorbrachte, forderte Cadron ihn mit gepreßter Stimme auf: »Ziehen Sie das an, Menschenskind, und verschwinden Sie! Es geht jetzt um Minuten. Wenn die Geschütze dort draußen erst Energie speien, brauchen Sie sich über unsere Aufrichtigkeit nicht mehr den Kopf zu zerbrechen, weil Sie dann nämlich nicht mehr am Leben sein werden.«

McAllister zögerte noch immer. Der Raum dünkte ihn unerträglich heiß; und ihm war übel — schlecht vor Angst und Unsicherheit. Schweißtropfen rannen ihm über die Wangen. Sein gehetzter Blick fiel auf das Mädchen, das schweigend und bedrückt bei der Eingangstür stand.

Er ging zu ihr; und entweder seine flackernden Augen oder seine bloße Nähe flößten ihr solche Angst ein, daß sie blaß wurde und zurückwich.

»Hören Sie«, stieß er hervor, »ich stecke in dieser Sache bis zum Hals. Was riskiere ich dabei? Ich muß das Gefühl haben, daß mir zumindest eine Chance bleibt. Sagen Sie mir wenigstens, welchen Haken die Sache hat.«

Das Gesicht des Mädchens war fast so grau wie der Anzug, den Peter Cadron hielt. »Der Haken hängt mit der Reibung zusammen«, sagte sie leise. »Sie werden vielleicht nicht bis ins Jahr 1941 gelangen. Verstehen Sie, Sie bilden eben ein ›Gewicht‹, und das ...«

McAllister hörte nicht weiter hin. Er nahm Cadron den

Anzug aus der Hand, fuhr in das weiche, hauchdünne Material und zerrte das overallähnliche Gewand über seine Kleidung. »Die Kapuze bedeckt auch das Gesicht?« wollte er wissen.

»Richtig«, antwortete Lystras Vater. »Sobald Sie den Reißverschluß zuziehen, wird der Anzug unsichtbar. Außenstehenden wird es vorkommen, als trügen Sie nur Ihre eigenen Sachen. Der Anzug ist mit allem notwendigen ausgerüstet. Sogar auf dem Mond könnten Sie darin überleben.«

»Trotzdem begreife ich nicht«, murrte McAllister, »weshalb ich ihn überhaupt tragen muß. Hier angelangt bin ich schließlich ohne ihn.«

Er runzelte die Stirn. Die Worte waren ihm ganz automatisch über die Lippen gekommen; nun aber drängte unvermittelt ein Gedanke sich auf. »Was wird eigentlich aus der Energie, mit der ich aufgeladen bin, wenn ich in dieser Isolierung stecke?«

Aus den Mienen, die rings um ihn erstarrten, sah er sofort, daß er einen wunden Punkt berührt hatte.

»Das ist es also«, stieß er hervor. »Die Isolierung soll verhindern, daß ich Energie abgebe. Dadurch wird für mein ›Gewicht‹ gesorgt. Wahrscheinlich besteht sogar eine Verbindung zwischen dem Anzug und jener anderen Maschine. Aber noch ist es nicht zu spät. Noch ...«

Verzweifelt versuchte er zur Seite zu springen, sich den Händen der vier Männer zu entwinden, die sich auf ihn warfen. Aussichtsloses Beginnen! Sie packten ihn und hielten ihn mit eisernem Griff, dem er sich nicht entwinden konnte.

Peter Cadron zog den Reißverschluß zu, wobei er sagte: »Tut mir leid, aber als wir nach hinten gingen, haben wir ebenfalls isolierte Kleidung übergezogen. Deswegen können Sie uns nichts anhaben. Wirklich — es tut mir leid.

Aber vergessen Sie eins nicht: Daß Sie geopfert werden, ist keineswegs sicher. *Unsere* Erde weist keinen Krater auf. Damit steht fest, daß Sie in der Vergangenheit nicht explodiert sein können, daß Sie vielmehr das Problem auf andere Weise gelöst haben müssen. *Und jetzt schnell die Tür auf!*«

Unwiderstehlich wurde er zum Ausgang gezerrt. Und dann ...

»Halt!«

Der Ausruf kam von der jungen Frau. Die fahle Blässe ihres Gesichts hatte sich noch vertieft. Ihre Augen funkelten wie dunkle Edelsteine; und in ihrer Hand schimmerte die winzige Waffe, mit der sie vorher McAllister bedroht hatte.

Die kleine Gruppe, die McAllister vorwärtsschleifte, hielt wie unter einem Schlag inne. Er selbst merkte das kaum; für ihn existierte nur noch das Mädchen, dessen Lippen bebten und dessen Stimme plötzlich aufflammte: »Das ist ein Verbrechen! Sind wir solche Feiglinge — kann der Geist der Freiheit nur überleben durch einen schäbigen Mord, indem wir die Rechte eines Menschen mit Füßen treten? Nein, sage ich! Mr. McAllister soll wenigstens auf hypnotischem Weg geschützt werden — selbst wenn wir in den Minuten, die wir dafür opfern, sterben müßten.«

»Lystra!« rief ihr Vater; und seine rasche Bewegung verriet McAllister, über welchen klaren Verstand der bejahrte Mann verfügte und wie schnell er die Situation erfaßte.

Er trat vor und nahm seiner Tochter die Waffe aus der Hand — der einzige im Raum, durchzuckte es McAllister, der in diesem Augenblick wagen konnte, sich ihr in der Gewißheit zu nähern, daß sie nicht schießen würde. Denn aus ihrem Gesichtsausdruck sprach äußerste Erregung, und das heftige Schluchzen, in das sie ausbrach, bewies zur Genüge, in welche Gefahr jeder andere sich begeben hätte.

Eigenartigerweise hatte keinen Augenblick Hoffnung sich geregt. Der gesamte Vorgang erschien McAllister abgetrennt von seinem Leben und Denken; er verfolgte ihn wie von ferne. Eine scheinbare Ewigkeit lang blieb er unbeweglich stehen; und als endlich ein Gefühl sich einstellte, bestand es im Staunen, daß er nicht weiter seinem Verderben entgegengeschleppt wurde. Auf das Erstaunen folgte die Wahrnehmung, daß Peter Cadron seinen Arm losgelassen hatte und beiseitegetreten war.

Der Mann stand stolz aufgerichtet da; sein Blick wirkte ruhig. Er sagte: »Ihre Tochter hat recht, Sir. In diesem Augenblick erheben wir uns über unsere kleinlichen Ängste, und wir sagen zu diesem unglücklichen Mann: Fassen Sie Mut! Man wird Sie nicht vergessen. Wir können für nichts garantieren, können nicht einmal genau einschätzen, was Ihnen bevorsteht. Aber wir erklären: Wenn es in unserer Macht steht, Ihnen zu helfen, dann sollen Sie Hilfe erhalten. Und nun — müssen wir Sie auf einfache, aber wirksame Weise vor der unerträglichen psychischen Belastung schützen, die Sie sonst unweigerlich vernichten würde.«

Zu spät bemerkte McAllister, daß die übrigen sich von der außergewöhnlichen Wand abgekehrt hatten — jener Wand, die sich bereits als so verblüffend vielseitig erwiesen hatte. Er nahm nicht einmal wahr, wer mit einem Knopfdruck das auslöste, was folgte.

Ein blendendes Licht blitzte auf. Einen Augenblick lang hatte er das Empfinden, sein Geist sei bloßgelegt; und in dieser kurzen Zeitspanne prägte Peter Cadrons Stimme sich unauslöschlich ein: »Ihre Selbstbeherrschung zu wahren und bei Verstand zu bleiben — darin besteht Ihre Hoffnung; daran werden Sie festhalten, was immer Ihnen widerfährt. Sprechen Sie um Ihrer eigenen Sicherheit willen über Ihre Erlebnisse nur mit Wissenschaftlern oder mit Behördenvertretern, von denen Sie sich Verständnis und Hilfe erwarten. Viel Glück!«

So stark wirkte das grell auflohende Licht nach, daß McAllister die neuerliche Berührung der Hände kaum spürte, die ihn vorwärtsschoben. Er mußte in einen Abgrund gestürzt sein, doch empfand er keinen Schmerz.

Er gewahrte, daß er auf einem Gehsteig lag. In seinen

Ohren dröhnte die tiefe, vertraute Stimme Inspektor Claytons: »Machen Sie Platz! Gehen Sie weiter!«

McAllister rappelte sich auf. Neugierige Gesichter starrten ihn an; und kein Park, keine wundersame Stadt war mehr zu erblicken. Nur schäbige kleine Läden bildeten zu beiden Seiten der Straße ein monotones Muster.

Er mußte sehen, daß er fortkam. Diese Menschen hatten keine Ahnung. Irgendwo auf der Welt mußte ein Gelehrter zu finden sein, der ihm helfen konnte. Immerhin stand fest, daß er nicht explodiert war. Und deshalb — irgendwie, irgendwo ...

Er murmelte Antworten auf die Fragen, die auf ihn einhämmerten; und dann hatte er die enttäuschte Menge hinter sich gelassen. Ziellose Minuten halsbrecherischen Ausschreitens folgten; die Straßen wurden enger, schmuddeliger...

Er schrak zusammen und blieb stehen wie angewurzelt. Was geschah mit ihm?

Nacht hatte sich über eine gleißende, strahlende Stadt gesenkt. Er stand auf einem Boulevard, der sich wie ein Juwel in weite Ferne erstreckte.

Eine Prachtstraße, die lebte, in weichem Licht erglühte, das aus ihrer Oberfläche drang — eine Lichtbahn, einem Strom gleich, welcher unter einer Sonne dahinflutete, die nirgendwo sonst noch schien, ebenmäßig, schnurgerade und ...

Lange Minuten schritt er verständnislos darauf entlang, starrte den Wagen nach, die vorbeischossen — bis wilde Hoffnung in ihm aufkeimte.

War dies erneut das Zeitalter der Ischerkaiser und der Waffenschmiede? Möglich schien es; alles deutete darauf hin. Das aber hieß, daß man ihn zurückgeholt hatte. Die Waffenschmiede waren keine Übeltäter; sie würden ihn retten, wenn sie nur konnten. Wochen mochten mittlerweile in ihrer Zeit verstrichen sein, so daß ...

Übergangslos fand er sich inmitten eines tobenden

Schneesturms wieder. Er taumelte, als der erste heftige, unerwartete Windstoß ihn traf, stemmte sich dann gegen das Unwetter, kämpfte um innerliche und äußere Ruhe.

Die schimmernde, magische Stadt war ausgelöscht; ausgelöscht auch die flammende Straße — beide verschwunden, verwandelt in diese todbringende Wildnis.

Er spähte in das wirblende Schneegestöber. Es war Tag; und durch den weißen Flockenschleier konnte er die verschwommenen Umrisse von Bäumen erkennen, die in zehn Schritten Entfernung aufragten.

Instinktiv strebte er darauf zu, suchte unter ihnen Schutz und war endlich der Gewalt des wütenden Sturms entronnen.

Er dachte: Für einen Augenblick in der fernen Zukunft; gleich darauf — wo?

Hier gab es ganz gewiß keine Stadt. Nur Bäume, einen menschenleeren Wald, Winter ...

Keine Spur mehr von Schneesturm oder Bäumen. Er stand an einem Sandstrand; vor ihm erstreckte sich eine tiefblaue, sonnenbeschienene See, deren Wellen über weiße Gebäuderuinen spülten. Überall, weit hinein ins flache, liebliche Meer, weit hinauf in die unkrautüberwucherten Hügel, erhoben sich die Überreste einer einstmals gigantischen Stadt. Die Atmosphäre unvorstellbaren Alters lastete auf der Landschaft; und das Schweigen des Todes wurde nur durchbrochen vom sanften, zeitlosen Plätschern der Wellen ...

Wieder der plötzliche Wechsel. Diesmal besser darauf vorbereitet, ging McAllister trotzdem zweimal in der Strömung des breiten, raschen Flusses unter, der ihn davontrug. Schwimmen war schwierig, aber der isolierte Anzug verlieh ihm Auftrieb durch die Luft, die er ständig erzeugte; und nach einem Moment begann er sich auf das baumbestandene rechte Ufer zuzuarbeiten, von dem ihn dreißig Meter trennten.

Doch dann überfiel ihn ein Gedanke, und er schwamm nicht weiter. Was sollte es auch nutzen?

Die Wahrheit war ebenso offenkundig wie schrecklich. Er wurde hin und her geschleudert zwischen Vergangenheit und Zukunft; er diente als »Gewicht« am langen Ende einer Energiewippe; und aus irgendeinem Grund schlug das Pendel jedesmal weiter aus. Nur damit ließen die katastrophalen Veränderungen sich erklären, die er bereits erlebt hatte. Jeden Augenblick würde ein neuer Wechsel eintreten ...

Und er stellte sich ein. Mit dem Gesicht in Gras gepreßt, lag McAllister auf einer Wiese, doch die Wißbegier war von ihm gewichen. Er blickte nicht mehr auf, sondern blieb Stunde um Stunde liegen, während die Wippe vor und zurück schnellte: Vergangenheit — Zukunft — Vergangenheit — Zukunft ...

Zweifelsohne hatten die Waffenschmiede den erhofften Aufschub gewonnen, denn am anderen Ende dieses wirbelnden Auf und Ab befand sich die Maschine, die den Streitkräften der Ischer als auslösende Kraft gedient hatte; und auch sie schwang auf und ab, ein wahnwitziges Pendel.

Übrig blieb die Zusage der Waffenschmiede, ihm beizustehen — mittlerweile ein leeres Versprechen; sie konnten nicht wissen, was sich zugetragen hatte. Sie waren nicht einmal in der Lage, ihn aufzuspüren im Labyrinth der Zeit.

Übrig blieb schließlich noch das mechanische Gesetz vom Ausgleich aller Kräfte.

Irgendwo, irgendwann würde dieser Ausgleich erfolgen, vermutlich in der Zukunft — denn ebenso bestehen blieb der Umstand, daß er in der Vergangenheit nicht explodiert war. Ja, irgendwann würde ein Gleichgewicht eintreten, und dann galt es, sich mit *diesem* Problem zu befassen. Bis dahin ...

Weiter, weiter, weiter jagte die Wippe; hier schimmerte die Welt leuchtend in ihrer Jugend, dort dämmerte sie in unvorstellbarem Alter.

Voraus klaffte schwarz die Unendlichkeit.

Ganz plötzlich kam ihm in den Sinn, daß er wußte, wo die Wippe innehalten würde. Sie würde in der fernen Vergangenheit zum Stehen kommen, mit der Freisetzung der unvorstellbaren Zeitenergie, die er bei jedem gewaltigen Schwung gespeichert hatte.

Er würde die Entstehung der Planeten nicht erleben — er würde sie bewirken.

DER WAFFENLADEN

(1942)

DER WAFFENLADEN
Originaltitel: THE WEAPON SHOP
(*Astounding Science Fiction,* Dezember 1942)

Ungekürzte deutsche Übersetzung von Rainer Eisfeld

Das abendliche Dorf wirkte seltsam zeitlos. Fara schlenderte zufrieden neben seiner Frau her. Die Luft war wie Wein; und der Künstler fiel ihm ein, der, aus Imperial City kommend, ein Gemälde angefertigt hatte, das wirkte, als entstamme es — er erinnerte sich noch lebhaft an den Satz aus der Holoschau — »unmittelbar dem elektrischen Zeitalter vor siebentausend Jahren«.

Fara glaubte das gern. Die Ladenstraße mit den gepflegten Vorgärten, die automatisch von Unkraut freigehalten wurden, den zurückgesetzten Geschäften inmitten von Blumenrabatten, den Rasenflächen der Bürgersteige und den Bogenlampen, deren Material schimmerndes Licht ausströmte — alles das war Teil eines idyllischen Paradieses, in dem die Zeit stillzustehen schien.

Und wie um dem Leben in dieser Idylle noch mehr Glanz zu geben, hing das Gemälde, auf dem der große Maler diese ruhige, friedliche Welte eingefangen hatte, jetzt in der Sammlung der Kaiserin. Sie hatte ihm Anerkennung gezollt, und natürlich hatte der beglückte Künstler keinen Augenblick gezögert, ihr das Bild in aller Bescheidenheit zum Präsent zu machen.

Welche Freude es bereiten mußte, der glorreichen, der göttlichen, der anmutigen und lieblichen Innelda Ischer, der eintausendeinhundertachtzigsten ihrer Dynastie, auf solche Weise huldigen zu können!

Im Gehen wandte Fara sich halb seiner Frau zu. Das milde Licht der nächsten Bogenlampe beließ ihr freundliches, noch immer jugendfrisches Gesicht im Schatten. Leise murmelte Fara, wobei er instinktiv die Stimme dämpfte, um sie den Pastelltönen des Abends anzupassen:

»Sie hat gemeint — die Kaiserin hat gemeint —, unser kleiner Ort Glay schiene ihr noch jene Sanftmut und Ungebrochenheit zu besitzen, die zu den schönsten Eigenschaften ihres Volkes gehörten. War das nicht ein vortrefflicher Gedanke, Creel? Sie muß eine bewundernswert einfühlsame Frau sein. Ich ...«

Er brach ab. Sie hatten eine Seitenstraße erreicht, und

was Fara dort in fünfzig Metern Entfernung gewahrte, verschlug ihm den Atem.

»Sieh doch!« brachte er rauh hervor.

Mit steif ausgestrecktem Arm deutete er auf ein Leuchtschild, das in der Abenddämmerung glühte, ein Schild, das verkündete:

ERSTKLASSIGE WAFFEN
DAS RECHT AUF WAFFEN
BEDEUTET DAS RECHT AUF FREIHEIT

Ein eigenartiges Gefühl der Leere breitete sich in Fara aus, während er zu der Leuchtschrift hinüberstarrte. Er sah, wie andere Dorfbewohner davor stehenblieben. Endlich sagte er heiser: »Ich habe schon von diesen Läden gehört. Sie sind ein Schandfleck, den die Regierung der Kaiserin über kurz oder lang beseitigen wird. Sie werden in verborgenen Fabriken gebaut, dann in Orte wie den unseren transportiert und unter Mißachtung aller Besitzrechte aufgestellt. Der dort hat vor einer Stunde noch nicht dagestanden.«

Seine Züge verhärteten sich. Seine Stimme nahm einen schroffen Klang an, als er befahl: »Creel, geh nach Hause!«

Fara war überrascht, als Creel nicht unverzüglich Anstalten traf, seiner Anweisung nachzukommen. In den langen Jahren ihrer Ehe hatte sie sich immer gefügt und ihm das Zusammenleben damit ebenso angenehm wie einfach gemacht. Er sah, wie sie ihn aus geweiteten Augen anblickte und daß Furchtsamkeit sie zurückhielt. Sie forschte: »Fara, was hast du vor? Du willst doch nicht etwa …«

»Geh nach Hause!« Ihre Besorgnis fachte die verbissene Entschlossenheit, die seinem Wesen entsprach, nur noch mehr an. »Wir werden nicht zulassen, daß unser Dorf so niederträchtig entweiht wird. Ausgerechnet unsere schöne alte Gemeinde« — seine Stimme bebte bei der Vorstellung —, »die wir beschlossen haben, genauso zu erhalten, wie sie auf dem Gemälde in der kaiserlichen Sammlung dargestellt ist — zerstört, verdorben durch diese ... diese Scheußlichkeit. Aber wir lassen uns das nicht bieten; darauf kannst du dich verlassen.«

Creels Stimme klang leise, doch der ängstliche Ton war daraus geschwunden. »Handle nicht übereilt, Fara. Denk daran — dies ist nicht das erste neue Gebäude in Glay, seitdem das Bild gemalt wurde.«

Fara schwieg. Daß seine Frau ihn zu höchst unpassenden Zeiten an unangenehme Tatsachen erinnern mußte, war eine Eigenschaft, die er weniger an ihr schätzte. Er wußte genau, worauf sie anspielte. Gegen den erklärten Willen des Gemeinderats, aber rechtlich völlig einwandfrei hatte kürzlich der gigantische, wie eine Krake seine Greifarme überall hin ausstreckende Konzern AUTOMATISCHE ATOMMOTOREN-REPARATURWERKE AG. eine protzige Filiale im Dorf eröffnet — und Fara bereits um die Hälfte seiner Kundschaft gebracht.

»Das ist etwas ganz anderes«, knurrte Fara schließlich. »Erstens werden die Leute schon noch merken, daß diese neumodischen Automatikreparaturen nichts taugen. Außerdem muß man immer auf Konkurrenz gefaßt sein. Die Waffenläden dagegen sprechen jedem Anstand Hohn. Wenn ich schon diese scheinheilige Parole sehe: ›Das Recht auf Waffen‹ ... — ahh!«

Er schloß: »Geh heim, Creel! Wir werden jedenfalls dafür sorgen, daß sie hier keine Waffen an den Mann bringen.«

Er schaute der schlanken Frauengestalt nach, während sie sich entfernte. Sie war schon halb über die Straße, als Fara noch etwas einfiel. Er rief ihr hinterher: »Und wenn du unseren Sohn irgendwo herumlungern siehst, nimm ihn gleich mit! Er soll endlich lernen, früher nach Hause zu kommen.«

Seine Frau drehte sich nicht mehr um. Nachdem Fara noch einen Augenblick lang verfolgt hatte, wie sie sich beim Gehen gegen den sanften Lichtschein der Straßenbeleuchtung abhob, machte er auf dem Absatz kehrt und strebte schnellen Schrittes auf den Laden zu. Mit jeder Minute wurde die Zahl der Neugierigen größer, und die Dämmerung hallte von aufgeregten Stimmen wider.

Eine solche Sensation hatte Glay noch nie erlebt.

Die Leuchtreklame des Waffenladens vermittelte dem Betrachter die bekannte Illusion, aus jedem Blickwinkel unmittelbar ins Auge zu springen. Als Fara endlich vor dem großen Schaufenster stand, schienen die Buchstaben, ohne zu flimmern, von der Außenwand auf ihn herabzustarren.

Fara rümpfte noch einmal die Nase über den Text der Werbung, ließ den Gedanken daran fallen. In dem Fenster war noch ein weiteres Leuchtschild angebracht, das lautete:

**DIE BESTEN ENERGIEWAFFEN
IM BEKANNTEN UNIVERSUM**

Unwillkürlich erwachte Faras Interesse. Er musterte die blitzenden Waffen, gegen seinen Willen von ihrem Anblick gefesselt. Die Waffen wiesen alle Kaliber auf, von der winzigen Fingerpistole bis zum Schnellfeuergewehr. Ausnahmslos bestanden sie aus leichtem, hartem, dekorativem Material: glitzerndem Glassin, farbenprächtigem, aber undurchsichtigem Ordinkunststoff, grünlichem Magnesitberyllium und anderem.

Angesichts der Zahl an Mordwerkzeugen rann es Fara kalt über den Rücken. Waffen über Waffen für einen kleinen Ort, in dem — soweit er wußte — nur zwei Männer über Jagdgewehre verfügten. Das war schon mehr als absurd; das verhieß Unheil und Unfrieden.

Hinter ihm äußerte jemand: »Steht genau auf Lan Harris' Grundstück! Was wird der Halunke schimpfen!«

Einige kicherten zustimmend. Fara stellte fest, daß der

Mann recht hatte. Die Vorderfront des Geschäfts nahm vielleicht zwölf Meter ein. Und es stand mitten auf dem begrünten Anwesen des alten Geizkragens Harris.

Er zog die Brauen zusammen. Was für geriebene Burschen diese Waffenhändler waren, daß sie ausgerechnet das Besitztum des bestgehaßten Mannes im Dorf mit Beschlag belegten! Auf diese Weise hatte erst einmal jeder Anlaß zum Feixen. Aber gerade weil der Schachzug so raffiniert war, durfte er keinen Erfolg haben.

Er hatte immer noch besorgt die Stirn gerunzelt, als er die korpulente Gestalt Mel Dales, des Bürgermeisters, gewahrte. Fara schob sich auf ihn zu, tippte respektvoll an seinen Hut und fragte: »Wo steckt denn Jor?«

»Hier«, meldete sich der Dorfpolizist, während er sich durch die kleine Gruppe drängte. »Was machen wir nun?«

»Da gibt es überhaupt keine Frage«, entgegnete Fara. »Gehen Sie hinein und nehmen Sie diese Bande fest!«

Zu Faras Überraschung warfen die beiden Männer sich einen Blick zu, ehe sie zu Boden schauten. Es war der kräftige Polizist, der zur Antwort gab: »Die Tür ist verschlossen, und auf unser Hämmern hat niemand reagiert. Am besten versuchen wir es morgen früh noch einmal.«

»Unsinn!« Faras Ungeduld ließ ihn heftig werden. »Holen Sie eine Axt, dann brechen wir die Tür auf. Zögern ermutigt solches Gesindel nur zur Widersetzlichkeit. Keine Nacht sollten wir die Kerle in unserem Dorf dulden. Habe ich nicht recht?«

Jedermann in seiner unmittelbaren Nähe nickte hastig. Zu hastig. Fara sah sich um, doch die Männer wichen seinem Blick aus. »Sie haben alle Angst«, dachte er. »Sie wollen nicht.« Noch ehe er zum Sprechen kam, warf Jor ein: »Sie haben von diesen Läden oder von ihren Türen wohl noch nichts gehört. Sie sind so konstruiert, daß sie sich nicht ohne weiteres aufbrechen lassen.«

Fast schmerzlich wurde Fara sich bewußt, daß er es war,

der jetzt und hier handeln mußte. Er sagte: »Ich hole die atomare Fräsmaschine aus meiner Werkstatt. Das müßte genügen. Sind Sie damit einverstanden, Herr Bürgermeister?«

In der Schaufensterbeleuchtung konnte Fara erkennen, daß der beleibte Mann sichtlich schwitzte. Er zog ein Taschentuch hervor und fuhr sich damit über die Stirn. »Vielleicht rufe ich besser den Garnisonskommandeur in Ferd an und frage ihn um Rat«, murmelte er.

»Nein!« Daß der Bürgermeister einer Entscheidung aus dem Weg gehen wollte, war offensichtlich. Fara spürte, wie seine eigene Entschlossenheit wuchs; die Überzeugung erwachte in ihm, daß er alle Handlungsfähigkeit dieses Ortes verkörperte. »Wir müssen uns selbst helfen. In anderen Gemeinden haben diese Leute sich festgesetzt, weil wirksamer Widerstand ausgeblieben ist. Wir müssen uns wehren. Und zwar sofort. Von diesem Augenblick an. Also?«

Das »Na schön« des Bürgermeisters war kaum mehr als ein Seufzer. Fara jedoch genügte es.

Er rief den Leuten zu, was er vorhatte; dann, während er sich durch die Menschenansammlung drängte, bemerkte er, wie sein Sohn mit einigen anderen jungen Männern zusammenstand und auf die Auslagen starrte.

»Cayle«, rief er, »komm und hilf mir die Fräse herzuschaffen!«

Cayle drehte sich nicht einmal um, und Fara setzte wutentbrannt seinen Weg fort. Dieser Flegel! Demnächst würde er andere Seiten aufziehen müssen. Sonst hatte er endgültig einen Tunichtgut in seinem Haus.

Die Energie floß lautlos und gleichmäßig. Sie sprühte nicht, ließ keine Funken aufstieben. Sie glühte in sanftem, nahezu reinweißem Licht, umspielte fast liebkosend den metallenen Türrahmen — und versengte ihn nicht einmal.

Minute um Minute weigerte sich Fara hartnäckig, den

Mißerfolg zu akzeptieren, und ließ den Energiestrom auf die widersetzliche Tür einwirken. Als er endlich die Maschine ausschaltete, war er in Schweiß gebadet.

»Ich verstehe das nicht«, stieß er hervor. »Es kann doch kein Metall geben, das gegen Kernenergie immun ist. Selbst die Brennkammerauskleidung eines Motors weist bei ständigem Betrieb nach einigen Monaten Ermüdungserscheinungen auf, obwohl ihre Platten theoretisch darauf abgestimmt sind, die aufeinanderfolgenden Antriebsstöße in endloser Serie auszuhalten.«

»Jor hat eben doch recht gehabt«, sagte der Bürgermeister. »Diese Waffenläden sind — unüberwindlich. Überall im Reich breiten sie sich aus, *und nicht einmal die Kaiserin erkennen sie an.*«

Fara trat unruhig auf dem harten Gras hin und her. Er mochte es nicht, wenn so dahergeredet wurde. Für ihn grenzte das an Frevel. Und außerdem war es dummes Zeug. Noch ehe ihm eine passende Antwort einfiel, warf jemand dazwischen: »Ich habe gehört, daß diese Türen sich nur von denen öffnen lassen, die den Waffenhändlern nichts Böses wollen.«

Die Worte schreckten Fara aus seiner Ratlosigkeit hoch. Ruckartig ging ihm auf, daß sein Scheitern sich psychologisch ungünstig ausgewirkt hatte. Er entgegnete scharf: »Das ist doch lächerlich! Gäbe es solche Türen, dann hätten wir sie alle. Wir würden ...«

Er hielt inne. Ihm fiel auf, daß tatsächlich, so lange er hier stand, noch niemand versucht hatte, den Laden zu betreten; und angesichts der allgemeinen Unschlüssigkeit sollte es ihn keineswegs wundernehmen, wenn ...

Er griff zu, packte den Türknauf und drehte ihn. Die Tür gab mit unnatürlicher Leichtigkeit nach, und flüchtig dachte Fara, der Knauf habe sich unter seiner Hand gelöst. Mit einem Ruck stieß er sie weit auf.

»Schnell, Jor!« schrie er dabei.

Der Wachtmeister reagierte schwerfällig — gehemmt durch seine Achtsamkeit, angetrieben von der Einsicht, daß er bei so vielen Zuschauern nicht zögern konnte. Unbeholfen sprang er vor — und die Tür fiel zu.

Fara starrte seine Hand an, die er immer noch zur Faust geballt hielt. Nach einem Augenblick überlief es ihn eiskalt. Der Knauf war ihm — entschlüpft. Er hatte sich gedreht, und dann, als sei er plötzlich glitschig geworden, hatte er sich seinen Fingern entwunden. So flüchtig der Eindruck gewesen war, er vermittelte Fara das Gefühl, etwas Unnatürliches erlebt zu haben.

Er wurde sich bewußt, daß die Menge ihn mit gespannter Aufmerksamkeit beobachtete. Erneut, wenn auch weniger impulsiv, streckte er die Hand nach dem Türknauf aus; und erst nachdem er sich sein eigenes Zaudern eingestanden hatte, wurde er ärgerlich, als der Knauf keinen Millimeter nachgab.

Seine Entschlossenheit kehrte zurück, und ihm kam ein Gedanke. Er machte eine Handbewegung.

»Treten Sie ein Stück zur Seite, Jor!«

Der Angesprochene folgte der Aufforderung, aber es half nichts. So sehr Fara auch zog und zerrte, die Tür blieb verschlossen. Eine laute Stimme aus der Menge stellte fest: »Sie wollte Sie erst einlassen und hat sich's dann anders überlegt.«

»Was reden Sie denn da?« rief Fara erbittert. »*Sie* hat sich's anders überlegt? Sind Sie übergeschnappt? Eine Tür hat keinen Verstand.«

Doch seine Stimme bebte dabei. Paradoxerweise war es gerade die aufsteigende Angst, die ihn seine normale Vorsicht vergessen ließ. Mit einem Ruck wandte er sich dem Laden wieder zu.

Das Gebäude ragte unter dem Abendhimmel auf, selbst taghell erleuchtet, massiv in seiner Länge und Breite, fremdartig und bedrohlich, und offenkundig keineswegs leicht zu bezwingen. Der unbehagliche Gedanke ging Fara durch den Kopf, was die Soldaten der Kaiserin wohl unternehmen würden, wenn man sie verständigte.

Und plötzlich keimte die Überzeugung in ihm — als gestünde er sich eine bisher unausdenkbare Möglichkeit erstmals ein —, auch sie könnten am Ende nicht imstande sein, irgend etwas auszurichten.

Abrupt erschrak Fara darüber, daß er eine solche Vorstellung überhaupt zu hegen vermochte. Er verdrängte den Gedanken daran und preßte verbissen hervor: »Die Tür hat sich einmal vor mir geöffnet. Deshalb wird sie auch wieder aufgehen.«

Und sie tat es. Sachte, widerstandslos, mit der gleichen Leichtigkeit wie zuvor folgte die feinfühlige, eigenartige Tür dem Zug seiner Finger. Im Gegensatz zu dem Schaufenster war der Raum dahinter nur matt erhellt. Er hörte Bürgermeister Dale sagen: »Fara, seien Sie doch vernünftig! Was wollen Sie denn tun, wenn Sie in dem Laden sind?«

Zu seinem eigenen Erstaunen bemerkte Fara, daß er bereits über die Schwelle getreten war. Er drehte sich um und starrte die verschwommenen Gesichter draußen an. »Ich ...«, begann er unschlüssig; dann hellte sich seine Miene auf. »Ich kaufe mir natürlich eine Waffe«, versetzte er.

Seine listenreiche Erwiderung entsprang einer Augenblickseingebung, und Fara war darüber sehr zufrieden. Doch verflog diese Hochstimmung, als er sich gleich darauf im Innern des Waffenladens wiederfand.

Drinnen war es unnatürlich still. Aus der Abenddämmerung, aus der er gekommen war, drang kein Laut herein, und unwillkürlich fragte er sich, ob die Leute in dem Laden am Ende nicht ahnen mochten, daß sich draußen eine Menschenmenge versammelt hatte.

Der Boden verschluckte jeden seiner zögernden Schritte. Nach einem Augenblick gewöhnten Faras Augen sich an das matte indirekte Licht, das aus der Decke und den Wänden zu dringen schien. Halb unbewußt hatte er erwartet, mit einem Anblick konfrontiert zu werden, der das normale Vorstellungsvermögen überstieg; nun wirkte die Alltäglichkeit der Beleuchtung beruhigend auf seine angespannten Nerven.

Ärgerlich schüttelte er sich. Was gab ihm Anlaß, damit zu rechnen, daß die Waffenhändler wirklich überlegen sein könnten? Fast war es mit ihm schon so weit gekommen wie mit den leichtgläubigen Dummköpfen auf der Straße.

Mit wachsender Zuversicht schaute er sich um. Nichts an seiner Umgebung war besonders auffällig. Eher kam der Laden ihm spärlich eingerichtet vor. An den Wänden sowie da und dort mitten im Raum standen Vitrinen, attraktiv, aber keineswegs außergewöhnlich, und zudem nicht sehr zahlreich — einige Dutzend vielleicht. Eine verzierte Doppeltür führte nach hinten ...

Fara bemühte sich, sie im Auge zu behalten, während er mehrere Schaukästen betrachtete, in denen jeweils drei oder vier Waffen ausgestellt waren.

Die Waffen faszinierten ihn. Er vergaß, die Tür zu beobachten, als ihm plötzlich der abenteuerliche Gedanke kam, sich einer davon zu bemächtigen, jeden, der auftauchte, damit ins Freie zu scheuchen, ihn durch Jor festnehmen zu lassen und dann ...

Hinter ihm erkundigte sich eine ruhige Männerstimme: »Sie möchten eine Waffe kaufen?«

Fara fuhr erschrocken herum. Flüchtig durchzuckte ihn Zorn darüber, daß sein Vorhaben durch das Auftauchen des Verkäufers zunichte gemacht worden war.

Sein Ärger verflog, als er sah, daß es sich bei dem Störenfried um einen distinguierten, silberhaarigen Mann handelte, älter als er selbst. Das irritierte ihn ungemein. Fara hegte tiefen, fast instinktiven Respekt vor dem Alter; deshalb verschlug es ihm zunächst die Sprache. Schließlich brachte er verlegen hervor: »Ja, ja, eine Waffe.«

»Zu welchem Zweck?« wollte der Mann mit seiner ruhigen Stimme wissen.

Fara konnte ihn nur anstarren. Alles spielte sich zu rasch ab. Am liebsten hätte er seinen Gefühlen freien Lauf gelassen, hätte diesen Leuten ins Gesicht gesagt, was er von ihnen hielt. Aber das Alter seines Gegenübers verwirrte ihn, verschloß ihm den Mund. Er mußte sich regelrecht zum Sprechen zwingen.

»Zur Jagd.« Mit der plausiblen Antwort kehrte ein Teil seiner Fassung zurück. »Ja, eindeutig zur Jagd. Ganz in der Nähe liegt ein See«, fuhr er gewandter, flüssiger fort, »und dort ...«

Er hielt inne, runzelte die Stirn, ärgerte sich über seine eigene Notlüge. Ihm war nicht nach weiteren Ausflüchten. »Für die Jagd«, wiederholte er deshalb kurz.

Sein Selbstvertrauen stellte sich wieder ein. Plötzlich haßte er den Mann dafür, daß dieser ihn derart in die Defensive gedrängt hatte. Mit finsterem Blick verfolgte er, wie der Ältere eine Vitrine aufklappte und ein Gewehr aus grünlich schimmerndem Material herausnahm. Dabei dachte er: »Verdammt schlau, einen alten Mann als Aushängeschild zu benutzen.« Dahinter steckte die gleiche Gerissenheit, die bei der Wahl des Grundstücks zutage getreten war, das dem Geizhals Harris gehörte.

In kaltem Zorn, zu allem entschlossen, streckte Fara die Hand nach der Waffe aus, doch der Verkäufer hielt sie außer Reichweite und bemerkte: »Bevor ich Ihnen Gelegenheit gebe, sie auszuprobieren, bin ich durch unsere Satzung gehalten, Sie über die Bedingungen zu unterrichten, unter denen Sie eine unserer Waffen erwerben dürfen.«

Sie besaßen also sogar ihre eigenen Vorschriften. Welche psychologische Raffinesse, um Leichtgläubige zu beeindrucken! Sollte der Scharlatan doch reden — sobald er, Fara, die Waffe in die Hand bekam, würde er der Heuchelei ein Ende bereiten.

»Wir Waffenschmiede«, redete der Verkäufer mittlerweile gelassen weiter, »haben Gewehre und Handfeuerwaffen entwickelt, die innerhalb der ihnen zugedachten Reichweite jedes Objekt vernichten können, das aus sogenannter fester Materie besteht. Wer eine unserer Waffen besitzt, ist deshalb den Soldaten der Kaiserin mehr als gewachsen. Ich sage ›mehr als‹ gewachsen, weil jede Waffe den Mittelpunkt eines Kraftfeldes bildet, das gegen alle Arten von Energie als undurchdringlicher Schirm wirkt. Kugeln, Granaten oder anderen materiellen Gegenständen leistet dieser Schirm keinen Widerstand; andererseits wäre ein kleines Energiegeschütz notwendig, um die Barriere zu überwinden, die den Besitzer schützt.

Sie werden leicht einsehen«, fuhr der Mann fort, »daß ein derart wirksames Instrument nicht in unrechte Hände fallen darf. Keine der Waffen, die wir verkaufen, darf deshalb zu aggressiven Zwecken verwendet werden. Was Jagdgewehre angeht, dürfen damit nur die Tiere geschossen werden, die in einem Verzeichnis aufgeführt sind, das in jedem unserer Schaufenster aushängt. Schließlich ist jede Weiterveräußerung ohne unsere ausdrückliche Zustimmung unzulässig. Haben Sie das verstanden?«

Fara nickte wortlos. Im Augenblick war seine Zunge wie gelähmt. Die geradezu unglaublich törichten Sätze schwirrten ihm immer noch durch den Kopf. Er wußte nicht, ob er laut auflachen oder aus seiner Verachtung gegenüber jemandem kein Hehl machen sollte, der es wagte, ihn derart für dumm zu verkaufen.

Die Waffen durften also nicht zu Mord und Totschlag dienen. Und nur bestimmte Tiere durften gejagt werden. Ganz zu schweigen vom unbefugten Weiterverkauf. Wenn er nun aber ein Gewehr erstand, es tausend oder zweitausend Kilometer weit mitnahm und dort einem wohlhabenden Fremden anbot — wer würde je davon erfahren?

Oder angenommen, er überfiel jenen Fremden. Schoß ihn nieder. Wie sollten die Waffenläden dahinterkommen? Das ganze war derart lächerlich ...

Er merkte, daß ihm das Gewehr mit dem Kolben nach vorn hingehalten wurde. Als er es entgegennahm, mußte er sich beherrschen, um es nicht ohne viel Federlesen auf den ältlichen Mann zu richten. Nichts überstürzen, redete er sich zu. Er erkundigte sich: »Und wie funktioniert es?«

»Sie zielen und drücken ab. Das ist alles. Möchten Sie es an einer Zielscheibe ausprobieren?«

Fara hob das Gewehr. »Allerdings«, sagte er triumphierend, »aber das Ziel sind Sie. Los, gehen Sie zum Eingang und weiter nach draußen!«

Er sprach lauter. »Falls irgend jemand vorhaben sollte, sich die rückwärtige Tür zunutze zu machen, bin ich auch darauf vorbereitet.«

Mit einer heftigen Bewegung bedeutete er dem Verkäufer, sich in Bewegung zu setzen. »Beeilen Sie sich, sonst schieße ich! Das schwöre ich Ihnen.«

Der Mann zeigte sich unbeeindruckt. »Daran zweifle ich keineswegs. Über Ihre Fähigkeiten waren wir uns durchaus im klaren, als wir die Tür so eingestellt haben, daß Sie trotz Ihrer feindseligen Haltung den Laden betreten konnten. Trotzdem sind wir es, die hier das Heft in der Hand haben. Richten Sie sich danach und werfen Sie einen Blick hinter sich ...«

Stille trat ein. Den Finger am Abzug, verharrte Fara reglos. Verschwommen fielen die Gerüchte und halben Andeutungen ihm wieder ein, die man sich über die Waffenläden zuraunte: daß sie überall geheime Parteigänger besaßen; daß sie im Untergrund über eine eigene Regierung verfügten, die vor nichts zurückschreckte; daß jedem, der in ihre Fänge geriet, der Tod drohte, sobald er sich ihnen zu entziehen trachtete; daß ...

Klar vor Augen stand ihm am Ende nur ein Bild von sich selbst: er, Fara Clark, Familienvater, loyaler Bürger, hatte sich ohne Überlegung gegen eine riesige, bedrohliche Organisation gestellt. Er mußte den Verstand verloren haben.

Dennoch — daran, daß er hier in diesem matt erleuchteten Laden stand, ließ sich nichts mehr ändern. Er nahm seinen ganzen Mut zusammen. Schroff gab er zur Antwort: »Wollen Sie mir vielleicht einreden, hinter mir stünde jemand? Marsch zur Tür — und zwar sofort!«

Der gelassene Blick des älteren Mannes wanderte an

ihm vorbei. Ruhig erkundigte er sich: »Nun, Rad, hast du, was du brauchst?«

»Genug, um ihn einstufen zu können«, antwortete eine Baritonstimme hinter Fara. »Ein Konservativer, Typ A-7. Durchschnittlich intelligent, aber monarisch beschränkt, wie in kleinen Ortschaften kaum anders zu erwarten. Einseitige politische Ansichten infolge der Erziehung in kaiserlichen Schulen, und zwar ganz extrem ausgeprägt. Dabei grundehrlich. Ihm mit Vernunft zu kommen, wäre sinnlos. Seine Empfindungen zu verändern, würde längere Zeit in Anspruch nehmen. Ich sehe keinen Grund, weshalb wir uns die Mühe machen sollten. Soll er nach seinem Gutdünken leben.«

»Wenn Sie denken«, preßte Fara hervor, »Sie könnten mich durch einen solchen Bauchrednertrick dazu bringen, daß ich mich jetzt umdrehe, dann irren Sie sich. Hinter mir liegt die linke Gebäudewand. Ich weiß genau, daß niemand dort steht.«

»Ich bin durchaus dafür, Rad«, meinte der ältere Mann, »daß er leben soll, wie es ihm beliebt. Aber immerhin war er der Wortführer der Menge. Ich finde, wir sollten dafür sorgen, daß er dazu keine Lust mehr verspürt.«

»Am besten geben wir bekannt, daß er uns aus freien Stücken aufgesucht hat«, stimmte Rad zu. »Er wird genug damit zu tun haben, das abzustreiten.«

Faras Selbstvertrauen war soweit geschwunden, daß er mit keinem Gedanken mehr an die Waffe dachte, während er unbehaglich dem unverständlichen Gespräch folgte. Er öffnete eben den Mund, als der älteste Mann ihm zuvorkam, indem er beharrlich einwarf: »Zumindest langfristig könnte es Sinn haben, auch seine Gefühle anzusprechen. Zeig ihm ruhig den Palast.«

Palast! Das eine Wort genügte, um Fara aus seiner Betäubung zu reißen. »Ich sehe schon«, begann er, »Sie haben mir etwas vorgemacht. Dieses Gewehr ist überhaupt nicht geladen. Und deswegen ...«

Die Stimme versagte ihm. Jeder Muskel in seinem Körper verkrampfte sich. Wie irr starrte er auf seine Hände, die die Waffe gehalten hatten. *Sie waren leer.*

»Ihr...« setzte er zu einer Verwünschung an, nur um wiederum abzubrechen. Der Laden drehte sich um ihn. Mit entsetzlicher Anstrengung bezwang er das Flimmern, das ihm den Blick trübte. Jemand mußte ihm geschickt das Gewehr entwendet haben. Das bedeutete, daß doch jemand hinter ihm stand! Die Stimme war kein Kunstgriff. Man hatte ihn —

Er wollte sich umwenden und konnte es nicht. Was, zum ... Er kämpfte, strengte jeden Muskel an. Und vermochte sich doch nicht zu regen, nicht von der Stelle zu rühren, nicht ...

Der Raum wurde sonderbar dunkel. Kaum war er noch imstande, den alten Mann zu erkennen. Er hätte aufgeschrien, wäre er dazu in der Lage gewesen. Denn der Waffenladen war verschwunden. Und er selbst ...

Er stand am Himmel über einer riesigen Stadt.

Am Himmel, und nichts umgab ihn, nichts erstreckte sich unter ihm als Luft und sommerliches Blau und eine Meile, zwei Meilen tiefer die Stadt.

Nichts, nichts ... Der Aufschrei blieb ihm im Halse stekken. Er glaubte, den Verstand verloren zu haben, bis seinem verstörten Bewußtsein langsam aufging, daß er in Wirklichkeit auf festem Boden stand und die Stadt nichts weiter war als ein Bild, das direkt in seine Augen projiziert wurde.

Erst jetzt erkannte Fara, zusammenfahrend, die Metropole. Es war die Stadt der Träume, Imperial City, die Residenz der glorreichen Kaiserin Ischer. Von seinem erhöhten Standpunkt aus vermochte er die Gärten zu erkennen, die Höfe und Gebäude, den silbrig funkelnden Palast.

Der letzte Rest an Furcht wich wachsender Faszination, verschwand völlig, als er mit einem Schauder unsicherer Erwartung gewahrte, wie der Palast immer rascher näherkam.

»Zeig ihm den Palast«, hatte der ältere Mann angeordnet. Sollte das, konnte das bedeuten ...

Die Gischt seiner angespannten Gedanken zerstob in nichts, während das schimmernde Dach auf ihn zuschoß. Er schluckte, als das massive Metall sich vor ihm teilte, gefolgt von Zimmerdecken und Wänden.

Die schändliche Profanierung, deren Zeuge er war, wurde ihm erst in dem Augenblick recht bewußt, als das Bild in einem Gemach zum Stehen kam, in dem an die zwanzig Männer um einen Tisch Platz genommen hatten, an dessen Kopfende eine jugendliche Frau saß.

Die frevlerischen, unerbittlichen, vor keinem Hindernis haltmachenden Kameras, die das Bild erzeugten, fuhren über den Tisch und fingen die Züge der Frau ein.

Ihr Gesicht hätte attraktiv gewirkt, wäre es nicht von Haß und Leidenschaft entstellt worden, während sie sich nach vorn beugte und mit einer Stimme sprach, die zugleich vertraut — wie oft hatte Fara ihren ruhigen, gemessenen Klang über den Holoset vernommen — und verzerrt klang. Verzerrt bis zur Unkenntlichkeit durch Zorn und anmaßende Selbstsicherheit. Dieses Zerrbild einer verehrten Stimme durchschnitt die Stille so deutlich, als stünde er, Fara, selbst in dem weitläufigen Raum:

»Ich will, daß dieser Schuft stirbt, verstanden? Wie, ist mir völlig gleichgültig, aber morgen abend möchte ich hören, daß er tot ist.«

Das Bild verschwand wie weggewischt, und Fara fand sich in dem Waffenladen wieder. Einen Augenblick lang kämpfte er um sein Gleichgewicht, hatte Mühe, seine Augen von neuem an das gedämpfte Licht zu gewöhnen. Dann ...

Sein erstes Empfinden war Verachtung über die Primitivität der Täuschung — ein Film! Für wie dumm hielten ihn diejenigen eigentlich, die im Ernst meinten, er würde etwas derartig offenkundig Konstruiertes schlucken? Er würde ihnen ...

Plötzlich sah er rot. Die Niedertracht und Verworfenheit des Versuchs entfachte seinen Ärger zu heller Glut.

»Schamloses Gesindel!« fuhr er auf. »Glaubt ihr, nur

weil ihr jemand gefunden habt, die sich nicht schämt, die Kaiserin zu spielen, ihr könntet ...«

»Das langt«, unterbrach ihn Rads Stimme, und Fara fuhr unwillkürlich zusammen, als die kräftige Gestalt eines jungen Mannes in seinem Gesichtskreis auftauchte. Der unbehagliche Gedanke kam ihm, daß Menschen, die die Person der kaiserlichen Majestät auf derart abstoßende Weise in den Schmutz zogen, kaum davor zurückscheuen würden, Fara Clark körperlichen Schaden zuzufügen. Mit unnachgiebiger Stimme fuhr der junge Mann fort: »Wir behaupten nicht, daß die Szene, die Sie eben gesehen haben, sich im selben Augenblick im Palast abgespielt hat. Das wäre zuviel des Zufalls. Die Aufnahme ist vor zwei Wochen entstanden; bei der Frau handelt es sich um niemand anderen als die Kaiserin. Der Mann, dessen Ermordung sie angeordnet hat, ist einer ihrer zahlreichen früheren Liebhaber. Man hat ihn wenig später tot aufgefunden. Sein Name, falls Sie sich vergewissern wollen, lautete Banton McCreddie. Aber das mag dahingestellt bleiben. Wir jedenfalls sind mit Ihnen fertig, und ...«

»Aber ich noch lange nicht mit Ihnen«, unterbrach Fara ihn mit vor Zorn erstickter Stimme. »Noch nie in meinem ganzen Leben ist mir soviel Niedertracht begegnet. Wenn Sie glauben, wir würden Sie einfach gewähren lassen, dann haben Sie sich geirrt. Wir werden Tag und Nacht Wachen postieren, die niemanden hinein- oder herauslassen. Wir werden ...«

»Genug davon!« Ohne zu überlegen, ließ Fara aus dem Respekt vor dem höheren Alter zu, daß der silberhaarige Mann ihm das Wort abschnitt. »Es war sehr interessant, sich mit Ihnen auseinanderzusetzen. Sollten Sie jemals Schwierigkeiten haben, können Sie sich als rechtschaffener Mann jederzeit an uns wenden. Gehen Sie jetzt bitte durch den Seitenausgang!«

Unsichtbare Kräfte packten ihn und schoben ihn auf eine Tür zu, die sich plötzlich in der Wand öffnete, wo vor Minuten sich noch der Palast befunden hatte.

Benommen fand Fara sich in einem Blumenbeet wieder und gewahrte, daß zu seiner Linken sich Menschen drängten. Er erkannte seine Mitbürger und begriff: er stand — im Freien.

Der unfaßliche Alptraum war vorüber.

»Wo hast du das Gewehr?« wollte Creel wissen, als er eine halbe Stunde später ins Haus trat.

»Das Gewehr?« Fara starrte seine Frau an.

»Vor wenigen Minuten hieß es in den lokalen Holonachrichten, du seist bei dem neuen Waffenladen der erste Kunde gewesen. Ich fand das wohl eigenartig, aber ...«

Er nahm zwar wie von ferne wahr, daß sie noch weiterredete, doch drangen die Worte nicht mehr an sein Ohr. Ihre Eröffnung hatte ihn wie ein Schlag getroffen; ihm kam es vor, als stünde er am Rande eines Abgrunds.

Darauf also war der jüngere Mann aus gewesen. »Am besten geben wir bekannt, daß er uns aus freien Stücken aufgesucht hat ...«

Sein Ruf, dachte Fara. Er besaß sicherlich keinen großen Namen, aber nicht ohne leisen Stolz hatte er sich sagen können, daß seine Reparaturwerkstatt in der Gemeinde selbst und im Umkreis gut beleumundet war.

Erst die Demütigung, die ihm in dem Waffenladen widerfahren war. Und jetzt diese Lügen Leuten gegenüber, die nicht wußten, weshalb er das Geschäft überhaupt betreten hatte. Teuflisch!

Seine Lähmung fiel von ihm ab. Eine verbissene Entschlossenheit, die niederträchtige Behauptung richtigzustellen, trieb ihn zum Holoset. Nach einem Augenblick erschien Mel Dales fleischiges Gesicht auf dem Schirm. Faras Stimme überschlug sich, doch seine Hoffnungen zerstoben, als der Bürgermeister ihm zur Antwort gab: »Tut mir leid, Fara, aber wenn Sie Holozeit haben wollen, müssen Sie dafür bezahlen. Daran haben die Waffenhändler sich auch gehalten.«

»So, haben sie.« Flüchtig fragte sich Fara, ob seine Stimme so leer klang, wie ihm zumute war.

»Und sie haben Lan Harris das Grundstück abgekauft. Den Wucherpreis, den er verlangt hat, haben sie anstandslos gezahlt. Er hat mich eben wegen der Überschreibung angerufen.«

»Aha.« Faras Welt ging rings um ihn zu Bruch. »Niemand denkt also daran, auch nur eine Hand zu rühren. Was ist mit der Garnison in Ferd?«

Er nahm nur halb wahr, wie der Bürgermeister murmelte, die Truppen der Kaiserin dürften sich nicht in die Angelegenheiten von Zivilisten einmischen.

»Angelegenheiten von Zivilisten!« explodierte Fara. »Wollen Sie damit sagen, diese Kerle können sich einfach hier festsetzen, ob uns das paßt oder nicht, sich erst illegal irgendwelche Grundstücke aneignen und dann deren Veräußerung durchdrücken?«

Ein plötzlicher Einfall ließ ihn nach Luft schnappen. »Hören Sie, Sie lassen den Laden doch nach wie vor von Jor bewachen? Sie haben es sich nicht am Ende anders überlegt?«

Ein ungeduldiger Ausdruck trat in das feiste Gesicht auf dem Holoschirm. Entsprechend hochtrabend fiel die Antwort aus. »Ich darf Sie doch bitten, Fara, die Regelung solcher Fragen den zuständigen Behörden zu überlassen.

»Aber Jor bleibt auf seinem Posten?« fragte Fara hartnäckig.

Der Bürgermeister verbarg seinen Ärger nicht, ehe er endlich übellaunig zurückgab: »Habe ich das nicht zugesagt? Also bleibt es auch dabei. Wollen Sie nun Holozeit kaufen? Die Minute kostet fünfzehn Kredite. Aber ich möchte Sie in aller Freundschaft davor warnen, Ihr Geld zum Fenster hinauszuwerfen. Ein einmal in Umlauf gesetztes Gerücht läßt sich nur schwer wieder aus der Welt schaffen.«

»Reservieren Sie zwei für mich«, entgegnete Fara grimmig, »eine morgens, die andere abends.«

»Schön. Wir bringen das Dementi. Gute Nacht.«

Der Schirm wurde dunkel. Fara saß eine Zeitlang regungslos davor. Dann verdüsterte sich seine Miene, als ihm ein neuer Gedanke kam.

»Und unseren Sohn — den werde ich endgültig vor die Wahl stellen. Entweder er arbeitet in Zukunft in der Werkstatt, oder ich sperre ihm das Taschengeld.«

Creel wandte ein: »Du packst ihn falsch an. Er ist dreiundzwanzig, und du behandelst ihn immer noch wie ein Kind. Vergiß nicht, du warst mit dreiundzwanzig schon verheiratet.«

»Das war etwas anderes«, wehrte Fara ab. »Ich hatte immerhin Verantwortungsgefühl. Weißt du, was er sich heute abend geleistet hat?«

Er verstand Creels Antwort nicht ganz. Einen Augenblick lang glaubte er, sie hätte entgegnet: »Nein. Womit hast du ihn vorher gedemütigt?«

Fara war viel zu ungeduldig, um sich zu vergewissern, ob er richtig gehört hatte. Seine Worte überstürzten sich: »Er hat sich geweigert, mir zu helfen. Und das vor allen Leuten. Er ist ein Taugenichts durch und durch.«

»Ja«, versetzte Creel bitter, »er taugt wirklich nicht viel. Wahrscheinlich machst nicht einmal du dir klar, wie wenig. Er hält sich viel darauf zugute, kalt wie Stahl zu sein; dabei besitzt er weder die Stärke noch die Geradheit von Stahl. Es hat lange gedauert, aber jetzt haßt er sogar mich, weil ich dich so lange verteidigt habe, obwohl ich genau gewußt habe, daß du im Unrecht warst.«

»Was sagst du da?« fragte Fara verblüfft; dann, brummig: »Laß nur, Creel, wir sind beide aufgeregt. Am besten, wir gehen schlafen.«

Er schlief schlecht.

Es gab Tage, an denen die Überzeugung schwer auf Fara lastete, daß zwischen ihm und den Waffenhändlern letzten Endes eine persönliche Auseinandersetzung stattfand. Obwohl er dazu einen Umweg machen mußte, ging er regelmäßig an dem Waffenladen vorbei, wobei er jedesmal stehenblieb, um einige Worte mit Jor zu wechseln.

Am vierten Tag war der Polizist nicht da.

Fara wartete zunächst geduldig, dann ärgerlich; schließlich hastete er zu seiner Werkstatt und rief bei Jor an. Nein, Jor war nicht zu Hause. Er bewache den Waffenladen.

Fara zögerte. Er hatte mehr als genug Arbeit; schuldbewußt machte er sich klar, daß er zum erstenmal seine Kunden vernachlässigte. Er hätte nur den Bürgermeister anzurufen und Jors Pflichtverletzung zu melden brauchen. Andererseits ...

Er wollte dem Mann keine Scherereien machen.

Draußen auf der Straße gewahrte er, daß eine Menschenmenge sich vor dem Laden ansammelte. Fara verfiel in Laufschritt. Ein Bekannter begrüßte ihn aufgeregt: »Fara, sie haben Jor ermordet!«

»Ermordet!« Fara verharrte wie angewurzelt. Im ersten Augenblick legte er sich keine Rechenschaft ab über das schreckliche Gefühl, das ihn durchrann: Triumph! Heißer Triumph. Jetzt, ging es ihm durch den Kopf, mußten die Truppen eingreifen. Jetzt würden sie ...

Er zuckte zusammen, und ihn fröstelte, als ihm die Roheit seiner Gedanken zu Bewußtsein kam. Zögernd erkundigte er sich: »Wo liegt er?«

»Drinnen im Laden.«

»Sie meinen ... dieses Lumpenpack!« Unwillkürlich zögerte er bei dem Ausdruck. Immer noch fiel es ihm schwer, von dem silberhaarigen Mann mit seinen durchgeistigten Zügen so zu denken. Er gab sich einen Ruck und schloß hart: »Sie meinen, dieses Lumpenpack hat ihn umgebracht und die Leiche dann in den Laden geschafft?«

»Gesehen hat niemand, wie es passiert ist«, warf ein zweiter Mann neben Fara ein, »aber Jor ist seit drei Stunden verschwunden, wie vom Erdboden verschluckt. Der Bürgermeister hat die Waffenhändler angerufen; die behaupten natürlich, sie wüßten von nichts. Kaltgemacht haben sie ihn, und jetzt tun sie so, als wären sie unschuldig. Aber nützen wird es ihnen nichts. Dale ist eben dabei, von der Garnison in Ferd schwere Geschütze anzufordern, und dann ...«

Die Erregung der Menge, das Gefühl, daß große Dinge bevorstanden, übertrug sich auf Fara. In die wohltuende Vorahnung, die ihn durchrann, mischte sich Stolz. Er hatte recht behalten. Er zumindest hatte keinen Augenblick daran gezweifelt, daß Unheil von dem Laden drohte.

Er nahm nicht wahr, daß er sich in der aufgeputschten Verfassung eines Mannes befand, der zu einem Mob gehört. Doch die Stimme bebte ihm, als er wiederholte: »Geschütze? — Ja, das ist die einzig richtige Antwort.«

Er nickte bekräftigend, so sicher war er sich, daß jetzt Militär aufmarschieren mußte. Er wollte eben noch eine Bemerkung über die voraussichtliche Reaktion der Kaiserin machen, wenn sie erfuhr, daß erst ein Mann sein Leben verlieren mußte, ehe die Truppen ihre Pflicht taten, als ein Ruf ihn innehalten ließ:

»Da kommt Dale! He, Bürgermeister, wie steht's mit den Geschützen?«

Weitere Fragen dieser Art wurden laut, während das Fahrzeug des Bürgermeisters sacht auf der Straße aufsetzte. Dale mußte sie gehört haben, denn er stand in dem offenen Zweisitzer auf und hob, Ruhe fordernd, die Hand.

Zu Faras Verblüffung blickte der Bürgermeister ihn anklagend an. Ihm kam das derart unwahrscheinlich vor, daß er sich unwillkürlich umschaute. Doch hinter ihm stand niemand mehr; alle übrigen hatten sich nach vorn gedrängt.

Fara, der sich den vorwurfsvollen Blick nicht erklären konnte, schüttelte verwirrt den Kopf. Seine Fassungslosigkeit steigerte sich noch, als der Bürgermeister mit dem Finger auf ihn wies und mit zitternder Stimme ausrief: »Da steht der Mann, dem wir unsere ganzen Schwierigkeiten zu verdanken haben. Treten Sie nur vor, Fara Clark, damit alle Sie sehen können! Ihretwegen muß diese Gemeinde siebenhundert Kredite berappen, die uns wahrhaftig hart ankommen.«

Selbst wenn es ihm ans Leben gegangen wäre, hätte Fara keinen Fuß vor den anderen setzen können und kein Wort über die Lippen gebracht. Er stand da wie vom Donner gerührt. Mit einer Stimme, die vor Selbstmitleid triefte, sprach Dale weiter: »Wir haben alle gewußt, daß es unklug wäre, sich mit den Waffenläden anzulegen. Wenn selbst die kaiserliche Regierung sie in Ruhe läßt, welches Recht haben wir dann, Wachen aufzustellen oder sonstwie gegen sie vorzugehen? Ich war von Anfang an dieser Meinung, aber dieser Mensch ... dieser ... dieser Fara Clark hat uns allen in den Ohren gelegen, hat uns dazu gebracht, gegen unsere bessere Einsicht zu handeln, bis uns jetzt eine Rechnung von siebenhundert Krediten ins Haus steht, und ... und ...«

Er brach ab. »Ich will es kurz machen. Der Garnisonskommandeur hat nur gelacht und gemeint, daß Jor schon wieder auftauchen würde. Und was soll ich sagen — kaum waren wir getrennt, als Jor sich per R-Gespräch gemeldet hat. Er ist auf dem Mars.«

Er wartete, bis die Aufregung, die sich in lauten Rufen Luft machte, abgeklungen war. »Die Rückreise dauert drei Wochen. Für die Passage aufkommen müssen wir. Und das ist alles die Schuld von Fara Clark.«

Der Schock war verdaut. Fara behauptete seinen Platz, wobei er sich gegen jede Gefühlsregung verschloß. Beißend versetzte er schließlich: »Sie ziehen also den Schwanz ein, und im gleichen Atemzug versuchen Sie, mir die Schuld in die Schuhe zu schieben. Ihr seid alle Hornochsen.«

Während er sich abwandte, vernahm er, wie Dale erklärte, noch sei nicht alles verloren. Wie er nämlich erfahren habe, sei der Waffenladen deswegen in Glay errichtet worden, weil der Ort von den vier umliegenden Städten fast gleich weit entfernt war. In Zukunft sei also mit einer Zunahme des Touristenverkehrs zu rechnen, die Umsätze im Dorf würden steigen, außerdem ...

Fara hörte nicht weiter zu. Mit hoch erhobenem Kopf begab er sich zurück zu seiner Werkstatt. Aus der Menge wurden ein oder zwei schrille Pfiffe laut, aber er achtete nicht darauf.

Kein sechster Sinn sagte ihm, daß Unheil in der Luft lag. Nur sein Zorn auf die Waffenhändler wuchs, die ihm das Verhältnis zu seinen Mitbürgern vergällt hatten.

Am härtesten kam ihn, während die Tage verstrichen, die Erkenntnis an, daß die Waffenhändler keinerlei persönliches Interesse an ihm nahmen. Sie hielten sich fern, waren überlegen, unangreifbar. Der Gedanke an ihre Unüberwindlichkeit blieb Fara stets gegenwärtig; es gelang ihm nicht, sich gänzlich davon freizumachen.

Daß sie Jor in weniger als drei *Stunden* auf den Mars geschafft hatten, jagte ihm einen Schauer über den Rücken. Jeder wußte, daß das schnellste Raumschiff fast drei *Wochen* für die Reise brauchte.

Fara begab sich nicht zum Flughafen, um Jor bei seiner Ankunft zu begrüßen. Er hatte gehört, daß der Gemeinderat beschlossen hatte, die Hälfte des Flugpreises von Jor zurückzufordern. Falls er sich weigerte, drohte ihm der Verlust seiner Stellung.

Am zweiten Abend nach seiner Rückkehr suchte er den Polizisten unauffällig auf und händigte ihm einhundertfünfundsiebzig Kredite aus. Zwar treffe ihn keine Verantwortung, erläuterte er Jor. Dennoch ...

Der Mann zeigte sich sogleich bereit, ihm das zu bestätigen, wenn solche finanziellen Folgen damit verbunden waren. Fara kehrte mit reinerem Gewissen nach Hause zurück.

Drei Tage später ging die Tür zu seiner Werkstatt auf. Fara runzelte die Stirn, als er erkannte, wer hereinkam:

Castler, ein Faulenzer und Tunichtgut. Der Mann griente breit.

»Heute hat sich jemand aus dem Waffenladen gezeigt. Das interessiert Sie doch bestimmt, Fara.«

Fara konzentrierte sich betont auf die Verbindungsniete der Brennkammerverkleidung, an der er gerade arbeitete. Er ärgerte sich darüber, daß der andere nicht von selbst weiterredete. Stellte er diesem Herumtreiber Fragen, dann schenkte er ihm damit zugleich Beachtung. Aus Neugier bemerkte er schließlich widerwillig: »Wahrscheinlich hat Jor ihn sofort festgenommen.«

Er glaubte nicht im entferntesten daran, aber immerhin baute er seinem Gegenüber damit eine Brücke.

»Es war kein Er. Es war eine Sie. Ein Mädchen.«

Fara furchte die Stirn. Der Gedanke, eine Frau in diese Auseinandersetzung hineingezogen zu sehen, gefiel ihm ganz und gar nicht. Aber — was für ein raffinierter Schachzug! Jetzt ein Mädchen vorzuschicken, nachdem sie in dem Laden selbst schon einen älteren Mann eingesetzt hatten. Der Kniff war so durchsichtig, daß man nur wünschen konnte, er würde gründlich scheitern. Mürrisch erkundigte Fara sich: »Also, was war los?«

»Sie läuft immer noch frei herum. — Hübsches Ding übrigens.«

Fara hob die Verkleidung hoch, trug sie zu der Poliermaschine und machte sich geduldig an die langwierige Aufgabe, die Verformungen wegzuschleifen, die die Hitze in das ursprünglich glatte Metall eingebrannt hatte. Das leise Summen der Maschine gab den Hintergrund ab für seine nächste Frage: »Ist etwas dagegen unternommen worden?«

»Nicht die Spur. Jor meint, er hätte keine Lust, noch einmal drei Wochen von seiner Familie getrennt zu werden und sich anschließend an den Kosten für die Rückreise beteiligen zu dürfen.«

Fara erwog diese Antwort finster, während die Poliermaschine weitersummte. Mühsam unterdrückter Zorn ließ seine Stimme beben, als er endlich feststellte: »Sie kommen also wieder einmal ungeschoren davon. Ich finde, das ist ein starkes Stück. Begreift denn niemand, daß es nicht angeht, vor diesen ... diesen Rechtsbrechern auch nur einen Millimeter zurückzuweichen? Das heißt doch wirklich der Versündigung noch die Hand reichen.«

Aus dem Augenwinkel bemerkte er, daß auf dem Gesicht des anderen ein eigenartiges Feixen lag. Fara begriff plötzlich, daß der Mann sich über seinen Ärger amüsierte. Und noch etwas verriet das Feixen: daß der Kerl mehr wußte als er.

Fara trat mit dem Werkstück von der Maschine zurück und wandte sich dem Taugenichts zu. »Was Sie natürlich wenig rühren würde«, bemerkte er beißend.

»Naja«, gab der Mann nonchalant zurück, »das Leben setzt dem Menschen zu und macht ihn mit der Zeit tolerant. Wenn Sie zum Beispiel das Mädchen erst besser kennen, werden Sie wahrscheinlich selbst feststellen, daß in jedem von uns etwas Positives steckt.«

Weniger die Worte, als der wichtigtuerische Tonfall veranlaßten Fara, hochzufahren: »Was soll das heißen — wenn ich sie erst besser kenne? Ich habe nicht die Absicht, mit dem Frauenzimmer auch nur ein Wort zu wechseln.«

»Leider kann man nicht immer so, wie man möchte«, gab Castler betont gleichgültig zur Antwort. »Angenommen, er bringt sie mit nach Hause ...«

»Wer bringt wen mit nach Hause?« äffte Fara ihn gereizt nach. »Castler, lassen Sie sich von mir ...«

Er hielt inne. Ein Kloß saß ihm plötzlich im Magen; seine Schultern sanken herab. »Wollen Sie damit sagen ...?« brachte er hervor.

»Ich will damit sagen«, vollendete Castler den Satz mit sichtlichem Behagen, »daß die jungen Leute ein so attraktives Geschöpf nicht lange allein herumstolzieren lassen. Und natürlich war Ihr Sohn der erste, der das Mädchen angesprochen hat.«

Er schloß: »Die beiden kommen übrigens gerade die Straße entlanggeschlendert, und zwar direkt hierher. Sie können also ...«

»Hinaus!« schrie Fara. »Und sparen Sie sich Ihr schadenfrohes Grinsen. Hinaus — auf der Stelle!«

Mit einer derart unrühmlichen Abfuhr hatte Castler nicht gerechnet. Er lief rot an, verließ dann hastig die Werkstatt und schlug die Tür hinter sich zu.

Fara stand einen Augenblick lang stocksteif da. Dann schaltete er mit einer brüsken Bewegung die Energiezufuhr ab und begab sich hinaus auf die Straße.

Dieser Sache würde er Einhalt gebieten — und zwar auf der Stelle.

Einen bestimmten Plan hatte er nicht, nur den festen Entschluß, einer unmöglichen Situation augenblicklich ein Ende zu machen. Sein Zorn auf Cayle brach sich Bahn. Weshalb mußte ausgerechnet er einen solchen Taugenichts zum Sohn haben? Er, der hart arbeitete, seine Verbindlichkeiten pünktlich beglich und in jeder Hinsicht den Maßstäben gerecht zu werden suchte, die die Kaiserin setzte.

Der böse Gedanke schoß ihm flüchtig durch den Kopf, daß sein Sohn vielleicht über Creel seine schlechten Eigenschaften geerbt haben könnte. Nicht von ihrer Mutter natürlich, wie Fara im Geiste hastig hinzufügte. Sie war eine kluge, sparsam wirtschaftende Geschäftsfrau, die Creel eines Tages ein hübsches Sümmchen hinterlassen würde.

Ihr Vater dagegen war verschwunden, als Creel noch klein war, und es gab Gerüchte, die wissen wollten, er sei mit einer Holoschauspielerin durchgebrannt.

Und nun Cayle mit diesem Mädchen aus dem Waffenladen, das sich auf der Straße von ihm hatte ansprechen lassen!

Er sichtete die beiden, als er um die Ecke bog. Sie mochten dreißig Meter von ihm entfernt sein und kehrten ihm den Rücken zu. Das Mädchen war groß und schlank, kaum kleiner als Cayle, und als er beide einholte, hörte er sie sagen: »Sie machen sich falsche Vorstellungen von uns. Männer wie Sie stellen wir in unserer Organisation nicht ein. Sie gehören in den Staatsdienst, wo genug Platz ist für gut ausgebildete, ansprechend aussehende und skrupellose junge Leute. Ich ...«

Fara begriff nur vage, daß Cayle sich anscheinend nicht zu schade gewesen war, ausgerechnet bei diesen Leuten wegen einer Stellung vorzufühlen. Er konzentrierte sich zu sehr auf seine eigene Absicht, als daß der Gedanke ihm im Augenblick viel bedeutet hätte. »Cayle!« sagte er scharf.

Das Paar drehte sich um, Cayle mit der einstudierten Gelassenheit eines jungen Mannes, der sich auf seine eisernen Nerven etwas zugute hielt, das Mädchen rascher, aber trotzdem anmutig.

Fara hatte das unvermittelte, erschreckende Empfinden, ein Zorn wäre dem Anlaß ganz und gar unangemessen, drohe ihn selbst zu verzehren; aber gerade die Heftigkeit seiner Erregung hinderte ihn, sich Rechenschaft über seine Gefühle zu geben. Mit halb erstickter Stimme befahl er: »Cayle, du gehst sofort nach Hause!«

Er merkte, daß das Mädchen ihn aus eigenartigen graugrünen Augen neugierig musterte. Kein Schamgefühl, dachte er, und sein Zorn wuchs ins Maßlose, verdrängte die Beklommenheit, die ihn flüchtig erfaßt hatte, als er die Röte gewahrt hatte, die Cayle ins Gesicht stieg.

Eine fahle Blässe löste die Röte ab, während Cayle die Lippen zusammenpreßte, sich dem Mädchen zuwandte und sagte: »Das ist übrigens der kindische alte Kauz, bei dem ich es aushalten muß. Zum Glück sehen wir uns selten; wir essen nicht einmal an einem Tisch. Was halten Sie von ihm?«

Das Mädchen lächelte unpersönlich. »Oh, Fara Clark ist uns kein Unbekannter. Er dürfte in Glay die Hauptstütze der Kaiserin sein.«

»Ja«, höhnte der junge Mann, »Sie sollten ihn hören. Er

meint wahrhaftig, wir lebten im Himmel, und die Kaiserin sei der liebe Gott. Das Schlimmste ist, daß nicht die geringste Aussicht besteht, ihn von seiner Verbohrtheit zu kurieren.«

Sie gingen weiter; Fara verharrte wie angewurzelt. Die Tiefe des Zerwürfnisses, das er herbeigeführt hatte, ließ seinen Ärger verrauchen, als wäre er nie dagewesen. Wie ihm zu dämmern begann, hatte er einen Fehler von solchem Ausmaß begangen, daß ...

Welchen und warum, hätte er nicht genau zu sagen vermocht. Schon lange, im Grunde seit dem Tag, an dem Cayle abgelehnt hatte, ebenfalls in der Werkstatt zu arbeiten, hatte die zunehmende Spannung in ihrem Verhältnis einer Entladung zugestrebt. Plötzlich schien ihm, daß seine maßlose Unbeherrschtheit zu tun hatte mit diesem — tiefer sitzenden — Problem.

Nur — jetzt, nachdem der endgültige Bruch eingetreten war, hätte er am liebsten die Augen davor verschlossen.

Den ganzen Tag über verdrängte er die Vorstellung. Während er in seiner Werkstatt arbeitete, dachte er immer wieder: Sollte alles einfach so weitergehen wie bisher, daß Cayle und er unter demselben Dach lebten, einander keinen Blick gönnten, wenn sie sich begegneten, zu verschiedenen Zeiten schlafen gingen, er um halb acht aufstand, Cayle bis mittags liegenblieb. Sollte *das* noch jahrelang so weitergehen?

Als er nach Hause kam, wartete Creel schon auf ihn. Sie sagte: »Fara, er will nach Imperial City. Er möchte, daß du ihm fünfhundert Kredite leihst.«

Fara nickte ohne ein Wort. Am nächsten Morgen holte er das Geld von der Bank und gab es Creel, die es in Cayles Zimmer brachte.

Eine Minute später kam sie wieder heraus. »Ich soll dir Lebewohl sagen.«

Als Fara an diesem Abend daheim anlangte, war Cayle schon fort, und er fragte sich, ob er nun Erleichterung empfand — oder was sonst?

Die Tage verstrichen. Fara arbeitete verbissen. Etwas anderes wußte er nicht zu tun, und oft beschlich ihn der trübe Gedanke, daß er nun bis an sein Lebensende in der Werkstatt stehen würde. Es sei denn ...

Narr, der er war — tausendfacher Narr, den er sich selbst schalt —, hoffte er noch immer, daß Cayle eines Tages hereinkommen und sagen würde: »Vater, ich habe meinen Denkzettel weg. Wenn du mir noch verzeihen kannst, arbeite mich ein und setz du dich dann zur wohlverdienten Ruhe.«

Auf den Tag einen Monat nach Cayles Weggang begann der Holoset zu summen, als Fara eben mit dem Mittagessen fertig war. »R-Gespräch«, seufzte er, »R-Gespräch.«

Fara und Creel sahen sich an. »So«, sagte Fara dann, »ein R-Gespräch für uns.«

Creels Gesichtsausdruck zeigte ihm deutlich, was sie sagte. »Dieser verflixte Kerl«, brummte er.

Trotzdem fiel ihm ein Stein vom Herzen. Cayle wußte den Wert seiner Eltern also doch noch zu schätzen.

Er schaltete den Bildschirm ein. »Ich nehme das Gespräch an«, sagte er.

Das Gesicht, das auf dem Schirm auftauchte, wirkte ekkig, mürrisch — und vor allem fremd. »Mein Name ist Pearton«, stellte der Mann sich vor, »Kontorist bei der Fünften Bank in Ferd. Wir haben hier einen auf Sie gezogenen Wechsel über zehntausend Kredite vorliegen. Mit Bearbeitungsgebühr und Wechselsteuer beträgt die Gesamtsumme zwölftausendeinhundert Kredite. Lösen Sie den Wechsel gleich ein, oder wollen Sie vorbeikommen?«

»A-aber ... a-aber«, stammelte Fara. »W-wer ...?«

Er brach ab, weil ihm die Albernheit seiner Frage zu Bewußtsein kam, und vernahm nur noch undeutlich die Auskunft des Mannes mit dem eckigen Kinn, das Geld sei am selben Morgen in Imperial City an einen gewissen Cayle Clark ausgezahlt worden. Endlich fand er seine Stimme wieder.

»Aber die Bank hatte kein Recht«, protestierte er, »den

Wechsel ohne mein Einverständnis zu akzeptieren. Ich ...«

Die Stimme schnitt ihm kalt das Wort ab. »Sollen wir also der Hauptgeschäftsstelle mitteilen, daß der Betrag unter Vorspiegelung falscher Tatsachen kassiert worden ist? Selbstverständlich wird dann sofort ein Haftbefehl gegen Ihren Sohn erwirkt werden.«

»Warten Sie ... ah ... warten Sie doch ...«, stotterte Fara ohne Sinn und Verstand. Verschwommen wurde er gewahr, wie neben ihm Creel heftig den Kopf schüttelte. Sie war weiß wie ein Leintuch, und die Stimme drohte ihr zu brechen, als sie murmelte: »Überlaß ihn sich selbst, Fara, er will nichts mehr mit uns zu schaffen haben. Wir müssen genauso hart sein. Überlaß ihn sich selbst.«

Fara hörte die Worte, ohne sie zu begreifen. Sie ließen sich in keine Rubrik einordnen, die ihm vertraut war.

»Ich ... ich habe keine — Kann ich nicht ... den Betrag in Raten — Ich ...«, stammelte er.

»Falls Sie ein Darlehen wünschen«, versetzte Pearton, »stehen wir Ihnen natürlich gern zur Verfügung. Bei Eintreffen des Wechsels haben wir uns rein routinemäßig über Ihre finanzielle Lage informiert, und wir sind bereit, Ihnen ein Darlehen über elftausend Kredite auf unbegrenzte Frist zu gewähren, wobei Ihr Geschäft als Sicherheit dient. Ich habe den Vertrag hier, und wenn Sie einverstanden sind, lege ich das Gespräch auf unsere amtlich dafür vorgesehene Leitung. Sie können dann gleich unterzeichnen.«

»Fara, nein!«

Pearton fuhr unbeirrt fort: »Die anderen elfhundert Kredite müßten dann bar bezahlt werden. Ist Ihnen das recht?«

»Ja, ja natürlich. Ich habe zweitausendfünfhun ...« Fara bremste sich mühsam. Er schluckte, ehe er sagte: »Ja, ich bin einverstanden.«

Der Vertrag war kaum unterschrieben, als Fara zu seiner Frau herumfuhr. Seine Verstörtheit und seine tiefe Verletztheit ließen ihn wüten: »Was denkst du dir eigentlich dabei, dich hinzustellen und mir zu erklären, ich solle nicht für ihn aufkommen? Wer hat mir denn immer in den Ohren gelegen, ich sei schuld an Cayles Entwicklung? Außerdem wissen wir überhaupt nicht, wozu er das Geld gebraucht hat. Vielleicht …«

Leise und tonlos gab Creel zur Antwort: »In einer Stunde hat er uns um unser ganzes Lebenswerk gebracht — und zwar vorsätzlich, weil er genau gewußt hat, daß wir alt und dumm genug sein würden, um stillzuhalten.«

Bevor Fara etwas einwerfen konnte, fuhr sie fort: »Ich weiß, ich weiß, ich habe dir die Schuld gegeben, aber letzten Endes war mir doch klar, daß es an ihm lag. Er war kalt und berechnend, und ich war schwach, aber ich dachte mir, wenn du ihn nur anders anfassen würdest … und außerdem habe ich lange Zeit die Augen vor seinen Schwächen verschlossen. Er …«

»Ich für mein Teil weiß nur«, unterbrach Fara sie störrisch, »daß ich unseren Namen vor Unehre geschützt habe.«

Sein Hochgefühl, so gehandelt zu haben, wie es sein Sinn für Moral von ihm verlangte, hielt bis zum späten Nachmittag an. Dann kam der Gerichtsvollzieher aus Ferd, um seine Werkstatt zu versiegeln.

»Aber wieso …« begann Fara.

»Die Automatische Atommotoren-Reparaturwerke AG. hat Ihr Darlehen von der Bank übernommen«, lautete die Erwiderung. »Sie hat es gekündigt und betreibt die Zwangsvollstreckung.«

»Das ist eine himmelschreiende Ungerechtigkeit«, erregte sich Fara. »Ich werde vor Gericht gehen. Ich werde …«

Halb betäubt dachte er: Erführe nur die Kaiserin davon, dann würde sie … würde sie …

Das Gericht war ein großes, graues Gebäude, und während Fara durch die monotonen Flure schritt, wurde ihm mit jeder Minute frostiger und unbehaglicher zumute. In

Glay war ihm sein Entschluß, sich auf keinen Fall einem Anwalt auszuliefern, noch vernünftig vorgekommen. Hier, angesichts der weiten Korridore und palastartigen Säle, fragte er sich, ob er nicht eine große Dummheit begangen hatte.

Trotzdem brachte er es zuwege, die kriminelle Handlungsweise der Bank zusammenhängend zu schildern, die erst das Geld an Cayle ausgezahlt hatte, um dann den Wechsel, kaum daß er seine Unterschrift geleistet hatte, an seinen Hauptkonkurrenten weiterzugeben. »Ich bin überzeugt, Herr Richter«, schloß er, »daß die Kaiserin nicht billigen würde, wie hier mit einem unbescholtenen Bürger umgesprungen worden ist. Ich ...«

»Wie können Sie es wagen«, unterbrach ihn die eisige Stimme des Mannes im Richterstuhl, »sich zugunsten Ihrer egoistischen Interessen auf Ihre Majestät zu berufen?«

Fara lief es kalt über den Rücken. Sein Gefühl, einer großen Familie anzugehören, über der die Kaiserin thronte, schwand plötzlich. Statt dessen begann er sich die Myriade herzloser, böswilliger Männer — so wie dieser hier — auszumalen, die zwischen der Kaiserin und ihm, ihrem loyalen Untertan, standen.

Aufgewühlt dachte er: Wenn die Kaiserin nur wüßte, was sich hier abspielte, wie ungerecht er behandelt wurde, dann würde sie ...

Würde sie wirklich?

Er gab sich Mühe, den erschreckenden Zweifel abzuschütteln, der ihn bedrängte — und wurde durch die Stimme des Richters aus seinen Überlegungen gerissen, der verkündete: »Die Klage wird kostenpflichtig abgewiesen. Die Gerichtskosten betragen siebenhundert Kredite. Sie sind sofort zu bezahlen. Der nächste Fall ...«

Am folgenden Tag begab Fara sich allein zu seiner Schwiegermutter. Zunächst versuchte er sein Glück in dem Landgasthof am Ortsrand, der ihr gehörte. Mit Befriedigung registrierte er, daß er trotz der frühen Tageszeit bereits gut besucht war. Viele Gäste bedeuteten hohe Einnahmen. Aber die Besitzerin war nicht anwesend. Vermutlich im Laden.

Er fand sie im Lagerraum, wo sie das Abfüllen von Getreide überwachte. Die hartgesichtige alte Frau hörte sich seinen Bericht kommentarlos an. Endlich gab sie kurz angebunden zur Antwort: »Nichts zu machen, Fara. Ich muß für größere Geschäftsabschlüsse selbst häufig Bankdarlehen aufnehmen. Helfe ich dir jetzt aus der Klemme, dann zieht mir der Konzern das Fell über die Ohren. Ich wäre außerdem schön dumm, einem Mann unter die Arme zu greifen, der sich von seinem mißratenen Sohn um seine Ersparnisse begaunern läßt. Wer das fertigbringt, hat keinen Sinn fürs praktische Leben.

Bei mir einstellen kann ich dich auch nicht, weil ich grundsätzlich keine Verwandten beschäftige.« Sie schloß: »Sag Creel, daß sie zu mir ziehen kann. Einen Mann allerdings werde ich nicht noch mit durchfüttern.«

Eine Weile stand Fara noch verloren herum und verfolgte, wie sie mit größter Ruhe die Angestellten beaufsichtigte, die an den alten, längst nicht mehr genauen Waagen arbeiteten. Zweimal schallte ihre Stimme scharf durch den stauberfüllten Raum: »Das sind mindestens zehn Gramm zuviel. Passen Sie besser auf!«

Obwohl sie ihm den Rücken zudrehte, verriet ihre Haltung Fara, daß sie sich seiner Anwesenheit sehr wohl bewußt war. Schließlich drehte sie sich abrupt um und wollte wissen: »Weshalb gehst du nicht in diesen Waffenladen? Zu verlieren hast du ohnehin nichts mehr, und so kannst du schließlich nicht weiterexistieren.«

Ohne ein weiteres Wort ging Fara hinaus. Der Gedanke, eine Waffe zu erstehen und sich das Leben damit zu nehmen, mutete ihn völlig fremd an. Daß seine Schwiegermutter ihm aber diesen Ausweg vorschlug, verletzte ihn zutiefst.

Selbstmord begehen? Lächerlich! Er war ein junger Mann, noch nicht einmal fünfzig. Mit dem Geschick seiner

Hände konnte er sich selbst in einer zunehmend automatisierten Welt seinen Lebensunterhalt verdienen, wenn man ihm nur die Möglichkeit dazu gab. Wer seine Sache verstand, für den war immer Platz. Sein ganzes Leben beruhte auf diesem Glaubenssatz.

Selbstmord begehen ...

Als er heimkam, traf er seine Frau beim Packen an. »Es ist das einzig Vernünftige«, erklärte sie dabei. »Wir vermieten das Haus und nehmen uns zwei Zimmer.«

Er erzählte ihr von dem Angebot ihrer Mutter, sie bei sich aufzunehmen, und beobachtete dabei ihren Gesichtsausdruck. Creel zuckte die Achseln.

»Ich habe schon gestern abgelehnt«, sagte sie. »Wissen möchte ich, weshalb sie dir gegenüber noch einmal davon angefangen hat.«

Fara trat an das große vordere Fenster, das Ausblick gewährte auf den Garten mit seinen Blumen, dem kleinen Teich, den Steinbeeten. Er versuchte sich Creel ohne diesen Garten vorzustellen, auf den sie soviel Zeit verwendet hatte, ohne die Räume, in denen sie ein Drittel ihres Lebens verbracht hatte — und wußte, was ihre Mutter gemeint hatte. Eine vage Hoffnung gab es noch ...

Er wartete, bis Creel nach oben gegangen war, und rief dann Mel Dale an. Der Ausdruck auf Dales plumpen Zügen ließ deutlich erkennen, wie unangenehm ihm das Gespräch war.

Herablassend hörte er Fara zu, doch nur, um ihn schließlich zu bescheiden: »Tut mir leid, der Gemeinderat vergibt keine Darlehen. Und noch etwas muß ich Ihnen sagen, Fara — verstehen Sie mich richtig, ich habe damit nichts zu tun —, eine Genehmigung zum Betrieb einer Werkstatt werden Sie nicht mehr bekommen können.«

»W-was?«

»Es tut mir wirklich leid.« Der Bürgermeister senkte die Stimme. »Nehmen Sie meinen Rat an, Fara, und gehen Sie zu dem Waffenladen. Selbst solche Stätten haben ihren Nutzen.«

Fara hörte es klicken, blieb sitzen und starrte auf den leeren Bildschirm.

Also blieb ihm nur noch — der Tod!

Er wartete, bis die Straßen menschenleer waren, ehe er zu dem Waffenladen hinüberschlüpfte. Flüchtig ängstigte ihn der Gedanke, die Tür könnte sich bei ihm nicht öffnen, doch sie ging ohne Mühe auf.

Als er in den matt erhellten Laden trat, sah er den silberhaarigen Verkäufer in einer Ecke unter einem sanften Licht sitzen und lesen. Der ältere Mann blickte auf, legte das Buch beiseite und erhob sich.

»Sieh da, Mr. Clark«, stellte er mit ruhiger Stimme fest. »Was können wir für Sie tun?«

Fara errötete leicht. Er hatte halb gehofft, daß ihm die Demütigung erspart bleiben würde, wiedererkannt zu werden; aber auch nachdem diese Hoffnung sich nicht erfüllt hatte, hielt er hartnäckig an seiner Absicht fest. Ihm kam es darauf an, daß Creel weder seine sterblichen Überreste vorfinden noch unter erheblichem Kostenaufwand beisetzen lassen mußte.

»Ich hätte gern eine Handwaffe«, sagte er, »die sich so einstellen läßt, daß sie einen menschlichen Körper bei einmaligem Abfeuern vollständig auflöst. Haben Sie so etwas da?«

Ohne ein Wort trat der ältere Man an eine Vitrine und nahm eine gedrungene Waffe heraus, die in den irisierenden Farben des unnachahmlichen Ordinkunststoffs gleißte. Sachlich erläuterte er: »Beachten Sie bitte, daß bei dieser Ausführung die Flansche am Lauf nur als minimale Wölbungen hervortreten. Die Waffe läßt sich ideal in einem Schulterhalfter unter dem Jackett tragen und außerordentlich schnell ziehen. Bei entsprechender Einstellung springt sie ihrem Besitzer von selbst in die Hand. Momentan ist sie noch auf mich eingestellt. Beobachten Sie bitte, wie ich sie ins Halfter zurückschiebe und ...«

Die Blitzartigkeit, mit der die Waffe reagierte, wirkte

überwältigend. Die Finger des betagten Mannes bewegten sich kaum — und schon lag die anderthalb Meter entfernte Waffe in seiner Hand. Die Bewegung war mit bloßem Auge nicht zu verfolgen gewesen. Sie erinnerte Fara an den Abend, als die Tür seinem Griff entglitten und lautlos vor Jor zugeschlagen war. *Ohne Zeitverzug!*

Er schloß den Mund wieder, den er schon geöffnet hatte, um alle weiteren Erläuterungen außer der einen, an der ihm lag, abzuwehren. Benommen, fasziniert verfolgte er, was sich vor ihm abspielte. Es mutete ihn an wie Magie, die seinen Körper und Geist bannte.

Er hatte schon die Waffen in der Hand gehalten, mit denen die Truppen ausgerüstet waren, Schöpfungen aus Kunststoff oder Metall, die sich nur unter Kraftaufwand handhaben ließen wie jeder materielle Gegenstand, ganz und gar nicht vergleichbar mit denen, auf die er hier stieß, erfüllt von überwältigendem Eigenleben, in die Hand schnellend, förmlich darauf bedacht, mit ihrer Macht den Willen dessen zu unterstützen, der sie handhabte, der...

Mit einem Ruck kam Fara wieder zu Bewußtsein, weshalb er hier war. Er lächelte gequält und sagte: »Das ist wirklich alles sehr spannend. Aber wie steht es mit der Möglichkeit, den Energiestrahl zu verbreitern?«

Ruhig erwiderte sein Gegenüber: »Auf Bleistiftdicke eingestellt, durchschlägt dieser Strahl bis zu vierhundert Metern jeden Gegenstand mit Ausnahme gewisser Legierungen. Wird die Mündung entsprechend justiert, dann lassen sich auf fünfzig Meter Entfernung oder weniger größere Ziele auch auflösen. Die Justierung erfolgt mittels eines Drehknopfs.«

Er deutete auf die winzige Vorrichtung am Lauf. »Nach links erweitert sich der Strahl fächerförmig, nach rechts wird er schmaler.«

»Ich kaufe die Waffe«, sagte Fara. »Was kostet sie?«

Er gewahrte, wie der betagte Mann ihn nachdenklich musterte. Dann sagte er zögernd: »Unsere Bestimmungen habe ich Ihnen schon einmal erläutert, Mr. Clark. Sie erinnern sich doch daran?«

»Was?« stieß Fara hervor. »Wollen Sie damit sagen, daß diese Einschränkungen tatsächlich gelten? Daß es sich dabei nicht nur um ...«

Er stockte und nahm sich zusammen. Mit kalter Entschlossenheit fuhr er fort: »Ich möchte eine Waffe, mit der ich mich verteidigen, die ich aber auch gegen mich selbst richten kann, wenn ich muß oder — will.«

»Ach so, Selbstmord!« sagte der silberhaarige Mann. Seine Miene verriet plötzlich aufdämmerndes Verständnis. »Falls Sie sich umbringen wollen, haben wir nicht das geringste dagegen. Das ist Ihr gutes Recht in einer Welt, deren Bewohner von Jahr zu Jahr weniger Rechte besitzen. Was nun den Preis angeht — er beträgt vier Kredite.«

»Vier Kre ... nur vier Kredite!« sagte Fara verblüfft.

Er war derart erstaunt, daß er vorübergehend sogar sein düsteres Vorhaben vergaß. Allein der Rahmen aus Ordin — nicht zu reden von der Kunstfertigkeit der Ausführung — selbst fünfundzwanzig Kredite wären noch ein Spottpreis gewesen.

Flüchtig durchfuhr ihn brennendes Interesse. Das Rätsel der Waffenläden trat ihm von einem Augenblick auf den anderen nicht minder überwältigend vor Augen als sein eigenes auswegloses Schicksal. Aber schon sprach der Mann weiter.

»Wenn Sie Ihr Jackett ausziehen würden, können wir Ihnen das Halfter anpassen.«

Fara kam der Aufforderung automatisch nach. Er begriff, daß er in wenigen Sekunden mit einer tödlich wirkenden Waffe ausgerüstet diesen Laden verlassen würde. Seinem Tod stand dann nichts mehr im Wege.

Eigenartigerweise war er enttäuscht. Er konnte sich die Empfindung selbst nicht erklären, aber vage hatte die kaum eingestandene Hoffnung in ihm gekeimt, die Waffenschmiede könnten vielleicht ... vermöchten am Ende doch ...

Was eigentlich?

Fara seufzte müde — und wurde wieder die Stimme des ältlichen Mannes gewahr, der bemerkte:

»Vielleicht möchten Sie den Seitenausgang benutzen. Er ist unauffälliger.«

Fara gab widerstandslos der Hand nach, die seinen Arm ergriff. Dann drückte der betagte Mann auf einen von mehreren Knöpfen — so funktionierte das also —, und in der Wand erschien eine Türöffnung.

Fara konnte Blumen dahinter erkennen; ohne ein Wort strebte er darauf zu. Er stand im Freien, ehe er sich dessen recht versah.

Einen Augenblick lang verharrte er auf dem schmalen Weg und versuchte, sich die Unwiderruflichkeit seines Schritts klarzumachen. Aber nur der eigenartige Eindruck wollte sich einstellen, daß rund um ihn zahllose Menschen sich bewegten. Sekundenlang glich sein Gehirn einem Baumstamm, der in der Dunkelheit auf einem reißenden Strom dahintrieb.

Aus dieser Dunkelheit schälte sich die unklare Wahrnehmung heraus, daß irgendeine Veränderung eingetreten sein mußte. Dieses Gefühl ließ ihn nicht los, als er sich nach links wandte, um den Waffenladen zu umrunden.

Die Unkarheit wich, und sein Schock war heftig. Denn — er stand nicht mehr in Glay, und auch die Waffenhandlung war verschwunden. An ihrer Stelle ...

Ein Dutzend Personen eilten an Fara vorbei, um sich nicht weit entfernt in eine lange Menschenschlange einzureihen. Doch Fara achtete weder auf ihre Fremdheit, noch überhaupt auf ihre Gegenwart. Sein ganzer Sinn, sein gesamtes Wahrnehmungsvermögen, ein Wesenskern konzentrierten sich auf den Fuß der Maschine, die dort aufragte, wo der Waffenladen gestanden hatte.

Aber was für eine Maschine!

Er mußte den Kopf weit, weit in den Nacken legen, um das Ausmaß der ungeheuren Masse aus stumpfem Metall zu erfassen, die hier unter einer sommerlichen Sonne in den tiefblauen Himmel stieß.

Turmhoch erhob sich die Maschine, fünf gigantische Stockwerke aus Metall, jedes gut dreißig Meter durchmessend; und gekrönt wurden die stromlinienförmig verlaufenden einhundertfünfzig Meter von einer Spitze aus reinem Licht, einem prachtvollen Kegel, der sich noch einmal fünfzig Meter nach oben schwang, an Helligkeit mit der Sonne wetteifernd.

Eine Maschine war es, kein Gebäude, denn die gesamte untere Etage war übersät mit blitzenden Lichtern, grün zumeist, aber farbenreich durchsetzt mit roten, gelegentlich auch einem blauen oder gelben. Mehrfach wechselten grüne Lichter, ohne zu flimmern, in Rot über.

Das zweite Stockwerk glühte ausschließlich in Weiß und Rot, obwohl die Zahl der Lichter hier weitaus geringer war. Die dritte Etage wies auf ihrer stumpf schimmernden metallenen Außenhaut nur blaue und gelbe Lichter auf, die sich auf der weiten Fläche verloren.

Über die vierte Etage zogen sich riesige Leuchtbuchstaben, die den ersten Teil der Erklärung lieferten. Sie lauteten:

WEISS - GEBURTEN
ROT - STERBEFÄLLE
GRÜN - LEBENDE
BLAU - EINWANDERUNG ERDE
GELB - AUSWANDERUNG ERDE

Die Leuchtschrift des fünften Stockwerks schließlich brachte die noch fehlende Erläuterung:

BEVÖLKERUNG

SONNENSYSTEM	19.174.463.747
ERDE	11.193.247.361
MARS	1.097.298.604
VENUS	5.141.053.811
MONDE	1.742.863.971

Die Zahlen wechselten, noch während er sie las. Sie sprangen weiter oder zurück, nahmen zu und verringerten sich. Menschen starben, wurden geboren, ließen sich auf dem Mars nieder, auf der Venus, den Monden des Jupiter, dem Mond der Erde. Andere kehrten zurück, landeten Minute für Minute auf den Tausenden irdischer Raumhäfen. Das Leben nahm seinen gewaltigen Gang — und hier bot sich Faras Blick das überwältigende Abbild. Hier wurde offenbar…

»Stellen Sie sich lieber an«, sagte eine freundliche Stimme neben ihm. »Soweit ich weiß, dauert es eine ganze Weile, bis jeder einzelne Fall aufgenommen ist.«

Fara starrte den Mann an. Ihm war, als würden sinnlose Worte an ihn gerichtet. »Ich soll mich …« setzte er an, brach dann ab und bewegte sich blindlings weiter, als ihm einfiel, daß auf diese Weise wohl Jor zum Mars befördert worden sein mußte, bis die nächsten Worte des Mannes in sein Bewußtsein drangen.

»Fall?« stieß er hervor. »Jeder einzelne Fall?«

Der andere, ein blauäugiger junger Bursche von vielleicht fünfunddreißig Jahren, blickte ihn neugierig an. »Sie müssen doch wissen, weshalb Sie hier sind«, bemerkte er. »Bestimmt hätte man Sie nicht hergeschickt, wenn Sie nicht irgend etwas auf dem Herzen hätten, das Sie dem Gerichtshof der Waffenhändler zur Entscheidung vorlegen möchten. Was sonst sollte Sie zur Auskunftszentrale führen?«

Fara ging weiter, weil er inzwischen in der Schlange stand, einer rasch voranwandernden Schlange, die sich um die Maschine herumwand und ihn unerbittlich auf einen Eingang zubeförderte, der ins Innere des riesigen Metallgebildes führte.

Es war also zugleich Maschine und Gebäude.

Ein Fall, dachte er dabei — das war er wohl in der Tat, ein hoffnungsloser, unlösbarer Fall, so verstrickt in die Gesellschaftsstruktur, daß man die Zivilisation hätte auf den Kopf stellen müssen, um ihm Recht widerfahren zu lassen.

Er zuckte zusammen, als er gewahrte, daß er den Eingang erreicht hatte. In wenigen Augenblicken würde er sich unwiderruflich eingelassen haben — auf was wohl?

Im Innern erstreckte sich ein langer, lichtschimmernder Korridor, von dem Dutzende von Seitenfluren abzweigten. Hinter Fara erklang die Stimme des jungen Mannes: »Nehmen wir den doch; er ist halbwegs leer.«

Fara ging voraus; und plötzlich merkte er, daß er zitterte. Ihm war bereits aufgefallen, daß am Ende jedes Seitenflurs Dutzende von Schreibtischen standen, an denen junge Frauen saßen und die Ankömmlinge befragten. Hieß das wirklich? — Konnte dies alles bedeuten? —

Er machte sich klar, daß er vor einem der Schreibtische stehengeblieben war.

Die Frau dahinter, knapp über dreißig, gut aussehend, mit aufmerksamem Blick, lächelte ihn freundlich, aber unpersönlich an. »Ihren Namen, bitte?«

Fara nannte ihn, bevor er noch recht zur Besinnung gelangt war, um dann zu murmeln, er stamme aus Glay. »Danke«, sagte die Frau. »Es wird ein paar Minuten dauern, bis Ihre Akte hier ist. Möchten Sie nicht Platz nehmen?«

Fara hatte die Sitzgelegenheit überhaupt noch nicht bemerkt. Er sank darauf nieder; dabei schlug das Herz ihm so wild, daß er nach Atem rang. Er vermochte kaum einen klaren Gedanken zu fassen; eine heftige, kaum noch bezähmbare Aufregung tobte in ihm.

Unvermittelt ging ihm auf, daß die Frau weitergesprochen hatte, doch hinderte seine innere Anspannung ihn daran, mehr als Bruchstücke aufzuschnappen:

»... Auskunftszentrale handelt es sich ... Statistisches Amt ... Jeder Mensch ... hier registriert ... Wohnungswechsel, Ausbildung, Beruf ... vollständiger Lebenslauf ... Nur möglich ... geheime und illegale Querverbindungen ... statistischen Behörden ... Mittelsmänner in jeder Gemeinde ...«

Fara hatte den vagen Eindruck, daß ihm Wichtiges entging. Wenn er sich nur konzentrieren und aufmerksamer verfolgen könnte, was sie ihm mitteilte — Er gab sich Mühe, doch umsonst; seine Fassung wollte sich nicht wieder einstellen.

Noch ehe es ihm gelungen war, ein Wort hervorzubringen, war ein Klicken zu vernehmen, und eine dünne schwarze Platte glitt auf den Schreibtisch. Die Frau nahm sie und prüfte sie eingehend. Nach einem Augenblick sprach sie in ein Mikrophon; kurz darauf lagen noch zwei Platten vor ihr. Sie sah sich beide ohne eine Regung an, ehe sie schließlich hochblickte.

»Es dürfte Sie interessieren«, sagte sie, »daß Ihr Sohn Cayle sich durch Bestechung mit fünftausend Krediten eine Anstellung als Offizier in der kaiserlichen Armee verschafft hat.«

»Was?« fragte Fara. Er erhob sich halb von seinem Sitz, aber die junge Frau redete bereits nachdrücklich weiter.

»Ich muß Sie darauf hinweisen, daß die Waffenhändler gegen Einzelpersonen nicht vorgehen. Das Geld, das er sich angeeignet hat, verbleibt Ihrem Sohn ebenso wie seine Stellung. Wir kümmern uns nicht um moralische Besserung. Sie ist Sache des einzelnen und der Gesellschaft insgesamt. Würden Sie mir jetzt bitte für unsere Unterlagen und für das Gericht in kurzen Worten Ihr Problem schildern.«

Schwitzend sank Fara in seinen Sitz zurück. Geradezu verzweifelt verlangte ihn danach, mehr über Cayle zu erfahren. Er setzte an: »Aber... aber was ... wie ...« Dann beherrschte er sich und beschrieb mit leiser Stimme, was ihm widerfahren war. Als er seine Schilderung beendet hatte, sagte die junge Frau: »Sie gehen jetzt bitte in den Namenssaal. Achten Sie dort auf Ihren Namen. Sobald er auftaucht, begeben Sie sich unverzüglich zu Zimmer 474. Merken Sie sich die Nummer — 474. Und nun entschuldigen Sie mich, hinter Ihnen warten noch viele.«

Sie lächelte höflich, und Fara hatte sich bereits in Bewegung gesetzt, bevor er sich dessen recht bewußt wurde. Er drehte sich halb um, in der Absicht, wenigstens noch eine Frage zu stellen, aber die Frau hatte sich inzwischen einem ältlichen Mann zugewandt, der eben Platz nahm. Rasch ging Fara weiter, einen breiten Korridor entlang, einer an- und abschwellenden Lärmkulisse entgegen, die an sein Ohr drang.

Erwartungsvoll öffnete er eine hohe Tür, und sogleich traf ihn der Lärm wie ein Faustschlag.

Das Getöse war so gewaltig, daß er davor zurückzuckte. Er verharrte auf der Stelle, bemüht, ein brodelndes Gewirr mit den Blicken zu durchdringen, das es an Ausmaß mit dem herrschenden Geräuschpegel aufnehmen konnte.

Menschen, Menschen überall; Menschen zu tausenden in einem riesigen Saal, in lange Sitzreihen gezwängt oder in hektischer Nervosität hin und her laufend, alle krampfhaft angestrengt auf eine endlose, in Felder eingeteilte Anzeigetafel starrend. Jedes Quadrat entsprach einem Buchstaben des Alphabets, und die gewaltige Tafel zog sich rund um den immensen Raum.

Der Namenssaal, dachte Fara bebend, während er auf einen Sitz sank. Sein Name würde im Feld C erscheinen, und dann ...

Ihm war, als säße er bei einem Kartenspiel mit unbegrenztem Einsatz und wartete darauf, daß die kostbaren Karten aufgedeckt wurden. Oder als spekulierte er an der Börse während eines Kurssturzes, bei dem es um alles oder nichts ging. Es war überwältigend, nervenzermürbend, erschöpfend, ungeheuerlich. Es war ...

Es war ein Schauspiel wie kein anderes auf der Erde.

Immer neue Namen blitzten auf den sechsundzwanzig Quadraten auf. Menschen schrien wie irr auf, manche fielen in Ohnmacht, und der Aufruhr war geradezu betäubend; fortwährend tobte der Tumult, ein unaufhörliches, unglaubliches Tohuwabohu.

Und alle drei oder vier Minuten lief eine große Leuchtschrift die Tafel entlang, die jeden mahnte:

ACHTEN SIE AUF IHREN ANFANGSBUCHSTABEN

Faras Augen hingen an der Tafel. Er zitterte an allen Gliedern. Jeden Augenblick glaubte er, die Spannung nicht länger ertragen zu können. Er war versucht, den anderen zuzuschreien, doch still zu sein; am liebsten wäre er aufgesprungen und auch hin und her gelaufen, doch diejenigen, die das taten, wurden haßerfüllt angefunkelt, hysterisch angebrüllt.

Die kollektive Unbeherrschtheit machte Fara unvermittelt Angst. Unsicher überlegte er: »Ich mache mich hier doch nicht zum Narren. Ich ...«

»Clark, Fara«, blinkte die Tafel. »Clark, Fara.«

Mit einem lauten Schrei sprang er auf die Füße. »Das bin ich!« rief er. »Ich!«

Niemand drehte sich nach ihm um; niemand schenkte ihm die geringste Beachtung. Beschämt schlich er zum Ausgang, wo eine endlose Menschenschlange sich in den angrenzenden Flur drängte.

Die tiefe Stille in dem langen Korridor wirkte fast so niederdrückend wie der nervenaufreibende Lärm, den sie abgelöst hatte. Fara fiel es schwer, sich auf nichts zu konzentrieren als auf eine Zimmernummer — 474.

Und nicht im geringsten vermochte er sich vorzustellen, was ihn erwarten mochte — hinter der Tür mit der Nummer 474.

Der Raum war winzig. Er enthielt lediglich einen runden Tisch und zwei Sessel. Auf dem Tisch lagen verschiedenfarbige Mappen zu insgesamt sieben säuberlich geordneten Stapeln aufgeschichtet. Die Stapel waren vor einer großen milchigweißen Kugel angeordnet, die sanft zu glühen begann. Aus ihrer Tiefe drang die Baritonstimme eines Mannes: »Fara Clark?«

»Ja«, antwortete Fara.

»Bevor das Urteil in Ihrem Fall gesprochen wird«, fuhr die Stimme ruhig fort, »möchte ich Sie bitten, sich eine Mappe von dem blauen Stapel zu nehmen. Sie werden darin eine Liste finden. Es handelt sich um eine Darstellung der Fünften Interplanetaren Bank in bezug zu Ihnen selbst und zur Umwelt. Eine Erklärung dazu erhalten Sie noch.«

Die Liste, stellte Fara fest, führte ausschließlich große Firmen auf. In alphabetischer Reihenfolge mochten an die fünfhundert Namen verzeichnet sein. Die Mappe enthielt keine Erläuterungen, und Fara schob sie automatisch in die Tasche, als die Stimme weitersprach: »Unsere Nachforschungen haben ergeben, daß die Fünfte Interplanetare Bank sich eines groben Betrugs an Ihnen schuldig gemacht hat, außerdem der Schmarotzerei, der Irreführung, der Erpressung und der verbotenen Absprache.

Die Bank hat sich an Ihren Sohn Cayle über eine Sorte von Mittelsmann herangemacht, die man durchaus passend als Schmarotzer bezeichnet und deren Aufgabe darin besteht, junge Leute ausfindig zu machen, die in der Lage sind, einen Wechsel auf ihre Eltern oder auf irgendwelche anderen Opfer zu ziehen. Der Schmarotzer erhält für seine Dienste eine Provision von acht Prozent, die von dem Kreditnehmer bezahlt werden muß — in diesem Fall also von Ihrem Sohn.

Irreführung hat die Bank dadurch begangen, daß sie einen ihrer Angestellten damit beauftragt hat, Ihnen vorzuspiegeln, die zehntausend Kredite seien bereits an Ihren Sohn gezahlt worden. In Wirklichkeit ist die Auszahlung erst erfolgt, als Ihre Unterschrift vorlag.

Erpressung liegt insofern vor, als die Bank Ihnen gedroht hat, einen Haftbefehl gegen Ihren Sohn zu erwirken, obwohl noch kein Geld in andere Hände übergegangen war. Die verbotene Abrede schließlich besteht darin, daß die Bank Ihren Wechsel unverzüglich an Ihren Konkurrenten weitergegeben hat.

Die Bank wird deshalb zu einer Geldstrafe in dreifacher Höhe des erschwindelten Betrages verurteilt, also zu sechsunddreißigtausenddreihundert Krediten. Sie brauchen nicht zu erfahren, auf welche Weise das Urteil vollstreckt wird. Es genügt, wenn Sie wissen, daß die Bank zahlt und daß die Waffenläden von dem erwähnten Betrag fünfzig Prozent für sich einbehalten. Die andere Hälfte ...«

Mit leisem Plumpsen fiel ein Bündel Banknoten auf den Tisch.

»... gehört Ihnen«, vollendete die Stimme; und Fara steckte das Päckchen mit zitternden Fingern ein. Nur mit erheblicher gedanklicher und körperlicher Anstrengung gelang es ihm, sich auf die nächsten Worte zu konzentrieren.

»Sie dürfen nicht meinen, Ihre Schwierigkeiten seien damit behoben. Die Wiedereröffnung Ihrer Werkstatt in Glay wird Mut und Tapferkeit erfordern. Seien Sie umsichtig, tapfer und entschlossen, dann können Sie nicht scheitern. Zögern Sie nicht, die Waffe einzusetzen, die Sie zur Verteidigung Ihrer Rechte erworben haben. Alles weitere wird man Ihnen anderwärts mitteilen. Gehen Sie jetzt durch die gegenüberliegende Tür.«

Fara nahm seinen Mut zusammen, öffnete die Tür und trat hindurch.

Der matt erleuchtete Raum, in dem er sich wiederfand, war ihm vertraut. Aus einem Lesesessel erhob sich ein silberhaariger Mann mit distinguierten Zügen, der mit ernstem Lächeln auf ihn zukam.

Das überwältigende, unwirkliche, aufwühlende Erlebnis war vorbei. Er war wieder in Glay — in dem Waffenladen.

Immer noch kam er über seine maßlose Verwunderung nicht hinweg, verschlug es ihm die Sprache bei dem Gedanken, daß diese weitgespannte, faszinierende Organisation sich etabliert hatte, hier inmitten einer unbarmherzigen Zivilisation — einer Zivilisation, die ihn binnen weniger Wochen um seine gesamte Habe gebracht hatte.

Mit Mühe zwang er seine Überlegungen in eine andere Richtung. Er runzelte die Stirn, als er begann: »Der... Richter...« Fara zögerte bei der Bezeichnung, ärgerte sich über sich selbst und fuhr fort: »Der Richter hat erwähnt, zur Wiedereröffnung meiner Werkstätte bedürfe es...«

»Bevor wir darauf kommen«, unterbrach der betagte Mann ihn gelassen, »möchte ich Sie bitten, einen Blick in die blaue Mappe zu werfen, die Sie mitgebracht haben.«

»Mappe?« wiederholte Fara verständnislos. Er brauchte einige Augenblicke, bis ihm wieder einfiel, daß er aus Zimmer 474 eine Mappe mitgenommen hatte.

Mit wachsender Verwunderung studierte er die Unternehmensliste, wobei er registrierte, daß die Automatische Atommotoren-Reparaturwerke AG. ziemlich weit unten unter A aufgeführt und die Fünfte Interplanetare Bank nur als eine unter einer Reihe von Großbanken verzeichnet war. Schließlich blickte Fara auf.

»Ich verstehe das nicht«, sagte er. »Sind dies die Firmen, gegen die vorzugehen Sie gezwungen gewesen sind?«

Der silberhaarige Mann lächelte grimmig, ehe er den Kopf schüttelte. »Darum geht es nicht. Diese Firmen bilden nur einen Bruchteil der achthunderttausend Unternehmen, die wir beständig überwachen.«

Erneut verzog er den Mund zu einem humorlosen Lächeln. »Und die sehr genau wissen, daß unseretwegen ihre ausgewiesenen Gewinne in keinem Verhältnis zu ihren Aktiva stehen. Sie wissen allerdings nicht, wie groß der Unterschied wirklich ist. Weil wir keine noch größeren Betrügereien herausfordern wollen, liegt uns daran, daß das auch so bleibt.«

Er machte eine Pause, bedachte Fara mit einem eindringlichen Blick und fügte hinzu: »Was die in dieser Liste aufgeführten Banken und Konzerne von allen unterscheidet, ist der Umstand, daß sie ausnahmslos zu hundert Prozent der Kaiserin Ischer gehören.«

Rasch fügte er hinzu: »In Anbetracht Ihrer früheren Äußerungen zu diesem Thema erwarte ich natürlich nicht, daß Sie mir Glauben schenken.«

Fara rührte sich nicht, denn — er glaubte seinem Gegenüber zu guter Letzt, voll und ganz, fraglos. Unfaßlich, unverzeihlich war vielmehr, daß er sein Leben lang Zeuge gewesen war, wie zugrunde gerichtete Menschen, elend und gedemütigt, der Vergessenheit anheimfielen — und ihnen die Schuld an ihrem eigenen Unglück gegeben hatte.

Er stöhnte. »Ich habe mich benommen wie ein Geisteskranker«, gestand er. »Was die Kaiserin und ihre Beamten taten, war über jede Kritik erhaben. Bekanntschaften oder Freundschaften mit Leuten, die die bestehenden Zustände nicht akzeptierten, kamen für mich nicht in Frage. Wenn ich jetzt gegen die Kaiserin Stellung bezöge, würde ich wahrscheinlich ähnlich abgestempelt.«

»Unter keinen Umständen«, versetzte der betagte Mann streng, »dürfen Sie irgend etwas gegen Ihre Majestät sagen. Die Waffenhändler würden solche Reden nicht billigen und niemanden unterstützen, der so unbesonnen handelt. Wir haben einen unsicheren Friedenszustand mit der Regierung erreicht und wünschen, daß es dabei bleibt. Mehr möchte ich zu unserer Politik nicht sagen.

Ich bin allerdings befugt zu erwähnen, daß der letzte Versuch, die Waffenläden zu vernichten, vor sieben Jahren unternommen worden ist, als Innelda Ischer fünfundzwanzigjährig war. Dieser Versuch erfolgte insgeheim und ging auf eine neue Erfindung zurück. Daß er fehlgeschlagen ist, war reiner Zufall; wir mußten dazu einen Mann opfern, der siebentausend Jahre aus der Vergangenheit stammte. Das mag rätselhaft für Sie klingen, aber ich kann es Ihnen nicht erläutern.

Die schlimmste Phase fiel in die Zeit vor vierzig Jahren, als jeder heimtückisch ermordet wurde, bei dem man dahinterkam, daß wir ihm irgendwann geholfen hatten. Es mag Sie überraschen, aber auch Ihr Schwiegervater hat zu denen gehört, die man damals umgebracht hat.«

»Creels Vater!« preßte Fara hervor. »Aber ...« Er brach ab. Der Kopf wirbelte ihm. Einen Augenblick lang vermochte er seine Umgebung kaum zu erkennen.

»Aber ...«, gelang es ihm endlich zu sagen, »es hieß doch, er sei mit einer anderen Frau durchgebrannt.«

»Irgendeine gemeine Lüge wurde in solchen Fällen immer verbreitet«, sagte der ältere Mann, und Fara schwieg betroffen.

»Wir haben diesem Abschlachten schließlich dadurch ein Ende bereitet«, fuhr der ältere Mann fort, »daß wir die drei höchsten Kabinettsmitglieder — unter Ausschluß der kaiserlichen Familie — beseitigt haben, die für die Ausrottungsbefehle verantwortlich waren. Aber wir wollen nicht, daß ein solches Morden noch einmal beginnt.

Uns kümmert auch nicht, wenn wir getadelt werden, weil wir soviel Übles dulden. Sie müssen sich über eins im klaren sein: *Wir tun nichts, um den Strom des menschlichen Daseins in seiner Richtung zu beeinflussen.* Wir verhelfen einzelnen zu ihrem Recht; wir schützen die Bevölkerung davor, allzu unbarmherzig ausgebeutet zu werden. Im allgemeinen helfen wir nur anständigen Menschen; bei den Skrupellosen beschränken wir uns darauf, ihnen Waffen zu verkaufen — was schon eine erhebliche Hilfe bedeutet und einer der Gründe ist, weshalb die Regierung ihre Macht fast ausschließlich auf wirtschaftliche Machenschaften stützt.

Während der viertausend Jahre, seit der geniale Walter S. DeLany den Vibrationsprozeß, der die Errichtung der Waffenläden ermöglichte, erfunden und zugleich die ersten Grundsätze der politischen Philosophie der Waffenschmiede formuliert hat, haben wir verfolgt, wie die Regierungsform hin und her gependelt ist zwischen der Demokratie unter einer konstitutionellen Monarchie und dem schlimmsten Despotismus. Und wir haben eines festgestellt:

Ein Volk hat immer diejenige Regierung, die es verdient. Will es eine Änderung, dann muß es sie selbst herbeiführen. Wir werden wie zuvor auch weiterhin einen unbestechlichen Kern bilden — das meine ich durchaus wörtlich: wir verfügen über ein psychologisches Gerät, das niemals irrt, wenn es den Charakter eines Menschen beurteilt —, ich wiederhole, einen unbestechlichen Kern, dessen Idealismus der Linderung des Unrechts gilt, das unter jedweder Regierungsform unweigerlich auftritt.

Aber nun — zu Ihrem Problem. Die Antwort darauf ist im Grunde sehr einfach. Sie müssen kämpfen, so, wie alle Menschen vom Anbeginn der Zeit an für ihr gutes Recht gekämpft haben. Wie Sie nur zu gut wissen, haben die Reparaturwerke binnen einer Stunde nach der Zwangsvollstreckung Ihre Werkstatt ausgeräumt. Sämtliche Maschinen und Werkzeuge sind zuerst nach Ferd verbracht und dann in ein Lagerhaus an der Küste geschafft worden.

Wir haben sie von dort zurückgeholt und die Maschinen mit den uns eigenen Transportmöglichkeiten wieder in Ihrer Werkstatt aufgestellt. Sie begeben sich jetzt also dorthin und ...«

Fara lauschte den Anweisungen mit zunehmender Entschlossenheit und nickte schließlich mit zusammengepreßten Lippen.

»Sie können sich auf mich verlassen«, sagte er kurz. »Ich war schon immer ein Starrkopf, und daran hat sich nichts geändert, auch wenn ich die Seiten gewechselt habe.«

Als er den Laden verließ, war ihm, als vollzöge sich seine Rückkehr vom Leben — zum Tod; aus der Hoffnung — in die Wirklichkeit.

Fara schritt in tiefer Nacht durch die stillen Straßen von Glay. Zum erstenmal ging ihm auf, daß die Auskunftsstelle der Waffenhändler auf der anderen Erdhalbkugel liegen mußte, denn dort war es heller Tag gewesen.

Das Bild vor seinem inneren Auge verschwand, als hätte es nie existiert, und wieder nahm er mit geschärften Sinnen den Ort wahr, der rings um ihn in tiefem Schlummer lag. Schweigend, friedlich — und doch, dachte er, häßlich; häßlich, weil in ihm Unrecht die Oberhand gewonnen hatte.

Der Satz fiel ihm ein: Das Recht auf Waffen — und sein Herz pochte rascher; Tränen traten ihm in die Augen.

Er fuhr sich mit dem Handrücken darüber, erinnerte sich an Creels toten Vater und ging weiter, ohne sich zu schämen. Tränen taten einem zornigen Mann gut.

Seine Werkstatt war noch dieselbe; das harte metallene Vorhängeschloß wich der flammenden, überlegenen Macht seiner winzigen Waffe. Ein Feuerfunke, das Metall schmolz — und er stand im Innern.

Es war dunkel, zu finster, um irgend etwas erkennen zu können, aber Fara schaltete die Beleuchtung nicht sofort ein. Er tastete sich zum Fensterregler, stellte die Scheiben auf dunkel, machte dann erst Licht.

Vor gewaltiger Erleichterung schluckte er. Denn die Maschinen, seine wertvollen Werkzeuge, deren Abtransport er nach dem Eintreffen des Gerichtsvollziehers hatte mitansehen müssen, standen betriebsbereit wieder an ihrem Platz.

Noch schwach von der Reaktion, ging Fara zum Holoset und rief Creel an. Es dauerte eine Weile, bis sie im Morgenrock auftauchte. Als sie ihn erkannte, wurde sie kreidebleich.

»Fara, o Fara, ich dachte schon ...«

»Ich bin in dem Waffenladen gewesen, Creel«, unterbrach er sie hastig. »Hör gut zu! Ich möchte, daß du sofort zu deiner Mutter gehst. Ich bin in der Werkstatt. Hier bleibe ich Tag und Nacht, bis feststeht, daß ich wirklich *bleibe* ... Später hole ich mir Sachen zum Wechseln und etwas Eßbares von zu Hause, aber bis dahin möchte ich, daß du weg bist. Ist das klar?«

In ihr schmales, hübsches Gesicht kehrte die Farbe zurück. Sie erwiderte: »Komm gar nicht erst hierher, Fara!

Ich erledige alles Notwendige. Was wir brauchen, packe ich in den Flugwagen, einschließlich Klappbett. Wir können hinten in der Werkstatt schlafen.«

Der Morgen dämmerte fahl herauf, aber es wurde zehn, ehe ein Schatten die offene Tür verdunkelte und Jor hereinkam. Er wirkte beschämt.

»Ich habe hier einen Haftbefehl gegen Sie«, murmelte er.

»Sagen Sie denen, die Sie geschickt haben«, erwiderte Fara wohlüberlegt, »daß ich mich der Verhaftung widersetzt habe — mit der Waffe in der Hand.«

Die Tat folgte dem Wort mit solcher Schnelligkeit, daß Jor zwinkerte. Er blieb einen Augenblick lang stehen, kräftig und schläfrig wirkend, und starrte die gleißende, magische Waffe an. Dann sagte er:

»Ich soll Ihnen außerdem eine Ladung zustellen. Sie werden darin aufgefordert, heute nachmittag in Ferd vor Gericht zu erscheinen. Nehmen Sie die Ladung entgegen?«

»Selbstverständlich.«

»Sie werden sich also einfinden?«

»Mein Anwalt wird mich vertreten«, antwortete Fara. »Legen Sie die Vorladung einfach auf die Schwelle. Sie können ruhig sagen, daß ich sie angenommen habe.«

Der Waffenhändler hatte ihm eingeschärft: »Verspotten Sie die behördlichen Maßnahmen mit keiner Silbe. Befolgen Sie sie einfach nicht!«

Jor entfernte sich sichtlich erleichtert. Es dauerte eine weitere Stunde, ehe Bürgermeister Mel Dale mit seinem bombastischen Gehabe sich einfand.

»Das will ich Ihnen sagen, Fara Clark«, schnauzte er schon von der Tür her, »damit kommen Sie nicht davon! Das ist Widerstand gegen die Staatsgewalt!«

Fara schwieg, während der Bürgermeister in die Werkstatt gewatschelt kam. Daß Dale seine hochgeschätzte Haut riskierte, war verwunderlich, geradezu erstaunlich.

Die Verwunderung schwand, als der Bürgermeister gedämpft weiterredete: »Gut gemacht, Fara. Ich habe schon immer gewußt, daß Sie Mumm haben! Ein paar Dutzend von uns stehen hinter Ihnen; also halten Sie durch! Anfauchen mußte ich Sie eben, weil sich draußen die Leute drängen. Am besten antworten Sie mir ebenso lautstark. Werfen wir uns ruhig ein paar kräftige Ausdrücke an den Kopf. Aber erst noch schnell eine Warnung: Der Filialleiter der Reparaturwerke ist hierher unterwegs — mit zwei Leibwächtern ...«

Fara zitterten die Knie, während er verfolgte, wie der Bürgermeister die Werkstatt verließ. Er nahm sich zusammen, dachte: *Sollen sie kommen! — Sollen sie nur...*

Es ließ sich einfacher an, als er befürchtet hatte, denn die Männer, die sein Geschäft betraten, wurden blaß, sobald sie das Halfter mit der Waffe erblickten. Trotzdem suchten sie ihn mit Drohungen einzuschüchtern, von denen zuletzt nur noch ein Argument übrigblieb.

»Also hören Sie«, sagte der Filialleiter schließlich, »immerhin haben wir Ihren Wechsel über zwölftausendeinhundert Kredite. Sie werden doch wohl nicht bestreiten, daß Sie uns dieses Geld schulden.«

»Ich löse den Wechsel ein«, gab Fara kalt zur Antwort, »und zwar für genau die Hälfte des Betrages.«

Der junge Mann mit dem energischen Kinn sah ihn lange an. »Akzeptiert«, sagte er schließlich kurz.

»Ich habe die Vereinbarung schon hier...«, sagte Fara.

Sein erster Kunde war der knickerige Lan Harris. Während Fara den hageren Alten anstarrte, ging ihm allmählich ein Licht auf. Nicht von ungefähr mußte der Waffenladen ausgerechnet auf Harris' Grundstück errichtet worden sein.

Kurz darauf stapfte seine Schwiegermutter in die Werkstatt und schloß die Tür hinter sich.

»Na«, sagte sie, »du hast dich am Riemen gerissen, was? Gut gemacht. Tut mir leid, wenn ich grob mit dir umgesprungen bin, aber wer die Waffenläden unterstützt, der setzt schon genug aufs Spiel. Wir können uns nicht noch zusätzlich unsere Gegner auf den Hals laden.

Aber laß gut sein! Ich schlage vor, daß ich Creel jetzt nach Hause bringe. Wir sollten dafür sorgen, daß alles so schnell wie möglich wieder seinen normalen Gang geht.«

Es war vorüber. Noch vermochte er es kaum zu fassen, doch so war es. Während er an diesem Abend nach Hause ging, verhielt Fara zweimal mitten im Schritt und fragte sich, ob er nicht alles nur geträumt hatte. Die Luft war wie Wein. Vor ihm lag Glays kleine Welt, grün und anmutig, ein friedliches Paradies, in dem die Zeit stillzustehen schien.

DIE WAFFENLÄDEN VON ISCHER

(1949)

DIE WAFFENLÄDEN VON ISCHER
Originaltitel: THE WEAPON SHOPS OF ISHER
(*Thrilling Wonder Stories,* Februar 1949)

Ungekürzte deutsche Übersetzung von Rainer Eisfeld

An einem Junitag des Jahres 4784 Ischer fand ein Reporter aus dem zwanzigsten Jahrhundert, Chris McAllister, sich in einem Waffenladen wieder, der in Imperial City lag, der Hauptstadt des Ischerreichs.

Zu keiner Zeit übte irgendein Mensch, dessen Schicksal es war, geopfert zu werden, damit andere überleben könnten, einen vergleichbaren Einfluß auf die Geschichte des Lebens im Sonnensystem aus. Denn infolge der Art und Weise, in der er anlangte, war es möglich, ihn als »Gewicht« am einen Ende eines Zeitpendels einzusetzen. Am anderen befand sich die kolossale Energiezentrale, die die Zeitmaschine selbst abgab.

Um sich zu retten, stießen die Waffenschmiede McAllister in den Zeitstrom — »beschwerten« eine Zeitwippe mit ihm. Was McAllister persönlich dabei widerfuhr, ist schon erzählt worden; weniger bekannt dürfte dagegen sein, was sich in jenem kritischen Jahr 4784 Ischer-Zeitrechnung auf der Erde abspielte.

Die Waffenschmiede hatten die sofortige Vernichtung ihrer Organisation vermeiden können, doch der gefährliche Konflikt hörte keineswegs sofort auf. Die Schwierigkeit bestand darin, eine entschlossene junge Kaiserin auf irgendeine Weise davon zu überzeugen, daß sie von ihrem unheilvollen Plan Abstand nehmen mußte.

Deswegen trug etwas Eigenartiges sich zu, und unter denen, die davon betroffen wurden, befand sich ein junger Mann namens Cayle Clark.

1. KAPITEL

Eine Falle hatte ihn eingeschlossen. Jetzt stand er im Begriff, auszubrechen.

Eine regelrechte Entscheidung konnte Cayle hinter seinem Aufbruch aus Glay nicht erkennen. Er hatte den Ort derart lange verlassen wollen, daß die Absicht Teil seiner körperlichen Bedürfnisse geworden schien, wie Essen oder Trinken. Schwach war dieser Drang mit der Zeit geworden. Blockiert von seinem Vater, betrachtete er die Ortschaft und ihre Bewohner mit wenig freundlichem Blick. Doch noch jedesmal hatte die Hartnäckigkeit seines Gefängnisses seinem eigenen Trotz in nichts nachgestanden — bis jetzt.

Weshalb der Käfig sich unvermittelt geöffnet hatte, war ihm selbst kaum klar. Das Mädchen aus dem Waffenladen hatte sicherlich damit zu tun. Gutaussehend, umgeben von der undefinierbaren Aura eines Menschen, der schon manchen Erfolg davongetragen hatte, hatte sie geäußert — er entsann sich der Worte noch, als wären sie eben erst gefallen: »Aber ja, ich bin aus der Hauptstadt. Donnerstag nachmittag fliege ich zurück.«

Sie flog also am Donnerstagnachmittag in die Stadt der Städte, während er… Das hielt er nicht aus. Er fühlte sich zugleich elend und gereizt wie ein Tier in seinem Verlangen, mitzufliegen. Mehr als der Zank mit seinem Vater hatte diese Regung ihn elektrisiert, ihn dazu getrieben, seine Mutter unter Druck zu setzen, damit sie ihm Geld beschaffe. Jetzt saß er im Flugwagen nach Ferd, wie vor den Kopf geschlagen, weil das Mädchen nicht an Bord war.

Auf dem Flughafen von Ferd blieb er an verschiedenen Punkten stehen, die ihm günstig schienen, und hielt nach Lucy Rall Ausschau. Doch vor den Menschenmassen, die zu den ständig startenden Flugzeugen strömten, mußte selbst die konzentrierteste Aufmerksamkeit kapitulieren. Nur zu bald glitt seine Maschine auf die Piste herunter. Zumindest schien es ihm so, bis das Flugzeug, unbeschreiblich prächtig, direkt auf ihn zurollte. Dreißig Meter hoch, ganz und gar durchsichtig, schimmerte es wie ein Juwel, während es zum Stehen kam.

Aufregung packte Cayle. Er vergaß das Mädchen völlig. Wie im Fieber begab er sich an Bord. Er dachte erst wieder an Lucy Rall, als weit in der Tiefe das immergrüne

Land unter der Maschine vorbeiflog. Dann aber begannen seine Gedanken sich umso intensiver mit ihr zu beschäftigen.

Was für ein Mensch war sie wohl? Wo mochte sie wohnen? Wie lebte jemand, der zu den Waffenhändlern gehörte? ...

Drei Meter vor ihm saß der nächste Passagier. Cayle mußte den Impuls unterdrücken, ihm die zahllosen Fragen über Imperial City zu stellen, die ihm auf der Zunge brannten. Er war im Grunde kein Dörfler, auch wenn er sein ganzes Leben in Glay verbracht hatte; nicht jeder aber mochte das so sehen.

»Es war besser, wenn er keine Abfuhr riskierte.

Ein Mann lachte. »Meinst du wirklich, Liebling«, fragte eine Frau, »daß wir uns die Planetenrundreise leisten können?« Beide schlenderten an Cayle vorbei, der feststellte, wie gleichmütig andere den Flug aufnahmen.

Noch fühlte er sich befangen, doch auch sein Gleichmut wuchs. Er verfolgte auf dem Holoset vor seinem Sitz die Tagesmeldungen, warf gelegentlich einen müßigen Blick nach draußen und bediente sich der Sichtvergrößerung, um Einzelheiten zu erkennen. Als die drei Männer sich ihm gegenüber niederließen und Karten zu spielen begannen, fühlte er sich bereits einigermaßen heimisch.

Das Spiel ging um winzige Einsätze. Mit Namen angeredet wurde nur einer der drei Spieler. Die anderen nannten ihn »Robbe«. Cayle fand den Namen ungewöhnlich und den Mann nicht minder.

Er mochte dreißigjährig sein und hatte die gelben Augen einer Katze. Sein welliges, widerspenstiges Haar ließ ihn jungenhaft wirken. Sein Gesicht war blaß, ohne deswegen einen ungesunden Eindruck zu machen. Auf seinem Jackett blitzte juwelenbesetzter Schmuck. Schwere Ringe sprühten farbiges Feuer an seinen Fingern. Wenn er sprach, setzte er die Worte bedächtig und selbstsicher. Er war es auch, der sich schließlich an Cayle wandte und sagte:

»Ich sehe, Sie verfolgen unser Spiel. Möchten Sie mitmachen?«

Cayle hatte die Männer tatsächlich beobachtet und Robbe automatisch in die Klasse der Berufsspieler eingereiht. Über die beiden anderen war er sich weniger im klaren. Einer sollte anscheinend ausgenommen werden — fragte sich nur, wer.

»Zu viert ist es interessanter«, bohrte Robbe weiter.

Cayle wurde bleich. Übergangslos begriff er, daß die drei Männer zusammenarbeiteten. Und er sollte ihr Opfer sein. Um sich zu vergewissern, ob seine Demütigung beobachtet wurde, warf er einen Blick in die Runde. Niemand schenkte ihm Beachtung.

Der Mann, der drei Meter entfernt gesessen hatte, war verschwunden. Eine Frau blieb kurz an der Zwischentür stehen, entfernte sich dann aber wieder. Langsam kehrte die Farbe in sein Gesicht zurück. Diese Leute glaubten also, sie hätten einen Gimpel gefunden? Lächelnd stand er auf.

»Warum nicht«, sagte er.

Er ließ sich in dem leeren Sitz gegenüber dem Katzenäugigen nieder. Beim Abheben gewann er und gab sich in rascher Folge, völlig korrekt, erst zwei Könige und dann noch einen dritten. Er reizte sein Blatt aus und strich am Ende, trotz der niedrigen Einsätze, fast vier Kredite in Münzen ein.

Er gewann drei der nächsten acht Spiele, was für ihn unterdurchschnittlich war. Ohne sich dessen selbst bewußt zu sein, verfügte er über eine angeborene Fertigkeit, bei spekulativen Unternehmungen die Regeln der Wahrscheinlichkeitsrechnung zu seinen Gunsten außer Kraft zu setzen.*

---

* Van Vogt benutzt zur Kennzeichnung dieser Fähigkeit den englischen Ausdruck »callidity«, ein seltenes, aus dem Lateinischen abgeleitetes Synonym für »craftiness, skilfulness, dexterity«. Eine Wiedergabe dieses Begriffs durch »Kalliditát« oder auch »kallidetische Begabung« (wie in

Diese Kunstfertigkeit beschränkte sich vorläufig noch auf ein automatisches Geschick beim Kartenspiel. Fünf Jahre zuvor, als Siebzehnjähriger, hatte er mit vier Gleichaltrigen Geben und Kartenaufdecken um zwanzigstel Kredite gespielt und dabei neunzehn von zwanzig Partien gewonnen. Mehr brachte sein Kartenglück ihm nicht ein, weil danach niemand mehr mit ihm spielen wollte. Selbst dieser Ausweg, sich aus Glay abzusetzen, war ihm versperrt geblieben.

Trotz seiner Glückssträhne fühlte er sich auch jetzt keineswegs überlegen. Es war Robbe, der das Spiel dominierte. Er strahlte eine ungewöhnliche, keineswegs auf körperlicher Kraft beruhende Stärke aus, die Cayle zu faszinieren begann.

»Ich hoffe, Sie verübeln es mir nicht«, bemerkte er schließlich, »aber Sie gehören zu der Sorte von Menschen, die mich interessiert.«

Die gelben Augen musterten ihn nachdenklich, ohne daß Robbe ihn einer Antwort würdigte.

»Wahrscheinlich sind Sie schon weit herumgekommen?« fuhr Cayle fort.

Die Frage gefiel ihm selbst nicht. Eigentlich hatte er etwas anderes zum Ausdruck bringen wollen. So, wie er es formuliert hatte, klang es in seinen eigenen Ohren unreif. Auf derart naive Weise durfte man dem Spieler sicherlich nicht kommen. Trotzdem ließ Robbe sich diesmal zu einer Erwiderung herab.

»Es geht«, äußerte er unverbindlich.

Seine Begleiter schien diese Antwort zu amüsieren. Sie lachten laut auf. Cayle errötete, ließ aber nicht locker.

»Bis zu den anderen Planeten?« forschte er.

Keine Reaktion. Robbe studierte eingehend die unaufgedeckten Karten und setzte dann einen vierzigstel Kredit. Cayle kämpfte gegen das Gefühl an, sich lächerlich zu

---

früheren Übersetzungen) verbietet sich: Der Ausdruck existiert im Deutschen nicht, auch nicht als Fremdwort. — *Anm. d. Übers.*

machen. »Man hört alles mögliche«, erläuterte er entschuldigend, »und manchmal weiß man nicht mehr, was nun eigentlich stimmt. Lohnt es sich denn, irgendeinen Planeten aufzusuchen?«

Die gelben Augen betrachteten ihn jetzt mit Belustigung. »Schlagen Sie sich den Gedanken lieber aus dem Kopf«, erhielt er zur Antwort. »In diesem System ist die Erde das Paradies, und wenn Ihnen jemand den Bären von der verlockenden Venus aufbinden will, sagen Sie ihm, er soll sich zur Hölle scheren. Genau das ist nämlich die Venus. Sandstürme ohne Ende. Ich habe selbst erlebt, wie in Venusburg das Thermometer auf vierundachtzig Grad Celsius gestiegen ist. Wovon man in der Werbung natürlich nichts hört oder sieht.«

Cayle pflichtete ihm hastig bei. Der plötzliche Redefluß hatte ihn verblüfft. Was der Spieler gesagt hatte, klang, als wollte er sich mit seinem Wissen brüsten. Unversehens ließ sein Interesse an dem Mann nach. Eine Frage hatte er noch.

»Sind Sie verheiratet?« wollte er wissen.

Robbe lachte. »Verheiratet! Wissen Sie, eine Frau habe ich überall, aber getraut bin ich deswegen noch lange nicht.« Wieder lachte er bedeutungsvoll. »Ich sehe schon, ich habe Sie auf einen Gedanken gebracht.«

Cayle entgegnete: »Auf solche Ideen kommt jeder Mann von allein.«

Er antwortete ganz mechanisch. Mit einer derartig enthüllenden Äußerung hatte er nicht gerechnet. Die Wirkung, die der Spieler auf ihn ausgeübt hatte, war verflogen. Dabei machte Cayle sich keine Illusionen darüber, daß er an sein Gegenüber die moralischen Maßstäbe Glays anlegte, insbesondere die seiner Mutter. Aber das ließ sich nicht ändern. Jahrelang hatte er *dagegen* vergeblich angekämpft. Robbes Stimme erklang von neuem, betont herzlich:

»Unser Freund wird es im ruhmreichen Ischer garantiert noch weit bringen, stimmt's, Jungs? Darauf gehe ich jede

Wette ein.« Er brach ab. »Wie kommen Sie eigentlich dauernd zu Ihren guten Karten?«

Cayle hatte wieder gewonnen. Er strich den Topf ein und zögerte. Mittlerweile betrug sein Gewinn fünfundvierzig Kredite. Es war an der Zeit, Schluß zu machen, bevor er seine Mitspieler gegen sich aufbrachte.

»Ich fürchte, das war's für heute«, sagte er deshalb. »Ich muß noch einiges erledigen. Es war mir ein Vergnü ...«

Ihm stockte der Atem. Eine winzige, glitzernde Waffe spähte ihn über den Tischrand an. Der Katzenäugige sagte mit unterdrückter Stimme: »Sie meinen, es wäre besser, aufzuhören, wie?« Ohne den Kopf zu drehen, wandte er sich an seine Begleiter. »Er möchte aufhören, Jungens. Sollen wir ihn lassen?« Die Frage schien rhetorisch gemeint, denn die beiden beschränkten sich darauf, eine Grimasse zu schneiden.

»Ich persönlich«, fuhr Robbe fort, »bin durchaus dafür. Aber«, schnurrte er weiter, »eins nach dem anderen. Das Transparenzbild zeigt, daß er die Brieftasche rechts im Jakkett trägt. An sein Hemd hat er einen Umschlag mit Fünfzigkreditscheinen geklammert. Und das Geld, das er uns abgenommen hat, steckt natürlich in seiner Hosentasche.«

Er beugte sich vor. In seinen eigenartigen Augen stand ein ironischer Ausdruck. »Sie haben uns also für Spieler gehalten, die Sie ausnehmen wollten. Nein, mein Freund, so arbeiten wir nicht. Unser System ist viel einfacher. Sollten Sie sich weigern, Ihr Geld herauszurücken, oder versuchen, Lärm zu schlagen, schieße ich Ihnen mit dieser Energiewaffe direkt ins Herz.

Der Strahl ist so nadeldünn, daß niemand das winzige Loch in Ihrer Kleidung auch nur bemerken würde. Sie bleiben weiter hier sitzen, wirken vielleicht etwas schläfrig, aber wen kümmert das schon in dieser Riesenmaschine mit ihren geschäftigen Passagieren, die sich für nichts interessieren als für sich selbst?«

Seine Stimme wurde hart. »Her damit!« Schroff:

»Schnell! Ich scherze nicht. Sie haben zehn Sekunden Zeit.«

Es dauerte länger, um das Geld hervorzuholen, aber daß er sich fügte, reichte offenbar. Er durfte seine Brieftasche wieder einstecken und einige Münzen behalten. »Etwas essen müssen Sie schließlich noch, ehe wir landen«, gab Robbe sich großmütig.

Die Waffe verschwand unter dem Tisch. Entspannt lehnte der Mann sich in seinen Sitz zurück. »Falls Sie vorhaben, sich beim Flugkapitän zu beschweren, lassen Sie sich warnen. Wir würden behaupten, daß Sie Ihr Geld an uns verloren haben, und Sie später töten.«

Er erhob sich, von neuem gleichmütig und rätselhaft. »Bis dann. Mehr Glück ein andermal.«

Auch seine Gefährten standen auf. Sie schlenderten davon, um in der vorderen Cocktailbar zu verschwinden. Cayle blieb sitzen, zusammengekauert und innerlich zerstört.

Er hatte seinen Aufbruch aus Glay nicht als Ergebnis einer Entscheidung aufgefaßt. Und auch jetzt kam ihm nicht in den Sinn, daß keine Entscheidung jemals endgültig war, wenn sie nicht alle denkbaren Möglichkeiten einer Situation berücksichtigte.

Sein Blick wanderte zur Uhr an der Kabinenwand. 15. Juli 4784 Ischer — zwei Stunden fünfzehn Minuten seit dem Start in Ferd, noch eine Stunde bis Imperial City.

Mit geschlossenen Augen stellte Cayle sich vor, wie er bei Einbruch der Dunkelheit in der Millionenstadt eintraf — und gleich die erste Nacht, die er sich so erregend ausgemalt hatte, auf den Straßen zubrachte.

2. KAPITEL

Er konnte nicht stillsitzen. Und dreimal, während er das Schiff durchmaß, verhielt er vor mannshohen Energiespiegeln im Schritt. Seine blutunterlaufenen Augen starrten ihn aus dem lebensgroßen Ebenbild an. Und immer wieder und wieder zerbrach er sich verzweifelt den Kopf, was er jetzt anfangen sollte. Wieso, grübelte er, war man ausgerechnet auf ihn als Opfer verfallen? Was an ihm hatte die Dreierbande veranlaßt, unfehlbar auf ihn zuzusteuern?

Als er sich von dem dritten Spiegel abwandte, erblickte er das Mädchen aus dem Waffenladen. Ihr Blick streifte ihn ohne ein Zeichen des Erkennens. Sie wirkte so mondän und ungezwungen, daß er nicht das Herz hatte, ihr zu folgen. Wie ein geprügelter Hund schlich er aus ihrem Gesichtskreis und sank in seinen Sitz.

Sein ins Leere gerichteter Blick registrierte eine Bewegung. Ein Mann ließ sich an dem Tisch auf der anderen Seite des Mittelgangs in einen Sessel fallen. Er trug die Uniform eines Obersten der Armee Ihrer Kaiserlichen Majestät und war so betrunken, daß er sich kaum aufrecht halten konnte. Wie er den Sessel überhaupt erreicht hatte, war ein physikalisches Rätsel. Schwerfällig wandte er den Kopf und stierte Cayle an.

»Kleiner Schpion, wasch?« Seine Stimme wurde lauter. »Schteward!«

Der Gerufene eilte herbei. »Ja, bitte?«

»Wein für meinen Schatten und mich, aber vom Beschten.« Während der Steward davonhastete, winkte der Offizier Cayle heftig. »Na losch, setschen Sie sich her! Na losch, leischten Sie mir Gesellschaft!« Sein Ton wurde vertraulich.

»Ich trinke gern einen, wischen Sie. Hab' versucht, esch vor der Kaischerin schu verbergen. Sie mag esch nicht.« Er schüttelte betrübt den Kopf. »Mag esch gar nicht. Na losch, worauf warten Sie noch? Kommen Sie endlich her!«

Cayle gehorchte hastig, wobei er den betrunkenen Dummkopf verwünschte. Aber auch eine schwache Hoffnung regte sich in ihm. Das Mädchen aus dem Waffenladen hatte ihm geraten, es bei der Armee zu versuchen. Wenn er von diesem Alkoholiker erfahren konnte, wie ein rascher Eintritt sich bewerkstelligen ließ, dann spielte das Geld, das er eingebüßt hatte, keine große Rolle mehr.

»Ich muß mich schnell entschließen«, sagte er sich. Und diesmal dachte er eindeutig daran, eine Entscheidung zu treffen.

Alsbald nippte er an seinem Wein, innerlich verkrampfter, als ihm lieb war, und musterte den Mann mit raschen, verstohlenen Blicken. Dessen Hintergrund schälte sich allmählich aus einem Schwall zusammenhangloser vertraulicher Geschichten heraus. Er hieß Laurel Medlon. Oberst Medlon, wie er Cayle betont zu verstehen gab, wohlgelitten im Palast, vertraut mit der Kaiserin, Vorsteher eines Steuerbezirks.

»Und eines ... hick ... verdammt einträglichen Bezirks außerdem«, setzte er mit einer Zufriedenheit hinzu, die mehr verriet als die Worte selbst.

Ironisch betrachtete er Cayle. »Möchten sich wohl schu gerne eine Scheibe davon abschneiden, wasch?« Er rülpste. »Schön, schön, kommen Sie in mein Büro — morgen.«

Seine Stimme verlor sich in gebrabbelten Abschweifungen. Als Cayle ihm eine Frage stellte, murmelte er, in die Hauptstadt wäre er gekommen, »alsch ich so alt war wie Sie. Mann, wasch war ich unbedarft!« Er bebte vor weinseliger Entrüstung. »Diesche Textilkonzerne sind doch so miesch, daß sie auf die Dörfer andere Stoffe schicken und andere Muschter. Jedem, der daher kommt, sieht man'sch an. Und wie man mir'sch angesehen hat!«

Er begann vor sich hinzufluchen. Sein wehleidiger Zorn übertrug sich auf Cayle.

Also seine Kleidung hatte ihn verraten!

Das war so himmelschreiend ungerecht, daß es ihn schüttelte. Wie oft hatte sein Vater sich geweigert, ihn die Sachen, die er trug, wenigstens in Ferd kaufen zu lassen. Jedesmal hatte er dieselbe Begründung geliefert: »Wie kann ich erwarten, daß mir die Geschäftsleute hier Aufträge geben, wenn meine Familie sich anderswo eindeckt?« Mit dieser rhetorischen Frage hatte er sich allen weiteren Appellen entzogen.

Und jetzt sitze ich hier, dachte Dayle, ausgeplündert bis aufs Hemd, nur weil dieser verbohrte Dummkopf ... Sein sinnloser Ärger verflog. Denn auch mittelgroße Städte wie Ferd erhielten wahrscheinlich besondere Stoffe geliefert, ebenso leicht zu erkennen wie die aus Glay. Was ihm widerfahren war, ließ sich nicht lediglich der Dickköpfigkeit eines einzelnen ankreiden.

Aber es war gut, Bescheid zu wissen, selbst in elfter Stunde.

Der Oberst regte sich. Hartnäckig blieb Cayle bei seiner Frage: »Aber wie sind Sie in die Armee gekommen? Wie sind Sie eigentlich Offizier geworden?«

Aus dem Gemurmel des Betrunkenen ging hervor, daß die Kaiserin vielleicht Nerven hätte, sich über zu niedrige Steuereinkünfte zu beschweren. Und daß es ganz richtig wäre, die Waffenläden anzugreifen, die einem sowieso dauernd ins Gehege kämen — aber das verstand Cayle nicht recht. Die nächste Bemerkung betraf irgendwelche Weiber, die sich bei ihren Seitensprüngen nur vorsehen sollten; sie weckte bei Cayle die Vorstellung eines Offiziers, der mehrere Geliebte gleichzeitig aushielt. Und dann endlich folgte *die* Antwort.

»Fünftausend Kredite mußte ich hinlegen für mein Patent — verdamtesch Verbrechen ...« Wieder schwatzte er irgend etwas Unverständliches. Dann: »Und jetzt möchte die Kaischerin sie am liebsten verschenken. Nicht mit mir. Von irgendwasch musch der Mensch doch leben.« Empört: »Habe selbst genug hinblättern müssen.«

»Sie meinen«, drängte Cayle, »ein Patent kann man

jetzt auch bekommen, ohne dafür zu bezahlen? Meinen Sie das?« In seiner Aufregung faßte er nach dem Arm des Mannes.

Der Offizier riß die Augen auf, die ihm halb zugefallen waren. Argwöhnisch starrte er Cayle an.

»Wer sind Sie überhaupt?« fauchte er. »Lassen Sie mich gefälligst in Ruhe.« Seine Stimme klang schroff und vorübergehend fast nüchtern. »Man kann doch heutzutage keinen Schritt mehr machen, ohne daß irgendein Parasit sich an einen hängt. Ich hätte gute Lust, Sie festnehmen zu lassen.«

Cayle wurde rot und stand auf. Beim Davongehen stolperte er. Ihm war schwach, und er fühlte sich am Rande einer Panik. »Dabei habe ich mich für hart im Nehmen gehalten«, dachte er bitter.

Sein Blick klärte sich wieder. Er nahm wahr, daß er am Eingang zur vorderen Cocktailbar stehengeblieben war, und schaute hinein. Robbe und seine Kumpane saßen immer noch dort. Bei ihrem Anblick versteifte er sich. Der Wille zum Handeln wurde in ihm wach, die Entschlossenheit, sie mit ihrem Raub nicht einfach davonkommen zu lassen. Doch zuvor mußte er noch mehr in Erfahrung bringen.

Er machte kehrt und begab sich zu dem Mädchen aus dem Waffenladen, das in einer Ecke saß und las. Sie legte das Buch beiseite, als er sich näherte, eine schlanke, hübsche junge Frau von vielleicht zwanzig Jahren. Ihre Augen musterten sein Gesicht, während er beschrieb, was sich zugetragen hatte.

»Folgendes wüßte ich gern«, sagte er am Schluß. »Würden Sie mir raten, mich an den Kapitän zu wenden?«

Sie schüttelte den Kopf. »Nein«, erwiderte sie, »das würde ich an Ihrer Stelle nicht tun. In den meisten Maschinen streichen der Kapitän und die Mannschaft einen Anteil von vierzig Prozent ein. Sie würden noch bei der Beseitigung Ihrer Leiche behilflich sein.«

Cayle lehnte sich in den Sitz zurück. Er spürte, wie erschöpft er war. Die Reise, seine erste, die ihn über Ferd hinausführte, zehrte an seinen Kräften.

»Wie kommt es«, sagte er und richtete sich auf, »daß die drei nicht auf Sie verfallen sind? Sicher, sie haben bestimmt an Ihrer Kleidung gesehen, daß Sie in die Hauptstadt gehören, aber nach welchem Prinzip gehen sie vor?«

Das Mädchen schüttelte den Kopf. »Diese Männer«, erklärte sie, »schlendern umher und machen unauffällig Transparenzaufnahmen. Wenn jemand eine unserer Waffen trägt, stellen sie das sofort fest. Dann machen sie um den Betreffenden einen weiten Bogen.«

Cayles Miene verhärtete sich. »Könnten Sie mir Ihre leihen?« fragte er. »Ich würde es den dreien schon zeigen.«

Das Mädchen hob die Schultern. »Unsere Waffen werden auf den Träger abgestimmt«, gab sie zur Antwort. »Meine würde Ihnen also nichts nutzen. Außerdem sind sie nur zur Selbstverteidigung zu gebrauchen. Dafür ist es aber in Ihrem Fall zu spät.«

Cayle starrte niedergeschlagen durch den Myradelboden nach unten. Die Schönheit der Landschaft schien ihn zu verspotten. Die Pracht der Städte, die in wenigen Minuten Abstand auftauchten, verstärkten noch seine gedrückte Stimmung. Plötzlich kam es ihm vor, als wäre Lucy Rall eine letzte Hoffnung und er müßte sie dazu bringen, ihm zu helfen.

Er forschte: »Haben die Waffenläden eigentlich sonst noch irgendeine Funktion, außer der, daß sie eben Waffen verkaufen?«

Das Mädchen zögerte. »Wir unterhalten eine Auskunftszentrale«, sagte sie endlich.

»Und um welche Art Auskünfte handelt es sich dabei?«

»Nun, um alle Arten. Wo Leute auf die Welt gekommen sind. Welches Vermögen sie besitzen. Welche Verbrechen jemand begangen hat oder gerade begeht. Wobei wir uns natürlich nicht einmischen.«

Mit gerunzelter Stirn schaute Cayle sie an. Er war zugleich unzufrieden und gefesselt. Eigentlich hatte er sich nicht ablenken lassen wollen, doch in Gedanken beschäftigten ihn die Waffenläden schon seit Jahren.

Und hier saß jemand, der Bescheid wußte.

»Aber was bezwecken sie eigentlich?« beharrte er. »Wenn sie über derart mächtige Waffen verfügen, weshalb übernehmen sie dann nicht einfach die Regierung?«

Lucy Rall lächelte und schüttelte wiederum den Kopf. »Sie sehen das falsch«, entgegnete sie. »Die Waffenläden sind vor über zweitausend Jahren von einem Mann begründet worden, der zu der Auffassung gelangt war, daß der unablässige Machtkampf zwischen verschiedenen Gruppen Wahnsinn ist, und daß Bürgerkriegen, ja überhaupt jeglichen Kriegen, ein Ende gemacht werden müsse.

Zu diesem Zeitpunkt war die Welt gerade aus einem Krieg hervorgegangen, in dem über eine Milliarde Menschen den Tod gefunden hatten, und Tausende fanden sich bereit, sich ihm anzuschließen.

Sein Gedanke war der, daß bestehende Regierungen auf keinen Fall gestürzt werden sollten. Daß es dafür aber galt, eine Organisation zu schaffen, die ein einziges Ziel verfolgte — zu gewährleisten, daß keine Regierung jemals wieder unbegrenzte Macht über die Bevölkerung erlangte.

Wer immer sich ungerecht behandelt fühlte, sollte in der Lage sein, zu seiner Verteidigung eine Waffe zu erstehen. Sie können sich nicht vorstellen, was für einen gewaltigen Schritt nach vorn das bedeutet hat. Unter den tyrannischen Regierungsformen der Zeit davor war es allein schon ein todeswürdiges Verbrechen, im Besitz eines Blasters oder einer Schußwaffe angetroffen zu werden.«

Ihre Stimme hatte einen zugleich begeisterten und beschwörenden Tonfall angenommen. Es war offenkundig, daß sie fest an das glaubte, was sie sagte. Ernst fuhr sie fort:

»Was unserem Begründer den Gedanken eingab, war die Erfindung eines elektronischen Kontrollsystems, das den Bau unzerstörbarer Waffenläden und die Herstellung von Waffen ermöglicht hat, die nur zu Verteidigungszwekken eingesetzt werden können.

Damit war die Benutzung unserer Waffen durch Verbrecher von vornherein ausgeschlossen und das ganze Unternehmen moralisch gerechtfertigt.

Für Verteidigungszwecke sind unsere Waffen allen anderen, einschließlich derer, über die die Regierung verfügt, weit überlegen. Sie werden gedanklich kontrolliert und springen bei Bedarf in die Hand. Außerdem verfügen sie über einen Abwehrschirm, der gegen andere Blaster schützt — allerdings nicht gegen Kugeln, aber angesichts ihrer überlegenen Schnelligkeit ist das unwichtig.«

Sie schaute Cayle an, und allmählich kehrte der ruhige Ausdruck in ihre Züge zurück. »War es das, was Sie wissen wollten?«

»Angenommen, man schießt aus dem Hinterhalt auf Sie?« fragte Cayle.

Sie zuckte die Achseln. »Dagegen gibt es keine Verteidigung.« Sie lächelte. »Ganz verstanden haben Sie den entscheidenden Punkt immer noch nicht. Wir kümmern uns nicht um einzelne. Für uns zählen die Abermillionen, die wissen, daß sie jederzeit einen Waffenladen aufsuchen können, wenn sie sich und ihre Familien schützen wollen. Noch wichtiger ist der Umstand, daß die Kräfte, die sonst versuchen würden, diese Millionen zu versklaven, durch die Überzeugung davon zurückgehalten werden, daß man die Leute besser nicht zum äußersten treiben sollte. Dadurch ist zum erstenmal ein Gleichgewicht zwischen Regierenden und Regierten eingetreten.«

Cayle starrte sie voller bitterer Enttäuschung an. »Sie meinen, retten muß jeder sich selbst? Selbst wenn man eine Waffe besitzt, muß man sich immer noch allein zum Widerstand entschließen? Die Waffenläden helfen einem nicht?«

Ihm ging auf, daß ihre Worte wahrscheinlich nur den Zweck gehabt hatten, ihm zu zeigen, weshalb er nicht mit ihrer Unterstützung rechnen konnte.

»Ich sehe schon, daß Sie von meiner Schilderung arg enttäuscht sind«, sagte Lucy. »Aber das sind die Tatsachen. Wenn ein Volk den Mut zur Verteidigung seiner Rechte verliert, ist es auch durch Hilfe von außen nicht mehr zu retten. Unserer Überzeugung nach hat jedes Volk die Regierung, die es selbst will. Das Risiko der Freiheit muß der einzelne selbst tragen, unter Umständen auch um den Preis des eigenen Lebens.«

Sie mußte an seiner Miene die innere Anspannung abgelesen haben, unter der er stand. Denn sie brach ab.

»Hören Sie«, schlug sie vor, »lassen Sie mich eine Weile allein, damit ich über das nachdenken kann, was Sie mir erzählt haben. Ich verspreche Ihnen nichts. Aber bevor wir unser Ziel erreichen, sage ich Ihnen, wie ich mich entschieden habe. Einverstanden?«

Cayle dachte sich, daß sie sich einen geschickten Weg hatte einfallen lassen, um ihn loszuwerden. Er stand auf, lächelte gezwungen und ging in eine benachbarte Kabine zu einem freien Sitz. Als er später einen Blick durch die Tür warf, war ihre Ecke leer.

Das gab den Ausschlag. Cayle wandte sich ab und strebte zur vorderen Bar.

Er näherte sich Robbe von hinten und traf ihn mit einem unbarmherzigen Hieb am Kopf. Der Mann rutschte vom Hocker und schlug zu Boden. Seine beiden Begleiter sprangen auf. Rücksichtslos trat Cayle dem näheren in den Magen.

Der Getroffene stöhnte und krümmte sich vornüber.

Ohne auf ihn zu achten, warf Cayle sich auf den dritten, der an der Waffe in seinem Schulterhalfter zerrte. Er traf den Spieler mit seinem ganzen Körpergewicht und hatte von diesem Augenblick an die Oberhand. Er war es, der sich der Waffe bemächtigte, die Hand des anderen damit beiseiteschmetterte und einen Schmerzensschrei auslöste, gefolgt von hastigem Rückzug.

Cayle fuhr herum und gewahrte eben noch, wie Robbe

sich aufraffte. Der Mann rieb sich das Kinn, und beide standen da und starrten sich an.

»Rücken Sie mein Geld heraus!« forderte Cayle. »Sie sind an den Falschen geraten.«

Robbe hob die Stimme: »Das ist ein dreister Raubüberfall. Ich werde am hellen Tage ...«

Er hielt inne. Unvermittelt mußte ihm aufgegangen sein, daß es sich hier nicht mehr darum handelte, an jemandes Klugheit oder Vernunft zu appellieren. Er streckte hastig die Hände aus und stieß hervor: »Schießen Sie nicht, Sie Rindvieh! Schließlich haben wir Sie auch am Leben gelassen.«

Cayle, den Finger am Abzug, beherrschte sich mit Mühe.

»Mein Geld?« forderte er.

Er wurde unterbrochen. Eine laute Stimme wollte wissen: »Was geht hier vor? Sie da mit der Waffe, heben Sie die Hände hoch!«

Cayle wandte sich halb zur Seite und wich zur nächsten Wand zurück. Drei Flugoffiziere mit tragbaren Blastern standen im Eingang und hielten ihn in Schach. Während der anschließenden Auseinandersetzung ließ Cayle keinen Augenblick lang seine Waffe sinken.

Er trug knapp seine Geschichte vor und lehnte es ab, sich zu ergeben.

»Ich habe Grund zu der Annahme«, schloß er, »daß in einer Maschine, an deren Bord derartige Vorfälle sich zutragen, die Offiziere nicht über jeden Verdacht erhaben sind. Und jetzt schnell, Robbe, mein Geld!«

Eine Antwort blieb aus. Er warf einen raschen Blick zu der Stelle, wo Robbe gestanden hatte — und ihm wurde flau im Magen.

Der Spieler war verschwunden. Von seinen Kumpanen war nichts mehr zu sehen.

»Ich schlage vor«, sagte der Offizier, der den Befehl zu führen schien, »Sie stecken Ihre Waffe weg, und wir vergessen die Angelegenheit.«

Cayle entgegnete: »Ich gehe durch die Tür dort.« Er wies nach rechts. »Sowie ich hindurch bin, stecke ich die Waffe ein.«

Das wurde akzeptiert, und Cayle verlor keine Zeit. Er durchsuchte die Maschine vom Heck bis zum Bug, ohne von Robbe oder seinen Begleitern eine Spur zu finden. Zornentbrannt suchte er den Kapitän auf.

»Sie Saukerl«, hielt er ihm vor, ohne ein Blatt vor den Mund zu nehmen, »Sie haben die drei in einer Pinasse entkommen lassen.«

Der Offizier starrte ihn kalt an. »Ich weiß nicht, wovon Sie reden«, versetzte er.

Bebend vor Grimm kehrte Cayle in die Kabine zurück, in der das Mädchen aus dem Waffenladen gesessen hatte, ohne sie dort jedoch zu finden. In weniger als einer halben Stunde mußte die Maschine landen. Unter ihm begannen die ersten langen Schatten sich über die Welt des Herrscherhauses Ischer zu senken. Im Osten verschwamm der Himmel und wurde dunkel, als wäre hinter dem fernen Horizont die Nacht bereits hereingebrochen.

Wenige Minuten nachdem Cayle sich entfernt hatte klappte das Mädchen ihr Buch zu und begab sich ohne Hast in eine Holozelle. Sie verschloß die Tür hinter sich und drückte den Schalter, der die Verbindung zum Vermittlungspult im Cockpit unterbrach.

Anschließend zog sie einen ihrer Ringe vom Finger und beeinflußte damit die Schaltkreise des Geräts. Die Frau, deren Züge auf dem Schirm Gestalt annahmen, meldete sich knapp: »Auskunftszentrale.«

»Verbinden Sie mich mit Robert Hedrock.«

»Einen Augenblick bitte.«

Das Gesicht des Mannes, das gleich darauf erschien, wirkte eher kantig als im üblichen Sinne gutaussehend, dabei aber gleichermaßen empfindsam und willensstark. Selbstbewußtsein und Vitalität sprachen daraus. Selbst das Abbild auf dem Schirm ließ noch die faszinierende Persönlichkeit des Mannes spüren. Seine Stimme klang ruhig und volltönend.

»Koordinierungsabteilung.«

»Lucy Rall am Apparat. Ich überwache Cayle Clark aufgrund seines Potentials.« Sie beschrieb kurz, was Cayle widerfahren war. »Er besitzt überragende spekulative Fertigkeiten. Wir beobachten ihn, weil wir hoffen, er könnte derart rasch aufsteigen, daß wir ihn in unserem Kampf gegen die Kaiserin einsetzen können, um sie doch noch daran zu hindern, die Waffenläden mit ihrer neuen Zeitwaffe zu vernichten. Wir folgen dabei der Anweisung, keine Möglichkeit ungenutzt zu lassen, sofern sich nur jemand von uns darum kümmern kann. Meiner Auffassung nach sollten wir ihm einen gewissen Betrag zur Verfügung stellen.«

»Ich verstehe.« Hedrock nickte nachdenklich. »Wie sieht sein Hinterwäldlerindex denn aus?«

»Mittelprächtig. Fürs erste dürfte die Großstadt ihm zu schaffen machen.«

Hedrock war offenkundig zu einem Entschluß gelangt. »In solchen Fällen verhält die Dankbarkeit sich später umgekehrt proportional zu dem geliehenen Betrag.« Er lächelte. »Hoffen wir's zumindest. Geben Sie ihm fünfzehn Kredite und lassen Sie ihn in dem Glauben, Sie würden sie ihm persönlich leihen. Tun Sie sonst nichts weiter für ihn. Er muß allein zurechtkommen. Noch etwas?«

»Nein, nichts.«

»Dann Auf Wiedersehen.«

»Auf Wiedersehen.«

Lucy Rall benötigte keine Minute, um den Holoset wieder in seinen ursprünglichen Zustand zu versetzen.

3. KAPITEL

Cayle beobachtete den Gesichtsausdruck der Frau, während sie ihn eingehend musterte. *Diese* Entscheidung lag nicht in seiner Hand.

Daß es eine Entscheidung war, die hier fiel, daran zweifelte er nicht. Durchschaute sie seine ländliche Herkunft? Sicher konnte er nicht sein. Ihr Ausdruck, als sie endlich nickte, wirkte rätselhaft. Die Unterkunft, die sie ihm vermietete, war klein, kostete aber nur einen Viertelkredit pro Tag.

Cayle streckte sich auf dem Bett aus und entspannte sich mit rhythmischen Muskel- und Atemübungen. Er fühlte sich erstaunlich wohl. Der Diebstahl seines Geldes schmerzte nach wie vor, bedeutete aber keine Katastrophe mehr. Die fünfzehn Kredite, die das Mädchen aus dem Waffenladen ihm gegeben hatte, würden ihn einige Zeit über Wasser halten.

Er befand sich in Sicherheit. Er war in Imperial City. Und allein schon der Umstand, daß das Mädchen ihm Geld geliehen und ihm ihren Namen und ihre Adresse genannt hatte, mußte etwas zu bedeuten haben. Cayle seufzte behaglich — und verließ das Haus, um irgendwo zu essen.

An der Ecke war ihm ein Automatenbüffet aufgefallen. Es war leer, aber die Maschinen servierten ihm ein gegrilltes Steak mit sämtlichen Beilagen. Er hätte sich gern mit irgend jemandem unterhalten, doch dann fiel ihm ein, daß in der Stadt nicht unbedingt jeder mit jedem redete. Und er beschloß, das beste aus seiner Lage zu machen.

Die Mahlzeit kostete mehr, als er erwartet hatte. Er entschied sich, auch das nicht zu bedauern. Nach dem, was ihm an Bord des Flugzeugs widerfahren war, hatte er eine Stärkung nötig. Zufrieden trat er auf die Straße hinaus. Die Gegend wimmelte von Kindern, und obwohl es bereits dunkelte, waren ihre Spiele noch in vollem Gange.

Cayle blieb eine Weile stehen und sah ihnen zu. Ihr Alter schien zwischen sechs und zwölf zu schwanken. Sie vergnügten sich in Gruppen nach rhythmischen Mustern, die man ihnen in der Schule beigebracht hatte, dabei aber mit sexuellen Anspielungen unterlegt, wie er sie noch nie gesehen hatte. Erst war Cayle verblüfft, dann mußte er über sich selbst lächeln.

Junge, Junge, dachte er, und dabei habe ich als Teufelskerl gegolten, nur weil einige Mädchen mit mir geschlafen haben. Diese Knirpse würden mich höchstens für naiv halten.

Er kehrte zu seinem Zimmer zurück und überlegte dabei, daß der wilde Bursche, über den die älteren Leute in Glay oft genug den Kopf geschüttelt hatten, in Wirklichkeit doch ein sehr biederer Zeitgenosse war. Wenn er hier zu Schaden kam, dann war daran seine Harmlosigkeit schuld — und nicht etwa das Gegenteil.

Das störte ihn. In Glay hatte er es genossen, gegen die Regeln zu verstoßen. In dem Ort hatte er sich als »Städter« gefühlt. Jetzt wußte er, daß das nur sehr begrenzt zutraf. Ihm fehlten Erfahrung und Wissen; er reagierte nicht automatisch und besaß keinen Instinkt für drohende Gefahren. An diesen Schwächen mußte er in nächster Zeit arbeiten.

Der Vorsatz war zu unbestimmt, um ihn zu befriedigen. Er hatte das unbehagliche Gefühl, daß seine Absicht nur ein Notbehelf war, daß ihm in Wirklichkeit nicht klar war, worauf er hinsteuern sollte.

Während er sich darüber den Kopf zerbrach, schlief er allmählich ein. Zweimal wachte er auf, weil der Gedanke ihm keine Ruhe ließ, drängend, unangenehm, ein Mißton während der ersten Nacht in der Stadt seiner Träume. Er erwachte müde und niedergeschlagen. Nur langsam klang sein Unbehagen ab.

Er mied das teure Automatenbüffet und frühstückte für einen Achtelkredit in einem Restaurant mit Bedienung und eigenem Koch. Anschließend bedauerte er seine Sparsamkeit. Die unverdauliche Mahlzeit lag ihm im Magen. Ihm wurde erst leichter, als er den Pennypalast betrat, einen mit Verzierungen überladenen Spielsaal in der weltberühmten Allee des Glücks.

Einem Leitfaden zufolge, der sich ausschließlich mit den Glücksspielen entlang der Allee befaßte, hatten die Eigentümer des Pennypalastes »Leuchtreklamen angebracht, auf denen in aller Bescheidenheit behauptet wird, jedermann könne den Saal mit einem Penny in der Tasche betreten und mit einer Million wieder verlassen — einer Million Kredite natürlich.« Der Verfasser bemerkte noch: »Allerdings fehlt ein Hinweis darauf, ob dieser Glücksfall tatsächlich schon einmal eingetreten ist.«

Die Beschreibung schloß mit der vollmundigen Behauptung: »Immerhin kann der Pennypalast sich rühmen, daß im Verhältnis zur Zahl der aufgestellten Spielautomaten die Chancen öfter halbe-halbe stehen als in jedem anderen Etablissement an der Allee des Glücks.«

Dieser Hinweis und die niedrigen Einsätze zogen Cayle an. Vorläufig trachtete er nicht nach der versprochenen Million. Fürs erste wollte er versuchen, fünfhundert Kredite zu gewinnen. Danach — nun, später konnte man weitersehen.

Seine erste Münze setzte er an einer Maschine, die die Worte *gerade* und *ungerade* in ein Becken wirbelnden Lichts spie. War jedes Wort zehnmal hineingepumpt, dann erfuhr die Substanz eine chemische Veränderung, nach der nur noch eines der Wörter an der Oberfläche trieb. Die anderen sanken nach unten und verschwanden.

Die Worte, die jeweils gewonnen hatten, schwammen durch das Becken und setzten einen Mechanismus in Gang, der kassierte oder auszahlte. Die Spieler sahen entweder ihre Einsätze mit einem Klicken verschwinden, oder aber ihre Gewinne glitten automatisch auf die Fläche, vor der sie standen. Cayle hörte das Klicken, das ihm anzeigte, daß er verloren hatte.

Er verdoppelte seinen Einsatz und gewann. Die Münze,

die er gesetzt hatte, nahm er an sich, mit der gewonnenen spielte er weiter. Die Lichtwirbel verschmolzen, die Wörter strudelten in die Tiefe, dann trieb das Lichtwort *gerade* nach oben. Cayles Ohren vernahmen das angenehme Geräusch des Geldes, das vor ihn hinglitt. Es war ein Laut, den er in den nächsten anderthalb Stunden noch oft hören sollte, denn obwohl er vorsichtig spielte und nur kleinste Einsätze wagte, gewann er mehr als fünf Kredite.

Ermüdet begab er sich endlich in ein angeschlossenes Restaurant. Als er in die sogenannte »Schatzkammer« zurückkehrte, fiel sein Blick auf ein anderes Spiel, bei dem der Einsatz in einem Schlitz verschwand und einen Hebel freigab. Wurde dieser gezogen, dann huschten rasch hintereinander farbige Lichter über eine Fläche, die nach kurzer Zeit entweder zu Rot oder zu Schwarz verschmolzen. Im Grunde handelte es sich um nichts anderes als eine Abwandlung der Sequenz gerade/ungerade, bei der der Spieler dieselbe fünfzigprozentige Gewinnchance hatte.

Cayle schob eine halbe Kreditmünze in den Schlitz, zog den Hebel — und verlor. Auch beim zweiten- und drittenmal riet er falsch. Dann erschien seine Farbe, und er strich seinen ersten Gewinn ein. Die nächsten zehn Spiele gewann er nacheinander, verlor vier, gewann von den anschließenden zehn wiederum sieben. Er blieb dabei, vorsichtig zu spielen, versuchte sein Glück nicht zu zwingen und brachte es binnen zwei Stunden auf achtundsiebzig Kredite.

Er zog sich in eine der Bars zurück, trank ein Glas und erwog seine nächsten Schritte. Sich einen neuen Anzug kaufen, seinen Gewinn vor Dieben schützen, Lucy Rall das geliehene Geld zurückzahlen.

Der Gedanke beflügelte ihn. Er fühlte sich sorgenfrei und selbstsicher. Einen Augenblick später stand er in einer Holozelle und rief das Mädchen aus dem Waffenladen an.

Mehr Geld konnte er sich immer noch erspielen.

4. KAPITEL

Sie meldete sich sofort. »Ich bin noch unterwegs«, beantwortete sie seine Frage.

Ihr Gesicht füllte die Mattscheibe fast ganz aus. Zusatzholos vergrößerten die winzig kleinen Bilder, die sie aufnahmen. Wer mit dem Holoset in seiner Wohnung verbunden bleiben wollte, trug sie auf der Straße bei sich. In Glay gab es gerade ein einziges.

Bevor Cayle reagieren konnte, fuhr sie fort: »Ich werde aber gleich zu Hause sein. Wollen wir uns dort treffen?«

Und ob er wollte!

Sie bewohnte ein Appartement mit vier Räumen, das fast völlig automatisiert war. Ein Blick in die Runde sagte Cayle, daß Lucy Rall in ihrem Haushalt keine Hand rührte. Dagegen wunderte ihn, daß die Wohnung keine Selbstschutzanlage zu besitzen schien. Das Mädchen, das sich umgezogen hatte, kam aus dem Schlafzimmer und zuckte bei seiner Bemerkung die Achseln.

»Wir Waffenhändler«, meinte sie, »leben wie jedermann, allerdings meist in den besseren Wohngegenden. Geschützt gegen Eindringlinge sind nur unsere Läden ...« — sie zögerte — »einige Werksanlagen und natürlich die Auskunftszentrale.«

Sie brach ab. »Sie haben vorhin erwähnt, Sie hätten vor, sich einen Anzug zu kaufen. Wenn Sie wollen, helfe ich Ihnen beim Aussuchen. Ich habe aber nur zwei Stunden Zeit.«

Cayle hielt ihr die Tür auf. Er befand sich in Hochstimmung. Die Einladung in ihre Wohnung konnte nur persönlich gemeint sein. Wie immer die Aufgaben aussahen, die sie für die Waffenläden wahrnahm, sie konnten unmöglich einschließen, daß sie einen Niemand wie Cayle Clark in ihr Appartement bat, und sei es auch nur für einige Augenblicke.

Sie nahmen einen Flugwagen, der sich auf Lucys Knopfdruck herabsenkte. Cayles Frage nach dem Ziel beantwortete sie mit einem Lächeln.

»Sie werden schon sehen«, war ihr einziger Kommentar.

Als sie in dem Wagen saßen, deutete sie nach oben. »Schauen Sie!«

Eine künstliche Wolke entfaltete sich über ihnen am Himmel. Sie wechselte mehrfach die Farbe, ehe die Buchstaben aufleuchteten: HERRENMODEN-PARADIES.

»Richtig, die Reklame habe ich gestern abend schon bemerkt«, erinnerte sich Cayle.

Die strahlende Schlagzeile war am Himmel erschienen, als er in der hereinbrechenden Nacht von dem Automatenbüffet zu seiner Unterkunft zurückkehrte. Herrenmoden-Paradies. Männer jeglichen Alters erfuhren, daß dies das beste Geschäft am Platze war, daß es sich hier lohnte zu kaufen, daß jeder Herrenartikel Tag und Nacht, zu welcher Stunde auch immer, hier zu finden war, daß der Versand Erde, Mars und Venus und für einen geringen Aufpreis jedweden besiedelten Fleck im Sonnensystem umfaßte.

Weil hunderte solcher Anzeigen über den Himmel glitten, war der Name nicht haften geblieben, obwohl Cayle neue Sachen brauchte.

»Das Modehaus ist wirklich sehenswert«, sagte Lucy.

Cayle hatte den Eindruck, daß sie seine Begeisterung genoß. Er kam sich ein wenig naiv vor — aber nicht allzu sehr. Wichtig war im Grunde nur, daß sie ihn begleitete.

»Ich finde es so nett, daß Sie mir helfen«, wagte er sich behutsam vor.

Das Herrenmoden-Paradies war noch eindrucksvoller, als seine Reklame versprach. Das Gebäude erstreckte sich drei Häuserblocks weit und ragte achtzig Stockwerke in die Höhe.

Das jedenfalls waren die Zahlen, die Lucy ihm nannte, ehe sie hinzufügte: »Wir werfen einen kurzen Blick in die einzelnen Abteilungen und kaufen dann Ihren Anzug.«

Der Haupteingang war hundert Meter breit und dreißig Etagen hoch. Ein Energieschirm hielt die Unbilden des Wetters fern, doch ansonsten verwehrte kein Hindernis den Zugang. Es bereitete keine Schwierigkeit, durch den harmlosen Schirm in die gewölbte Vorhalle zu gelangen.

Das Paradies führte nicht nur Strandkleidung — es lieferte seinen Kunden auch vierhundert Meter Strand, komplett mit echtem Sand, Meeresbrandung, Muscheln, dem Geruch nach Seetang und Salzwasser. Das Paradies bot nicht nur Skiausrüstungen — es offerierte auch schneebedeckte Hänge mit einer Abfahrt von gut einem Dreiviertelkilometer Länge.

»Das Paradies ist das VOLLKOMMENE Geschäft«, verhieß eine gleißende Leuchtreklame, auf die Lucy ihn aufmerksam machte. »Wenn Sie irgend etwas suchen und nicht finden, das zu unserem Motto paßt: ›Alles für den Mann‹ — fragen Sie danach. Was es auch kostet — wir führen es.«

»Einschließlich Frauen«, bemerkte Lucy sachlich. »Die Preisunterschiede sind ebenso groß wie bei Modeartikeln, zwischen fünf und fünfzigtausend Krediten. Sie wären überrascht, wenn Sie wüßten, wieviele Frauen aus gutem Hause sich dafür zur Verfügung stellen, weil sie Geld brauchen. Natürlich geht alles sehr diskret zu.«

Cayle gewahrte, daß sie ihn nachdenklich anschaute. Und offenkundig erwartete, daß er sich dazu äußerte. Mit soviel Direktheit hatte er nicht gerechnet.

Hastig erklärte er: »Ich würde niemals für eine Frau bezahlen.«

Das schien sie zufriedenzustellen, denn es ging weiter zu den Anzügen, die, nach Preisen gestaffelt, allein schon dreißig Etagen in Anspruch nahmen. Lucy führte ihn zu der Preisklasse, die von zwanzig bis dreißig Krediten reichte, und demonstrierte ihm dort den Unterschied zwischen »städtischen« Stoffen und der Machart seiner eigenen Kleidung. Für zweiunddreißig Kredite erstand er Anzug, Hemd, Krawatte, Socken und Schuhe.

»Höher«, meinte Lucy, praktisch veranlagt wie sie war, »sollten Sie meines Erachtens vorläufig nicht gehen.«

Sein Angebot, ihr die geliehene Summe wiederzugeben, lehnte sie ab. »Den Betrag können Sie mir später zurückzahlen. An Ihrer Stelle würde ich ihn als Reserve auf die Bank bringen.«

Das hieß, daß er sie wiedersehen würde. Es bedeutete, daß sie ihn wiedersehen wollte.

»Ziehen Sie sich rasch um«, schlug Lucy vor. »Ich warte auf Sie.«

Cayle beschloß, sie zu küssen, bevor sie sich trennten. Doch als er zurückkam, warfen ihre ersten Worte seinen Entschluß um. »Schon drei«, sagte sie. »Ich hätte nicht gedacht, daß es so spät ist.«

Sie sah ihn an und lächelte.

»Sie sehen gut aus«, meinte sie. »Wußten Sie das? Aber jetzt muß ich mich beeilen.«

An dem riesigen Eingang verabschiedete sie sich und lief zu einem Flugwagen. Cayle blieb mit einem leeren Gefühl zurück. Die Empfindung verging nur langsam wieder.

Endlich setzte er sich in Marsch und schritt allmählich rascher aus.

Als er bei dem Platz anlangte, an dem die Fünfte Interplanetare Bank wuchtig auf ihrem Fundament ruhte, von dem aus ihre schlanken Türme bis zu einer Höhe von vierundsechzig Stockwerken emporstrebten, war seine Energie zurückgekehrt. Zur Größe der Bank stand die winzige Summe von fünfzehn Krediten in keinem Verhältnis. Dennoch wurde das Geld ohne weiteren Kommentar entgegengenommen. Lediglich seine Fingerabdrücke mußte er hinterlassen.

Cayle verließ die Bank in entspannterer Stimmung als irgendwann seit dem Raub. Er besaß ein Konto. Und er war adäquat gekleidet. Nur eins blieb noch zu erledigen, bevor er sich ernstlich auf seine Spielerkarriere einließ.

Vom Flugwagen aus hatte er die bekannte Leuchtreklame eines Waffenladens gewahrt, die in alle Richtungen gleichzeitig zu glühen schien. Der Laden lag unweit der Bank inmitten des kleinen dazugehörigen Privatparks. Er ging mit schnellen Schritten den blumengesäumten Weg hoch und hatte den Eingang fast erreicht, als ihm das kleine Schild auffiel, das er noch nie in einem Waffenladen bemerkt hatte. Es lautete:

ALLE STÄDTISCHEN WAFFENLÄDEN
VORÜBERGEHEND GESCHLOSSEN
ATE UND NEUE LÄDEN AUF DEM LANDE
GEÖFFNET WIE ÜBLICH

Cayle machte zögernd kehrt. Mit der Möglichkeit, daß die legendären Waffenläden geschlossen sein könnten, hatte er zuletzt gerechnet. Er wandte sich um, als ihm ein Gedanke kam. Aber nirgends war angegeben, wann die Läden wieder öffnen würden, kein Zeitpunkt, nichts als der eine knappe Hinweis. Mit gerunzelter Stirn stand er da, fühlte sich verloren, bedrückt durch die Stille — obwohl er sich klar machte, daß am wenigsten Grund bestand, sich ausgerechnet dadurch aus der Ruhe bringen zu lassen.

In Glay war es rings um den Waffenladen tagein, tagaus still.

Doch das Empfinden, ganz persönlich im Stich gelassen worden zu sein, wuchs, die Ratlosigkeit, was er nun anfangen sollte. Impulsiv faßte er nach dem Türknopf. Die Tür bewegte sich nicht.

Diesmal kehrte er endgültig um und zurück auf die Straße.

Auf einer Verkehrsinsel blieb er stehen, unsicher, auf welchen Knopf er drücken sollte. Er dachte an die zweieinhalb Stunden zurück, die er mit Lucy verbracht hatte, und sie schienen ihm weit entfernt in Raum und Zeit. Er spürte Bestürzung, als er sich vergegenwärtigte, wie oberflächlich das war, was er selbst zu der Unterhaltung beigetragen hatte.

Abgesehen aber von einer gewissen Direktheit, einer größeren Entschiedenheit, erinnerte er sich auch an Lucys Äußerungen nicht unbedingt als brillant.

»Es muß schon so sein«, dachte er, »wenn ein Mädchen sich mit einem langweiligen Menschen den halben Nachmittag abgibt, dann empfindet sie etwas für ihn.«

Seine innere Unruhe steigerte sich, drängte ihn zu raschem Handeln. Ihm hatte eine bestimmte Reihenfolge für die kommende Woche vorgeschwebt — eine Waffe zu erstehen, weiterzuspielen, dann erst bei Oberst Medlon in seinem Bezirkssitz vorzusprechen. Den Waffenladen mußte er als erstes aufsuchen, weil derartige Läden Militär wie überhaupt jeglichem Regierungspersonal verschlossen blieben.

Aber darauf konnte er nicht mehr warten. Er betätigte den Knopf, um einen Flugwagen zu rufen, der den 19. Bezirk ansteuerte.

Eine Minute später war er unterwegs.

5. KAPITEL

Der Bezirkssitz entpuppte sich als altes, noch im Wasserfall-Stil gehaltenes Gebäude. Marmorströme, die man mit übertriebener Deutlichkeit imitiert hatte, ergossen sich über die Vorderseite des Hauses und flossen ineinander.

Übermäßig groß war der Bau nicht, aber die fünfzehn Etagen mit ihren computerisierten Diensträumen und der entsprechenden Zahl an Büropersonal reichten aus, um Cayle nachdenklich zu stimmen. Eine solche Macht hatte er hinter dem betrunkenen Offizier im Flugzeug nicht vermutet.

Die Hinweistafel in der Eingangshalle führte zivile und militärische Funktionen auf. Cayle nahm an, daß Oberst Medlon sich hinter der Zeile BEZIRKSLEITUNG — 15. STOCK verbarg.

Am Empfangstisch wurde sein Name auf eine Kassette gesprochen, die in einen Schlitz fiel und zu irgendeiner vorgesetzten Stelle weiterwanderte. Nach einem Augenblick trat ein Mann mittleren Alters in Hauptmannsuniform aus einer Tür. Er musterte Cayle mürrisch.

»Für Leute Ihres Jahrgangs«, sagte er, »hat der Oberst nichts übrig.« Ungeduldig fügte er hinzu: »Wer sind Sie?« Das klang wenig ermutigend. Doch Cayle spürte, wie sein Eigensinn erwachte. Die lange Erfahrung, die er darin besaß, seinem Vater zu trotzen, ließ ihn beherrscht antworten: »Ich habe Oberst Medlon gestern auf dem Flug hierher kennengelernt, und er hat mich aufgefordert, ihn aufzusuchen. Wenn Sie ihm also bitte mitteilen würden, daß ich da bin ...«

Der Hauptmann betrachtete ihn volle dreißig Sekunden lang. Dann verschwand er ohne ein Wort wieder in den Innenräumen. Als er zurückkehrte, schüttelte er den Kopf, wirkte aber freundlicher.

»Der Oberst erinnert sich nicht an Sie. Trotzdem will er einen Augenblick für Sie erübrigen.« Seine Stimme sank zu einem Flüstern herab. »Hatte er — einen in der Krone?«

Cayle nickte. Seiner Stimme traute er nicht recht. Der Hauptmann sagte leise und eindringlich: »Gehen Sie hinein und versuchen Sie herauszuschlagen, was Sie nur können. Eine sehr einflußreiche Persönlichkeit hat heute schon zweimal angerufen, ohne ihn in seinem Büro zu erreichen. Und jetzt haben Sie ihn in Unruhe versetzt. Er weiß nie genau, was ihm herausrutscht, wenn er nicht ganz beisammen ist. In der Stadt rührt er aus lauter Angst keinen Tropfen an.«

Cayle folgte dem intriganten Hauptmann, wobei einmal mehr ein Bild von der Welt unter der Herrschaft der Ischerdynastie vor seinem inneren Auge Gestalt annahm. Was er hier erlebte, war ein untergeordneter Offizier, der rücksichtslos auf die Position seines Vorgesetzten hinarbeitete.

Der Gedanke verflüchtigte sich, als er vor der Tür zu Medlons Büro stand. Unruhig fragte er sich, ob er der Situation gewachsen sein würde. Sicher war er sich dessen keineswegs. Doch dann warf er einen Blick auf den Mann, der in dem weiten Raum hinter einem wuchtigen Schreibtisch saß, und seine Befürchtung schwand, er könnte achtkantig aus dem Bezirkssitz hinausgeworfen werden.

Er sah denselben Mann vor sich, dem er im Flugzeug begegnet war, doch er schien zusammengeschrumpft. Sein Gesicht, das der Alkohol aufgedunsen hatte, wirkte schmaler. Sein Blick verriet konzentrierte Aufmerksamkeit, und er klopfte nervös auf die Schreibtischplatte.

»Sie können gehen, Hauptmann.« Seine Stimme klang ruhig, dabei aber befehlend.

Der Hauptmann verließ mit starrer Miene den Raum. Cayle setzte sich.

»Ich erinnere mich jetzt wieder an Ihr Gesicht«, sagte Medlon. »Tut mir leid. Ich hatte wohl einen Schluck getrunken.« Er lachte unaufrichtig.

Cayle dachte an die Äußerungen über die Kaiserin, die er sich geleistet hatte. Für einen Mann in seiner Stellung mußten sie lebensgefährlich sein.

Laut antwortete er: »Mir ist nichts Ungewöhnliches aufgefallen.« Er zögerte. »Obwohl, wenn ich es recht bedenke, waren Ihre Worte sehr freimütig.« Wiederum machte er eine Pause. »Ich nahm an, Ihre Position würde Ihnen erlauben, so offen und deutlich zu sprechen.«

Der Oberst schwieg. Cayle gratulierte sich innerlich selbst, gab sich aber keinen Illusionen hin. Dieser Mann hatte seinen gegenwärtigen Rang nicht dadurch erreicht, daß er feige oder einfältig war.

»Ahem ...« Medlon blickte ihn lauernd an. »Und worüber waren wir uns ... ahem ... einig?«

»Unter anderem«, erwiderte Cayle, »habe Sie davon gesprochen, daß die Regierung augenblicklich um Offiziere verlegen sei, und mir ein Patent angeboten.«

»An das Angebot«, sagte Medlon, »kann ich mich nicht

erinnern.« Er schien sich einen Ruck zu geben. »Falls ich mich aber wirklich so weit vergessen haben sollte, Ihnen ein derartiges Angebot zu unterbreiten, muß ich Sie zu meinem großen Bedauern davon unterrichten, daß ich keine Befugnis habe, Sie zum Offizier zu machen. Die Erteilung von Offizierspatenten erfolgt über offizielle Kanäle, auf die ich keinen Einfluß habe.

Zudem sind Offiziersstellen sehr begehrt. Die Regierung ist deshalb seit langem dazu übergegangen, Gebühren dafür zu erheben. Ein Leutnantspatent würde Sie selbst mit meiner Unterstützung fünftausend Kredite kosten, ein Hauptmannspatent sogar fünfzehntausend, was für einen jungen Mann wie Sie doch ein erheblicher Betrag sein dürfte. Und dann ...«

Cayle hatte immer ironischer zugehört. Er vergegenwärtigte sich noch einmal, was er gesagt hatte, und ihm schien, daß er aus dem, was ihm zur Verfügung stand, das beste gemacht hatte. Er befand sich schlicht und einfach in keiner Lage, um aus Medlons Indiskretionen Nutzen zu ziehen.

Mit schiefem Lächeln erkundigte er sich: »Und wie teuer käme der Rang eines Obersten mich zu stehen?«

Der Offizier lachte lauthals. »Junger Mann«, entgegnete er jovial, »der ist mit Geld nicht zu bezahlen. Der Preis dafür sind die schwarzen Flecken auf Ihrer unschuldigen Seele.«

Er hielt inne und wurde ernst. »Also hören Sie zu«, fuhr er fort, »falls ich gestern etwas zu großzügig mit den Offizierspatenten Ihrer Majestät umgegangen bin, dann tut mir das leid, aber ich denke, Sie werden mir das nachsehen. Und um Ihnen zu zeigen, daß man mit mir reden kann, auch wenn ich eigentlich gar nicht zuständig bin, mache ich Ihnen einen Vorschlag. Bringen Sie in — sagen wir, zwei Wochen fünftausend Kredite vorbei, und Ihr Patent ist Ihnen so gut wie sicher. Wie gefällt Ihnen das?«

Für jemanden, der weniger als vierzig Kredite sein eigen nannte, hielt die Attraktivität des Angebots sich in

Grenzen. Sofern die Kaiserin die Käuflichkeit von Patenten tatsächlich abgeschafft hatte, wurde ihre Anordnung von korrupten Untergebenen ignoriert. Blitzartig gewann Cayle einen Eindruck von den Problemen Innelda Ischers.

Sie war keineswegs allmächtig. Er hatte immer geglaubt, allenfalls die Waffenläden könnten ihren hochfliegenden Willen zügeln. Doch das Netz, das sie umstrickte, war feiner gewirkt. Der Egoismus ihrer eigenen Anhänger gab das Material dafür ab. Die zahllosen Menschen, die ihre Anweisungen ausführen sollten, wurden von ihren eigenen Begierden getrieben, verfolgten ihre eigenen Pläne, und zwar intensiver, als sie der Frau dienten, der sie Treue geschworen hatten.

Der Oberst raschelte mit den Papieren auf seinem Schreibtisch. Das Gespräch war beendet. Cayle suchte noch nach einem abschließenden Wort — als hinter Medlon die Mattscheibe des Holosets aufleuchtete. Die Züge einer jungen Frau erschienen darauf.

»Oberst«, sagte sie kurz angebunden, »wo, in aller Welt, haben Sie gesteckt?«

Der Oberst richtete sich steif auf. Wandte sich dann langsam um. Cayle bedurfte jedoch nicht der unbehaglichen Reaktion seines Gegenübers, um zu wissen, wer die Frau war.

Er blickte in das Gesicht der Kaiserin Ischer.

6. KAPITEL

Cayle, der noch gesessen hatte, erhob sich. Er handelte ganz automatisch, aus dem Gefühl heraus, daß er hier jetzt unerwünscht sei. Er war schon halb auf dem Weg zur Tür, ehe er gewahr wurde, daß die Frau ihren Blick auf ihn gerichtet hatte.

»Oberst«, murmelte er, »ich danke Ihnen für die Auszeichnung ...«

Seine eigenen Worte widerten ihn an, und voller Abscheu vor sich selbst hielt er inne. Dann überfiel ihn plötzlich Unglaube, der Zweifel daran, daß gerade ihm eine solche Begebenheit widerfuhr. Seine Augen wanderten zu dem Holoset, um sich zu vergewissern, daß er wirklich der Kaiserin gegenüberstand. In diesem Augenblick öffnete Medlon den Mund.

»Das wäre es, Mr. Clark«, sagte er übermäßig laut.

Es war die Lautstärke, die Cayle aus seiner Benommenheit riß. Immer noch schämte er sich über sich selbst, aber er dachte nicht daran, sich noch länger zu erniedrigen. Unvermittelt stand ihm vor Augen, daß er, schlank, gut gekleidet und passabel aussehend, deutlich von dem Alkoholwrack abstach, auf das die Ischerkaiserin herabschaute. Sein Blick begegnete den Zügen auf dem Holoschirm ohne Scheu. Er verneigte sich leicht, eine instinktive Geste, die ihm noch mehr von seinem Selbstgefühl zurückgab.

An ihrer Identität zweifelte er nicht mehr. Mit fünfundzwanzig mochte Innelda Ischer nicht jede andere Frau an Schönheit übertreffen. Doch ihr charakteristisch langes Gesicht und die grünen Augen ließen sich nicht verkennen. Beides, Gesichtsschnitt und Augenfarbe, waren typische Merkmale der Ischerdynastie.

Als sie erneut sprach, erkannte Cayle auch ihre Stimme, jedem vertraut, der sie einmal aus dem Holoset gehört hatte — und dennoch gänzlich verändert, weil sie jetzt ihm persönlich galt.

»Wie heißen Sie, junger Mann?«

Medlon war es, der ihr Antwort gab, rasch, mit angespannter, aber beherrschter Stimme. »Ein Bekannter von mir, Majestät.« Er wandte sich Cayle zu. »Auf Wiedersehen, Mr. Clark. Ich habe mich über Ihren Besuch gefreut.«

»Ich habe gefragt, wie sie heißen.« Die Frau ignorierte die Unterbrechung.

Cayle zuckte unwillkürlich zusammen, so scharf klangen ihre Worte. Er nannte seinen Namen.

»Und was führt Sie in Medlons Büro?«

Cayle fing den Blick auf, mit dem Medlon seine Aufmerksamkeit auf sich zu lenken versuchte. Ganz entfernt hatte er dessen geschickte Wortwahl bewundert. Seine Bewunderung schwand. Der Mann hatte panische Angst. Tief in ihm begann ein Hoffnungsschimmer sich zu regen.

Er erwiderte: »Ich habe mich nach den Möglichkeiten erkundigt, als Offizier in die Streitkräfte Ihrer Majestät einzutreten.«

»Das habe ich mir gedacht«, bemerkte die Kaiserin mit ruhiger Stimme.

Sie machte eine Pause. Nachdenklich schaute sie von Cayle zu Medlon und wieder zu Cayle. Ihre Haut wirkte leicht gebräunt. Ihre Haltung verriet Stolz. Sie sah jung aus, energisch und sehr selbstbewußt. Einen Augenblick darauf zeigte sich ihre Erfahrung im Umgang mit Menschen. Statt ihre nächste Frage an Cayle zu richten, eröffnete sie Medlon einen Ausweg.

»Und darf ich wissen, Oberst, wie Ihre Antwort gelautet hat?«

Dem Offizier standen die Schweißperlen auf der Stirn. Aber seine Stimme klang trotzdem gelassen, und selbst eine Spur Jovialität lag darin, als er erwiderte: »Ich habe ihn darüber informiert, daß annähernd vierzehn Tage vergehen würden, bis er sein Patent erhält.« Er lachte abschätzig. »Wie Sie wissen, lassen die bürokratischen Formalitäten sich nicht ganz umgehen.«

Cayle spürte, daß er auf einer Woge schwamm, die ihn höher und höher trug — denn was sich jetzt zutrug, mußte zu seinen Gunsten zu Buche schlagen. Er bewunderte die Kaiserin uneingeschränkt — so sehr unterschied sie sich von dem Bild, das er sich zurechtgelegt hatte. Obwohl sie einen ihrer Offiziere buchstäblich bei einem Vergehen ertappt hatte, hielt sie sich zurück, um ihn nicht in Schwierigkeiten zu bringen.

Die Zurückhaltung verhinderte allerdings nicht, daß ihre Stimme sarkastisch klang, als sie sagte: »Ja, Oberst, das weiß ich sehr gut. Dieser ganze Unfug ist mir nur zu bekannt.« Der Sarkasmus verschwand und wurde von einer Zornesanwandlung abgelöst.

»Auf irgendeine Weise scheint die Machtprobe, die sich angebahnt hat, sich bis zu den jungen Leuten herumgesprochen zu haben, die sich sonst ihre Offiziersränge erkaufen, sonst würden sie nicht in Scharen wegbleiben. Daß die wenigen geeigneten Bewerber, die sich einstellen, dann auch noch abgewiesen werden, kann ich mir langsam nur noch mit einer Verschwörung zugunsten der Waffenläden erklären.«

Ihre Augen sprühten grünes Feuer. Ganz offenkundig ging es in dieser Frage für sie um ihre Grundeinstellung, denn alle Zurückhaltung war von ihr abgefallen. Sie wandte sich an Cayle.

»Cayle Clark«, fragte sie unheilverkündend, »wie hoch war die Summe, die man Ihnen für ein Patent abverlangt hat?«

Cayle zauderte. Medlon hatte ihm nur ein Auge zugekehrt. Die Drehung seines halb abgewandten Kopfes wirkte unnatürlich verkrampft. Das Auge allein sprach Bände. Der Oberst bedauerte jedes Wort, das er an den künftigen Leutnant der kaiserlichen Armee gerichtet hatte.

Medlons flehentlicher Blick war so eindringlich, daß Cayle sich abgestoßen fühlte. Er hatte noch nie das Empfinden erlebt, einen Menschen völlig in seiner Gewalt zu haben. Bei der Vorstellung schüttelte es ihn. Plötzlich mochte er nicht mehr hinsehen.

»Eure Majestät«, sagte er, »ich habe Oberst Medlon gestern auf dem Flug nach Imperial City kennengelernt. Er hat mir ein Patent angeboten, ohne irgendwelche Bedingungen daran zu knüpfen.«

Nach seinen Worten war ihm wohler. Er sah, wie der Offizier sich entspannte. Die Frau auf dem Bildschirm lächelte angenehm berührt.

»Nun, Oberst«, versetzte sie, »ich freue mich, das zu hören. Und weil ich genau über dieses Thema mit Ihnen sprechen wollte, sind damit auch meine weiteren Fragen zufriedenstellend beantwortet. Ich wünsche Ihnen alles Gute.«

Das Bild auf der Mattscheibe erlosch. Oberst Medlon sank langsam auf seinen Schreibtischsessel zurück. Mit erwartungsvollem Lächeln sah Cayle ihn an.

»Ich freue mich, Ihre Bekanntschaft gemacht zu haben, junger Mann«, erklärte der Oberst ungerührt. »Aber jetzt rufen mich meine Pflichten. Lassen Sie sich in zwei Wochen wieder blicken und bringen Sie die fünftausend mit. Leben Sie wohl.«

Cayle rührte sich nicht sofort, doch er spürte den bitteren Geschmack der Niederlage bereits im Mund. Düster wurde ihm klar, welche Gelegenheit sich ihm einen Augenblick lang geboten hatte. Aus Schwäche hatte er sie verspielt. Er hatte geglaubt, ein Schuft würde ihm dafür dankbar sein, daß er ihn nicht bloßstellte. Er bemerkte, wie der Oberst ihn amüsiert betrachtete.

»Die Kaiserin versteht nicht, welche Probleme entstehen, wenn Offizierspatente plötzlich ohne Bezahlung erhältlich sein sollen.« Medlon zuckte die Achseln. »Ich habe selbst gar nichts damit zu tun. Ich kann daran ebensowenig etwas ändern, wie ich mir die Kehle durchschneiden könnte. Würde ich es versuchen, grübe ich mir nur das Wasser ab.«

Er zögerte. Ein spöttisches Lächeln erschien auf seinen Zügen. »Was Ihr persönliches Vorwärtskommen angeht, wird Ihnen das hoffentlich eine Lehre sein.« Kurz angebunden schloß er: »Also dann, guten Tag.«

Cayle verwarf den Gedanken, tätlich zu werden. Er hatte keine Lust, sich festnehmen zu lassen, zumal er sich nicht angemessen wehren konnte. Innerlich merkte er sich den Oberst für später vor.

Über der Stadt der Ischerkaiser sank bereits die Dunkelheit herab, als er endlich aus dem Bezirkssitz trat. Durch die farbigen Schleier der zahllosen Reklameanzeigen am Himmel blickte er zu den kalten Sternen hoch und fühlte sich wesentlich heimischer als am Abend zuvor. Er begann sich in dem Labyrinth des Lebens auf dieser Welt zurechtzufinden. Und gemessen an seiner Unwissenheit schien ihm, daß er bis jetzt halbwegs annehmbar abgeschnitten hatte.

Rings um ihn begannen die Bürgersteige das Sonnenlicht wieder abzugeben, das sie tagsüber gespeichert hatten. Die Nacht erstrahlte heller, während der Himmel dunkler wurde. Beim Ausschreiten wuchs seine Zuversicht.

Er hatte recht gehabt, das Risiko nicht zu achten und Robbe niederzuschlagen, ebenso wie er recht daran getan hatte, sich im Falle Medlons zurückzuhalten. Robbe stand für sich selbst; was aus ihm wurde, kümmerte im Grunde niemanden. Der Oberst dagegen konnte die Macht der Gesetze zu seiner Unterstützung mobilisieren.

Eigentlich hatte Cayle vorgehabt, erst am nächsten Morgen in die Allee des Glücks zurückzukehren. Nun aber, nachdem er, wie ihm schien, seine innerlichen Zweifel behoben hatte, änderte er seine Absicht. Bekam er fünftausend Kredite zusammen und konnte ein Offizierspatent erwerben, dann würden die Reichtümer dieser Stadt ihm zufließen. Und Lucy Rall — sie durfte er nicht vergessen.

Auch nur einen Tag zu warten, hieß zu lange zögern.

7. KAPITEL

Cayle mußte sich durch Menschentrauben drängen, um in den Pennypalast zu gelangen. Die Größe der Menge ermutigte ihn nur noch mehr. Unter dieser geldhungrigen

Masse fiel er so wenig auf wie ein Stück Treibholz im Ozean.

Er zögerte nicht. Er hatte sich zuvor unter den Spielen umgesehen und strebte jetzt zielsicher auf dasjenige zu, das er sich ausgesucht hatte, um sein Glück endgültig auf die Probe zu stellen.

Die Gewinne, die sich bei dem neuen Spiel erzielen ließen, lagen zwischen fünf zu eins und hundert zu eins. Wenn es auch unkompliziert wirkte, so ahnte Cayle, der bis zum fünfzehnten Lebensjahr in der Werkstatt seines Vaters geholfen hatte, doch, daß hinter der täuschenden Einfachheit eine verwickelte Elektronik steckte.

Eine Energiekugel — das war der Kern. Annähernd zweieinhalb Zentimeter stark, rollte sie regellos durch eine ausgedehntere, durchsichtige Kugel aus Kunststoff. Schneller, schneller, schneller schoß sie über die Innenfläche, bis ihre Geschwindigkeit den Widerstand des Materials überwand. In diesem Augenblick sprengten die Energiemoleküle die Schranken ihres Gefängnisses. Durch den Kunststoff drang sie, als wäre er nicht vorhanden, als wäre sie ein Lichtstrahl, den ein unnatürliches physikalisches Gesetz in einem nahezu unsichtbaren Käfig gefangengehalten hätte.

Und doch, kaum war sie entronnen, schien die Freiheit sie zu hemmen. Sie wechselte die Farbe, kaum merklich, eilig, und sie verlangsamte ihre Geschwindigkeit. Hatte sie ihren Kerker mit einer Schnelligkeit von Meilen in der Sekunde verlassen, so wirkte nun die Hemmung so stark auf sie, daß sie zum Stillstand kam, kaum daß sie einen weiteren Meter zurückgelegt hatte.

Sie begann zu fallen. Und bis zum Augenblick des Falls, bis sie fast die Tischplatte berührte, vermittelte sie die Illusion, sich überall zur selben Zeit zu befinden. Dies war nichts als eine Einbildung der Spieler, bei der enorme Geschwindigkeit und Sinnestäuschung zusammenwirkten.

Jeder Spieler war überzeugt, die Kugel flöge geradewegs auf ihn zu, und wenn sie sank, würde sie in die Bahn fallen, die er über eine Nummer eingeschaltet hatte. Und die Mehrzahl der Spieler wurde unvermeidlich enttäuscht, wenn die Kugel nach erfüllter Aufgabe durch eine Bahn glitt und den Gewinnmechanismus auslöste.

Das erste Spiel, an dem Cayle sich beteiligte, brachte ihm siebenunddreißig Kredite für den einen, den er gesetzt hatte. Mit bemühter Beiläufigkeit strich er seinen Gewinn ein, doch durchrann dabei die Erregung des Erfolgs seine Nerven wie mit Schauern. Er setzte je einen Kredit auf vier Bahnen, verlor, setzte dieselbe Anzahl erneut und sah seinen Bestand um neunzig Kredite vermehrt.

Während der nächsten Stunde gewann er durchschnittlich eins von fünf Spielen. Er erkannte, daß diese Glückssträhne selbst für seine Verhältnisse phänomenal war — und lange, ehe die Stunde um war, riskierte er zehn Kredite für jede Bahn, auf die er setzte.

Zeit, um sein Geld zu zählen, blieb ihm nicht mehr. In Abständen schob er Hände voller Kredite in den Wechsler und erhielt große Scheine zurück, die er in eine Innentasche stopfte. Nicht einmal brauchte er seine Reserven anzugreifen.

Nach einer Weile durchfuhr ihn wie in Panik der Gedanke: »Drei- oder viertausend Kredite muß ich inzwischen gewonnen haben. Zeit, aufzuhören. Ich brauche nicht alles in einer Nacht einzuheimsen. Morgen, übermorgen, überübermorgen — ständig kann ich wiederkommen.«

Es war die Geschwindigkeit des Spiels, die ihn verwirrte. Wann immer er dem Impuls nachgeben wollte, schon im Begriff stand, abzubrechen, begann die Kugel zu wirbeln, und hastig setzte er sein Geld auf mehrere Kanäle. Wenn er dann verlor, überkam ihn ein Gefühl des Ärgers, gepaart mit einer gierigen Entschlossenheit, auf keinen einzigen seiner gewonnenen Kredite zu verzichten.

Gewann er aber, dann schien es ihm lächerlich, mitten in der erstaunlichsten Glückssträhne aufzuhören, die er je hoffen konnte zu haben. Warte, sagte er sich, warte, bis du zehnmal hintereinander verlierst ... zehnmal hintereinander ... zehn ... zehn ... Irgendwann nahm er wahr, daß ein Bündel von vierzig oder fünfzig Tausendkreditscheinen seine Seitentasche bauschte.

In anderen Taschen steckte noch mehr Geld — und wieder und wieder, höchstens verschwommen noch registrierend, was er tat, verstreute er aufs Geratewohl große Scheine über verschiedene Kanäle. Wieviel er setzte, behielt er nicht mehr. Es spielte keine Rolle. Die Maschine rechnete immer korrekt und warf die entsprechenden Gewinne aus.

Er schwankte jetzt, als wäre er betrunken. Sein Körper schien über dem Boden zu schweben. Er spielte weiter wie in Trance, wobei er seine Umgebung fast vergaß. Zwar merkte er, daß mehr und mehr Spieler auf derselben Welle zu schwimmen suchten, genau die Zahlen drückten, die er auch wählte. Aber das war unwichtig, bedeutete ihm selbst nichts.

Er erwachte erst aus seiner Benommenheit, als die Kugel plötzlich in ihrem Käfig stillstand. Stoisch verharrte er an seinem Platz, wartete darauf, daß das Spiel wieder einsetzte, nicht ahnend, daß die Unterbrechung mit ihm zu tun hatte, bis ein dunkelhaariger, rundlicher Mann sich näherte.

»Herzlichen Glückwunsch, junger Mann«, sagte der Unbekannte ölig lächelnd, »wir freuen uns mit Ihnen — aber für die anderen Herrschaften habe ich schlechte Nachrichten. Die Regeln unseres Hauses, die überall im Saal angeschlagen sind, lassen keine Trittbrettfahrer zu. Daß unser junger Freund es ist, den das Glück begünstigt, steht mittlerweile definitiv fest.

Deshalb müssen künftig alle übrigen Spieler gesetzt haben, bevor der Gewinner dieses Abends eine Wahl trifft. Die Maschine ist entsprechend eingestellt worden. Ersparen Sie sich also selbst Enttäuschungen durch Einsätze, die Sie in letzter Minute plazieren. Sie werden nicht angenommen.

Ich darf Ihnen allen viel Glück wünschen — und ganz besonders Ihnen, junger Mann.«

Er watschelte davon und lächelte noch immer. Einen Augenblick später rotierte die Kugel wieder.

Drei Spiele weiter durchzuckte Cayle der jähe Gedanke: Ich stehe im Mittelpunkt. Alle Aufmerksamkeit konzentriert sich auf mich. Ein plötzlicher Schreck überfiel ihn. Er war aus der Anonymität herausgetreten, die seine Sicherheit garantieren sollte. Das beste ist, ich verschwinde so unauffällig wie möglich, entschied er sich.

Instinktiv wandte er sich vom Tisch ab — und ein attraktives Mädchen schlang die Arme um seinen Hals, preßte sich an ihn und küßte ihn.

»O bitte, geben Sie mir etwas von Ihrem Glück ab! Bitte, bitte!«

Perplex machte Cayle sich frei. Seinen ursprünglichen Impuls hatte er vergessen. Ich hatte irgend etwas vor, entsann er sich dunkel und spielte weiter, wobei er über die flüchtige Erinnerung nachgrübelte.

Er merkte, wie Neuankömmlinge an den Tisch drängten, gewaltsam die weniger Kräftigen und Entschlossenen unter denen beiseitestießen, die vor ihnen dort gestanden hatten. Einmal, als ihm auffiel, wie ein lautstark protestierender Spieler besonders heftig beiseitebefördert wurde, meldet sich von neuem der warnende Gedanke, daß tausend gierige Blicke inzwischen ihm und seinem Tisch galten.

Er konnte sich nicht erinnern, wie er darauf noch hatte reagieren wollen. Zahlreiche Frauen schienen um ihn zu sein, deren Finger an ihm zupften, die ihn küßten, wenn er den Kopf wandte, ihn betäubten mit der Lockung, die von ihrem Parfüm ausging.

Er konnte keine Hand mehr regen, ohne daß die bloße Haut einer Frau sich ihm zur Berührung anbot — nackte Arme, nackte Rücken und so tief dekolletierte Kleider, daß sein Kopf fortwährend an weiche, köstlich parfümierte Busen gezogen wurde. Wann immer er sich aus irgendeinem

Anlaß einen Zentimeter zur Seite drehte, den Kopf neigte, drängten die sanften, allgegenwärtigen Hände ihn tiefer.

Und immer noch nahmen die Nacht und sein Glück kein Ende. Er hatte das Gefühl, in zu große Stimmungshöhen getragen zu werden, zuviel Applaus zu ernten bei jeder Drehung der Kugel, bei jedem Einsatz. Und ob er gewann oder verlor, immer warfen Frauen sich in seine Arme und küßten ihn entweder tröstend oder mit leidenschaftlicher Begeisterung. Wilde Musik spielte im Hintergrund.

Er war dreiundzwanzig Jahre alt, und die Attacke auf seine Sinne überwältigte seine Vorsicht. Als er unzählige Tausende gewonnen hatte, schlossen sich die weiten Türen des Pennypalastes. Der rundliche Mann tauchte wieder auf und sagte kurz angebunden: »So, jetzt langt es. Der Saal ist von Fremden geräumt. Wir können diesen Unfug abstellen.«

Cayle starrte ihn mit stumpfem Blick an. In seinem Bewußtsein klingelte es so laut Alarm, daß der Kopf ihm zu dröhnen schien.

»Ich glaube«, murmelte er, »ich gehe wohl besser.«

Jemand schlug ihm ins Gesicht — hart. »Weiter!« befahl der pummelige Mann. »Er ist immer noch nicht bei Verstand.« Der zweite Hieb traf ihn härter. Und zeitigte Wirkung. Cayle erwachte aus seiner Entrücktheit mit der glasklaren Erkenntnis, daß er sich in tödlicher Gefahr befand.

»Was soll das?« stotterte er. Sein hilfesuchender Blick galt denen, die sich um ihn gedrängt, ihm Minuten zuvor noch applaudiert hatten. Diejenigen, deren Gegenwart ihn betäubt hatte ... unmöglich, daß man wagen würde, sich an ihm zu vergreifen, während sie zusahen.

Er fuhr herum zu seinem plumpen Peiniger — und verharrte wie angewurzelt, als grobe Fäuste ihn packten und grobere Hände das gewonnene Geld aus seinen Taschen zerrten. Wie aus weiter Ferne hörte er den rundlichen Mann weitersprechen.

»Sie sind vielleicht naiv. Was meinen Sie wohl, was hier

abläuft? Alle regulären Spieler haben wir aus dem Saal gedrängt. Die tausend, die Sie noch um sich sehen, sind für solche Fälle angestellt und kosten uns pro Person zehn Kredite. Macht zusammen zehntausend — und Sie haben das Fünfzig- oder Hundertfache gewonnen.«

Er zuckte die Achseln. »Von betriebswirtschaftlicher Ertragsrechnung haben die meisten Leute keine Ahnung. Seien Sie das nächste Mal nicht so gierig.« Er lächelte ölig. »Das heißt, falls es ein nächstes Mal für Sie gibt.«

Cayle fand seine Stimme wieder. »Was haben Sie mit mir vor?«

»Das werden Sie schon sehen.« Er hob die Stimme. »Los, schafft ihn zum Fluglaster, damit wir wieder öffnen können!«

Cayle spürte, wie er durch den Saal und in einen dunklen Flur gezerrt wurde. Verzweifelt dachte er daran, daß er sich ein weiteres Mal in eine Lage gebracht hatte, in der andere über sein Schicksal entschieden.

8. KAPITEL

Zehn Minuten vor Mitternacht, am 16. Juli 4784 Ischer, öffnete sich im Hotel Royal Ganeel die Tür zur Koordinierungsabteilung der Waffenschmiede. Robert Hedrock trat heraus und schritt den breiten, hell erleuchteten Korridor entlang, der sich vor ihm erstreckte. Er bewegte sich mit gewohnter Wachsamkeit, obschon seine Gedanken nicht seiner Umgebung galten.

Gut ein Jahr zuvor hatte er sich um Aufnahme in die Gilde beworben. Als Begründung hatte er angegeben, daß er eine Krise zwischen der Regierung und den Waffenläden erwarte, bei der er auf der Seite der letzteren stehen wolle. Seine Papiere waren in Ordnung, und die Pp-Maschine hatte ihn geistig wie körperlich und moralisch so hoch eingestuft, daß seine Akte unverzüglich dem Exekutivrat der Gilde vorgelegt worden war.

Er wurde von Beginn an für Sonderaufgaben eingesetzt, und seine Zuweisung an die Koordinierungsabteilung, als die Krise eintrat, stellte nur einen normalen Schritt auf seinem meteorhaften Aufstieg zur Spitze dar.

Hedrock wußte nur zu gut, daß mehrere Mitglieder des Rates der Meinung waren, sein Aufstieg erfolge entschieden zu rasch und entspreche deshalb nicht dem wohlverstandenen Interesse der Gilde — daß einige seiner Kritiker ihn sogar für eine mysteriöse Figur hielten, ohne damit allerdings eine negative Wertung zu verbinden.

Auf die Idee, die Bewertung durch die Pp-Maschine anzuzweifeln, kam niemand, was Hedrock gelegentlich in Erstaunen versetzte. Irgendwann wollte er die Maschine wesentlich eingehender untersuchen, um herauszubekommen, weshalb selbst skeptisch gesonnene Menschen ihr Urteil ohne Zweifel akzeptierten.

Es war ihm über die Maßen leicht gelungen, sie in die Irre zu führen, sie anzulügen, ihr seine sorgfältig zurechtgelegte Geschichte aufzubinden.

Sicher, er hatte seine Gedanken auf außergewöhnliche Weise in der Gewalt, und was maschinelle Reaktionen auf biologische Vorgänge betraf, war sein technisches Wissen einzigartig. Zudem war er den Waffenläden ganz unzweideutig freundlich gesonnen — was ihm zweifelsohne genutzt hatte. Die Pp-Maschine, so hatte man ihm erklärt, besaß dieselbe einzigartige Sensibilität wie die Türen aller Waffenläden, verborgene Feindseligkeit zu erkennen. Und sie war so konstruiert, daß sie über die Fähigkeit verfügte, wie sie ebenfalls in jede Waffe eingebaut wurde, innerhalb bestimmter Grenzen auf ihre Eigenwahrnehmung zu reagieren.

Den Waffen gleich, die ausschließlich zur Selbstverteidigung, oder unter anderen Einschränkungen, töten konnten, registrierten ihre höchstentwickelten elektronischen Sinne winzige Abweichungen in jedem Teil des untersuchten Körpers. Sie war entwickelt worden, seit er der Gilde vor hundert oder mehr Jahren zum letztenmal angehört hatte.

Ihm war sie neu. Und daß die Waffenschmiede sich auf sie verließen, machte es für Robert Hedrock, den einzigen Unsterblichen der Erde, Gönner der Waffenläden, erforderlich, dafür zu sorgen, daß sie wirklich so effizient arbeitete, wie man ihr zuschrieb.

Doch das kam später. Es war das geringste der Probleme, denen er sich gegenübersah. Früher oder später mußte er sich entschließen. Wie bald, wußte er nicht — aber viel zu rasch, wollte ihm scheinen. Bereits der erste Angriff der jugendlichen Kaiserin hatte die Schließung sämtlicher Waffenläden in jeder großen Stadt auf der Erde erzwungen.

Aber selbst das dünkte ihn sekundär gegenüber dem Problem der endlosen Wippe. Er vermochte sich der Überzeugung nicht zu entziehen, daß unter allen Menschen der Erde einzig er kompetent war, die Entscheidung *darüber* zu treffen. Und er hatte immer noch keine Vorstellung, wie er verfahren sollte.

Bis zu diesem Punkt waren seine Gedanken gelangt, als er sein Ziel erreichte — eine Tür, auf der *Privat — Kein Zutritt* stand. Hedrock klopfte, wartete die erforderlichen Sekunden und stieß dann ohne zu zögern die Tür auf.

Es war ein eigenartig ausgestatteter Raum, in dem er sich wiederfand. Nicht unbedingt riesig nach den Maßstäben der Residenzstadt der Ischer, aber weitläufig genug. Er glich einem Würfel mit fast sechzig Metern Kantenlänge so sehr, daß Hedrocks Augen den Unterschied nicht zu entdecken vermochten. Sein ungewöhnlichstes Merkmal stellte die Tür dar, durch die er den Raum betreten hatte. Sie lag in halber Höhe, von Boden und Decke gleich weit entfernt.

Unmittelbar an die Tür schloß sich eine Rampe an. Ein planes Energiefeld sprang von ihrem Rand aus in den Raum vor. Hedrock schlüpfte in Isolierüberschuhe, die auf der Rampe standen. Sowie er spürte, daß sie sich um seine Knöchel schlossen, schritt er hinaus auf das matt glühende Filigranwerk aus reiner Energie.

Genau im Mittelpunkt des Raumes umstanden sieben Ratsmitglieder eine Maschine, die in einem durchsichtigen Kunststoffgehäuse schwebte. Sie begrüßten Hedrock kurz und wandten ihre Aufmerksamkeit dann wieder der Maschine zu.

Hedrock wartete schweigend wie sie, nicht ohne ihre unnatürlich gedrückte Stimmung zu registrieren. Neben ihm flüsterte Peter Cadron: »Der nächste Ausschlag steht unmittelbar bevor.«

Hedrock nickte. Und langsam, während er auf das Wunderwerk blickte, das der Mechanismus in dem Vakuumgehäuse darstellte, teilte ihre Versunkenheit sich ihm mit. Dies war eine Karte der Zeit — eine Karte einander kreuzender Linien, so fein gezeichnet, daß sie zu flimmern schienen wie Hitzewellen an einem heißen Tag.

Theoretisch liefen die Linien von einem zentralen Punkt aus unendlich weit in die Vergangenheit und ebenso weit in die Zukunft, mit der Einschränkung, daß in der zugrundegelegten Mathematik unendlich immer gleich Null war. Über mehrere Milliarden Jahre hinweg ließ die Einschränkung jedoch die Darstellung verschwimmen, wozu noch der Widerwille des Auges beitrug, das Bild zu akzeptieren.

In diesem endlosen Ozean der Zeit lagen reglos zwei schattenhafte Umrisse, ein größerer in unmittelbarer Nähe der Mitte, der andere ein bloßer Punkt auf der gewölbten Weite der Karte. Hedrock wußte, daß selbst der Punkt noch eine vergrößerte Wiedergabe der Realität darstellte, die zu winzig war, um mit bloßem Auge wahrgenommen zu werden — eine Wiedergabe, die derart gestaltet worden war, daß miteinander gekoppelte Vergrößerungsinstrumente ihrer Bewegung folgten. Die Instrumente waren auf empfindliche Energien abgestimmt; zusätzliche Leistung wurde bei Anwesenheit weiterer Beobachter automatisch geschaltet.

Während Hedrock mitleidig zusah, verschoben sich beide Punkte. Diese Bewegung hatte im Makrokosmos nicht ihresgleichen. Sie war so unirdisch, daß das menschliche Auge ihr nicht zu folgen vermochte. Sie vollzog sich nicht einmal besonders rasch, doch die beiden Schatten — wichen. Wohin? Selbst die Wissenschaftler der Waffenläden wußten es nicht zu sagen. Sie wichen, um dann allmählich wieder aufzutauchen. Jetzt aber hatte ihre Stellung zueinander sich mit geringen Abweichungen in ihr Gegenteil verkehrt.

Beide waren weiter auseinander gerückt. Der große Schatten, der einen Monat und drei Tage von der Mitte entfernt in der *Vergangenheit* geflimmert hatte, befand sich plötzlich um drei Stunden verschoben in der *Zukunft.* Der winzige Fleck, der 97 Milliarden Jahre weit in der Zukunft geruht hatte, war in die Vergangenheit gewechselt — rund 106 Milliarden Jahre.

Die zeitliche Distanz war derart kolossal, daß Hedrock gegen seinen Willen zusammenfuhr und sich an Cadron wandte. »Hat man sein Energiepotential errechnet?«

Cadron nickte müde. »Hinreichend, um den Planeten zu zerstören.« Er stöhnte. »Wo, um alles in der Welt, sollen wir diese Energie freisetzen?«

Hedrock versuchte sich eine Vorstellung vom Ausmaß der Detonation zu machen. Er hatte nicht selbst mit McAllister, dem Reporter aus dem zwanzigsten Jahrhundert, sprechen können. Was er wußte, hatte er sich aus bruchstückhaften Berichten zusammengereimt. Nicht zuletzt in der Absicht, die Einzelheiten zu erfahren, hatte er sich jetzt hierherbegeben.

Er nahm Cadron beiseite und bat ihn unumwunden um Auskunft. Dieser sah ihn mit schiefem Lächeln an. »Schön«, versetzte er, »Sie sollen Näheres hören. Stolz sind wir alle nicht darauf, wie wir uns benommen haben.«

»Sie meinen, McAllister hätte nicht geopfert werden dürfen?« forschte Hedrock.

Cadron schüttelte den Kopf. »Nein, das wollte ich damit

eigentlich nicht sagen.« Er runzelte die Stirn. »Wahrscheinlich erzähle ich Ihnen am besten so knapp wie möglich den gesamten Ablauf.

Die Verkäuferin in dem Laden am Greenway Park hörte jemanden hereinkommen und ging nach vorn. Sie erblickte einen merkwürdig gekleideten Kunden. Wie sich herausstellte, handelte es sich um eben jenen Zeitungsreporter aus dem zwanzigsten Jahrhundert.

Ganz offenkundig war er ebenso aus der Fassung gebracht wie fasziniert von den Vitrinen mit unseren Waffen. Seiner Schilderung zufolge war in einer Straße der Kleinstadt, in der er lebte, unvermittelt ein Waffenladen aufgetaucht. Welche Sensation er hervorgerufen haben muß, läßt sich leicht vorstellen, aber offenbar hat man an eine Illusion geglaubt.

Allerdings erwies die Illusion sich als durchaus substantiell. Und natürlich gab die Tür nicht nach, als die Polizei einzudringen versuchte. Schließlich versuchte McAllister, von journalistischer Neugier getrieben, sein Glück, hatte Erfolg und betrat den Laden.

Der Verkäuferin gegenüber gab er zu, einen krampfartigen Schmerz gespürt zu haben, sowie er den Fuß über die Schwelle setzte. Bereits in diesem Augenblick hatte er, ohne das natürlich zu wissen, eine Energiemenge gespeichert, die der zurückgelegten Strecke von annähernd siebentausend Jahren entsprach, wobei auch sein Gewicht noch eine Rolle spielte.

Geschäftsführer der Filiale war der Vater der Verkäuferin. Als sie ihn unterrichtete, erkannte er sofort, daß irgend etwas nicht stimmte. Binnen weniger Minuten hatte er festgestellt, daß titanische Energien auf den Laden einwirkten, deren Quelle ein mächtiges Regierungsgebäude in unmittelbarer Nähe war. Er verständigte sofort den Rat.

Als wir anlangten, sahen wir uns vor die Notwendigkeit einer unverzüglichen Entscheidung gestellt. McAllister hatte genügend Zeitenergie in sich aufgespeichert, um die gesamte Stadt zu vernichten, sobald er unser isoliertes

Geschäft verließ, ohne für seine eigene Isolierung gesorgt zu haben.

Inzwischen hielt der Energiedruck, der von dem Gebäude ausging, unvermindert an. Jeden Augenblick konnte der Laden selbst in den Zeitstrom geschleudert werden. Außerdem bestand Grund zu der Annahme, daß die Regierung in Kürze sämtliche Läden auf dieselbe Weise angreifen würde. Das Ergebnis vermochte niemand vorherzusagen.

Um es kurz zu machen — wir sahen eine Möglichkeit, Zeit zu gewinnen, darin, daß wir die Energie der Maschine in dem riesenhaften Gebäude auf McAllister konzentrierten und ihn in seine eigene Zeit zurückversetzten. Um zu verhindern, daß er unterwegs explodierte, solange wir keinen entsprechenden Mechanismus entwickelt hatten, legten wir ihm einen isolierten Raumanzug an. Dabei war uns klar, daß er in der Zeit vor- und zurückschnellen und dabei das Regierungsgebäude mitsamt seinen Energien aus diesem Raum-Zeit-Bereich herausverlagern würde.«

Cadron schüttelte mit düsterer Miene den Kopf. »Ich sehe immer noch nicht, wie wir sonst hätten verfahren können. Wir waren gezwungen, auf einem Gebiet rasch zu handeln, bei dem der verfügbare Wissensstand gering ist. Daß wir lediglich vom Regen in die Traufe geraten sind, war unser Pech. Aber persönlich ist mir immer noch alles andere als wohl dabei.«

»Meinen Sie, McAllister könnte noch am Leben sein?« wollte Hedrock wissen.

»Ganz sicherlich. Der Anzug, in den wir ihn gesteckt haben, war eines unserer letzten und besten Modelle. Er fabriziert Nahrung und Wasser, und auch alle anderen Funktionen sind vollautomatisch geregelt.« Er lächelte schief. »Wir dachten zunächst — aber das hat sich inzwischen als völlig illusorisch herausgestellt —, wir könnten ihn später einmal aus seiner Lage befreien.«

»Ich verstehe.« Hedrock nickte. Er empfand Niedergeschlagenheit. Sämtliche Entscheidungen waren getroffen worden, ehe er überhaupt von der Gefahr erfahren hatte. Zu bewältigen blieben ausschließlich die Folgen.

Der Journalist hatte sich in den Moloch aller Moloche verwandelt. Nichts im gesamten bekannten Universum ließ sich vergleichen mit der Energie, die sein Körper bei jedem Ausschlag der Wippe in sich aufspeicherte. Ihre Freisetzung mußte das Gefüge des Raumes erschüttern. Durch alle Zeiten würde das Echo seufzend widerhallen, und die Energiespannungen, welche die Illusion der Materie hervorriefen, mochten zusammenbrechen unter der Beanspruchung.

»Wie steht es um das Gebäude?« erkundigte er sich.

Cadrons Miene hellte sich auf. »Es befindet sich noch innerhalb seiner kritischen Grenzen. Bevor es den Gefahrenpunkt erreicht, müssen wir unsere Entscheidung getroffen haben.«

Hedrock schwieg. Cadron hatte mit seinem Hinweis einen wunden Punkt berührt, denn er selbst sollte offenkundig nicht nach seiner Meinung gefragt werden. Schließlich forschte er: »Wie kommen unsere Leute voran, die an dem Problem arbeiten, die Ausschläge zu verringern und die Wippe zurück in unsere Zeit zu holen?«

»Die Arbeiten sind eingestellt worden«, sagte jemand. »Die Wissenschaft des Jahres 4784 weiß keine Antwort. Wir können von Glück sagen, daß es uns gelungen ist, einen Waffenladen zum Drehpunkt zu machen. Dadurch vermögen wir die Detonation an jedem Punkt der Vergangenheit oder der Zukunft auszulösen. Aber wann? Wann?«

Die Schatten auf der Karte bewegten sich nicht, gaben keinen Hinweis. *Ihre* Zeit war noch nicht gekommen.

9. KAPITEL

Die nervliche Anspannung, die mit der Beobachtung des neuerlichen Ausschlags einhergegangen war, ließ nach. Die Männer wandten sich von der Karte ab und unterhielten sich gedämpft miteinander. Irgend jemand regte an, die Gelegenheit zu nutzen, um soviel wie möglich über die Aussichten von Reisen durch die Zeit in Erfahrung zu bringen. Ratsmitglied Kendlon kommentierte, die Speicherung von Energie durch den Körper schiene ihm zur Genüge zu beweisen, daß Zeitreisen kaum jemals in Mode kommen würden.

Dresley, Korrektester und Penibelster im Rat, war es, der schließlich meinte: »Meine Herren, wir sind als Delegierte des Rats hier versammelt, um Mr. Hedrocks Bericht über den Gegenangriff auf die Kaiserin zu hören.

In seinem ersten Bericht, der inzwischen einige Wochen zurückliegt, war er in der Lage, uns organisatorische Einzelheiten mitzuteilen. Sie werden sich erinnern, daß sein Organisationsplan uns damals voll und ganz eingeleuchtet hat. Mr. Hedrock, würden Sie uns jetzt bitte auf den neuesten Stand bringen?«

Hedrock überlegte konzentriert. Das Problem bestand darin, bezüglich der Wippe selbst einen Entschluß zu fassen und ihn dann gegenüber seinen nominellen Vorgesetzten durchzudrücken, ohne seine Identität preiszugeben. Schwierig? Die Tragweite der Entscheidung war beklemmend. Unbehaglich wandte er seine Aufmerksamkeit den Umstehenden zu.

»Seit ich die erste Weisung erhalten habe«, begann er kurz und bündig, »haben wir eintausendzweihundertzweiundvierzig neue Waffenläden errichtet, hauptsächlich in kleineren Orten und Dörfern. Mit dreitausendachthundertneun Angehörigen der Zivil- und Militärverwaltung haben wir Übereinkünfte, wenn auch manchmal sehr lockerer Art, getroffen.«

Er erläuterte kurz, wie er die jeweiligen Personen nach Gruppen zusammengefaßt hatte auf der Grundlage von Beruf, Einfluß und, noch wichtiger, Einsatzbereitschaft für das Wagnis, in das die Kaiserin ihre Gefolgsleute gestürzt hatte.

»Gleich in den ersten zehn Tagen«, führte Hedrock aus, »haben uns drei Wissenschaftler, die die Waffenläden für ein Kernstück der Ischer-Zivilisation halten, über die Prinzipien der Erzeugung von Zeitenergie unterrichtet, soweit diese Grundlagen auf Regierungsseite selbst verstanden werden.

Wir haben in Erfahrung gebracht, daß von den vier Generälen, die mit dem Unternehmen betraut worden sind, zwei von Anfang an dagegen eingestellt waren. Der dritte konnte gewonnen werden, als das Gebäude verschwand. Leider will der vierte und wichtigste, General Doocar, von einer weiteren Verfolgung des Projekts nur mit Billigung der Kaiserin Abstand nehmen. Er ist ihr in dem Sinne bedingungslos ergeben, daß er seine eigenen Gefühle und Auffassungen völlig hintanstellt.«

Er hielt inne und wartete auf Kommentare. Doch niemand sagte etwas. Im Grunde war dies die positivste Reaktion, die sich denken ließ.

Hedrock fuhr fort: »Einige tausend Offiziere sind aus den kaiserlichen Streitkräften desertiert, aber nur ein einziges Mitglied des Reichsrates, der Prinz del Curtin, hat sich offen gegen den Angriff gewandt, nachdem Banton Vickers, der, wie Sie wissen, das gesamte Vorhaben kritisiert hatte, hingerichtet worden war. Der Prinz drückt sein Mißfallen dadurch aus, daß er den Palast nicht mehr betritt, so lange der Angriff fortgesetzt wird.

Womit wir«, schloß Hedrock, »bei der Kaiserin selbst wären.«

Mit knappen Worten umriß er, was über ihre Persönlichkeit bekannt war. Innelda Ischer, Waise seit ihrem elften Lebensjahr, war mit achtzehn gekrönt worden und inzwischen fünfundzwanzig.

»Ein Alter«, bemerkte Hedrock grimmig, »das eine Übergangsstufe darstellt bei der Ausbildung menschlicher im Gegensatz zu animalischen Reaktionen.«

Er sah, daß die anderen über diese Aufzählung bekannter Tatsachen erstaunt waren. Dennoch hatte er nicht vor, darauf zu verzichten. Er hatte sich einen Weg überlegt, um die Absicht der Kaiserin zu vereiteln, und bei wenigstens einer Gelegenheit gedachte er ihn so nachdrücklich wie möglich zu vertreten.

»Mit fünfundzwanzig«, sagte er achselzuckend, »ist unsere Innelda gefühlsbetont, labil, brillant, unnachgiebig, wenig duldsam, wenn auf die Äußerung ihrer Wünsche nicht sofort Taten folgen, und nicht unbedingt bereit, endgültig erwachsen zu werden. Aus den Tausenden von Meldungen hat sich für mich ein Bild herausgeschält, das ich so zusammenfassen möchte: man läßt ihr am besten Rückzugswege offen, die sie mit Anstand betreten kann, wenn es soweit ist.«

Forschend schaute er in die Runde. Er war sich wohl bewußt, daß er nicht wagen konnte, mit diesen Männern Versteck zu spielen.

Freimütig erklärte er deswegen: »Ich hoffe, der Rat wird es mir nicht verübeln, wenn ich vorschlage, grundsätzlich folgende Strategie zu verfolgen. Ich rechne damit, daß günstige Umstände eintreten könnten, die sich nutzen ließen, um ihre gesamte Kriegsmaschine zum Stehen zu bringen. Ist diese erst zum Stillstand gelangt, gehe ich davon aus, daß die Kaiserin sich anderen Problemen zuwenden und es vorziehen wird, die Auseinandersetzung zu vergessen, die sie selbst vom Zaun gebrochen hat.«

Hedrock machte eine Pause, um seinen nächsten Worten noch mehr Gewicht zu verleihen. »Mein Stab und ich werden sorgfältig nach solchen Umständen Ausschau halten und Sie auf alles aufmerksam machen, was unseren Zwecken dienen könnte. Gibt es dazu Fragen?«

Die ersten bezogen sich auf Nebensächlichkeiten. Dann erkundigte sich jemand: »Haben Sie irgendeine Ahnung, welche Gestalt diese sogenannten günstigen Umstände annehmen werden?«

Hedrock schüttelte den Kopf. »Keine.«

»Dann handelt es sich um eine Leerformel?«

»Um eine Formel«, korrigierte Hedrock, »die sich stützt auf die Analyse der Wesensart Innelda Ischers.«

»Meinen Sie nicht, daß solche Analysen eher Sache der Pp-Maschine sind?«

»Für meinen Vorschlag habe ich sämtliche Unterlagen der Waffenläden über die Dame ausgewertet.«

»Dennoch«, beharrte der Mann, »ist ausschließlich der gewählte Rat zu Entscheidungen in solchen Fragen befugt.«

Hedrock ließ sich nicht einschüchtern. »Ich habe einen Vorschlag unterbreitet«, stellte er fest, »und keine Entscheidung getroffen.«

Der Mann verfolgte das Thema nicht weiter. Doch Hedrock gab sich keinen Illusionen darüber hin, daß es im Rat, dessen Mitglieder eifersüchtig über ihre Privilegien wachten, sehr menschlich zuging. Wenn er wirklich eine Entscheidung fällte, die dem Drama der Wippe galt, welches in immer entlegeneren Abgründen der Zeit seinem nach wie vor offenen Ende zustrebte, dann würden diese Männer sich nicht leicht damit abfinden.

Er merkte, daß seine Zuhörerschaft unruhig wurde. Blicke wanderten unwillkürlich zu der Zeitkarte hinüber, und der eine oder andere schaute besorgt auf die Uhr. Rasch verließ Hedrock den Raum mit seinen fast unsichtbaren Energieböden. Dem Pendel zuzusehen, konnte süchtig machen. Die Anstrengung, sich auf eine Vorrichtung zu konzentrieren, welche die Erratik realer Körper bei ihrer Bewegung durch die Zeit selbst aufzeichnete, mußte den Verstand lähmen.

Zu wissen, daß das Gebäude und der Mann stetig vor und zurück geschleudert wurden, war bedrückend genug.

Er traf eben noch rechtzeitig in seinem Arbeitszimmer ein, um Lucy Ralls Anruf entgegenzunehmen.

»Ich konnte nicht verhindern, daß ich aus dem Pennypalast gedrängt wurde«, teilte sie ihm mit. »Und als die Türen sich schlossen, war mir klar, was sich abspielen würde. Ich vermute stark, daß man ihn in ein Illusionshaus geschafft hat, und Sie wissen am besten, was das bedeutet.«

Hedrock nickte nachdenklich. Sein scharfer Blick registrierte, daß das Mädchen einen beunruhigten Eindruck machte.

»Unter anderem«, meinte er zögernd, »wirken die Illusionsenergien sich auf die Fähigkeit eines Menschen aus, die Regeln der Wahrscheinlichkeitsrechnung außer Kraft zu setzen. Wie die Veränderung im einzelnen ausfällt, läßt sich erst im nachhinein messen. Soviel aber dürfte feststehen: Überdurchschnittlichen Erfolg beim Glücksspiel wird er nie wieder haben.«

Er hatte sich mit seiner Reaktion absichtlich Zeit gelassen, um ihre Züge mustern zu können. Jetzt schloß er bestimmt: »Ich finde es natürlich auch bedauerlich, daß Clark den Verstrickungen der Hauptstadt so leicht erlegen ist. Aber mehr als im Sinne einer längerfristigen Möglichkeit hat er uns nie interessiert. Deshalb können wir ohne Bedauern auf ihn verzichten, besonders weil — und ich kann das nicht oft genug hervorheben — wir in sein Leben nicht eingreifen könnten, ohne damit Argwohn zu erregen, wodurch er für unsere Zwecke letztlich unbrauchbar würde.

Sie können also Ihre Aufgabe als beendet ansehen. Neue Anweisungen erhalten Sie zu gegebener Zeit.« Er machte eine Pause. »Was ist denn, Lucy? Hat er Ihre Gefühle angesprochen?«

Ihr Gesichtsausdruck ließ keinen Zweifel daran, daß dem so war. Hedrock forschte ruhig weiter: »Wann haben Sie das bemerkt?«

Ihre Verschlossenheit, vielleicht auch die Furcht vor Entdeckung waren wie weggewischt. »Als diese anderen Frauen ihn mit Küssen überschüttet haben. Sie dürfen nicht denken«, fügte sie hastig hinzu, »daß es mich gestört hätte. Bevor er sich bindet, wird er sich die Hörner bestimmt noch gehörig abstoßen wollen.«

»Nicht unbedingt«, entgegnete Hedrock ernst. »Mit dem Illusionshaus werden Sie sich zwar abfinden müssen, im übrigen aber habe ich festgestellt, daß zahlreiche Männer durch die Erfahrungen, die sie dort machen, zwar gestählt werden, auf sinnliche Genüsse aber keinen besonderen Wert mehr legen.«

An ihrer Miene erkannte Hedrock, daß er genug gesagt hatte. Das Fundament für ihre weitere Vorgehensweise war gelegt. Die Resultate würden sich von selbst einstellen. Er lächelte aufmunternd. »Das wäre erst einmal alles. Nehmen Sie es nicht so tragisch!«

Ihr und sein Bild verschwanden im Bruchteil einer Sekunde von der Mattscheibe.

Robert Hedrock warf während der nächsten Stunde mehrfach einen Blick aus der Tür seines Arbeitszimmers. Anfangs waren die Korridore noch belebt. Allmählich ließ das geschäftige Treiben nach, bis sich kurz nach eins nichts mehr auf dem Flur regte.

Nunmehr handelte er entschlossen, wenn auch ohne Hast. Einem Wandsafe entnahm er die Mikrofilmpläne des Zeitprojektors — der Maschine in dem kubischen Raum, in dem er den Ratsmitgliedern seinen Vorschlag unterbreitet hatte.

Er hatte die Pläne von der Auskunftszentrale angefordert, und sie waren ihm kommentarlos zugestellt worden. Daran war nichts Ungewöhnliches. Als Leiter der Koordinierungsabteilung besaß er Zugang zum gesamten technischen Wissen der Waffenläden.

Wäre er danach gefragt worden, hätte er durchaus eine Erklärung für seinen Wunsch parat gehabt. Er wollte die Pläne in der Hoffnung studieren, dabei auf eine Lösung zu verfallen. Doch seine Gründe waren privat und sein Zweck persönlich.

Mit dem Film in der Tasche strebte er der nächsten

Treppenflucht zu. Fünf Etagen tiefer gelangte er in einen Teil des Hotel Royal Ganeel, den die Waffenläden nicht angemietet hatten. Er schloß die Tür zu einem Appartement auf und ging hinein.

Wie nicht anders zu erwarten bei jemandem, der in der Gilde an führender Stelle stand, handelte es sich um eine eindrucksvolle Suite — fünf große Räume und eine riesige Bibliothek. Diese war es, in die er sich begab. Er schloß die Tür sorgfältig hinter sich ab und durchsuchte den Raum sorgfältig nach verborgenen Aufnahmegeräten. Wie er erwartet hatte, fand er keine. Soweit er wußte, stand er nicht unter Verdacht. Doch er ging nie unnötige Risiken ein.

Einen der Ringe, die er am Finger trug, preßte er gegen eine normal wirkende Steckdose. Eine Metallschlaufe glitt heraus. Er hakte den Finger hindurch und zog.

Was sich in diesem Augenblick zutrug, war für die Waffenhändler und ihre Technik alltäglich. Ein Materiesender beförderte Hedrock elfhundert Meilen weiter zu einem seiner zahlreichen Versuchslabors. Außergewöhnlich an dem Vorgang war der Umstand, daß der Rat der Waffenläden von der Existenz des Senders nichts wußte. Das Labor gehörte seit Jahrhunderten zu Hedrocks zahlreichen geheimgehaltenen Zufluchtsorten.

Eine Stunde ungefähr, sagte er sich, konnte er fortbleiben. Das reichte bei weitem nicht, um ein Duplikat der Maschine herzustellen. Immerhin blieb ihm Zeit genug, um den Mikrofilm zu kopieren. Die Kopie wanderte in einen Tresor zu zehntausenden anderer Baupläne und Diagramme, denen er im Lauf mehrerer Jahrtausende höchste Wichtigkeit beigemessen hatte.

Am Ende der Stunde kehrte Robert Hedrock, der einzige Unsterbliche auf der Erde, Begründer der Waffenläden, Träger unzähliger Geheimnisse, die kein lebender Mensch sonst kannte, in die Bibliothek seines Appartements im Hotel Royal Ganeel zurück.

Kurz darauf saß er, fünf Stockwerke höher, wieder in seinem Arbeitszimmer.

10. KAPITEL

Lucy Rall verließ die öffentliche Holozelle und hastete aus der Nische, als sie sich selbst flüchtig in einem Energiespiegel gewahrte. Abrupt blieb sie stehen. Draußen lockten die gleißenden Lichter. Die Bürgersteige erglühten in einer Helligkeit, die der Nacht spottete. Doch sie stand vor ihrem Spiegelbild, starrte auf ihr bleiches Gesicht und die geweiteten Augen.

Sie hatte immer gefunden, daß sie passabel aussah, aber die Züge, die ihr entgegenblickten, waren zu verkrampft, um hübsch zu wirken. Hat Hedrock mich *so* zu sehen bekommen? überlegte sie.

Schließlich wieder auf der Straße, ließ sie sich unsicher dahintreiben. Sie hatte aus einer Zelle in einem der Spielpaläste angerufen, und die berühmte Allee des Glücks erstrahlte unverändert in ihrem Glanz. Magischer Boulevard, immer noch wimmelnd von Schwärmen menschlicher Motten, welche von einer Lichtquelle zur nächsten flatterten. Die Lichter flammten Tag und Nacht, die Menschenmengen dagegen würden sich allmählich verlaufen, während hoch am Himmel die Dunkelheit wich.

Auch für sie war es an der Zeit, sich nach Hause zu begeben. Doch sie zögerte in unnatürlicher Unschlüssigkeit, wußte, daß sie nichts auszurichten vermochte, überlegte, was sie tun könnte. Der innere Konflikt zehrte an ihrer Kraft, und zweimal im Verlauf einer Stunde blieb sie stehen, um Energiegetränke zu sich zu nehmen.

Das Gefühl, daß ihre Welt durcheinandergeraten war, trug zu ihrer Depression bei. Sie war seit eh und je wie selbstverständlich davon ausgegangen, daß sie sich an jemanden binden würde, der sich wie sie den Waffenläden verschrieben hatte. Ihr Aufnahmegesuch war akzeptiert worden, noch während sie studierte; alle anderen — alle normalen Menschen waren Außenseiter für sie geblieben.

Blitzartig begriff sie: »Als er in dem Flugzeug in Nöten war — da hat er mir leid getan.«

Jetzt steckte er in noch weit größeren Schwierigkeiten. Wenn es ihr nur gelänge, das Haus ausfindig zu machen, in das er verschleppt worden war, dann ...

Sie brach die Überlegung ab. Sie erschrak fast über die Richtung, die ihre Gedanken genommen hatten. Ausgeschlossen. Begab sie sich in eins dieser Häuser, würde sie selbst eine Illusion durchstehen müssen, seelisch *und* körperlich.

Diese Möglichkeit auch nur in Betracht zu ziehen, konnte bedeuten, aus der Gilde der Waffenhändler ausgestoßen zu werden. Lucy erzitterte innerlich bei der Vermutung. Doch als sie automatisch im Geist die Dokumente durchging, die sie unterschrieben hatte, fiel kein entsprechendes Verbot ihr ein. Im Licht ihrer gegenwärtigen Lage muteten einige Sätze, an die sie sich erinnerte, sie im Gegenteil geradezu aufregend an:

Angehörige der Waffenläden dürfen nach Belieben heiraten ... Die Teilnahme an Vergnügungen oder Lastern aus persönlichen Motiven steht ihnen frei ... Die Waffenläden erlegen ihren Angehörigen keinerlei private Einschränkungen auf ...

Jeder Angehörige der Waffenläden muß sich einer periodischen Untersuchung durch die Pp-Maschine unterziehen ... Die Einstufung durch die Maschine entscheidet über die Fortdauer der Mitgliedschaft ... Das Interesse der Mitglieder an einer gleichbleibenden Einstufung wird vorausgesetzt ...

Angehörigen der Waffenläden, die den Anforderungen nicht mehr genügen, werden alle Kenntnisse und Erinnerungen genommen, die sich nachteilig für die Läden auswirken könnten ...

Als ursächlich für die Aufkündigung der Mitgliedschaft erwiesen hat sich die anhaltende Verfolgung nachstehender Vergnügungen und Laster ...

Illusionshäuser, entsann sie sich, rangierten im Zusammenhang mit Frauen lediglich unter »nicht unbedenklich«. Sie meinte sich auch zu erinnern, daß der Text dazu eine Anmerkung enthielt. Ungefähr in der Richtung, weniger durch das Erlebnis an sich drohen Gefahr, sondern von dem Wissen, daß die daran beteiligten Männer fast ausnahmslos gezwungenermaßen an solchen Orten arbeiteten. Wiederholte Erfahrungen dieser Art riefen Persönlichkeitsveränderungen hervor, mit der Konsequenz, daß das, was als Suche nach einem vergleichsweise normalen sinnlichen Erlebnis begann, mit immer ausgeprägterer Ich-Enthemmung endete.

Sie schrak aus ihrer Versunkenheit auf und wurde gewahr, daß sie unwillkürlich eine Holozelle ansteuerte. Die Verbindung mit der Auskunftszentrale der Waffenläden herzustellen, bedurfte nur eines Augenblicks. Mit einer Holokopie der 218 Anschriften sämtlicher Illusionshäuser in ihrer Handtasche befand sie sich wenige Minuten später auf dem Weg zum Pennypalast.

Sie hatte ihre Entscheidung getroffen und dachte keine Sekunde lang daran, sich etwa noch anders zu besinnen.

Im Pennypalast angelangt, nahm sie Einzelheiten wahr, die Cayle niemals aufgefallen wären, weil er über ihr Hintergrundwissen nicht verfügte. Gespielt wurde wieder normal — allerdings nur beinahe. Ostentativ umstanden einige der bezahlten Statisten nach wie vor Apparate, an denen sich sonst niemand aufgehalten hätte.

Sobald genügend echte Spieler ihr Geld dort riskierten, zogen die Handlanger sich unauffällig zurück. Lucy strebte dem rückwärtigen Teil des Saales zu, wobei sie immer wieder verharrte und so tat, als verfolgte sie dieses oder jenes Spiel. In ihrer Handtasche hatte sie einen Neutralisator bei sich, der den Waffenläden entstammte. Mit seiner Hilfe gelang es ihr, durch verschiedene Türen ins Chefbüro vorzudringen, ohne die konventionellen Alarmanlagen auszulösen.

Einmal dort, verließ sie sich darauf, daß ihr eigener Warnring ihr jeden, der nahte, rechtzeitig ankündigen würde. Rasch, aber ohne Hast durchsuchte sie das Büro. Als erstes schaltete sie die Datei an und tippte das Wort *Illusion* ein. Der Bildschirm blieb leer. Sie versuchte es mit *Haus.* Keine Reaktion.

Irgendwo mußten sich doch die Anschriften der Etablissements auftreiben lassen, mit denen der Palast seine zweifelhaften Geschäfte betrieb. Gereizt aktivierte sie das Verzeichnis der Holosets. Auch dort fand sich keines der beiden Worte. Arbeitete dieser Martin — den Namen hatte sie auf mehreren Schriftstücken entdeckt — am Ende nur mit einem oder wenigen Häusern zusammen, deren Nummern er im Kopf hatte? Ingrimmig sagte sie sich, daß das durchaus denkbar war.

Lucy dachte nicht daran, ihre vorteilhafte Stellung wieder zu räumen. Sie sah die Unterlagen durch, die sie im Schreibtisch fand. Als auch das erfolglos blieb, nahm sie in dem bequemen Sessel Platz und wartete. Nicht lange — ihr Finger kribbelte, als er Ring sie warnte. Sie drehte ihn erst zur einen, dann zur anderen Tür.

Er sprach auf den Eingang an, durch den sie selbst eine knappe Viertelstunde zuvor das Büro betreten hatte. Der Ankömmling mußte davor stehen und die Hand eben nach dem Knauf ausstrecken.

Die Tür ging auf, und der rundliche Mann kam herein. Er summte leise vor sich hin. Der massive Schreibtisch und der Sessel waren so plaziert, daß er im Zimmer stand, ehe er gewahrte, daß er Besuch hatte.

Er kniff die blaugrauen Augen zusammen, ein kleingeratener Dickwanst, der irgendwann, irgendwie seiner furchtsamen Regungen Herr geworden war. Die Schweinsäuglein wanderten zu der Waffe in ihrer Hand, dann, hungrig, wieder zurück zu ihrem Gesicht.

»Sehr reizvoll«, bemerkte er gedehnt.

Ihre Gegenwart mußte noch andere Reaktionen in ihm auslösen. Lucy wartete. Endlich kam die Frage — sanft, mit einem knurrenden Unterton.

»Was suchen Sie hier?«

»Meinen Mann.«

Besser, schien es Lucy, konnte sie sich nicht einführen. Weshalb sollte Cayle Clark nicht verheiratet sein?

»Mann?« wiederholte ihr rundliches Gegenüber verständnislos. Seine Verblüffung wirkte nicht gespielt.

»Er war am Gewinnen. Ich habe mich im Hintergrund gehalten. Mit Gewalt hat man mich unversehens nach draußen gedrängt. Als ich zurück wollte, waren die Türen zuerst verschlossen. Danach habe ich ihn nicht mehr vorgefunden. Daheim war er auch nicht. Also habe ich zwei und zwei zusammengezählt und bin hergekommen.«

Die Erklärung war umständlich, aber erschöpfend. Sie vermittelte den Eindruck einer besorgten, dabei jedoch entschlossenen Frau. Und dem kam erhebliche Bedeutung zu. Den Argwohn in dem anderen zu wecken, die Waffenläden könnten sich für Cayle Clark interessieren, wäre höchst unklug gewesen. Sie gewahrte, daß es dem rundlichen Mann zu dämmern schien.

»Ach, den meinen Sie.» Er lachte auf, ohne daß seine Augen ihren lauernden Ausdruck verloren. »Tut mir leid, junge Dame, ich mußte eine Fluglasterfirma verständigen, die über gewisse Verbindungen verfügt. Was aus den Leuten wird, die ich abholen lasse, weiß ich beim besten Willen nicht.«

»Sie wollen sagen«, präzisierte Lucy, »Sie kennen zwar die Art, aber nicht den Ort des Etablissements, zu dem man sie schafft. Richtig?«

Er starrte sie grübelnd an, als versuche er, sich über irgend etwas klar zu werden, dann zuckte er die Achseln.

»Illusionshaus«, sagte er.

Daß sie richtig geraten hatte, nahm der Bestätigung nichts von ihrem Wert. Und daß er sich offen gab, bedeutete noch nicht, daß er die Wahrheit sagte.

»Den Lambeth drüben in der Ecke«, forderte sie ihn auf, »bringen Sie ihn her.«

Er befolgte ihre Aufforderung sofort. »Wie Sie sehen«, bemerkte er dabei, »sträube ich mich nicht.«

Lucy reagierte nicht. Sie nahm den Lambethkegel und richtete ihn auf den Manager.

»Wie heißen Sie?«

»Harj Martin.«

Keine einzige Nadel schlug aus. Martin stimmte.

Noch ehe Lucy den Mund wieder öffnen konnte, fuhr der Mann fort: »Ich bin durchaus bereit, Ihnen zu sagen, was Sie wissen möchten.« Er hob die Schultern. »Kein Problem. Wir genießen Protektion. Wenn Sie meinen, Sie könnten Ihren Mann ausfindig machen, nur zu! Ihnen dürfte aber bekannt sein, daß solche Häuser sich ihres männlichen Personals zu entledigen wissen, wenn die Polizei verständigt wird.«

Die Nervosität seiner Worte entging Lucy nicht. Aufmerksam musterte sie ihn. »Sie scheinen etwas im Schilde zu führen«, stellte sie fest. »Sie möchten unsere Rollen vertauschen.« Mißbilligend schüttelte sie den Kopf. »Lassen Sie die Finger davon! Ich würde schießen.«

»Sie vergessen sicherlich nicht, woher Sie Ihre Waffe haben«, sagte Martin betont.

»Keineswegs«, gab Lucy zur Antwort. »Sie feuert nur, falls Sie mich angreifen.«

Ganz stimmte das nicht. Verkäufliche Waffen unterlagen engeren Beschränkungen als diejenigen, über die die Mitglieder der Gilde verfügten.

Martin seufzte. »Schön«, gab er nach. »Das Unternehmen nennt sich Lowery Flugtransporte.«

Anton Lowery war ein blonder Riese, der sich schlaftrunken im Bett aufrichtete und Lucy stumpfsinnig anstarrte. »Was weiß ich, wohin man ihn geschafft hat«, brummte er schließlich. »Für uns sind das Fuhren wie jede andere auch. Der Fahrer funkt die verschiedenen Häuser so lange an, bis irgendeins Interesse bekundet. Darüber führen wir nicht noch Buch.«

Er wirkte fast indigniert. Wie ein ehrlicher Spediteur, dessen Geschäftsmoral in Zweifel gezogen wurde. Lucy verlor keine Zeit mit Einwänden.

»Wo erreiche ich den Fahrer?« wollte sie wissen.

Dessen Schicht war anscheinend um zwei Uhr früh zu Ende gewesen, und die nächsten 66 Stunden hatte er frei. »Schuld daran«, beschwere sich Lowery, »sind nur die Gewerkschaften. Kurze Arbeitszeit, hohe Löhne, aber jede Menge Urlaub.« Die Mitteilung schien ihm regelrechte Befriedigung zu bereiten, als habe er einen Sieg über sie davongetragen, der die Entrüstung in seinem Tonfall beträchtlich milderte.

»Wo wohnt der Mann?« fragte Lucy weiter.

Lowery hatte keine Ahnung. »Wenden Sie sich doch an seine Gewerkschaft«, schlug er vor. »Die verfügen über die Adressen.«

Als nächstes stellte sich heraus, daß er auch den Namen der Gewerkschaft nicht kannte. Und der Lambeth, den sie aus dem Pennypalast mitgenommen hatte, bestätigte seine Aussagen Wort für Wort. Lucys Mut sank. Fast drei Tage! Drei Tage würden ausreichen, damit die Illusionen Cayle ihren Stempel aufdrücken konnten. Der ernüchternde Gedanke weckte ihre Erbitterung.

»Erbärmlicher Schwachkopf!« fuhr sie ihn an. »Sobald der Fahrer sich zurückmeldet, lassen Sie sich von ihm sagen, um welches Haus es sich gehandelt hat. Zehn Minuten nach seinem Arbeitsantritt rufe ich Sie an, und gnade Ihnen, wenn ich dann nicht erfahre, was ich wissen will.«

Ihr Ton und ihr Auftreten mußten überzeugend gewirkt haben. Lowery versicherte ihr hastig, daß er sich persönlich darum kümmern würde. Seine wortreichen Proteste klangen hinter ihr her, während sie die Wohnung verließ.

Im Freien angelangt, stellte sie fest, daß ihre Uhr auf kurz vor fünf Uhr morgens zeigte. Und ihr überanstrengter Zustand sagte ihr, daß es Zeit war, zu Bett zu gehen.

Ohne Zwischenfall erreichte sie ihr Appartement. Erschöpft zog sie sich aus und kroch unter die Decke. Ihr letzter bewußter Gedanke war:

Drei Tage — ob die Zeit für jemanden, der beständigem Sinnenkitzel unterworfen wurde, langsamer verstrich? Oder für sie, die sie wußte, daß es einen Punkt gab, jenseits dessen Lust und Schmerz sich nicht mehr unterscheiden ließen?

Über diesem Gedanken schlief sie todmüde ein.

11. KAPITEL

Sobald sie die Adresse des Hauses erfahren hatte, rief sie Hedrock an. Er hörte sich ihren Bericht nachdenklich an, nickte dann.

»Gute Arbeit«, bemerkte er. »Wir geben Ihnen Rückhalt. Ich lasse ein Kampfschiff in großer Höhe kreuzen. Hören wir nach einer angemessenen Frist nichts von Ihnen, dann dringen wir ein.«

Er zögerte. »Ihnen ist hoffentlich klar, daß wir unser Vorgehen nur vertreten können, wenn Sie Clark nicht im Zweifel lassen, daß Ihre Gründe rein persönlicher Art sind. Sind Sie bereit, so weit zu gehen?«

Die Frage war überflüssig. Das verhärmte Gesicht, das ihn aus dem Holoset anblickte, verriet, wie sehr sie sich auf Cayle Clark fixiert hatte. Flüchtig tat das Mädchen ihm leid. Dennoch war er für ihre Gefühle nicht verantwortlich.

Er hatte sie lediglich erkannt und seine psychologischen Kenntnisse dazu genutzt, sie zu steigern. Ein Talent, das die Gesetze der Wahrscheinlichkeit über den Haufen warf, mußte seine Spuren in Ischer hinterlassen. Nicht ausgeschlossen, daß die Wirkung am Ende auch den Krieg einschloß.

Einmal in Gang gebracht, würde das Muster, nach dem der Prozeß ablief, sich potenzieren, sich zu solcher Mächtigkeit auftürmen, daß menschliche Gehirne erst im nachhinein das Ausmaß dessen erfassen würden, was sich abgespielt hatte.

Gäbe es nur einen Weg, vorauszubestimmen, in welche Richtung Clarks Begabung sich auswirken würde — Hedrock schüttelte sich innerlich. Wunschdenken lag ihm nicht. Man würde seine Bewegungen beobachten und darauf hoffen müssen, daß die Waffenhändler den richtigen Augenblick erkannten, sobald er eintrat.

Er wurde gewahr, wie das Mädchen darauf wartete, daß er weiterredete. Augenblicklich konzentrierte er sich. »Für wann haben Sie sich angemeldet?« wollte er wissen. »Heute oder morgen abend?«

»Heute um halb elf.« Sie brachte ein sarkastisches Lächeln zustande. »Ich soll auf die Minute pünktlich kommen. Offenbar ist der Andrang groß.«

»Und wenn Sie Cayle nicht zu Gesicht bekommen — was wollen Sie dann sagen?«

»Die Illusionen werden um diese Zeit unterbrochen, damit Gelegenheit zur Partnerwahl besteht. Sollte er nicht verfügbar sein, dann gilt das auch für mich. Ich werde mich ausgesprochen wählerisch zeigen.«

»Meinen Sie, daß Clark Sie wiedererkennt?« Er sah, daß sie nicht verstand, worauf er hinauswollte. Er erläuterte: »Die Illusionen hinterlassen halluzinatorische Gaukelbilder, die die Wahrnehmungsfähigkeit trüben.«

»Ich werde dafür sorgen, daß er mich erkennt«, versetzte Lucy.

Sie schilderte mehrere Techniken, an die sie dachte. Hedrock erwog sie, schüttelte dann den Kopf.

»Sie haben offenkundig noch nie ein Haus dieser Art betreten«, sagte er. »Der Argwohn ist den Leuten dort zur zweiten Natur geworden. Solange Sie den Illusionen nicht selbst unterliegen, haben Sie kaum Aussicht, ein unbelauschtes Wort zu äußern. Erst wenn die Maschinen begonnen haben, ihre Stimuli zu verbreiten, kümmert man sich nicht mehr um Sie. Denken Sie daran und stellen Sie sich entsprechend ein.«

Lucy hatte sich von ihrem Schock wieder erholt. Nach dem Nachmittag, den sie mit Cayle verbracht hatte, fühlte sie sich seiner sicher.

»Er wird mich erkennen«, beharrte sie.

Hedrock sagte dazu nichts. Er hatte sie wenigstens auf das Problem stoßen wollen. Drei Tage und drei Nächte unter Illusionseinfluß waren eine lange Zeit. Selbst wenn man die nur langsam abklingenden Sinnestäuschungen beiseiteließ, wurde zeitweilig das Auffassungsvermögen getrübt, die körperliche Spannkraft beeinträchtigt und die Erinnerungsfähigkeit reduziert.

»Es wird Zeit für mich. Adieu, Mr. Hedrock«, sagte sie.

»Viel Glück, Lucy«, antwortete Hedrock. »Aber rufen Sie nur im äußersten Notfall Unterstützung herbei.«

Hedrock schaltete den Holoset nicht sofort aus. Die Räume, in denen er während dieser kritischen Zeitspanne wohnte, lagen unmittelbar neben dem Koordinierungsbüro. Buchstäblich jede wache Minute verbrachte er an seinem Schreibtisch. Jetzt wählte er die unterirdischen Hangars der Waffenläden an und gab Anweisung, ein Kampfschiff zu Lucys Schutz abzustellen.

Und immer war er noch nicht zufrieden. Mit gerunzelter Stirn erwog er die Eventualitäten, die sich aus Lucys Lage ergeben konnten. Schließlich tastete er die Nummer der Auskunftszentrale ein und ließ sich Lucys Personalakte auf den Holoschirm projizieren. Nacheinander prüfte er die Angaben — Auffassungsgabe 110, geistiger Überblick 118, Initiative 118, Durchsetzungswille 151, Ichstärke 120, Emotionsindex 150 ...

Hedrock hielt inne. Gemessen an der Norm 100 und dem Durchschnittswert 85, war Lucy Rall eine intelligente, selbstbewußte junge Frau von erheblicher Gefühlsintensität. Eben dies hatte ihr den Auftrag eingebracht. Sobald bei der Routineüberprüfung der Menge, die sich vor jedem neuen Waffenladen ansammelte, Cayle Clarks Begabung erkannt worden war, hatte man beschlossen, über ein lediges, emotional hochgradig ansprechbares Mädchen die Verbindung zu ihm herzustellen.

Bewußt hatte der Rat der Waffenschmiede dabei einkalkuliert, daß Lucy auf den ungewöhnlichen jungen

Mann ansprechen würde. Zu ihrer Wahl trugen noch andere Umstände bei, meist solche, die mit ihrem ausgeprägten Wirklichkeitssinn zusammenhingen und sicherstellen sollten, daß sie die Belastungen durchstehen würde, mit denen zu rechnen war. Daß beide sich zumindest im Augenblick gegenseitig anziehend fanden, war deshalb nur wünschenswert. Für die Dauerhaftigkeit eines solchen Empfindens konnte in einer sich wandelnden Welt natürlich niemand garantieren.

Hedrock ging alle Faktoren durch, die unter den derzeitigen Umständen ins Gewicht fielen. Schließlich seufzte er. Lucy tat ihm leid. Normalerweise mischten die Waffenläden sich nicht in das Privatleben ihrer Mitglieder oder Außenstehender ein. Nur die beispiellose Krise rechtfertigte die Manipulierung eines Menschen als Schachfigur.

Der Gedanke an die zugespitzte Situation lenkte Hedrock ab. Er unterbrach die Verbindung zur Auskunftszentrale. Konzentriert hantierte er an dem Holoset, veränderte mehrfach die Einstellung, als Bilder auftauchten, die herrührten vom »Sog« der Energie in dem Raum, auf den er es abgesehen hatte, und erhielt schließlich, was er wollte — eine Wiedergabe der Zeitkarte.

Den großen Schatten zu orten, bereitete ihm keine Mühe. Er lag sechs Wochen und einen Tag weit in der Zukunft. Der kleinere Fleck war schwerer aufzuspüren. Endlich entdeckte er ihn, einen winzigen dunklen Punkt auf der weiten Krümmung der Karte. Er schien eine runde Milliarde Jahre weit in die Vergangenheit gerückt.

Hedrock schloß die Augen und versuchte sich die Zeitspanne vorzustellen. Es gelang ihm nicht. Die in McAllisters Körper gespeicherte Energie übertraf inzwischen planetarische Maßstäbe, die Aufgabe, sie zur Explosion zu bringen, kam einem logischen Alptraum gleich.

Als er endlich den Holoset ausschaltete, empfand er kosmische Erschöpfung und befremdete Verwunderung darüber, daß ihm nach so langer Zeit immer noch keine einzige Lösung eingefallen war für die tödlichste Gefahr, die jemals dem gesamten Sonnensystem gedroht hatte.

Die nächste Stunde brachte er mit Resümees von Berichten zu, die andere Agenten im Laufe des Tages erstattet hatten. Lucy Rall wußte nicht, daß sie unter diesen zu den wenigen gehörte, die jederzeit sofortigen und direkten Zugang zu ihm hatten. Die weniger begünstigten sprachen mit Maschinen oder mit irgendeinem von einem Dutzend Mitarbeitern, die sich in drei Schichten abwechselten.

Immer wieder erforderten die Kurzfassungen eingehendere Durchsicht. In keinem Fall scheute Hedrock die Zeit. Nicht einmal ließ er sich zur Hast verleiten. Jeder Bericht wurde so sorgfältig geprüft, wie es ihm angezeigt schien.

Es wurde halb elf, und obwohl ihm bewußt war, daß Lucy jetzt in dem Haus eingetroffen sein mußte, hielt er nur kurz inne, um sich mit dem Schiff in Verbindung zu setzen, das in großer Höhe schwebte. Einen Augenblick lang musterte er das Anwesen, aufgenommen durch eine Teleskopkamera, spielzeugklein inmitten eines Grundstücks, das als Park gestaltet war. Dann, nachdem das Bild sich seinem Gedächtnis eingeprägt hatte, nahm er seine Arbeit wieder auf.

Fünf Minuten nach elf summte sein Holoset. Lucys Züge tauchten auf dem Schirm auf. Sie wirkte konsterniert.

»Ich kann mir nicht erklären, was passiert ist. Alles ging wie am Schnürchen vonstatten. Er erkannte mich, ohne sich zu verraten. Wir wurden in ein Appartement geleitet. Die Illusionsmaschinen liefen an. Ich wollte ihre Wirkung eben annullieren, als mir schwarz vor Augen wurde. Wiedergefunden habe ich mich in meiner Wohnung.«

»Warten Sie!« sagte Hedrock.

Er unterbrach die Verbindung und rief das Kampfschiff an. Der Kommandeur zuckte die Achseln.

»Sie kommen mir eben zuvor. Eine Razzia hat stattgefunden, und die Warnung muß sehr kurzfristig erfolgt sein, weil die Polizei Kundinnen zu Dutzenden in Flugwagen verfrachtet und heimbefördert hat.«

»Was ist aus den Männern geworden?« erkundigte sich Hedrock mit einem unguten Gefühl. In Notfällen schreckten die Häuser nicht immer vor häßlichen Methoden zurück.

»Deshalb habe ich mich nicht sofort gemeldet. Die Männer hat man in einen Fluglaster gepackt und weggeschafft. Ich bin gefolgt, aber man hat die übliche Methode angewandt.«

»Ich verstehe«, sagte Hedrock. Er fuhr sich mit einer Hand über die Augen und stöhnte innerlich. Der Fall Cayle Clark komplizierte sich erneut. »Danke, Captain«, fügte er bedrückt hinzu, »Sie haben Ihre Sache gut gemacht.«

Er rief Lucy wieder an und teilte ihr mit, was er erfahren hatte. »Tut mir leid«, schloß er, »aber vorläufig müssen wir ihn abschreiben. Wir können nicht wagen, offen einzugreifen.«

»Was soll ich tun?« fragte sie.

»Warten«, erwiderte er. »Einfach warten.«

Mehr gab es nicht zu sagen.

12. KAPITEL

Die meisten Häuser waren der Polizei bekannt. Doch was sie anbelangte, existierte ein ungeschriebenes Gesetz. Stand eine Razzia bevor, wurden die Besitzer gewarnt. Die Namen der Männer aber, die dort festgehalten wurden, mußten in einem leicht zugänglichen Verzeichnis aufgeführt sein. Jeweils während der nächsten Tage wurden dann die mittellosen oder kriminellen Passagiere registriert, die man zum Mars, zur Venus oder zu den verschiedenen Monden schickte.

Die großen Lieferfirmen waren unersättlich in ihrem Bedarf an Arbeitskräften für andere Planeten. Und die Häuser, frequentiert von gutsituierten Frauen, die sich Skandale nicht leisten konnten, sorgten für ständigen Nachschub.

Dementsprechend fand das stillschweigende Arrangement zwischen Behörden und Illusionshäusern dort seine Grenze, wo die Besitzer nach dem Prinzip verfuhren, daß Tote nicht mehr reden. Wer gegen diese Regel verstieß, landete schonungslos vor Gericht. Jahrtausendelange Erfahrung bewies, daß es sich auszahlte, die Opfer organisierten Verbrechens wenigstens überleben zu lassen.

Von der Gangway herab betrat Cayle den Boden des Mars. Und blieb abrupt stehen. Die Reaktion erfolgte ganz unwillkürlich. Der Boden war steinhart. Die Eiseskälte drang durch die Sohlen seiner Schuhe und kroch ihm bis ins Mark.

Er musterte die trostlose Ansiedlung Schardl. Und ein derart intensiver Haß durchrann ihn, daß er fröstelte, eine so unnachgiebige Entschlossenheit, daß er zu spüren meinte, wie das Eis in ihm sich in Stahl verwandelte.

»Los, weiter, du!« Ein Gummiknüppel wurde ihm in den Rücken gestoßen. Einer der Soldaten, die die Ausschiffung der langen Kolonne finster dreinblickender Männer überwachten, herrschte ihn an. In der dünnen Luft klang seine Stimme merkwürdig hohl.

Cayle wandte sich nicht erst um. Seine einzige Reaktion auf die Beschimpfung bestand darin, daß er sich in Marsch setzte. Mit der Kolonne trottete er voran, und bei jedem Schritt wurden seine Füße gefühlloser.

Die schneidende Kälte der Luft brannte in seinen Lungen. Vor ihm spürten andere Männer, wie ihre Brust sich zusammenkrampfte. Sie begannen zu laufen. Weitere überholten ihn, nach Luft schnappend, die Augen geweitet, unbeholfen auf die geringe Schwere reagierend. Der Boden war zerklüftet und uneben, und die, die stürzten, schrien auf, als die gezackten Kanten ihnen Wunden rissen. Menschliches Blut tropfte auf den knochenharten, dauerhaft gefrorenen marsianischen Boden.

Cayle stapfte verbissen weiter; allenfalls empfand er Geringschätzung für die, die den Kopf verloren hatten. Man hatte sie vor der Schwerkraft gewarnt. Und das große, von einer Kunststoffkuppel umschlossene Areal lag eine knappe Viertelmeile entfernt. Bis dahin ließ die Kälte sich eben noch ertragen.

Er erreichte die Wölbung, sein Körper kribbelnd, die Füße wie abgestorben. Drinnen aber war es warm, und langsam schob er sich zu der Seite der Baracke hinüber, die Ausblick auf die Ansiedlung gewährte.

Schardl war eine Bergwerksstadt. Ringsum erstreckte sich ebenes Gelände, auf dem das erste Grün großer Anpflanzungen, die mit Kernenergie beheizt wurden, da und dort zu sprießen begann. Das Strauchwerk, verstreut und geradezu fehl am Platz wirkend, unterstrich noch die Einöde.

Er gewahrte, daß die Männer sich vor Anschlagtafeln drängten, die an einer Wand hingen. Er entzifferte eine der auffälligsten Schlagzeilen. Sie lautete:

EINMALIGE GELEGENHEIT!

Cayle drängte sich näher, lächelte dann und wandte sich ab. Landwirtschaftsbetriebe auf dem Mars waren es, für die die Regierung Leute suchte. Wer sich auf fünfzehn Jahre verpflichtete, dem verhieß *Ihre huldreiche Majestät Innelda Ischer... eine komplett ausgestattete, an das kernkraftbeheizte Fernwärmenetz angeschlossene landwirtschaftliche Betriebsstätte. Vierzig Jahresraten, keine Anzahlung auf den Kaufpreis.*

Das Angebot schloß lockend: *Noch heute den Antrag bei der Landverteilungsstelle eingereicht, heißt keine einzige Minute Arbeit im Bergwerk.*

Cayle war immun. Er hatte von der Methode gehört, mit der die eisige Welt des Mars und die heiße der Venus kolonisiert wurden. Jeder Quadratmeter sollte am Ende besiedelt sein, auf allen Planeten würde die Kernkraft ihr segensreiches Werk tun.

Und so würden im Laufe von Jahrtausenden die Menschen schließlich alle bewohnbaren Eiswüsten des Sonnensystems auftauen, zugleich die glutheißen Einöden von Merkur und Venus abkühlen. Generationen, die auf den kargeren Abkömmlingen der Sonne ihre Kräfte verausgabten, würden Nachbildungen der fernen grünen Erde erschaffen, der sie entstammten.

So sah die Theorie aus. In den träge verrinnenden Tagen seiner Schulausbildung, als man ihm die Leistungen der Kolonisatoren vorgeführt hatte, hätte er sich nicht träumen lassen, daß er eines Tages hier stehen würde, auf die matt erhellte Welt des Mars blicken, erfaßt von einem Prozeß, an dessen Unbarmherzigkeit jeder, der so aufgewachsen war wie er, zerbrechen mußte.

Er empfand keinen Haß mehr auf seinen Vater. Der war entschwunden in den Dunst der Vergangenheit, in die Leere, die auch seine Illusionen verschlungen hatte. Der bedauernswerte Tropf — das war alles, was ihm dazu noch einfiel. Letzten Endes konnten die Leute nur froh sein, die nie am eigenen Leibe erfuhren, wie es wirklich zuging im Reich der Ischer.

Seine persönlichen Probleme waren auf ebenso einfache wie wirksame Art gelöst worden. Sein Kleinmut hatte ihn ebenso verlassen wie seine Rechtschaffenheit. Er fühlte sich stark genug, seiner Umwelt die Stirn zu bieten. Keinen Augenblick dachte er daran, lange auf dem Mars auszuhalten. Bis dahin — sich nicht behindern lassen in seiner Bewegungsfreiheit, auf der Hut bleiben, aber jede Chance konsequent nutzen.

Hinter ihm sagte eine leise Stimme: »Spreche ich wohl mit Cayle Clark aus dem Dorf Glay?«

Cayle wandte sich langsam um. Daß eine Gelegenheit sich so rasch bieten würde, hatte er nicht erwartet.

Der Mann, dem er sich gegenübersah, wirkte verhutzelt. Er trug einen teuren Überzieher und war offenkundig nicht erst mit dem Schiff eingetroffen. Sein schwerer Pelz ließ ihn noch kümmerlicher erscheinen. Er redete weiter:

»Ich ... ähm ... vertrete die Fünfte Bank in Schardl. Es ließe sich vorstellen, daß wir Ihnen aus Ihrer unangenehmen Lage heraushelfen könnten.«

Mit seinem hochgestellten Kragen wirkte er wie ein Giftpilz. Seine schwarzen Knopfaugen blickten stumm, dabei aber habgierig.

»Interessiert?« forschte er verschlagen.

Cayle wollte schon nicken. Dann drang ein Wort in sein Bewußtsein, das ihm nicht sogleich aufgefallen war.

»Welche Bank, sagten Sie?«

Die menschliche Karikatur lächelte mit der Jovialität desjenigen, der sich in der Position des Gönners weiß.

»Die Fünfte«, antwortete er. »Sie haben vor einem Monat bei unserer Hauptstelle in Imperial City ein Konto eingerichtet. Bei unseren Routineerkundigungen über jeden neuen Kunden haben wir festgestellt, daß Sie sich unfreiwillig auf dem Weg zum Mars befanden. Deshalb möchten wir Ihnen die Dienste unserer Kreditabteilung anbieten.«

»Aha«, bemerkte Cayle zurückhaltend.

Sein Blick, scharf und wachsam, unterzog den Beauftragten der Mammutbank einer zweiten, eingehenderen Prüfung. Er stieß auf nichts Neues, nichts Vertrauenerweckendes. Dennoch dachte er nicht daran, das Gespräch abzubrechen.

»Und was würde die Bank für mich tun?« erkundigte er sich beherrscht.

Der Mann räusperte sich. »Ihre Eltern sind Fara und Creel Clark?« fragte er gewichtig.

Cayle zögerte einen Augenblick lang, ehe er nickte.

»Und Sie möchten zur Erde zurück?«

Daran gab es nichts zu deuteln.

»Der Grundtarif«, erläuterte der Giftpilz, »beträgt sechshundert Kredite, wenn der Abstand zwischen Mars und Erde eine Reisezeit von vierundzwanzig Tagen erlaubt. Bei größerer Entfernung beläuft der Aufschlag sich auf zehn Kredite pro Tag. Soviel dürfte Ihnen bekannt sein.«

Cayle war darüber keineswegs informiert. Immerhin hatte er vermutet, daß der Wochenlohn von 25 Krediten in den Bergwerken eine rasche Rückkehr zur Erde kaum erlauben würde. Seine Hände verkrampften sich, als ihm klar wurde, wie vollständig jemand ohne finanziellen Rückhalt an einen Planeten gebunden bleiben konnte. Er ahnte bereits, was nun kommen würde.

»Die Fünfte Bank«, eröffnete das Männchen ihm großartig, »ist bereit, Ihnen eintausend Kredite vorzustrecken, vorausgesetzt, Ihr Vater übernimmt dafür die Bürgschaft und Sie unterschreiben einen Wechsel, der auf zehntausend Kredite lautet.«

Cayle blickte zu Boden. Rascher als erwartet war der Hoffnungsstrahl wieder erloschen, der in ihm aufgeblitzt war.

»Mein Vater«, antwortete er müde, »würde niemals für zehntausend Kredite bürgen.«

»Ihr Vater«, versetzte der Agent, »braucht lediglich für eintausend zu bürgen. Die zehntausend begleichen Sie von Ihrem künftigen Einkommen.«

Cayle musterte ihn aus zusammengekniffenen Augen. »Auf welche Weise erhalte ich das Geld?«

Das abstoßende Gesicht versuchte gewinnend zu lächeln. »Sie unterschreiben und bekommen den Betrag ausgehändigt. Ihren Vater überlassen Sie ruhig uns. Die Bank beschäftigt Berufspsychologen, die sich auf solche Fälle verstehen. Mit manchen muß man einfach Klartext reden, andere reagieren auf ...«

Cayle unterbrach ihn. »Was mich betrifft, möchte ich das Geld in der Hand haben, bevor ich unterschreibe.«

Der andere zuckte die Achseln und lachte. »Ich sehe, Sie sind ein scharfer Kunde. Kommen Sie mit ins Direktionsbüro!«

Er ging voraus, und Cayle folgte grübelnd. Daß alles so glatt verlief, wollte ihm nicht gefallen. Was ihm widerfuhr, lief zu selbstverständlich ab — als gehörte es zur eingebürgerten Routine. Er verlangsamte seinen Schritt und warf einen Blick in die Runde. Zahlreiche Büros reihten sich aneinander, wie ihm erst jetzt auffiel, in die andere Ankömmlinge von gutgekleideten Mittelsmännern gebracht wurden.

Plötzlich glaubte er zu wissen, was hier in Szene gesetzt wurde. Erst die Offerte am Anschlagbrett. Siedler aus freien Stücken gesucht. Sofern das nicht zog — ein glattzüngiges Darlehensangebot. Die Familie als Bürge. Das Geld würde den Opfern entweder gleich vorenthalten oder anschließend ohne Gnade wieder abgenommen werden.

Damit waren ihre Möglichkeiten, die gegenwärtigen wie die zukünftigen, erschöpft — und vom Mars gab es für sie kein Entrinnen mehr.

Für Zeugen dürfte gesorgt sein, dachte Clark. Muskulöse Typen mit Waffen, die gewährleisten, daß man an dem Geld nicht lange Freude hat.

Eine durchschlagende Methode zur Kolonisierung unwirtlicher Welten — die einzig mögliche vielleicht, wenn man bedachte, daß kaum irgend jemand noch Geschmack am Pionierleben fand.

Er setzte den Fuß in den Raum. Und richtig warteten dort schon zwei Männer, elegant, lächelnd, freundlich. Sie wurden ihm vorgestellt als der Zechendirektor und ein leitender Bankangestellter.

Clark überlegte zynisch, wieviele weitere Ankömmlinge, hierher verschleppt wie er, in diesem Augenblick wohl die Bekanntschaft des »Zechendirektors« machten. Der Titel klang eindrucksvoll, und die Gelegenheit, mit einer derart wichtigen Persönlichkeit sprechen zu können, mußte locken.

Clark schüttelte ihm die Hand und schaute sich um.

Ihm mußte es darauf ankommen, das Geld ordnungsgemäß zu erhalten. Das hieß, den Wechsel zu unterschreiben und eine Kopie an sich zu bringen. Allzuviel zählen mochte selbst das nicht, aber immerhin existierte auf den Planeten ein gewisses Maß an Rechtssicherheit. Nicht leisten durfte er sich, ohne Geld dazustehen und dann vor Gericht zitiert zu werden, wo andere unschwer gegen ihn aussagen konnten.

Das Büro war nicht übermäßig geräumig, doch luxuriös ausgestattet. Einem Bergwerksdirektor hätte es ohne weiteres angestanden. Es wies zwei Türen auf. Eine lag derjenigen gegenüber, durch die er den Raum betreten hatte. Wahrscheinlich der Ausgang für diejenigen, die man geschröpft hatte, damit sie ihr Wissen nicht weitergeben konnten.

Clark schlenderte beiläufig hinüber, öffnete sie und warf einen Blick ins Freie. Er gewahrte Dutzende von Wellblechhütten und überall Soldaten, die in Gruppen beisammenstanden. Einfach zu fliehen, sobald er das Geld an sich gebracht hatte, war offenkundig unmöglich.

Er stellte sich so, daß er den Türknauf abschirmte, und vergewisserte sich rasch, daß die Tür von außen nicht geöffnet werden konnte. Ohne Eile schloß er sie wieder und wandte sich lächelnd um.

Dabei fröstelte er überzeugend. »Schauderhaft kalt da draußen. Ich werde froh sein, wenn ich wieder auf der Erde bin.«

Die drei Männer schmunzelten verständnisvoll. Der Giftpilz hielt ihm ein Formular mit zehn angehefteten Hundertkreditscheinen hin. Clark zählte das Geld nach und steckte es ein. Dann las er das Formular durch. Es war kurz und einfach abgefaßt, anscheinend in der Absicht, argwöhnische Naturen zu beruhigen.

Von den drei Kopien war eine für die Hauptstelle auf der Erde bestimmt, eine für die marsianische Filiale und eine für ihn. Sie waren gesiegelt und unterschrieben, so daß er sie nur noch gegenzuzeichnen brauchte. Clark riß die unterste ab und steckte sie gleichfalls ein. Die oberste unterzeichnete er schwungvoll — womit das Geschäft gültig war —, trat dann einen Schritt zurück und warf dem »Direktor« den Schreibstift mit der Spitze zuerst ins Gesicht.

Der Mann schrie auf und faßte sich an die blutende Wange.

Mit einem Satz stand Clark neben dem Giftpilz, packte ihn über dem Pelzkragen am Hals und drückte zu. Der Angegriffene rang keuchend nach Atem und wehrte sich schwach. Einen Augenblick lang fürchtete Clark, er hätte sich verkalkuliert. Er hatte angenommen, daß der andere bewaffnet war und in seiner Angst nach der Waffe greifen würde.

Die dürren Finger fuhren unter dem Überzieher umher. Mit einem winzigen glitzernden Blaster kamen sie wieder zum Vorschein. Clark packte die Hand, quetschte sie zusammen und entwand dem Männchen die Waffe. Er gewahrte, daß der »Bankangestellte« ebenfalls eine Pistole in der Hand hielt und Gebrauch von ihr zu machen versuchte, ohne seinen Kumpan zu verletzen.

Clark gab einen Schuß auf seinen Fuß ab. Der Blaster entlud sich in einem dünnen, grellen Strahl. Es qualmte und roch nach verbranntem Leder. Clarks Gegner schrie auf, ließ die Waffe fallen und stürzte zu Boden. Dort krümmte er sich und umklammerte den getroffenen Fuß.

Der »Direktor« mußte erst aufgefordert werden, ehe er widerwillig die Hände hob. Clark nahm ihm seinen Blaster ab, hob auch die Waffe vom Boden auf und wich rückwärts zur Tür zurück.

Knapp erläuterte er sein Vorhaben. Der Giftpilz würde ihn begleiten. Sie würden vom Landeplatz aus zur nächstgrößeren Stadt im Mare Cimmerium fliegen. Dort würde er an Bord eines Linienschiffs zur Erde gehen.

»Und sollte es Schwierigkeiten geben«, schloß Cayle Clark, »so stirbt mindestens *ein* Mann vor mir.«

Niemand bereitete ihm Schwierigkeiten.

Der Tag, an dem sich dies zutrug, war der 26. August 4784 Ischer — zwei Monate und dreiundzwanzig Tage nach dem Angriff auf die Waffenschmiede, den Innelda Ischer angeordnet hatte.

13. KAPITEL

Unablässig schmiedete Cayle Clark Pläne. Rund um die Uhr verrannen die Tage der Reise vom Mars zur Erde. Die Schiffszeit verschob sich von cimmerischer Tages- zu hauptstädtischer Standardzeit. Doch immer umgab das Schiff sternendurchfunkelte Finsternis, nur auf einer Seite unterbrochen vom blendenden Glanz der Sonne.

Die Mahlzeiten wechselten sich ab. Clark schlief und durchschritt das Schiff und hing seinen Gedanken nach. Seine Entschlossenheit wuchs, seine Zweifel schwanden. Wer die Furcht vor dem Tod überwunden hatte, der konnte nicht scheitern. Nichts war einfacher als das.

Die Sonne glühte heller. Lichtspiralen flammten aus der Schwärze. Der Mars schrumpfte zu einem Fleck, einem rötlichen Punkt im Meer der Nacht — nicht leicht aufzuspüren unter den Brillantsplittern des juwelenübersäten Himmels. Nach und nach wuchs die Erde zu einem großen leuchtenden Ball, dann zu einem immensen, dunstigen, unfaßbaren Gebilde, das den halben Himmel füllte.

Die Kontinente tauchten auf. Und auf der Nachtseite der Erde, teilweise sichtbar, während das Schiff am Mond vorbeifiel, glitzerten die Städte in einer Pracht, die mit dem Firmament wetteiferte.

Diesen Anblick der Erde nahm Clark nur bruchstückhaft wahr. Fünf Tage vor der Ankunft war er in einem der Frachträume auf eine Pokerrunde gestoßen. Von Anfang an verlor er. Nicht bei jedem Spiel — ab und zu verhalf ihm ein Gewinn wieder zu einigen Krediten. Doch am dritten Tag der fortdauernden Partie, dem vorletzten der Reise, ließ das Kartenglück ihn derart nachhaltig im Stich, daß er beunruhigt aufgab.

In der Kabine zählte er seine restliche Barschaft — einundachtzig Kredite. Er hatte, weiter peinlich um Legalität bemüht, dem Vertreter der Bank acht Prozent Provision auf das Darlehen gezahlt. Den Rest hatten Flugkosten, Spielverluste und der Erwerb einer Feuerwaffe des gängigen Typs geschluckt.

Zumindest, sagte Clark sich, bin ich bald wieder in der Hauptstadt — und bemittelter als zu Anfang.

Staunenswert gelöst streckte er sich aus. Die Pokerverluste belasteten ihn nicht weiter. Er konnte sich sagen, daß er ohnehin nicht vorgehabt hatte, sich wieder aufs Glücksspiel zu verlegen. Über sein künftiges Leben hatte er andere Vorstellungen. Risiken gedachte er durchaus einzugehen, aber nicht auf dieser Stufe.

Er hatte — allermindestens — fünfhunderttausend Kredite im Pennypalast gewonnen. Leicht würde es nicht sein, diese Summe an sich zu bringen, aber es ließ sich bewerkstelligen. Er war auf alle Eventualitäten gefaßt, fühlte sich im Besitz von Ausdauer und Geschick.

Mit dem Betrag würde er Medlon winken, um sich ein Offizierspatent zu beschaffen. Womöglich sogar gegen Bezahlung. Das hing ganz von den Umständen ab.

Clark empfand keine Rachsucht. Was aus dem korrupten Oberst oder dem rundlichen Geschäftsführer des Pennypalastes wurde, interessierte ihn nicht. Der eine wie der andere, so wollte ihm scheinen, war nur Sprungbrett bei dem ehrgeizigsten Projekt, das jemals im Ischerreich ersonnen worden war. Ein Unterfangen, das auf einem Umstand beruhte, welcher den Subjekten, die im Dienst der Kaiserin aufgestiegen waren, bis jetzt entgangen zu sein schien.

Innelda Ischer lag das Wohl ihres Reiches am Herzen. Während seines kurzen Gesprächs mit ihr hatte er eine

Persönlichkeit gespürt, deren Eindruck durch die Käuflichkeit ihrer Umgebung verfälscht wurde. Was immer man ihr nachsagen mochte, die Kaiserin war integer — natürlich auf ihre machiavellistische Weise.

Clark bezweifelte nicht, daß sie imstande war, eine Hinrichtung zu befehlen. Aber das gehörte zu ihrer Rolle als Herrscherin. Wie er, mußte sie sich den Erfordernissen der Lage anpassen.

Die Kaiserin war ehrenhaft. Deshalb würde sie das Auftauchen eines Mannes begrüßen, der ihre Macht dazu nutzte, den Augiasstall zu säubern. Clark hatte zweieinhalb Monate Zeit gehabt, über ihre Worte in Medlons Gegenwart nachzudenken, und einige zweckdienliche Antworten meinte er zu kennen.

Sie hatte sich darüber erregt, daß potentielle Offiziere in Scharen wegblieben, weil sie gehört hatten, daß eine Machtprobe sich anbahnte. Und sie hatte die Existenz einer Verschwörung zugunsten der Waffenläden geargwöhnt, auch im Zusammenhang mit der unerklärlichen Schließung der städtischen Läden. Irgend etwas lag tatsächlich in der Luft, und wer, wie er, über einen persönlichen Kontakt verfügte, dem bot sich eine einmalige Gelegenheit.

Eine Absicht aber rangierte vor allen anderen Erwägungen. Als erstes wollte er Lucy Rall bitten, seine Frau zu werden.

Dieses Verlangen vertrug keinen Aufschub.

Wenige Minuten vor zwölf Uhr mittags, an einem wolkenlosen Tag, sank das Schiff auf seine Rampe. Formalitäten waren zu erledigen, und es wurde zwei, ehe Clark aus dem Eingang trat. Eine Brise blies ihm ins Gesicht, und von der Metallplattform des Landeplatzes aus bot sich ihm im Westen der blendende Anblick der Großstadt.

Der Eindruck konnte einem Betrachter den Atem rauben. Doch Clark hielt sich damit nicht auf. Aus einer Holozelle rief er bei Lucy an. Ein Augenblick verging, dann wurden die Züge eines jungen Mannes sichtbar.

»Wir sind miteinander verheiratet«, erklärte er. »Sie kommt gleich wieder, aber ich glaube nicht, daß Sie sie sprechen möchten.« Suggestiv: »Sehen Sie genauer hin, und Sie werden mir zustimmen.«

Clark starrte ihn wie vor den Kopf geschlagen an. Die Worte hatten ihn zu sehr bestürzt, als daß ihm zu Bewußtsein gekommen wäre, weshalb das Gesicht ihn vertraut dünkte.

»Betrachten Sie mich genau«, drängte der andere.

»Ich kann mich nicht...«, setzte Clark an.

Dann aber dämmerte es ihm. Seine Augen weiteten sich. Wie unter einem Schlag prallte er zurück. Er streckte die Hand aus, als wollte er eine Erscheinung abwehren. Aus seinem Gesicht wich jede Farbe, und er taumelte. Die Stimme, die er nun jählings kannte, brachte ihn wieder zu sich.

»Nimm dich zusammen!« verlangte sie. »Und hör zu! Ich möchte, daß wir uns morgen abend an dem künstlichen Strand im Herrenmoden-Paradies treffen. Sieh noch einmal hin, vergewissere dich — und sei dort!«

Clark brauchte kein zweites Mal hinzusehen, aber dennoch suchte sein Blick den Holoschirm. Und es gab keinen Zweifel. Das Gesicht, das ihn anstarrte, war sein eigenes.

Cayle Clark blickte auf Cayle Clark — um 14 Uhr 10 am 4. Oktober 4784 Ischer.

14. KAPITEL

6. Oktober — die Kaiserin regte sich und drehte sich auf die andere Seite. Eine Erinnerung stellte sich ein. Abends hatte sie sich vorgenommen, daß sie sich am frühen Morgen entscheiden würde. Während sie munter wurde, erkannte sie, daß ihre Unentschlossenheit keinesfalls ver-

ebbt war. Sie öffnete die Augen. Schon war der Tag ihr gründlich verdorben.

Sie richtete sich auf und zwang sich zu einer beherrschten Miene. Augenblicklich war sie von einem halben Dutzend Zofen umringt, die hinter einem schalldichten Wandschirm gewartet hatten. Ein Energiegetränk wurde ihr gereicht, dem Sonnenlicht Zugang in das große Schlafgemach gewährt.

Massage, Bad, Schminken, Frisieren — und immer wieder, während die Routine vonstatten ging, grübelte sie: »Ich muß befehlen, daß der Angriff gegen die Waffenläden wieder aufgenommen wird, sonst endet mein Vorgehen in einer persönlichen Demütigung. Nach vier Monaten darf ich mich nicht weiter hinhalten lassen.«

Sobald sie angekleidet war, begann sie Mitglieder ihres Hofstaats zu empfangen. Als ersten Gerritt, den kaiserlichen Haushofmeister. Er trug ihr einen Rattenschwanz von Problemen vor, und wie üblich war eins leidiger als das andere. Daran traf sie zum Teil selbst die Schuld.

Gleich zu Anfang hatte sie darauf bestanden, Strafen gegen das Personal ausschließlich selbst zu verhängen. Mittlerweile war Aufsässigkeit der überwiegende Anlaß. Bedienstete, die unverschämt auftraten und sich vor der Arbeit drückten. Derartige Verstöße griffen mehr und mehr um sich.

»Himmel noch einmal«, machte Innelda sich gereizt Luft, »wenn die Anforderungen ihnen zu hoch sind, weshalb kündigen sie dann nicht einfach? Personal aus dem Palast, von dem man annimmt, daß es über mein Privatleben unterrichtet ist, stellt doch jeder ein.«

»Warum überlassen Sie solche Personalfragen nicht mir, Majestät?« schlug Gerritt vor. Die Frage war seine Standardreaktion, mit stoischem Gleichmut vorgebracht. Eines Tages, wußte Innelda, würde er sie mürbe gemacht haben, aber nicht zu seinem Vorteil. Sie dachte nicht daran, einem verstockten Reaktionär das Regiment im Palast zu übertragen. Wie alle anderen Relikte aus der Zeit ihrer

Regentschaft würde er früher oder später abtreten müssen.

Sie seufzte, entließ ihn — und war ebenso weit mit ihrem Problem wie zuvor. Was tun? Sollte sie zur Offensive übergehen? Oder in der Hoffnung auf neue Entwicklungen ausharren wie schon seit Wochen?

General Doocar kam herein, ein magerer Mann von hohem Wuchs und mit schiefergrauen Augen. Er salutierte eckig, um zu melden: »Das Gebäude ist heute nacht zwei Stunden und vierzig Minuten lang wieder erschienen. Die Abweichung von der errechneten Zeit hat eine Minute betragen.«

Innelda nickte. Der Vorgang war zur Routine geworden. Binnen einer Woche nach dem ersten Verschwinden der Energiezentrale war es gelungen, den Rhythmus zu bestimmen, in dem sie auftauchte und wieder verschwand. Die Kaiserin bestand nach wie vor darauf, über die Bewegungen des Gebäudes unterrichtet zu werden. Einen einleuchtenden Grund hätte sie selbst nicht zu nennen vermocht.

Ich bin wie ein Kind, dachte sie mit einem Anflug von Selbstkritik. Alles will ich in der Hand behalten.

Der Gedanke besserte ihre Laune nicht. Sie kommentierte ätzend die Leistungen der Wissenschaftler, die ihm unterstanden, und stellte dann die entscheidende Frage. Der General schüttelte den Kopf.

»Majestät«, sagte er, »eine Offensive ist zur Zeit völlig ausgeschlossen. Wir halten zwar die Waffenläden in jeder größeren Stadt mit Energiegeschützen in Schach — aber elftausend Offiziere sind in den letzten zweieinhalb Monaten desertiert. Die Projektoren werden von Mannschaften bewacht, die sie nicht zu bedienen wissen.«

Die Frau funkelte ihn an: »Mit den hypnotischen Lernmaschinen ließe dieses Wissen sich in einer Stunde vermitteln.«

»Sicher, Majestät.« Die harte Stimme blieb unverändert. Die schmalen Lippen wurden um ein weniges schmaler.

Das war alles. »Wenn Sie willens sind, derartige Kenntnisse an einfache Soldaten weiterzugeben, so ist das Ihr Vorrecht. Befehlen Sie, und ich gehorche.«

Innelda biß sich auf die Lippe. Mit seiner Bemerkung hatte der hagere alte Mann sie in die Enge getrieben.

Sie ärgerte sich, daß sie einen Gedanken überhaupt hatte verlauten lassen, den sie in der Vergangenheit oft genug unterdrückt hatte.

Zu ihrer Rechtfertigung sagte sie: »Es hat zumindest den Anschein, als wären diese sogenannten einfachen Soldaten ergebener als meine bestallten Offiziere — und tapferer dazu.«

Er hob die Schultern. »Solange Sie zulassen, daß Offizierspatente käuflich sind«, antwortete er, »bekommen Sie zwar in der Regel qualifizierte Leute. Sie erwarten aber sicherlich nicht, daß jemand, der zehntausend Kredite für den Rang eines Hauptmanns bezahlt hat, auch noch bereit ist, seine Haut zu Markte zu tragen.«

Das Thema begann sie zu langweilen. In immer neue Argumente gekleidet, die nie ohne Emotionen vorgebracht wurden, hatte sie es schon zu oft gehört. Erfreulich konnte man es beim besten Willen nicht nennen.

Aber es erinnerte sie an eine Angelegenheit, die sie fast vergessen hatte.

»Als wir darüber zum letztenmal gesprochen haben«, bemerkte sie nachdrücklich, »hatte ich Sie gebeten, sich bei Oberst Medlon zu erkundigen, was aus dem Offizier geworden ist, den er einstellen wollte, als ich ihn seinerzeit anrief. Ich habe nicht oft Gelegenheit, mit den unteren Rängen ins Gespräch zu kommen.«

Und fügte aufbrausend hinzu: »Das rührt nicht zuletzt daher, daß ein Trupp alter Männer mich auf Schritt und Tritt blockiert, der nicht imstande ist, die Armee in Schwung zu bringen.« Sie schluckte ihren Zorn hinunter. »Lassen wir das! Was ist mit ihm?«

General Doocar entgegnete mit steinerner Miene: »Oberst Medlon hat mir mitgeteilt, der Offiziersaspirant sei zum vereinbarten Zeitpunkt nicht erschienen. Der Oberst nimmt an, daß er den Stand der Dinge erfahren und es sich anders überlegt hat.«

Schweigen trat ein. Innelda überraschte sich bei dem Gedanken, daß sie die Erklärung wenig einleuchtend fand. Der junge Mann hatte einen anderen Eindruck auf sie gemacht.

Und außerdem — hatte die Kaiserin selbst das Wort an ihn gerichtet.

Sie dachte nicht daran, solche direkten Kontakte zu unterschätzen. Wer der Kaiserin von Ischer gegenübertrat, sah sich nicht nur ihrem persönlichen Charme ausgesetzt, sondern spürte die Ausstrahlung ihrer Herrscherwürde. Beides zusammen wirkte in der Regel überwältigend. Die Aussage eines Mannes, der im Verdacht stand, Alkoholiker zu sein, wog dagegen gering. Mit ruhiger Entschiedenheit befahl sie:

»General, teilen Sie dem Oberst noch heute mit, er habe entweder mit diesem jungen Offizier zu erscheinen oder sich einem Lambethtest zu stellen.«

Der hagere Mann verneigte sich, doch auf seinem Gesicht stand ein zynisches Lächeln. »Majestät«, sagte er, »sofern Sie Gefallen daran finden, jedem Korruptionsfall einzeln nachzugehen, haben Sie eine Lebensaufgabe vor sich.«

Die Brutalität des Satzes traf sie und weckte ihre Gereiztheit.

»Besser klein anfangen als gar nicht.« Sie machte eine Handbewegung, halb drohend, halb ohnmächtig. Vorwurfsvoll fuhr sie fort: »Ich begreife Sie nicht mehr, General. Früher waren Sie einer Meinung mit mir, daß man den Sumpf austrocknen müßte.«

»Nicht Sie persönlich.« Er schüttelte den Kopf. »Die kaiserliche Familie muß einen moralischen Aufbruch proklamieren. Sie kann ihn nicht eigenmächtig durchsetzen.« Er zuckte die Achseln. »Im übrigen beginnt die Behauptung der Waffenhändler mir immer mehr einzuleuchten, daß

Menschen sich dann der Korruption ergeben, wenn sie ihren Drang nach Wagnis und Eroberung nicht mehr ausleben können.«

Die grünen Augen blitzten zornig.

»Was geht mich die Philosophie der Waffenhändler an?«

Abrupt empfand sie Argwohn darüber, daß er in dieser Weise die Waffenhändler erwähnte.

Sie schleuderte ihm den Vorwurf entgegen. Der hagere alte Mann blieb unerschüttert.

»Majestät«, konterte er, »an dem Tag, an dem *ich* aufhöre, die Maximen einer Macht zu durchdenken, die mittlerweile dreitausendsiebenhundert Jahre existiert, sollten *Sie* meinen Geisteszustand untersuchen lassen.«

Innerlich lehnte die Frau sich gegen das Argument auf. Wohin sie auch blickte, stieß sie auf kaum verhehlte Ehrfurcht vor den Waffenläden. Mehr noch, allenthalben akzeptierte man die Läden als legitimen Bestandteil der Zivilisation des Ischerreichs.

Ich muß mich dieser Greise entledigen, dachte sie nicht zum erstenmal. Sie haben mich als Kind gekannt, und sie werden immer das Kind in mir sehen.

Laut sagte sie eisig: »General, ich habe nicht das geringste Interesse an den moralischen Bekenntnissen einer Organisation, die letzten Endes die Schuld trägt an aller Unmoral im Sonnensystem.

Wir leben in einem Zeitalter, das genug produziert, damit niemand hungern muß. Kein Mensch begeht mehr Delikte aus materieller Not. Und Straftaten aus krankhafter Veranlagung können wir heilen, wenn immer wir des Kranken habhaft werden. Was aber geschieht?« fragte sie erregt. »Wir müssen feststellen, daß jeder Psychopath, den wir unschädlich machen wollen, bereits einen Waffenladen aufgesucht hat. Und daß der Besitzer eines Illusionshauses sich auf dieselbe Weise zu schützen weiß. Sicher, in diesem Fall existiert eine Absprache, die die Durchführung von Razzien regelt. Sollte sich irgend jemand aber nicht mehr daran gebunden fühlen, müßten wir ein Dreißigtausend-Zyklen-Geschütz einsetzen, um ihn zu überwältigen.«

Sie hielt inne, um einen kritischen Blick in den Spiegel zu werfen, war zufrieden, entließ mit einer Handbewegung ihre Friseuse.

»Kriminell und beschämend«, schloß sie scharf. »Wir bemühen uns, mit der Gesetzlosigkeit aufzuräumen, und Millionen spotten der Gesetze, weil die Waffenläden ihnen die Mittel dazu liefern. Wenn diese — Waffenschmiede ihre Erzeugnisse wenigstens nur an ehrbare Bürger verkaufen würden! Aber solange jeder Übeltäter sich dort eindecken kann ...«

»Mit einer Verteidigungswaffe«, gab der General zu bedenken. »Ausschließlich für defensive Zwecke.«

»In der Tat«, spottete Innelda. »Er kann sämtliche Straftaten begehen und sich dann gegen den Zugriff des Gesetzes verteidigen. Aber ...«, rief sie, außer sich vor Zorn, »was rede ich mit Ihnen darüber? General, das will ich Ihnen sagen: Wir verfügen über die technischen Möglichkeiten, um die Waffenläden ein für allemal auszuschalten. Jetzt geht es darum, die Armee in die Lage zu versetzen, damit sie diese Gelegenheit nutzt und schleunigst angreift, längstens binnen ...« Sie blickte ihn eindringlich an. »Wann, General?«

»Lassen Sie mir Zeit bis Anfang des Jahres, Majestät«, bat Doocar. »Glauben Sie mir, die Desertionen haben uns vorübergehend das Rückgrat gebrochen.«

Diesen Umstand hatte Innelda für einen Augenblick völlig verdrängt. »Haben Sie wenigstens einige Fahnenflüchtige ergreifen können?«

Er zögerte.

»Ja, einige.«

»Einen davon möchte ich noch heute vormittag verhören.«

General Doocar verneigte sich.

»Sobald wir die gegenwärtige Krise hinter uns haben«,

fuhr Innelda fort, »werde ich besondere Kriegsgerichte einsetzen, und wir werden die Deserteure lehren, was es heißt, den Fahneneid zu brechen.«

»Angenommen«, forschte Doocar mit milder Stimme, »sie haben sich nicht gescheut, einen Waffenladen aufzusuchen?«

Darauf reagierte sie derart heftig, daß sie vor Zorn völlig ruhig wurde.

»Mein Freund«, versetzte sie beherrscht, »wenn eine aufrührerische Organisation die Disziplin der Armee untergraben kann, dann müssen auch die Generäle begreifen, daß es an der Zeit ist, der Subversion ein Ende zu bereiten.«

Sie machte eine verabschiedende Handbewegung.

»Heute nachmittag, General, werde ich die Versuchslabors Ihrer Wissenschaftler aufsuchen. Ich möchte mich selbst überzeugen, wie weit die Erklärungsversuche für das zyklische Verschwinden und Wiederauftauchen des Gebäudes gediehen sind.

Und bis spätestens morgen früh hat Oberst Medlon den jungen Mann herbeizuschaffen, der angeblich sein Offizierspatent von ihm erhalten sollte. Ist er dazu nicht imstande, dann wird wenigstens ein korrupter Kopf rollen. Halten Sie mich ruhig für kindisch, weil ich mich um einen einzelnen kümmere. Aber diesen jungen Mann kenne ich. Seinen Fall kann ich nachprüfen.

Und nun, Sie Sympathisant der Waffenschmiede, trollen Sie sich, ehe ich mir etwas Drastisches einfallen lasse!«

»Majestät«, protestierte Doocar, »ich bin dem Hause Ischer treu ergeben.«

»Das freut mich«, entgegnete Innelda bissig.

Ohne ihm noch einen Blick zu gönnen, verließ sie das Gemach.

15. KAPITEL

Während sie den Salon betrat, drang das gedämpfte, erleichterte Aufseufzen derer, die bereits dort saßen, an ihr Ohr. Sie lächelte ironisch. Wer in ihrer Gegenwart essen wollte, mußte warten, bis sie das Zeichen gab oder ausrichten ließ, daß sie fernblieb. Niemand mußte bei ihren Mahlzeiten zugegen sein. Doch nahmen diejenigen, die Zugang genossen, ihr Privileg gewöhnlich wahr.

Innelda grüßte in die Runde, ehe sie sich an ihrem Tisch niederließ. Sie nippte an ihrem Wasserglas — das Signal für die Dienerschaft zum Eintritt. Nachdem sie ihre Wünsche genannt hatte, warf sie einen Blick in die Runde. Überall ergraute Köpfe, Frauen und Männer über fünfzig, Überbleibsel ihrer Regentschaft.

Ein halbes Dutzend jüngerer Männer und zwei ihrer jugendlicheren Sekretärinnen saßen an ihrem eigenen Tisch. Auch sie ein Rest — die wenigen, die ausgeharrt hatten, als auf Prinz del Curtins Fernbleiben ein Exodus junger Leute gefolgt war.

»Und haben Sie alle gut geschlafen?« brach Innelda mit honigsüßer Stimme das Schweigen.

Jeder beeilte sich, die Frage zu bejahen. Sie murmelte: »Wie schön.« — und verfiel in deprimiertes Schweigen.

Was sie von ihrer Umgebung eigentlich erwartete, wußte sie selbst nicht genau zu sagen. Unbeschwertheit vielleicht. Ein Stück Lebensbejahung — jene Art Prinzipienfestigkeit, die Aufgeräumtheit nicht ausschloß. Bei ihrer eigenen Erziehung war in erster Linie Wert auf geistiges Training gelegt worden. Doch Seriosität ließ sich auch übertreiben.

Ich muß mir diese humorlose, penible, spießige Gesellschaft vom Hals schaffen, beschloß sie nicht zum erstenmal. Sie hielt bei dem Gedanken inne und schickte ein Stoßgebet in die Höhe. Bitte, nur einen einzigen Scherz am Tag, über den ich lachen kann — und einen Mann, der ebenso amüsant ist, wie er sich auf Staatsgeschäfte versteht. Wenn doch Del hier wäre!

Sie schalt sich ärgerlich wegen der Richtung, die ihre Gedanken eingeschlagen hatten. Ihr Vetter, Prinz del Curtin, mißbilligte den Gewaltstreich gegen die Waffenläden. Auf den Schock, den die Eröffnung für sie bedeutet hatte, war die Demütigung gefolgt, als die jungen Männer, die er um sich versammelt hatte, mit ihm den Palast verlassen und ihr die Gefolgschaft verweigert hatten.

Banton Vickers hatte sie hinrichten lassen müssen. Seine hochverräterische Drohung, die Waffenschmiede von ihrer Absicht in Kenntnis zu setzen, ließ sich nicht übergehen, wenn ihr Prestige ihr lieb war. Danach konnte sie vor dem Protest nicht mehr die Augen verschließen. Mit schmalen Lippen entsann sie sich des letzten Gesprächs — der Prinz kalt und förmlich, noch im Zorn ungemein anziehend, sie selbst in ihrer emotionalen Reaktion schwankend, in der Sache entschlossen.

»Wenn du dir diesen Wahnwitz aus dem Kopf geschlagen hast, Innelda, kannst du mich zurückrufen.«

Er mußte gewußt haben, daß er ihr damit die Gelegenheit lieferte zu der Entgegnung: ›Dazu wird es nie kommen.‹

Doch ihm diese Antwort zu geben, hatte sie nicht gewagt. Wie der hintergangene Partner in der Ehe, dachte sie bitter, war sie davor zurückgeschreckt, zuviel zu sagen, aus Furcht, beim Wort genommen zu werden. Nicht, daß eine Heirat mit dem Prinzen nach seiner Entgleisung noch in Betracht kam. Ihn wieder um sich zu haben, würde dennoch angenehm sein — später — nach der Niederlage der Waffenläden.

Sie beendete ihr Frühstück und warf einen Blick auf die Uhr. Halb zehn. Sie biß sich auf die Lippe. Der lange Tag hatte kaum begonnen.

Um halb elf hatte sie die drängendste Korrespondenz erledigt und ließ sich den fahnenflüchtigen Offizier vorführen. Aus seiner Akte ging hervor, daß er noch jung war, dreiunddreißig, aus der Provinz stammte und im Rang eines Majors gestanden hatte. Als er hereingebracht wurde, spielte ein leises, gewollt sarkastisches Lächeln um seinen Mund, doch seine Augen verrieten seine Niedergeschlagenheit. Er hieß Gile Sanders.

Innelda musterte ihn ihrerseits nicht ohne Unbehagen. Aus den Unterlagen war auch zu entnehmen, daß er drei Frauen gleichzeitig ausgehalten und es verstanden hatte, aus den Lieferungen an die Armee horrenden Profit zu schlagen. Ein nichts weniger als untypischer Fall. Umso unverständlicher, daß er, der es soweit gebracht hatte, nicht davor zurückgeschreckt war, alles aufzugeben. Sie stellte ihm die Frage in vollem Ernst.

»Und bitte«, fügte sie hinzu, »beleidigen Sie mich nicht, indem Sie mir weiszumachen versuchen, die moralische Seite des Krieges hätte für Sie irgendeine Rolle gespielt. Sagen Sie mir in klaren, einfachen Worten, weshalb Sie Ihr Wohlleben von einem Augenblick zum anderen für Schande und Unehre aufgegeben haben. Das allermindeste, was Sie erwartet, ist lebenslängliche Verschickung zum Mars oder zur Venus. Waren Sie unzurechnungsfähig, feige — oder beides?«

Er hob die Schultern. »Wahrscheinlich unzurechnungsfähig.« Er trat nervös von einem Fuß auf den anderen. Seine Augen wichen ihrem Blick nicht aus, ohne daß seine Antwort sie befriedigt hätte.

Nach zehn Minuten hatte sie immer noch nicht mehr aus ihm herausbekommen. Anscheinend ließ sich tatsächlich nicht ausschließen, daß die Einbuße seines Vermögens seine Entscheidung nicht beeinflußt hatte. Sie versuchte es auf andere Weise.

»Infolge Ihres Ranges«, hielt sie ihm vor, »haben Sie zu denen gehört, die darüber informiert wurden, daß schließlich eine Methode zur Zerstörung der Waffenläden entwickelt worden war. Eine Stunde später haben Sie nach Vernichtung Ihrer privaten Unterlagen Ihre Dienststelle verlassen und sich zu einem Landhaus an der Küste begeben, das Sie vor fünf Jahren insgeheim — wie Sie meinten — erworben hatten.

Als nach einer Woche feststand, daß Sie nicht daran dachten, Ihre Pflicht zu erfüllen, wurden Sie verhaftet. Seitdem sitzen Sie in verschärftem Arrest. Trifft das zu?«

Der Offizier nickte wortlos. Die Kaiserin musterte ihn und nagte dabei an ihrer Lippe.

»Mein Freund«, sagte sie endlich leise, »es liegt in meiner Macht, das Ausmaß Ihrer Bestrafung festzusetzen. Das kann Tod heißen, Verbannung, Strafmilderung« — sie zögerte — »selbst Rehabilitierung.«

Major Sanders seufzte müde. »Ich weiß«, erwiderte er. »Genau dieses Bild stand mir plötzlich vor Augen.«

»Das will mir nicht in den Kopf.« Innelda war erstaunt. »Wenn Sie sich darüber im klaren waren, welche Folgen Ihre Tat haben würde, dann haben Sie sich unglaublich dumm benommen.«

»Das Bild«, redete er monoton weiter, als hätte er ihre Unterbrechung überhaupt nicht gehört, »einer Epoche, in der jemand, nicht einmal unbedingt Sie selbst, über derart uneingeschränkte Macht verfügen würde, ohne Möglichkeit der Zuflucht, ohne Aussicht auf Milderung, ohne — Hoffnung.«

Innelda hatte die Aufklärung, nach der sie suchte.

»Was für ein bodenloser Unsinn!« brach es aus ihr heraus. Sie lehnte sich zurück, einen Augenblick lang überwältigt, holte tief Atem, schüttelte dann konsterniert den Kopf.

»Major«, stellte sie mit sanfter Stimme fest, »Sie tun mir leid. Sie müßten genug über die Geschichte meiner Familie wissen, um beurteilen zu können, daß die Gefahr eines Machtmißbrauchs nicht existiert. Die Welt ist zu groß und die Zahl der Menschen, in deren Leben ich als einzelner eingreifen kann, lächerlich gering.

Jede Anordnung, die ich erteile, wird umso unterschiedlicher interpretiert, je zahlreicher die Instanzen sind, die sie durchläuft. Ob sie kraß oder gemäßigt ausfällt, spielt für die Anwendung letzten Endes nur eine geringe Rolle. Gegenüber elf Milliarden Menschen verlieren alle Weisungen in einem Ausmaß ihre Bedeutung, das man sich kaum vorstellen kann, wenn man es nicht wie ich erlebt hat.«

Sie registrierte befremdet, daß ihre Worte ihn nicht berührt hatten. Es kränkte sie, wenn jemand gegen seine bessere Einsicht hartnäckig bei seiner abwegigen Haltung blieb. Sie unterdrückte ihren Ärger mit Mühe.

»Major«, hielt sie ihm vor, »nach Beseitigung der Waffenläden könnten wir Gesetze erlassen, die niemand mehr einfach ignorieren könnte. Auch die Rechtsprechung würde dann einheitlich erfolgen, weil jeder die Urteile der Gerichte akzeptieren müßte und lediglich Berufung dagegen einlegen könnte.«

»Eben«, versetzte Sanders.

Sein Tonfall sagte ihr, daß er ihre Logik nicht akzeptierte. Sie musterte ihn mit hartem Blick, aus dem jedes Wohlwollen gewichen war. Zwischen zusammengebissenen Zähnen stieß sie hervor: »Wenn Sie von der Sache der Waffenschmiede schon derart überzeugt sind, weshalb haben Sie dann nicht den nächsten Schritt getan und zu Ihrem Schutz selbst einen Waffenladen aufgesucht?«

»Das habe ich.«

Sie zögerte, ehe sie die Nase rümpfte. »Und?« bohrte sie weiter. »Hat Ihr Mut Sie am Ende verlassen, als es darum gegangen wäre, sich gegen Ihre Festnahme zu verteidigen?«

Noch während sie die Worte aussprach, wußte sie, daß sie das nicht hätte sagen sollen. Sie riskierte damit eine unwillkommene Entgegnung. Was sie befürchtete, trat ein.

»Nein, Majestät«, gab Sanders zur Antwort. »Genau wie andere ... ähem ... Deserteure habe auch ich mich meiner Uniform entledigt und mich in der Absicht, eine Waffe zu erstehen, zu einem Waffenladen begeben. Aber die Tür hat sich mir nicht geöffnet. Es sieht so aus, als gehörte ich zu den wenigen Offizieren, die glauben, die kaiserliche Dynastie sei die wichtigere der beiden Säulen unserer Zivilisation.«

Seine Augen hatten sich aufgehellt, während er sprach. Jetzt kehrte die Niedergeschlagenheit in seinen Blick zurück.

Er fuhr fort: »Ich befinde mich in genau der Lage, in die Sie sämtliche Menschen bringen möchten. Ich verfüge über keine Zufluchtsmöglichkeit. Ich muß mich Ihren Anordnungen fügen, muß hinnehmen, daß Sie insgeheim einer Institution den Kampf ansagen, die ebenso Teil unserer Zivilisation ist wie das Haus Ischer, muß den Tod erdulden, wenn Sie ihn anordnen, ohne mich verteidigen zu können.

Majestät«, schloß er ruhig, »ich respektiere und bewundere Sie. Die desertierten Offiziere sind keine Lumpen. Man hat sie vor eine Alternative gestellt. Sie haben sich entschieden, an einer gewaltsamen Änderung des bisherigen Zustandes keinen Anteil zu haben. Ich glaube nicht, daß ich es offener sagen könnte.«

Das bezweifelte auch Innelda. Die Notwendigkeit ihres Vorgehens war dem Mann nicht zu vermitteln.

Sie ließ ihn abführen und diktierte einen Vermerk, wonach das Kriegsgerichtsurteil ihr mitzuteilen sei. Dabei entsann sie sich, daß der Name des Mannes ihr entfallen war, den Oberst Medlon bis zum kommenden Morgen herbeizuschaffen hatte.

Ihre Wiedervorlagekartei lieferte ihr, was sie suchte. »Cayle Clark«, wiederholte sie laut. »So hieß er.«

Auf dem Terminkalender sah sie, daß eine ausführliche Unterrichtung durch ihre Finanzexperten angesetzt war. Mit schiefem Lächeln erhob sie sich und nahm den Lift ins fünfzigste Stockwerk.

16. KAPITEL

Geheiratet (formulierte Lucy Rall in ihrem konfusen Bericht an die Koordinierungsabteilung der Waffenläden) haben wir kurz vor zwölf Uhr — am Freitag, dem Tag seiner Ankunft vom Mars. Wieso man später feststellen konnte, daß er erst um vierzehn Uhr gelandet war, ist mir ein Rätsel. Ich habe ihn nicht danach gefragt und werde das auch nur tun, wenn man mich ausdrücklich dazu auffordert.

Für mich besteht jedenfalls nicht der geringste Zweifel daran, daß es sich bei meinem Mann um Cayle Clark handelt. Eine Täuschung scheidet aus.

Mein Mann weiß nicht, daß ich diesen Bericht auf Mikroband spreche. Mir ist auch ausgesprochen unwohl bei meiner Handlungsweise. Aufgrund der besonderen Umstände werde ich aber trotzdem versuchen, mich möglichst genau an die Geschehnisse zu erinnern. Als Auftakt bietet sich wahrscheinlich sein Anruf bei mir am Freitagvormittag, nach seiner Landung vom Mars, an.

Das muß gegen halb elf gewesen sein. Unser Gespräch war ganz kurz. Wir wechselten einige Worte, und dann bat er mich, ihn zu heiraten. Wie ich gegenüber Cayle Clark empfinde, ist der Koordinierungsabteilung seit längerem bekannt. Es wird Mr. Hedrock deswegen auch kaum überraschen, daß ich in den Antrag sofort eingewilligt habe. Einige Minuten vor zwölf haben wir über die amtliche Leitung unsere Eheschließung beurkundet.

Den Rest des Tages und die folgende Nacht haben wir dann mit einer einzigen Unterbrechung in meiner Wohnung verbracht. Kurz vor zwei bat mich mein Mann, ob ich ihn für die Dauer eines Gesprächs von meinem Holoset aus allein lassen könnte. Nach meiner Rückkehr sah ich am Holometer, daß er angerufen worden war.

Dafür, daß ich auf seinen Wunsch unsere Wohnung verlassen habe, entschuldige ich mich nicht. Ich finde meine Einwilligung selbstverständlich.

Im weiteren Verlauf des Tages und Abends hat er nichts von dem Gespräch erwähnt, sondern mir geschildert, was ihm widerfahren war, seit wir uns in dem Illusionshaus zum letztenmal begegnet waren. Ich muß zugeben, daß sein Bericht nicht sehr klar war und er mir mehr als einmal den Eindruck vermittelt hat, Ereignisse wiederzugeben, die schon längere Zeit zurücklagen.

Am Morgen nach unserer Hochzeit verließ er früh die Wohnung, mit der Begründung, er habe verschiedenes in der Stadt zu erledigen. Weil mir daran lag, Mr. Hedrock ins Bild zu setzen, habe ich keine Einwände erhoben. Daß ein anderer Agent beobachtet haben will, wie er in geringer Entfernung einen luxuriösen Privatflugwagen bestiegen hat, der gestartet ist, bevor eine Verfolgung möglich war, kann ich mir, offen gestanden, nicht erklären.

Cayle ist seither nicht zurückgekehrt, aber er hat mich täglich angerufen, mir versichert, daß er mir zwar nicht sagen kann, was ihn von mir fernhält, daß er mich aber unverändert liebt.

Bis zum Beweis des Gegenteils bin ich bereit, ihm das zu glauben.

Den Bericht, wonach er seit mehr als einem Monat der kaiserlichen Armee im Range eines Hauptmanns angehört, kann ich nicht bestätigen. Ich wüßte nicht, wie er das Patent erlangt haben sollte. Wenn es darüber hinaus zutrifft, daß er bereits zum persönlichen Gefolge der Kaiserin abgestellt worden ist, kann ich nur sagen, daß sein rascher Aufstieg mir Rätsel aufgibt.

Ich möchte betonen, daß ich trotzdem volles Vertrauen zu Cayle habe. Erklären kann ich mir seine Handlungsweise nicht. Ich bin aber überzeugt, daß er am Ende ehrenhaft dastehen wird.

(gez. Lucy Rall Clark)
14. November 4784 I.

17. KAPITEL

Einen Monat lang hatte Hedrock jegliches Handeln hinausgezögert. Jetzt, als er sich den Bericht anhörte, hatte er das Gefühl, daß der langerwartete Umschwung im Gang der Ereignisse eingetreten war. Worin die Wendung bestand, wußte er selbst nicht zu sagen. Doch daß sie eingetreten war — daran konnte es keinen Zweifel geben.

In jeder Faser gespannt, ließ er den Bericht ein zweitesmal ablaufen. Und ihm schien, daß sich bei Lucy eine negative Einstellung zu den Waffenläden herauszubilden begann. Sie fürchtete, ihre Handlungen könnten falsch ausgelegt werden. Diese defensive Haltung war problematisch. Denn die Autorität, mit der die Organisation der Waffenschmiede ihren Mitgliedern gegenübertrat, war wesentlich psychologischer Natur.

Wollte jemand austreten, dann wurden ihm wichtige Erinnerungen genommen. Die Waffenschmiede ebneten ihm, wenn er es wünschte, seinen weiteren Weg. Dann ließ man ihn gehen. Lucy Rall jedoch nahm in einem kritischen Augenblick eine Schlüsselstellung ein. Der Konflikt zwischen Pflicht und Neigung durfte sich bei ihr nicht noch verschärfen.

Hedrock widmete dem Problem einige Überlegung. Schließlich schaltete er den Holoset ein. Als ihr Gesicht auf dem Schirm erschien, betonte er nach einigen einleitenden Dankesworten: »Lucy, wir sind uns im klaren, wie schwierig Ihre Position ist. Es ist beschlossen worden ...« — mit Bedacht wählte er diese Formulierung — »es ist beschlossen worden, Sie zu bitten, sich während dieser kritischen Phase Tag und Nacht abrufbereit zu halten.

Die Waffenschmiede werden ihrerseits alles tun, was in ihrer Macht steht, um Ihren Mann vor gefährlichen Rückwirkungen seiner gegenwärtigen Tätigkeit zu schützen.«

Das war kein leeres Versprechen. Er hatte der zuständigen Abteilung die Aufgabe bereits übertragen. Soweit es überhaupt möglich war, jemanden am Hof der Ischer zu schützen, war sichergestellt, daß das geschah. Er beobachtete Lucys Gesichtsausdruck ebenso beiläufig wie unverwandt.

So scharfsinnig sie auch war, den bewaffneten Konflikt zwischen den Waffenläden und dem Hause Ischer würde sie kaum gänzlich durchschauen. Denn er trat nicht offen zutage. Kein Schuß fiel. Niemand büßte sein Leben ein. Und selbst wenn die Waffenläden verschwanden, würde Lucy die Veränderung nicht sofort wahrnehmen. Mehr noch, es ließ sich nicht ausschließen, daß ihr Leben kaum berührt werden würde. Auch der Unsterbliche vermochte ihr nicht zu sagen, wie die Kultur sich weiterentwickeln würde, falls eines der beiden Machtzentren ausgeschaltet wurde.

Er sah, daß seine Worte Lucy nicht zufriedengestellt hatten.

Er zögerte, dann sagte er: »Mrs. Clark, an Ihrem Hochzeitstag haben Sie die wahrscheinlichkeitstranszendierenden Fähigkeiten Ihres Mannes systematisch einzuschätzen versucht und uns die Ergebnisse mitgeteilt. Das Resümee unserer darauf fußenden Berechnungen haben wir Ihnen bislang verschwiegen, weil wir Sie nicht beunruhigen wollten. Ich denke mir aber, daß Sie darauf eher mit Interesse als mit Sorge reagieren werden.«

»Sind seine Fähigkeiten denn wirklich ungewöhnlich?« forschte Lucy.

»Ungewöhnlich!« Hedrock suchte nach einem geeigneten Wort. »Seit die Auskunftszentrale existiert, ist uns noch kein derart hoher Wert begegnet. Der Index hat nichts mehr mit Spielerglück zu tun, und in welcher Richtung er sich auswirken wird, wissen wir nicht. Daß aber das gesamte Ischerreich davon berührt werden wird, dürfte außer Frage stehen.«

Sorgenvoll betrachtete er sie. Was ihn in Unruhe versetzte, war die Passivität, die Cayle Clark an den Tag legte.

Er gehörte zum persönlichen Gefolge der Kaiserin, und seine Bewegungen wurden ständig durch die Waffenschmiede überwacht. Allerdings mit Ausnahmen — mehrere Gespräche aus dem Palast hatte man nicht abhören können, und zweimal war er nach Verlassen des Palasts seinen Bewachern entkommen.

Geringfügige Begebenheiten — kaum eine Erklärung für den Umstand, daß nach den Berechnungen die Ereignisse bereits eingesetzt haben mußten, ohne daß selbst die Mathematiker der Waffenläden Form und Richtung zu enträtseln vermochten.

Hedrock schilderte ihr die Situation. Dann fragte er: »Lucy, sind Sie sicher, daß Sie nichts zurückgehalten haben? Ich kann Ihnen nur immer wieder versichern, daß unser aller Existenz auf dem Spiel steht, nicht zuletzt Cayles eigenes Leben.«

Die junge Frau schüttelte den Kopf. Und obwohl er sie aufmerksam beobachtete, verengten ihre Pupillen sich nicht. Und auch die Linie ihrer Lippen blieb fest.

Natürlich ließen sich aus körperlichen Reaktionen noch keine sicheren Schlüsse ziehen — aber soweit er wußte, hatte Lucy Rall niemals Unterweisung in den Techniken systematischer Irreführung erhalten. Während Robert Hedrock lügen konnte, ohne sich durch einen der geläufigen Reflexe zu verraten, verfügte Lucy weder über die Erfahrung noch das nervliche Reaktionstraining, um die unbewußten Signale zu unterdrücken, die ihre Muskeln ausschickten.

»Mr. Hedrock«, beteuerte sie, »Sie wissen, daß Sie uneingeschränkt auf mich zählen können.«

Mehr konnte er im Augenblick nicht verlangen. Doch als er den Holoset ausschaltete, war er unzufrieden, weder mit Lucy Rall noch den übrigen Agenten, sondern mit sich selbst. Irgend etwas entging ihm. Seine Analyse drang nicht unter die Oberfläche der Realität.

Ebenso, wie sich keine Lösung für das Problem der kosmischen Wippe einstellen wollte, entzog sich ihm die Einsicht in eine Entwicklung, die offen zutage liegen mußte. Sein Büro, in dem er über Zahlen und Berichten brütete, lag zu weitab vom Schauplatz.

Es war an der Zeit für Nachforschungen vor Ort.

18. KAPITEL

Hedrock schlenderte bedächtig die Allee des Glücks entlang, wobei er sein Augenmerk auf die Neuerungen richtete. Er wußte nicht zu sagen, wann er den Boulevard das letztemal betreten hatte, aber es schien ihm lange her.

Die Zahl der Kasinos hatte sich weiter erhöht, doch sonst registrierte er kaum einschneidende Veränderungen. Ein Jahrhundert wirkte sich kaum auf Gebäude aus Stahl und Kunststoff aus, die nach den strikten Direktiven der Ischers errichtet waren. Nur unwesentlich gewandelt hatte sich auch der Baustil. Anders die Ausstattung. Riesige Leuchtfassaden, darauf berechnet, den Blick anzuziehen, begegneten ihm allerorten. Die Kunst, Bauten aufzupolieren, hatte nicht stagniert.

Er betrat den Pennypalast, unentschlossen, wie er vorgehen sollte. Er bevorzugte Methoden, die Widerstand nicht erst aufkommen ließen, aber das — entschied er — konnte er ebenso gut dem Augenblick überlassen. Als er die »Schatzkammer« betrat, vibrierte ein Ring an seinem kleinen Finger. Jemand zu seiner Rechten hatte eine Transparenzaufnahme von ihm gemacht.

Er setzte seinen Weg fort, wandte sich dann beiläufig um und musterte die beiden Männer, aus deren Richtung der Impuls gekommen war. Waren sie Angestellte des Hauses, oder arbeiteten sie auf eigene Rechnung? Er trug niemals weniger als fünfzigtausend Kredite bei sich, und falls die zweite Möglichkeit zutraf, ließ Ärger sich nicht ausschließen. Er lächelte leise, als er auf beide zutrat.

»Lieber nicht«, sagte er. »Suchen Sie sich jemand anderen.«

Der Untersetztere schob eine Hand in die Tasche und hob die Schultern. »Sie tragen keine Waffe«, bemerkte er kühl. »Weder vom konventionellen Typ, noch aus den Waffenläden.«

»Möchten Sie es darauf ankommen lassen?« fragte Hedrock und schaute dem Mann in die Augen.

Der Spieler blickte als erster beiseite. »Komm, Jay!« murmelte er. »Sehen wir uns woanders um.«

Hedrock hielt ihn zurück. »Arbeiten Sie hier?«

Der Mann schüttelte den Kopf. »Nicht«, erwiderte er offen, »wenn Sie etwas dagegen haben.«

Hedrock lachte. »Ich möchte den Chef sprechen.«

»Habe ich mir schon gedacht«, gab der andere resigniert zur Antwort. »Solange es gutging, war es kein schlechter Job.«

Diesmal ließ Hedrock die beiden ihrer Wege gehen. Daß sie so schnell klein beigegeben hatten, erstaunte ihn nicht. Der Ursprung menschlicher Macht war Selbstvertrauen. Bei Hedrock beruhte die Selbstsicherheit, die sein Blick verriet, auf Kenntnissen, von denen die meisten Menschen nie gehört hatten. Noch nie hatte es jemand auf der Welt gegeben, der sich wie Hedrock nervlich, geistig, körperlich und auch materiell zur Wehr setzen konnte.

Lucy Ralls Beschreibung ersparte ihm die Suche nach Martins Büro. Er betrat den Flur hinter dem Spielsaal. Als er die Tür hinter sich zuzog, fiel ein Netz von der Decke, zog sich zusammen und riß ihn nach oben.

Hedrock baumelte in der Luft, traf jedoch keine Anstalten, sich zu befreien. Seine wenig eindrucksvolle Lage störte ihn nicht. Sie ließ ihm Zeit zum Nachdenken. Harj Martin hatte sich folglich auf ungebetenen Besuch vorbereitet. Wie weit, blieb abzuwarten.

Lange brauchte er nicht auszuharren. Schritte wurden hörbar. Die Tür ging auf, und der rundliche Mann trat hindurch. Er schaltete die Deckenbeleuchtung ein und feixte, als er Hedrock gewahrte.

»Nun«, sagte er, »wen haben wir denn da?«

Er hielt inne. Sein Blick war Hedrocks Augen begegnet. Die Jovialität fiel von ihm ab.

»Wer sind Sie?« knurrte er.

Hedrock entgegnete: »Am oder um den fünften Oktober hat ein junger Mann namens Cayle Clark sich bei Ihnen blicken lassen. Was hat sich bei diesem Besuch zugetragen?«

»Die Fragen stelle ich«, versetzte Martin. Wieder trafen seine Augen sich mit denen Hedrocks. »Hören Sie«, verlangte er mürrisch zu wissen, »wer sind Sie nun eigentlich?«

Hedrock machte eine Gebärde. Sie war sorgfältig berechnet. Einer seiner Ringe löste die harten Maschen des Netzes auf. Es fiel unter ihm auseinander. Er landete auf beiden Füßen.

»Reden Sie, mein Freund!« forderte er den Manager auf. »Ich habe es eilig.«

Er übersah die Waffe, nach der Martin hastig griff, und strebte an ihm vorbei in dessen Büro. Wiederum bewog die Selbstsicherheit seines Benehmens den Geschäftsführer zum Einlenken.

»So lange Sie nur Auskünfte wollen, soll mir das recht sein.« Er setzte hinzu: »Das Datum stimmt. Ihr Clark ist am fünften Oktober gegen Mitternacht aufgetaucht. Er hatte seinen Zwillingsbruder bei sich.«

Hedrock nickte, sagte jedoch nichts. Er war nicht hergekommen, um sich auf Diskussionen einzulassen.

»Die beiden waren das kaltblütigste Paar, das ich jemals erlebt habe«, redete Martin weiter. »Einer von beiden muß eine Offiziersausbildung hinter sich haben — ich habe die schlafwandlerische Sicherheit schon erlebt, mit der solche Leute vorgehen. Er wußte alles — und Rücksicht kannte er nicht.

Als ich auch nur den Mund zum Protest geöffnet habe,

hat er mir mit einem Strahl die Beine verbrannt. Und als ich mich am Tresor zu hastig bewegt habe, hat mich der nächste Schuß fast die Haare gekostet.«

Er deutete auf eine kahle Stelle über der rechten Schläfe. Hedrock untersuchte sie kurz. Den Schuß hatte jemand abgegeben, der zu zielen wußte. Das sah — da die Waffenschmiede ausschieden — in der Tat nach Armee aus.

»Immerhin leben Sie noch«, stellte er fest.

Martin schauderte. »Das war dem egal, der auf mich gefeuert hat.« Mürrisch schloß er: »Ich hätte nie gedacht, daß die gängigen Sicherungsanlagen sich so leicht überwinden lassen.«

Nachdenklich verließ Hedrock die Räume. Daß zwei Cayle Clarks existierten, stand nunmehr fest. Und einer davon hatte eine gründliche militärische Ausbildung genossen.

Sein Training hatte er am 5. Oktober zu nutzen gewußt — einen Tag nach Clarks Ankunft vom Mars. Als dieser am Morgen des 6. Oktober in die Armee eingetreten und zum Offizier ernannt worden war, hatte er über 500 000 Kredite verfügt.

Mit einer derartigen Summe konnte ein junger Mann, der entschlossen war, vorwärtszukommen, manches anfangen. Aber der Betrag erklärte noch keineswegs alles, was der Aufklärung bedurfte. Und so ansehnlich er auch war, blieb er, gemessen an Cayle Clarks Begabung, doch winzig — falls dessen Talent sich auf finanziellem Gebiet zeigen würde.

Die Landung seines Flugwagens unterbrach Hedrocks Gedanken. Es gab noch jemanden, dem er einen Besuch abstatten mußte — Oberst Medlon.

19. KAPITEL

Am frühen Nachmittag kehrte Robert Hedrock in sein Arbeitszimmer im Hotel Royal Ganeel zurück. Er prüfte die Berichte, die in der Zwischenzeit eingetroffen waren, führte dann ein zweistündiges Gespräch mit einem der Wirtschaftsfachleute, die in der Auskunftszentrale tätig waren. Anschließend setzte er sich mit den Mitgliedern des Rates der Waffenschmiede in Verbindung und ersuchte um eine unverzügliche Plenarsitzung.

Zehn Minuten später war der Rat in dem Hotel zusammengetreten. Dresley eröffnete die Sitzung.

»Meine Herren«, sagte er, »es sieht danach aus, als wäre unser Koordinator auf eine erfolgversprechende Spur gestoßen. Bitte, Mr. Hedrock.«

Robert Hedrock stand lächelnd auf. Als er beim letztenmal vor eine Abordnung des Rats getreten war, hatten die Zeitkarte *und* die Kriegserklärung der Kaiserin auf seinen Gedanken gelastet. Die Karte befand sich noch immer in dem Gebäude, das Problem der Zeitwippe war nach wie vor ungelöst, drängte von Stunde zu Stunde mehr. Für das zweite Problem aber kannte er jetzt die Antwort. Er begann ohne Umschweife.

»Meine Herren, am 27. November, in genau zwölf Tagen, werden wir der Kaiserin Innelda eine Botschaft übermitteln und sie zur Einstellung des Kampfes gegen uns auffordern. Wir werden unsere Forderung mit Zahlen und Tatsachen untermauern, die sie davon überzeugen werden, daß ihr keine andere Wahl bleibt.«

Er hatte damit gerechnet, daß seine Worte eine Sensation hervorrufen würden, und er wurde nicht enttäuscht. Diese Männer wußten, daß es nicht seine Art war, falsche Hoffnungen zu wecken. Füße scharrten, und Erregung breitete sich aus.

Peter Cadron explodierte: »Mann! Spannen Sie uns nicht auf die Folter. Was haben Sie festgestellt?«

»Lassen Sie mich rekapitulieren«, sagte Hedrock.

Er fuhr fort: »Wie Sie wissen, ist in der Frühe des 3. Juni 4784 Ischer in der Waffenhandlung am Greenway Park ein Mann aus dem Jahre 1947 n. Chr. aufgetaucht. Sein Erscheinen führte zu der Feststellung, daß die Kaiserin eine neuartige Energie gegen alle Waffenläden in Imperial City lenkte. Die Entdeckung dieser Energieform bedeutet ganz grundsätzlich einen weiteren Schritt vorwärts auf unserem Weg zur Erkenntnis der komplexen Raum-Zeit-Spannungen, auf denen die Existenz der Materie basiert.

Die Energie floß aus einem Gebäude hier in der Hauptstadt, das sich an der Capitol Avenue erhebt und vor einem Jahr vollendet wurde. Auf die Waffenhandlung am Greenway Park wirkte sie sich drastischer aus als auf weiter entfernte Läden.

Theoretisch hätte die ausgeschickte Energie jede Materie, auf die sie traf, sofort vernichten müssen. Der Dynastie Ischer ist jedoch nie bekanntgeworden, daß Waffenläden nicht aus Materie im üblichen Sinne errichtet sind. So kam es zu einem komplizierten Wechselspiel gigantischer Kräfte, das maßgeblich in der Zeit abrollte. Und so wurde ein Mann aus der siebentausend Jahre entfernten Vergangenheit zu uns versetzt.«

In mathematischer Formelsprache charakterisierte er kurz die Pendelbewegung, die McAllister und das Gebäude beschrieben, nachdem sie einmal in den Abgrund der Zeit geschleudert worden waren. Er fügte hinzu:

»Es gibt immer noch Menschen, die nicht begreifen, wie es zu dieser Erscheinung kommen kann, wo doch feststeht, daß die Sonne und ihre Planeten sich mit mehr als achtzehn Stundenkilometern durch das raumzeitliche Kontinuum bewegen und die Planeten zusätzlich mit unterschiedlichen Geschwindigkeiten ihre Bahnen um die Sonne beschreiben.

Folgt man dieser Logik, dann müßte jeder Schritt in die Vergangenheit oder die Zukunft dazu führen, daß man sich an einem Punkt des Raumes fern von der Erde wiederfindet. Wer so denkt, macht sich nicht klar, daß der Raum eine Illusion ist, ein Nebenprodukt der fundamentalen Zeitenergie, und daß die Materieansammlung, die ein Planet darstellt, als bloßer Teil des Spannungsgefüges keineswegs Erscheinungen innerhalb des Zeitstroms beeinflußt, sondern selbst den Gesetzmäßigkeiten der Zeitenergie unterliegt.

Weshalb nach jedem Ausschlag der Wippe eine Pause von zwei Stunden und vierzig Minuten eintritt, wissen wir nicht. Die Vermutung geht dahin, daß die Natur auf ihre Weise unablässig nach Stabilität trachtet. Bei seinen Schwingungen in die Vergangenheit nimmt das Gebäude denselben ›Raum‹ ein wie zuvor in der Normalzeit, ohne daß jedoch Rückwirkungen auftreten — denn die Gleichartigkeit ist eine Funktion der Zeit selbst und nicht ihres Spannungsprodukts. McAllister hat bei siebentausend Jahren begonnen, das Gebäude bei zwei Sekunden. Das sind Näherungswerte.

Heute haben die Pendelschwünge den Mann mehrere Billionen Jahre weit weggeführt, während das Gebäude sich in einer zeitlichen Entfernung von nicht ganz drei Monaten befindet. Dabei bewegt der Drehpunkt sich natürlich in unserer Zeit weiter, so daß wir folgende Situation haben: das Gebäude schwingt nicht mehr bis zum 3. Juni zurück, dem Tag, an dem der Ausschlag der Wippe eingesetzt hat.

Bitte behalten Sie diese Tatsachen im Kopf, während ich mich kurz einem anderen Aspekt dieser scheinbar verwikkelten, in Wirklichkeit aber einfachen Angelegenheit zuwende.«

Hedrock hielt inne. Seine Zuhörer waren Männer mit rascher Auffassungsgabe. Er registrierte mit Interesse, daß ihre Züge noch immer Spannung verrieten. Jetzt, da er selbst die Wahrheit kannte, mutete es ihn eigenartig an, daß sie die Zusammenhänge nach wie vor nicht erfaßten. Er sprach weiter.

»Meine Herren, vor mehreren Monaten ist die Koordinierungsabteilung darauf gestoßen, daß in der Ortschaft Glay jemand mit stark ausgeprägter Begabung existierte, bei spekulativen Unternehmungen die Gesetze der Wahrscheinlichkeit zu seinen Gunsten außer Kraft zu setzen. Seine inneren Spannungen drängten ihn in die Hauptstadt, so daß es uns leicht fiel, seinen definitiven Aufbruch zuwegezubringen.

Unsere Hoffnung, er würde die Ereignisse wesentlich beeinflussen, wurde anfänglich zunichte gemacht durch seine Unkenntnis der hiesigen Verhältnisse. Einzelheiten kann ich mir ersparen — jedenfalls ist er zwangsweise zu den Marsbergwerken geschafft worden. Seine Rückkehr hat er fast unverzüglich bewerkstelligt.«

Hedrock schilderte, wie Lucy Rall wenige Stunden vor der Ankunft des Schiffes, das Cayle Clark zur Erde zurückbrachte, einen Cayle Clark geehelicht hatte, wie die beiden Clarks sich 500000 Kredite beschafft und anschließend — der eine getarnt — Oberst Medlon aufgesucht hatten.

Der Besuch kam Medlon außerordentlich gelegen. Er war gerade von der Kaiserin aufgefordert worden, Clark herbeizuschaffen, falls ihm seine Stellung lieb war. Clark erhielt ein Hauptmannspatent und wurde dem maschinellen Hypnosetraining für Offiziere unterzogen. Am darauffolgenden Tag hatte er sich bei der Kaiserin gemeldet.

»Sie glaubt immer noch, aus einem Impuls heraus gehandelt zu haben, als sie ihn unverzüglich ihrem persönlichen Gefolge zuteilte, tatsächlich aber hat sein Talent sich ausgewirkt. Soweit seine Zuständigkeit reicht, hat er damit begonnen, gegen die allgemeine Korruption auf recht ungewöhnliche Weise vorzugehen, und damit Inneldas Interesse geweckt. Selbst wenn es nichts anderes gäbe, das für ihn arbeitet, müßte man jemanden in ihm sehen, der es im Staatsdienst weit bringen wird.«

Hedrock lachte. »In Wirklichkeit ist der Cayle Clark, den es im Auge zu behalten gilt, nicht der, der öffentlich in

Erscheinung tritt, sondern der, der in der Hauptstadt aus dem Hintergrund operiert hat. Dieser Clark hat seit dem vergangenen 7. August Geschichte gemacht. Er hat Erfolge verbuchen können, die — meine Herren, ich warne Sie, etwas Derartiges haben Sie noch nie gehört.

Am 8. August ist ein Mann, der den Namen C. Cayle angab, erstmals an der Börse aufgetreten. Fünfhunderttausend Kredite Startkapital und ein sechster Sinn für Kursbewegungen haben ihm im Monat August einen Gewinn von neunzig *Milliarden* Krediten verschafft. Bei seinen Transaktionen brachte er eine große Geschäftsbank sowie fünf Konzerne mit Milliardenumsätzen an sich und erwarb Anteile an vierunddreißig weiteren Firmen.

Im September hat er dreihundertdreißig Milliarden Kredite Gewinn erzielt und außer der gigantischen Ersten Interplanetarischen Bank drei Bergwerksgesellschaften aufgekauft, die auf allen drei bewohnten Planeten und den diversen Monden operieren. Dazu kamen Anteile an zweihundertneunzig Unternehmen.

Ende September hat er sich in einem hundertstöckigen Wolkenkratzer im Herzen des Börsenviertels niedergelassen und der Management AG den Auftrag erteilt, ihn über Nacht in der Geschäftswelt zu etablieren. Am 30. September verfügte er über siebentausend Angestellte, die in dem Hochhaus arbeiteten.

Im Oktober hat er seine Gewinne, die er auf dreieinachtel *Billionen* Kredite steigern konnte, samt und sonders in Immobilien investiert. Daß er während der letzten zwei Wochen nur wenig unternommen hat, dürfte teilweise auf das glatte Unvermögen eines einzelnen Mannes zurückzuführen sein, die ineinander verschachtelten Transaktionen, die er getätigt hat, noch zu überschauen.

Er beschäftigt in seinem Wolkenkratzer drei komplette Etagen mit Juristen. Und die Firmenanwälte beginnen erst zu begreifen, was von ihnen erwartet wird. Seit dem 1. November hat er ausschließlich durch Investitionen weitere hundert Milliarden Kapital hinzuerworben.

Soviel zur finanziellen Seite der Aktivität, die er entfaltet hat. Am 4. Oktober hat Clark dann Lucy Rall angerufen und sie noch am selben Tag geheiratet.«

Er wurde unterbrochen. »Aber um Himmels willen«, rief jemand, »wie hat er das alles zuwege gebracht?« Offensichtlich lag dem Sprecher noch mehr auf der Zunge, und er hatte schon den Mund geöffnet, als ein entgeisterter Ausdruck auf seine Züge trat. Er sank in seinen Sessel zurück — doch nicht, ohne daß er und andere Ratsmitglieder ihrem aufdämmernden Verstand explosiv Luft machten. Mehrere Minuten lang summte der Raum von erregten Debatten.

Dann wollte jemand wissen: »Weshalb hat er es darauf angelegt, sich sein Startkapital von diesem Martin zu beschaffen?«

»Er wagte nicht, mit dem Phänomen zu experimentieren, das er sich zunutze gemacht hatte«, erwiderte Hedrock.

»Und warum hat er Lucy Rall geheiratet?«

»Teils aus Liebe, teils ...« Hedrock zögerte. Er hatte Lucy eine direkte Frage gestellt, und ihre offene Auskunft ermöglichte ihm jetzt eine Antwort. »Ich würde sagen, er wurde außerordentlich vorsichtig und begann an die Zukunft zu denken. Elementare Bedürfnisse machten sich geltend.

Angenommen, einem Mann, der binnen weniger Wochen ein Finanz- und Industrieimperium aufgebaut hat, stieße etwas zu? Meine Herren, ihm lag an einem Nachkommen, und Lucy war die einzige junge Frau, die dafür in Frage kam. Die Verbindung mag sich als dauerhaft erweisen — das kann niemand vorhersagen.

Obwohl er sich gegen seine Eltern aufgelehnt hat, ist Clark im Grunde konventionell erzogen. Lucy wird sich sicherlich nicht zu beklagen haben. Zwischen ihr und Clark besteht Gütergemeinschaft. Und sie möchte ein Kind haben.«

Peter Cadron erhob sich. »Meine Herren«, sagte er,

»ich beantrage, Robert Hedrock offiziell für die Dienste zu danken, die er den Waffenläden erwiesen hat.«

Der Beifall währte einige Zeit.

»Außerdem«, fuhr Cadron fort, »stelle ich den Antrag, ihn zum Vollmitglied zu ernennen.«

Auch diesmal gab es keinen Widerspruch. Hedrock verneigte sich. Die Anerkennung bedeutete mehr als nur eine Ehre. Als Vollmitglied war er ausschließlich der Prüfung durch die Pp-Maschine unterworfen. Sein Tun wurde nicht kontrolliert, und er konnte über sämtliche Einrichtungen der Läden verfügen. Zwar war er ohnehin nicht anders verfahren, aber in Zukunft brauchte er keinen Argwohn mehr zu fürchten.

»Ich danke Ihnen, meine Herren«, sagte er, als der Beifall verebbt war.

»Und nun«, sagte Cadron, »darf ich Mr. Hedrock bitten, den Ratssaal zu verlassen, damit wir das eine Problem erörtern, das uns noch verbleibt — die Wippe.«

Hedrock folgte deprimiert der Aufforderung. Er hatte vorübergehend nicht daran gedacht, daß die größere Gefahr nach wie vor existierte.

20. KAPITEL

Der 26. November war der Vortag des Datums, an dem die Waffenläden der Kaiserin mitzuteilen gedachten, daß sie den Kampf verloren hatte. Innelda ahnte davon nichts. Sie hatte den Standort des Gebäudes aufgesucht, um sich selbst zu überzeugen und vielleicht — vielleicht so zu verfahren, wie Clark angeregt hatte. Wenn der Gedanke ihr widerstrebte, dann nicht aus Furcht. Ihr Empfinden sagte ihr, daß die Kaiserin von Ischer sich nicht in eigener Person auf undurchdachte Wagnisse einlassen durfte.

Trotzdem hatte sie sich herbegeben. Zumindest konnte

sie verfolgen, wie Clark und ein Trupp Wissenschaftler den Ausflug unternahmen, und deren Rückkehr abwarten. Resolut verließ sie den Flugwagen und schaute sich um.

Nicht weit entfernt trieb milchiger Dunst träge in die Höhe, eine künstliche Nebelwand, die seit Monaten diesen Stadtbezirk gegen neugierige Blicke abschirmte. Langsam ausschreitend musterte sie die Umgebung. Sie winkte Clark zu sich heran. »Wann wird das Gebäude erwartet?«

Der junge Offizier salutierte und lächelte. »In sieben Minuten, Majestät.«

»Sind alle Vorkehrungen getroffen?«

Sie hörte konzentriert zu, während Clark die Planung rekapitulierte. Die Wissenschaftler würden in sieben Gruppen das Gebäude betreten. Jede Gruppe führte ihre eigenen Instrumente mit sich. Befriedigt vermerkte sie, daß Clark sich persönlich um die Geräte gekümmert hatte.

»Hauptmann«, versicherte sie, »Sie sind ein großer Gewinn.«

Cayle gab keine Antwort. Ihre Anerkennung bedeutete ihm nichts. Diese junge Frau, der fast buchstäblich die Welt gehörte, konnte kaum erwarten, daß jemand, der intelligent war, ihr absolute Treue hielt nur um des einen oder anderen Kompliments und seines Offiziersgehalts willen.

Irgendwelche Schuldgefühle empfand er nicht. Ohnehin war er nicht der Auffassung, daß das, was er vorhatte, ihr schadete. In Ischer tat man, was man für notwendig hielt, und ein Zurück gab es für ihn nicht mehr. Seine Handlungsweise stand fest.

Die Frau blickte sich erneut um. Rechts von ihr, dort, wo die Energiezentrale gestanden hatte, befand sich die tiefe Grube. Der Greenway Park mit dem Waffenladen lag zu ihrer Linken. Zum erstenmal sah sie eine Waffenhandlung, deren Leuchtzeichen nicht gleißten. Der Anblick bereitete ihr Genugtuung. Im Schatten der Bäume wirkte der Laden verloren. Sie preßte die Nägel in die Handflächen und dachte:

Würden alle Waffenläden im Sonnensystem mit einem Schlag zerstört, ließen die wenigen tausend Parkgrundstücke, auf denen sie gestanden hatten, sich so mühelos fast jedem Zweck zuführen, daß die Läden — binnen einer Generation, sagte sie sich mit freudloser Gewißheit — vergessen wären. Andere Kinder würden aufwachsen und sich fragen, über welche dummen Legenden ihre Eltern redeten.

»Und so wird es auch kommen«, sagte sie laut und nachdrücklich vor sich hin.

Wie auf ein Stichwort hin flimmerte die Luft eigenartig. Und dort, wo eben noch ein riesiger rechteckiger Schacht gegähnt hatte, erhob sich plötzlich ein Gebäude.

»Auf die Minute pünktlich«, bemerkte neben ihr Cayle Clark mit Genugtuung.

Innelda starrte fröstelnd an dem Bauwerk hoch. Sie hatte den Vorgang bereits einmal auf dem Holoschirm beobachtet. Ihn an Ort und Stelle zu erleben, war noch viel beeindruckender. Vierhundert Meter hoch ragte das Gebäude in den Himmel, ein gigantischer Würfel aus Stahl und Kunststoff, ebenso lang und breit wie hoch.

Natürlich mußte es solche Dimensionen besitzen. Die Ingenieure hatten übergroße Vakuumkammern zwischen den einzelnen Generatorsälen gefordert. Wohnraum war kaum vorhanden. Die Inspizierung aller Stockwerke dauerte annähernd eine Stunde.

»Der Bau scheint bis jetzt keinen Schaden genommen zu haben«, stellte Innelda erleichtert fest. »In welcher Verfassung sind die Ratten?«

Käfige mit Versuchsratten waren schon frühzeitig in das Bauwerk gebracht worden. Irgendwelche Symptome waren bislang nicht aufgetreten. Dennoch schien es geraten, sich erneut zu vergewissern. Innelda wartete in einem der oberen Räume und sah in Abständen ungeduldig auf die Uhr, während die Minuten verrannen.

Es ärgerte sie, sich eingestehen zu müssen, daß sie nervös war. Andererseits fand sie, während sie in der Totenstille des fast menschenleeren Gebäudes ausharrte, daß es unsinnig war, eine Beteiligung an dem Unterfangen auch nur in Erwägung zu ziehen. Sie warf einen Blick auf die Männer, die sich erboten hatten, sie zu begleiten. Ihr Schweigen wirkte nicht normal, und statt sie anzuschauen, starrte jeder bedrückt durch die hohen Fenster.

Geräusche wurden hörbar — Schritte. Cayle Clark tauchte auf. Er lächelte und hielt eine weiße Ratte in beiden Händen. »Sehen Sie selbst, Majestät«, forderte er sie auf. »Quicklebendig und guter Dinge.«

Seine gute Laune wirkte so ansteckend, daß sie die Ratte nahm, die er ihr entgegenstreckte, und mit einem plötzlichen Impuls den warmen Körper an ihre Wange preßte.

»Was würden wir anfangen«, murmelte sie, »ohne solche goldigen kleinen Ratten?« Sie blickte Clark an. »Und wie ist die Meinung der Wissenschaftler?« forschte sie.

»Jede einzelne Ratte«, versetzte Cayle, »ist organisch und nervlich gesund. Die Ergebnisse sämtlicher Tests sind positiv.«

Innelda nickte. Das war zu erwarten gewesen. Beim erstenmal, an dem Tag, an dem der Angriff gegen die Waffenläden vorgetragen werden sollte, war das Bauwerk verschwunden, bevor das Personal reagieren konnte. Es war zu einer beispiellosen Verwirrung gekommen, über die sie nie einen zusammenhängenden Bericht erhalten hatte.

Sobald der Bau wieder aufgetaucht war, hatte man die Techniker unverzüglich abgezogen und bis jetzt niemandem gestattet, sich mit dem Gebäude auf die ›Reise‹ zu begeben. Aber die ärztlichen Untersuchungen hatten ergeben, daß niemand irgendwelche Schäden davongetragen hatte.

Dennoch zögerte Innelda. Jetzt den Rückzug anzutreten, konnte nur einen schlechten Eindruck erwecken, aber sie mußte noch andere Umstände bedenken. Sie war kinderlos, und wenn ihr etwas zustieß, würde Prinz del

Curtin ihr nachfolgen — der populär war, von dem viele jedoch wußten, daß er in Ungnade gefallen war. Sie fühlte sich auf allen Seiten eingeengt. Doch die Augen vor den Realitäten zu verschließen, hatte keinen Sinn.

»Hauptmann«, sagte sie entschlossen, »Sie haben sich freiwillig zu diesem Experiment gemeldet. Ich habe mich entschieden, nicht daran teilzunehmen. Mir widerstrebt diese Entscheidung. Ich fühle mich aber als Kaiserin nicht in der Lage, mich leichtherzig auf Risiken einzulassen.«

Sie streckte die Hand aus. »Ich wünsche Ihnen Glück.«

Weniger als eine Stunde später löste das Gebäude sich unter ihren Augen in Nichts auf. Sie wartete. Eine Mahlzeit wurde gebracht. Sie aß in ihrem Flugwagen, ging Unterlagen durch und dann, als über der Hauptstadt ihres Reichs die Dunkelheit hereinbrach, sah sie an ihrer Uhr, daß das Gebäude gleich wieder auftauchen mußte.

Unvermittelt ragte es vor ihr empor, und alsbald strömten Männer heraus. Einer der Wissenschaftler begab sich zu ihr.

»Majestät«, begann er, »die Reise ist ohne Zwischenfall verlaufen — mit einer Ausnahme. Wie Sie wissen, plante Hauptmann Clark, das Bauwerk zu Erkundungszwecken zu verlassen. Das hat er auch getan. Wir haben eine Meldung über sein Zusatzholo von ihm empfangen, wonach unser Ankunftstag auf den 7. August 4784 Ischer falle.

Danach haben wir nichts mehr von ihm gehört. Irgend etwas muß ihm zugestoßen sein. Er hat sich nicht rechtzeitig wieder eingefunden, um die Rückreise mit uns anzutreten.«

»Aber...«, setzte Innelda an. Konsterniert hielt sie inne. Dann: »Aber das bedeutet, daß vom 7. August bis zum 26. November zwei Cayle Clarks existiert haben, der eigentliche und derjenige, der sich in die Zeit zurückbegeben hat.«

Sie zögerte unsicher. Das vielzitierte Paradoxon, sagte sie sich. Kann ein Mensch in die Zeit zurückreisen und sich selbst begegnen?

Laut fragte sie dann: »Aber was ist aus dem zweiten geworden?«

Die Antwort wurde ihr am folgenden Morgen zuteil. Zwei Tage lang ertrug sie die Qual, sich ihre völlige Niederlage eingestehen zu müssen. Und dann …

21. KAPITEL

»Mr. de Lany«, wiederholte die Kaiserin.

Hedrock verneigte sich. Er hatte sein Aussehen leicht verändert und einen seiner lange abgelegten Namen angenommen, um nicht später wiedererkannt zu werden.

»Sie haben um eine Audienz nachgesucht«, fuhr die Kaiserin von Ischer fort.

»Ganz recht.«

Sie spielte mit seiner Karte. Ihr weißes Kleid betonte ihre Bräune. Der Saal, in dem sie ihn empfing, war einer Südseeinsel nachempfunden. Palmen und tropische Sträucher säumten ihn. An Stränden, die von echten nicht zu unterscheiden waren, brachen sich die Wellen. Eine kühle Brise blies Hedrock in den Rücken.

Die Frau schaute ihn bitter an. Sie sah einen Mann von souveräner Haltung mit ernsten Zügen. Doch seine Augen waren es, die sie frappierten. Ihr Ausdruck war energisch, furchtlos — und mitfühlend. Solche außergewöhnlichen Eigenschaften hatte sie nicht erwartet. Unvermittelt gewann der Besuch an Bedeutung. Erneut betrachtete sie die Karte.

»Walter de Lany«, murmelte sie gedankenversunken.

Sie schien dem Namen nachzuhorchen, als erwarte sie, daß er eine bestimmte Assoziation auslöste. Dann schüttelte sie forschend den Kopf.

»Wer hat Sie vorgelassen? Ich habe Ihren Namen auf meiner Liste gefunden und selbstverständlich angenommen, der Kammerherr hätte die Audienz genehmigt, weil es sich um ein wichtiges Anliegen handelt.«

Hedrock erwiderte nichts. Wie viele kaiserliche Bedienstete hatte der Kammerherr kein Training durchlaufen, das die geistigen Abwehrkräfte stärkte. Bei der Kaiserin war das anders — aber auch sie wußte nicht, daß die Waffenläden Methoden entwickelt hatten, die Ungeschützte zu unverzüglichen positiven Reaktionen bestimmten.

»Sehr sonderbar«, bemerkte sie.

»Beunruhigen Sie sich nicht, Majestät. Ich habe Sie aufgesucht, um Ihre Gnade für einen schuldlos Unglücklichen zu erbitten.«

Darauf war sie nicht gefaßt gewesen. Wieder traf ihr Blick den seinen und zuckte zurück vor der Willensstärke, der er begegnete, gewann dann seine Festigkeit zurück.

Hedrock fuhr ruhig fort: »Sie sind in der Lage, einem Mann einen Akt beispielloser Güte zu erweisen, der sich in fast fünf Trillionen Jahren Entfernung befindet und zwischen Vergangenheit und Zukunft hin und her geschleudert wird, während Ihr Gebäude ihn immer weiter zurückwirft.«

Die Worte mußten ausgesprochen werden. Nur ihre Vertrauten und ihre Feinde konnten von der Bewegung des Gebäudes durch die Zeit wissen. Er rechnete damit, daß ihr das augenblicklich aufgehen würde. Als alle Farbe aus ihren Zügen wich, wußte er, daß sie den Zusammenhang durchschaut hatte.

»Sie gehören zu den Waffenschmieden«, flüsterte sie. Schon war sie aufgesprungen. »Gehen Sie auf der Stelle«, wisperte sie atemlos. »Hinaus!«

Hedrock erhob sich. »Majestät«, sagte er, »beherrschen Sie sich. Ihnen droht keine Gefahr.«

Er hatte seine Worte bewußt so gewählt, daß sie wie eine kalte Dusche wirken mußten. Die Unterstellung, sie könnte Furcht empfinden, trieb ihr das Blut ins Gesicht. Mit einer schnellen Bewegung zog sie eine glitzernde Energiewaffe aus dem Ausschnitt ihres Kleides.

»Wenn Sie nicht unverzüglich gehen«, stieß sie hervor, »schieße ich.«

Hedrock breitete beide Arme aus. »Eine konventionelle Waffe«, sagte er erstaunt, »gegen jemanden, der über die Verteidigungsmittel der Waffenschmiede verfügt? Majestät, wenn Sie mir nur einen Augenblick Gehör schenken würden ...«

»Ich befasse mich nicht mit Leuten«, unterbrach die Kaiserin ihn, »die für die Waffenläden sprechen.«

Hedrock ließ sich nicht beirren. »Majestät«, antwortete er gelassen, »ich bin überrascht, daß Sie derart undurchdachte Behauptungen aufstellen. Sie haben in den letzten Tagen den Waffenläden sogar nachgegeben. Sie haben sich gezwungen gesehen, Ihren Angriff einzustellen und die Zeitenergiemaschinen zu zerstören. Sie haben eingewilligt, die desertierten Offiziere nicht vor Gericht zu stellen, sondern lediglich zu entlassen. Und Sie haben Cayle Clark Straffreiheit gewährt.«

An ihrer Miene sah er, daß seine Worte sie nicht berührt hatten. Sie starrte ihn stirnrunzelnd an. »Es muß einen Grund geben«, sagte sie, »daß Sie es wagen, so mit mir zu reden.«

Ihre eigenen Worte schienen sie zu beflügeln, denn sie wandte sich ihrem Sessel zu und hielt den ausgestreckten Finger über die verzierte Seitenlehne.

»Ich brauche nur auf den Knopf zu drücken«, fuhr sie fort, »um die Wachen herbeizurufen.«

Hedrock seufzte. Er hatte gehofft, sie würde ihn nicht zwingen, seine Macht zu demonstrieren. »Weshalb«, sagte er, »drücken Sie ihn dann nicht?«

Es war an der Zeit, daß sie ihre wirkliche Lage erkannte.

Ihr Finger vollführte die Bewegung. Abgesehen von dem sanften Schlag der Wellen und dem leisen Rauschen der Brise herrschte Stille. Nach mindestens zwei Minuten begab sich Innelda, wobei sie Hedrock übersah, als existiere er nicht, zu einem nahen Baum und berührte einen Ast.

Sie mußte ein weiteres Alarmsignal ausgelöst haben, denn wieder wartete sie — diesmal kürzere Zeit —, ehe sie mit schnellen Schritten zu dem dichten Gebüsch ging, das den Fahrstuhlschacht verbarg. Sie betätigte den Mechanismus, kehrte, als keine Reaktion erfolgte, langsam zu ihrem Sessel zurück und nahm darin Platz.

Sie wirkte blaß, aber beherrscht. Sie hielt den Blick gesenkt, doch als sie sprach, klang ihre Stimme ruhig und furchtlos. »Beabsichtigen Sie, mich zu ermorden?«

Hedrock schüttelte den Kopf, schwieg aber. Er bedauerte jetzt noch stärker, daß ihm nicht erspart geblieben war, sie auf ihre Ohnmacht hinzuweisen. Zweifelsohne würde sie die Schutzvorrichtungen des Palastes modernisieren lassen, in der irrigen Annahme, auf die überlegene Technik der Waffenläden zu reagieren.

Er hatte sich auf jeden Zwischenfall vorbereitet. Seine Forderung aufzuzwingen vermochte er Innelda Ischer nicht, aber an sämtlichen Fingern trug er Ringe, die ihn in die Lage versetzten, ebenso offensiv wie defensiv vorzugehen. Zudem hätte jeder Wissenschaftler der Waffenläden über die Kleidung gestaunt, die er angelegt hatte. In seiner Gegenwart funktionierte keine Alarmanlage, und jede Feuerwaffe versagte. Die Entscheidung, die bevorstand, war für das Sonnensystem von ausschlaggebender Bedeutung und Hedrocks Rüstung dem angemessen.

Die Frau starrte ihn abweisend an. »Was wollen Sie von mir?« fragte sie. »Was hat es mit diesem Mann auf sich, den Sie erwähnt haben?«

Hedrock klärte sie über McAllister auf.

»Sind Sie wahnsinnig?« flüsterte sie, als er geendet hatte. »Weshalb diese Zeitspanne? Das Gebäude hat sich doch nur — drei Monate weit entfernt.«

»Ausschlaggebend scheint die Masse zu sein.«

»Oh!« Schweigen, dann: »Und was soll ich nun tun?«

»Majestät, dieser Mann verdient unser Mitleid und unsere Barmherzigkeit. Er schwebt in einer Leere, wie sie kein menschliches Auge je wieder erblicken wird. Er hat unsere Erde und unsere Sonne in ihrer Jugend und ihrem Alter geschaut. Nichts und niemand kann ihn mehr retten. Wir müssen ihm die Gnade des Todes erweisen.«

Vor Inneldas Augen erstand ein Bild jener Nacht, die er geschildert hatte. Zugleich sah sie das Ereignis in seinem größeren Zusammenhang.

»Und die Maschine, über die Sie verfügen?«

»Sie ist ein Duplikat des Zeitprojektors im Hauptquartier der Waffenschmiede.« Daß er die Apparatur in einer seiner verborgenen Werkstätten nachgebaut hatte, erwähnte er nicht. »Ihr mangelt lediglich die Karte selbst, die sich nicht rasch genug ein zweites Mal schaffen ließ.«

»Ich verstehe.« Sie gab die Antwort automatisch, ohne wirklich zu reagieren. Sie studierte eindringlich sein Gesicht. Zögernd forschte sie: »Und wo ist Ihr Platz in dieser Episode?«

Darauf war Hedrock nicht bereit, ihr Auskunft zu geben. Er hatte die Kaiserin von Ischer aufgesucht, weil sie eine Niederlage erlitten hatte und es ihm angesichts ihrer Position wichtig schien, daß ihr Groll nicht zu sehr wuchs. Ein Unsterblicher, der einmal mehr in die Angelegenheiten Sterblicher eingriff, mußte derartige Umstände bedenken.

»Majestät«, sagte er drängend, »wir haben keine Zeit zu verlieren. In einer Stunde wird das Gebäude wieder auftauchen.«

»Aber warum können wir diese Frage nicht dem Rat der Waffenschmiede überlassen?«

»Weil die Gefahr besteht, daß er eine falsche Entscheidung trifft.«

»Und was«, beharrte Innelda, »ist die richtige?«

»Ich werde es Ihnen sagen.«

Cayle Clark stellte den Autopiloten so ein, daß der Flugwagen einen weiten Bogen um die Wohnanlage beschrieb.

»Ich kann es nicht glauben«, rief Lucy Rall Clark. »Das ist einer von diesen energiegetragenen Prachtbauten ...«

Mit geweiteten Augen schaute sie auf die freischwebende Villa, die hängenden Gärten.

»Cayle«, fragte sie, »bist du sicher, daß wir uns das leisten können?«

Cayle Clark lächelte. »Das habe ich dir schon ein dutzendmal auseinandergesetzt, und jetzt wiederhole ich mich nicht mehr.«

»Das meine ich überhaupt nicht«, widersprach sie. »Bist du sicher, daß die Kaiserin dich unbehelligt lassen wird?«

Cayle Clark schaute seine Frau mit der Andeutung eines grimmigen Lächelns an. »Hedrock«, sagte er langsam, »hat mich mit einer Waffe versehen. Und außerdem habe ich für Ihre Majestät — jedenfalls hat sie mir das heute über den Holoset versichert — manches erreicht, was sie zu schätzen weiß. Ich denke nicht, daß sie sich verstellt. Deshalb habe ich eingewilligt, weiter für sie tätig zu sein.

»Ach.«

»Du solltest dich darüber nicht ärgern«, erwiderte Cayle. »Schließlich habe ich aus deinem eigenen Mund gehört, daß den Waffenläden an einer effektiven Regierung liegt. Je mehr diese Regierung von korrupten Elementen gesäubert wird, desto besser stehen sich die Regierten. Und glaub mir« — seine Züge verhärteten sich —, »nach meinen Erfahrungen liegt mir sehr an einer Säuberung.«

Er landete auf dem Dach der fünfgeschossigen Wohnanlage. Er führte Lucy hinunter in die Welt großzügiger, lichterfüllter Räume, in der sie und er für immer leben würden.

Zumindest schien es ihnen mit zweiundzwanzig, als läge noch eine Ewigkeit vor ihnen.

McAllister schlug die müden Augen auf und sah, daß er im tiefschwarzen Raum schwebte. Keine Erde breitete sich unter ihm aus. Er war in einer Zeit angelangt, in der die Erde noch nicht existierte. Die Finsternis schien auf ein kolossales Ereignis zu warten.

Schien zu warten auf ihn.

Jäh ging ihm auf, was sich zutragen würde. Staunen kam ihn an — und Ergebung in seinen Tod.

Mit der Ergebung stellte Gelöstheit sich ein. Er war so unendlich ermattet. Und der Gedanke gab ihm Auftrieb, daß er sterben würde, damit andere leben konnten.

Wie das Ende kommen würde, wußte er nicht zu sagen. Aber auf die eine oder andere Weise würde in der fernen Vergangenheit die gewaltige Zeitenergie freigesetzt werden, die sich mit jedem ungeheueren Ausschlag der Wippe in seinem Körper aufgespeichert hatte.

Der Raum selbst würde zerreißen unter der Wucht dieser Explosion.

Die Planeten würden erschaffen werden.

Die Erde würde ihre Bahn um die Sonne einschlagen. Der mühselige Aufstieg des Lebens zur Intelligenz würde beginnen.

In Jahrmilliarden würde er geboren werden.

Und deshalb, damit der Menschheit das Leben geschenkt wurde, mußte er sterben.

JETZT!

DIE WAFFENSCHMIEDE

(1943)

DIE WAFFENSCHMIEDE
Originaltitel: THE WEAPON MAKERS
(*Astounding Science Fiction,* Februar—April 1943)

Ungekürzte deutsche Übersetzung von Rainer Eisfeld

1. KAPITEL

Ein volles Jahr hatte er verloren. Die Spur, dachte Neelan, war mit Sicherheit — *erkaltet.*

Er lehnte sich zurück, ließ den beruhigenden Rhythmus des wunderbar schnellen Flugzeugs auf sich wirken. Daß er jetzt erst zur Erde zurückgelangt war, lag nicht an ihm. Der Meteorit, auf dem Carew und er »schweres« Beryllium geortet und mit dessen Abbau begonnen hatten, hatte eben seinen erdfernsten Punkt auf der anderen Seite der Sonne erreicht, als er mit Sicherheit wußte, daß Gil tot war.

Beinahe ein Jahr lang hatte der Meteorit, fast so schnell um die Sonne kreisend wie die Erde, seine abgelegene Position beibehalten. Zu guter Letzt hatte die erreichte Stellung erlaubt, für Carews und seinen primitiven Frachter einen halbwegs passablen Kurs zu berechnen.

Carew hatte ihn an einem der zweitklassigeren Raumhäfen abgesetzt — die Berylliummine mochte ihr Gewicht in Platin wert sein, aber noch warf sie nichts ab —, und so war er, zwölf Monate verspätet, unterwegs nach Imperial City, um in Erfahrung zu bringen, wie sein Bruder gestorben war.

In seiner Tasche steckten hundert Kredite, der Rest der stattlichen Summe, die er in das Bergwerk gesteckt hatte. Er würde sich entweder vorübergehend irgendeine Arbeit suchen oder — er verzog das Gesicht — an den Spieltisch zurückkehren müssen.

Eine Weile starrte Neelan in die Tiefe auf das ferne, grüne Land, auf Städte und Metropolen, die vorüberwischten wie hinreißende Edelsteine in einer endlosen smaragdenen Fassung.

Unvermittelt zitterte er. Sich vorzustellen, daß er das alles zehn Jahre lang entbehrt hatte. Zehn Jahre! Wahr und wahrhaftig die blühende Erde aufgegeben zu haben für den wüstenhaften Mars, die öden Monde des Jupiters, am Ende einen atmosphärelosen Meteoriten.

Was für Toren die Menschen doch waren! In ihrer...

Sachte, dachte Neelan grimmig. Es konnte kaum schaden, sich in Erinnerung zu rufen, daß das Leben auf der Erde unter dem Regiment des glanzvollen Hauses Ischer nicht nur eitel Sonnenschein war. Schließlich hatte er selbst seine Gründe gehabt.

Der Gedanke war unerquicklich. Er wirkte wie ein Signal auf seine Überlegungen. Die Erinnerung an die jähe Leere kehrte zurück, die sich draußen im Raum vor einem Jahr bei ihm eingestellt hatte, und damit an die erstmalige Erkenntnis, daß Gil tot war. Mit einem Schlag war der nervliche Druck abgerissen, der trotz der weiten Distanz das Bindeglied zwischen seinem Bruder und ihm dargestellt hatte.

Schmerz hatte er gespürt, entsann Neelan sich unbehaglich. Gil war qualvoll ums Leben gekommen, unerwartet, ohne mit seinem Tod gerechnet zu haben. Die Pein hatte die Abermillionen Meilen zwischen der Erde und dem Meteoriten überbrückt und sich seinen eigenen Nerven ungemildert mitgeteilt.

Sie hatten sich oft gefragt, Gil und er und auch die Eugeniker, wie es sein würde, wenn einer von ihnen starb. Mit fünf Jahren hatten die Wissenschaftler sie übernommen, eineiige Zwillinge mit ausgeprägter Empfindsamkeit für die Regungen des anderen, und hatten die Empfindsamkeit gesteigert, bis ein Austausch der Lebensimpulse einsetzte, eine Welt zwiefacher Wahrnehmung entstand.

So ausgeprägte Gestalt hatte die Wechselbeziehung angenommen, daß über kürzere Entfernung — einige tausend Meilen — Gedanken wechselseitig von ihnen aufgefangen wurden mit der Präzision des Elektronenflusses bei einer Holosendung.

Diese frühen Jahre hatten sie als ungetrübte Freude inniger Beziehung erlebt; dann, im Alter von zwölf, setzte der Versuch ein, ihre Unterschiedlichkeit zu entwickeln, ohne die nervliche Verbindung abreißen zu lassen. Wie ein Kind, das man ins Wasser stieß, damit es schwamm oder versank, wurde er der ungemilderten Einwirkung der Zivilisation Ischers ausgesetzt, während man Gil von der Umwelt abkapselte und zur Gelehrsamkeit anhielt.

Mit den Jahren ließ ihre geistige Nähe nach; Gedanken konnten zwar noch übertragen, aber auch abgeschirmt werden. Neelan begann Gil gegenüber eigenartigerweise die robuste Haltung eines großen Bruders an den Tag zu legen, wohingegen dieser...

Es war Neelan, dem aufging, wie zaghaft Gil in die Erwachsenenwelt hineinwuchs. Gils Existenzweise hatte ihn schüchtern gemacht, zurückgezogen. Für seine Forschungsarbeit konnte er sich begeistern, was aber soziale Kontakte anging, besonders Beziehungen zu Frauen, blieb er ein hoffnungsloser Fall, der nicht darüber hinwegkam, daß sein Bruder jede emotionelle Erfahrung unweigerlich mit ihm teilen würde.

Wer von beiden die Erde verlassen würde, stand nie zur Debatte. Noch an dem Tag, an dem sein Vertrag mit dem Institut für Eugenik ablief, kündigte Neelan seinen Weggang zum Mars an. Gil sollte Gelegenheit haben, sein Leben zu leben. Nur...

Nur hatte er statt dessen den Tod gefunden.

Sein Grübeln endete. Neelans innere Anspannung löste sich angesichts des Schauspiels, das sich unter ihm entfaltete — der Peripherie von Imperial City. Meile um Meile spulten die Vorstädte sich ab, helle Farbflecke inmitten ihrer Grünanlagen, durch ein Filigranwerk von Straßen mit dem Kern verbunden.

Minuten später betrat er das Wolkenkratzerdach, auf dem die Maschine zum Stillstand gekommen war. Er vergeudete keine Zeit, sondern rief unverzüglich die Informationsstelle an. Mit erheblicher Verzögerung erhielt er Auskunft:

»Der Sterbefall eines Gilbert Neelan ist in Imperial City nicht registriert, weder an dem Tag, den Sie genannt haben, noch überhaupt während der zurückliegenden beiden

Jahre. Eine Rückfrage beim Planetarischen Statistischen Amt hat zu keinem anderen Ergebnis geführt.

Andererseits müssen unsere Unterlagen unvollständig sein, weil sein Name im diesjährigen planetarischen Einwohnerverzeichnis nicht aufgeführt ist. Die Unterlagen für das vergangene Jahr weisen als letzte gemeldete Anschrift 1674 210. Avenue, Zentrum, Imperial City, aus. Wenn Sie uns bitte mitteilen würden, wodurch Sie vom Tod Ihres Bruders erfahren …«

Neelan sagte hastig: »Ich melde mich wieder.«

Er unterbrach die Verbindung, schritt zum nächstgelegenen Dachrand und starrte eine lange Weile auf die gewaltige Stadt hinunter.

Eines zumindest stand fest: Die Adresse auf Gils letzten besprochenen Mikrobändern war identisch mit der, über die die Informationsstelle verfügte. Er würde sie als erstes aufsuchen und danach …

Unvermittelt, bedrückend, schien es ihm, als habe er ein Ziel.

2. KAPITEL

Die Dunkelheit setzte ein, als Neelan einen öffentlichen Flugwagen verließ und seine Umgebung musterte. Er stand in einer Straße mit einstmals imposanten Villen. Das Haus, auf das es ihm ankam, verfügte über eine Leuchtreklame, die eben zu glühen begann und in alle Richtungen verkündete: »Zimmer zu vermieten«.

Auf sein Summzeichen hin erschien ein Hausmädchen, das einen Augenblick später mit einer gutaussehenden, üppigen Frau von vielleicht fünfunddreißig Jahren zurückkehrte.

Die Frau hörte mit nachdenklich gefurchter Stirn zu, während Neelan sein Anliegen erläuterte. Dann schüttelte sie den Kopf. Den Namen meinte sie zwar schon gehört zu haben, doch an einen Gilbert Neelan, der bei ihr gewohnt hätte, konnte sie sich nicht erinnern. Sie war aber gern bereit, einen Blick in ihre Datei zu werfen. Daß es sich um Zimmer Nummer 3 und die Zeit bis zum 17. Juli 4790 Ischer gehandelt hatte, würde ihr dabei zustatten kommen.

Und natürlich konnte er auch selbst ein Zimmer haben. Die Räume waren behaglich eingerichtet und kosteten nur einen Kredit pro Nacht. Er würde sich hier wohl fühlen. Es herrschte ein ständiges Kommen und Gehen neuer Gäste; so hielt sie es, seit sie vor drei Jahren Witwe geworden war. Das Leben bot zu viel, war zu bunt, um lange zu trauern. Sie liebte die Vielfalt, die Abwechslung ...

Sie plapperte weiter, während sie das Sichtgerät einschaltete. Neelan gab sich keine Mühe, ihre flinke Zunge zum Schweigen zu bringen. Den Mund zu einem gezwungenen Lächeln verzogen, saß er da und begann sich innerlich mit dem Mißerfolg abzufinden, der sich ankündigte.

Gleich zu Beginn seiner Suche war er auf Treibsand gestoßen, auf Boden, der unter seinen Füßen nachgab — ein geschwätziges Geschöpf, das an jedem Gast nur soweit interessiert war, wie er dazu beitrug, daß das entsprechende Zimmer seinen Ertrag abwarf.

Diese bedauernswerte Person mit ihrem Wunsch nach immer neuen Gästen, neuen Gesichtern — welche innere Unrast sie erfüllen mußte. Wie hatte in dem Waffenladen auf Io der Verkäufer dieses ständige Getriebensein noch bewertet — als unterdrückte, unbegriffene Auflehnung gegen die herrschende Stabilität, Symptom der Unzufriedenheit einer Gesellschaft, die ihren Drang nach Abenteuern nicht mehr ausleben konnte.

Neelan hob bedrückt die Schultern. Möglicherweise hatte die Frau — wie war ihr Name? Dendley — womöglich hatte sie recht. Das Leben war zu bunt, um die Toten lange zu betrauern oder ihnen nachzuforschen.

Und Gil *war* tot. Es handelte sich nicht um vertauschte

Unterlagen oder um die Aufklärung eines Rätsels. Er, Neelan, hatte den kurzen, schrecklichen Schmerz verspürt und dann das gänzliche Erlöschen des nervlichen Kontakts. Binnen Sekunden war alles vorbei; keine Krankheit konnte so schnell zugeschlagen haben.

Der Tod war eingetreten durch Unfall — oder durch Mord.

Der Gedanke kam ihm nicht zum erstenmal. Er hatte ihn gequält während der langen Monate, die er auf dem Meteoriten abwarten mußte. Bereits die Vorstellung, Gil könnte in irgendeiner düsteren Seitenstraße umgebracht worden sein, genügte, um ...

Ein Ausruf der Frau lenkte seine Aufmerksamkeit mit einem Ruck wieder auf sie. »Aber ja«, sagte sie, »jetzt fällt es mir ein.«

Neelan starrte sie mit geweiteten Augen an, während sie weiterredete: »*Der* war es. Kein Wunder, daß ich nicht gleich daran gedacht habe.«

Sie machte eine Pause; und Neelan schoß der absurde Einfall durch den Kopf, daß es bestimmt ein Gesetz dagegen gab, Vermieterinnen auf den Kopf zu stellen und die Worte aus ihnen herauszuschütteln, daß aber wenigstens dieses eine Mal ... Bevor er die Idee noch weiterspinnen oder den Mund öffnen konnte, fuhr Mrs. Dendley fort:

»Er hat mir erklärt, er müßte eine Privatanschrift angeben können. Deshalb hatte er auch immer einige Sachen hier stehen. Er gab mir aber ausdrücklich die Genehmigung, sein Zimmer für Übernachtungen zu vermieten, allerdings nie über einen längeren Zeitraum, wenn Sie wissen, was ich meine. Ich ...«

»Sie wollen damit sagen« — Neelan war konsterniert —, »er hat gar nicht hier gewohnt?«

Die Frau nickte lebhaft. »Richtig. Er kam einmal im Monat vorbei, um seine Post abzuholen und die Miete zu bezahlen. Er hat mir auseinandergesetzt, sein Beruf machte es erforderlich, daß er im Betrieb schliefe.«

Sie schaute auf den Bildschirm. »Wo er tätig war, hat er

nie erwähnt, und ausgezogen ist er am ... warten Sie ... am 17. Juli. Letzte Woche vor einem Jahr.«

Neelan nickte, doch seine Muskeln waren so verkrampft, daß die Bewegung ihn im Nacken schmerzte. Schließlich richtete er sich auf und nahm sich bewußt zusammen, um den unerwarteten Umstand zu verarbeiten:

Gil hatte also mit Vorbedacht sein Zimmer hier aufgegeben — an dem Tag, an dem er den Tod gefunden hatte.

Ein erster Anfang schien gemacht. Irgendwo in der Riesenstadt würde irgend jemand sicherlich mehr wissen.

Trügerische Hoffnung! Anstatt breiter und ausgeprägter wurde die Spur schmaler und undeutlicher. Beim Institut für Eugenik erfuhr er, daß sämtliche Angaben über seinen Bruder bei der Außenstelle Lakeside abgerufen werden mußten. Deren Rechnerzeit aber war soweit im voraus ausgebucht, daß es Wochen dauern konnte, an die Unterlagen heranzukommen. Nein, in der Zentraldatei existierte kein Schriftwechsel mit seinem Bruder.

Der Auskunftsbeamte bei der Polizei fragte zurück: »Wissen Sie, daß wir allein in den beiden letzten Jahren fünftausend ungelöste Mordfälle aufzuweisen haben? Wir leben in einer der eigenartigen Epochen, in denen es geradezu Ansehen einzubringen scheint, einen Menschen aus dem Weg zu räumen, und ein Mord mehr oder weniger einem Stein gleichkommt, den jemand im Finstern wirft. Vor einem Jahr, haben Sie gesagt? Vergessen Sie's!«

Bei keiner einzigen Bank in der Hauptstadt hatte Gilbert Neelan ein Konto unterhalten. In Lakeside allerdings existierte ein Aktivsaldo von einigen tausend Krediten. Falls er einen Gerichtsbeschluß erwirkte ... Sechs Monate mochten darüber vergehen.

Bei der Nuklearforschungs AG. teilte man ihm mit, daß Gil seine Stellung in der Zweigniederlassung Lakeside vor zwei Jahren gekündigt hätte, um in eine Privatfirma in Imperial City einzutreten. Um welches Unternehmen es sich handelte, wußte man nicht. Nach Referenzen hatte sich niemand erkundigt.

Seine Tätigkeit? Er hatte daran gearbeitet, zwischen Materie und Antimaterie stabile Beziehungen herzustellen, ein detailliert erforschtes Gebiet, das sensationeller Durchbrüche seit längerem völlig ermangelte.

Zwei halbminütige Holoanzeigen führten lediglich dazu, Neelans schrumpfende Barschaft um weitere sechzig Kredite zu reduzieren. Nach drei Wochen hatte er einundzwanzig Kredite an Mrs. Dendley gezahlt und weitere sechzehn für Verpflegung, Flugwagenkosten sowie Hologespräche verbraucht.

Am Morgen des einundzwanzigsten Tages rief eine Angestellte aus dem Institut für Eugenik an, um ihm mitzuteilen, daß die Unterlagen über Gil aus Lakeside durchgegeben worden waren, ohne irgendwelche weiteren Aufschlüsse zu erbringen. Neelan möchte jedoch um fünf Uhr nachmittags selbst vorbeikommen. Der Institutsleiter Professor Nad Rayburn, hätte ihn gern gesprochen.

Nachdem er die Verbindung unterbrochen hatte, verharrte Neelan mit gerunzelter Stirn neben Mrs. Dendleys Holoset. Von seinem ersten Anruf her erinnerte er sich an den Wissenschaftler, einen liebenswürdigen, kultiviert wirkenden Graubart.

Hingehen würde er, beschloß er grimmig. Unterwegs aber würde er sich die Zeit dafür nehmen, etwas Dringenderes zu erledigen. Jemand, der nur noch drei Kredite sein eigen nannte, tat besser daran, sich übers Geldverdienen Gedanken zu machen — und zwar schleunigst.

Er verließ das Haus — und vergaß, daß er etwas essen wollte. Ruhelos schritt er aus. Der Nachmittag war halb verstrichen, ehe ihm seine Absicht wieder in den Sinn kam. Während er in einem kleinen Selbstbedienungsrestaurant aß, empfand er von neuem seine tiefe Unentschlossenheit, das leere Gefühl der langen Zeit, die verstrichen war, die Monate, die die Spur des Todes mit so vielen Schleiern zugedeckt hatten.

ASTOUNDING
Science-fiction 25c
DEATHS GREEN
THE WEAPON SHOP
By A. E. VAN VOGT
DECEMBER 1942
A STREET AND SMITH PUBLICATION

①

THRILLING
WONDER
STORIES
FEB.
25¢
A THRILLING PUBLICATION
The WEAPON SHOPS OF ISHER
A NEW NOVEL BY A. E. VAN VOGT

2

A novel of time to come

The WEAPON SHOPS of ISHER

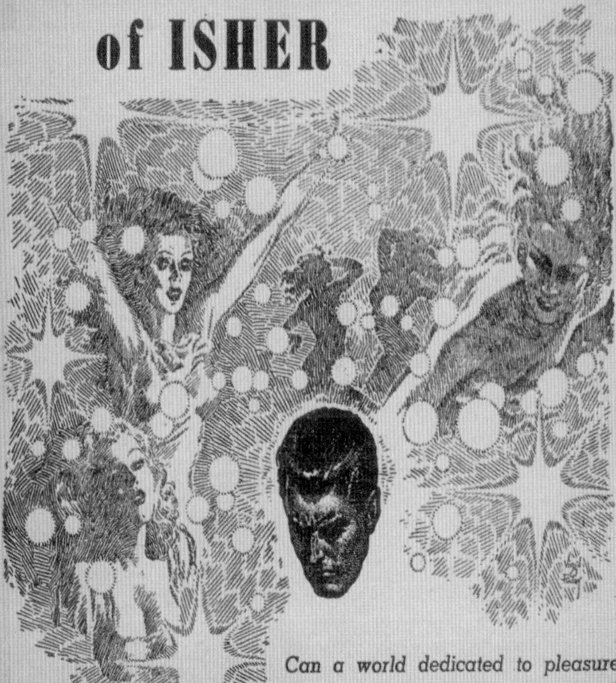

Can a world dedicated to pleasure rally in the face of cosmic crisis?

By A. E. VAN VOGT

ON a day in June, 4784 Isher, a reporter from the twentieth century, Chris McAllister, found himself inside a weapon shop located in Imperial City, capital of the Isher empire.

In all time, no man whose destiny it was to be sacrificed so that others might live ever had so great an influence upon the history of life in the Solar System. Because of the way he arrived it was possible to make him one of the "weights" of a time pendulum. At the other end was the gigantic imperial building which housed the time machine itself.

To save themselves the weapon makers

ASTOUNDING
SCIENCE-FICTION
TITLE REGISTERED U. S. PATENT OFFICE

Contents for February, 1943, Vol. XXX, No. 6
John W. Campbell, Jr., Editor, Catherine Tarrant, Asst. Editor

Serials

First part of a three-part novel of one man against the two greatest powers in the whole Solar System—the Isher Empire itself, and the vast, secret power of the Weapon Shops.

The ship had been built by beings utterly alien: their ship was half made of dreaded seetee—and full of a hundred death traps left by their alien minds!

Novelette

This is the first science-fiction story that I know of which has considered the children's toys of the far future. Simple little items— But—what toys!

Short Stories

A story of the reconstruction period after the war—and the only possible cure for a hundred-percent-convinced Fascist.

The queer little fellow had strange ideas. A harmless little man, who wanted light, and a workbench—that grew. He didn't quite seem to fit our busy civilization. Didn't fit Earth at all—

Article

You may have heard the Earth's an "oblate spheroid." If you think that's a definite shape, this fact article may make things a little less clear.

Readers' Departments

Department of Prophecy and Future Issues.

An Analysis of Reader's Opinions.

Calling All Liars!

Concerning Purely Personal Preferences.

Cover by William Timmins
Illustrations by Jameson, Kolliker and Kramer

OUT SECOND FRIDAY EACH MONTH
NEXT ISSUE ON SALE FEB. 12, 1943
$2.50 per YEAR
25c per COPY
16
Printed in the U.S.A.

Monthly publication issued by Street & Smith Publications, Incorporated, 79 Seventh Avenue, New York City. Allen L. Grammer, President; Henry W. Ralston, Vice President; Gerald H. Smith, Secretary and Treasurer. Reentered as Second-class Matter, February 7, 1938, at the Post Office at New York, under Act of Congress of March 3, 1879. Subscriptions to Countries in Pan American Union, $2.75 per year; elsewhere, $3.25 per year.

STREET & SMITH PUBLICATIONS, INC. • 79 SEVENTH AVE., NEW YORK

A E van Vogt

ALFRED E. VAN VOGT, the Pacificon's Guest of Honor, is a Canadian born author whose stories have captured the imagination of the English reading science fiction and fantasy public.

Beginning with "Black Destroyer" in the July 1939 Astounding Science-Fiction, his rise to popularity was rapid, and September 1940 saw the start of his 4-part, 70,000 word serial, SLAN. This engrossing novel of "the man after man" was quickly acclaimed a classic.

"Coöperate or Else", "Asylum", "Weapon Shop", "Weapon Makers", "Far Centaurus", "The Changeling" and a score of others followed, and last year he produced the 90,000 word novel, "World of Ā" --the year's most controversial story.

His complete works total approximately 700,000 words.

Arkham House is soon to release his "Slan" in book form, while Pegasus Publications has his "Weapon Makers" and others scheduled for hard covers.

$3.50
reflections of
A. E. van Vogt
The Autobiography of a Science Fiction Giant
With a Complete Bibliography

6

① Die Auskunftszentrale der Waffenläden auf dem Titelbild von William Timmins für »The Weapon Shop« (*Astounding Science Fiction*, Dezember 1942). Das nüchterne Cover, das Personen in den Hintergrund rückt, technische Aspekte dagegen hervorhebt – ohne auf einen Schuß futuristischer Romantik zu verzichten –, ist charakteristisch für den Stil, den *Astounding* unter der Herausgeberschaft John W. Campbell jr.'s pflegte: Jene Verbindung technisch-naturwissenschaftlicher Seriosität mit atmosphärischer Dichte, unkonventioneller Thematik und stilistischer Kompetenz, die das Campbellsche »Goldene Zeitalter« der Science Fiction in den 40er Jahren prägte.

② Auf ganz andere Käuferbedürfnisse spekuliert das Cover zu van Vogts »Waffenläden von Ischer« (*Thrilling Wonder Stories,* Februar 1949). Der Zeichner, Earle K. Bergey, unter Fans bekannt als »Erfinder des bronzenen BH« (engl. ›brass brassière‹), drückte den schreiend bunten Umschlägen von *Thrilling Wonder* (und *Startling*) *Stories* ein Jahrzehnt lang seinen Stempel auf. Nach Szenen, in denen seine möglichst leicht bekleideten Frauengestalten (hier wohl Innelda Ischer, mit einem Blaster Robert Hedrock bedrohend) in den betreffenden Erzählungen tatsächlich auftauchten, suchte der Leser meist vergebens – ein Umstand, der Harry Harrison, Verfasser einer Geschichte von Sex und Science Fiction (»Great Balls of Fire«) zu dem bissigen Kommentar veranlaßte, auf die Dauer hätten nur Schizophrene diese Hefte kaufen können.

③ Sinnlich-erotische Qualität hatten auch die Darstellungen Virgil Finlays, der für die Innenillustrationen von *Thrilling Wonder* und *Startling* zuständig war (hier seine Vorspannzeichnung zu den »Waffenläden von Ischer«). Die Anmut und Finesse seiner Arbeiten übertraf – und übertrifft bis heute – freilich bei weitem die Mehrzahl seiner Konkurrenten. 1953 wurde er für seine Innenillustration mit einem »Hugo«, dem nach Hugo Gernsback benannten SF-Preis, ausgezeichnet. Die perlenden Seifenblasen, denen seine nymphenhaften Frauengestalten häufig wie einem Schaumbad entstiegen (wodurch ihre Blöße sich in den gerade noch »akzeptierten« Grenzen hielt), trug auch ihm einen Fan-Spitznamen ein: »bubble man«, der Seifenblasen-Künstler.

④ Wie ein Symbol der »goldenen« SF-Ära wirkt das *Astounding*-Inhaltsverzeichnis vom Februar 1943. Mit den »Waffenschmieden« führt A. E. van Vogt die Reihe der Autoren an. Ihm folgt Jack Williamson (Pseudonym: Will Stewart, hergeleitet von seinem vollen Namen John *Stewart Will*iamson) mit »Opposites – React«, einer seiner ersten Erzählungen über das Aufeinandertreffen von positiver und negativer (Anti-)Materie – Grundlage für spätere Romane wie

»Seetee Ship«. Schärfster Konkurrent der »Waffenschmiede« in der Lesergunst aber war die ungewöhnliche Geschichte »Mimsy Were the Borogoves« (dt., nach Christian Enzensberger, »Gar Elump war der Pluckerwank«), gemeinsam verfaßt von Catherine L. Moore und Henry Kuttner unter dem Pseudonym Lewis Padgett. Anknüpfend an Motive aus Lewis Carrolls klassischem Nonsensmärchen »Alice hinter den Spiegeln« erzählen sie, wie zwei kleine Kinder mit ihrem vorurteilsfreien (aus Erwachsenensicht »unnormalen«) Bewußtsein eine andere Welt erreichen, die ihren Eltern nicht mehr offensteht.

⑤ 1946 war van Vogt Ehrengast des 4. World Science Fiction Convention in Los Angeles. In seiner Rede schilderte er eine schriftstellerische Krise: Der Versuch, seine extreme Kurzsichtigkeit durch systematisches Augen- und Geistestraining nach der Bates-Methode anzugehen, hatte zu einem mehrmonatigen Schreib»block« geführt. Wie seine Romane und Kurzgeschichten belegen, hat van Vogt immer wieder nach »Systemen« gesucht — nach Trainingsmethoden, die eine bessere Integration von Körper und Geist erlauben, auf diese Weise die menschliche Vervollkommnung fördern und schließlich »Menschen, Göttern gleich« (H. G. Wells) schaffen. 1951 schloß er sich der Dianetik, jener von L. Ron Hubbard begründeten Pseudo-»Wissenschaft der geistigen Gesundheit«, an und leitete bis 1961 zusammen mit seiner (1975 verstorbenen) ersten Frau Edna Mayne Hull die Hubbard Dianetics Research Foundation in Los Angeles. Sein erster neuer Roman — abgesehen von »The Mind Cage« 1957 (dt. »Die Denkmaschine«) — erschien 1962; 1963 folgten die ersten Science Fiction-Kurzgeschichten nach zwölfjähriger Pause.

⑥ 1975 erschien van Vogts Autobiographie. Seine Tendenz, die Hauptfiguren seiner Erzählungen mit übermenschlichen Fähigkeiten auszustatten, kommentierte er dort selbstkritisch: Mittlerweile sei er sich über jene unbewußten Seiten klar geworden, die »etwas im paranoiden, schizophrenen Bereich« gelegen hätten. Van Vogt deutete an, daß ihm die dianetische Therapie — von Hubbard als »Auditieren« bezeichnet — zu dieser Klarheit verholfen habe. Er fügte hinzu, mit der Abfassung von »The Mind Cage« habe er aus der Einsicht die Konsequenz gezogen: Zum erstenmal habe er das Übermensch-Thema bewußt, statt wie bislang unbewußt, in einer Geschichte verarbeitet. Nachdem mit der Ausnahme dieses einen Buchs seit 1951 ausschließlich »fix-ups« (Zusammenfassungen und Erweiterungen früher publizierter Erzählungen auf Romanumfang) erschienen waren, veröffentlichte van Vogt allein zwischen 1970 und 1974 sieben neue Romane, die freilich nicht mehr die Popularität seiner »klassischen« Werke erreicht haben.

Und jetzt mußte seine Suche noch länger warten — während er Geld verdiente.

Welcher Witz des Schicksals! In ungefähr drei Monaten würde die »schwere« Berylliummine hunderttausend oder mehr Kredite monatlich abwerfen, während er — sehr wenig spaßig — in ernstlicher Gefahr schwebte, Sozialhilfe zu benötigen und damit automatisch die Voraussetzungen für die Verbannung zum Mars oder zur Venus zu erfüllen, wo an härtester Arbeit nie Mangel herrschte.

An der nächsten Straßenecke warf Neelan eine Münze in einen Annoncenautomaten. »Technische Berufe«, sagte er, als die Züge einer jungen Frau auf dem Schirm erschienen.

Ein älterer Mann löste das Mädchen ab, und Neelan fuhr fort: »Ich verfüge über folgende Qualifikation ...« Er umriß Ausbildung und Werdegang: Abschluß als Nuklearingenieur, drei Jahre Schürfarbeit auf einem Meteoriten. »Betonen möchte ich«, schloß er, »daß der übliche Zweijahresvertrag für mich nicht in Frage kommt. Ich suche eine vorübergehende Tätigkeit, längstens für zwei Monate. Können Sie mir etwas Passendes anbieten?

»Ich fürchte«, erwiderte der Mann, »daß solche Stellungen durchweg niedriger eingestuft sind. Der Standardvertrag, wonach das Unternehmen Sie auf sechs Monate einstellt, Sie sich dagegen für zwei Jahre verpflichten müssen, hat eine lange Tradition. Außerdem würde die einflußreiche Ingenieursgilde andere Einstellungsbedingungen kaum akzeptieren.«

»Was«, wollte Neelan wissen, »meinen Sie mit niedrigerer Einstufung?«

»Ich habe hier«, erwiderte der Angestellte, »eine Anzeige, die seit fünf Tagen läuft und heute früh über automatische Holoschaltung ein weiteres Mal aufgegeben worden ist. Ich lese sie Ihnen vor:

> Gesucht: Fähiger Kerntechniker zur Instandsetzung großer Triebwerksblöcke. Kräfte aus vollautomatisierten Repara-

turbetrieben unerwünscht. Persönliche Vorstellung Raum 1874 Trellis Minor Building. Guter Verdienst.

Diese Anzeige«, erläuterte der Angestellte in sachlichem Tonfall, »fällt deswegen aus dem Rahmen, weil sie Kenntnisse in einem Beruf verlangt, die Sie bei Ihrer Ausbildung erworben haben müßten, der in Großstädten aber kaum noch existiert. Das Aufkommen der automatisierten Instandsetzungswerke, die schnell und billig arbeiten, hat die Tätigkeit des klassischen Reparaturtechnikers seit mindestens sechzig Jahren verdrängt. Anscheinend ist dem Auftraggeber an besonders gründlicher Ausführung gelegen.

Diese Annonce dürfte am ehesten auf Sie passen. Folgende Stellenangebote kämen außerdem noch in Frage ...«

Neelan machte sich kurze Notizen. Als der Automat schließlich abschaltete, fühlte er sich seiner Zukunft sicherer. Irgend etwas sollte sich eigentlich aufgrund der Liste ergeben; und wie der Angestellte geäußert hatte, war die erste Anzeige die vielversprechendste. Am nächsten Vormittag würde sich erweisen, wieviel oder wie wenig sie ihm weiterhalf. Vorläufig ...

Das Institutsgebäude war ein weißgrauer Pfeil, der dreihundert Meter Himmel durchstieß immer schmaler zulaufend, bis er zuletzt in einer Spitze endete.

Neelan trat im neunzigsten Stock aus dem Aufzug und wurde unverzüglich zum Institutsleiter vorgelassen. Der Wissenschaftler erhob sich hinter seinem Schreibtisch und streckte ihm leutselig die Hand entgegen.

»Ich bedauere wirklich, daß wir Ihnen nicht direkt behilflich sein konnten. Leider hat sich herausgestellt, daß Ihr Bruder sich letztmalig im Zusammenhang mit einer unklaren vegetativen Störung an unsere Außenstelle in Lakeside gewandt hat, die keine Berührungspunkte mit unseren außersinnlichen Forschungen aufwies. Das war vor fünf Jahren.«

»Vielen Dank für die Mühe, die Sie sich meinetwegen gemacht haben«, sagte Neelan.

Plötzlich überkam ihn Verwunderung. Er war nicht eher darauf gekommen, aber plötzlich schien es ihm eigenartig, daß er nur um einiger höflicher Worte des Bedauerns willen hergebeten worden sein sollte. Er warf seinem Gegenüber einen prüfenden Blick zu und stellte zu seiner Überraschung fest, daß der Institutsleiter ihn unter buschigen Brauen hervor durchdringend musterte.

Der bejahrte Gelehrte bemerkte seinen Blick und lachte auf. »Ich frage mich«, bemerkte er kühl, »ob Sie noch ebenso zuverlässig sind wie vor einem Jahrzehnt, als wir Sie aus unserer Zuständigkeit entlassen haben.«

Erregung ergriff Besitz von Neelan. Denn hinter dieser Einleitung verbarg sich — ein noch unbekannter Sinn.

»Ich möchte Ihnen einen Fingerzeig geben«, fuhr der Wissenschaftler fort, bevor Neelan antworten konnte, »in strengstem Vertrauen, aus Entgegenkommen gegenüber einem früheren Zögling.«

Neelan unterdrückte seine Anspannung und erwiderte: »Sie können mir trauen; ich gebe Ihnen mein Wort.«

Er wartete begierig, während Rayburns graue Augen ihn durchdringend anstarrten.

»Weshalb«, sagte der Institutsdirektor, »wenden Sie sich nicht an die Waffenläden? Der Umstand ist zwar nicht allgemein bekannt, aber sie verfügen über eine Auskunftszentrale, die nicht ihresgleichen hat. Und nun leben Sie wohl, und viel Glück.«

Er wandte sich ab, ohne Neelan noch einen Blick zu widmen, und machte sich an seinem Rechner zu schaffen.

Neelan schwirrte noch immer der Kopf, als er auf der Straße anlangte. Denn er hatte keine Ahnung gehabt. Und ich habe geglaubt, sie würden einzig und allein Waffen verkaufen, überlegte er. Dabei hätte ich es besser wissen müssen. Schließlich bin ich im halben Sonnensystem gewesen, habe die Läden mehrfach aufgesucht, mich lange mit dem Verkäufer auf Io unterhalten ...

Er fühlte sich hin- und hergerissen. Seine Verzweiflung wich für kurze Zeit der Ahnung gewaltiger Vorgänge, des immensen Ausmaßes der Organisation der Waffenschmiede, deren Läden in Zentausenden von Städten und Orten des weitgespannten Ischerreichs standen, souveräne, verfemte, unangreifbare, uneigennützige Widersacher jeder Despotie.

Er hätte sich denken können, daß hinter dem äußeren, sichtbaren Apparat ein innerer, verborgener wirken mußte. Seine Stimmung hob sich bei der Überlegung. Die Bürde seiner Suche schien geringer auf ihm zu lasten.

Der Waffenladen erhob sich in einer kleinen Parkanlage inmitten von Büschen- und Blumenrabatten. Zwischen zwei Wolkenkratzern gab er ein friedliches, idyllisches Bild ab. Die große, allerorten gleiche Leuchtschrift des Ladens verkündete ihre uralte Botschaft jedem, der sie wahrnehmen wollte:

DAS RECHT AUF WAFFEN
BEDEUTET DAS
RECHT AUF FREIHEIT

Auch das Schild im Fenster glich denen, die er in anderen Läden gesehen hatte, aufs Haar. Die Buchstaben waren kleiner, doch die Aussage ebenso bestimmt:

DIE BESTEN ENERGIEWAFFEN
IM BEKANNTEN UNIVERSUM

Neelan blieb stehen und starrte regungslos auf die blitzenden Büchsen und Handfeuerwaffen, die ausgestellt waren. Neues sagte der Anblick ihm nicht. Seit Jahren trug er eine der fabelhaften Defensivwaffen. Auch jetzt steckte sie unter seiner linken Achsel, exakt in ein Halfter eingepaßt.

Siebenmal hatte diese überwältigende Waffe zu der Zeit, als er von seinem Spielerglück lebte, ihre anomale Kraft unter Beweis gestellt. Nein, ungewohnt war das Bild ihm nicht. Und dennoch ...

Der bloße Anblick eines Waffenladens flößte ihm regelmäßig ein sonderbares Empfinden ein. Es bedurfte eines regelrechten geistigen Angriffs, um sich klar zu machen, daß jede Waffenhandlung ein unbezwingliches Bollwerk darstellte, und daß es den Herrschern des Ischerreichs mehrfach blutig ernst mit dem Versuch gewesen war, die Waffenschmiede zu vernichten — ein unwirkliches Bild, nur schwer vorstellbar.

Neelan schüttelte sich und strebte auf die Tür zu. Sie widerstand seinem Griff. Befremdet zog er daran, wobei er überlegte: War es denkbar, daß die empfindliche Tür negativ auf ihn reagierte, weil er gerade aus einem Regierungsinstitut kam? Wie es hieß, sprach sie auf Gedanken an, und keinem Gegner der Waffenläden, niemandem, der im Dienst der Ischerkaiserin stand, gewährte sie jemals Zutritt. Sie ...

Sie ging ganz sacht auf, einer Blüte gleich, die ihre Blätter entfaltete, nur rascher. Schwerelos, wie gefertigt aus unsagbar feinem, substanzlosem Material, lag sie in seiner Hand. Und als er hindurchtrat, schloß sie sich unmittelbar hinter ihm, ohne seinen Absatz zu berühren, mit der Lautlosigkeit eines Körpers, der durch den Weltraum gleitet.

Neelan durchquerte zögernd das kleine Foyer und gelangte in einen weiten Raum. Matt erhelltes Terrain war dies, mit Wand- und Bodenvitrinen, nicht sehr zahlreich, aber kunstvoll angeordnet.

Ein schlanker Verkäufer mittleren Alters trat nach einem Augenblick aus einer Tür, die in einen hell erleuchteten, flüchtig sichtbaren rückwärtigen Teil führte.

Neelan erläuterte sein Ansuchen. Der Mann wandte sich einer Rechnerkonsole an der Rückwand zu und gab die erhaltenen Daten über Gil ein.

Augenblicklich tauchte auf dem Schirm eine neue Zeile auf. Der Verkäufer studierte sie mit geschürzten Lippen, sah dann hoch und äußerte:

»Notieren Sie bitte: 1997 232. Avenue, Zentrum.«

Neelans Stimme zitterte, während er die Angaben in seinen Mikrorecorder sprach. Seine Gedanken wirbelten. Die Knie drohten ihm nachzugeben. Als er fertig war, brach es aus ihm hervor:

»Wollen Sie mir wirklich erzählen, Sie hätten seine letzte Anschrift? Was für Hexenmeister sind die Waffenschmiede? Wie ...?«

Die Stimme versagte ihm. Wie traumverloren hörte er zu, als der Mann sagte:

»Der Fall weist einige ungewöhnliche Züge auf. Als Ihr Bruder nach Imperial City kam, trat er dort seine Tätigkeit an und lebte auch am selben Ort. Das Gebäude gehört Derd Kerschaw, einem brillanten und völlig integren Wissenschaftler. Es war und bleibt unsere Politik, den Angelegenheiten solcher Leute grundsätzlich nicht im einzelnen nachzugehen. Deshalb wurde seinerzeit lediglich registriert, daß Ihr Bruder sich dort aufhielt. Allerdings ...«

Er hielt inne; dann: »In Anbetracht der Tatsache, daß Ihr Bruder tot ist, wurde nunmehr beschlossen, den Sachverhalt genauer zu prüfen. Leider wird mindestens eine Woche vergehen, bis wir einen Beobachter für die Aufgabe abstellen können. Ich würde Ihnen raten, in der Zwischenzeit nichts zu unternehmen, weil wir unvergleichlich gründlicher nachforschen werden, als Sie selbst dazu in der Lage wären.«

Seine Augen hielten Neelans Blick fest. »Ich muß betonen, daß wir uns Ihres Falles nicht in irgendeinem der Polizei vergleichbaren Sinne annehmen. Wir bestrafen keine Verbrechen. Wir mischen uns in den Alltag des Ischerreichs nicht ein, abgesehen von bestimmten Formen der Wirtschaftskriminalität.«

Er schloß: »Kommen Sie in acht Tagen wieder, dann können wir Ihnen mehr sagen. Das wäre einstweilen alles.«

Neelan stand auf der Straße, ehe ihm einfiel, daß er kein einziges Wort des Dankes geäußert hatte.

Auf die Stadt vieler Träume senkte sich die Nacht herab, als Neelan vor seiner Unterkunft den öffentlichen Flugwagen verließ. Eine Nacht, die von dem Licht erhellt wurde, das den Straßen entströmte, das aus jedem Gebäude fiel, und nur weit oben wich das Blau des Himmels dem tieferen Schwarz der Dunkelheit.

Er blieb stehen und verfolgte, wie die Lichter des Flugwagens kleiner wurden, wandte ich dann um und betrat das Haus.

In seinem Zimmer begann die Erregung über seinen Erfolg einer anderen Einsicht zu weichen. Er kannte jetzt also Gils Arbeitsplatz bis zum Tage seines Todes. Und weiter?

Er wußte, wo ein Toter tätig gewesen war!

Der veränderte Blickwinkel beeindruckte ihn nachhaltig. Er dachte: Bin ich denn verrückt? Wonach suche ich eigentlich? Soll ich mich bei dem Bemühen ruinieren, einen Leichnam zu finden, nur weil Gil und ich zwei Facetten derselben Persönlichkeit verkörpert haben? Er ist *tot.* Ich muß mir das immer wieder klarmachen.

Der Gedanke störte ihn zutiefst. Er empfand plötzlich die grenzenlose Unwichtigkeit eines Lebens, eines einzelnen Menschen, der irgendwo starb, dessen Körper sich einen kosmischen Augenblick lang gegen den Horizont der Zeit abhob, um dann in der Nacht unterzutauchen, ein Sandkorn unter den Legionen irdischer Toter.

Zerfahren schritt er zum Fenster. Das Haus stand auf einer Anhöhe, so daß er über einen Ozean von Gebäuden hinweg das Lichtermeer des Stadtzentrums zu erkennen vermochte, die Allee des Glücks, den Boulevard der Kurzweil, die Chaussee der Showtheater.

Weiter zur Rechten konnte er den kaiserlichen Palast wahrnehmen. Wochenlang hatte das blendende, kristallen schimmernde Bauwerk seine Aufmerksamkeit allenfalls am Rande erregt. Nun plötzlich fesselte sie seinen Blick und seine Phantasie.

Die Kaiserin! Im Geiste stellte er sie sich vor: gebieterische junge Frau im Feuer ihrer Macht und ihrer Jugend. Die glorreiche Innelda Ischer, kein Engel nach allem, was er gehört hatte, aber…

Was immer sie sein mochte, sie verkörperte das überschäumende Leben auf den sechshundert Quadratmeilen funkelnder Lichter, die Imperial City bildeten, während er…

Er stand hier versunken, brütend über den Tod.

Langsam richtete Neelan sich auf. Sie war vorüber, dachte er — seine Suche. Morgen würde er sich um eine Stelle kümmern. Danach würde er einen Blick auf das Gebäude werfen, dessen Adresse er in der Waffenhandlung erfahren hatte.

Er würde es nicht betreten, sondern sich die acht Tage gedulden, wie der Verkäufer ihm geraten hatte, abwarten, was man ihm eröffnen würde.

Mit diesem Gedanken ging er zu Bett und träumte, daß Gil noch am Leben war, in einer sengenden Wüstenhölle, erstickend, mit dem Tode ringend im Heulen unirdischer Stürme.

Schweißgebadet wachte er auf und gewahrte, daß freundlicher Sonnenschein durch das große Fenster fiel. Langsam, unter der Wirkung einer belebenden Dusche und des hellen Morgens, entspannte sich sein Körper. Innerlich bekräftigte er, was er sich abends vorgenommen hatte.

Es war kühl im Freien, fast frisch auf der überschatteten Seite des langen, breiten Boulevards. Neelan wechselte die Straßenseite und überlegte flüchtig, ob der Mechanismus der Bürgersteige vielleicht zu schnell umgestellt worden war. Je mehr Licht die Straßen tagsüber aufnahmen, desto mehr gaben sie bei Nacht ab, aber schließlich wurde nötigenfalls Kernenergie zugeschaltet, so daß…

Beim Gehen wurde ihm wärmer, und er vergaß die Temperaturfrage gänzlich, als ein riesiges, hundertstöckiges Gebäude vor ihm aufragte.

TRELLIS MAJOR BUILDING

Einen Augenblick lang fiel Neelan nicht auf, daß mit dem Namen etwas nicht stimmte. Er beschleunigte seine Schritte und blieb erst stehen, als er, dem überwältigenden Bauwerk direkt gegenüber, das kleinere, fünfzigstökkige, spitz zulaufende Ungeheuer erblickte, auf dem *Trellis Minor Building* stand.

Der Anblick frischte seine Erinnerung auf. Natürlich! Trellis Major und Minor waren zwei Asteroiden, die irgendwo jenseits der Marsbahn umeinander kreisten. Der größere bestand aus positiv geladener, der kleinere aus Antimaterie. Beide wurden von einem einzigen Konzern ausgebeutet; und die beiden Kolosse, die sich hier erhoben, waren nur zwei der Nebenprodukte des nach wie vor endlosen Reichtums, der stetig aus den fernen Regionen des solaren Raums zur Erde floß.

Eines nicht zu fernen Tages mochte ihr drei Meilen durchmessender Meteorit ihm und Carew ein ebensolches Gebäude einbringen.

Das angenehme Wunschbild beschäftigte ihn derart, daß er bereits den Fahrstuhl betreten hatte, ehe ihm ein ganz anderer Gedanke kam.

Reparaturen an Kerntriebwerken konnten unmöglich hier durchgeführt werden. Die Bestimmungen über Wand- und Bodenisolierung und über Sicherheitsabstände auf allen Seiten waren rigoros. Es konnte sich also nur um ein Büro handeln; der Ort seiner Tätigkeit würde anderswo liegen. Nachdenklich drückte er auf den Summer neben der Tür des Raums 1874 — und wartete.

Zwei Minuten wiederholten Läutens führten zu keinem Ergebnis. Stirnrunzelnd trat Neelan zurück und musterte den Eingang, hinter dem sich nichts regte. Er glich aufs Haar der langen Reihe anderer Türen auf der achtzehnten Etage, und Neelan dachte nicht daran, ohne weitere Bemühungen aufzugeben. Bevor er den Summer erneut betätigen konnte, sagte eine schroffe Stimme:

»Herein!«

Neelans Finger drehten den Knauf, und er stieß die Tür auf, ehe ihm einfiel, daß sie verschlossen gewesen war, als er sich zuvor daran versucht hatte.

Der Öffnungsmechanismus wurde also ferngesteuert.

Unmittelbar hinter der Tür hielt Neelan abrupt inne. Vor sich sah er einen großen Raum mit massiven gewölbten Fenstern. In einer Ecke stand leblos ein Holoset. Er gewahrte einen Schreibtisch, vier Sessel — sonst nichts.

Niemand befand sich in dem Raum.

Neelans Blick fuhr unverzüglich zu der einzig möglichen Quelle der barschen Stimme, die er gehört hatte.

Direkt an den scheinbar uneingeschalteten Holoset in der Ecke gerichtet, fragte er:

»Was soll das?«

Schweigen trat ein. Neelan wollte schon erneut ansetzen, als die Stimme, die ihn zum Eintreten aufgefordert hatte, aus dem Holoset fragte: »Wer sind Sie? Was wollen Sie?«

Neelans erste Regung war, auf der Stelle kehrt zu machen. Der scharfe Ton des Mannes verdroß ihn. Die ganze Angelegenheit kam ihm plötzlich außerordentlich zweifelhaft vor.

Nur: er brauchte dringend Geld. Er konnte es sich nicht leisten, einfach das Feld zu räumen. Ärgerlich auflachend, nannte er seinen Namen.

»Was wollen Sie? Weshalb sind Sie hier? Was hat Sie auf diese Adresse gebracht?«

Erstmals fühlte Neelan sich von echter Ungeduld erfaßt. Was sollten die idiotischen Fragen? Wiederum aber bewirkte seine Zwangslage, daß seine Stimme ruhig blieb, als er die Anzeige erwähnte, seine Qualifikation beschrieb und zuletzt darauf zu sprechen kam, wie lange seine Tätigkeit höchstens dauern sollte.

Er erwähnte weder Gil noch die Gründe für seinen Aufenthalt auf der Erde. Als er geendet hatte, herrscht eine Weile Stille. Endlich:

»Tauglich scheinen Sie zu sein.«

»Danke«, gab Neelan trocken zurück.

»Wahrscheinlich«, fuhr die Stimme aus dem Holoset fort, »wundern Sie sich über die sonderbare Einstellungsmethode.«

Neelan zuckte die Achseln. »Anfangs schon. Aber im Grunde schert sie mich wenig.«

Das Lachen des Mannes klang alles andere als sympathisch. »Das freut mich zu hören. Die Arbeit, für die ich Sie brauche, dürfte ziemlich genau zwei Monate in Anspruch nehmen. Sie erhalten wöchentlich hundert Kredite und brauchen nicht zu befürchten, ausgefragt zu werden. Wie hört sich das an?«

Immer dubioser, dachte Neelan. Selbst wenn man in Betracht zog, daß Reparaturtechniker selten geworden waren, lag die Vergütung um das Doppelte über der Norm. Er hob die Schultern und antwortete:

»Ich werde mit den Triebwerken genug zu tun haben, um mir im übrigen groß den Kopf zu zerbrechen.«

Er fühlte sich weitab von der banalen Machenschaft, die hinter dem Ganzen zu stecken schien. Weitab im Bewußtsein einer eigenen unerquicklichen Lage. Ihm ging auf, daß der Fremde weitergesprochen hatte, ohne daß er zuhörte.

»... so daß Sie am besten gleich vorbeikommen. Ich erkläre Ihnen dann bis Mittag die Anlage. Einverstanden?«

»Wiederholen Sie bitte die Adresse, damit ich sie notiere.«

Die Stimme schnarrte: »Fünf Häuserblocks in nördlicher Richtung von der 131. Straße aus, dann etwa einen Block nach Osten. Nummer 1997, 232. Avenue, Zentrum. Das Gebäude ist groß und schmal. Sie können es nicht verfehlen. Läuten Sie am Eingang. Haben Sie alles mitbekommen?«

Ein unbestimmtes Gefühl überkam Neelan, eine vage Assoziation, die beanspruchte, ihr nachzugehen, die aber verschwand, als er begriff, daß der Mann auf eine Antwort wartete. Ungeduldig blickte Neelan auf.

»Ja, ja«, erwiderte er, »ich finde hin.«

Er hatte die Straße bereits wieder erreicht, als das verschwommene Empfinden sich zu einer deutlichen Erinnerung verdichtete.

Er hielt inne. Seine Vernunft protestierte gegen den Gedanken. Dann hatte er seinen Mikrorecorder zur Hand und suchte wie im Fieber nach der Adresse, die der Verkäufer in der Waffenhandlung ihm genannt hatte.

Einen Augenblick lang wollte ihm scheinen, sein Begriffsvermögen reiche nicht aus, um zu fassen, was keinem Zweifel mehr unterlag, und er müßte den Verstand verlieren.

Denn die beiden Anschriften — jene, zu der er unterwegs war, und jene andere, die der Arbeitsstätte Gils vor seinem Tod entsprach — waren identisch.

Er kam nicht darüber hinweg. Der Schock zerrte an ihm, während er mechanisch weiterging. Und er ebbte nicht ab, sondern nahm noch zu. Nach zwei Häuserblocks lehnte Neelan sich zitternd an eine Gebäudewand.

Er fühlte sich so schwach, daß ihm schlecht war. Eben wollte er sich dennoch aufraffen, als ein neuer Gedanke ihn wie ein Schlag durchzuckte.

Der Mann hatte ihn erkannt. Oder mindestens war er seine Ähnlichkeit mit Gil gewahr geworden. Deshalb hatte seine Stimme so unverhältnismäßig scharf geklungen. Das erklärte die langen Pausen, in denen er geschwiegen hatte. Er mußte nachgegrübelt haben, was hinter Neelans Auftauchen stecken mochte, weshalb er sich um eine Tätigkeit bewarb, deren Auftraggeber sich derart geschickt getarnt hatte.

Nicht zuletzt mußte er es mit der Angst zu tun bekommen haben. Und das bedeutete ...

Welche Überlegungen Neelan auch immer dazu anstellte, überschattet wurden sie von dem einen Umstand, daß der Fremde seine Beherrschung zurückgewonnen und ihn engagiert hatte. Ihn geradezu gedrängt hatte, sich unverzüglich einzufinden.

Ein unheimliches Gefühl, in Gefahr zu schweben, meldete sich an diesem Punkt und traf ihn mit geradezu physischer Wucht. Sein ganzer Körper versteifte sich buchstäblich; sämtliche Muskeln strafften sich wie Drahtseile.

Gehe ich das Risiko wirklich ein, dachte er kraftlos, ohne einen einzigen Menschen zu unterrichten? Sicher, ich kann mich mit meiner Waffe verteidigen, aber ...

Zusätzlich galt es in Betracht zu ziehen, daß der Mann Argwohn schöpfen mochte, falls er nicht innerhalb einer bestimmten Zeit eintraf. Dennoch, ein einziger Umweg dürfte kaum ...

Mit schnellen Schritten begab er sich zum nächsten Flugwagenhalt und drückte auf den Knopf. Eine Maschine schoß aus dem Himmel herunter.

Die Tür des Waffenladens öffnete sich unter seiner Berührung, ohne auch nur einen Augenblick lang Widerstand zu leisten. Der Verkäufer, der ihn wiedererkannte, kam auf ihn zu. Er hörte Neelans Schilderung nachdenklich zu, dann schüttelte er entschieden den Kopf.

»Es tut mir leid«, meinte er, »daß Sie meine Worte vorhin nicht so aufgefaßt haben, wie sie gemeint waren. Die Waffenläden mischen sich in die Angelegenheiten von Einzelnen nicht ein, ausgenommen unter ganz bestimmten Voraussetzungen, die hier nicht vorliegen.

Wir befassen uns in allererster Linie damit, Menschen Waffen zu verkaufen, die den Willen und den Mut besitzen, sich selbst und ihre Rechte gegen Gewaltherrscher zu verteidigen. Letztlich geht es uns um nichts anderes, als bei jeder Generation, in jedem Jahrhundert diesen Widerstandsgeist am Leben zu erhalten.

Ich rate Ihnen nach wie vor: Warten Sie, bis wir einen unserer Beobachter mit dem Fall betrauen können. Bedauerlicherweise sind unsere sämtlichen verfügbaren Leute mit einer Aufgabe von äußerster Wichtigkeit befaßt und können unter keinen Umständen abgezogen werden. Das heißt nicht, daß ich Ihre Darstellung nicht für wichtig hielte. Der Mann, mit dem Sie gesprochen haben, macht nicht den Eindruck, als handle es sich um Kerschaw, aber...« — er hob die Schultern — »es tut mir leid.«

Die Waffenläden konnten ihm gestohlen bleiben, entschied Neelan grimmig, während sein Flugwagen den Rückweg antrat. Eine ganze Woche noch, bis sie jemanden abstellen konnten, und was immer sie dann zutage förderten, unternehmen würden sie nichts. Soviel kosmischer Gleichmut mochte langfristig praktische Früchte tragen, gegenwärtig aber nutzte er nichts.

Und für längeres Zögern blieb keine Zeit. Seine einzige Stärke beruhte auf dem Umstand, daß der Mann eine Aufgabe erledigt haben wollte. Dennoch...

Mit gerunzelter Stirn stieg Neelan einen Häuserblock vor seinem Ziel aus dem Flugwagen. Auf der anderen Straßenseite lag ein passendes Geschäft. Er erstand ein Mikroband und besprach es mit einer kurzen Mitteilung für Professor Rayburn. Darin schilderte er die Tatsachen so knapp wie möglich und schloß: »Sollten Sie bis morgen mittag nichts von mir gehört haben, benachrichtigen Sie bitte die Polizei.«

Er verschloß das Band und warf es ein. Als er sich zum Gehen wandte, sah er, daß genau einunddreißig Minuten seit seinem Gespräch mit dem — Inserenten verstrichen waren. Nicht zu lange.

Das also war das Gebäude! Neelan starrte daran in die Höhe. Es war eine eigenartige, unelegante Konstruktion, viel zu hoch für ihre Breite. Einer langen, stumpfgrauen

Nadel ähnlich, bohrte sie sich hundertzwanzig Meter hoch in den Himmel, auf sonderbare Weise unheilvoll wirkend.

Kein Anzeichen verriet von außen, was im Innern vorging. Lediglich ein schmaler Weg führte vom Bürgersteig zu einem einzigen, nicht sonderlich imposanten Eingang, der mit der Straße auf einer Ebene lag.

Er stellte sich Gil vor, wie er am Tage seines Todes diese Straße entlangkam, zu der Tür schritt, dahinter verschwand. Bei dem Gedanken versteifte sich Neelan, während er den Summer betätigte.

Ein Augenblick verstrich; dann: »Sie haben sich Zeit gelassen«, sagte die vertraute Stimme aus dem verborgenen Lautsprecher über dem Eingang.

Neelan erwiderte beherrscht: »Ich bin direkt hierhergekommen.«

Wieder trat ein kurzes Schweigen ein. Neelan dachte: Der Mann muß meine Behauptung abwägen, muß sich im Geiste die Entfernung zum Trellis Minor Building vergegenwärtigen. Schließlich:

»Warten Sie eine Sekunde.«

Die Tür ging auf. Neelan gewahrte eine große, hohe Eingangshalle — wie hoch, konnte er von seinem Standort aus nicht erkennen. Er sah eine zweite, nicht ganz geschlossene, massive Tür vor sich, die aus einem dunklen, melierten Metall gefertigt war. Die gesamte Innenwand, in die sie eingelassen war, bestand aus demselben Material.

Neelan trat eben durch den Außeneingang, als ihm mit erschreckender Gewißheit aufging, worauf der unerwartete, unnatürliche Gesamteindruck beruhte.

Das Metall der Innenwand war Ferschingstahl, die superharte Legierung, die fast ausschließlich für Raumschiffe benutzt wurde.

Bei dem bizarr anmutenden Gebäude handelte es sich um einen Raumschiffhangar. Und das Schiff stand in der Halle.

Der Schock der Entdeckung rann jeden Nerv in Neelans Körper entlang. Er wich zurück wie jemand, der einen unscheinbar anmutenden Stab aufgehoben hatte, um dann festzustellen, daß er weißglühend war.

»Was ist los?« wollte die brüske Stimme wissen. »Worauf warten Sie?«

Die Worte rissen Neelan aus seiner Starre. Er versuchte sich zum Weitergehen zu zwingen. Und brachte keinen Schritt zuwege. Ein Gedanke füllte sein Gehirn aus:

Gil war umgekommen — aber nicht auf der Erde, sondern bei einem Raumflug. Er hatte ...

Erneut, schärfer diesmal, drang die Realität der Fragen des Mannes in sein Bewußtsein. Er begriff, daß sein Zögern ihm zum Verderben gereichte. Für jeden Täuschungsversuch war es zu spät. Nur die Wahrheit konnte ihm noch helfen. Er fand seine Stimme wieder.

»Mir ist eben klar geworden, daß ich vor einem Raumschiff stehe.«

»Ach!« Schweigen; dann sagte die Stimme mit drängendem Unterton: »Augenblick! Ich komme sofort und demonstriere Ihnen, daß Sie keinen Grund zur Unruhe haben.«

Worüber Neelan sich nachträglich ärgerte, war sein mangelnder Argwohn. Geändert hätte sich nichts; geblieben wäre er auf jeden Fall. Aber — dazustehen, versehen mit einem Blaster aus den Waffenläden, sich der Lage halbwegs gewachsen zu fühlen; und dann ...

Die massive Innentür, die nur einen Spalt offengestanden hatte, schwang weit auf. Sie enthüllte einen dritten, gleichfalls offenen Zugang. Dahinter schwebte ein mobiles Energiegeschütz in der Luft, auf Antischwerkraftplatten montiert und leicht beweglich.

Die drei Wülste der Mündung wiesen mit mechanischer Stetigkeit auf Neelan. Über einen Innenlautsprecher erscholl die harte Stimme des Mannes:

»Wer sich wie Sie auf den Planeten aufgehalten hat, dürfte die Waffenläden in Anspruch genommen haben.

Ich hoffe, Sie machen sich klar, daß eine Handfeuerwaffe gegen ein Neunzigtausend-Zyklen-Aggregat nichts vermag. Werfen Sie Ihre Waffe durch die Tür!«

Ihm blieb nichts anderes übrig. Und als der Blaster drinnen auf dem Boden aufschlug, tauchte zum erstenmal ein hagerer Mann auf. Er bückte sich nach dem glitzernden Instrument und wandte sich dann, immer noch durch das schwebende Aggregat gedeckt, Neelan zu.

»Kommen Sie herein!« befahl er.

Ohne ein Wort ging Neelan durch die beiden Innentüren, die mit dumpfer Endgültigkeit nacheinander hinter ihm zufielen.

3. KAPITEL

Fast hätte Hedrock den Spähstrahl vergessen. Er glühte weiter, während der Schirm den kaiserlichen Kabinettssaal technisch perfekt wie gewohnt wiedergab.

Immer noch neigten Männer sich über die Hand der jungen Frau mit den kalten Zügen im Thronsessel, und ihre Stimmen drangen deutlich an sein Ohr. Alles schien wie sonst, nur...

Jegliches Interesse an dem prächtigen Raum, an der prunkvollen Szene hatte sich für Hedrock schaudernd in Nichts aufgelöst. Die einzigen Worte der jungen Frau wollten ihm nicht aus dem Kopf, obwohl sie bereits vor Minuten gefallen waren.

»Unter den obwaltenden Umständen«, hatte sie erklärt, »können wir mit dem Renegaten aus den Waffenläden kein Risiko mehr eingehen. Was sich ergeben hat, ist zu wichtig. Deshalb, General Grall, werden Sie als pure Vorsichtsmaßnahme Captain Hedrock eine Stunde nach dem Mittagessen festnehmen und hinrichten lassen. Die Einhaltung der Frist ist wichtig, weil er wie üblich an meiner

Tafel sitzen wird und ich außerdem bei seiner Hinrichtung zugegen sein möchte.«

»Sehr wohl, Majestät ...«

Hedrock schritt vor seinem Sichtgerät auf und ab. Körperlich und geistig fühlte er sich angeschlagen, unschlüssig; aber dennoch begann ein Gedanke, eine grimmige Absicht sich zu formen, eine sich versteifende Entschlossenheit, sich nicht abzufinden mit einem Scheitern, das endgültig schien.

Er wandte sich wieder der Spähstrahlanlage zu, die in ihrem gegenwärtigen materialisierten Zustand eine ganze Ecke des Appartements einnahm.

Mit umdüsterter Aufmerksamkeit nahm er wahr, daß die junge Frau allein in dem Saal zurückgeblieben war. Ihr charakteristisches längliches Gesicht zeigte ein leichtes Lächeln. Es verschwand, als sie eine Vorrichtung am Thronsessel berührte und mit klarer Stimme zu diktieren begann.

Einen Augenblick lang beschäftigten Hedrocks Gedanken die Routineangelegnheiten, denen ihre Anweisungen galten, dann wandte er seine Aufmerksamkeit ab und machte sich daran, die Einstellung des Geräts bedachtsam zu verändern. Die Szene, die die junge Kaiserin zeigte, verblaßte. Formlose Lichtkaskaden zuckten über den Bildschirm, verdichteten sich zum Gesicht eines Mannes, hielten es fest.

Hedrock sagte: »Ich rufe den Rat der Waffenschmiede.«

»Es wird eine Minute dauern«, gab der Mann auf dem Schirm zur Antwort, »bis alle Mitglieder angeschlossen sind.«

Hedrock nickte förmlich. Er empfand Nervosität. Seine Stimme hatte ruhig geklungen, nun aber hatte er das Gefühl, sie könnte beben, wenn er sich nicht zusammennahm.

Er stand ganz still und kämpfte gegen die Schwäche an. Als er wieder auf den Schirm blickte, hatte ein Dutzend Gesichter das eine ersetzt, ausreichend für ein Quorum.

Er begann unverzüglich mit seinem Bericht über das gefällte Todesurteil und schloß:

»Zweifellos braut irgend etwas Wichtiges sich zusammen. Seit vierzehn Tagen werde ich regelmäßig dann, wenn Kabinettssitzungen bevorstehen, von höheren Offizieren in langwierige Gespräche verwickelt und daran gehindert, meine Räume aufzusuchen.

In persönlicher Hinsicht bedeutsam ist aber meines Erachtens der Zeitpunkt der geplanten Hinrichtung. Es muß doch auffallen, daß ich erst eine Stunde nach dem Mittagessen, also in drei Stunden, festgenommen werden soll. Und ich durfte rechtzeitig genug in mein Appartement zurückkehren, um das Urteil mitanzuhören. Wer die Waffenläden aber kennt, dem dürfte klar sein, daß drei Stunden Frist zu meinem Entkommen völlig ausreichen. Deswegen ...«

»Wollen Sie damit andeuten«, unterbrach Ratsmitglied Peter Cadron scharf, »daß Sie vorhaben zu bleiben?«

Hedrocks Entschluß stand noch nicht fest. Ihn in Worte gefaßt zu hören, beraubte ihn einen Augenblick lang der Fassung. Das fröstelnde, angespannte Gefühl kehrte zurück; und als er wieder sprach, zitterte seine Stimme kaum merklich, obgleich seine Worte bestimmt und in ihrem Kern zuversichtlich klangen.

»Wie Sie sich erinnern werden, Mr. Cadron, haben wir uns über die Wesensart der Kaiserin eingehend unterrichtet. Die enormen sozialen und technischen Spannungen unserer Epoche haben dahin gewirkt, daß sie ihren neunzehn Milliarden Untertanen an Ungeduld und Risikobereitschaft nicht nachsteht. Sie ist versessen auf Wandel, Dramatik, neue Eindrücke, *aber*...

Aber vor allem repräsentiert sie als personifizierte kaiserliche Macht sämtliche konservativen, gegen jede Veränderung sich sträubenden Kräfte. Die Folge ist Zerrissenheit, ein gefährlicher Zustand innerer Wankelmütigkeit, der sie zu der schwierigsten Gegnerin macht, mit der die Waffenläden es je zu tun gehabt haben.«

»Für Nervenkitzel würde Ihre Hinrichtung bestimmt sorgen«, stellte jemand anders kalt fest. »Während der wenigen Augenblicke, die Sie in der Schlinge zappeln, würde der Kaiserin das Leben weniger eintönig vorkommen.«

»Woran ich gedacht hatte«, sprach Hedrock ruhig weiter, »war die Möglichkeit, einem unserer Psychoprognostiker die verschiedenen Faktoren zu unterbreiten und seine Empfehlung einzuholen, ob ich bleiben soll.«

»Wir werden Edward Gonisch zu Rate ziehen«, entgegnete Peter Cadron. »Gedulden Sie sich jetzt bitte, während wir die Angelegenheit unter uns besprechen.«

Sie zogen sich zur Beratung zurück, obwohl ihre Züge auf dem Bildschirm sichtbar blieben. Aber wenn ihre Lippen sich auch bewegten, drang doch kein Wort an Hedrocks Ohr.

Die Debatte schien ihm sehr lange zu währen; und die Erläuterungen, die jemandem gegeben wurden, der nicht auf der Mattscheibe zu sehen war, dauerten fast endlos. Die Zeit zog sich derart in die Länge, daß Hedrock schließlich mit zusammengebissenen Zähnen und geballten Fäusten vor dem Gerät stand. Er stieß den Atem hörbar aus, als die Stille unvermittelt endete, und Peter Cadron sich an ihn wandte:

»Leider müssen wir Ihnen sagen, daß nach Ansicht unseres Psychoprognostikers Edward Gonisch nicht genügend bekannte Tatsachen vorliegen, um ihm eine intuitive Lösung zu ermöglichen. Uns bleibt nur die Zuflucht zur Logik. Deshalb möchten wir Sie fragen: Zu welchem Zeitpunkt werden Ihre gegenwärtigen Aussichten, lebend aus dem Palast herauszukommen, sich drastisch verschlechtern? Können Sie bis zum Mittagessen bleiben?«

Hedrock zwang sich mit unnatürlicher Gewalt, gefaßt zu bleiben, wartete, bis der Schock abgeklungen war, den das mitgeteilte Urteil des Prognostikers ihm versetzt hatte. Keine Sekunde lang hatte er sich Rechenschaft abgelegt, wie sehr er auf die Entscheidung dieses intuitiven Genies gesetzt hatte, die sein Leben betraf — oder seinen Tod. Ein einziger flüchtiger Augenblick hatte ihn in gänzliche Ungewißheit gestürzt, ihm klar gemacht, daß seine Lage gefährlicher war, als er geglaubt hatte.

Er schüttelte sich und erwiderte schließlich: »Nein, wenn ich zum Essen bleibe, begebe ich mich in ihre Gewalt. Die Monarchin spielt gern Katz und Maus, und sie wird mir mit Sicherheit mein Schicksal bei Tisch eröffnen. Ich habe allerdings einen Plan, der von ihren Gefühlsreaktionen abhängt und auf dem Umstand basiert, daß sie meinen wird, sich rechtfertigen zu müssen.«

Er brach ab, runzelte die Stirn und starrte auf den Bildschirm. »Zu welchen Ergebnissen sind Sie bei Ihrer Erörterung gelangt? Ich brauche jede nur mögliche Unterstützung.«

Ratsmitglied Kendlon, ein Mann mit fleischigem Gesicht, der bis dahin geschwiegen hatte, begann:

»Wie Sie selbst wissen, sind Sie aus zwei Gründen im Palast. Erstens, um zu verhindern, daß die Waffenläden noch einmal in derart tödliche Gefahr geraten wie vor sieben Jahren, als nur die Opferung eines Mannes aus dem siebentausend Jahre zurückliegenden zwangzigsten Jahrhundert uns vor der Vernichtung bewahrt hat.

Zweitens verwirklichen Sie damit natürlich Ihre eigene Lieblingsidee, einen Kontakt herzustellen zwischen den Waffenläden und der kaiserlichen Regierung.

Ein Spion sind Sie deshalb höchstens in zweiter Linie. Die Kleinigkeiten, die Sie erfahren, interessieren uns nicht. Aber überlegen Sie: Ist Ihnen irgendein Anhaltspunkt zu Ohren gekommen, der Ihre These erhärten könnte, daß etwas Entscheidendes im Gange ist?«

Hedrock schüttelte wortlos den Kopf. Ganz plötzlich empfand er keine Gefühlsaufwallung mehr. In einem fast körperlichen Sinne war ihm zumute, als sei er weit weg. Seine Stimme klang wie aus kalter Ferne, beherrscht, nachdrücklich, endgültig.

»Ich sehe, meine Herren, daß Sie zu keiner Entscheidung gelangt sind. Ebenso wenig können Sie leugnen, daß Sie es höchst ungern sähen, wenn meine Verbindung hier abrisse. Schließlich sind Sie begierig zu erfahren, was die Kaiserin vor uns verbirgt. Ganz zu schweigen von, wie Sie es nennen, meiner Lieblingsidee.

Folglich habe ich beschlossen zu bleiben.«

Auf rasche Zustimmung stieß er nicht. Die eigentümliche, unstete Wesensart der Kaiserin ließ befürchten, daß das geringste falsche Wort ihm zum Verhängnis werden konnte. Diese Details — und jene — erörterten sie mit gewissenhafter Gründlichkeit.

Wie beispielsweise den Umstand, daß er der erste scheinbare Überläufer in der Geschichte der Waffenläden war — und sich dennoch weigerte, der Herrscherin auch nur ein Sterbenswort zu verraten. Seine beeindruckende Erscheinung, ausgeprägte Intelligenz und starke Persönlichkeit hatten sie bereits fasziniert und würden vermutlich ihre Wirkung auch weiterhin nicht verfehlen.

Deshalb, mit der einen gefährlichen Einschränkung, daß die Kaiserin einen unbekannten Plan verfolgte, konnte man annehmen, daß die Drohung, ihn hinrichten zu lassen, ein Test war, Resultat ihres Argwohns. Aber Vorsicht; lieber, falls notwendig, geheime, möglichst allgemeine Tatsachen über die Waffenläden preisgeben, damit ihren Appetit wecken, als ...

An diesem Punkt unterbrach der Türsummer die Überlegungen mit der Endgültigkeit eines detonierenden Geschosses. Hedrock fuhr zusammen, schaltete das Gerät aus und unterbrach die Energiezufuhr. Dann, sich seiner nervösen Reaktion bewußt, zog er ohne Hast die Nadel aus seiner Krawatte und beugte sich über den Tisch.

Dort lag der Ring, klein und funkelnd, der Stein eine miniaturisierte Nachbildung der Spähstrahlanlage, ausgestattet mit einem perfekten winzigen Generator, der die nötige Energie erzeugte, um der Anlage materielle Wirklichkeit zu verleihen.

Jetzt mußte seine nervliche Verfassung den Ausschlag geben. Hatte er sich bei diesem Unterfangen genügend in der Gewalt, dann ...

Dreimal bebten seine Finger kaum merklich und verfehlten die fast unsichtbare Vertiefung, die berührt werden mußte. Beim vierten Mal hatte er Erfolg. Die Spähstrahlanlage erlosch wie eine zerschlagene Lichtquelle, doch anstelle von Scherben blieb nichts zurück als leere Luft.

Einen Moment lang verharrte Hedrock unschlüssig mit dem Ring in der Hand. Schließlich legte er ihn zu drei anderen in eine Kassette. Die Kontrollen stellte er so ein, daß der Inhalt zerstört wurde, wenn jemand sich am Schloß zu schaffen machte.

Nur der Waffenring steckte an seinem Finger, als er auf das hartnäckige Summen hin öffnete.

Hedrock erkannte in dem schlanken Mann, der auf dem Korridor stand, eine Ordonnanz der Kaiserin. Der Uniformierte nickte grüßend und sagte:

»Captain, Ihre Majestät läßt Ihnen ausrichten, daß das Mittagessen serviert ist, und bittet Sie zu Tisch.«

Einen fassungslosen Augenblick lang glaubte Hedrock, die Kaiserin hätte schon jetzt begonnen, ihren bösen Spott mit ihm zu treiben. Mittagszeit! Dabei war es noch nicht ...

Der Gedanke brach ab, als er mit einer automatischen Bewegung auf seine Uhr starrte. Die winzigen Zeiger standen auf halb eins, und der Anblick traf ihn wie ein Schlag. Unglaublicherweise war eine volle Stunde vergangen, seit er das Todesurteil aus dem Mund der Kaiserin gehört hatte.

Mit einiger Anstrengung unterdrückte Hedrock seine aufsteigende Bestürzung, kämpfte gegen das ungute Gefühl, daß die Zeit ihm den einzigen Ausweg versperrt hatte.

Die Frage, ob er bis zum Essen ausharrte oder nicht, hatte in Wirklichkeit nie zur Entscheidung angestanden. Während er noch mit dem Rat gesprochen hatte, war die Spanne verflogen, die eine Flucht erlaubt hätte.

Endgültig klar wurde die Realität seiner Lage, als er an Dutzenden von Soldaten vorbeischritt, die auf seinem Weg zum kaiserlichen Speisesaal in jedem Flur standen; und diese Realität bestand in nichts anderem als, daß er — blieb.

Derart unabänderlich war sie, daß Hedrock auf der Schwelle zu dem großen, hellerleuchteten Raum innehielt, einen Augenblick lang stehenblieb, sardonisch lächelte — und wieder er selbst war.

Gelassen, immer noch mit leisem Lächeln, bahnte er sich seinen Weg zwischen den Tischen voller schwatzender Höflinge und nahm fünf Stühle entfernt von der Kaiserin seinen Platz an der obersten Tafel ein.

4. KAPITEL

Die Aperitifgläser waren geleert und die Suppenteller abgetragen worden. Während er auf den nächsten Gang wartete, hing Hedrock seinen Gedanken nach. Er musterte die Männer am Tisch, die sportlichen, klugen, hochmütigen Dreißigjährigen, aus denen das persönliche Gefolge Ihrer Kaiserlichen Majestät bestand.

Er spürte plötzliches Bedauern, empfindlich, fast heftig. Die sechs Monate in dieser brillanten Umgebung hatten ihm gefallen. Nach den Aberjahrhunderten des Umgangs mit den gesetzten, vernünftigen Waffenschmieden boten sie willkommene Abwechslung. Etwas an den jungen Leuten, die ihre Machtfülle genossen, die das Leben unbefangen auskosteten, hatte ihn an längst vergangene Zeiten erinnert, ausgenommen ...

Hedrock lächelte schief. Der Unterschied bestand darin, daß er sich auf ein derart hohes Risiko wie bei seiner Übersiedlung in den Palast noch nie eingelassen hatte.

Er hatte natürlich gewußt, daß er sich früher oder später

tiefer verstricken würde, als es selbst seine verborgenen Fähigkeiten zuließen. Die Unsterblichkeit brachte eine Haltung mit sich, die er — anfangs — nicht einkalkuliert hatte; eine zunehmende Geringschätzung für Risiken, bis die kritische Situation sich tatsächlich ergeben hatte; die Neigung, Gefahren leicht zu nehmen, solange sie nicht eingetreten waren. Jetzt wie früher zählte, im Unterschied zu den Absichten, die andere ihm zuschrieben, einzig sein eigenes, umfassendes Ziel. Und er...

Die Stimme der Kaiserin, honigsüß, durchdrang zum erstenmal das gedämpfte Gemurmel der Unterhaltung, riß ihn aus seiner Versunkenheit.

»Sie wirken sehr nachdenklich, Captain Hedrock.«

Hedrock wandte langsam den Kopf und schaute sie an. Er hatte ihr mehr als nur den flüchtigen Blick gönnen wollen, den er sich bis jetzt gestattet hatte; aber er war sich bewußt, daß ihre grünen Augen von dem Augenblick an auf ihm geruht hatten, als er Platz genommen hatte.

Ihre Züge waren ausdrucksvoll, schön, fast edel geformt. Sie besaß den länglichen Gesichtsschnitt und das feste Kinn der Ischerdynastie; und kein Zweifel konnte bestehen, daß hier zwar der jüngste, keineswegs jedoch der letzte Sproß einer außergewöhnlichen Famili saß.

Eigenwillige Leidenschaft und schrankenlose Macht hatten das makellose Gesicht gezeichnet. Immer noch aber rief es den Eindruck hervor, daß die glänzende, unberechenbare Innelda, darin den bemerkenswerten Frauen und Männern gleich, die ihre Vorfahren waren, charakterlicher Schwächen ungeachtet, sich gegen Korruption und Intrigen behaupten — und die große, die außergewöhnliche Tradition des Hauses Ischer fortsetzen würde.

Jetzt, überlegte Hedrock mit geschärfter Wachsamkeit, kam es darauf an, sie soweit zu bringen, unter den — für ihn — günstigsten Umständen aus sich herauszugehen. Er gab zur Antwort:

»Ich mußte an Ihre Urahnin denken, Innelda, an die liebliche Ganeel, die goldblonde Kaiserin. Abgesehen davon, daß Ihr Haar brünett ist, ähneln Sie ihren Jugendbildnissen sehr.«

Ein verwunderter Ausdruck trat in die grünen Augen. Die Kaiserin schürzte die Lippen, öffnete sie dann, wie um etwas zu sagen. Hedrock kam ihr zuvor, indem er fortfuhr:

»Die Waffenläden besitzen natürlich eine Filmaufzeichnung von Ganeels Leben. Und unwillkürlich kam mir der wehmütige Gedanke, daß auch Sie eines Tages nur noch auf halb verblichenen Filmen in irgendwelchen staubigen Archiven existieren werden.«

Der Pfeil saß tief. Er wußte, daß diese vor Leben sprühende junge Frau den Gedanken nicht ertragen konnte, eines Tages altern und sterben zu müssen. Ihr Blick funkelte vor Zorn, und wie immer sprach sie in dieser Stimmung aus, was sie dachte.

»Sie zumindest«, fauchte sie mit spröder und doch vernehmlicher Stimme, »werden nicht in die Verlegenheit kommen, einen solchen Film zu betrachten. Es dürfte Sie interessieren, Captain, daß wir hinter Ihre Agententätigkeit gekommen sind und daß Sie noch heute nachmittag gehängt werden.«

Für ihn selbst unerwartet trafen die Worte ihn im Innersten. Im vorhinein ließ sich leicht spekulieren, daß es sich um einen abgefeimten, brutalen Test handelte, um den zielbewußten Versuch, ihn auszuforschen. Nun aber, da er einer Despotin leibhaftig gegenübersaß, die gnadenlos und grausam sein konnte, deren bloße Laune Gesetz war — nun dünkten solche Spekulationen ihn ausgefallen, unsinnig, phantastisch.

Plötzlich konnte er kaum fassen, daß er so aberwitzig gewesen war, sich in diese gefährliche Lage zu begeben. Er hätte mühelos eine, zwei oder mehr Generationen warten können, bis wieder eine Frau den Ischerthron bestieg. Sicher, biologisch wie historisch war dies der gegebene Zeitpunkt, aber...

Mit einer bewußten Willensanstrengung unterdrückte

Hedrock seine depressive Anwandlung. Er entspannte sich, zwang sich schließlich dazu, grimmig zu lächeln.

Letzten Endes hatte er ihr die Antwort entlockt, ehe sie vorgehabt hatte, das Urteil wirklich bekanntzugeben. In einem makabren Sinne konnte man das einen psychologischen Sieg nennen. Nur...

Noch einen oder zwei Erfolge dieser Art, und er war reif für eine Nervenkrise...

An den anderen Tischen ging die Unterhaltung weiter, nicht aber an der Tafel der Kaiserin; und es war dieser Umstand, der Hedrock seine Umgebung wieder zu Bewußtsein brachte. Einige der jungen Männer saßen da und starrten die Kaiserin an. Andere ließen den Blick zwischen ihr und Hedrock hin und her huschen.

Alle waren offenkundig betreten; niemand schien zu wissen, ob es sich um einen schlechten Scherz handelte oder um eins der blutig ernsten Dramen, die die Herrscherin von Zeit zu Zeit arrangierte, scheinbar einzig und allein in der Absicht, jedermann den Appetit zu verderben.

Zumindest, überlegte Hedrock angespannt, konzentrierte sich jetzt die ungeteilte Aufmerksamkeit derjenigen auf die Situation, von denen er sich seine Rettung erhoffte.

Schließlich war es Innelda selbst, die das lastende Schweigen brach. Spöttisch sagte sie mit leiser Stimme:

»Einen Cent für Ihre *letzten* Gedanken, Captain.«

Besser hätte sie es nicht ausdrücken können. Hedrock unterdrückte ein erbittertes Lächeln und entgegnete:

»Was ich eben gesagt habe, trifft immer noch zu. Sie sind der schönen, temperamentvollen und aufbrausenden Ganeel sehr ähnlich. Der Hauptunterschied besteht darin, daß sie als Sechzehnjährige keine lebende Schlange mit ins Bett genommen hat.«

»Wie war das?« fragte ein Höfling erstaunt. »Innelda mit einer Schlange im Bett? Ist das symbolisch oder wörtlich gemeint? Aber sie wird ja rot.«

Es ließ sich nicht leugnen. Hedrocks kühler Blick registrierte frappiert das tiefe Erröten der Kaiserin. Keine Sekunde lang hatte er erwartet, daß sie derart betreten reagieren würden.

Seine Augen verengten sich. Noch ein kurzer Augenblick, und sie würde ihrem Zorn freien Lauf lassen. Die meisten der selbstbewußten jungen Leute würde ihr Ausbruch allerdings wenig anfechten. In der einen oder anderen Art hatte jeder von ihnen gelernt, auf dem schmalen Grat zwischen Liebedienerei und Eigenständigkeit zu balancieren, den die impulsive junge Frau von ihren persönlichen Gefolgsleuten erwartete.

»Kommen Sie, Hedrock«, sagte der schnurrbärtige Prinz del Curtin, »spannen Sie uns nicht auf die Folter. Wahrscheinlich entstammt dieser Leckerbissen doch auch der Auskunftszentrale der Waffenläden.«

Hedrock schwieg. Sein bestätigendes Lächeln schien dem prinzlichen Vetter der Kaiserin zu gelten, tatsächlich aber nahm er den Mann kaum wahr. Sein Blick, seine ganze Aufmerksamkeit konzentrierte sich auf die einzige Person im Saal, die letztlich wichtig war.

Die verlegene Röte der Ischerkaiserin wich langsam einem ärgerlichen Ausdruck. Sie erhob sich mit einem gefährlichen Glitzern in den Augen, aber aus ihrer Stimme sprach nur ein Bruchteil des Grimms, auf den Hedrock gehofft hatte. Schneidend bemerkte sie:

»Ihr Schachzug war klug, Captain Hedrock, mit dem Sie dem Gespräch die gewünschte Wendung gegeben haben. Sie können aber sicher sein, daß er Ihnen nichts nutzen wird. Ihre schnelle Reaktion beweist nur, daß Sie im voraus über meine Absicht informiert gewesen sein müssen. Sie sind ein Spion, und wir werden Sie unschädlich machen.«

»Kommen Sie, Innelda«, protestierte jemand, »Sie werden uns doch kein derart jämmerliches Schaustück zumuten.«

»Hüten Sie Ihre Zunge«, fuhr die Frau hoch, »oder Sie hängen neben ihm!«

Die Männer an der Tafel warfen sich bedeutungsvolle Blicke zu. Mehrere schüttelten mißbilligend den Kopf, dann begannen sie leise miteinander zu reden und ignorierten die Kaiserin.

Hedrock wartete, jeden Muskel angespannt. Auf diese Reaktion hatte er hingearbeitet, doch jetzt, nachdem sie eingetreten war, dünkte sie ihn gänzlich unzureichend. Die Mißbilligung durch Männer, deren Gesellschaft sie schätzte, hatte ihre Gefühle bei anderer Gelegenheit erheblich beeinflußt. Zweimal hatte er erlebt, wie die Herrscherin dadurch anderen Sinnes geworden war.

Nicht so dieses Mal. Die endgültige Gewißheit kam Hedrock, als er verfolgte, wie die Frau sich mit spöttischer Miene in ihrem Sessel zurücksinken ließ. Ihr Lächeln schwand. Ernst erklärte sie:

»Meine Herren, ich bedauere, daß Sie anderer Meinung sind. Es tut mir auch leid, falls mein Gefühlsausbruch den Eindruck erweckt haben sollte, meine Entscheidung gegen Captain Hedrock wäre persönlich motiviert. Die Entdeckung, daß er ein Spion ist, hat mich außerordentlich empört.«

Das beeindruckte; es klang überzeugend; und die Unterhaltung der Männer, die verstummt war, während sie sprach, setzte nicht wieder ein.

Hedrock lehnte sich auf seinem Stuhl zurück. Mit jeder Sekunde, die verstrich, wurde das Empfinden stärker, daß er unterlegen war. Was immer als Motiv hinter dem Hinrichtungsbefehl steckte, war offenkundig zu enorm, zu gewichtig, um durch ein kunstfertiges Manöver überspielt zu werden.

Er mußte handeln — drastisch, riskant, tödlich.

Nur einen Moment lang hing er diesem Gedanken nach. Die glänzende Tafel mit ihrem weißen Tischtuch, ihren gleißenden Tellern, den zwei Dutzend distinguierten jungen Leuten trat zurück bei der Intensität seines Grübelns, wurde zur Kulisse für ein grimmiges Ziel.

Wenige Sätze, die der Situation ein anderes Gesicht gaben, ein Vorgehen, das einen Schlußpunkt setzte — und zwar rasch.

Er wurde gewahr, daß Prinz del Curtin das Wort ergriffen hatte.

»Sie können nicht einfach behaupten, Innelda, der Mann sei ein Spion, und von uns erwarten, daß wir Ihnen das abnehmen. Wir wissen zu gut, wie gerissen Sie schwindeln können, wenn es Ihnen ins Konzept paßt. Wie wäre es also mit Beweisen?«

Hedrock war sich seiner Ungeduld bewußt. In Wirklichkeit hatten diese Männer bereits versagt, hatten das Urteil akzeptiert, auch wenn sie sich dessen nicht bewußt schienen. Je rascher er das Gespräch selbst wieder an sich zog, desto besser.

Aber sachte — erst mußte die Kaiserin Farbe bekennen, gleich, wie geschickt sie es anstellte. Er sah, daß sie sich steif aufgerichtet hatte und jedes Lächeln aus ihren Zügen gewichen war. Äußerlich ruhig erwiderte sie:

»Ich fürchte, ich muß Sie alle bitten, mir zu vertrauen. Eine außerordentlich ernste Situation hat sich ergeben, die das einzige Thema der heutigen Kabinettssitzung war. Ich versichere Ihnen, daß die Entscheidung, Captain Hedrock hinzurichten, einstimmig gefällt wurde, und ich persönlich bedauere die Notwendigkeit außerordentlich.«

»Innelda, ich habe Sie wirklich für klüger gehalten«, warf Hedrock ein. »Planen Sie wieder einen Ihrer sinnlosen Angriffe auf die Waffenläden, und befürchten Sie, ich könnte ihn den Waffenschmieden verraten?«

Ihre günen Augen blitzten ihn an. Ihr Stimme klirrte, als sie ihn anfuhr:

»Ich werde mich hüten, ein Wort zu sagen, aus dem Sie Ihre Schlüsse ziehen können. Auf welchem Weg Sie sich mit dem Rat der Waffenschmiede in Verbindung setzen, weiß ich nicht, aber ich weiß, daß ein solcher Weg existiert. Meine Physiker haben mehrfach ultrakurze Wellen mit ihren Meßgeräten registriert.«

»Die aus meinem Appartement stammten?« fragte Hedrock leise.

Sie starrte ihn an, die Lippen ärgerlich verzogen. Widerwillig antwortete sie:

»Sie hätte sich nie hierher gewagt, wenn Sie auf solche durchsichtigen Methoden angewiesen wären. Nehmen Sie zur Kenntnis, daß ich an einer Fortsetzung dieses Gesprächs nicht interessiert bin.«

»Obwohl es Ihnen entgangen ist«, sagte Hedrock in seinem ruhigen Tonfall, »habe ich meine Unschuld in dem Augenblick unter Beweis gestellt, als ich enthüllt habe, ich wüßte, daß Sie als Sechzehnjährige eine lebendige Schlange mit ins Bett genommen haben.«

»Aha!« rief die Kaiserin. Ihr ganzer Körper bebte im Gefühl ihres Triumphs. »Jetzt kommen wir zu den Geständnissen. Sie haben also damit gerechnet, sich verteidigen zu müssen, und haben sich Ihre Argumente vorher zurechtgelegt.«

Hedrock zuckte die Achseln. »Ich wußte, daß etwas gegen mich im Gange war. Seit einer Woche sind meine Räume täglich durchsucht worden. Die eminentesten Tröpfe in der Armee haben mich mit stundenlangen Monologen gelangweilt. Ich hätte begriffsstutzig sein müssen, wenn ich mir nicht meine Gedanken gemacht hätte.«

»Was ich nicht verstehe«, warf jemand ein, »ist die Episode mit der Schlange. Wieso wird dadurch angeblich Ihre Unschuld belegt? Das ist mir zu hoch.«

»Denken Sie doch nach, Maddern«, sagte del Curtin. »Damit ist klar, daß selbst intime Vorgänge bei Hofe den Waffenschmieden lange vor Captain Hedrocks Eintreffen bekannt waren. Wir wissen jetzt aber auch, daß wir genauer ausgespäht werden, als wir je geahnt haben, und die eigentliche Anschuldigung gegen Captain Hedrock müßte sich auf sein Versäumnis beziehen, uns darüber zu unterrichten.«

Noch nicht, dachte Hedrock, noch nicht. Gleich —

gleich mußte der kritische Augenblick kommen, und dann galt es, schnell, präzise und entschlossen zu handeln. Aber — noch nicht.

»Weshalb sollte Sie das kümmern?« fragte er kühl. »Dreitausend Jahre haben bewiesen, daß die Waffenläden nicht die Absicht hegen, das Herrscherhaus zu stürzen. Der Spähstrahl wird zurückhaltend angewendet und nachts grundsätzlich nicht eingesetzt. Als Ihre Majestät sich heimlich die Schlange aus dem Palastzoo bringen ließ, waren die beiden zuständigen Wissenschaftlerinnen so erstaunt, daß sie aus Neugier die Überwachung fortgesetzt haben.

Die Geschichte war natürlich zu gut, als daß sie sich nicht herumgesprochen hätte. Und vielleicht interessiert es Sie, Majestät, daß sie in zwei internen Veröffentlichungen psychoanalytisch interpretiert worden ist, deren eine unser größter Psychoprognostiker verfaßt hat — Edward Gonisch.«

Aus dem Augenwinkel gewahrte Hedrock, daß der schlanke, geschmeidige Körper der Kaiserin sich vorbeugte. Sie hatte die Lippen leicht geöffnet; ihre geweiteten Pupillen verrieten ihr intensives Interesse. Jede Faser an ihr unterstrich ihre Worte.

»Was«, flüsterte sie, »hat er über mich geschrieben?«

Wie ein Schock durchzuckte Hedrock die Erkenntnis, daß sein Augenblick gekommen war. Jetzt, dachte er, *jetzt!*

Er zitterte. Er registrierte seine eigene Erregung, und sie erschreckte ihn. Doch er vermochte nichts gegen seine körperliche Reaktion, und sie kümmerte ihn auch nicht. Jeder, dem der Tod drohte, mußte Schwäche zeigen, sonst galt er als unmenschlich, kalt — und erweckte keine Sympathie.

Seine Stimme erhob sich über das Geplapper an den entfernteren Tischen, laut und leidenschaftlich, aber auch das konnte nicht schaden; denn eine Frau starrte ihn mit geweiteten Augen an, die halb noch Kind war, halb schon talentierte Persönlichkeit, und deren ganzes gefühlsbetontes Naturell nach dem Ausgefallenen und Exotischen hungerte. Ihre Augen funkelten, als Hedrock erklärte:

»Sie müssen allesamt nicht bei Trost sein, oder Sie würden nicht ständig die Waffenläden und ihre technischen Fortschritte unterschätzen.

Was für ein kindischer Gedanke, ich könnte als Agent hierhergekommen sein, um irgendein lächerliches Regierungsgeheimnis auszukundschaften. Mein Hiersein hat einen einzigen Grund, den Ihre Majestät sehr genau kennt. Läßt sie mich töten, zerstört sie damit bewußt ihr besseres, größeres Ich, und wenn ich das Haus Ischer nur annähernd kenne, dann ist es bis jetzt vor einem solchen Selbstmord noch immer zurückgeschreckt.«

Die Kaiserin richtete sich auf, ihre Miene verfinsterte sich. »Ihre Anmaßung«, zischte sie, »wird nur noch übertroffen von Ihrer Raffinesse.«

Hedrock konnte sich nicht leisten, auf ihre Unterbrechung zu achten, durfte nicht wagen, die Initiative auch nur einen Augenblick aus der Hand zu geben. Rasch sprach er weiter.

»Um Ihnen die wissenschaftlichen Errungenschaften der Waffenschmiede vor Augen zu führen, will ich Sie nur darauf hinweisen, daß die Waffenläden ein Gerät entwikkelt haben, mit dem sich die Todesstunde jedes Menschen voraussagen läßt.

Ehe ich vor sechs Monaten hierhergekommen bin, habe ich mir zum Zeitvertreib die entsprechenden Angaben für die Mitglieder der kaiserlichen Familie und für die meisten Anwesenden in diesem Saal besorgt.«

Jetzt hatte er sie; er konnte es an den Mienen ablesen, die ihn mit fiebernder Faszination anstarrten — aber immer noch dachte er nicht daran, sich das Wort wieder nehmen zu lassen. Er zwang sich zu einer Verneigung vor der blassen Herrscherin und fuhr rasch fort:

»Ihnen, Majestät, kann ich zu meiner Freude ein langes

und immer ehrenvolleres Leben ankündigen. Leider jedoch ...«

Seine Stimme nahm einen unheilvollen Klang an, während er hastig weitersprach: »Leider jedoch befindet sich unter den übrigen Anwesenden jemand, den der Tod ereilen wird — binnen weniger Minuten.«

Er wartete die Wirkung dieser Worte nicht ab, sondern drehte sich auf seinem Stuhl um, eine Bewegung von tigerhafter Schnelligkeit — denn es galt keine Zeit zu verlieren; jede Minute, jede *Sekunde* konnte sein Bluff auf ihn zurückfallen, mit seiner ebenso blamablen wie verhängnisvollen Entlarvung enden.

Seine Stimme überbrückte den Abstand, der ihn von einem Tisch trennte, an dem ein Dutzend Männer in Uniform saßen:

»General Grall!«

»Wie?« Der Offizier, der den Exekutionsbefehl ausführen sollte, fuhr herum. Er wirkte befremdet, als er erkannte, auf wen er reagiert hatte.

Hedrock registrierte, daß nach seinem lauten Ruf im Saal Schweigen eingetreten war. An jedem Tisch hatte man aufgehört zu essen, sich zu unterhalten, beobachtete man die kaiserliche Tafel — und ihn.

Sich seiner Zuhörerschaft bewußt, holte Hedrock tief Atem und forschte mit hallender Stimme:

»General Grall, wenn Sie in dieser Minute sterben müßten, woran könnte das Ihrer Meinung nach liegen?«

Der bullige Mann, der zwei Tische entfernt saß, erhob sich langsam. »Ich bin völlig gesund«, knurrte er. »Wovon reden Sie überhaupt?«

»Ihrem Herzen fehlt nichts?« fragte Hedrock.

»Selbstverständlich nicht.«

Hedrock stieß seinen Stuhl zurück und stand auf. Er durfte sein Ziel nicht durch ungünstige Körperhaltung verfehlen. Ruckartig hob er den Arm und deutete mit dem Finger auf den Offizier.

»Sie sind doch General Lister Grall?«

»Richtig. Und falls Sie sich einbilden, Captain ...«

Hedrock schnitt ihm das Wort ab. »General, ich muß Ihnen leider eröffnen, daß Sie nach den Unterlagen der Waffenläden um genau ein Uhr fünfzehn an Herzschlag sterben werden, und zwar *heute,* noch in dieser Minute — dieser Sekunde.«

Jetzt gab es kein Zurück mehr. Mit einer einzigen, gleichgerichteten Bewegung krümmte Hedrock seinen Finger, wölbte seine Hand, um die Waffe aufzunehmen, die der Ring, den er trug, auf unsichtbarer Ebene materialisiert hatte.

Kein normales Erzeugnis war dieses dem Auge entzogene, fast schon magische Produkt, sondern ein Mittel, das die selbsterrichteten Schranken der Waffenläden durchbrach; das nie verkauft, nie ausgestellt, nie eingesetzt wurde außer in äußersten Zwangslagen.

Es feuerte auf einer Vibrationsebene, die das menschliche Auge nicht wahrnahm; und während die lähmende Energie den Herzmuskel des Offiziers erfaßte, öffnete Hedrock die Hand und entmaterialisierte die unsichtbare Waffe.

In dem ausbrechenden Tumult schritt Hedrock zu dem Thronsessel an der kaiserlichen Tafel und neigte sich über Innelda. Er vermochte einen Anflug der Bewunderung nicht zu unterdrücken, denn sie blieb gänzlich, unnatürlich gefaßt.

Erotisch erregbar mochte sie wirken, doch in entscheidenden Augenblicken setzte die Beherrschung sich durch, die ihr dynastisches Erbe war.

An diese Fähigkeit zur Selbstbesinnung hatte er appelliert, und wie ein zurückgewonnenes Kleinod spiegelte sie sich in ihrem leidenschaftslosen Blick. Dann sagte sie:

»Sie sind sich doch wohl darüber im klaren, daß Sie mit Ihrem Mord an General Grall ein stillschweigendes Geständnis abgelegt haben?«

Hedrock war zu klug, um in diesem Augenblick, der

den Kern ihres Wesens wie ein Brennglas einfing, zu leugnen. Er antwortete:

»Ich habe von dem Todesurteil erfahren, und ich habe auch gehört, wer es vollstrecken sollte.«

»Dann geben Sie die Tat zu?«

»Ich gebe zu, was Sie wollen, so lange Sie akzeptieren, daß ich in Ihrem ureigensten Interesse handle.«

Ihre Miene verriet Unglauben. »Das sagt ein Mitglied der Gilde der Waffenschmiede, die jeden meiner Pläne zu durchkreuzen sucht.«

»Ich bin nicht, war nie und werde niemals ein Mitglied der Gilde sein«, antwortete Hedrock.

Sie bedachte ihn mit einem überraschten Blick. »Fast bin ich geneigt Ihnen zu glauben. Sie haben etwas Fremdartiges an sich, das ich noch herausfinden muß ...«

»Ich werde es Ihnen eines Tages erklären. Das verspreche ich Ihnen.«

»Sie scheinen sehr sicher zu sein, daß ich nicht jemand anderem befehle, Sie hinzurichten.«

»Wie ich schon gesagt habe — das Geschlecht der Ischer pflegt keinen Selbstmord zu begehen.«

»Jetzt sind Sie wieder bei Ihrem alten Thema, das Ihre unglaublichen Ambitionen verrät. Doch lassen wir das. Ich schenke Ihnen das Leben, aber den Palast werden Sie vorläufig nicht mehr betreten. Mit Ihrer Behauptung, die Waffenläden überwachten sämtliche Geschehnisse nach ihrem Belieben, können Sie mich nicht allzu lange täuschen.«

»Tatsächlich nicht?«

»Das mag zu der Zeit, als ich sechzehn war, noch möglich gewesen sein, aber mittlerweile ist der gesamte Palast mit Abwehrschirmen ausgestattet worden. Zu deren Überwindung bedarf es einer Zweiwegeverbindung. Mit anderen Worten, einer Sendeanlage.«

»Sie sind sehr scharfsinnig.«

»Und was die Behauptung angeht«, fuhr sie fort, »die Waffenschmiede könnten in die Zukunft blicken, lassen

Sie sich von mir sagen, daß wir ebenso viel über Zeitreisen und ihre Schranken wissen wie die Waffenläden. Das Phänomen der Energiewippe mit ihren fatalen Auswirkungen ist uns nur zu gut bekannt. Aber noch einmal — lassen wir das!

Ich möchte, daß Sie den Palast für zwei Monate verlassen. Mag sein, daß ich Sie eher zurückrufe, doch das hängt von anderen Entwicklungen ab. Inzwischen können Sie dem Rat der Waffenschmiede folgendes ausrichten: Was ich vorhabe, tut den Waffenläden nicht den geringsten Abbruch. Das versichere ich ehrenwörtlich.«

Eine Weile schaute Hedrock sie durchdringend an, dann entgegnete er leise:

»Ich möchte Ihnen etwas sagen, an dem mir viel liegt. Ich habe nicht die leiseste Ahnung, was Sie jetzt tun oder im Begriff stehen zu tun, aber eines ist mir aufgefallen: Bei Ihren politischen und wirtschaftlichen Entscheidungen haben Sie sich im wesentlichen von konservativen Motiven leiten lassen.

Belassen Sie es nicht dabei. Akzeptieren Sie den Wandel, wo er eintritt. Sträuben Sie sich nicht dagegen, sondern lenken Sie ihn, formen Sie ihn! Erwerben Sie dem ruhmreichen Namen Ischer neue Lorbeeren!«

»Danke für Ihren Rat«, antwortete sie kalt.

Hedrock verbeugte sich und sagte: »Ich erwarte Ihre Nachricht in zwei Monaten. Leben Sie wohl.«

Hinter ihm schwoll das Summen der Unterhaltung von neuem an. Er durchquerte die verzierten Türen an der gegenüberliegenden Seite des Saals. Dann, sobald er außer Sicht war, beschleunigte er seine Schritte.

Er erreichte unbehelligt die Fahrstühle, betrat einen davon und drückte auf die Schnelltaste zum Dach. Unterwegs steigerte sich seine Unruhe.

Mit jeder Minute, mit jeder *Sekunde* konnte die Stimmung der Kaiserin umschlagen, und …

Die Kabine hielt, die Tür glitt auf. Er trat hinaus und gewahrte die Gruppe von Männern. Sie kam auf ihn zu und umringte ihn. Polizei — darüber konnte die Zivilkleidung nicht hinwegtäuschen.

»Sie stehen unter Arrest!« sagte einer der Männer.

5. KAPITEL

Auf Neelan, bedroht durch ein Energiegeschütz, das zur Seite hin vor ihm zurückwich, stürmten kaleidoskopartig rasche Wahrnehmungen auf ihn ein. Er sah, daß er sich in der Steuerzentrale des Raumschiffs befand, und verharrte einen Augenblick lang wie gebannt.

Die Kommandobrücke hatte, das war vorgeschrieben, im Mittelpunkt des Schiffes zu liegen. Das hieß, daß dieser Hangar nicht nur hundertzwanzig Meter in die Höhe, sondern auch nach unten reichte.

Fast zweihundertfünfzig Meter — für ein Raumschiff, das sich in privater Hand befand, eine enorme Maschine. Irgend jemand hatte hier in großem Stil geplant.

Neelan holte tief Atem. Gil, dachte er matt, Gil, du verschlossener Tor, warum hast du mir kein Wort gesagt? Jetzt muß ich völlig von vorn ...

»Nun«, zerriß die scharfe Stimme des Fremden seine Gedanken, »was halten Sie davon?«

Langsam wandte Neelan sich dem Sprecher zu. Er erblickte einen hageren, blassen, vielleicht fünfunddreißigjährigen Mann. Dieser hatte das mobile Aggregat zur Dekke dirigiert und steckte eben Neelans Waffe ein. In der Hand hielt er einen Blaster des Standardmodells; mit seinen braunen Augen musterte er Neelan argwöhnisch.

»Legen Sie das Ding doch weg«, forderte dieser. »Natürlich sehe ich, daß hier nicht alles astrein zugeht. Aber ich brauche trotzdem das Geld. Leuchtet Ihnen das ein?«

Er hatte den richtigen Ton angeschlagen. Der Mann entspannte sich sichtlich. Seine Waffe senkte sich. Mit gespielter Herzlichkeit erwiderte er:

»Das hört sich schon anders an. Sie müssen sich in meine Lage versetzen. Ich dachte, Sie würden wieder kehrtmachen.«

»Das Raumschiff mitten in der Stadt hat mich aus der Fassung gebracht.«

Ihm schien, daß es nicht schaden konnte, diesen Punkt künftig noch stärker zu betonen. Bei einem Mann, der über seine Verwandtschaft mit Gil informiert war, der *wußte,* daß Gil tot war und sich doch darüber ausschwieg, galt es hervorzuheben, daß alles an seiner Umgebung fremd und neu für ihn war.

Neelan fuhr fort: »Ich denke, wir werden miteinander auskommen. Es bleibt bei den hundert Krediten pro Woche?«

Der Mann nickte. »Und zwar netto«, fügte er hinzu, »weil ich nicht riskieren möchte, Sie nicht wiederzusehen.«

Neelan starrte ihn an. »Was soll das heißen?«

Sein Gegenüber lächelte spöttisch. Die Situation schien ihm zu behagen. Er wirkte selbstsicherer; seine Stimme klang kühl und arrogant, als er bemerkte:

»Sie leben hier an Bord, bis Sie Ihre Arbeit beendet haben.«

»So?«

Flüchtig kam Neelan in den Sinn, daß er aus Prinzip nachdrücklich widersprechen müßte, obwohl die Bedingung ihn nicht weiter störte. Was ihn viel mehr beschäftigte, war...

Laut Auskunft der Waffenläden gehörte das Gebäude einem ebenso überragenden wie integren Wissenschaftler mit Namen Derd Kerschaw. Falls Rechtschaffenheit sich in Taten ausdrückte, konnte dieser hochaufgeschossene, unangenehme junge Mann nicht Kerschaw sein.

Hatte sich vielleicht ein Unfall ereignet, bei dem Gil

und Kerschaw umgekommen waren, den nur ein Angehöriger des Teams überlebt hatte, der jetzt versuchte, aus der Lage persönlichen Vorteil zu ziehen?

Oder sah die Wirklichkeit noch übler aus? Wie auch immer, er mußte sich äußern, Einwände erheben, eigene Forderungen vorbringen.

»Gegen die Regelung an sich habe ich nichts«, sagte Neelan. »Was mich stört, ist Ihre selbstherrliche Art. Was wird eigentlich hier gespielt? Sie können zwar sagen, daß mich das nichts angeht, aber wenn Sie so mit mir umspringen, stehen mir ein paar Auskünfte doch wohl zu.«

»Da täuschen Sie sich«, gab der andere barsch zurück.

»Wie heißen Sie eigentlich? Mir Ihren Namen zu nennen, dürfte Ihnen wohl kaum schaden.«

»Kommen Sie mit!« herrschte der Mann ihn knapp an. »Ich zeige Ihnen die Triebwerke.«

Er machte eine auffordernde Bewegung mit der Waffe, hielt dann nachdenklich inne. »Meinen Namen können Sie ruhig erfahren.« In plötzlichem Triumph lachte er auf. »Schließlich kennt *sie* ihn auch. Ich heiße Rel Greer.«

Also war er jedenfalls nicht Kerschaw — und machte kein Hehl daraus. Wen aber meinte er mit *sie*?

»Und Sie sind Wissenschaftler?« fragte Neelan.

Die Zornesröte stieg dem Mann ins Gesicht. Gleich darauf wurde er noch bleicher als zuvor. Er fauchte:

»Der beste im ganzen ...« Mit sichtlicher Anstrengung brach er ab. Er schluckte hart, starrte Neelan an und stieß hervor: »Wollen Sie mich vielleicht aushorchen? Los jetzt!«

Neelan zögerte. Greers unerwartete Gereiztheit erstaunte ihn; und doch ...

Fragen lagen ihm auf der Zunge. Er spürte, daß er nur um Haaresbreite von wichtigen Aufschlüssen entfernt war. Mit Gewalt mußte er sich seine gefährliche Lage in Erinnerung rufen.

Wortlos wandte er sich um und ging voraus in die Tiefen des Schiffs.

Sie gelangten in eine Welt der Maschinenkolosse. Titanische Antriebsaggregate, gleißende elliptische Ungeheuer, dicht an dicht angeordnet in gewaltigen Reihen.

Neelan zählte sie vom Aufzug aus mit wachsendem Staunen: eins, zwei — siebzehn insgesamt.

»Aber«, sagte er überrascht, »das sind Einhundert-Millionen-Zyklen-Aggregate! Seit wann benötigt ein Schiff unter dreihundert Metern Länge mehr als zwei, höchstens drei solcher Giganten — zu schweigen von siebzehn?«

Er sah, daß Greer seine Überraschung genoß. Ein überlegenes Lächeln lag auf seinen blassen Zügen.

»Das Schiff ist eine Neuentwicklung«, sagte er stolz. »Ich bin dabei, es zu veräußern. Seit mehreren Wochen verhandle ich mit der Kaiserin persönlich.«

Er bedachte Neelan mit einem harten Blick. »Wie Sie sehen, habe ich mich entschieden, Sie nicht im unklaren zu lassen. Ich möchte nicht, daß Sie sich weiter den Kopf zerbrechen und Ihre Nase in jede Ecke stecken.

Sie hat darauf bestanden, daß die Angelegenheit geheim bleibt. Und mir tut jeder Störenfried leid, der ihren Wünschen zuwiderhandelt. Die ganze Erde würde für ihn nicht ausreichen, um zu entkommen, es sei denn, er wüßte die Waffenhändler hinter sich. Ist damit alles geklärt?«

Neelan zwang sich zu einem Nicken. Wäre es um sein Leben gegangen — er hätte keinen Laut über die Lippen gebracht. Die Übelkeit, die ihn befallen hatte, war wie körperliche Pein. Denn — so beiläufig kam ans Licht, was sich abgespielt haben mußte.

Kerschaw, als führender Kopf, hatte Gil, Greer und möglicherweise noch andere Mitarbeiter eingestellt, um seine Erfindung zu vervollkommnen. Und dann hatte Greer alle anderen beseitigt und das Schiff in seinen Besitz gebracht.

Diese logische Konstruktion wies noch Lücken und ungeklärte Punkte auf, aber daß sie im großen und ganzen zutraf, war nur zu offensichtlich.

Gil war gestorben, damit diese Kreatur eine Entwicklung in die Hand bekam, die bedeutsam genug war, um die Kaiserin zu interessieren.

»Ich möchte«, sagte Greer, »daß Sie ein Triebwerk nach dem anderen ausbauen, in die Werkhalle schaffen und überholen, ehe Sie sich an das nächste machen. Auf keinen Fall soll bei sämtlichen Aggregaten, wie in den Massenfertigungsbetrieben, nacheinander erst ein Teil getestet werden, dann das nächste und so fort ...«

Greer brach ab. In seinen braunen Augen stand Argwohn. »Was ist los? Sie haben mich gerade äußerst merkwürdig angesehen.«

»Mich hat die Vorsicht gewundert, die Sie an den Tag legen.«

Greer entspannte sich und machte ein selbstzufriedenes Gesicht. »Ich gehe kein Risiko ein. Für den Fall, daß jemand mich zu hintergehen versucht, will ich in kürzester Frist den Hangar verlassen können.«

Neelan hörte kaum noch hin. Sein Kopf hämmerte wie eine Maschine. Der Mann hatte sich derart unwiderruflich bloßgestellt, daß kein Zweifel mehr angebracht war.

Der engstirnige, egozentrische Schwachkopf! Stellte sich hin und redete bei vollem Bewußtsein davon, es dürfe nur ein Aggregat nach dem anderen überholt werden.

Hatten Kerntriebwerke erst einmal gearbeitet, dann wurden sie bei abmontierter Verkleidung mit Bedacht voneinander ferngehalten. Jedes Triebwerk besaß ein anderes Aufladungspotential. Wurden sie nicht gegeneinander abgeschirmt, dann setzte eine Elektronenemission ein, die mit der Zerstörung der Triebwerkselemente endete.

Kam ein solcher Prozeß aber jemals bei siebzehn Aggregaten gleichzeitig in Gang ...

Neelans Vorstellungskraft sträubte sich gegen das Bild. Das katastrophale Ergebnis würde darin bestehen, daß ein Teil des Schiffes verpuffte, der Rest schmolz und in einer Metallpfütze zusammensank.

Kein Wunder, daß Greer so heftig auf die Frage reagiert

hatte, ob er Wissenschaftler wäre. Die Ausbildung eines Kerningenieurs besaß er jedenfalls nicht — und deshalb mußte er aus der Frage nach seiner Qualifikation verborgene Untertöne herausgehört haben.

Den Teil der Anweisung Greers, der ihm gebot, die Motoren einzeln zu testen, würde er wortwörtlich ausführen, dachte Neelan grimmig. Im übrigen — seine Gedanken verweilten eisig bei dem Punkt — sollte es ihm nicht schwerfallen, einen Ignoranten wie Greer zu täuschen. Und ihn ...

Greer hatte inzwischen weitergeredet. »Ich habe mich in der Kabine über der Werkstatt eingerichtet und werde von dort aus Ihre Arbeit verfolgen. Das heißt nicht, daß ich übertrieben mißtrauisch wäre, aber so lange ich mich dort aufhalte, *weiß* ich, daß Sie nicht durchs Schiff wandern und jedes Detail auskundschaften.«

»Ich fange sofort an«, erwiderte Neelan.

Er zitterte, als er den Werkstattaufzug betrat. Was eingetreten war, kam ihm ganz unglaublich vor — aber eine Möglichkeit zeichnete sich definitiv ab.

Sein Ziel stand ihm vor Augen. Hinderlich war nur, daß Greer sich nicht entfernte. Er blieb, wie jemand, der Gesellschaft zugleich suchte und sich vor ihr fürchtete.

Zu jeder anderen Zeit, bei jedem anderen hätte Neelan wenigstens unwirsche Sympathie verspürt. Was Einsamkeit hieß, konnte er nachempfinden.

Nicht aber jetzt. Rasende Ungeduld quälte ihn. Wenn Greer doch verschwände! Ich werde dafür sorgen, daß er sich zu Tode langweilt, dachte er erbost.

Unter Greers Augen machte er sich daran, die Werkzeugmaschinen zu prüfen. Er las Meßinstrumente ab, schaltete Kräne, Fräsen, Schleif- und Bohrmaschinen ein und aus. Nach einer halben Stunde bemerkte Greer hinter ihm:

»Sie haben also mehrere Jahre außerhalb der Erde verbracht. Was hat Sie zurückgeführt?«

Bei dieser Frage konnte es kein Zögern geben. Dafür wußte der Mann zuviel. »Der Tod meines Bruders«, gab Neelan zur Antwort.

»Ach. Ihr Bruder ist gestorben?«

»Ja.« Ruhig dick auftragen, dachte Neelan. »Ja, er hat mich finanziell unterstützt. Als die Überweisungen ausgeblieben sind, habe ich Erkundigungen eingezogen. Danach sieht es so aus, als wäre er seit einem Jahr vermißt, ohne als tot gemeldet zu sein. Sechs Monate werden mindestens noch vergehen, bis ich die Erbschaft antreten kann, aber grundsätzlich erklären die Gerichte wegen der sich häufenden Morde jeden für tot, der ein Jahr lang verschollen ist.«

»Ich weiß«, war alles, was Greer entgegnete.

Während der darauffolgenden Stille dachte Neelan grimmig: »Soll er sich das erst einmal durch den Kopf gehen lassen. Es kann nicht schaden, wenn er denkt, daß Gil und ich nicht sehr aneinander gehangen haben. Am besten hake ich noch einmal nach.

»Wir haben uns zehn Jahre lang nicht gesehen«, fuhr er fort. »Nach der langen Zeit hat sein Tod mich recht wenig berührt. Eigenartig.«

»Wollen Sie zurück in den Raum?« forschte Greer.

Neelan zuckte die Achseln. Plötzlich störte es ihn, mit dem Mann überhaupt reden zu müssen. Doch der direkten Frage konnte er nicht ausweichen. »Ich bleibe auf der Erde. Hier habe ich mehr Aufregung, mehr Zeitvertreib, mehr Unterhaltung.«

»Ich für mein Teil«, sagte Greer nach kurzem Schweigen, »würde mein letztes Jahr im Raum nicht gegen alle Zerstreuungen dieser Stadt eintauschen.«

»Jeder nach seinem eigenen Geschmack ...« setzte Neelan an. Und brach ab. Erregung durchzuckte ihn. Sein Ziel — Greer aus der Werkstatt zu bekommen — erschien ihm plötzlich sekundär.

Denn hier bot sich eine Gelegenheit, mehr zu erfahren.

Der Satz für sich genommen bedeutete noch nicht viel.

Während des vergangenen Jahres war Gil schon tot gewesen. Aber immerhin hatte Greer von sich aus seine Vergangenheit erwähnt. Das hieß, daß er reden wollte. Vielleicht konnte er dazu gebracht werden, mehr preiszugeben.

Neelan meinte: »Ich hätte jedenfalls keine Lust, durch den Raum zu kreuzen und nach weiteren Meteoriten zu suchen. Und ich weiß, wovon ich spreche.«

»Meteoriten!« explodierte Greer. »Sind Sie übergeschnappt? Glauben Sie, die Ischerkaiserin würde sich für Meteoriten interessieren? Hier geht es um hundert Milliarden Kredite. Haben Sie das gehört? Und die bekomme ich von ihr, verlassen Sie sich darauf!«

In zunehmender Erregung ging er hastig auf und ab. Plötzlich fuhr er zu Neelan herum.

»Wissen Sie, wo ich gewesen bin?« stieß er hervor. »Ich ...«

Er hielt inne. Seine Gesichtsmuskeln arbeiteten krampfhaft- Endlich brachte er ein verzerrtes Lächeln zuwege. »Nein, das bringen Sie nicht zuwege«, knurrte er. »Sie bekommen nichts aus mir heraus. Auch wenn es Ihnen nichts nutzen würde ...«

Er blieb stehen und starrte Neelan an. Unvermittelt drehte er sich auf dem Absatz um, ging zum Aufzug und verschwand nach oben.

Neelan sah ihm nach, fast ausdruckslos, nur einen Gedanken im Kopf: Jetzt galt es zu handeln.

Mit einem modifizierten Transparenzgerät inspizierte er die Decke, um schließlich zufrieden zu nicken. Zehn Zentimeter dick, die übliche Legierung aus gehärtetem Blei und ›schwerem‹ Beryllium. Die Transparenzaufnahme zeigte auch die Stelle, an der Greer saß, eine verschwommene Gestalt, die anscheinend ein Buch in der Hand hielt.

Das einzige Gefühl, das Neelan empfand, war frostige Zufriedenheit. Greer hatte keinen Gedanken daran verschwendet, weshalb die Kabine leer sein mochte, in der er sich installiert hatte. Die Isolierabstände um Bereiche, in denen Energie entweder erzeugt oder in großem Umfang eingesetzt wurde, waren seit derart langer Zeit festgelegt, daß jeder Konstruktionsplan sie automatisch berücksichtigte und kaum jemand noch bewußt daran dachte. Wissenschaftler wie Gil oder Kerschaw waren vermutlich nie auf die Idee gekommen, ein Wort darüber zu verlieren.

Was ihm nur recht sein konnte, sagte sich Neelan.

Er lenkte die schwere Schleifmaschine unmittelbar unter Greers Aufenthaltsrort und richtete die feingezähnte Arbeitsfläche nach oben. Dann stellte er eine überschlägige Berechnung an.

Greer mochte hundertfünfzig Pfund wiegen. Körperlich erweckte er nicht den Eindruck, als wäre er in besonders guter Verfassung. Um sicherzugehen, ermittelte Neelan den Schub, der einen hundert Pfund schweren Mann getötet hätte.

Einkalkuliert werden mußte außerdem noch der zehn Zentimeter dicke Boden. Glücklicherweise kannte er die Formel für die Leitfähigkeit der Legierung.

Flüchtig fiel Neelan der Tag in der Universität ein, an dem im Labor die Wirksamkeit von Werkzeugmaschinen bei eingeschalteter Energiezufuhr demonstriert worden war.

Das verkleinerte Labormodell hatte dem Versuchsobjekt einen leichten Stoß versetzt. Die massive Schleifmaschine dagegen ...

Greer sackte kraftlos zu Boden.

Neelan begab sich ein Deck höher. Er machte von dem Bewußtlosen eine Transparenzaufnahme. Keine Knochenbrüche. Das Herz schlug normal. Neelan nickte zufrieden. Tot hätte Greer keine Fragen beantworten können.

Und er war noch viele Antworten schuldig.

Mit einiger Mühe berechnete Neelan die Anordnung von Energiesträngen, die Greer in einer halbwegs bequemen Lage festhielt, ihm einen Rest Bewegungsfreiheit ließ und ihn doch, wenn nötig, unendlich lange an seinen Platz bannen würde.

Die nächste Stunde verbrachte Neelan damit zu, das weitläufige Schiff zu erkunden. Sein Rundgang war nur oberflächlich — er stieß auf zuviel verschlossene Türen und gefüllte Lagerräume —, und was er hauptsächlich suchte, förderte er nicht zutage: einen Lambeth-Detektor.

Seine Logik sagte ihm, daß sich keiner an Bord befand. Der bloße Umstand, daß Greer sich eine Anstellung verschafft hatte, bewies, daß weder Kerschaw noch Gil genug Verstand besessen hatten, ihre Mannschaft einer Verläßlichkeitsprüfung zu unterziehen.

Neelan spürte hilflosen Zorn in sich aufsteigen. Wie sollte man nur einer Mentalität beikommen, die Jahre auf die Erforschung der unterschiedlichsten Strahlungsenergien verwandte, einen Menschen, der des Mordes fähig war, aber unbesehen akzeptierte — und damit die eigenen Ergebnisse vernichtete?

Seine Erbitterung legte sich, als er an das Jahr dachte, das inzwischen verstrichen war. Er kehrte zu Greer zurück — und fand ihn bei Bewußtsein.

Greer starrte ihm mit einer Mischung aus Furcht und Haß entgegen. Seine Stimme überschlug sich wie in einem Crescendo von Beschimpfungen und Drohungen, wie die Kaiserin mit ihm umspringen würde. Als die Litanei endlich abbrach, fragte Neelan:

»Wo sind die übrigen? Wo sind Kerschaw und mein Bruder?«

Die braunen Augen weiteten sich, verengten sich dann zu Schlitzen. »Scheren Sie sich zum Teufel!« knurrte Greer. Aber er war sichtlich erschrocken.

»Wie bediene ich von hier aus den Holoset im Trellis Minor Building?«

Keine Antwort.

Neelan erinnerte sich daran, daß ein Test existierte, mit dem sich ermitteln ließ, an welchem Punkt jemand unter der Folter sein Wissen preisgab. Er brauchte eine halbe Stunde, um den entsprechenden Sensor zusammenzubauen und anzuschließen.

Greer schrie entsetzt auf — und Neelan, dem es kalt den Rücken hinunterlief, hatte seine Antwort: Greer konnte zum Reden gebracht werden — es fehlte nur jemand mit der nötigen Robustheit, ihn den entsprechenden Torturen zu unterwerfen.

Die verbleibenden Stunden des Nachmittags verwendete er darauf, das Schiff ein zweites Mal zu durchsuchen. Und diesmal alles andere als beiläufig. Mit einem batteriegetriebenen Bohrer brach er widerspenstige Schlösser auf. Die Mannschaftsräume über der Steuerzentrale nahmen seine Aufmerksamkeit am längsten in Anspruch. Doch Greer war ihm zuvorgekommen.

Nirgends ein Hinweis. Greer hatte ganze Arbeit geleistet. Falls Gil oder Kerschaw sich je an Bord aufgehalten hatten, deutete nichts auf ihre Anwesenheit hin.

In der Bugluftschleuse lag eine vollständig ausgerüstete Pinasse, versehen mit zwei Triebwerken vom Typ der riesigen Aggregate im Schiff. Ihre Länge betrug annähernd dreißig Meter.

Und in der Steuerzentrale stieß er auf eine Kassette mit hunderttausend Krediten. Er nahm tausend an sich. Anschließend experimentierte er fast eine Viertelstunde lang mit den Armaturen, die das Schott kontrollierten. Schließlich programmierte er den Mechanismus so, daß das Schott täglich um neun Uhr morgens für anderthalb Minuten geöffnet wurde.

Er brachte Greer zu essen. Der Mann kaute mürrisch und knurrte schließlich:

»Anscheinend wollen Sie den Hangar verlassen. Sie könnten wenigstens dafür sorgen, daß ich in der Lage bin, mich zu befreien, falls Ihnen irgend etwas zustößt.«

Neelan reagierte nicht. Aber unter Greers unruhigem Blick verband er einen Impulsgeber mit der Energiefessel und stellte ihn auf zweiundsiebzig Stunden ein. Dann lud er den Mann auf eine Antischwerkraftplatte und beförderte ihn in eine über der Steuerzentrale gelegene Kabine. Es war viertel vor sieben, als er auf die Straße trat.

Sobald er seine Unterkunft erreichte, fuhr er zu seinem Zimmer hoch. Eigenartig, wie abgespannt er sich fühlte, als wäre in seinem Gehirn nur noch Platz für Erschöpfung. Der Tag war lang gewesen, und noch war er nicht vorüber. Ein kurzer Schlummer, dann ...

Der Türsummer ertönte. Es war das gezierte Hausmädchen. »Mrs. Dendley meint, Sie hätten wohl nicht auf Ihre Post geachtet. Für Sie ist vorhin eine Eilsendung eingetroffen. Aufgegeben auf dem Mars.«

Während sie die Tür schloß, entdeckte Neelan, daß seine Hand, die das Mikroband hielt, zitterte. Einen Augenblick lang starrte er auf seinen computergeschriebenen Namen, auf das rote Planetensymbol in der rechten oberen Ecke.

Er ließ sich auf die Couch fallen, und langsam ließ das Hämmern seines Herzens nach; in seine Muskeln kehrte die Kraft zurück. Er vermochte wieder zusammenhängend zu denken.

Drei Wochen zuvor hatte er auf normalem Wege darum gebeten, ihm die Post nachzuschicken, die eventuell an seine letzte Anschrift auf dem Mars gerichtet worden war. Je nach der Stellung der Planeten zueinander benötigte ein Schiff für die Reise zwischen achtzehn und sechzig Tagen. Derzeit waren es vierundzwanzig.

Vierundzwanzig Tage hin — vierundzwanzig zurück.

Es mußte eine andere Erklärung geben. Das Band konnte nicht von Gil stammen. Und wer auf dem Mars sollte ihm ...

Der Schwächeanfall war vorüber. Er riß die Verschlußkapsel auf und sah, daß es sich um zwei Bänder handelte — das eine als Kurzmitteilung gekennzeichnet, das andere ein Brief. Die Mitteilung stammte von den Waffenläden. Die Stimme war die des Mannes, der ihn mit dem Hinweis auf die kommende Woche abgespeist hatte.

Mr. Neelan, im Anschluß an Ihre nochmalige Vorsprache fiel mir ein, daß Sie beim erstenmal erwähnt hatten, Sie hätten vom Mars Ihre möglicherweise dort lagernde Post angefordert.

Wie Sie vielleicht wissen, verfügen die Waffenläden über ein Frequenzübertragungssystem, das über planetarische Entfernungen praktisch unendlich schnell arbeitet. Ich habe damit das beigefügte Band für Sie abgerufen. Bitte vernichten Sie diese Nachricht.

Neelan warf sie in den Müllzerkleinerer. Erst dann griff er nach dem zweiten Mikroband. Dabei dachte er trübsinnig: Ein ganzes Jahr war verschenkt — weshalb sich jetzt beeilen.

Er vernahm Gils Stimme:

Lieber Dan, endlich kann ich dir von der größten Erfindung in der menschlichen Geschichte berichten.

Ich mußte bis jetzt damit warten — wir starten in wenigen Stunden —, weil wir das Risiko nicht eingehen konnten, daß irgendeine Mitteilung abgefangen wird. Wir sind entschlossen, die Welt vor ein fait accompli *zu stellen. Filme und andere Aufzeichnungen werden unseren Bericht belegen, wenn wir zurückkehren.*

Wir sind zu siebt. Kopf unseres Teams ist der renommierte Physiker Derd Kerschaw. Sechs von uns sind Spezialisten auf verschiedenen Fachgebieten. Der siebte, Greer, ist eine Art Mädchen für alles, der sich um die Archivierung der Daten kümmert und für unser leibliches Wohl sorgt. Kerschaw bildet ihn nebenher zum Piloten aus, damit wir uns ausschließlich auf unsere wissenschaftlichen Aufgaben konzentrieren können …

An dieser Stelle hielt Neelan inne, tief betroffen. »Wie die Kinder«, murmelte er heiser, »wie leichtgläubige Kinder.«

Nach einem Augenblick dachte er: Greer war also ein bloßer Handlanger. Kein Wunder, daß ihm die einfachsten wissenschaftlichen Grundkenntnisse fehlten, dem selbstgefälligen, niederträchtigen …

Fast widerstrebend schaltete er das Band erneut ein.

Was mich betrifft, war Kerschaw auf einen Aufsatz im Atomic Journal gestoßen, in dem ich meine Forschungen über Antimaterie resümiert hatte. Die Resultate, zu denen ich gelangt war, deckten sich mit seinen eigenen Überlegungen in einem Bereich, dem für die Verwirklichung seiner Ideen einige Bedeutung zukam.

Ich halte die Aussicht für sehr gering, daß andere Forscher in absehbarer Zeit die gleiche Entdeckung wie Kerschaw machen. Du wirst dich erinnern, wie man uns seinerzeit bei unserer Ausbildung mit der Auffächerung der Naturwissenschaften in fast fünfzigtausend spezialisierte Teilgebiete beeindruckt hat. Die bloße Kombination der vielen Einzelerkenntnisse, so hat man uns schon damals beigebracht, müßte eigentlich ununterbrochen zu neuen Erfindungen führen — gesetzt den Fall, es gäbe Methoden des geistigen Trainings, die erlauben würden, auch nur einen Bruchteil dieser Gebiete zu beherrschen, geschweige denn alle. Um so höher ist Kerschaws Integrationsleistung einzuschätzen.

Ich erwähne das nur, um dir begreiflich zu machen, wieviel von unbedingter Geheimhaltung abhängt. Dan — was wir zuwege gebracht haben, ist überwältigend. Wir haben ein Antriebssystem von solcher Schnelligkeit entwickelt, daß es wie ein Traum anmutet. Die Sterne sind damit erreichbar. Sowie ich dieses Band besprochen habe, starten wir zum Centaurus.

Mir wird heiß und kalt zugleich bei der Vorstellung. Kannst du dir die Umwälzung ausmalen, die eintreten wird? Dieser Antrieb stößt buchstäblich das Tor zur Welt auf. Du brauchst nur an die zahllosen Menschen zu denken, die man gewaltsam zum Mars, zur Venus, zu den verschiedenen Monden verfrachtet hat — verständlicherweise; jemand mußte dort leben und die Bodenschätze ausbeuten. Nun aber bietet sich eine bessere Perspektive, ein neuer Anfang auf grüneren, lebensfreundlicheren Welten.

Diese Welten existieren; Choicer hat das mit seinem Planetenentstehungsgesetz nachgewiesen. Von jetzt an kann die Menschheit sich ohne Grenzen ausbreiten und unter ihre ebenso lächerlichen wie mörderischen Konflikte über Gebiets- und Besitzansprüche einen Schlußstrich ziehen. Künftig findet jeder, was er braucht.

Trotzdem müssen wir so vorsichtig sein, weil das Ischerreich *die bevorstehende Massenauswanderung mit Sicherheit nicht überdauern wird. Die Kaiserin dürfte die erste sein, die das durchschaut, die erste, die uns mundtot zu machen versucht.*

Noch etwas: Kerschaw und ich haben über eine mögliche Beeinträchtigung der nervlichen Verbindung zwischen dir und mir durch die lichtjahreweite Distanz gesprochen. Er nimmt an, daß die extreme Geschwindigkeit, mit der wir das Sonnensystem verlassen, wie ein plötzlicher Bruch wirken wird — nicht zu vergessen den Schmerz beim Andruck unserer Beschleunigung. Wir…

Neelan unterbrach die Wiedergabe, denn sein Kopf wirbelte wie ein Rotor, schneller, immer schneller. Natürlich, genau das hatte er gespürt: den qualvollen Schmerz, dann den Bruch.

Gil war also nicht tot.

Oder vielmehr — wie ein Hammerschlag traf ihn der nächste Gedanke — Gil hatte nicht an jenem Tag vor einem Jahr den Tod gefunden. Irgendwann während des Fluges war er dann von Greer…

Neelans Überlegung brach ab. Die Erinnerung kehrte zurück an den Traum, in dem er Gil auf einer alptraumhaften Welt erlebt hatte, in einer Wüste, die von wilden Stürmen gepeitscht wurde.

Der nervliche Kontakt bestand immer noch. Minimal, kaum merklich, so lange er wach war, hatte er sich dem hochempfindsamen Gebilde mitgeteilt, das der Körper im Schlaf darstellte. Zu einem Zeitpunkt, als er, zum erstenmal seit über einem Jahr, seine überreizten Nerven entspannt hatte.

Er versuchte sich zurückzuerinnern, wie ihm am Vorabend zumute gewesen war, an seinen Eindruck, abgeschlossen zu haben mit der Suche nach dem Toten, an sein rasches, tiefes Einschlummern, gefolgt von dem Traum…

Der erst einen Tag zurücklag.

Gil lebte noch.

Er mußte zurück ins Schiff, mußte Greer zwingen, preiszugeben, wo er die ersten Männer ausgesetzt hatte, die zu den Sternen geflogen waren, mußte ...

Mit einer rigorosen Willensanstrengung gebot Neelan seinen wirbelnden Gedanken Einhalt. Sinnlos, sich in immer größere Erregung hineinzusteigern. Er konnte vor Tagesanbruch nicht in das Schiff zurückkehren; also ...

Die Waffenhandlung aufsuchen und den Verkäufer unterrichten. Sich ein Lambethgerät besorgen, Rayburn benachrichtigen, zur Ablenkung vielleicht einen Abstecher ins Stadtzentrum machen; und dann, am Morgen, zum fernen Centaurus abfliegen.

Neelan ertappte sich dabei, wie er den grandiosen Namen laut vor sich hinsagte, als wäre er eine Melodie, ein musikalisches Motiv. Es dauerte eine Weile, ehe ihm einfiel, daß er die Nachricht noch nicht zu Ende gehört hatte.

... Wir beide werden voraussichtlich zum erstenmal seit unserer Geburt völlig auf uns allein angewiesen sein. Ich stelle mir das sehr leer und einsam vor.

Ich weiß, daß du mich beneiden wirst, Dan, während du zuhörst. Wenn ich an die Jahrtausende denke, die die Menschheit schon von den Sternen träumt, an die unzähligen Male, die man bewiesen hat, daß sie unerreichbar seien, dann kann ich mir vorstellen, wie dir zumute ist — zumal du immer der Abenteurer in der Familie warst.

Drück mir die Daumen, Dan, und laß nichts verlauten!

Deine andere Hälfte
Gil

Die abschließende Warnung löste zum erstenmal wirkliches Unbehagen in ihm aus. Unvermittelt war ihm in seiner Lage keineswegs mehr wohl. Am besten, dachte Neelan, verließ er unverzüglich die Unterkunft, in der er gemeldet war. Falls die Kaiserin Greers Hangar überwachen ließ, war das Auftauchen eines Fremden mit Sicherheit gemeldet worden.

Aber zuerst das Band noch einmal anhören, dann vernichten; keine Risiken eingehen.

Draußen war die Luft frisch und kühl. Mit herannahender Dunkelheit blitzten mehr und mehr Leuchtreklamen auf. Die Stadt legte ihr Lichterkostüm an, und der grelle Glanz blendete seine Augen.

Alle Erschöpfung schien wie von ihm gewichen. Immer wieder überraschte ihn, wie ein inneres Hochgefühl sich körperlich auswirkte.

Er hatte ein Ziel, hegte Hoffnung; er würde sein Menschenmöglichstes tun.

Er sah den Wagen herabschießen und neben sich landen, ohne daß er befremdet gewesen wäre. Es handelte sich um einen normalen Flugwagen, an dem außer ihm noch vier Männer erwarteten.

Die Tür der Maschine glitt auf. In letzter Sekunde griff Neelan nach seiner Waffe. Phantastisches Instrument, schnellte sie aus dem Halfter seiner Hand entgegen — und kam dennoch zu spät.

Die vier Männer hatten ihn gepackt — an den Armen, den Beinen, dem Oberkörper. Sie stießen ihn ins verdunkelte Innere. Im nächsten Augenblick raste der Wagen in die Höhe.

6. KAPITEL

Die Beschleunigung preßte ihn gegen seinen Sitz. Energiestränge legten sich über seinen Körper, hielten ihn darin fest. Die Männer, die ihn überwältigt hatten, konnte er weder sehen noch hören. Ihm war übel, schwach von dem Schock.

Er war ganz und gar überrumpelt worden. Die Leute der Kaiserin hatten den Hangar tatsächlich beobachtet. Und das Universum war verspielt.

So rasch, wie er beschleunigt hatte, begann der Flugwagen zu bremsen. Er landete mit hoher Geschwindigkeit, rollte, immer noch verdunkelt, eine abschüssige, kurvenreiche Strecke hinunter und hielt mit einem Ruck.

Erstmals drangen leise Stimmen an sein Ohr, unterscheidbare und ununterscheidbare Worte: »... sorgfältig durchsuchen ... dann ... unverzüglich ... wartet schon ...«

Hände tasteten Neelan ab. Seine Waffe, die automatisch in ihr Halfter zurückgekehrt war, wurde herausgezogen, seine Taschen geleert. Fäuste packten ihn.

»Hier entlang!«

Draußen war es kaum heller. Die Korridore, durch die er geführt wurde, waren trüb erleuchtet; abgeblendete Punktstrahler warfen kleine Lichtkreise, als fürchteten sie, ihren Schein zu weit auszusenden.

Eine Tür wurde geöffnet; strahlendes Licht schmerzte in Neelans Augen. Als er wieder sehen konnte, nahm er wahr, daß er in einem weitläufigen, geschmackvoll möblierten Raum stand; und daß eine Frau vor einem Teetisch auf einer kleinen Couch saß.

Sie goß aus einer kostbaren Kanne Tee ein und forschte dabei mit sanfter Altstimme:

»Möchten Sie Sahne, Milch oder Zitrone, Mr. Neeland?«

Sie hatte grüne Augen und ein charakteristisches längliches Gesicht. Unverkennbare, berühmte Züge. Ihr Anblick traf ihn wie ein Schlag. Regierungsvertreter hatte er erwartet — nicht aber *sie* persönlich.

Es war der Nachklang ihrer gelassenen Worte, der ihm seine Fassung zurückgab, seine zum Zerreißen gespannten Nerven lockerte, ihm ermöglichte, der Situation mit kaum nennenswertem Zögern gerecht zu werden.

Neelan verneigte sich leicht. »Milch, bitte«, erwiderte er, »ah ... Majestät.«

Er machte einige langsame Schritte und sah, daß die Kaiserin ihn aus leicht verengten Augen musterte. Innerlich bebend, dachte er: Wie gut, daß er die Wahrheit kannte. Ohne Gils Brief hätte es nicht vieler Worte bedurft, ihn von seinem mühseligen Unterfangen abzubringen.

Die Frau machte eine Kopfbewegung. »Nehmen Sie Platz!« sagte sie.

Neelan sank in den angewiesenen Sessel, nahm seine Tasse entgegen und wartete.

Die Kaiserin nippte an ihrem Tee, während sie vor sich hinblickte. Nach einer Weile begann Neelan ihre Beherrschung zu bewundern. Innerlich mußte sie vor Ungeduld brennen. Wie hatte Gil sich noch ausgedrückt?

»Das Ischerreich wird die bevorstehende Massenauswanderung mit Sicherheit nicht überdauern. Die Kaiserin dürfte die erste sein, die das durchschaut, die erste, die uns mundtot zu machen versucht.«

Zurück in das Schiff, dachte Neelan; er mußte zurückgelangen in das Raumschiff. Alles andere war zweitrangig. Irgendwo in der fernen Unendlichkeit fristeten Gil und Kerschaw ihr Leben. Niemand außer ihm konnte ihnen Hilfe bringen.

Nur er, der nicht den geringsten Anteil an ihrer Erfindung hatte, konnte der Menschheit dazu verhelfen, die fernen Sterne zu erreichen und damit ihre letztliche Bestimmung.

Das Schweigen begann seine Nerven zu peinigen, das Wissen um den hohen Einsatz seine Fassung auf die Probe zu stellen. Unruhig veränderte er seine Stellung.

Die Kaiserin sagte ruhig: »Mr. Neelan, Sie nehmen gegenwärtig in der großen Politik eine Schlüsselstellung ein. Ihre Regierung und Ihre Herrscherin — ich selbst — erwarten von Ihnen, daß Sie sich als loyal erweisen.«

Neelan gab sich verwirrt. »Natürlich bin ich bereit zu tun, was man von mir wünscht«, entgegnete er, »und an meiner Loyalität soll es nicht fehlen. Aber Sie bringen mich in Verlegenheit. Wie sollte ich in eine Schlüsselstellung gelangt sein?«

Sie betrachtete ihn immer noch unter halbgeschlossenen Lidern hervor. Die Intensität ihres Blicks ließ ihn frösteln. Ihre Augen funkelten, als sie mit schärferer Stimme wissen wollte:

»Was hat Sie zu Greers Raumschiff geführt?«

Zu seinem eigenen Ärger traf ihn die Frage trotz allem überraschend. Doch er faßte sich und schilderte ruhig, wie er eine Stellung gesucht und auf Greers Annonce reagiert hatte. Die Frau ließ ihn ausreden, ohne ihn zu unterbrechen, ehe sie sich, an jemand in seinem Rücken gewandt, erkundigte:

»Zeydel, hat diese Anzeige existiert?«

»Ich habe die automatische Anzeigenvermittlung schon angewählt, Majestät«, erwiderte eine harsche Männerstimme.

Neelan wandte sich in seinem Sessel leicht um. In einer Nische, durch einen Wandbehang halb verborgen, saßen mehrere Männer. Ob vier oder fünf, ließ sich nicht erkennen.

Zeydels Stimme hämmerte in einen Holoset. Pause, das Geräusch eines heruntergedrückten Schalters, dann:

»Ja, Majestät, die Anzeige gibt es.«

»*Gibt* es?« sagte die Kaiserin und Neelan fühlte sich gedrängt, auf den unausgesprochenen Argwohn zu antworten, der in der knappen Frage lag.

»Die Stelle ist nicht mehr frei, Majestät, falls Sie das meinen. Greer hat mich definitiv eingestellt, und wir haben vereinbart, daß ich morgen früh um neun wieder im Hangar bin.«

Schweigen trat ein. Neelan hatte Zeit, sich klarzumachen, daß die Teestunde vorbei war. Die Art, wie die Frau auf die geringste Abweichung reagiert hatte, ließ ahnen, was ihm bevorstand.

Der Abend würde lang werden.

Die Stille senkte sich wie eine Last über den Raum. Mit einem unbestimmten Lächeln auf den Zügen blieb die Kaiserin sitzen; ihr Augenausdruck verschleierte ihre Gedanken. Während die Minuten sich hinzogen, hielt sie die Teetasse reglos in der Hand. Als sie sie endlich niedersetzte, wirkte die Bewegung, als sei das Stichwort für eine einstudierte Aufführung gefallen.

Im Hintergrund begann Zeydels Stimme herunterzurattern:

»Ich erhalte soeben die angeforderten Auskünfte, Majestät. Name Dan Neelan, ein Zwillingsbruder, dreiunddreißig, Geburtsjahr 4758 Ischer. Der Vater, Edee Neelan, starb vor der Geburt der Söhne. Die Mutter, deren Mittel nicht ausreichten, hat die beiden Kinder mit fünf Jahren ans Institut für Eugenik gegeben ...«

Neelan verfolgte mit konzentrierter Aufmerksamkeit, wie sein Bild Gestalt annahm. Keine wesentliche Einzelheit fehlte: daß er die Erde verlassen, sich als Glücksspieler betätigt und in Notwehr mehrere Menschen getötet hatte; die Entdeckung des Berylliummeteoriten durch Carew und ihn; endlich seine Rückkehr zur Erde auf der Suche nach seinem Bruder.

Als Zeydels Stimme schließlich verstummte, bemerkte die Kaiserin leise:

»Mir scheint, Mr. Neelan, Sie gehören zu denen, die unter einem glücklichen Stern geboren sind. Zu den Männern, die ebensozu leben wie zu sterben wissen.«

Gegen seinen Willen, ungeachtet des hohen Einsatzes, der auf dem Spiel stand, begann die Monarchin Neelan zu faszinieren. Innelda Ischer war grundverschieden von der Vorstellung, die er sich gemacht hatte. Nicht kalt, förmlich und erhaben, sondern warm, lebendig, sogar ...

»Ich habe«, fuhr sie fort, »die Menschen in zwei Kategorien eingestuft: die vielen, die ihr Leben in ständiger Furchtsamkeit zubringen, und die wenigen anderen. Ich vermag für die ersteren beim besten Willen nur wenig Mitgefühl zu empfinden. Es sind die letzteren, die im Verlauf der Geschichte zählen.«

Das Eigenartige an ihren Worten war, daß sie ihn zu erheben, ihn zugleich zu drängen schienen, sich des höheren Ranges würdig zu erweisen, in den sie ihn versetzt hatten. Neelan fand seine Stimme wieder.

»Mir scheint die Unterteilung etwas rigoros, nicht zuletzt, weil Mut entscheidend abhängt von frühzeitiger Schulung.«

Die grünen Augen ruhten unverwandt, undurchschaubar auf ihm, während er sprach. Neelan hatte das Empfinden, in unergründliche Tiefen zu blicken. Vorsicht, dachte er, Vorsicht!

Die Frau sprach mit ihrer bestrickenden Stimme weiter.

»Ich möchte Sie überzeugen. Was ich von Ihnen erwarte, ist zu wichtig, als daß ich an Ihrem Vorgehen den geringsten Zweifel hegen dürfte.«

»Majestät«, warf Neelan ein, »wenn Sie mir nur sagen würden ...«

Sie unterbrach ihn gebieterisch: »Ich muß Ihnen zuvor deutlich machen, wie ernst es mir ist; Sie müssen das erkennen. Heute morgen, Dan Neelan, als mir mitgeteilt wurde, daß ein junger Mann — Sie — Greers Raumschiff betreten hätte, habe ich unverzüglich angeordnet, einen gewissen Captain Hedrock hinzurichten, einen Agenten der Waffenschmiede, den ich bis dahin bei Hofe geduldet hatte.«

Ihre Stimme, so jäh auflodernd, flammte weiter: »Ich erwähne das, damit Sie ungeschminkt erkennen, wie weit ich, wenn nötig, gehe, um meinen Willen durchzusetzen. Sein Schicksal mag Ihnen zeigen, was jedem droht, der wagt, sich mir in dieser Angelegenheit zu widersetzen, oder bei der Erfüllung seiner Pflicht versagt.

Was Sie zu tun haben und tun werden, ist dies:

Bevor Sie diesen Raum verlassen, wird man Ihnen ein Zusatzholo und eine Schußwaffe mitgeben, die Patronen verfeuert. Es läßt sich nicht ausschließen, daß Greer einen Blaster des Typs trägt, der in den Waffenläden verkauft wird und dessen Feld seinen Besitzer gegen andere, kleinkalibrige Energiewaffen schützt.

Über das Zusatzholo werden wir Ihre Worte und Handlungen verfolgen können, bis Sie Ihren Auftrag erfüllt haben. Es enthält außerdem eine Sprengladung, die beim ersten Anzeichen von Verrat ferngesteuert zur Explosion gebracht wird.

Sollten Sie versuchen, mit dem Raumschiff zu fliehen, so würden mobile Energiegeschütze die Wände des Hangars und ebenso des Schiffs durchbrechen; binnen weniger Minuten würden Truppen in das Schiff schwärmen.

Ihre Aufgabe ist einfach und unzweideutig: in einem geeigneten Augenblick haben Sie sich Greer zu nähern und ihn niederzuschießen. Scheitern Sie, oder suchen Sie uns zu täuschen, sterben Sie. Und nun ...«

Ihr vorgebeugter Körper entspannte sich; ihre Augen verloren ihr Funkeln. Um ihre Lippen spielte unvermittelt ein warmes, großmütiges Lächeln. Sie schloß mit ihrer anfänglichen leisen Stimme:

»Ich hoffe, Dan Neelan, ich habe mich unmißverständlich ausgedrückt.«

Daran konnte es keinen Zweifel geben. Die Tigerin hatte ihre Krallen gezeigt; sie waren aus Stahl und verhießen Gewalt.

Der Kern dieser Frau mußte aus purer Glut bestehen.

Neelan saß vollkommen reglos, zwang sich dazu, sich jedes einzelne ihrer Worte zu vergegenwärtigen — die Rückkehr zu dem Raumschiff.

Immer wieder kreisten seine Gedanken um diesen einen Punkt. Noch war nicht alles verloren. Er sollte zurückkehren können, zwar unter striktesten Einschränkungen — aber doch zurückkehren. Greer war schon ausgeschaltet; irgendeinen Ausweg, und wäre er noch so gefährlich, mußte es geben.

Die größte Schwierigkeit warf die Sprengladung auf. Sie allein —

Die Männer kamen aus der Nische, aus dem Halbdunkel ins Licht; und sie waren zu fünft, nicht zu viert. Eine Rolle spielte die Zahl allerdings kaum. Es gab Millionen, die jederzeit bereit waren, ihren Platz einzunehmen.

Doch diese wirkten erfahren, fähig. Alle hatten die dreißig erheblich überschritten; der älteste, Zeydel, mochte fünfundvierzig sein.

Zeydel besaß schieferfarbene Augen, eine schmale Raubvogelnase und Lippen, die einen dünnen Strich in seinem Gesicht bildeten. Er verneigte sich vor der Frau. Ein schwaches, grimmiges Lächeln verzog seine condottierehaften Züge, als er Neelan einen Gegenstand hinhielt.

»Hier ist das Zusatzholo.«

Neelan starrte darauf. Eine Krawattennadel! Schwerer als gewöhnlich, scheinbar mit einem massiven Edelstein besetzt, wog sie leichter als erwartet, nachdem er sie angelegt hatte. Dennoch wurde ihm abwechselnd heiß und kalt, wenn er an die Sprengladung dachte, sich vorstellte, wie sie gegen seinen Körper detonierte.

Dann wurde ihm ein Schreibstift entgegengestreckt, und Zeydels harsche Stimme erläuterte:

»Das ist die Waffe. Sie enthält zwei Patronen. Sie brauchen nur zu zielen und auf den Clip zu drücken. Und nun ...«

Die schieferfarbenen Augen musterten Neelan mit eisiger Distanz. Der Tonfall des Mannes war flach, als er fortfuhr:

»Bei diesem schurkischen Greer handelt es sich um einen Staatsfeind. Er verfügt über eine Erfindung, die das allgemeine Wohl gefährdet und nicht an die Öffentlichkeit gelangen darf. Greer maßt sich an, auf derselben Ebene mit der Regierung zu verhandeln; er stellt unerfüllbare Forderungen und macht sich des Hochverrats schuldig.

Daß er Sie angestellt hat, um das Raumschiff zu reparieren, das er angeblich an die Regierung veräußern will, deutet darauf hin, daß er plant, sich mit dem Schiff davonzumachen, sobald er die geforderte Summe erhalten hat. Die besonders sorgfältige Überholung der Triebwerke, auf die er Wert legt, ist dafür ein zusätzliches Indiz.

Im Namen Ihrer Kaiserlichen Majestät Innelda, Beherrscherin des Sonnensystems, Nachfahrin des Hauses Ischer, wird Ihnen hiermit befohlen, diesen Mann hinzurichten. Falls Sie dazu noch Fragen haben ...«

»Keine«, gab Neelan zur Antwort. »Ich habe alles verstanden.«

Und nicht nur das. Ihm war unvergleichlich viel wohler zumute. Mit der Aussicht auf seine bevorstehende Freiheit hatte seine Welt wieder Farbe bekommen. Er würde Zeit haben, sich seine Lage durch den Kopf gehen zu lassen, er würde ...

»Eine Vorsichtsmaßnahme noch, Mr. Neelan«, sagte die Kaiserin, und Neelan wandte sich ihr zu, während sie weitersprach: »Eine Vorsichtsmaßnahme, dann wird man Ihnen das Gemach zeigen, in dem Sie schlafen können.«

Sie blickte Zeydel an. »Holen Sie den Lambethdetektor.«

Neelan war froh, als er nach einem kurzen Moment von einer Männerstimme — er wußte nicht mehr zu sagen, ob sie Zeydel gehörte — aufgefordert wurde, sich zu setzen.

Schwerfällig sank er in einen Sessel und verfolgte, wie das blinkende Gerät aufgestellt wurde. Er überlegte, ob er so elend aussah, wie er sich fühlte. Er hätte sich natürlich sagen können, daß er an einem Lambethtest nicht vorbeikam, aber er hatte einfach nicht damit gerechnet.

Hatte, wenn er es recht bedachte, nicht entfernt begriffen, daß sein Tod von Anfang an unvermeidlich gewesen war.

Sobald man herausfand, daß das Türschott des Raumschiffs sich um neun Uhr öffnete und Greer keinen Widerstand mehr leisten konnte, würde man sich seiner entledigen.

Ihm blieb nur eine einzige — eine winzige Chance: Er durfte sich in den Kernpunkten keine abweichende Meinung leisten. Und er mußte innerlich soweit hinter seinen Antworten stehen, daß die Maschine ihm seine Aussagen abnahm. Abnahm, ohne daß die Nadeln zitterten oder ausschlugen. Deshalb ...

Neelan kniff die Augen zusammen. Er mußte, falls erforderlich, willens sein, Greer zu töten. Die Frage, was er letztendlich mit dem Mann anfangen würde, hatte ihn bis jetzt kaum beschäftigt. Nun aber blieb keine andere Möglichkeit.

Greer mußte sterben.

Er sah, daß die beiden Teile des Geräts getrennt wurden. Die Richteinheit, deren kegelförmige Mündung auf ihn zeigte, stand auf dem Teetisch. Den Empfängerteil mit den Registriernadeln hielt die Kaiserin auf dem Schoß.

Sie sah hoch, die Lippen zum Sprechen geöffnet; und es konnte keinen Zweifel geben, daß der kritische Augenblick gekommen war. Je nachdem, ob es ihm gelang, die nächsten Minuten zu bestehen, würde er weiterleben oder sterben.

»Majestät, kann ich etwas sagen?«

Sie warf ihm einen raschen Blick zu. Verwunderung und erwachender Argwohn sprachen daraus. Der Gedanke durchzuckte Neelan, daß er jemandem gegenübersaß, der an Scharfsinn und Einfühlungsfähigkeit im Ischerreich so leicht niemandem nachstand.

Schließlich nickte die Monarchin förmlich. »Bitte.«

Während er ansetzte, gewahrte er, wie ihr Blick zu den Nadeln wanderte. Er hatte das plötzliche Empfinden, mit geschlossenen Augen auf einem Drahtseil zu balancieren, aber jetzt konnte es kein Zögern mehr geben.

»Eben ist zur Sprache gekommen, daß ich bereits Menschen getötet habe. Sicherlich bin ich dazu erneut imstande. Ich schieße nicht einmal ein Tier gern kalten Blutes nieder, aber ...«

Er hielt inne und prüfte im Geiste seine Worte darauf, ob sie seiner Interessenlage ebenso entsprachen wie der ihren. Beruhigt fuhr er fort:

»Ich schwöre, daß ich über den öffentlichen Anzeigendienst mit Greer in Verbindung gekommen bin. Und in

Anbetracht der Umstände bin ich bereit, Greer zu töten — mit der Waffe, die Sie mir ausgehändigt haben. Ist es das, was Sie bestätigt haben wollen?«

Im Kern ging es natürlich darum. Er beobachtete sie, bemüht, die Angst aus seinem Blick herauszuhalten. Zu seiner Erleichterung nahm er wahr, daß ihre Aufmerksamkeit nicht ihm, sondern den Nadeln galt. Abrupt, scharf befahl sie:

»Zeydel, kommen Sie hierher!«

Noch schärfer wies sie Neelan an: »Wiederholen Sie, was Sie über Ihre Bereitschaft gesagt haben, Greer zu töten.«

Neelan gehorchte, wobei er innerlich die Leistungsfähigkeit des Geräts verwünschte, dessen Nadeln zumindest andeutungsweise die Zwischentöne seiner Gedanken registrieren mußten. Schließlich brach Zeydel respektvoll das Schweigen.

»Er meint wohl, was er sagt, Majestät, aber ich würde denken, daß er sich überwinden muß, um kaltblütig zu töten, und daß er das erst im letzten Augenblick tun wird.«

Die Kaiserin schüttelte den Kopf, ungeduldig den Erklärungsversuch verwerfend. Röte war in ihre Wangen gestiegen. Sie erhob sich, begann auf und ab zu gehen, wobei ihr langer Rock raschelte. Mehrere Minuten vergingen, ehe sie zu Neelan herumwirbelte. Ihre Augen blickten eisig, ihre Stimme klang schneidend.

»Weshalb wollten Sie meinen Fragen zuvorkommen? Sie verheimlichen etwas — das ist es!«

Mit katzenhafter Geschmeidigkeit griff sie nach dem Empfängerteil. »Antworten Sie auf die Frage!« befahl sie unerbittlich. »Verschweigen sie irgend etwas?«

Neelan seufzte. Er fühlte sich erschöpft. Seine Hoffnungen waren zerronnen. Nur sein Mut blieb ihm. Seine Unverzagtheit und das Wissen, was sein Eingeständnis bedeuten würde.

»Ich weigere mich«, erwiderte er zögernd, »auf diese Frage zu antworten.«

Nach einem Augenblick fügte er hinzu: »Oder auf irgendeine andere.«

Totenstille herrschte plötzlich in dem Gemach, erschrokkenes, ungläubiges Schweigen. Zu jäh, erkannte Neelan finster, war der abrupte Umschwung erfolgt. Sie vermochten sich nicht rasch genug umzustellen. Die Männer sahen sich an. Die Frau stand mit vorgeneigtem Kopf wie erstarrt; jede Spur eines Lächelns war aus ihren Zügen verschwunden. Als sie endlich sprach, klangen ihre Worte fast wie ein Seufzer.

»Ist Ihnen klar, worauf Sie sich einlassen? Sie stellen sich gegen die Krone, gegen Ihre rechtmäßige Regierung.«

Neelan erwog ihre Bemerkung; doch was ihm in den Sinn kam, war nicht geeignet, sein Selbstvertrauen zu stärken. Die Herrscherinnen und Herrscher der Ischerdynastie erfreuten sich ganz überwiegend der Zuneigung ihrer Bürger. Auch die, die sie politisch bekämpften, leugneten nicht ihre Größe; *selbst* die Waffenläden hatten nie versucht, sie zu stürzen.

Er nahm sich zusammen und antwortete: »Ich möchte betonen, daß ich zugestimmt habe zu tun, was Sie von mir verlangen. Was ich verschweige, ist rein persönlich und hat ...«

Ein helles Auflachen unterbrach ihn. Er starrte die Kaiserin an, ebenso überrascht durch den Laut wie durch ihre Miene. Ihr Gelächter klang musikalisch und dennoch wenig angenehm.

»Sollten Sie ein Verbrechen begangen haben«, drang sie in ihn, »wie verwerflich auch immer, begnadige ich Sie. Haben Sie mich verstanden? Sie werden dafür nie vor Gericht stehen. Aber ich muß es wissen. Reden Sie!«

In diesem Augenblick wirkte sie kaum noch menschlich. Ihre Augen flammten. Ihr Gesicht war eine bleiche, konzentrierte Maske. Hoch aufgerichtet stand sie vor ihm.

»Ich habe zugestimmt ...«, setzte Neelan an.

Sie schnitt ihm in fassungsloser Erbitterung das Wort ab.

»Sind andere darin verwickelt? Dann erstreckt sich die Begnadigung auch auf sie. Es wird keine Untersuchung geben. Kein Gericht wird sie verurteilen. Jedes Verbrechen — *jedes* — ist ihnen verziehen.«

Ihm blieb keine Antwort. Neelan saß stocksteif in seinem Sessel, sah, wie die Frau vor ihm das Zimmer durchmaß, gewahrte ihren ungläubigen Ausdruck.

»Ich biete Ihnen«, sagte sie mit erhobener Stimme, »einhundert Millionen Kredite. Mehr, als Sie je ausgeben oder verspielen können. Der Betrag wird unverzüglich bei jeder beliebigen Bank auf Ihren Namen hinterlegt. Sie brauchen nur auf sämtliche Fragen zu antworten, und alles, was Sie vom Leben erwarten können, steht zu Ihrer Verfügung.«

Es war die Verzweiflung, die bei ihrem beschwörenden Appell durchschimmerte und Neelans innerliche Verkrampfung löste. Niemals hatte er erwartet, daß die Kaiserin von Ischer sich aufführen könnte wie eine Furie.

Sie war auf ihn angewiesen. So sah die Realität aus, die hinter den blutrünstigen Drohungen, den übersteigerten Angeboten steckte. Ihre Truppen konnten nicht in das Schiff eindringen, so lange Greer sich dort aufhielt. Oder besser — so lange ihr fiebriges Gehirn sich einbildete, daß Greer in der Lage sei, das mächtige Schiff in den Raum zu starten.

»Sie meinen, Sie wollen nicht?«

Ihre Stimme war nur noch ein Flüstern. Sie schwankte, als würde sie ohnmächtig. Ihre Augen waren weit geöffnet. Einen Augenblick lang erweckte sie den Eindruck einer Schwerkranken.

»Majestät ...«, setzte Zeydel besorgt an.

»Still!« Ihre Stimme klang wie ein Peitschenhieb. Mit einer brüsken Bewegung wehrte sie die Einmischung ab.

Sie postierte sich vor Neelan und musterte ihn, als wäre er ein fremdartiges Geschöpf. Ihre Stimme, diese ungewöhnliche, wandlungsfähige Stimme, klang plötzlich fast schmeichelnd.

»Sie machen keinen unzurechnungsfähigen Eindruck. Sie sind jung, sehen gut aus, wirken normal. Ich kann mir kaum denken, daß Sie sterben möchten.«

»Majestät«, begann Neelan wieder, »eigentlich sollte doch der Umstand, daß ich mich bereit erklärt habe ...«

Darauf mußte er bestehen. Das war der einzige Haken, den er auswerfen konnte, um dem Tod zu entgehen.

Sie schien ihn nicht zu hören. Ihre Stimme, immer noch leise, sanft, ließ ihn nicht zu Ende reden.

»Es gibt Mittel, Menschen zum Sprechen zu bringen.«

Ihn fröstelte. Der ruhige Tonfall ließ ihre Drohungen um so tödlicher wirken.

»Mit Drogen können Sie meinen Willen nicht brechen«, sagte er. »Ich habe ein fortgeschrittenes Geistestraining in den drei Bereichen Erinnerung, Beherrschung und ...«

»An Drogen«, bemerkte die Monarchin einschmeichelnd, »hatte ich nicht gedacht.«

Sie fuhr herum. »Zeydel!« Ihre Stimme durchschnitt die Stille im Raum. »Lassen Sie ihn mit einem Sensor testen!«

Sie fing sich wieder und wandte sich Neelan noch einmal zu. Ihr Gesicht war nach wie vor blaß, ihre Augen umschattet.

»Es tut mir leid, Mr. Neelan«, sagte sie. »Sie mögen es nicht glauben, aber ich habe noch nie einen Menschen körperlich foltern lassen. Töten, ja; nicht aber martern. Und doch muß ich Ihren unbegreiflichen Widerstand brechen. Wollen Sie nicht bitte Vernunft annehmen?«

Ihr Appell dünkte ihn ohne Sinn. Er war wie erstarrt, und in ihm wuchs und wuchs ein bitterer Sarkasmus, der ihn schließlich veranlaßte zu sagen:

»So, Ihr erstes Foltererlebnis?« Er lachte und wußte beim Klang dieses Lachens selbst, daß er nicht mehr ganz bei Sinnen war. Kühl schloß er: »Ich bin sicher, Majestät, Sie werden die Erfahrung überleben.«

Ihre Miene gefror sichtlich. »Ja«, preßte sie schließlich durch zusammengebissene Zähne, »*ich* werde allerdings überleben.«

7. KAPITEL

Einen vernichtenden Augenblick lang, während Hedrock auf dem Palastdach dem Dutzend Männern gegenüberstand, weigerte sich sein Verstand, bereits eingestellt auf Sieg, die drohende Niederlage zu akzeptieren. Dann durchzuckte ihn der ironische Gedanke, daß er das Aufgebot durchaus als Kompliment betrachten konnte. Nur...

Nur hatte er von der Würdigung wenig. Die bedrückende Realität sah vielmehr so aus, daß die Zahl hinreichte, um jeden Ansatz einer Gegenwehr im Keim zu ersticken.

Wehren aber mußte er sich! Die Kaiserin *hatte* nicht daran zweifeln können, als sie anordnete, ihn festzunehmen, daß er daraus die schlimmsten Schlüsse ziehen und sich mit aller Macht widersetzen würde.

Jetzt galt es, keine Zeit zu verlieren, keine Sekunde, nicht einen Augenblick.

Seine tiefe Baritonstimme fuhr wie Stahl durch die Stille: »Was — wollen Sie von mir?«

Es hatte Augenblicke in der Geschichte gegeben, in denen der eherne Klang dieser Stimme bedeutendere Männer, als sie hier vor ihm standen, hatte zögern lassen. Unverhofft, unerwartet blieb diese Wirkung jetzt aus.

Hedrock verharrte konsterniert. Seine Muskeln, angespannt für den Spurt, der ihn durch den gelähmten Kreis tragen sollte, erschlafften. Der Flugwagen, sieben oder acht Meter weit entfernt, der ihm eben noch so nahe gedünkt hatte, erschien ihm plötzlich fern. Und mit diesem Gefühl stellte die verspätete Erkenntnis sich ein, wie verzweifelt seine Lage war.

Ein Mann gegen zwölf! Sicher, seine Waffe unterlag nicht den üblichen Einschränkungen; wie alle Blaster der Waffenläden beschrieb sie außerdem einen schützenden Halbkreis um ihn, der bis zu acht normale Waffen ihrer Wirkung beraubte; aber...

Seine nüchterne Einschätzung der Situation brach ab, als der robuste junge Mann, der ihn für verhaftet erklärt hatte, vortrat und ihm knapp bedeutete:

»Handeln Sie nicht übereilt. Sie sind schließlich nur ein unmaßgeblicher Waffenhändler. Kommen Sie ohne Aufsehen mit!«

»Ein unmaßgeblicher Waffenhändler«, wiederholte Hedrock — und sein Blick fuhr zu den uniformierten Palastwachen, die als interessierte, aber unbeteiligte Zuschauer um die zivil gekleidete Gruppe herumstanden. Überraschung und heftige Erleichterung ließen seinen Kopf wirbeln. Einen Augenblick lang meinte er, die Kluft zwischen seinem anfänglichen schlimmen Argwohn und der Realität nur mit einer fast übermenschlichen Willensanstrengung bewältigen zu können. Dann kehrte seine Selbstbeherrschung mit einem Ruck zurück.

»Gut, ich komme«, versicherte er.

Die Männer umringten ihn und drängten ihn zu dem Flugwagen. Die Maschine schwankte beim Start, so rasch wurde sie hochgezogen.

Atemlos sank Hedrock in den Sitz neben dem Mann, der ihm den Wink gegeben hatte. Nach einer Minute fand er seine Stimme wieder.

»Sehr gut gemacht«, sagte er bewundernd, »couragiert und eindrucksvoll. Obwohl Sie mich böse erschreckt haben.«

Er lachte bei der Erinnerung und wollte fortfahren, als ihm bewußt wurde, daß sein Zuhörer keineswegs mitfühlend gelächelt hatte. Seine Nerven, immer noch überreizt, reagierten auf den winzigen Mißton wie auf einen heftigen Seitenhieb. Vorsichtig fuhr er fort:

»Sie haben doch nichts dagegen, wenn ich Sie nach Ihrem Namen frage?«

»Peldy«, antwortete der Mann kurz angebunden.

»Wessen Idee war es, Sie zu schicken?«

»Ratsmitglied Peter Cadron hat den Auftrag erteilt.«

Hedrock nickte. »Ich verstehe. Er mag sich gedacht haben, ich würde Hilfe brauchen, falls ich mich zum Dach durchschlagen müßte.«

»Ich bezweifle nicht«, erwiderte Peldy, »daß das seine Anordnung zu einem Teil erklärt.«

Der junge Mann gab sich frostig. Seine Kälte befremdete Hedrock. Verdrießlich starrte er auf die Szenerie, die unter dem durchsichtigen Boden vorbeihuschte.

Unter Beachtung der Höchstgeschwindigkeit flog der Wagen langsam tiefer in die Stadt. Zweihundert Stockwerke hohe Wolkenkratzer schienen den Boden der Maschine zu streifen, während Hedrock finster überlegte:

Angenommen, man hegte Verdacht gegen ihn. Das war keineswegs ausgeschlossen. Im Gegenteil — Hedrock lächelte humorlos —, einige der Kapazitäten bei den Waffenschmieden brauchten sich nur eingehend mit seinem Fall zu beschäftigen.

Plötzlich deprimierte ihn der Gedanke. Trotz seiner aberjahrhundertelangen Erfahrung hatten die Koryphäen der Waffenläden mit ihrer spezialisierten Ausbildung ihn auf einem Dutzend Gebieten unerbittlich hinter sich gelassen.

Die Trainingsverfahren, die sie von Kindheit an geprägt hatten, halfen ihm nichts mehr, den man Generationen vor der Entwicklung der Methoden, die ihm jetzt gefährlich zu werden drohten, mit wirrem, unkoordiniertem Wissen vollgestopft hatte.

Er fröstelte, und nicht zum erstenmal lastete die Ermattung seiner Jahrzehnte und Aberjahrzehnte wie eine drükkende Bürde auf ihm, die unausgesetzte Mühsal seines gewaltigen, überzeitlichen Ziels — das verlangte, daß er seine Unsterblichkeit verbarg; sonst würde mit dem Scheitern seines Projekts nur die leere, nutzlose Hülle einer Existenz übrigbleiben — und dann war der Tod vorzuziehen.

Hedrock gab sich einen Ruck. »Wohin bringen Sie mich?«

»Zum Hotel.«

Hedrock nickte. Das Hotel Royal Ganeel! Sitz der Waffenschmiede in der Millionenstadt — dorthin befördert zu werden, bedeutete, daß irgend etwas sich anbahnte.

Er verfolgte, wie die Maschine tiefer ging, auf den ausgedehnten Dachgarten des Hotels zusteuerte, und ihm stand dabei vor Augen, daß die Waffenläden grundsätzlich kein Risiko eingingen. Sie *konnten* sich kein Risiko leisten. Ihre gesamte Existenz beruhte darauf, daß ihre Geheimnisse — verborgen blieben. Sollten sie an jemandem zweifeln, der wie er über fundamentale Kenntnisse der Organisation verfügte —

Das Leben eines einzelnen wog gering gegenüber der Sicherheit aller in einer unerbittlichen Welt.

Allerdings blieb noch das Hotel.

Das Royal Ganeel war an die zweihundert Jahre alt. Wenn er sich recht entsann, hatte die Errichtung siebenhundertfünfzig Millionen Kredite gekostet. Das Fundament erstreckte sich über vier Häuserblocks. Auf diesem gewaltigen Sockel erhoben sich im Wasserfallstil der damaligen Zeit die einzelnen Geschosse wie die Terrassen einer Pyramide, um in dreihundert Meter Höhe in einen quadratischen Dachgarten mit zweihundert Metern Seitenlänge überzugehen, dessen weite Fläche durch scheinbare wie reale Untergliederung geschickt aufgelockert war.

Er hatte das Bauwerk zur Erinnerung an eine bemerkenswerte Frau errichtet, die als Kaiserin aus dem Hause Ischer regiert hatte, und in jedem Raum hatte er einen Materiesender installiert.

Aktiviert allerdings wurde dieser Fluchtweg durch einen der Ringe, die er im Palast zurückgelassen hatte. Während er inmitten des Trupps auf den nächsten Fahrstuhl zustrebte, zog Hedrock eine reuevolle Grimasse beim Gedanken an seine Entscheidung, nur den Waffenring zu tragen, die er mit Bedacht getroffen hatte; in keinem Fall sollten die geheimgehaltenen Errungenschaften der Waffenläden gefährdet werden.

Zwar waren Ringschlaufen auch an mehreren Punkten des Hotels hinter der Täfelung verborgen, aber er bezweifelte stark, ob jemand, der von zwölf Begleitern zum geheimen Sitz der Waffenschmiede in Imperial City eskortiert wurde, Gelegenheit zu Abstechern finden würde.

Seine grimmigen Überlegungen brachen ab, als der Fahrstuhl hielt. Die Männer drängten ihn durch einen breiten Korridor zu einer Tür, auf der Leuchtbuchstaben verkündeten:

ASTEROIDEN A.G.
HAUPTVERWALTUNG

Die Aufschrift diente, wie Hedrock wußte, nicht nur der Tarnung. Bei der Gesellschaft handelte es sich um einen weitverzweigten Montankonzern. Daß das unverdächtige Unternehmen den Waffenläden gehörte, war eine andere Frage, abgesehen von dem Umstand, daß seine Büros, wie in diesem Fall, als Aushängeschild dienten für die zahlreichen Facetten der Welt der Waffenschmiede.

Als Hedrock das imposante Vorzimmer betrat, kam eben ein hochgewachsener, distinguiert wirkender Mann in mittlerem Alter aus einer Seitentür. Beide erkannten sich augenblicklich; der Mann zögerte fast unmerklich, ehe er sich freundlich lächelnd näherte.

»Mr. Hedrock«, begrüßte er ihn, »was macht die Kaiserin?«

Hedrock verzog die Lippen zu einem förmlichen Lächeln. Das kurze Zaudern des Psychoprognostikers war ihm nicht entgangen. »Sie befindet sich bei bester Gesundheit, Mr. Gonisch«, gab er zur Antwort.

Edward Gonisch lachte laut. »Ich fürchte, Tausende von Leuten hören diese Auskunft eher ungern. Zur Zeit beispielsweise versucht der Rat, meine intuitiven Fähigkeiten zu nutzen, um herauszufinden, was die Kaiserin vor uns verbirgt. Ich bin dabei, die Pp-Diagramme bekannter und potentieller Koryphäen durchzusehen; die Daten sind miserabel und enthalten weit weniger als die zehn Prozent Anhaltspunkte, die ich brauche.

Im Augenblick bin ich erst beim Buchstaben M angelangt, und meine Schlußfolgerungen sind höchst provisorisch. Falls es sich um eine Erfindung handelt, würde ich sagen — interstellare Raumfahrt; aber eine intuitive Erkenntnis ist das noch nicht.«

Hedrock runzelte die Stirn. »Interstellare Raumfahrt! Dagegen würde sie sich mit aller Macht sträuben ...« Er brach ab, fuhr dann mit drängender Stimme fort: »Gonisch, Sie haben es! Wer ist der Erfinder?«

Gonisch lachte wieder. »Nicht so eilig. Noch muß ich die restlichen Daten auswerten.«

Unvermittelt verlor er seine vergnügte Miene und wurde ernst. Der Psychoprognostiker betrachtete Hedrock mit zusammengezogenen Brauen und erkundigte sich besorgt:

»Hedrock, was ist los? Was haben Sie angerichtet?«

Peldy trat einen Schritt vor und warf rasch ein: »Wirklich, Mr. Gonisch!«

Das stolze Gesicht des Prognostikers wandte sich kalt dem jungen Mann zu. »Das reicht«, sagte er. »Begeben Sie sich außer Hörweite! Ich möchte mit dem Verhafteten allein sprechen.«

Peldy neigte den Kopf. »Verzeihung. Ich habe mich vergessen.«

Er trat zurück und gab seinen Leuten einen Wink. Einwände brachte er mit einigen gemurmelten Worten zum Schweigen. Gleich darauf stand Hedrock mit dem Prognostiker allein, während sein erster Schock langsam abklang.

Inhaftiert! Im Grunde hatte er gewußt und doch verdrängt, wie ernst seine Lage war, hatte sich an den Gedanken geklammert, wenn der Argwohn, der ihm galt, nur gering war, würde der Rat es nicht aufs Äußerste ankommen lassen.

Doch diese Phase war vorbei. Der Verdacht gegen ihn war längst über den inneren Kreis des Rates hinausgedrungen. Die Zeit arbeitete definitiv gegen ihn.

Gonisch hatte rasch weitergesprochen.

»Man hat nicht auf mich gehört, als ich angeregt habe, den Vorgang in meiner Eigenschaft als Prognostiker zu überprüfen. Das verspricht nichts Gutes. Falls Sie mir irgendeinen Fingerzeig geben könnten ...«

Kühler, ruhiger geworden, schüttelte Hedrock den Kopf. »Ich weiß nur, daß man sich vor zwei Stunden noch gesorgt hat, die Kaiserin könnte mich hinrichten lassen. Ich habe zunächst geglaubt, man hätte mir Unterstützung geschickt, aber dann hat sich herausgestellt, daß ich verhaftet bin.«

Gonisch überlegte. »Wenn es Ihnen nur gelänge, sie hinzuhalten«, meinte er langsam. »Ich weiß nicht genug über die Psychologie der einzelnen Ratsmitglieder oder über die Hintergründe des Falles, um Ihnen intuitiv zu raten. Wenn Sie es aber fertigbrächten, eine offizielle Verhandlung zu erreichen, bei der Beweise und Gegenbeweise vorgelegt werden müssen, dann wäre das schon ein halber Sieg. Der Rat ist ein reichlich hochnäsiges Gremium; geben Sie sich auf keinen Fall einfach geschlagen. Halten Sie sie entweder hin, oder ...«

Er runzelte die Stirn und entfernte sich. Peldy trat wieder näher.

»Hier entlang, bitte. Der Rat erwartet Sie schon.«

»Was?« fragte Hedrock. Das entspannte Empfinden, das die wohlwollende Haltung des Prognostikers in ihm geweckt hatte, wich fassungsloser Entgeisterung. »Wollen Sie damit sagen, daß der komplette Rat hier tagt?«

Er erhielt keine Antwort, und er erwartete im Grunde auch keine. Seine scharfen Fragen hatte er rein rhetorisch geäußert, aber ...

Hinhalten ließ sich leicht sagen.

Männer, die um einen hufeisenförmigen Tisch saßen — das war sein Eindruck, als er allein durch die Tür trat, die leise hinter ihm zufiel.

Merkwürdig, daran zu denken, daß ihm vor zwei Jahren ein Ratssitz angeboten worden war. Und daß er abgelehnt hatte.

Die Runde umfaßte Männer jeden Alters; sie reichte von dem brillanten dreißigjährigen Ancil Nare bis zu dem grauhaarigen Bayd Roberts. Nicht alle Gesichter waren ihm vertraut.

Hedrock zählte sie durch und dachte dabei an den Ratschlag, den Gonisch ihm gegeben hatte: »Strengen Sie sich an, eine offizielle Verhandlung zu erreichen.« Das hieß: Reißen Sie sie heraus aus ihrer Selbstgefälligkeit und ...

Er erschrak, als er zu Ende gezählt hatte. Dreißig — der vollzählige Rat der Waffenschmiede. Welche Vorwürfe gegen ihn mochten sie alle hergeführt haben?

Einen Augenblick lang vergegenwärtigte er sich, wie diese Männer auf Mars, auf Venus, auf allen größeren Monden — wie *überall* Ratsmitglieder durch ihre Materiesender getreten und augenblicklich hier angelangt waren.

Alles seinetwegen. Abrupt gab der Gedanke ihm Rückhalt. Den Kopf in den Nacken geworfen, sich seines markanten Äußeren ebenso bewußt wie seiner achtunggebietenden Haltung; eingedenk aber auch, mit einer gewissen Ironie, der Generationen solcher Männer wie der vor ihm, die seit seiner Geburt gelebt hatten und gestorben waren und wieder gelebt hatten und gestorben waren — brach Hedrock das Schweigen.

»Was wirft man mir vor?« fragte er mit lauter Stimme. Und in diese Worte legte er die ganze subtile, enorme Macht seiner ausgebildeten Stimme, seine gesamte Erfahrung mit jeder nur vorstellbaren Art und Ansammlung von Menschen.

Die fünf tragend gesprochenen Worte waren weit mehr als eine bloße Frage. Aus ihnen klangen sein Wille und seine Entschlossenheit, sein Selbstgefühl, seine Überlegenheit — und seine Gefährlichkeit.

Es waren unzweideutige Worte, geprägt von dem Wissen um das bereits gesprochene Todesurteil, das seine bloße Anwesenheit an diesem Ort bedeuten mußte — zugleich aber gezielt auf einen grundlegenden Umstand, den es zu nutzen galt: die immer wieder zutagegetretene Scheu intelligenter Menschen, jemanden zu vernichten, der ihnen erkennbar überlegen war.

Hier vor ihm saßen hochintelligente Männer — und wer hätte mehr Recht gehabt, sich überlegen zu dünken, zu fühlen, zu verhalten als der einzige Unsterbliche, den die Menschheit hervorgebracht hatte?

Ein Raunen ging rund um den hufeisenförmigen Tisch. Füße scharrten auf dem matt glühenden Boden. Männer warfen einander fragende Blicke zu. Schließlich erhob sich Peter Cadron.

»Man hat mich aufgefordert«, begann er ruhig, »für den Rat zu sprechen. Zugleich bin ich es, auf den Ihre Anschuldigung zurückgeht.«

Er wartete keine Antwort ab, sondern wandte sich den Ratsmitgliedern zu und sagte ernst:

»Ich bin überzeugt, daß jeder Anwesende ein deutliches Bild von Mr. Hedrocks Persönlichkeit gewonnen hat. Interessanterweise wird das, was wir entdeckt haben, durch die Illustration seiner bislang verborgenen Talente genau bestätigt. Ich muß gestehen, daß ich über deren Intensität selbst erstaunt bin. Ich ...«

»Das gilt auch für mich«, unterbrach ihn der fleischige Dam Lealy. »Bis zu diesem Augenblick habe ich Hedrock für einen liebenswürdigen, reservierten Zeitgenossen gehalten. Plötzlich aber sieht er sich in die Enge getrieben und sprüht Feuer.«

»Ganz offenkundig«, sagte der jugendliche Ancil Nare, »sind wir auf etwas Bemerkenswertes gestoßen. Wir müssen dem unbedingt gründlich nachgehen.«

Die Lage war — heikel; Hedrock hatte bei denen, die schon argwöhnten, er könnte nicht der sein, für den er sich ausgab, mehr bewirkt, als ihm lieb sein konnte.

In Wahrheit war er diesen Männern ebenso wenig überlegen, wie sie einander. Das Wissen, daß er unsterblich war, hatte seinem Selbstgefühl stets einen offensiven, dynamischen Zug verliehen. Und hinzu kam natürlich die wirklich übernormale Entwicklung seiner Persönlichkeit während vieler Generationen, eine elektrisierende Aura, die er unterdrücken konnte und zumeist auch unterdrückt hatte, indem er zurückhaltend auftrat.

Das Prekäre war, daß er ihre volle Wirkung ausgerechnet in dem Augenblick ausgespielt hatte, in dem alle nach einem Anhaltspunkt für seine Fremdartigkeit suchten.

Dem ungünstigsten Effekt, den er erzielt hatte, galt es ohne Verzug entgegenzuarbeiten. Er sagte:

»Ist das alles, was man mir vorwirft? Wirklich lächerlich. Noch vor einer Stunde habe ich mich in der größten Gefahr meiner fünfjährigen Tätigkeit für unsere Organisation befunden. Minuten darauf werde ich von meinen eigenen Freunden ohne Angabe von Gründen verhaftet.

Wundert es Sie da, daß ich verärgert bin? Zu schweigen von dem Unsinn über meine ›verborgenen‹ Talente. Stehe ich dem Rat der Waffenschmiede gegenüber oder vor einem Lagerfeuer, an dem die Medizinmänner Dämonen austreiben? Ich verlange, daß man mich als loyales Mitglied der Waffenläden behandelt, dessen Dossier keinen einzigen Minuspunkt aufweist; als Mensch und nicht als Monstrum — und damit wiederhole ich: *Was wirft man mir vor?*«

Es herrschte lähmendes Schweigen. Dann sagte Peter Cadron:

»Das werden Sie früh genug erfahren. Zunächst aber — Mr. Hedrock, wo sind Sie geboren?«

Soweit waren sie also schon.

Furcht empfand er nicht. Allenfalls leichte Trauer, gemischt mit grimmiger Belustigung, darüber, daß seine älteste Befürchtung schließlich nun doch eingetreten war.

Einen anhaltenden Augenblick lang zogen sämtliche Namen, die er je getragen hatte, in kaleidoskopischer Folge an seinem inneren Auge vorüber. Wie sorgfältig hatte er sie ursprünglich gewählt, hatte auf Assonanz und rhythmische Qualität geachtet — und wie ungeduldig war er mit der Zeit dieses Spiels gworden, hatte sich auf einfache Namen beschränkt, die dennoch stets einen Geburtsort und eine Unzahl anderer Details erforderten.

Denkbar war — Hedrock runzelte die Stirn —, ganz und gar ausschließen ließ sich nicht, daß er dabei unachtsam verfahren war.

»Sie verfügen über meine Unterlagen. Ich bin in Centralia geboren, unweit der Seenplatte.«

»Für diese Antwort haben Sie reichlich lange gebraucht«, fuhr ein Ratsmitglied ihn an.

»Ich habe mir vorzustellen versucht«, entgegnete Hedrock kühl, »was hinter der Frage stecken könnte.«

Cadron forschte weiter: »Wie war der Mädchenname Ihrer Mutter?«

Hedrock musterte mit leichter Verwunderung die ebenmäßigen Züge des Mannes. Glaubte man wirklich, ihn damit in Verlegenheit bringen zu können? »Delmyra Marlter.«

»Sie hatte noch drei weitere Kinder?«

Hedrock nickte. »Meine beiden Brüder und meine Schwester sind vor Erreichen ihrer Mündigkeit gestorben.«

»Und seit wann sind Ihr Vater und Ihre Mutter tot?«

»Mein Vater seit acht, meine Mutter seit sechs Jahren.«

Eigenartigerweise kam die Antwort ihn hart an. Einen Augenblick lang fiel es ihm schwer, die persönlichen Bezeichnungen auf zwei freundliche Leute mittleren Alters anzuwenden, denen er nie begegnet war, über die er sich aber gezwungen hatte zahlreiche Einzelheiten einzuprägen.

Er sah, daß Cadron die anderen Ratsmitglieder mit finsterer Zufriedenheit anlächelte.

»Meine Herren, Sie sehen, wen wir vor uns haben. Einen Mann, dessen Eltern und Geschwister tot sind, der lebende Verwandte nicht besitzt, der vor fünf Jahren, *nachdem seine gesamte Familie verstorben war,* auf dem üblichen Wege der Organisation der Waffenschmiede beigetreten — und binnen kurzem in eine wichtige Vertrauensstellung aufgerückt ist. Und zwar aufgrund von Fähigkeiten, die uns schon damals außerordentlich erschienen sind, als wir noch nicht wußten, in wie hohem Maße er sich zurücknahm.

Diese Stellung hat er sich darüber hinaus selbst dadurch geschaffen, daß er hartnäckig dafür geworben hat — was ihm um so leichter fiel, als wir zu der Überzeugung gelangt waren, die Kaiserin könnte uns erheblich schaden, wenn sie nicht genauer als zuvor überwacht würde.

Wir müssen dabei berücksichtigen, daß es höchst zweifelhaft ist, ob sich in unserer enormen Organisation, deren fähige Mitglieder nach Zehntausenden zählen, auch nur einer gefunden hätte, dem es gelungen wäre, diese sechs Monate in nächster Nähe der Herrscherin zu bleiben.«

»Und der selbst jetzt«, warf Hedrock ein, »nur vorübergehend aus ihrer Umgebung verbannt ist.« Er schloß ironisch: »Das hat Sie bislang nicht interessiert, aber *das* war das Ergebnis der heutigen Aufregung im Palast. Die Frist, wenn ich das noch hinzufügen darf, beläuft sich auf zwei Monate.«

Peter Cadron bedachte ihn mit einer höflichen Verbeugung, wandte sich dann wieder den schweigenden Männern an dem hufeisenförmigen Tisch zu. »Behalten Sie das im Auge, während ich Mr. Hedrock nach seiner Ausbildung befrage.«

Die grauen Augen hefteten sich auf Hedrock. »Nun?«

»Meine Mutter«, antwortete Hedrock, »war zuvor Professorin an einer Universität. Sie hat mich privat unterrichtet.

Wie Sie wissen, ist das seit Jahrhunderten in besseren Kreisen üblich und von Staats wegen zulässig, vorausgesetzt, daß in regelmäßigen Abständen Prüfungen abgelegt werden. Sie werden feststellen, daß ich die Prüfungszeugnisse zusammen mit meiner Bewerbung eingereicht habe.«

Das finstere Lächeln war auf Cadrons Züge zurückgekehrt. »Eine Familie auf dem Papier, eine Ausbildung — auf dem Papier; ein ganzer Lebenslauf, der ausschließlich durch Dokumente belegt ist.«

Es sah schlecht aus. Hedrock brauchte keinen Blick in die Runde zu werfen, um zu erkennen, wie schlecht. Und es war letzten Endes irgendwann unvermeidlich. Er hatte nie eine andere Wahl gehabt. Sich darauf zu verlassen, daß ein lebendiger Mensch in einer Krise seine Identität bezeugen würde, wäre glatter Selbstmord gewesen.

Menschen mochten einen mögen, sie ließen sich bezahlen, aber man konnte sie immer zum Sprechen bringen. Ein einwandfreies Dokument dagegen konnte man allenfalls beargwöhnen. Deshalb ...

Jede Wette wäre er eingegangen, daß die Ratsmitglieder nicht entfernt die Wahrheit vermuteten. Mißtrauisch mochten sie geworden sein, aber ...

»Hören Sie«, fuhr er auf, »was wollen Sie mir eigentlich nachweisen? Wenn ich nicht Robert Hedrock bin, wer bin ich dann?«

Einen Augenblick lang tat die Ratlosigkeit ihm gut, die sich in Cadrons Miene ausdrückte! »Genau das«, erwiderte sein Gegenüber mit verkniffenen Lippen, »versuchen wir herauszufinden. Noch eine Frage:

Hat Ihre Mutter eigentlich nach ihrer Heirat den Kontakt zu ihren Freunden und früheren Kollegen an der Universität vollständig abreißen lassen?«

Hedrock zögerte, starrte unverwandt in Cadrons Augen. »Das paßt zu Ihrer These, nicht wahr?« fragte er dann mit harter, gepreßter Stimme. »Aber Sie haben völlig recht. Wir sind ständig umgezogen; das lag an der Tätigkeit meines Vaters. Ich bezweifle selbst, ob sich irgend jemand finden läßt, der sich an sie oder an mich erinnert. Wir haben buchstäblich ein Schattendasein geführt.«

Einen geringfügigen psychologischen Sieg hatte er damit errungen, daß er selbst ausgesprochen hatte, was Cadron auf der Zunge lag. Dennoch — Hedrock lächelte düster — konnten dessen geschickt konstruierte Argumente ihre Wirkung nicht verfehlen. Er wurde gewahr, daß Cadron wieder das Wort ergriffen hatte.

»Wir sind uns klar darüber, Mr. Hedrock, daß es sich nicht um Beweise handelt. Doch danach suchen wir auch nicht. Die Waffenschmiede sitzen über niemanden im eigentlichen Sinne zu Gericht. Sie fällen Urteile, deren Maßstab nicht erwiesene Schuld ist, sondern zweifelhafte Schuldlosigkeit.

Daß wir in unserer Lage nicht anders handeln *können,* wissen Sie nur zu gut. Zum Glück sind wir nicht auf einen bloßen Verdacht angewiesen. Könnte es möglich sein, daß Sie dem, was bereits deutlich geworden ist, noch etwas hinzuzufügen haben?«

»Nein«, entgegnete Hedrock.

Er dachte: Sollte zweifelhafte Schuldlosigkeit den Tod bedeuten, dann ...

Er verharrte wie angewurzelt, ließ seine Umgebung mit allen Sinnen auf sich wirken. Diese fast instinktive Einstimmung bildete die Synthese langer Erfahrung, die ihn gelehrt hatte, daß jeder Aspekt seiner jeweiligen Umwelt Bedeutung erlangen konnte. Auf irgendeine Weise mußte — *mußte* — er die Initiative an sich reißen.

Er musterte Boden, Wände, die Täfelung — und lächelte bitter. Ursprünglich hatte er die Asteroiden AG. durch Mittelsmänner dazu gebracht, ihre Büros in den obersten Hoteletagen einzurichten, weil ihm schien, man würde am wenigsten argwöhnen, daß der geheime Sitz der Waffenschmiede in der Hauptstadt sich ausgerechnet hier befand.

Um sie vor eventueller Entdeckung zu schützen, hatte er aus diesem Teil alle Materiesender mitsamt den aktivierenden Ringen entfernt, die er nun so verzweifelt benötigte. Hätte er damals nicht geglaubt, vorsorgen zu müssen, säße hinter der Wandverkleidung jetzt ein Ring, und ...

Peter Cadron hatte weitergesprochen — und erstmals vernahm Hedrock die Anschuldigung.

Anfangs fiel es ihm schwer, sich auf die Worte des Mannes zu konzentrieren. Sie schienen an ihm vorbeizutreiben, sich seinem Hörvermögen zu entziehen. Oder aber er war zu nervös, konzentrierte sich zu sehr auf seine eigene bedrohliche Lage.

Es ging darum, daß man, während die Gruppe zusammengestellt wurde, die ihm zu Hilfe kommen sollte, gleichzeitig Psychologen beauftragt hatte, auf der Grundlage von Hedrocks eigener Aussage, daß die Monarchin ihm beim Essen sein Urteil verkünden würde, den genauestmöglichen Zeitpunkt für die Landung auf dem Palastdach zu ermitteln.

Natürlich hatten die Psychologen, um zu einer Entscheidung zu gelangen, ebenso rasch wie gewissenhaft auch Hedrocks eigenes Psychoprofil herangezogen. Dabei waren sie auf einen außerordentlich bemerkenswerten Umstand gsetoßen.

Peter Cadron hielt inne. Sein Blick hing an Hedrocks Zügen; und einen Augenblick lang schien er darin nach verborgenen Aufschlüssen zu fahnden. Gewichtig schloß er:

»Festgestellt wurde eine beträchtliche Abweichung Ihres effektiv gezeigten von der Pp-Aufzeichnung Ihres potentiellen Muts. Der Pp-Messung zufolge hätten Sie nie auch nur in Betracht gezogen, bis zu dem Essen im Palast zu bleiben.«

Cadron schwieg; und Hedrock wartete darauf, daß er zum Ende kam. Die Sekunden verstrichen, und plötzlich ging ihm auf, daß Dutzende von Ratsmitgliedern sich vorbeugten, ihn mit durchbohrenden Blicken musterten.

Sie warteten auf seine Reaktion. Er hatte das Plädoyer gehört. Dies und nichts anderes *war* es, wessen man ihn beschuldigte.

Einen Augenblick lang fühlte er sich wie erlöst. Wenn es dabei …

Der Traum zerschellte an der Realität — der Anwesenheit der dreißig. Nie wären sie zusammengetreten, hätten sie nicht um die Grundfesten der Waffenläden gefürchtet.

Die Pp-Technik! Hedrock versuchte sich zu erinnern, was er über die Maschine gehört hatte. Bereits Jahrtausende alt, gehörte sie zu den ursprünglichen Erfindungen der Waffenschmiede. Immer wieder war sie verbessert, war ihre Fähigkeit zur Persönlichkeitsanalyse erweitert worden. Hedrock, der seine Gedanken und Gefühle in erheblichem Ausmaß steuern konnte, hatte sich darüber nie den Kopf zerbrochen.

Bei den Überprüfungen durch die Maschine hatte er diejenige Geisteshaltung an den Tag gelegt, die ihm für seine Absichten am geeignetsten erschien, und darauf geachtet, die einzelnen Attribute seines Charakters entsprechend abzustimmen. Und er hatte …

Hedrock schüttelte sich wie ein in die Enge getriebenes Tier. Er dachte nicht daran, ihnen abzunehmen, daß sie sein Doppelspiel wirklich durchschaut hatten. Antworten aber mußte er — unverzüglich.

»So«, sagte er, und selbst in seinen eigenen Ohren klang seine Stimme harsch, »so, dann habe ich mich also fünf Prozent beherzter als vorhersehbar erwiesen. Nicht zu glauben! Beherztheit hängt schließlich von den Umständen ab. Jeder Hasenfuß kann zum Löwen werden, wenn er nur entsprechend motiviert ist.

Und ich kann Ihnen versichern — ich war entsprechend motiviert.«

Halb gegen seinen Willen klang seine Stimme unvermittelt energischer; das Feuer seiner Überzeugung verlieh ihr Kraft und Eindringlichkeit.

»Sie scheinen die Dimension dessen, was sich anbahnt,

nicht wahrnehmen zu wollen. Hier geht es nicht um die bloße Laune einer gelangweilten Monarchin. Abgesehen von einigen, in diesem Zusammenhang eher unwesentlichen Schwächen handelt es sich bei der Kaiserin um eine reife Persönlichkeit. Ebenso wenig läßt sich übersehen, daß wir gegenwärtig in die fünfte Periode des Ischerreichs eintreten.

Stündlich können die mächtigen Unterströmungen menschlicher Ruhelosigkeit gewaltige Ereignisse auslösen. Zwanzig Milliarden sind dynamisch, unruhig, rebellisch. Am Horizont zeichnen sich neue technische Errungenschaften, neue Formen des menschlichen Zusammenlebens ab; und aus diesem brodelnden Chaos wird die fünfte große Krise in der Geschichte der Ischerzivilisation sich entwickeln.

Nur ein grundlegender Durchbruch hat die Kaiserin auf der gegenwärtigen Stufe ihrer Karriere veranlassen können, derart konsequent und nachdrücklich zu handeln.

Mir hat sie erklärt, sie würde mich in zwei Monaten zurückrufen — vielleicht schon früher. Sie *wird* es eher tun. Mein Eindruck geht dahin, und ich kann diesen Punkt nicht genug betonen, daß wir uns glücklich schätzen können, wenn uns noch zwei Tage bleiben. Zwei Wochen sind die alleräußerste Grenze.«

Er war jetzt aufgewühlt. Er sah, daß Peter Cadron ihn unterbrechen wollte, sprach aber weiter, ohne darauf zu achten. Seine mächtige Stimme erfüllte den Raum.

»Die gesamte verfügbare Macht der Waffenläden müßte in Imperial City konzentriert werden. In jeder Straße wäre ein Beobachter zu stationieren. Diese Maßnahmen müßten längst angelaufen sein. Statt dessen aber ...« — er hielt inne und schloß dann beißend — »vergeudet der einflußreiche Rat der Waffenschmiede seine Zeit mit der Erörterung der Frage, ob ein einzelner Mann den Mut hätte aufbringen dürfen, den er an den Tag gelegt hat.«

Er brach ab in dem bedrückenden Bewußtsein, daß er die Männer nicht beeindruckt hatte. Sie blickten kalt, niemand lächelte. Peter Cadron ergriff leidenschaftslos das Wort.

»Der Unterschied«, sagte er, »beträgt nicht fünf Prozent, sondern fünfundsiebzig. Das ist kein geringer Zuwachs; darüber wäre nun zu reden.«

Seufzend fügte Hedrock sich in die Niederlage. Und eigenartigerweise war ihm augenblicklich wohler. Er lächelte freudlos, als er den Grund begriff. Gegen alle Vernunft hatte er falsche Hoffnungen gehegt. Damit war es vorbei.

Die Krise lag in der Konsequenz einer wissenschaftlichen Entwicklung, von der er irrtümlich geglaubt hatte, sie kontrollieren zu können. Sie war ein Musterbeispiel für die Unzahl wissenschaftlicher Techniken, die dafür gesorgt hatten, daß die Kluft zwischen den Gefährdungen, denen er sich ausgesetzt sah, und seiner Fähigkeit, ihnen entgegenzuwirken, stetig breiter geworden war.

Er lauschte düster, wie Cadron weitersprach.

»Ich versichere Ihnen, Mr. Hedrock«, betonte der Mann mit ruhiger Aufrichtigkeit, »daß die Pflicht, die uns auferlegt ist, uns alle bedrückt. Aber die Fingerzeige sind drastisch.

Nachdem die Psychologen die Abweichung festgestellt hatten, wurden in die Pp-Maschine zwei cerebro-geometrische Programme eingegeben. Das eine basierte auf Ihrem gespeicherten Psychoprofil, das andere berücksichtigte *eine fünfundsiebzig Prozent höhere Kapazität aller geistigen Funktionen.* Ich wiederhole, *aller,* nicht nur Ihrer Beherztheit.

Dadurch erhöhte sich beispielsweise Ihr IQ auf die erstaunliche Zahl von zweihundertachtundsiebzig ...«

»Sie haben eben von allen Funktionen gesprochen«, warf Hedrock ein. »Wie ich annehme, beziehen Sie Idealismus und Selbstlosigkeit ein?«

Er sah, daß die Männer ihn unbehaglich betrachteten. Cadron erwiderte: »Mr. Hedrock, jemand, der derart uneigennützig wäre, würde die Waffenläden nur als einen

Faktor in einem größeren Spiel ansehen. Die Waffenläden können nicht so großzügig verfahren. Aber hören Sie weiter!

Die Matrix beider cerebro-geometrischer Programme suchte dem nur schwer exakt bestimmbaren Einfluß der Kaiserin Rechnung zu tragen. Weil Schnelligkeit absolut unerläßlich war, erfolgte die Berücksichtigung mittels Reduzierung auf eine hoch angesetzte Konstante, modifiziert duch eine einfache, stetig schwingende Variable ...«

Gegen seinen Willen fühlte Hedrock sich gefesselt. Seine ursprüngliche Absicht, Cadron so oft wie eben möglich zu unterbrechen, wich der wachsenden Faszination durch eine Wissenschaft, in die er niemals eingedrungen war.

Charakterdiagramme und Emotionsintegrale, eigenartige mathematische Abstraktionen, die wurzelten in den unpräzisen Impulsen des menschlichen Geistes und Körpers — um triumphal zu gedeihen zu Gewächsen prunkender Gewißheit; Gewächsen, die niemals irgendeinem Frosteinbruch oder Windstoß zum Opfer fielen, sondern wie Treibhauserzeugnisse perfekte Früchte trugen.

Lockende, aber todbringende Früchte, von denen ihm Unheil drohte. Er verfolgte und lauschte angespannt, wie Cadron zum fatalen Schluß kam:

»Wie schon erwähnt, bestand das Problem darin, daß der Rettungstrupp nicht zu früh auf dem Palastdach landen durfte — oder zu spät.

Es stellte sich heraus, daß Sie Ihrem gespeicherten Psychoprofil zufolge den Palast nicht lebend verlassen würden, sofern nicht eine Unbekannte dritter Ordnung zu Ihren Gunsten dazwischenträte. Diese Projektion wurde von der Maschine verworfen. Wunder kalkuliert die Wissenschaft nicht ein.

Die zweite Projektion führte zu dem Ergebnis, daß Ihre Ankunft auf dem Palastdach um 13 Uhr 40 zu erwarten sei, mit einem Unsicherheitsfaktor von plus minus vier Minuten. Die Landung ist um 13 Uhr 35 erfolgt; die gefälschten Papiere wurden binnen zwei Minuten akzeptiert. Um 13 Uhr 39 haben Sie dann den Fahrstuhl verlassen.

Ich denke, Sie werden mir zugeben müssen, daß der Beweis zwingend ist.«

Es war wie ein Alptraum. Während der langen Jahre, die er geplant und gearbeitet hatte, hatte er in Wirklichkeit sein Schicksal bereits einer Maschine ausgeliefert, deren mechanische Prognosefähigkeit ihn früher oder später mit vernichtender Konsequenz treffen mußte.

Welcher Wahnsinn, auch nur eine Sekunde lang eine Erfindung unterschätzt zu haben, die den menschlichen Geist derart präzise durchleuchtete. Abwesend registrierte Hedrock, wie eines der Ratsmitglieder, nicht Cadron, sondern ein zerbrechlich wirkender grauhaariger Mann das Wort ergriff.

»In Anbetracht der Tatsache, daß dies keine Gerichtsverhandlung im üblichen Sinne ist, und insbesondere angesichts der bisherigen Verdienste Mr. Hedrocks denke ich, er hat Anspruch auf unsere Versicherung, daß wir die Aktivität der Kaiserin durchaus ernst nehmen. Nur zu Ihrer Information, wir haben unsere Kräfte hier um das Fünffache verstärkt.

In Ihrer Aufregung ist Ihnen vielleicht nicht aufgefallen, daß der Fahrstuhl vom Dachlandeplatz länger als sonst gebraucht hat. Wir haben sieben zusätzliche Hoteletagen übernommen, und unsere Organisation *hat* zahlreiche Maßnahmen anlaufen lassen.

Ihr bewegender Appell ändert aber leider nichts daran, daß ich Mr. Cadron beipflichten muß. Die Waffenläden haben keine andere Wahl, als in Fällen wie dem Ihren schnell und unbarmherzig zu verfahren. Ich muß mich der Meinung anschließen, daß der Tod das einzig mögliche Urteil ist.«

Entlang dem Tisch wurde genickt, Stimmen murmelten: »Ja, die Todesstrafe ... Hinrichtung ... unverzüglich ...«

»Einen Augenblick!« Hedrocks Stimme durchdrang mühelos das Raunen. »Sagten Sie, daß dieser Raum sich in einem Teil des Hotels befindet, der erst jüngst von der Asteroiden AG. angemietet worden ist?«

Sie starrten ihn verständnislos an, als er sich, ohne eine Antwort abzuwarten, nach rechts wandte und zu der dunkel schimmernden Wandtäfelung eilte. Es war einfacher, als er sich in seinen kühnsten Wunschvorstellungen hätte träumen lassen.

Niemand hielt ihn auf; niemand griff auch nur nach der Waffe. Er erreichte die Wand, drückte vier Finger gegen die Täfelung, drehte — und der Ring glitt aus seiner verborgenen Vertiefung auf seinen Zeigefinger.

Mit einer einzigen fließenden Bewegung richtete er das blaßgrüne Feuer auf den Schalter — und trat durch den Materiesender.

Hedrock verlor keine Zeit mit der Untersuchung der vertrauten Räumlichkeiten, in denen er sich wiederfand. Sie lagen mehr als viertausend Kilometer von Imperial City entfernt in unterirdischen Gewölben, angefüllt mit leise summenden Maschinen und glitzernden Instrumenten — und wenn er sie geheimhalten wollte, mußte er handeln. *Rasch!*

Seine Hand fuhr zu einem Wandschalter. Energie entlud sich zischend, als er ihn umlegte.

Flüchtig stellte er sich vor, wie alle Ringe und Apparaturen im Hotel Royal Ganeel sich auflösten. Sie hatten ihren Zweck erfüllt. Mehr als einmal durfte er nicht hoffen, den Waffenschmieden zu entkommen.

Er wandte sich ab, durchquerte eine Tür, gewahrte im letzten Augenblick die tödliche Gefahr und versuchte zurückzuspringen.

Zu spät. Das sechs Meter große Ungeheuer stürzte sich bereits auf ihn. Ein Schlag der gewaltigen Pfoten genügte, um Hedrock halb bewußtlos an einer Wand entlangschlittern zu lassen.

In verständnislosem Entsetzen versuchte er, sich zu bewegen, sich aufzurappeln — und sah, wie das riesige weiße Geschöpf auf ihn zuschoß, die scharfen Zähne zum tödlichen Biß entblößt.

8. KAPITEL

Immer wieder verlor Neelan das Bewußtsein. Der Schmerz sprang ihn aus einer wirbelnden Welt der Dunkelheit an, wuchs und wuchs; und dann senkte sich unvermittelt wieder die Nacht herab und deckte die Qual zu.

Irgendwann, wie aus weiter Ferne, vernahm er die Stimme der Frau:

»Soll das heißen — zeigt der Sensor tatsächlich an, daß keine Folter ihn zum Sprechen bringen würde? Aber das ist doch unmöglich. Kein Mensch ... Schön, lassen Sie ihn in ein Schlafzimmer schaffen.«

Ihre Stimme verklang, und niemand fügte ihm neue Schmerzen zu; nur seine Nerven zuckten noch in Erinnerung an vergangene Pein. Als er von neuem zu sich kam, schälte sich aus dem Nebel das Gesicht der Frau, und sie wollte wissen:

»Sind Sie nach wie vor bereit, Greer zu töten? Wenn ja, können wir uns immer noch verständigen.«

Denken fiel ihm unendlich schwer, aber ein Gedanke durchrann ihn wie Feuer. Er mußte, *mußte* in das Schiff gelangen. Er murmelte:

»Ich bleibe bei dem, was ich gesagt habe.«

»Schön. Dann werden wir jetzt anders verfahren. Sie begeben sich an Bord, und sobald Greer Sie alleingelassen hat, legen Sie den Hauptantrieb lahm. Natürlich wird das Schiff über ein Behelfstriebwerk verfügen, aber dagegen werden wir Traktorstrahlen zur Neutralisierung einsetzen.

Sobald Sie den Hauptantrieb unbrauchbar gemacht haben, greifen wir an. Greer wird natürlich in die Steuerzentrale stürzen; Sie töten ihn dort oder schalten ihn auf andere Weise aus. Wir benötigen drei Minuten, um in das Schiff einzudringen. Ist das klar?«

»Ja, ja ...«

»Werden Sie so verfahren?«

Der Nebelschleier hob sich ein Stück weiter; Neelan nahm wahr, daß Zeydel neben der Monarchin stand und einen Lambethkegel auf ihn gerichtet hielt.

Neelans Augen verengten sich. Irgendwelche detaillierten Sicherungen konnte er sich in seiner gegenwärtigen Verfassung unmöglich zurechtlegen. Deswegen ...

»Was ich gesagt habe, gilt«, bestand er hartnäckig. »Anschließend bleibe ich aber bei den Aggregaten. Auf Ihren Angriff werde ich mich schon vorbereiten.«

Das stimmte auf jeden Fall. Vorbereitungen würde er treffen.

»Sie starrsinniger ...«

Über ihm ballte die Kaiserin die Hände zu Fäusten; aus ihren grünen Augen sprach zornige Enttäuschung. Dann trat sie zurück. Ihre letzten Worte, die Neelan vernahm, waren:

»Muß ich ausgerechnet jetzt mit diesem Mann zu tun haben? Als ob das Schicksal es so wollte. Hören Sie mir noch einmal zu! Für den Fall, daß unser Angriff doch fehlschlagen sollte, müssen Sie natürlich mit Greer verhandeln. Sagen Sie ihm dann, wir würden auf seine Bedingungen eingehen. Sobald er sich von seinem Schreck erholt hat, wird er einwilligen. Erfolg müssen wir jedenfalls haben. Unter allen Umständen!«

Während einer langen Zeitspanne nahm Neelan nichts mehr wahr; irgendwann aber stellte er fest, daß er weder gefesselt noch sonstwie in seiner Bewegungsfreiheit eingeschränkt war. Wieder schien einige Zeit zu verstreichen, ehe der Impuls zum Handeln erwachte.

Zittrig richtete er sich auf. Bei der Bewegung wurde ihm schwindlig, aber nach einer Weile kehrte ein Teil seiner Kräfte zurück. Er trat vor den Spiegel und untersuchte die breite Krawattennadel. Sie bestand aus einer biegsamen künstlichen Metallegierung und ließ sich nicht abnehmen. Als er sie angelegt hatte, mußte irgendein Mechanismus sich geschlossen haben. Er würde die Krawatte durchtrennen müssen ...

Ein dünner Schweißtropfen rann über Neelans Stirn. Die besonderen Trainingsmethoden, die ihm seine wissenschaftlichen Kenntnisse unauslöschlich, stets gegenwärtig, eingeprägt hatten, hatten ihm zugleich ein Zeitgefühl vermittelt.

Und dies quälte ihn jetzt. Denn wie sollte er sich ein Werkzeug beschaffen, die Krawatte durchschneiden, die Nadel von sich schleudern und in eine geeignete Dekkung springen — alles, ehe jemand am anderen Ende des Zusatzholos auf den Knopf drückte, der die Sprengladung auslösen würde?

Mehr noch, wie sollte er zum Aufzug rasen, die mehr als hundert Meter zur Steuerzentrale zurücklegen und durch das automatisch aufgleitende Hangardach das Schiff starten — das Ganze in drei Minuten?

Daran, daß er in letzter Minute ein Wunder an Schnelligkeit vollbringen würde, war nicht zu denken. Ihm drohte unweigerlich der Tod, es sei denn, er verfiel auf irgendeine ganz anders geartete Lösung, einen Ausweg, der ...

Kein Gedanke wollte sich einstellen. Er fühlte sich völlig erschöpft. Er legte sich wieder aufs Bett und mußte augenblicklich eingeschlafen sein.

Als Neelan erwachte, strömte Sonnenlicht durch die Fenster — und ein Bediensteter servierte an einem kleinen Tischchen Frühstück von einem dampfenden Tablett.

Im Hintergrund saß die Kaiserin in einem tiefen Sessel vor einer Reihe nebeneinander installierter Holosets. Zeydel stand neben ihr und wirkte wie eine besonders unnachgiebige Ehrenwache.

Neelan richtete sich auf; und die Kaiserin sagte mit Wärme in der Stimme:

»Dan Neelan, ich bin gekommen, um Ihnen persönlich zu versprechen, daß die Sprengladung in dem Zusatzholo nur dann detonieren wird, wenn Sie schändlicherweise versuchen sollten, unser Vorhaben scheitern zu lassen. Ich verspreche Ihnen weiter, daß Sie danach in keiner Weise behelligt werden, sondern noch heute den Betrag von zehn Millionen Krediten erhalten. Darauf gebe ich Ihnen mein Ehrenwort.«

Neelan bekundete mit einem nüchternen Nicken, daß er ihre Zusage zur Kenntnis genommen hatte. Er war von ihrer Aufrichtigkeit leidlich überzeugt, aber es gab einen Umstand, der ihre Worte so voll und ganz annullierte, als wären sie nie gefallen.

Ihn selbst. Sein unverrückbares Ziel. Er gedachte ihre Absicht zu durchkreuzen, soweit es in seinen Kräften lag. Er...

Einer der Holoschirme vor der Monarchin erwachte zum Leben und schnitt Neelans Überlegung ab. Eine knappe Männerstimme teilte mit:

»Majestät, die acht Einhundertmillionen-Zyklen-Geschütze schweben jetzt in Stellung.«

»Danke für die Meldung«, gab die Kaiserin zur Antwort. »Der Verkehr läuft nach wie vor normal?«

»Ja, wir sperren die umgebenden Straßen erst im letzten Augenblick ab.«

»Gut.«

Sie hatte das Wort kaum ausgesprochen, als eine Stimme aus einem anderen Holoset sagte:

»Kaiserliche Majestät, die Kriegsschiffe des Abschnitts Eins kreuzen auf den zugewiesenen Positionen.«

»Ausgezeichnet. Sorgen Sie dafür, daß die Schiffe in großer Höhe bleiben, und achten Sie auf das Signal. Das wäre alles.«

Neelan wurde gewahr, daß die Kaiserin ihn unter halbgeschlossenen Lidern hervor anschaute. Sie fing seinen Blick auf und bemerkte mit seidenweicher Stimme:

»Vielleicht geht Ihnen nun auf, daß es mir ernst ist.«

Neelan schwieg, während er sich zu dem Frühstückstisch begab und daran Platz nahm. Er hatte den phantastischen Zwiegesprächen mit einem Gefühl der Unwirklichkeit gelauscht, und erst bei ihren Worten verstand er, daß diese Dialoge wenigstens zum Teil auf ihn gezielt sein mochten — und daß zumindest eine unsinnige Behauptung gefallen war. Grimmig sagte er:

»Seit wann ist der Einsatz von Hundertmillionen-Zyklen-Aggregaten möglich? Ich habe gelernt, daß Metalle solcher Beanspruchung nur im luftleeren Raum standhalten.«

Die Kaiserin lächelte mit schmalen Lippen und erwiderte: »Jedes Aggregat feuert nur einen einzigen Schuß ab, bei dem es in seine Bestandteile zerfällt. Acht Geschütze, die sich auf denselben Schiffsabschnitt konzentrieren, durchschlagen die Wand in drei Minuten. Das ist unsere Strategie.«

Eigenartigerweise beschäftigten Neelans Gedanken sich mit dem finanziellen Aufwand für derartige Waffen. Doch die Abermillionen Kredite, um die es bei jedem einzelnen Aggregat ging, entzogen sich allen sinnvollen Kategorien.

Überzeugt aber war er. Die Geschütze waren, wie behauptet, in Stellung gegangen, Wahrzeichen der unfaßbaren Kräfte, die gegen ihn zusammengezogen wurden. Mehr und mehr geriet er in die Lage eines einzelnen gegen eine Welt.

Ein weiterer Holoschirm leuchtete auf. »Majestät, soeben ist eine Blitzmeldung aus dem Mittelwesten eingetroffen. Ein riesiges menschliches Geschöpf, nach ersten Meldungen fünfzig Meter groß, verwüstet das Geschäftsviertel der Stadt Denar.«

»Was?«

»Ich kann Ihnen die Aufnahmen vorführen, wenn Sie es wünschen. Der Riese weicht langsam vor den Angriffen mobiler Energiegeschütze zurück, aber...«

»Schon gut.« Ihre Stimme klang kühl und schneidend, und Neelan konnte kein Auge von ihr wenden. Herrscherin war sie jetzt, mit eisernen Nerven, immun gegen Überraschungen, wie eine Stahlfeder reagierend. Plötzlich schien die Meldung bedeutungslos. Knapp ordnete sie an:

»Berichten Sie später! Ich kann mich im Augenblick nicht damit befassen.«

»Sehr wohl.«

Während der Stille, die sich anschloß, verharrte sie wie eine Statue, die Züge bleich und reglos, aus denen wie grüne Edelsteine die Augen leuchteten. Sie schien vergessen zu haben, daß andere zugegen waren, als sie flüsterte:

»Sollte sich auf diese Weise die Revolution ankündigen, die die Waffenläden vorhergesagt haben?«

Sie schüttelte sich, schien ihrer Umgebung gewahr zu werden. Ruhig schaute sie Neelan an.

»Sie werden sich beeilen müssen«, sagte sie beherrscht. »Es ist jetzt viertel vor acht. Bis Sie sich erfrischt haben und an Ort und Stelle sind, wird es neun Uhr werden.«

So war es. Neelans Uhr zeigte eine Minute vor neun, als er zögernd auf den Eingang des Raumschiffhangars zuschritt und den Summer betätigte.

Ihm war kalt, und er zitterte leicht. Das Bewußtsein, daß er seinem Tod entgegengehen mochte, kehrte zurück, aber eigenartigerweise durchrann es ihn dabei warm.

Er sah nach oben in den blauen, wolkenlosen Himmel. Keines der lauernden Kriegsschiffe war zu erkennen. Die Welt wirkte träge und friedlich, fast zeitlos.

Ebenso deutete rund um ihn nicht das geringste Anzeichen auf die Energiegeschütze hin, die binnen Minuten ihr unfaßliches Feuer gegen die Wände des Schiffes entfesseln würden, das er im Begriff stand zu betreten.

Der Atem stockte ihm, und abrupt fühlte er sich nicht einmal unglücklich — ein Mann am Saum der Ewigkeit, schon über den Rand gebeugt. Allmählich wich die Vorstellung wieder, und er konzentrierte sich mit jeder Faser auf den Gedanken:

Gil, gib nicht auf! Halte aus! Ich komme. Ich bin unterwegs.

Ein metallisches Schnappen ertönte. Er gewahrte, daß die Außentür aufging.

Neelan durchschritt langsam die Türen. Es kam ihm vor, als könnten ganze Armeen während der anderthalb Minuten durchschlüpfen, die sie eingestellt waren, offen zu bleiben.

Aber außer den Geräuschen, die er selbst verursachte, ließ sich kein Laut vernehmen. Er stockte, betroffen über die tiefe Stille, und lauschte.

Vergebens. Bis auf das leise, leise Geräusch seines Atems hätte er in einer Grabkammer stehen können, inmitten der Toten längst verflossener Zeiten, entrückt in die Nebel des Vergessens.

Sobald er die dritte Tür erreichte, wandte er sich halb um, wie um zurückzublicken. Und er behielt diese Haltung bei, während er die Steuerzentrale betrat, abgewandt von der großen Instrumententafel zur Rechten.

Wer immer ihn über das Zusatzholo beobachtete, würde kaum erkennen können, daß dies die Kommandobrücke war, geschweige denn, daß niemand sich dort aufhielt.

Ein leises scharrendes Geräusch veranlaßte ihn, sich ganz umzudrehen. Das Türschott schloß sich.

Bis auf Greer war er allein in dem Schiff und vorübergehend in Sicherheit, abgesehen von dem Sprengsatz, den die Krawattennadel barg.

Hätte er doch gestern gewußt, was er jetzt überschaute. Wäre er nur nicht so blindlings besessen gewesen, derart weit entfernt von sämtlichen größeren Zusammenhängen, die, wie er hoffnungslos erkannte, nach seiner Aufmerksamkeit verlangt, sich ihm geradezu aufgedrängt hatten.

Das ganze Universum für den vorwärtsstürmenden menschlichen Geist, Gils Leben für seines — und er hatte, einem unvernünftigen Fanatiker gleich, die Macht übersehen, die in seiner Reichweite lag.

Stille.

Er dachte: Welche Fragen mochten sie sich jetzt stellen — Innelda Ischer vor ihren Holoschirmen, über die sie Verbindung hielt mit der Bemannung der Energiegeschütze und den Kommandeuren der Kriegsschiffe; Zeydel und alle übrigen, die abwarteten, was er unternahm.

Daß er zunächst verweilte, würde man für normal halten. Weshalb sollte er nicht abwarten, bis Greer sich zeigte oder doch meldete?

Sein Plan hatte nicht vorgesehen, daß er hier innehielt. Aber dieser Plan war ohnehin nur ein vager Mischmasch, abhängig von sich bietenden Gelegenheiten, von dem Willen, sich nicht in die Knie zwingen zu lassen, vor allem aber von der grimmigen Entschlossenheit durchdrungen, das Ringen zu seinen Gunsten zu entscheiden.

Nichts sonst, nichts anderes zählte.

Er begab sich zu dem weit rechts gelegenen Aufzug. Während er abwärts glitt, wisperte unter seinem Kinn eine Stimme. Er hatte so wenig damit gerechnet, daß er zusammenzuckte, und es dauerte einen Augenblick, ehe er begriff, wer mit ihm redete.

»Was ist los? Wo bleibt Greer?«

Neelan raunte erbost: »Woher soll ich das wissen? Majestät, er könnte mithören ...«

Sie blieb kühl. »Kaum. Diese Schiffe werden nach Standardentwürfen gebaut. Die Aufzüge enthalten keine Mikrophone. Aber lassen Sie sich nicht aufhalten. Sie sind auf dem Weg zu den Triebwerken?«

»Ja«, flüsterte Neelan. »Natürlich.«

Obwohl die Lage sich im Grunde nicht verändert hatte, zerrte die Einmischung der Kaiserin an seinen Nerven. Ihre Worte brachten die Erinnerung an ihren unbeugsamen Willen, an die massierten Menschen und Maschinen, die darauf warteten, das Schiff zu überrennen, wie einst Armeen, die sich in die Schlacht stürzten.

Einen Augenblick lang wollte es ihm unglaublich vorkommen, daß eine einzige Frau solche Macht in Bewegung zu setzen vermochte, imstande war, durch ihr Handeln die Zukunft der Welt zu beeinflussen.

Denn der Umgang mit dieser Erfindung bedeutete entweder das Ende oder den Anbruch des Lebens der Menschheit. Er brachte …

Der Aufzug hielt in der Werkstatt über den Triebwerkskammern. Augenblicklich waren alle Überlegungen, die nicht seinem unmittelbaren Ziel galten, wie weggewischt.

Während er sich darauf konzentrierte, eine der schweren Schneidmaschinen nach unten zu schaffen, mußte er sich selbst in den Besitz einer Draht- oder Metallschere setzen.

Hastig ließ er den Blick in die Runde wandern, um das Werkzeug schließlich auf einer Bank neben dem umgitterten Schacht zu entdecken, der in der Tiefe die Triebwerksblöcke erkennen ließ.

Den massiven Laufkran so zu lenken, daß er zu der Werkbank rollte und von dort aus die drei Meter hohe Schneidmaschine durch den Schacht über das Haupttriebwerk beförderte, war das Werk weniger Augenblicke.

Nachdem der Kran seine Last abgesetzt hatte, lehnte Neelan sich gegen die Bank, zog sein Taschentuch und fuhr sich damit übers Gesicht.

Betroffen stellte er fest, daß er tatsächlich heftig schwitzte. Während er sich das Gesicht trocknete, tastete seine linke Hand hinter seinem Rücken über die Bank.

Erleichtert stieß er die Luft aus, als seine Finger sich um das Werkzeug schlossen. Im selben Augenblick zischte die Kaiserin:

»Was tun Sie? Weshalb die Pause?« Sie hielt inne; dann: »Irgend etwas stimmt doch nicht! Haben Sie Greer gestern umgebracht? War das der Grund für Ihr hartnäckiges Schweigen?«

Sie hatte, ging es Neelan düster durch den Kopf, buchstäblich in elfter Stunde sein Spiel durchschaut!

Er vermochte sich fast bildlich vorzustellen, wie die Schlußfolgerung sich ihr unausweichlich aufgedrängt hatte. Alles paßte zusammen: das automatische Öffnen und Schließen der Türen; Greers Ausbleiben; seine eigenen Formulierungen am Vorabend; seine Weigerung, sich darüber hinaus festzulegen.

Intensives Grübeln, blitzartiges Begreifen. Mehr bedurfte es dazu nicht.

Aber sie konnte sich nicht sicher sein. Deshalb ...

»Sssst!« flüsterte Neelan rauh. »Ich glaube, ich höre etwas.«

Das Schlimme war, daß er in diesem Augenblick wie angewurzelt verharrte. Jetzt, da es soweit war, versagten ihm seine Muskeln den Dienst, ließ sein Mut ihn im Stich. Die entscheidende Handlung, und was danach kam, ragte plötzlich wie eine Hürde vor ihm auf, die ein Einzelner unmöglich bezwingen konnte.

Wieder war das intensive Wispern der Kaiserin zu hören:

»Dan Neelan, in dieser letzten Stunde appelliere ich noch einmal an Sie. Fordern Sie, was Sie wollen, ich gestehe es Ihnen zu, unter der einen Bedingung, daß ich über Schiff und Erfindung uneingeschränkt verfügen kann. Falls ich soeben recht gehabt habe, bestätigen Sie meine Vermutung, gewähren Sie meinen Truppen Zutritt, und Sie erhalten unverzüglich eine Milliarde Kredite. Ist Ihnen klar, welche Summe das ist? Können Sie sich einen Begriff davon machen, wie reich Sie sein werden?«

Und immer noch wußte er nichts zu entgegnen. Ihre entscheidende Forderung — *»daß ich über Schiff und Erfindung uneingeschränkt verfügen kann«* — ließ ihr und sein Ziel soweit auseinanderklaffen wie die beiden Enden der Milchstraße.

Und diese Einsicht riß Neelan aus seiner Erstarrung. Er mußte reagieren, mußte sich äußern, ganz gleich wie, um für ausschlaggebende Sekundenbruchteile die Frau zurückzuhalten, die kurz davor stehen mußte, sich zum endgültigen Handeln zu entschließen.

»Majestät«, stieß Neelan hervor, »Sie irren sich. Greer ist am Leben. Er...«

»Worauf warten Sie dann? Schnell! Kappen Sie endlich die Triebwerksanschlüsse. Sind Sie noch bei Sinnen, einfach herumzustehen? *Was tun Sie?*«

Die Frage, zuckte es Neelan durch den Kopf, war nur zu berechtigt. Er hatte die Metallschere inzwischen mit der rechten Hand ergriffen; wie von einer Feder getrieben, fuhr sein Arm hoch, setzte die Schneidflächen oberhalb der Krawattennadel an. Ein winziger Ruck, als er auf den Kontaktknopf drückte, und dann ...

»Alle Streitkräfte — durchbrechen!« hörte er die Kaiserin mit lauter Stimme rufen. »Feuer frei!«

Konvulsivisch packte Neelan das Krawattenende samt Nadel, schleuderte es durch den Schacht in die Triebwerkskammern und warf sich flach auf den Boden.

Eine rote Feuersäule lohte auf.

Augenblicklich war er aufgesprungen und stürzte zum Aufzug, frohlockend — denn noch hatte kein Schlag das Schiff getroffen. Ganz sicherlich mußte es ihm gelingen, die Instrumententafel in weniger als hundertachtzig Sekunden zu erreichen, die Triebwerke einzuschalten, aus dem Hangar zu starten.

Drei Minuten, hatte die Kaiserin gesagt, drei ...

Der erste Schuß schlug in diesem Moment ein. Das Schiff erbebte. Die Wucht übertraf Neelans ärgste Befürchtungen und ließ ihn einen Augenblick lang verharren.

Während er weiterhetzte, spürte er bereits eisige Furcht. Der zweite titanische Schlag erschütterte das Schiff und warf ihn zurück. Er richtete sich auf, erreichte taumelnd den Aufzug, der nach oben schoß.

Die dritte Detonation tobte ihre Wut aus. Der Aufzug schwankte. Blut schoß Neelan aus der Nase; ein dünnes Rinnsal rann aus seinen Ohren. Der vierte Treffer — er vergegenwärtigte sich schwach, daß der Aufzug fast am Ziel sein mußte — knüllte ihn zusammen und schleuderte ihn in eine Ecke. Als er sich eben aufraffte, traf ihn die Wucht des fünften Einschlags.

Er wußte jetzt, daß seine Niederlage besiegelt war; das Wissen machte ihn elend und verzagt. Aber der Aufzug glitt weiter, kam zum Stehen. Die sechste unerträgliche Explosion erreichte ihn in dem Augenblick, in dem er hinauswankte, und schleuderte ihn wie ein Blatt im Wind einen Notschacht hinunter.

Er prallte gegen ein offenstehendes Türschott, das er mechanisch zuzog. Apathisch verfolgte er, wie es gleich daraus aus den Angeln gerissen wurde, ihn streifte und dröhnend auf dem Boden landete. Das war der siebte Schuß.

Wie ein Tier, das vor Schmerzen zurückwich, trat er den Rückzug an. Er ließ sich durch einen weiteren Schacht fallen, zog instinktiv das Schott hinter sich zu. Halb dagegen gelehnt, blieb er stehen, zerschlagen, ausgelaugt, als laute Rufe an sein Ohr drangen.

Er schüttelte ungläubig den Kopf. Stimmen, dachte er, im Innern des Schiffes? Sie kamen näher; und plötzlich begriff er, was sie zu bedeuten hatten.

Sie waren eingedrungen. Sieben Schüsse hatten ausgereicht.

Auf der anderen Seite der Tür, hinter der Neelan stand, erscholl der Befehl: »Schnell, brecht sie auf! Schießt Neelan ohne Anruf nieder!«

Die Kaiserin hatte das Schiff in ihrer Gewalt.

9. KAPITEL

Mühselig setzte Neelan seinen Rückzug fort. Sein Verstand weigerte sich, einen zusammenhängenden Gedanken zu fassen, und seine Reflexe verweigerten den Dienst.

In flüchtig aufflackerndem Begreifen sagte er sich, daß seine Nervenkraft durch den konzentriertesten Energiebeschuß zermürbt worden war, der je einer Maschine gegolten hatte, in der ein Mensch sich aufhielt.

Mit zitternden Knien gelangte er an den Lagerräumen vorbei in die Werkstatt. Tiefer lagen nur noch die Triebwerke und die Brennkammer. Danach ...

Danach ...

Hin und her wendete Neelans erschöpfter Verstand die Möglichkeit. So mächtig begann der Gedanke zu werden, daß sein Inneres sich wie unter einem Schlag zusammenkrampfte; und Entschlußkraft, Wille — selbst Hoffnung kehrten zurück.

Hoffnung! Sie durchflutete ihn wie eine Woge, die an seinen gequälten Nerven entlangbrandete, neue Wärme durch seinen Körper sandte.

Es existierte ein Ausweg. Ein so einfacher Ausweg, daß er kaum fassen konnte, ihn nicht eher erkannt zu haben. Obwohl auch das sich erklären ließ. Mit jeder Faser hatte er sich darauf konzentriert, das Schiff nicht in die Hände der Kaiserin fallen zu lasen, unter Mobilisierung seiner letzten Reserven an Unbeirrbarkeit und Energie.

Das Schiff war natürlich verloren; ebenso Gil und die anderen armen Teufel in viereindrittel Lichtjahren Entfernung. Und auch die Milliarden Menschen, die die Fackel der Zivilisation zu den Sternen getragen hätten, waren ihrer Chance beraubt, ihrer Hoffnung auf größeres Glück.

Unter ihm erbebte der Boden, als ein weiteres Schott, das er geschlossen hatte, unter dem Röhren eines mobilen Energiegeschützes nachgab. Augenblicklich kamen die Rufe näher.

Neelans suchende Blicke hatten bereits die zwei Meter hohe Bohrmaschine entdeckt. Er rollte sie auf eine Antischwerkraftplatte und beförderte sie durch den Schacht ein Deck tiefer, an den Antriebsaggregaten vorbei, zur Außenschleuse. Die Maschine vor sich herstoßend, überwand er die erste, dann die zweite der Schleusentüren — und verharrte wie angewurzelt.

Er hatte seine letzten Kräfte gesammelt in der Absicht, durch die Hangarwand und das anschließende Erdreich einen Tunnel zur Oberfläche zu bohren. Das erübrigte sich, denn ...

Der Tunnel, der Gang war bereits da. Eine Reihe schwach leuchtender Deckenlampen verlor sich in gerader, langsam ansteigender Richtung in der Ferne.

Jede Sekunde, jeder Augenblick war jetzt kostbar. Neelan quetschte sich an der überflüssig gewordenen Bohrmaschine vorbei und eilte vorwärts.

Der Gang war erheblich länger, als er ihn in der verfügbaren Zeit hätte bohren können. Der Anstiegswinkel betrug höchstens zwanzig Grad. Doch das war nur günstig. Je größer seine Entfernung von dem Schiff, wenn er an die Oberfläche gelangte, desto besser.

Unvermittelt endete der Gang vor einer Metalltür. Sie hatte einen einfachen Knauf, der sich unter seiner Berührung drehte. Dahinter erstreckte sich ein großer leerstehender Keller. Die zugleitende Tür paßte sich fugenlos in die Wand ein.

Die exakte Ausführung überraschte Neelan. Trotz seiner Hast blieb er stehen und musterte die Stelle aus der Nähe. Die aufgewendete Sorgfalt deutete darauf hin, daß Greer vor beträchtlicher Zeit vom Centaurus zurückgekehrt war. Die Anbahnung seiner Verhandlungen mit der Kaiserin, die technische Ausstattung des angemieteten Raum im Trellis Minor Building, die Anlage des unterirdischen Tunnels mußten Wochen in Anspruch genommen haben. Oder sollte ...

Neelan erhellten sich. Natürlich. So verhielt es sich.

Nicht Greer, sondern Kerschaw und seine Leute hatten diesen Gang angelegt. Bei ihren Kontakten mit der Außenwelt hatten auch sie Vorsicht walten lassen.

Es ließ sich sogar vorstellen, daß Greer den unterirdischen Weg überhaupt nicht kannte. Tatsächlich — Neelan war sich plötzlich ganz sicher — hätte der Mann ihn am Vortag nie so nahe an der Luftschleuse allein arbeiten lassen, wenn er davon gewußt hätte.

Nach außen hatten Kerschaw und Gil Sicherheitsvorkehrungen getroffen; in ihrem eigenen Kreis Sorge zu tragen, um nicht hintergangen zu werden, hatten sie versäumt. Jetzt, da alles verloren war, kam der Gedanke ihn doppelt bitter an.

Deprimiert strebte Neelan auf eine Treppe zu. Auf halber Höhe teilten sie sich. Links führten die Stufen zu einer schnörkelverzierten Tür, hinter der eine leere Küche lag. Zur Rechten dagegen ...

Sorgfältig entledigte sich Neelan des verbliebenen Restes seiner Krawatte. Dann richtete er sich auf wie jemand, der sich innerlich wappnete. Er öffnete die zweite Tür und trat hinaus ins helle Sonnenlicht.

Er stand im Garten eines geräumigen, offenbar unbewohnten Hauses. Seinem Blick bot sich das gewohnte Bild des immergrünen Rasens, mehrere Blumenrabatte und eines Carports.

Das Tor in der Umzäunung, das sich mühelos von innen öffnen ließ, führte auf eine Seitenstraße. In einiger Entfernung konnte Neelan einen breiten Boulevard erkennen.

Natürlich würde man die Umgebung abgeriegelt haben. Wie weit jedoch der Kordon reichte und wie scharf die Bewachung gehandhabt wurde, war eine andere Frage.

An der Ecke stand ein uniformierter Wachposten. Er winkte Neelan, der im Schritt gestockt hatte, von weitem zu.

»Geht's voran?«

»Wir sind durch«, rief Neelan zurück. »Halten Sie weiter die Augen offen.«

»Keine Sorge. Wir stehen dicht gestaffelt.«

Fröstelnd wandte Neelan sich ab und kehrte zurück. Er saß in der Falle. Hier funktionierte die Absperrung, und hinter ihm würde in Kürze das letzte Schott fallen — wenn der Gang nicht schon entdeckt war. Sobald man feststellte, was sich abgespielt hatte, würde die Suche nach ihm einsetzen.

Er rannte los, übersprang eine Umzäunung und gelangte in einen anderen Garten. In der Ferne gewahrte er eine Kette Uniformierter. Doch jetzt strebte er zu dem Schiff zurück und zu der unwahrscheinlichen Hoffnung, die er von einem Augenblick auf den anderen damit verband.

Niemand stellte sich ihm entgegen, und nach einigen spannungsgeladenen Minuten lächelte er düster. Es schien ein psychologisches Gesetz zu geben, das einem erlaubte, sich einer Gefahrenquelle zwar zu nähern, aber nicht von ihr zu entfernen.

Wie selbstverständlich überquerte er eine Straße und erblickte von der nächsten Ecke aus, nur noch einen Häuserblock entfernt, den nadelförmigen Hangar. Auf dem Dach eines Eckgeschäfts plärrte plötzlich ein Straßenlautsprecher:

»In einer öffentlichen Erklärung hat soeben der Rat der Waffenschmiede sich von dem Riesen distanziert, der inzwischen die Geschäftsviertel der Städte Denar und Lenton in Trümmer gelegt hat. Der Rat bezeichnet das Gerücht, wonach es sich bei dem Giganten um eine Robotmaschine der Waffenläden handeln soll, als völlig unzutreffend, und unterstreicht, die Waffenschmiede würden alles in ihrer Macht Stehende tun, um den Riesen außer Gefecht zu setzen. Wie schon berichtet, hat der Koloß ...«

Neelan eilte weiter. Die Worte drangen kaum in sein Bewußtsein. Flüchtig erstaunte ihn der Gedanke, daß er den unbegreiflichen Hünen und seine sinnlose Zerstörungswut völlig vergessen hatte.

Aber das war auch alles. Er hastete vorwärts, verdrängte den letzten Rest des unmöglichen Bildes aus seinem Bewußtsein. Dann war er bei dem Schiff angelangt. Niemand hielt ihn auf, als er vorsichtig durch das riesige gezackte Loch kletterte und die Steuerzentrale betrat.

Der eine oder andere unter den Männern, die auf der Kommandobrücke umherstanden, bedachte ihn mit einem Blick, aber keine Miene verriet Argwohn. Für sie gehörte er zu den zahlreichen, in Zivil gekleideten Geheimagenten, die durch das Schiff liefen. Auf die Idee, Holoaufnahmen von ihm an die Einheiten zu verteilen, schien niemand gekommen zu sein.

Diese Truppen besaßen keine militärische Erfahrung. Zuviele Jahrtausende waren vergangen, seit das Ischerreich das Sonnensystem umschloß, dem Blutvergießen ein Ende bereitet hatte und ebenso dem unnatürlichen Zustand steter Wachsamkeit, der damit Hand in Hand ging.

Die Armee war beibehalten worden, weil die Waffenläden existierten. Aber Offizierspatente fielen als Pfründe denen zu, die über Beziehungen verfügten oder Bestechungsgelder zahlten; und ihre Haltung teilte sich den Soldaten mit.

Die hier standen oder saßen, warteten gelangweilt darauf, daß der Unfug zu Ende ging, damit sie zurückkonnten zu ihren Mätressen, ihren Spieltischen, ihrer bequemen Routine.

Dröhnendes Getöse tief unten im Schiff elektrisierte Neelan. Das mußte das letzte Schott sein. Gleich würde man entdecken, daß er ins Freie gelangt war, und Alarm schlagen. Deshalb ...

Ohne Eile drängte Neelan sich an mehreren Männern vorbei zum Aufzug durch. Soldaten befanden sich auch auf dem obersten Deck, doch als Wachen schienen sie nicht zu fungieren. Neelan gewann die Überzeugung, daß sie sich hier aufhielten, um jeder eventuellen Kampfhandlung aus dem Wege zu gehen.

Seine rasche Durchsuchung der Pinasse ergab, daß niemand sich dort einquartiert hatte. Mit einem Seufzer ließ er sich in den Mehrzwecksessel vor der Instrumententafel sinken, holte unsicher Luft und betätigte die Startschaltung.

Bugluftschleuse und Hangardach öffneten sich ferngesteuert. Wie ein Ball, den jemand einen durchsichtigen Hang hochrollte, glitt das kleine Schiff in die Luft.

Eine halbe Meile tiefer glitzerte die wunderschöne alte Residenzstadt in der Sonne. Sie wirkte sehr nahe; die Spitzen einiger Wolkenkratzer schienen die Pinasse fast zu berühren.

Neelan überließ sich seiner Ermattung. Seine anfängliche Furcht, die Kriegsschiffe könnten ihn angreifen, war der Überzeugung gewichen, daß diese mit einem zweihundertfünfzig Meter hohen Raumschiff rechneten. Aus der Ferne ähnelte sein winziges Boot einem Flugwagen, wie sie in Aberdutzenden von Ausführungen existierten.

Auch an sein Ziel dachte Neelan nur zerstreut. Er wollte sich als erstes mit den Waffenläden in Verbindung setzen.

Ein dunkler Fleck am oberen Rand seines Heckschirms riß ihn mit einem Ruck aus seiner Geistesabwesenheit.

Der Fleck schoß aus dem Blau herab, verwandelte sich in ein Schiff, in einen schweren Kreuzer; gleichzeitig erwachte Neelans Holoset zum Leben. Eine rauhe Stimme bellte ihn an:

»Haben Sie das allgemeine Startverbot nicht gehört? Fliegen Sie geradeaus weiter, bleiben Sie auf Ihrer Höhe, bis Sie den Militärflughafen im Osten der Stadt erreichen! Landen Sie dort, sonst werden Sie abgeschossen!«

Neelans Finger, die sich auf den weißen Schalter legen wollten, erstarrten mitten in der Luft, denn die Anweisung deutete nicht darauf hin, daß man seine Identität argwöhnte.

Sein Blick zuckte zurück zu den Schirmen, und ihm

ging auf, was er in seiner Traumverlorenheit nicht eher wahrgenommen hatte. Abgesehen von ihm und dem Kreuzer befand sich niemand am Himmel. Der gesamte Luftverkehr war tatsächlich eingestellt worden.

Sollte wirklich niemand den Start der Pinasse registriert haben?

Zum erstenmal durchfuhr ihn ein Gedanke, schneidend wie ein Stahlkeil, daß dies der Umstand war, der die Waffenschmiede über Revolutionen spekulieren ließ. Weder Tatkraft noch Willensstärke konnten verhindern, daß die Kaiserin durch andere handeln mußte; jede Anweisung, die sie erteilte, wurde abgeschwächt durch die selbstsüchtigen Figuren, die sie umgaben.

Neelan hielt die Pinasse auf Kurs und spielte flüchtig mit dem Gedanken, wirklich auf dem Militärflughafen zu landen. Wahrscheinlich wimmelte es dort von Maschinen, zwischen denen er untertauchen konnte. Er ...

Ein grimmiges Lächeln spielte um Neelans Mund, als er begriff, wie unüberlegt er damit gehandelt hätte. Seine Gegenspieler waren nicht mit Blindheit geschlagen. Sobald die Meldung einging, daß die Pinasse fehlte, würde sich jemand auf dem Kreuzer an das einsame Boot erinnern, das zu dem Flughafen geleitet worden war.

Stirnrunzelnd bedachte er den Kreuzer auf dem Bugschirm mit einem Blick. Er flog sehr nahe über ihm. Fast zu dicht. Neelans Augen verengten sich. Das Schiff versperrte ihm die Sicht auf einen erheblichen Teil des Himmels, und das ...

Er erkannte den Grund, als ein zweiter Kreuzer rechts, ein dritter links neben ihn glitt und ein Schwarm kleinerer Zerstörer vor wie hinter der Pinasse auftauchte.

Das erste Schiff hatte die Annäherung der übrigen abgeschirmt. Was immer man von der Armee halten mochte — an der Fähigkeit der Flotte konnte kein Zweifel bestehen.

Eigenartigerweise empfand er nichts mehr. Erregung, Furcht, Verzweiflung schienen hinter ihm zu liegen. Er wußte nur, was seine Wahrnehmung ihm sagte und wie er handeln mußte.

Zum zweitenmal berührte seine Hand den weißen Schalter, hielt inne, als die aristokratischen Züge der Kaiserin auf dem Holoschirm auftauchten. Ihr Blick folgte seiner Bewegung. Ihre Blässe vertiefte sich.

»Warten Sie, Neelan!« Ihre Stimme klang leise und eindringlich. »Überlegen Sie, ehe Sie sich unwiderruflich zugrunderichten! Mein Angebot gilt nach wie vor. Ihr Wagemut, Ihre Tollkühnheit verdienen diese letzte Chance. Landen Sie mit der Pinasse, und ...«

Eine klare, laute Männerstimme überlagerte ihre Worte und hallte in der Kabine wider:

»Neelan, wir haben soeben erfahren, daß Sie uns mehrfach aufgesucht haben. Und unser Psychoprognostiker Edward Gonisch hat in diesem Augenblick festgestellt, daß die Perspektive der interstellaren Raumfahrt auf dem Spiel steht. Kriegsschiffe der Waffenläden sind unterwegs. Noch zwei Minuten, und wir schützen Sie gegen jeden Angriff. Halten Sie stand!«

Die Stimme des Mannes schien gegen Schluß zu verklingen; die der Kaiserin kehrte zurück, ruhig, unnachgiebig:

»Zerstört die Pinasse!«

Zwei Minuten! Wie aus weiter Ferne drang der Gedanke in Neelans Bewußtsein. Zwei Minuten war bei weitem zu lange für sein verwundbares Boot.

Einen Augenblick lang betrachtete er mit schiefem Lächeln den weißen Schalter, unter dem die Aufschrift stand: HYPERANTRIEB. Das Lächeln schwand. Mit einem leichten Druck seines Fußes richtete er die Nase des Schiffes auf die Südhalbkugel des Himmels, dorthin, wo er Centaurus vermutete — und drückte entschlossen den Schalter. »Gil«, dachte er, »Gil, ich kom ...«

Er fühlte einen Schlag wie von der Faust eines Riesen.

10. KAPITEL

Der Vormittag zog sich in die Länge. Sie durchmaß ihr Arbeitszimmer, blieb vor dem Spiegel stehen, eine schlanke, attraktive junge Frau.

Ich wirke überarbeitet, sagte sie sich erschöpft. Ich fange an, mich in Selbstmitleid zu üben. Werde ich am Ende alt?

Zum wiederholten Mal schaltete sie einen der Holosets ein, der ihr die Raumschifftriebwerke und die daran arbeitenden Techniker zeigte. Sie fühlte sich versucht, die Männer anzuschreien, sie anzutreiben, damit sie sich beeilten, sich keine Zeit ließen. Begriffen sie nicht, daß stündlich, minütlich die Waffenschmiede das Schiff aufspüren und angreifen konnten?

Von neuem dachte sie, was sie an diesem endlosen Vormittag schon ein dutzendmal gedacht hatte: Ich muß das Schiff zerstören, bevor es zu spät ist.

Doch jedesmal, wenn verzweifelte Niedergeschlagenheit sie übermannen wollte, preßte sie die Lippen zusammen und zwang sich, der Regung nicht nachzugeben. Das Haus Ischer konnte sich nicht leisten, eine derartige Erfindung einfach wegzuwerfen. Eines Tages mochte die Existenz der Dynastie davon abhängen.

Sie lächelte finster über ihre eigene Unentschlossenheit. Dabei zweifelte sie keinen Augenblick daran, daß die Stunden sich dehnen würden und die Krone in Gefahr war, so lange das Schiff existierte.

Mit einer nervösen Handbewegung wechselte sie den Holokanal, horchte auf die dröhnende Stimme:

»... der Riese wieder aufgetaucht ... und behaupten, die Technik des interstellaren Raumflugs werde von der Kaiserin unter Verschluß gehalten. In ihrer Erklärung fordern die Waffenschmiede völlige Offenlegung und distanzieren sich gleichzeitig entschieden von dem Giganten ...«

Sie schaltete brüsk das Gerät ab, fuhr fast zusammen unter der jähen Stille. Nach einem Augenblick besserte sich ihre Stimmung.

Die Waffenläden waren nicht auf dem laufenden. Soviel schälte sich aus den Meldungen eindeutig heraus. Sicher, Edward Gonisch, einer ihrer unbegreiflichen Psychoprognostiker, hatte die richtige Schlußfolgerung gezogen. Aber zu spät. Minuten und Aberminuten zu spät. Nichts anderes steckte hinter dem Schwall ihrer Forderungen, hinter der blinden Wut ihrer verbalen Attacken. War das Schiff erst zerstört — wieder durchzuckte sie eine angstvolle Regung —, blieb nur noch ein schwacher Punkt, ein Mensch — der rätselhafte Dan Neelan.

Wie auf ein Stichwort hin erklang ein Summton. Eine Frauenstimme sagte:

»Der Physiker Chan Boller ist eingetroffen, Majestät. Sie hatten angeordnet ...«

»Ja, ja, lassen Sie ihn vor!« Sie fragte sich, ob ihre Stimme nicht zu unbeherrscht geklungen hatte.

Boller war ein ernster, ziemlich lakonischer junger Mann mit dunklen Augen. »Ich habe den Bericht über interstellare Raumfahrt erstellt, Majestät, den Sie verlangt hatten.«

Er hielt inne und musterte sie prüfend. Ihr fiel ein, daß er zweifelsohne die Nachrichten verfolgt hatte und sich fragte, was davon den Tatsachen entsprach. Ihre grünen Augen begegneten kühl seinem Blick.

»Bitte weiter!« befahl sie.

Sie hörte ihm gesammelt zu, achtete nicht auf seine Stimme oder auch nur auf die Wortwahl, konzentrierte sich ausschließlich auf die Bedeutung des Gesagten.

Alpha Centauri, setzte der Physiker ihr auseinander, war rund viereindrittel Lichtjahre von der Erde entfernt. Das System bestand aus drei Sternen, von denen man wußte, daß sie Planeten besaßen. Das schnellste jemals erbaute Schiff erreichte achthundert Sekundenkilometer und war theoretisch imstande, die Entfernung in einhundertdreißig

Jahren zu überbrücken. Niemand hatte bis jetzt den Flug versucht.

Die Zurücklegung der Strecke binnen elf Tagen, »der Zahl, die von Eurer Majestät erwähnt wurde«, würde eine Geschwindigkeit von durchschnittlich fünfundvierzig Millionen Sekundenkilometern erfordern. Wie die erforderliche Beschleunigung sich auf den menschlichen Metabolismus auswirken würde, ließ sich unmöglich vorhersagen, da der Andruck mit den verfügbaren unvollkommenen Methoden nur zu neunundneunzigkommaneun Prozent kompensiert werden konnte.

»Unmöglich?« fragte die Kaiserin scharf.

Boller erläuterte: »Der Unterschied zwischen hundert und neunundneunzigkommaneun Prozent fällt arithmetisch kaum ins Gewicht, spielt aber bei extremen Beschleunigungswerten trotzdem eine erhebliche Rolle, weil niemand mehr als fünfzehn G lebend überstanden hat.«

Zur interstellaren Navigation bedurfte es eines bekannten Fixpunktes. Ging dieser verloren, war es um das Schiff geschehen.

Nachdem der Physiker sich entfernt hatte, blieb sie mit halbgeschlossenen Augen sitzen. Neelan war entweder tot oder ohne Orientierung. Während der zwei Sekunden, die die Pinsasse sich noch im Bereich der Holoaufnahme befunden hatte, war zu erkennen gewesen, daß er das Bewußtsein verloren hatte, sowie er den weißen Schalter an der Instrumententafel nach unten drückte. Andruck und Ohnmacht würden unendlich lange anhalten. Folglich …

Sollten die Waffenschmiede toben. Das Haus Ischer hatte schlimmere Stürme überstanden. Nur ein Problem blieb.

Sie schaltete den Holoset ein, der sie mit dem Raumschiff verband. Nach wie vor arbeiteten die Männer. Langsam, viel zu langsam.

Die größte Gefahr bestand fort.

Ihre Gedanken begannen sich wieder damit zu beschäftigen. Das Bild der Katastrophe, die eintreten würde, wenn die Waffenschmiede sich des Schiffes bemächtigten, verfolgte sie in die Elf-Uhr-Kabinettssitzung, auf deren Tagesordnung das Problem des Riesen stand.

Die Vorstellung genügte, um ihre Laune unter den Nullpunkt sinken zu lassen, während sie den neuesten Berichten zuhörte. Die Gestalt des Riesen gewann für sie keine rechten Konturen. Zweimal hatte sie ihn auf dem Holoschirm fassungslos bei seinem Zerstörungswerk beobachtet, und doch vermochte sie sich auf die Gefahr, die er darstellte, nicht zu konzentrieren.

Nur das Schiff stand ihr vor Augen.

Sie registrierte, daß die Minister gedämpft und betont zurückhaltend sprachen. Sie benahmen sich, als könnte sie jeden Augenblick explodieren.

Zum erstenmal wurde ihr bewußt, welche Schranke der Furcht sie selbst von diesen hochgestellten Staatsdienern trennte. Die Erkenntnis traf sie wie ein Schlag. Plötzlich war ihr, als stünde sie allein, umgeben von Hohlköpfen und Schwächlingen, die sich gegen sie wenden würden, sobald die immaterielle Kraft, die jede Hierarchie zusammenhielt, einen Stoß erhielt, der kräftig genug war.

Feiglinge, dachte sie in plötzlich aufflammendem Ärger, erbärmliche Kreaturen. Sie fuhr schließlich hoch:

»Was wird denn eigentlich unternommen? Sämtliche Kommentatoren überbieten sich darin, Schreckensbilder zu zeichnen und die Propaganda der Waffenläden zu verbreiten. Das muß aufhören! Ich will, daß die Notstandsregelungen angewandt und die Holosendungen zensiert werden. Organisieren Sie einen Propagandafeldzug, dementieren Sie, daß wir über einen interstellaren Antrieb verfügen, und beschuldigen Sie die Waffenschmiede, auf den Umsturz hinzuarbeiten. Hämmern Sie der Öffentlichkeit ein, daß der Riese das Werkzeug der Waffenläden ist. Und lassen Sie nicht locker bei dem Versuch, von dem

Riesen in Erfahrung zu bringen, woher er stammt und was er will.«

Schroff erhob sie sich und verließ die Sitzung. Als sie ihr Arbeitszimmer erreichte, berichtete der Holoset bereits, daß in den verwüsteten Städten Unruhen ausgebrochen wären. Der Mob wälzte sich durch die Straßen und forderte lärmend die interstellare Raumfahrt.

Sie verzog den Mund. Diese Narren! Machten sie sich nicht klar, daß jede Großstadt sich heutzutage binnen einer Woche wieder aufbauen ließ? Als nächstes würde man wahrscheinlich Bilder von ihr verbrennen.

Nach einem Augenblick schmerzte der Gedanke. Sie biß sich auf die Lippe und schaltete den Kanal ein, der den Giganten zeigte, wie er eine Einkaufsstraße verwüstete.

Er wirkte wie ein kolossaler Psychopath auf sie, wie ein Moloch, der nicht bei Sinnen war; und sie starrte verstört, fast ungläubig, auf sein Abbild. Gebäude brachen unter seinem unaufhaltsamen Vormarsch zusammen. Er funkelte in der Sonne wie ein kolossaler Ritter in blendendem Harnisch.

Ein Zerstörer raste mit feuerspeienden Geschützen an ihm vorbei; und die Farben prallten in entfesseltem Farbenspiel von ihm ab, als beschützte ihn ein Schirm aus reiner Energie.

Doch die Kaiserin beobachtete mit zusammengekniffenen Augen, daß er nach dem Angriff von seinem Weg abwich, um sich einem Wolkenkratzer zu nähern, und dahinter in Deckung ging, als der Zerstörer zurückgeschossen kam. Wohl oder übel stellte das Kriegsschiff sein Feuer ein.

Einen Augenblick später kehrte es mit zwei weiteren Zerstörern zurück. Der Riese war inzwischen schon weiter, eingestürzte Bauten, eine Spur der Zerstörung hinter sich. Er hielt eine Hauswand zwischen sich und das Feuer der Schiffe und schien immun gegen die Gischt aus Energie, die ihn umbrandete.

Direkten Beschuß mag er nicht, sagte sie sich, aber er scheint ihm nicht zu schaden. Indirekte Energieeinstrahlung stört ihn überhaupt nicht.

Schaudernd verbannte sie die Szene von dem Holoschirm. Einen Augenblick lang kämpfte sie darum, ihre Selbstherrlichkeit wiederzugewinnen, rief dann Prinz del Curtin in seinen Räumen an. Seine besorgte Begrüßung kommentierte sie trocken mit den Worten:

»Falls der Riese nicht aufs Konto der Waffenschmiede geht, arbeitet er ihnen zumindest hervorragend in die Hände.«

»Ich gehe jetzt essen, Innelda«, erwiderte der junge Mann. »Kommen Sie?«

Sie war überrascht. »Ist es so spät? Nein, ich lasse mir hier auftragen. Ich warte auf — eine Nachricht.«

»Haben Sie mich aus einem bestimmten Grund angerufen?«

»Ja. Lassen Sie sich noch vor dem Essen Holozeit für eine Ankündigung in meinem Namen geben, daß alle verwüsteten Gebiete im Rahmen finanzieller Hilfsprogramme wieder aufgebaut werden, deren Einzelheiten wir noch bekanntgeben. Beschwichtigen Sie die Gemüter. Man kennt und schätzt Sie. Eigentlich müßten Sie Erfolg haben.«

»Gut.« Er musterte sie prüfend. »Sie haben Schatten unter den Augen, Innelda. Sie werden sich doch nicht aus dem Gleichgewicht bringen lassen?«

»Ich habe noch nie«, gab sie zur Antwort, »so vorsichtig taktiert.«

Wenige Minuten später lauschte sie seiner Bekanntmachung und lächelte wohlgefällig angesichts der Überzeugungskraft, mit der er sprach, der gewinnenden Haltung, die er dabei an den Tag legte. Warum nicht ihn? dachte sie konzentriert. Nichts würde in der gegenwärtigen Krise nachhaltiger wirken als eine überraschend angesetzte prunkvolle Hochzeit, mit der die Öffentlichkeit die Erwartung verband ...

An dieser Stelle hielt sie stirnrunzelnd inne, als Dr. Neels unverblümte Worte zu dem Thema ihr einfielen. Der Ignorant! Eigensinnig preßte sie die Lippen zusammen — und vollendete kalt die Überlegung:

... die *Gewißheit* verband, daß binnen Jahresfrist das Haus Ischer einen Erben haben würde.

Nach einem Augenblick seufzte sie und verwarf den Gedanken an del Curtin. Hedrock hatte mit seiner Bemerkung recht gehabt, die kaiserliche Familie beginge jedenfalls bewußt keinen dynastischen Selbstmord. Schon vor langer Zeit hatte sie entschieden, daß der Prinz viel zu eng mit ihr verwandt war. Sie durfte sich nicht von den Ereignissen in eine Ehe mit ihrem Vetter treiben lassen, so sympathisch er ihr auch war.

Im Grunde kam niemand wirklich in Frage, es sei denn ...

Sie schüttelte sich. Lächerlich. Der Mann war ein abgefeimter, anmaßender Eindringling. Immer noch konnte sie kaum begreifen, daß sie ihn hatte davonkommen lassen.

Ein automatischer Blick zu dem Holoset, der auf das Raumschiff eingestellt war, rief ihr die ausschlaggebende Gefahr ins Bewußtsein zurück. Einen endlosen Augenblick lang starrte sie auf die Arbeit, deren Ende immer noch nicht abzusehen war. Dann unterbrach sie bebend die Verbindung.

Wie ein Alptraum, dachte sie, dieses endlose Warten. Solange sie daran dachte, würde sie nie wieder ruhig schlafen können.

Sie aß ein Sandwich und trank dazu eine Flüssigkeit, die nach nichts zu schmecken schien; der Eindruck war alles, was ihr im Gedächtnis blieb.

Bei den Nachmittagsnachrichten hob sich ihre Stimmung. Der Riese wurde kaum erwähnt, die Waffenschmiede scharf kritisiert. Sie brachte ein schiefes Lächeln zuwege. Weit konnte es mit ihr nicht her sein, wenn sie sich schon von ihrer eigenen Propaganda aufheitern ließ.

Genau das aber war der Fall. Ihre Nerven beruhigten sich so weit, daß sie sich einem Gespräch gewachsen fühlte, das sie den ganzen Vormittag vor sich hergeschoben hatte — dem Verhör Greers.

Schweigend und mit steinernen Zügen saß sie da, während der Mann, völlig außer sich vor Angst, eine geschönte Version seiner Geschichte hervorsprudelte und zwischendurch immer wieder um Gnade flehte.

Anfangs berührte sie das nicht weiter. Sie konzentrierte sich auf den roten Faden seines Berichts, der von Kerschaw handelte und von Neelan...

Von Neelan!

Sie reagierte mit einem Seufzer, als ihr aufging, wie unbeirrbar die Entschlossenheit dieses Mannes war, gegen die sie geprallt war wie auf eine Wand. Er war noch keine Stunde an Bord gewesen, als er sich schon des Schiffes bemächtigt hatte. Daß er nicht gewahr geworden war, welchen Stellenwert der Antrieb bereits erlangt hatte, konnte man ihm kaum vorwerfen. Und mehr als er hätte niemand bewerkstelligen können, sobald er begriffen hatte, was auf dem Spiel stand.

Sie erwachte aus ihrer Versunkenheit und forschte sanft: »Und wo haben Sie Kerschaw und die übrige Besatzung ausgesetzt?«

Greer stammelte, es gäbe insgesamt sieben bewohnbare Planeten in dem System, drei davon reizvoller als die Erde — »Und ich schwöre, daß ich sie auf einem davon zurückgelassen habe. Dort fehlt ihnen nichts. Das erste Schiff kann sie an Bord nehmen. Ich wollte nur zurückkehren und die Erfindung zu Geld machen. Natürlich war das ein Delikt. Aber heutzutage sieht doch jeder zu, wo er bleibt.«

Sie wußte, daß er log. Ihr war nicht nach Barmherzigkeit zumute. Wer Grund zur Angst hatte, log immer. Sie empfand Abscheu, als befände sie sich in unreiner Gesellschaft.

Ob solche Leute lebten oder starben, spielte nicht wirklich eine Rolle. Außerdem wußte er wahrscheinlich mehr, als für sie gut war. Infolgedessen ...

Die Logik war einfach, und noch näher lag die Neigung, ihr nachzugeben. Dennoch zögerte sie. Es dauerte einen Augenblick, bis sie die Ursache erkannte.

Der Grund lag darin, daß auch sie Furcht verspürte. Nicht wie Greer, der um sein Leben bangte. Nicht um sich selbst. Aber doch um die Zukunft des Hauses Ischer.

Sich das innerlich einzugestehen, kam sie schwer an. Der Gedanke war ihr widerwärtig, fast auf einer Stufe zu stehen mit diesem Subjekt, das sich im Schutz seiner unglaublich schnellen stählernen Festung drohend und anmaßend aufgeführt hatte, nun aber um sein erbärmliches Leben flehte.

Sie schüttelte sich. »Zurück mit ihm in die Zelle!« befahl sie. »Ich entscheide später, was mit ihm geschehen soll.«

Aber sie wußte bereits, daß sie ihn am Leben lassen würde.

Dabei verachtete sie sich selbst wegen ihrer Schwäche. Sie glich darin schon den Massen, die durch die Straßen der Städte wogten, welche der Riese verwüstet hatte, getrieben von panischer Furcht vor der Zukunft.

Was hatte der erste Ischerkaiser noch seiner Armee an dem Tage zugerufen, als man ihn zum Herrscher über die Welt proklamiert hatte? »Ein Souverän muß wie die Natur selbst immun sein gegen die weichen Regungen seines Herzens. Grausamkeit gegenüber wenigen rettet nicht selten das Leben vieler. Niemals darf mit einzelnen sanft verfahren werden zum Nachteil der ganzen Menschheit.«

Natürlich war damals gerade ein blutiger Krieg zu Ende gegangen, aber dennoch ...

Der Holoset, den sie zuvor ausgeschaltet hatte, summte. Ihre Augen weiteten sich, als sie Admiral Dirn erkannte.

»Natürlich«, brachte sie schließlich hervor. »Ich komme sofort.«

Hastig sprang sie auf. Das Raumschiff wartete auf sie, bereit, sein Geheimnis preiszugeben, aber — im Wettlauf mit den Waffenschmieden mochte jede Minute zählen.

Sie stürzte fast zur Tür.

In dem riesigen Hangar auf dem Militärflughafen wirkte das Raumschiff anfangs winzig. Doch je weiter ihr Flugwagen mit seiner Eskorte sich ihm näherte, desto mehr gewann es seine Größe zurück. Zuletzt ragte es über ihr auf, schräg an eine Rampe geschmiegt, ein langer zigarrenförmiger Körper aus Metall.

Dort, wo die Energiegeschütze die Bresche geschlagen und das Schiff für sie erobert hatten, gewahrte sie gähnende Löcher. Doch als sie die Steuerzentrale betrat, dachte sie schon nicht mehr daran. Der Lift beförderte sie hundertzwanzig Meter in die Tiefe.

Ihre Augen studierten das Haupttriebwerk. Die Abdeckplatten waren gelöst, aber nicht entfernt worden. Nach einem Augenblick sah sie den Offizier, der in respektvoller Entfernung hinter ihr stehengeblieben war, fragend an. Der Admiral verneigte sich.

»Wie Sie sehen, Majestät, sind Ihre Anweisungen buchstabengetreut ausgeführt worden. Den Antrieb selbst hat niemand angerührt. Das Personal haben wir sorgfältig ausgesucht. Keiner von den Leuten verfügt über das erforderliche technische Wissen, um einen Raumschiffantrieb zu durchschauen — schon gar nicht einen Spezialtyp.«

Sie nicke, schenkte ihm dann ein Lächeln, in das sie Anerkennung zu legen versuchte.

»Sie sind mit Bedacht vorgegangen, Admiral«, sagte sie. »In Anerkennung Ihrer Verdienste erhalten Sie eine Gratifikation von einer Million Kredite.«

Der Offizier machte aus seiner Genugtuung kein Hehl, als er weitersprach.

»Niemandem ist erlaubt worden, einen Holoset einzuschalten. Die Leute wissen nicht, was auf den Straßen vor sich geht.«

»Gut. Schicken Sie sie beim Hinausgehen herein!«

Einen Moment lang war sie allein. Ein leichtes Lächeln erschien auf ihrem Gesicht; eine Regung warmer Genugtuung durchflutete ihren erschöpften Körper.

Übermäßig lange würde sie kaum brauchen. Den Männern, die vor Jahrtausenden die Erziehung der kaiserlichen Familie geplant hatten, war klar gewesen, daß in einer Ära der Wissenschaft und Technik kein Herrscher ohne ein geistiges Training auskommen würde, das ihm erlaubte, sich wichtige Kenntnisse ebenso rasch wie gründlich anzueignen. Entsprechende Methoden hatten lange Entwicklungszeit benötigt und ließen immer noch erheblich zu wünschen übrig. Hedrock hatte beiläufig erwähnt, die Ausbildung ähnele der eines Psychoprognostikers der Waffenläden etwa so wie eine Karikatur einer Fotografie.

Der Vergleich war wenig schmeichelhaft, hatte ihr aber dennoch nicht mißfallen. Hedrock war jemand ...

Der Gedanke brach ab. Sie runzelte die Stirn. Schon wieder beschäftigte sie dieser ungewöhnliche Mann.

Ein Geräusch veranlaßte sie, sich umzuwenden. Der Trupp, der hereinkam, salutierte. Sie erwiderte den Gruß mit dem strahlenden Lächeln, das sie bei öffentlichen Anlässen aufsetzte.

Die Männer hatten ihre Anweisungen schon erhalten, stellte sie fest. Sie gingen daran, die gelöste Verschalung abzuheben. Nach zwei Stunden war das Werk getan. Die Konstruktion des Antriebs hatte sich Innelda bis ins kleinste Detail eingeprägt.

Hinter einem Strahlenschutzschild stehend verfolgte sie, wie eine Energiewaffe den Antrieb in eine erst formlose, dann flüssige Masse verwandelte. Ihre Geduld kannte keine Grenzen. Sie wartete, bis nur noch weißglühendes Metall den Boden bedeckte. Dann, endlich zufrieden, bestieg sie ihren Flugwagen.

Dunkle Wolken hingen am frühen Abendhimmel, als sie in den Palast zurückkehrte. Sie hatte ihr Arbeitszimmer kaum betreten, als ihr privater Holoset summte. Prinz del Curtins Miene wie Stimme wirkten ungewöhnlich besorgt.

»Innelda, haben Sie die jüngste Entwicklung verfolgt?«

»Die Nachrichten kommen mir gar nicht schlecht vor«, erwiderte sie.

»Um Himmels willen, haben Sie sich etwa nur unser eigenes Propagandagebräu angehört? Demnach stehen wir natürlich hervorragend da. Ich spreche von dem Riesen.«

Sie spürte eine plötzliche Leere, dann benommene Fassungslosigkeit. War es möglich, daß sie sich bei ihrer Beschäftigung mit dem Schiff auf das geringere von zwei Übeln konzentriert hatte?

Solange sie sich in dem Raumschiff aufhielt, hatte sie keinen einzigen Gedanken an den Riesen verschwendet. Daß eine derartige Bedrohung erst am Morgen aus dem Nichts aufgetaucht sein und jetzt bereits das Gleichgewicht des Ischerreichs gefährden sollte, wollte ihr nicht in den Kopf.

Endlich brachte sie hervor. »Was ist mit ihm? Ich habe zu tun gehabt.«

»Vierunddreißig Städte, Innelda. Bis jetzt erst ein Toter, und das aus Versehen. Trotzdem handelt es sich um keinen Scherz, sondern um bittere Wirklichkeit. Der ganze Kontinent beginnt zu kochen. Es geht zu wie in einem Ameisenhaufen, in dem man herumgestochert hat. Bis jetzt hat er ausschließlich kleinere Unternehmen zerstört; die großen Konzerne sind ungeschoren geblieben. Eine ganze Flutwelle von Gerüchten knüpft sich daran, und ich glaube nicht, daß Gegenpropaganda noch irgendeine Wirkung hat, solange der Koloß nicht unschädlich gemacht ist.«

Er brach ab. »Innelda, was hat es damit auf sich, daß Sie einen interstellaren Antrieb vor der Welt verborgen halten? Ist daran etwas Wahres?«

Sie zögerte. »Weshalb fragen Sie danach?«

»Weil«, gab er grimmig zur Antwort, »wenn das stimmt und wenn der Auftritt des Giganten damit zusammenhängt, Sie sich allmählich ernstlich Gedanken machen sollten, wie Sie die Entdeckung mit dem geringstmöglichen Verlust an Ansehen bekanntgeben. Einen weiteren Tag stehen wir diesen Vernichtungsfeldzug nicht durch.«

»Mein Lieber« — sie war jetzt kalt und entschlossen —, »wir stehen ihn notfalls auch hundert Tage durch. Sollte ein interstellarer Antrieb entwickelt werden, dann müßte das Haus Ischer nach Lage der Dinge sich seiner Verbreitung widersetzen.«

»Wieso?«

»Weil ...« — ihre Stimme hatte den Nachdruck zurückgewonnen — »die Bevölkerung dann in alle Himmelsrichtungen auswandern würde. Binnen zweihundert Jahren gäbe es Tausende von Herrscherhäusern und Regierungen, die einander bekriegen würden wie früher die Könige und Diktatoren auf der Erde. Und am meisten hassen würden sie allesamt die Dynastie der Ischer, weil ihre bloße Existenz jeden Emporkömmling daran erinnern müßte, wie lächerlich seine Ansprüche sind. Wir würden ununterbrochen Krieg mit anderen Sonnensystemen führen.«

Eindringlich sprach sie weiter: »Daß ich mir über die Zustände in zweihundert Jahren Gedanken mache, mag Ihnen merkwürdig vorkommen. Aber eine Familie wie die unsere, die inzwischen über viertausendsiebenhundert Jahre regiert, sollte gelernt haben, in Jahrhunderten zu denken.

An dem Tag, an dem wir Methoden entwickeln, die eine geordnete Auswanderung zu anderen Sternen ermöglichen, können wir eine solche Erfindung gutheißen. Bis dahin ...«

Sie hielt inne, als sie sah, daß er nachdenklich nickte. »Sie haben natürlich recht. An diesen Aspekt hatte ich nicht gedacht. Ein derartiges Chaos dürfen wir nicht zulassen. Aber unsere Lage wird stündlich ernster. Innelda, ich möchte einen Vorschlag machen.«

»Natürlich.«

»Er wird Sie schockieren!«

Sie zog die Brauen zusammen. »Nur zu!«

»Also gut. Auf der einen Seite profitieren die Waffenschmiede vom Zerstörungswerk des Kolosses, auf der anderen distanzieren sie sich davon. Nehmen wir sie doch beim Wort.«

»Wie meinen Sie das?«

»Geben Sie mir die Genehmigung, mich mit ihnen in Verbindung zu setzen. Wir müssen herausfinden, wer hinter dem Riesen steckt.«

»Sie wollen sagen, ich soll mit ihnen *zusammenarbeiten?*« Der bloße Gedanke traf sie wie ein Schlag. Sie explodierte: »Nach dreitausend Jahren soll eine Ischerkaiserin die Waffenschmiede um Hilfe bitten? Niemals!«

»Innelda, der Riese zerstört gegenwärtig Lakeside.«

»Oh!«

Sie schwieg. Zum erstenmal empfand sie Betäubung und Schrecken zugleich. Lakeside! Die Stadt, deren Schönheit nur noch von Imperial City übertroffen wurde. Sie malte sich aus, wie der Koloß durch das Wunderwerk der künstlichen Seen stapfte. Und langsam, widerwillig nickte sie.

Binnen eines Tages hatte der Gigant sich zum beherrschenden Umstand in ihrem Leben aufgeschwungen, abgesehen von...

»Prinz!«

»Ja?«

»Captain Hedrock hat mir eine Adresse hinterlassen. Würden Sie versuchen, ihn zu erreichen, und ihn bitten, in den Palast zu kommen, möglichst noch heute abend?«

Ihr Vetter blickte sie nachdenklich an. »Wie lautet die Anschrift?«

Sie nannte sie ihm, lehnte sich zurück und zwang sich zur Ruhe. Nach einer Weile fühlte sie sich erleichtert, weil ihr klar wurde, daß sie *so viele* weittragende Entscheidungen gefällt hatte.

11. KAPITEL

Als Hedrock die sechs Meter große Ratte gewahrte, die mit entblößten Zähnen auf ihn zusprang, nahm er seine Kräfte mit einer verzweifelten Anstrengung zusammen. Grimmig entschlossen wartete er bis zum letztmöglichen Augenblick; dann ...

Das donnernde Gebrüll seiner Stimme durchdrang den Raum bis in den letzten Winkel.

Schrill quiekend floh die Ratte in die entfernteste Ecke. Dort blieb sie hocken, und er sah, daß die rasche Bewegung ihre ohnehin gesteigerten Lebensprozesse weiter beschleunigt hatte. Langsam kippte sie auf die Seite.

Ihr Blick wurde glasig, während Hedrock zu dem Rattenkäfig hinübertaumelte. Das Tier machte keine Anstalten, ihm zu folgen, und einen Augenblick später hatte er die Schalter heruntergedrückt, die den Vergrößerungsprozeß kontrollierten.

Mit langsameren Schritten kehrte er zurück. Er hatte bereits die Stelle bemerkt, an der die Wand eingedrückt worden war, hielt aber nicht inne, um den Schaden zu untersuchen.

Er brauchte eine halbe Minute, um das Tier zu entdekken, das wieder auf seine natürliche Größe geschrumpft war. Unter dem zerbrochenen Stuhl, unter den es ein Stück weit gekrochen war, sah er es schließlich weißlich schimmern.

Die Ratte machte einen hinfälligen Eindruck, aber sie lebte noch. Sie zappelte schwach, als er sie hochhob und durch den Käfig in das dahinterliegende Labor trug.

Das Empfinden, das ihn dabei ankam, hatte wenig mit dem jämmerlichen Geschöpf zu tun, das er in den Analyseautomaten schob. Es war ein Mitleid, das keiner einzelnen Kreatur galt, sondern alles Leben umfaßte.

Er fühlte sich plötzlich alt und einsam in einer Welt, in der Menschen und Tiere mit herzzerreißender Schnelligkeit lebten und starben, flüchtige Schemen, die im grellen Sonnenlicht aufblinkten, nur um zu verschwimmen und dann für immer zu entschwinden.

Gewaltsam unterdrückte er die düstere Stimmung und ging daran, den Rattenkäfig zu untersuchen.

In jeder der vier Abteilungen huschten Jungtiere umher, deren Größe verriet, daß sie zur Welt gekommen waren, nachdem die ausgebrochene Ratte den Mechanismus des Käfigs blockiert hatte.

Er brauchte fast eine halbe Stunde, um die beschädigte Metallwand zu reparieren. Sobald er die Energiezufuhr wieder einschaltete, setzte der Prozeßablauf mit automatischer Präzision erneut ein.

Jahrhunderte zuvor hatte er erstmals ein Dutzend Ratten — sechs Männchen und sechs Weibchen — in die vier Käfigabteilungen gesetzt. Der Käfig wurde automatisch gereinigt und die Tiere auf die gleiche Weise in Abständen gefüttert. Der Nachwuchs vergrößerte das Gewicht, das der ausbalancierte Boden zu tragen hatte.

Sobald die Last ein bestimmtes Maß erreichte, sprang in jeder Abteilung ein Türchen auf. Früher oder später lief eine Ratte in den engen Gang, der dahinterlag. Hinter ihr schloß sich der Durchlaß; auch die anderen Öffnungen fielen zu, bis sie sämtliche Versuchsstadien durchlaufen hatte.

Am Ende des Gangs wartete ein Köder, in dem sich ein winziger Vergrößerer befand, eine Erfindung der Waffenschmiede. Einmal verschluckt, reagierte er auf die Körperwärme der Ratte und löste ein Relais aus, das die Tür zu einem zweiten, zwölf Meter hohen und breiten Käfig öffnete.

Zugleich setzte das Gerät den Boden in Bewegung. Die Ratte wurde in den Käfig befördert. Hinter ihr schloß sich die Öffnung und versperrte ihr den Rückweg.

Ein weiterer Köder aktivierte den Vergrößerer vollends. Die Ratte wuchs rasch auf sechs Meter Größe; ihre Lebensabläufe wurden exakt im Verhältnis ihres Größenwachstums forciert.

Bei diesem beschleunigten Lebenszyklus trat der Tod rasch ein. War der Körper abgekühlt, schaltete der Vergrößerer sich aus, der Boden kippte nach unten, und die Ratte fiel auf ein Förderband, das sie zu dem Analyseautomaten und von dort in ein Strahlenbad beförderte, wo sie aufgelöst wurde.

Immer wieder spielte sich der gleiche Vorgang ab. Inzwischen dauerte er bereits ein Jahrtausend; und sein Zweck war ebenso einfach wie folgenschwer.

Irgendwann, hoffte Hedrock, würden die vergrößernden Strahlen bei einem der Tiere dasselbe bewirken, was ihm vor fünfundfünfzig Jahrhunderten zufällig widerfahren war. Eine Ratte würde Unsterblichkeit erlangen und ihm als unschätzbares Versuchsobjekt zur Verfügung stehen.

Eines Tages, sofern er Erfolg hatte, konnte er daran denken, alle Menschen unsterblich zu machen.

Aus dem Rechner des Analyseautomaten fiel die Lochkarte der Ratte, die ihn um ein Haar getötet hätte, in eine spezielle Ablage, in der sich bereits drei ähnliche Karten befanden. Das besondere daran war der Umstand, daß irgendein Organ noch weitergearbeitet hatte, nachdem der Tod bereits eingetreten war.

Solche Zufälle warteten noch auf ihre systematische Erklärung.

Die vierte Karte weckte Hedrocks Interesse. Fünfundneunzig Jahre, dachte er konsterniert; die Lebensspanne der Ratte hatte fünfundneunzig Jahren entsprochen. Kein Wunder, daß es ihr gelungen war, auszubrechen. Sie mußte mehrere Stunden in riesenhaft vergrößerter Gestalt existiert haben.

Er zwang sich zur Ruhe, denn — jetzt konnte er sich damit nicht befassen. Die Ratte war nicht beseitigt, sondern zu den drei anderen in eine Tiefkühlkammer transportiert worden. Dort würde sie liegen, bis er sich mit ihr beschäftigen konnte.

Im Augenblick gab es Dringenderes zu erledigen — und er, der so konzentriert für die Zukunft arbeitete, hatte in entscheidenden Augenblicken das überragende »jetzt« noch nie auf Kosten des »vielleicht« vernachlässigt.

Außerdem hatten die »Zufälle« ihn schon früher fasziniert, ohne ihn bei seiner Suche voranzubringen.

Dringendes, das darauf wartete, erledigt zu werden — und nur ein einziger Nachmittag, um sich auf die beispielloseste, riskanteste Unternehmung seines ungewöhnlichen Lebens vorzubereiten.

Denn diese Unternehmung würde durchaus keine Kleinigkeit sein. Er mußte Männern wie Nensen, Deely oder Triner zu einem Zeitpunkt gegenübertreten, an dem er unmöglich dem Problem, das sie verkörperten, seine ganze Aufmerksamkeit widmen konnte. Dennoch ...

Grimmig lächelnd begab er sich zu einem übergroßen Holoset, der eine ganze Ecke ausfüllte. Unter dem Bildschirm waren leuchtende Knöpfe in langen Reihen angeordnet — insgesamt über fünfzehnhundert.

Es dauerte eine gewisse Zeit, bis er sich für zwanzig Personen entschieden und die Verbindung hergestellt hatte. Nur siebzehn Knöpfe wechselten auf grün, die übrigen blinkten rot.

Auf diese drei mußte er im Augenblick verzichten. Sie hielten sich wahrscheinlich nicht in ihrem Büro auf.

Er richtete seinen Blick auf den Schirm, als dieser zu glühen begann. »Betrachten Sie mich genau«, sagte er. »Sie bekommen mich wahrscheinlich in Kürze persönlich zu sehen.«

Kühl hielt er inne und überdachte seine nächsten Worte. Durchblicken zu lassen, daß er mit mehr als einem Gegenüber zur selben Zeit sprach, wäre unklug. Einige dieser gewitzten Köpfe ahnten zweifelsohne, daß andere Konzerne sich in derselben Lage befanden, aber das hieß nicht, daß er ihren Argwohn noch bestätigen mußte.

Er sprach weiter: »Ihre Firma schließt heute nicht. Sorgen Sie dafür, daß Ihre Angestellten zu essen bekommen und schichtweise schlafen können. Zum Ausgleich erhält jeder zwanzig Prozent eines Wochengehalts.

Zu Ihrer privaten Information: Es handelt sich um einen Notfall. Sollten Sie trotzdem bis morgen früh um sieben Uhr nichts weiter hören, betrachten Sie die Angelegenheit als erledigt. Vergegenwärtigen Sie sich Artikel 7 Ihrer Satzung. Das wäre alles.«

Er schaltete den Holoset aus, schnitt eine Grimasse, weil es schon so spät war, und empfand brennende Ungeduld bei dem Gedanken, daß zwischen seinem Anruf und seinem persönlichen Auftauchen mindestens eine halbe Stunde liegen mußte.

Er zuckte die Achseln. Es ging nicht anders. Daß er sich überhaupt gemeldet hatte, würde für genügend Aufruhr sorgen — auch ohne daß er die Dinge noch weiter komplizierte, indem er unverzüglich auf der Bildfläche erschien.

Zudem galt es, sich durch entsprechende Kleidung auf alle Eventualfälle vorzubereiten, bevor er den Vergrößerer schluckte.

Mit zusammengekniffenen Augen überdachte er im Anschluß daran ein letztes Mal sein Vorgehen. Einige der leitenden Direktoren würden sich vermutlich als wenig zugänglich erweisen. Seine Politik, die Großunternehmen über Generationen hinweg sich selbst zu überlassen und ihnen nur eine Gewinnbeteiligung abzuverlangen, die in einen zentralen Fonds floß, hatte seine Autorität zunehmend geschwächt.

Es ließ sich nicht ändern. Eine derartige Firmenzahl wirksam zu kontrollieren, war praktisch unmöglich. Allerdings …

Hedrock lächelte grimmig. In einer Reihe von Fällen hatte er seit langem daran gedacht, einzugreifen. Die Zeit war gekommen.

Hedrock schaltete einen Materiesender ein, musterte den langen Korridor, der dahinter sichtbar wurde — und trat hindurch. Die Tür, zu der er gelangte, trug die Aufschrift:

STAR IMMOBILIEN AG.
BILLIONENWERTE AUF ALLEN PLANETEN

J. T. TRINER
GENERALDIREKTOR

Zutritt für Unbefugte untersagt

Hedrock benutzte einen seiner Ringe, um die elektronisch gesicherte Tür zu öffnen. Er ging an der attraktiven Vorzimmerdame vorbei, die ihn vergeblich aufzuhalten versuchte. Die Schwingungen seines Ringes öffneten automatisch auch die zweite Tür.

Er stand in einem imposanten Büro. Ein massiger Mann mit blassen Zügen und blassen Augen erhob sich hinter einem Ungetüm von Schreibtisch und starrte ihn an.

Hedrock achtete nicht auf ihn. Einer der anderen Ringe, die er übergestreift hatte, vibrierte nachdrücklich. Er bewegte die Hand langsam; als das Kribbeln aufhörte, zeigte der Stein auf die Wandtäfelung direkt über dem Schreibtisch.

Gut getarnt, mußte Hedrock bewundernd zugeben. Nichts deutete auf das verborgene Energiegeschütz hin. Ohne den Ring hätte er es niemals wahrgenommen.

Unvermittelt wuchs sein Grimm. Der rasche, frostige Gedanke ging ihm durch den Kopf, daß die Entdeckung seine Ansicht über Triner nur bestätigte.

Aus seinen Unterlagen wußte er, daß der Mann nicht nur ein krasser, rücksichtsloser Egoist war — Eigenschaften, wie sie sich bei den Managern riesiger Konzerne immer wieder fanden. Triner waren jedwede moralischen Skrupel fremd; seine Praktiken unterschieden sich in nichts von denen eines gemeinen Verbrechers.

Mit ausgestreckter Hand kam der Mann ihm entgegen,

ein wohlwollendes Lächeln auf dem teigigen Gesicht, einen herzlichen Ton in der Stimme, als er ihn begrüßte.

»Ich weiß nicht, ob ich glauben soll, daß es Sie gibt oder nicht, aber zumindest bin ich bereit, Sie anzuhören.«

Hedrock übersah die Hand und umrundete den Mann kühl. Gleich darauf hatte er sich in dem massiven Sessel hinter dem halbrunden Schreibtisch niedergelassen.

Er musterte den Generaldirektor, den er auf Anhieb überfahren hatte, und sagte sich: Er würde ihm so lange psychologische Tiefschläge versetzen müssen, bis seinem Gegenüber klar geworden war, daß es Leute gab, die ihm an Rücksichtslosigkeit gewachsen waren. Er sagte:

»Bevor Sie in *dem* Sessel dort Platz nehmen, Mr. Triner, und bevor wir unser Gespräch führen, liegt mir daran, daß Sie Ihre Mitarbeiter mit der Angelegenheit beauftragen, die ich von Ihnen ... Hören Sie mir eigentlich zu?«

Daran konnte kein Zweifel bestehen. Triner folgte nicht nur seinen Worten; er war schockiert und wütend. Wie viele, die sich zum erstenmal mit einer Persönlichkeit von derartiger Ausstrahlungskraft konfrontiert sahen, schien er nur schwer in der Lage, sich auf die Situation einzustellen.

Dabei wirkte er keineswegs eingeschüchtert; mit Furchtsamkeit hatte Hedrock auch nicht gerechnet. Triners Miene verriet lediglich erwachende Vorsicht, gepaart mit einer gewissen Neugier. Er erkundigte sich:

»Welche Angelegenheit sollen wir für Sie erledigen?«

Hedrock zog ein Blatt Papier aus der Tasche. »Hier finden Sie die Namen von fünfzig Städten«, sagte er. »Ich möchte eine Aufstellung der Grundstücke und Gebäude, die mir in jeder Stadt gehören, aufgeschlüsselt nach Straßen beziehungsweise ganzen Bezirken.«

»Ja, aber ...«, wandte Triner ein. Hedrock schnitt ihm das Wort ab.

»Erteilen Sie die Anweisung.« Er beugte sich vor, die Augen zusammengekniffen. »Ich hoffe — Triner — Sie gedenken sich weiter an Artikel 7 Ihrer Konzernsatzung zu halten.«

»Aber, Mann, dieser Artikel ist fast tausend Jahre alt. Sie wollen doch nicht im Ernst ...«

»Hören Sie«, unterbrach ihn Hedrock knapp. »Können Sie die Liste nun beschaffen oder nicht?«

Triner schwitzte sichtlich. »Ich denke schon«, sagte er schließlich. »Ich kann es auf Anhieb nicht sagen. Es muß sich erst erweisen.«

Plötzlich richtete er sich auf und stieß zwischen zusammengebissenen Zähnen hervor: »Verdammt, Sie können doch nicht einfach hier hereinplatzen und glauben ...«

Hedrock wußte, wann er weit genug gegangen war. »Erteilen Sie die Anweisung«, sagte er milde. »Dann reden wir weiter.«

Triner zögerte. Er war aus dem Gleichgewicht gebracht, und nach einem Augenblick mußte er sich innerlich gesagt haben, daß er jede Anordnung widerrufen konnte. Bis dahin ...

»Ich muß den Schreibtischholo benutzen.«

Hedrock nickte und verfolgte, wie Triner die Weisung an einen Abteilungsleiter weitergab. Der Mann erhob Einwände, doch Anordnungen zu geben lag Triner wesentlich mehr, als sie entgegenzunehmen.

Er schnauzte seinen Untergebenen an und schien mit jedem Wort mehr von seinem Aplomb zurückzugewinnen. Als er schließlich den Holoset ausschaltete, war er wieder ganz er selbst. Er rückte seinen Sessel neben den Schreibtisch und lächelte Hedrock vertraulich an.

»Worum geht es eigentlich?« wollte er wissen. »Was soll das Ganze?«

Triners unvermittelte Nachgiebigkeit verriet ihn. Hedrock behielt seine kalte Ruhe bei. Der Auslösemechanismus der Waffe mußte sich jetzt in unmittelbarer Nähe der Stelle befinden, zu der der Generaldirektor seinen Sessel geschoben hatte.

Es war an der Zeit, auf weitere Rücksichtnahme zu verzichten.

Hedrock vergegenwärtigte sich noch einmal die Konstellation. Er kehrte der Waffe den Rücken zu; Triner saß links von ihm. Die Zwischentür war mindestens fünfzehn Meter entfernt.

Sie und die Wand würden der Vorzimmerdame Schutz bieten. Betrat noch jemand das Büro, mußte er möglichst weit nach links bugsiert werden.

Hedrock nickte zufrieen. Sein Blick war die ganze Zeit über nicht von Triner gewichen. Jetzt sagte er:

»Ich will Sie keineswegs im Unklaren lassen. Aber zuvor noch etwas anderes. Sie haben einen Chefbuchhalter mit Namen Royan. Lassen Sie ihn heraufkommen. Ich möchte mit ihm sprechen; es wird sich dann zeigen, ob er in der Gesellschaft bleiben kann oder nicht.«

Triner blickte ihn verwundert an, zauderte, kam dann aber der Bitte nach. Eine klare, volltönende Stimme versicherte, sogleich Folge zu leisten.

Triner lehnte sich in seinem Sessel zurück. »So also erklärt sich der geheimnisvolle Holoset in der Wand«, sagte er. »Steht die Kaiserin hinter uns? Gehört der Konzern am Ende der Ischerdynastie?«

»Nein«, entgegnete Hedrock.

Triner wirkte enttäuscht. »Das nehme ich Ihnen ab — und wissen Sie auch warum? Die Kaiserin ist zu sehr in Geldnot, um nicht mehr aus diesem Betrieb herauszuholen, als wir regelmäßig abführen müssen. Nach Ischer sieht mir das nicht aus.«

»Nein, von Ischer kann keine Rede sein«, erwiderte Hedrock und beobachtete Triners ratlose Miene. Wie seine Vorgänger hatte auch Triner nicht den Mut, sich gegen den Eigentümer im Hintergrund aufzulehnen, solange die entfernte Möglichkeit bestand, daß es sich dabei um das Kaiserhaus handelte. Und Hedrock hatte festgestellt, daß jedes Dementi die Zweifel nur verstärkte. Deshalb ...

Es klopfte, und ein Mann Mitte dreißig trat ein. Er wirkte kräftig und trainiert; seine Augen weiteten sich, als er die Sitzverteilung bemerkte.

»Sie sind Royan?« fragte Hedrock.

»Ja.« Der junge Mann sah Triner fragend an, doch dieser blickte nicht auf.

Hedrock deutete auf die Wandvertäfelung, die den Holoset erkennen ließ. »Sind Sie über den Zweck dieses Gerätes informiert?«

»Ich kenne den Gesellschaftsvertrag ...«, begann Royan und brach ab. In seinen Augen leuchtete ein Funke des Verstehens auf. »Sie sind doch nicht etwa ...«

»Wir wollen die Sache durchaus nicht dramatisieren«, wehrte Hedrock ab. »Ich will Ihnen nur eine Frage stellen, Royan.«

»Ja?«

»Welche Summen« — Hedrock sprach langsam und sorgfältig — »hat Triner der Firma im vergangenen Jahr entnommen?«

Triner zog scharf den Atem ein. Dann herrschte Stille. Die beiden Männer, Royan und Triner, starrten einander an; zwei Willenskräfte prallten aufeinander. Dann lachte Royan leise, fast jungenhaft, und sagte:

»Fünf Milliarden Kredite, Sir.«

»Als Gehalt«, forschte Hedrock weiter, »ist das etwas zu hoch, oder?«

Royan nickte. »Ich glaube nicht, daß Mr. Triner sich als Gehaltsempfänger betrachtet hat; eher schon als Eigentümer.«

Hedrock sah, daß Triner unverwandt den Schreibtisch fixierte, und daß seine rechte Hand sich beiläufig einer kleinen Statuette näherte.

Der kritische Augenblick war da.

»Kommen Sie hierher, Royan!« befahl Hedrock, winkte den Mann auf Triners linke Seite und schaltete mit einem minimalen Druck auf einen seiner Ringe den Vergrößerer ein.

Der Effekt betrug vielleicht zweieinhalb Zentimeter; kaum mehr, als wenn er sich aufgerichtet und eingeatmet hätte. Wichtiger war, daß damit zugleich die Struktur seines Körpers und noch weit durchgreifender die des Anzuges verändert wurde, den er trug. Der Anzug wurde mit einem Schlag ebenso undurchdringlich wie die Wände der Waffenläden.

Sechs Monate zuvor hatte er sich den Kopf nach einem Weg zermartert, das Kleidungsstück in den Palast mitzunehmen. Seine Absicht war daran gescheitert, daß er es nicht immer tragen konnte und daß jeder kompetente Physiker, der den Anzug in die Hand bekam, in der Lage war, aus dem Material, einschließlich der eingebauten Energieversorgung, auf die Schwingungstechnik zu schließen, die die Existenz der Waffenläden ermöglichte.

Hedrock spürte die größere Starre seines Körpers, und die ausgeprägtere Langsamkeit, mit der seine Stimmbänder die Worte formten, als er fortfuhr:

»Meiner Meinung nach ist das Gehalt entschieden zu hoch. Sorgen Sie dafür, daß es auf fünf Millionen jährlich reduziert wird.«

Triners Hand schloß sich um die Statuette. Hedrock stand im selben Augenblick auf, als Royan einen Warnruf ausstieß.

Das Feuer der Energiewaffe zerschmolz den Sessel, leckte über den Schreibtisch und schlug bis zur Decke hoch. Durch die Gewalt der Entladung hindurch gewahrte Hedrock schwach ein Aufblitzen in Royans Hand. Triner hatte sich offensichtlich nicht darauf beschränkt, das Geschütz auszulösen, sondern auch noch eine Pistole gezogen, um den jungen Mann zu erschießen. Mit einem Defensivmodell aus den Waffenläden war Royan ihm zuvorgekommen.

Wo Triner gesessen hatte, blieb eine Lichtspur zurück, die flimmerte — und verschwand.

Stille trat ein.

»Ich begreife nicht«, stieß Royan hervor, »wie Sie das überlebt haben.«

Seine Stimme bebte. Er war kreidebleich und hätte

ganz offensichtlich einiger Minuten lang behutsamer Behandlung bedurft. Doch dazu blieb Hedrock keine Zeit. Er hatte schon zuviele kostbare Minuten auf ein einziges Unternehmen verwendet. Er schaltete den Vergrößerer aus und sagte hastig:

»Royan, Sie sind der neue Generaldirektor. Ihr Gehalt beträgt fünf Millionen im Jahr. Und nun — wann wird die Aufstellung fertig sein, die Triner für mich in Auftrag gegeben hat? Oder wissen Sie nichts davon?«

Royan erholte sich rascher, als Hedrock erwartet hatte. »Nicht vor sechs«, erwiderte er. »Ich ...«

Hedrock ließ ihn nicht ausreden. »Sie werden morgen einiges verkraften müssen, Royan. Verlieren Sie nicht den Kopf. Wir haben uns den Zorn einer mächtigen Untergrundorganisation zugezogen. Man will uns eine Lektion erteilen. Ein erheblicher Teil unseres Besitzes wird zerstört werden. Lassen Sie auf keinen Fall durchblicken, daß *wir* die Betroffenen sind! Und gehen Sie nicht eher daran, die Schäden zu beheben, als bis Sie von mir entsprechende Weisung erhalten.

Wir müssen unsere Einbußen stillschweigend verkraften. Zum Glück ist morgen Ruhetag, so daß die Geschäftsgebäude leerstehen. Und vergessen Sie nicht — ich brauche die Aufstellung bis um sechs.«

Er verabschiedete sich rasch und verzog dabei ironisch den Mund. Seine Anspielung auf eine angebliche Untergrundorganisation war so gut wie irgendeine andere Geschichte, die er hätte auftischen können; hatte der Riese sich erst einmal in Bewegung gesetzt, würde niemand mehr einen Gedanken daran verschwenden. Aber zunächst galt es, einige der zugänglicheren Konzernmanager aufzusuchen, dann sich den selbstherrlichen Nensen vorzunehmen, danach ...

Morgen jedenfalls war Ruhetag. Die einzige Gelegenheit, aktiv zu werden, ohne Abertausende zu töten.

Nensen starb, als Hedrocks Anzug den Energiestrahl seiner Waffe reflektierte. Der ehemals erbarmungslose

Deely war gealtert; er fügte sich wortlos, als er einsah, daß Hedrock sich auf keine Debatte einließ.

Die anderen Männer erwiesen sich als bloße Hemmklötze, deren Bequemlichkeit und Passivität es zu überwinden galt. Kurz vor sieben am nächsten Morgen schluckte Hedrock eine Energietablette und legte sich eine halbe Stunde hin, um sie auf seinen erschöpften Körper wirken zu lassen.

Dann schaltete er den Vergrößerer auf volle Leistung und machte sich ans Werk, weil die Verwüstung großer Teile seines Besitzes, so hoffte er, die Kaiserin zwingen würde, ihre Karten aufzudecken — und weil zufällig Ruhetag war.

Gegen Mittag gab es kein Zurück mehr. Die Bestätigung der Waffenschmiede, daß nichts weniger auf dem Spiel stand als die interstellare Raumfahrt, stählte ihn für die Zerstörungsarbeit, die noch vor ihm lag.

Um fünf erreichte ihn die automatisch aufgezeichnete Bitte Innelda Ischers, sich im Palast einzufinden. Mit dieser Entwicklung hatte Hedrock nicht gerechnet. Er erwog, was sie bedeuten mochte.

Daß die Kaiserin in Panik geraten sein könnte, weil sie die Zukunft ihrer Dynastie gefährdet sah, wagte er kaum zu glauben. Aber versäumen durfte er die Gelegenheit nicht. Er mußte seine weiteren Pläne fürs erste hinauszögern, mußte ...

Innerlich bebend schaltete er sich in den internen Übertragungskanal des Rates der Waffenschmiede ein und verstellte seine Stimme, als er sich meldete.

»Mitglieder des Rats der Waffenläden, zweifellos haben Sie inzwischen erkannt, daß das Vorgehen der Riesen Ihrer Sache nutzt.«

Hedrock glaubte suggerieren zu müssen, daß mehr als ein Gigant an dem Zerstörungswerk beteiligt war. Bei den Waffenschmieden wußte man nur zu gut, daß jeder normale Sterbliche, wenn er sich der Vergrößerungstechnik bediente, alle dreißig Minuten um fünf Jahre alterte. Mindestens für die Psychoprognostiker hätte die Vermutung nahegelegen, daß sie es mit einem Unsterblichen zu tun hatten. Eindringlich fuhr er fort:

»Die Giganten brauchen Verstärkung. Diese kann nur von den Waffenschmieden kommen. Sie müssen Freiwillige zur Verfügung stellen, von denen jeder fünfzehn Minuten lang auf den Plan tritt. Dabei braucht kein einziges Gebäude vernichtet zu werden; die bloße Anwesenheit genügt, um den Eindruck konsequenter Entschlossenheit zu vermitteln — und im übrigen den Erklärungen der Waffenläden Nachdruck zu verleihen.

Die Verstärkung muß am späten Nachmittag wirksam werden. Wenn Sie den Fortschritt der Menschheit fördern wollen, zögern Sie nicht!«

Hedrock befand sich noch in seinem unterirdischen Zufluchtsort, als eine knappe Viertelstunde später der erste Riese auf der Bildfläche erschien. So rasch hatten die Waffenschmiede reagiert, daß ...

Zu rasch. Ihre unverzügliche Reaktion verriet, daß sie eigene Pläne verfolgten. Wenn die größte Macht im Sonnensystem handelte, als sei eine Stahlfeder in die Höhe geschnellt — dann wurde es für ihn höchste Zeit. Doch zuvor ...

Der Augenblick war gekommen, um auf eine seiner technischen Schöpfungen zurückzugreifen. Zunächst galt es, das Gerät zu nutzen, das er zur Hand hatte. Später, wenn die Ereignisse sich zuspitzten, konnte er versuchen, sich der Nachbildung zu bedienen, die er im Kellergewölbe des Palastes installiert hatte.

Während der nächsten zwölf Stunden würde jedenfalls die Entscheidung fallen.

12. KAPITEL

Die warme, wolkige Nacht war taghell erleuchtet. Der lange Boulevard, die berühmt-berüchtigte Allee des Glücks, die Gonisch entlangschlenderte, glühte wie ein riesiges Juwel, Meile um blendende Meile, in beiden Richtungen verschmelzend zu einem sonnengrellen Meer weißen und bunten Lichts.

Riesige Leuchtreklamen sprangen den Psychoprognostiker an, verkündeten ihre funkelnde Botschaft:

EIN VERMÖGEN WARTET
SETZEN SIE ZEHN KREDITE
GEWINNEN SIE EINE MILLION

AUF IN DEN BRILLANTPALAST
ZEHN MILLIONEN DIAMANTEN SCHMÜCKEN DIE SÄLE
UND BRINGEN IHNEN GLÜCK

Unterbrochen von hunderten kaum weniger protziger Kasinos, folgte dem Brillantpalast der Rubin-, dann der Gold- und der Smaragdpalast. Schließlich erreichte Gonisch sein Ziel:

GLÜCKSZENTRALE
EINSÄTZE AB FÜNF PENNIES
KEIN LIMIT

Er blieb stehen und lächelte. Es war nur natürlich, daß die Kaiserin als Treffpunkt ein Etablissement in ihrem Besitz gewählt hatte, das die Spielleidenschaft der Massen befriedigte. Wenn sie jetzt noch wußte, wo Hedrock sich aufhielt, wenn er dieses Wissen in Erfahrung bringen und damit entkommen konnte …

Gonisch musterte die überwiegend jungen Leute, die in beiden Richtungen durch den Eingang der in schreienden

Farben erstrahlenden Spielbank strömten. Ihr Gelächter, ihre lauten Stimmen erfüllten die gleißende Nacht.

Alles wirkte wie gewohnt, doch Gonischs erfahrener Blick musterte geduldig die Gesichter der Vorüberbummelnden, schloß aus ihrem Mienenspiel auf ihre Wesensart — und brauchte nicht lange, um Gewißheit zu gewinnen.

Das Kasino und seine Umgebung wimmelten von Geheimagenten.

Gonisch zog die Brauen zusammen. Der Rat der Waffenschmiede hatte darauf bestanden, daß das Zusammentreffen nicht bei Hofe, sondern an einem allgemein zugänglichen Ort erfolgte. Daß die Geheimpolizei alle möglichen Sicherheitsvorkehrungen traf, war verständlich — wie auch der Umstand, daß die Kaiserin keinen Wert darauf legte, ihre Fühlungnahme mit den Waffenschmieden an die Öffentlichkeit dringen zu lassen.

Die Besprechung war auf 2 Uhr 30 morgens angesetzt. Jetzt war es — Gonisch warf einen Blick auf die Uhr — genau 1 Uhr 55.

Er empfand wachsende Traurigkeit bei dem Gedanken, daß seine Pflicht ihm keine andere Wahl ließ, als Hedrock eine Falle zu stellen. Aber Hedrocks Appell an den Rat hatte ausgereicht, um ihn als denjenigen zu identifizieren, auf dessen Konto der Auftritt der Riesen ging, und die ursprünglichen Befürchtungen der Ratsmitglieder, so schien es Gonisch, vollauf zu bestätigen.

Es war völlig undenkbar, daß jemand, der die bestgehüteten Geheimnisse der Waffenläden kannte, damit nach Belieben umgehen konnte. Und wenn die Kaiserin, wie der Rat vermutete, seinen Aufenthaltsort kannte, dann mußte ihr dieses Wissen bei der Begegnung entlockt werden, die sie selbst angeregt hatte.

Sein Freund Hedrock mußte sterben — und er sah sich am besten erst einmal im Innern um.

Künstliche Gärten und Springbrunnen unterbrachen die Monotonie der mechanischen Spiele. Das Kasino war weitläufiger, als es von außen wirkte. In den Räumen drängten sich Männer und Frauen zu fast gleichen Teilen. Zahlreiche Frauen trugen Masken.

Gonisch nickte in plötzlichem Begreifen. Die Ischerkaiserin würde ebenfalls maskiert kommen — um nicht aufzufallen.

Er blieb vor einem Spiel stehen, das wie lohendes Feuer wirkte, während in blendenden Farben gleißende Zahlen über den schwarzen Samt eines großen Bretts schossen.

Nachdenklich verfolgte der Psychoprognostiker mehrere Runden, in dem Bemühen, die jeweiligen Abläufe seinem ultratrainierten Gehirn einzuprägen. Schließlich setzte er auf drei Zahlen jeweils zehn Kredite.

Das Feuer verlangsamte seine kreisende Bewegung zu sprühender Gischt, verwandelte sich in eine Säule übereinanderfallender Zahlen.

»74, 29, 86«, verkündete der Croupier. »Auszahlung 17 zu 1.«

Während Gonisch seine fünfhundertzehn Kredite einstrich, starrte der Croupier ihn staunend an. »Seit ich an diesem Tisch arbeite«, sagte er, »hat erst ein einziges Mal jemand bei allen drei Zahlen gewonnen.«

Der Psychoprognostiker lächelte. »Geist vor Materie«, sagte er sanft und schlenderte desinteressiert davon. Er spürte fast, wie sich der Blick des erstaunten Croupiers in seinen Rücken bohrte.

Was er suchte, war ein Spiel, das sich mit seinen besonderen Fähigkeiten nicht meistern ließ. Um es zu finden, blieben ihm noch fast fünfundzwanzig Minuten.

Er gelangte zu einer Konstruktion mit einer komplizierten Anordnung von Rädern auf mehreren Ebenen und einer Zahl numerierter Bälle, sechzig insgesamt. Während der Mechanismus sich drehte, sanken die Bälle allmählich nach unten, von Rad zu Rad fallend.

Je tiefer der Punkt war, den sie erreichten, desto höheren Gewinn brachten sie; doch die erste Hälfte des schwer zu verfolgenden Weges zählte nicht — und nur wenige gelangten darüber hinaus.

Die Attraktion bestand darin, daß man den eigenen Ball zu beobachten suchte und bis zum letzten Augenblick die Hoffnung nicht verlor.

Für Gonisch erwies der Mechanismus sich als zu einfach. Fünfmal hintereinander blieb der Ball, auf den er gesetzt hatte, am längsten im Rennen. Er steckte seine Gewinne ein — und kam schließlich zu einem Spiel, das aus einer Kugel bestand, halb helles Licht und halb schwarzer Schatten. Licht und Schatten wirbelten, verschmolzen zu einem Strahlenbündel — und lösten sich auf: entweder in Helligkeit oder in Schwärze. Auf das eine oder andere Resultat wurde gesetzt.

Nicht ein einziges Mal war Gonisch sich seiner Sache sicher. Nach dem Spielerkalkül, wonach Weiß der Inbegriff der Reinheit war, wagte er nach einer Weile seinen ersten Einsatz.

Weiß verlor.

Gonisch verfolgte, wie sein Geld in der Maschine verschwand, und beschloß, Reinheit Reinheit sein zu lassen.

Schwarz verlor.

Neben ihm erklang silberhelles Lachen und eine Frauenstimme sagte: »Ich will hoffen, Mr. Gonisch, daß Sie mit dem Riesen besser zurechtkommen. Aber bitte folgen Sie uns nach hinten.«

Gonisch wandte sich um. Er gewahrte drei Männer und eine Frau. In einem der Männer erkannte er Prinz del Curtin. Das Gesicht der Frau wirkte länglich unter der Halbmaske; die Augen blitzten grün durch die Schlitze, und der Mund war unverkennbar Ischer.

Der Psychoprognostiker verneigte sich und entgegnete: »Mit Vergnügen.«

Er ließ sich Zeit. Es gab genügend Fragen, die er stellen

konnte. Wann immer er beiläufig Hedrock erwähnte, erntete er nichts als Schweigen. Das fiel ihm auf. Gonisch lehnte sich zurück, betrachtete nacheinander seine Gesprächspartner und sagte behutsam:

»Ich habe den Eindruck, Sie sind nicht ganz offen zu mir.«

Er hatte die Worte bereits ausgesprochen, als ihm aufging, daß sie nicht unbedingt bewußt handelten. Ihre Ernsthaftigkeit war unverkennbar. Und sie konnten kaum ahnen, daß es ihm ausschließlich um Hedrock ging. Dennoch schienen sie sich stillschweigend darauf geeinigt zu haben, den Namen nicht zu erwähnen.

Es war Prinz del Curtin, der ihm antwortete. »Ich versichere Ihnen, Mr. Gonisch, daß Sie sich irren. Es gibt keinen Bericht über das Auftreten des Riesen, der nicht zu uns gelangt ist; und falls irgendein unerkannter Hinweis auf seine Identität existiert, muß er in diesem Material stecken. Fragen Sie, und wir antworten rückhaltslos.«

Das klang überzeugend. Gonisch wurde klar, daß seine Aufgabe schwieriger war, als er vorhergesehen hatte. So wenig ihm der Gedanke behagte — möglicherweise würde er Farbe bekennen müssen.

»Sie täuschen sich, wenn Sie meinen, Sie wären die einzige verläßliche Informationsquelle«, sagte er vorsichtig. »Es gibt jemanden, wahrscheinlich einen der größten lebenden Männer, dessen ungeahnte Fähigkeiten wir erst langsam zu erkennen beginnen. Ich spreche von Robert Hedrock, der in der Armee Eurer Majestät den Rang eines Captains bekleidet.«

Zu Gonischs Erstaunen beugte die Kaiserin sich vor. Ihr Blick ließ ihn nicht los, ihre Augen leuchteten, ihre Lippen öffneten sich.

»Sie meinen«, flüsterte sie, »die Waffenschmiede halten Robert ... Captain Hedrock für einen großen Mann?«

Sie wartete die Antwort nicht ab, sondern wandte sich an Prinz del Curtin. »Sehen Sie«, rief sie, *»sehen Sie!«*

Der Prinz lächelte. »Majestät«, gab er gelassen zurück,

»ich habe von Captain Hedrock immer eine hohe Meinung gehabt.«

Die Frau schaute wieder Gonisch an und sagte mit eigenartiger Förmlichkeit: »Ich werde dafür sorgen, daß Captain Hedrock über Ihren Wunsch informiert wird, ein Gespräch mit ihm zu führen.«

Sie war unterrichtet! Soviel stand außer Zweifel. Langsam richtete Gonisch sich in seinem Sessel auf. Der Rat der Waffenschmiede wartete in fiebriger Ungeduld auf das Resultat dieser Zusammenkunft. Seine Gesprächspartner maßen einem Ende der Zerstörungsarbeit des Giganten ebensolche Bedeutung zu wie die Waffenschmiede der Ergreifung Hedrocks. Die Ironie der Sachlage wollte es, daß Hedrocks Tod gleichzeitig beide Probleme lösen würde.

Gonisch setzte sein bestechendstes Lächeln auf und bemerkte:

»Sie scheinen um Captain Hedrock ein regelrechtes Geheimnis zu machen. Darf ich fragen, weshalb eigentlich?«

Zu seiner Überraschung trug ihm die Frage einen verwunderten Blick des Prinzen del Curtin ein. »Ich hätte doch gedacht«, entgegnete der Mann höflich, »daß gerade Sie längst zwei und zwei zusammengezählt hätten. Oder sollten Sie einer der wenigen sein, die nicht darüber unterrichtet sind, was sich heute abend zugetragen hat? Wo haben Sie die Zeit seit kurz vor zehn zugebracht?«

Gonisch wußte nicht mehr, was er denken sollte. Um sich den Kopf frei zu halten, war er früh in Imperial City eingetroffen. Um halb zehn hatte er ein ruhiges kleines Restaurant aufgesucht, sich anschließend ein Theaterstück angesehen, das bis halb eins gedauert hatte. Seitdem war er durch die Straßen geschlendert ...

Keine Nachrichtensendung hatte ihn erreicht! Das war es. So unglaublich es ihm jetzt vorkam, die halbe Welt hätte untergehen können, ohne daß er davon erfahren hätte. Prinz del Curtin fuhr fort: »Die Tradition verlangt zwar, daß in solchen Fällen der Name des Mannes nicht bekanntgegeben wird, aber...«

»Prinz!« sagte die Kaiserin; ihre Stimme klang leise und intensiv. Die Männer blickten sie erstaunt an, als sie fortfuhr:

»Kein Wort mehr. Irgend etwas ist hier faul. Hinter den Fragen nach Captain Hedrock steckt eine tiefere Absicht. Den Waffenschmieden geht es keineswegs nur um den Riesen. Sie wollen ...«

Ihr mußte noch im selben Augenblick klar geworden sein, daß ihre Warnung zu spät kam. Sie brach ab, um Gonisch anzublicken; und bei dem Ausdruck in ihren Augen empfand er Mitleid mit ihr. Bis zu diesem Moment hatte er niemals Anlaß gehabt, über ihre Gefühle nachzudenken; nun aber...

Doch ein Zögern durfte es nicht geben. Gonisch hatte bereits den Ärmel zurückgestreift und sprach in das Holo an seinem Handgelenk:

»Captain Hedrock befindet sich in den Gemächern der Kaiserin ...«

Die drei Begleiter Innelda Ischers reagierten rasch. Sie warfen sich wie ein Mann auf ihn. Gonisch leistete keinen Widerstand, als er am Boden lag.

Nur Sekunden vergingen, ehe er eine eigenartige Erleichterung bei dem Gedanken empfand, daß er, den eine unerbittliche Pflicht gezwungen hatte, seinen Freund preiszugeben, nun selbst sterben würde.

13. KAPITEL

Die Dunkelheit hatte sich nicht gelichtet. Zusammengesunken, mit offenen Augen, hockte Neelan im Pilotensessel; und die Nacht war abgrundtief.

Irgend etwas aber hatte sich verändert.

Natürlich, dachte er dann, er war bei Bewußtsein, während er bis jetzt ...

Die Vorstellung zu begreifen, daß es zwei Arten von Finsternis geben konnte, fiel ihm schwer. Sein Gehirn arbeitete träge; wie aus der Ferne schienen seine Gedanken zu ihm zu dringen.

Seine Erinnerung setzte ein, doch auch sie erreichte ihn von weither, als hätte ein anderer Teil seines Selbst die körperlichen Eindrücke durchlebt.

Allmählich wurde er der tiefen Stille gewahr, registrierte den Mangel an Empfindung, Bewegung. Allmählich fand er zu sich. Er richtete sich im Sessel auf, warf einen Blick auf die Schirme.

Er starrte in den Weltraum. In jeder Richtung funkelten Sterne. Keine einzige Sonne; nichts als nadelscharfe Lichtpunkte verschiedener Helligkeit.

Und kein Andruck, keine Schwere. Nicht unbedingt eine neue Erfahrung für ihn; und doch ...

Sein Blick suchte den Hyperantrieb. Er arbeitete nach wie vor. Das war die Crux. Der Antrieb arbeitete noch. Aber der Effekt war nicht zu spüren.

Der Fahrtmesser zeigte einen unmöglichen Wert an; der automatische Kalender war auf den 28. August 4791 Ischer, 19 Uhr, vorgerückt.

Neelan nickte. Er war also zweiundzwanzig Tage lang bewußtlos gewesen; und während dieser Zeit hatte das Schiff eine Strecke von ...

Er warf erneut einen Blick auf den Fahrtmesser — und gab den Gedanken auf, auch nur eine Schätzung zu versuchen.

Übelkeit überkam ihn. Eine Weile saß er reglos da und kämpfte mit dem Brechreiz, der ihn zu überwältigen drohte. Allmählich überwand sein trainierter Körper den Anfall und er wurde gewahr, daß Hunger die heftige Übelkeit hervorgerufen hatte.

Sobald er daran dachte, steigerte sich das Hungergefühl. Die schmerzhafte Leere peinigte seinen Magen. Wütende Gier krampfte seinen Körper zusammen.

Zweimal versuchte er sich aufzuraffen; jedesmal gaben seine Beine nach, und er rang nach Luft. Beim drittenmal ließ er sich auf das Deck fallen und kroch zur Kombüse.

Die Mahlzeit nahm eine Stunde in Anspruch; nach den ersten Schlucken Nährflüssigkeit zwang er sich zu einer leichten Kost. Danach hätte er liebend gern geschlafen.

Er zögerte. Das Problem seiner Entfernung von der Erde beschäftigte ihn ebenso wie das unerklärliche Fehlen jedes Andrucks. An irgendeinem Punkt seines Fluges mußte eine unbekannte Kraft des Universums auf den Hyperantrieb eingewirkt haben.

Nachdenklich kehrte er zu der Instrumententafel zurück. Er brachte lange Minuten damit zu, die Teleskopaugen der Bildschirme zu verstellen. Einige wenige Sterne blinkten heller; keiner veränderte merklich seine Größe.

Der Fahrtmesser zeigte immer noch über sechshundert Millionen Sekundenkilometer an. Bei dieser Geschwindigkeit legte die Pinasse die Entfernung Erde — Centaurus alle achtzehn Stunden zurück. Folglich bestand das Problem darin ...

Er tippte einen Halbkreis in die Steuerung ein. Der Autopilot begann zu ticken — hundertachtzigmal in rascher Reihenfolge.

Die Sterne drehten sich, kamen nach genau drei Sekunden wieder zur Ruhe. Eine perfekte Haarnadelkurve von achtzehn Millionen Kilometern; in zweiundzwanzig Tagen konnte er jetzt wieder die Erde sichten. Doch nein — langsam!

Neelan schüttelte den Kopf. Noch einmal durfte er sich nicht einer Beschleunigung aussetzen, die ihm vor drei Wochen das Bewußtsein geraubt hatte.

Nach einigen Berechnungen schaltete er den Antrieb auf Dreiviertelkraft — und wartete. Seine Logik sagte ihm, daß er kurz nachdem der Andruck nachgelassen hatte, das Bewußtsein zurückerlangt hatte. Folglich …

Zwei Stunden vergingen ohne Resultat. Sein Kopf sank immer wieder nach unten, die Augen fielen ihm zu. Doch der Ruck, mit dem die Pinasse abbremsen mußte, blieb aus.

Er überprüfte die Instrumente. Der Antrieb arbeitete mit fünfundsiebzig Prozent Leistung.

Offenkundig durchquerte er nach wie vor ein trägheitsfreies Feld, das jeder Erklärung spottete.

Trotz aller Sorgen und Befürchtungen streckte Neelan sich schließlich auf einer der Andruckliegen aus und schlief sofort ein.

Ein Schlag erschütterte die Pinasse. Neelan fuhr aus dem Schlag hoch. Als er den stetigen Zug spürte, der auf seinen Körper einwirkte, beruhigte er sich. Er zerrte an ihm wie ein heftiger Wind, ließ sich aber ertragen, sobald er den ersten Schock überwunden hatte.

Die Frage war: an welchem Punkt? Wann hatte er das Feld verlassen, war zurückgekehrt in die Welt fühlbarer Beschleunigung und Verlangsamung?

Es drängte ihn aufzuspringen, einen Blickt auf den Fahrtmesser zu werfen, doch er zwang sich, ruhig liegenzubleiben; zu deutlich spürte er, wie Zellen, Nerven, Sehnen, Muskeln in seinem Körper sich umzustellen begannen.

Er ließ eine halbe Stunde verstreichen, und von Augenblick zu Augenblick empfand er deutlicher, daß er keinen Schaden davongetragen hatte. Das Gefühl zählte mehr als zuvor. Er dachte an Gil und an die unzähligen Meilen, die ihn immer noch von ihm trennten.

Die Bildschirme sagten ihm nichts Neues. Der Kalender war auf den 29. August, 23 Uhr 03, vorgerückt, die Geschwindigkeit auf fünfhundertzwanzig Millionen Sekundenkilometer gesunken.

Er beschloß, sich wieder hinzulegen, danach zu essen

— und erst dann den Antrieb abzuschalten, um ihn genauer zu untersuchen.

Als er daranging, stieß er auf Neuanordnungen des Elektronenflusses, in denen er uralte Erfindungen in abgewandelter Form wiedererkannte. Die Feststellung, die ihn anfangs überraschte, begann ihn alsbald zu deprimieren.

Hätte die entsprechende Gruppe von Forschern ihr Wissen kombiniert, so wäre die Menschheit vor viertausend Jahren so weit gewesen wie heute, sagte er sich.

Wie mancher vor ihm hatte Kerschaw ein Naturgesetz wiederentdeckt, das beim technischen Aufstieg beiseitegeschoben worden war. Neelan seufzte, als er die Antriebsstruktur mit den jahrtausendealten mathematischen Formeln verglich, denen er in seiner Ausbildung begegnet war. So, wie die Natur den Menschen nicht eingeplant hatte, so war die Kernphysik die Geschichte einer einzigen langen Wiederentdeckung.

Neelan entsann sich, daß es ein Institut gab, das sich damit beschäftigt hatte, die Grundformeln mit sämtlichen Abermilliarden Variablen durchzurechnen. Selbst unter Einsatz aller verfügbaren Computerkapazität würde der interstellare Antrieb wahrscheinlich ungefähr zu dem Zeitpunkt entdeckt werden, an dem die Kraft der Sonne nachlassen, das Sonnensystem ins Muttergestirn zurückstürzen und die Erde die Gattung nicht mehr gedeihen lassen würde, die einen kosmischen Augenblick lang ihre Einsamkeit gestört hatte.

Bei der Vorstellung überkam ihn Melancholie. Er kehrte aus der Triebwerkskammer in die Steuerzentrale zurück und schaltete den Antrieb wieder auf Dreiviertelkraft.

Seine schwermütige Stimmung wuchs, während er auf die Bildschirme starrte. Was er erkennen konnte, wirkte durchweg fern, unendlich weit weg.

Angesichts solcher Unendlichkeit kam die menschliche Suche nach dem Licht der Wahrheit ihm vor wie das blinde, vergebliche Flattern einer Motte. Der rücksichtslose Machtkampf um den interstellaren Antrieb verlor jede Bedeutung. In der immensen kosmischen Nacht spielte er nicht die geringste Rolle.

Hier schien es plötzlich kaum noch glaublich, daß jemand wie die Kaiserin Innelda Ischer existieren und blindlings um die Machtstellung ihrer Sippe kämpfen sollte.

Neelan riß sich gewaltsam aus seiner Stimmung und starrte zu den reglosen Sternen hinaus. Die Überzeugung, die sich in ihm festsetzte, war ebenso einfach wie unerfreulich:

Einem einzigen Menschen, einsam in dieser Weite, würden die Stunden und Tage des Fluges lang werden.

In den folgenden vierundzwanzig Stunden nahm seine Geschwindigkeit um achtzehn Millionen Sekundenkilometer ab. Neelan verfolgte diese Entwicklung mit innerer Unruhe. Die leise Furcht stellte sich ein, der Aufenthalt des Schiffes in dem trägheitslosen Feld könnte einen gefährlichen Unsicherheitsfaktor eingeführt haben. Immerhin …

Falls sein Tempo sich im selben Rhythmus weiter verlangsamte, würde die Pinasse nach spätestens zweiunddreißig Tagen zum Stillstand kommen.

Auch am dritten Tag wurde die Pinasse um knapp achtzehn Millionen Sekundenkilometer langsamer. Langsam wich das hohle Gefühl aus Neelans Magengegend, während die Stunden sich dahinschleppten und er die stetige Abbremsung verfolgte.

Immer deutlicher schälte sich heraus, daß beim Überschreiten einer Geschwindigkeit von fünfhundert Millionen Sekundenkilometern Beschleunigung und Verlangsamung anderen Gesetzen unterliegen mußten. Die entsprechenden Werte waren mindestens viermal so hoch, obschon eine Obergrenze zu existieren schien.

Während seine gegenwärtige Geschwindigkeit immer weiter zurückging, vervollkommnete er seine Berechnungen. Im Laufe des einunddreißigsten Tages verfolgte er mit grimmiger Befriedigung, wie das Licht des Fahrtmessers dem Rand näherkroch — und erlosch. Auf der Instrumententafel leuchtete eine Anzeige auf:

ANTRIEB AUS. SCHIFF DRIFTET.

Er hatte sich nur um eine Stunde und neunzehn Minuten verrechnet, ein Treffer ins Schwarze bei der enormen Strecke. Dafür allerdings …

Seine Zufriedenheit sank beträchtlich, als er die Schirme musterte. Er justierte die Teleskopaugen und schaltete den automatischen Abstandsmesser ein. Die nächste Sonne stand zwei Lichtjahre entfernt an Backbord, doch ihr Prisma unterschied sich erheblich von Sol.

Sie leuchtete in tiefem Gelb. Der Eindruck verstärkte sich noch, als seine Maschine darauf zustürzte. Aus anderthalb Millionen Kilometern Entfernung glich sie einem Feuerball, dessen ockerfarbene Glut noch kein menschliches Auge erblickt hatte. Auch mit einem der sonnennächsten Sterne wies sie keine Ähnlichkeit auf.

Sieben Lichtjahre in gerader Linie über sie hinaus glühte eine schwache rote Sonne. Ein blauer Stern stand über siebzehn Lichtjahre entfernt an Steuerbord. Der drittnächste Stern befand sich wiederum vierzig Lichtjahre jenseits davon. Dennoch …

Eine genauere Nachprüfung konnte nicht schaden. Der Himmel flammte von Konstellationen, und Sol wie Centaurus ließen sich um so leichter übersehen, als er seine gegenwärtige Position nicht kannte.

Drei Planeten schwammen in seinen Gesichtskreis, aber Neelan wußte, daß ihre Zahl höher liegen konnte. Das Auflösungsvermögen der Teleskopaugen, über die die kleine Pinasse verfügte, war begrenzt.

Nach einigem Abwägen entschied er sich für einen Planeten, der hundertzwanzig Millionen Kilometer von der ockergelben Sonne entfernt war, zehntausend Kilometer Durchmesser aufwies und eine Atmosphäre zu besitzen schien.

Das war in der Tat der Fall. Die Pinasse glitt durch dichte Luftschichten, gelangte über ein Meer und steuerte, von seiner Hand gelenkt, auf einen Kontinent zu. In Küstennähe landete Neelan neben einem unberührten Wald.

Der Luftdruck betrug einskommazwei Atmosphären, der Sauerstoffgehalt dreißig Prozent; giftige Gase in größeren Anteilen fehlten. Aus der Schleuse gelangte Neelan auf einen Teppich dichten, graufarbenen Grases. Ein ganz leichter Wind wehte; sonst herrschte tiefes Schweigen, nur unterbrochen vom Plätschern der Wellen am Sandstrand.

Er badete und verfolgte dann, wie die gelbe Sonne hinter dem Horizont des Meeres versank. Die Dunkelheit setzte unvermittelt ein, und die Einsamkeit, die er verspürte, ließ sich mit nichts vergleichen, was er im Raum empfunden hatte.

Die ganze Nacht hindurch seufzte das Meer an dem unbelebten Ufer das ewige Klagelied des Wassers, das auf Land trifft. Als er am Morgen aufstieg, um seine Reise fortzusetzen, kreiste der Planet hinter ihm leer durch die schwarze Einöde um die Sonne, eine weitere Welt, die die Natur bei ihrem verzweifelten Versuch, intelligentes Leben zu erschaffen, vergeblich hervorgebracht hatte.

Er hatte es von Anfang an gewußt. Gelber war die Sonne dieses Planeten, als Sol jemals scheinen würde. Gelber und fremd und unvertraut.

Die blaue Sonne kam rasch näher; und erst als die Schirme keinen Begleiter zeigten, erstarb seine Hoffnung, es könnte sich um Sirius handeln.

Planeten existierten; ein Dutzend fahle Himmelskörper sichteten die Teleskope beim ersten Schwenk, doch sie unterstrichen nur die verzweifelte Wirklichkeit, die tödliche Tatsache:

Er hatte sich verirrt — verirrt in einer Nacht, die ihm mit jeder Stunde weniger Anhaltspunkte lieferte. Ihm blieb …

Ein Schlag erschütterte die Pinasse in allen Fugen. Das

kleine Schiff wirbelte umher wie Treibholz in einem Strudel. Der Pilotensessel rettete Neelan; kardanisch aufgehängt, war er durch keine Lageveränderung aus der Senkrechten zu bringen.

Doch das registrierte Neelan nur für den Bruchteil eines Augenblicks, denn ...

Kolossale torpedoförmige Schiffe erfüllten den umgebenden Raum. Auf jedem Schirm erschienen die kilometerlangen Ungetüme; und jede einzelne gewaltige Maschine war Teil eines Rings, der das winzige Boot völlig umschloß.

Aus diesem monströsen Schwarm drang ein Gedanke. Er brandete in die Steuerzentrale wie eine gigantische Blase. So groß war seine Wucht, daß Neelan ihm im ersten Moment keinen Sinn beizulegen vermochte — bis er begriff, daß der titanische Gedanke nicht ihm galt, sich nur mit ihm befaßte:

... stammt von ... (unverständlich) *... Intelligenztypus minus neunhundert ... Forschungsinteresse Spannung eins ... Vernichten?*

Während Neelan am Rande seiner Vernunft auf einen erbarmungslosen Tod wartete, schoß ihm der abwegige Einfall durch den Kopf, daß damit der irdische Konflikt um den Besitz des interstellaren Antriebs endgültig seinen Sinn verloren hatte.

Es war zu spät. Der Mensch war als Nachzügler auf den Plan getreten. Größere Wesen als er hatten längst vom Universum Besitz ergriffen; was übriggeblieben war, würden sie nach ihrem unerbittlichen Ratschluß aufteilen.

Zu spät, zu spät ...

14. KAPITEL

Neelan wußte nicht zu sagen, ob er eine einzige oder viele Minuten lang reglos verharrt hatte. Als seine Benommenheit endlich nachließ, hatte er das grauenvolle Gefühl, aus einem Abgrund lähmender Angst aufzutauchen.

Am unbegreiflichsten war die Erkenntnis, daß er noch lebte.

Wie eine Flamme, der Sauerstoff zugeführt wurde, loderte sein Lebenswille auf und nährte seine Entschlossenheit. Mit verengten Augen starrte er auf die Bildschirme; wie Fenster wirkten sie, durch die er die riesigen Schiffe erspähte, die ihn umgaben.

Fast hätte die schreckliche Angst ihn aufs neue gepackt. Derart zahlreich waren sie, viel *zu* zahlreich; zu todverheißend war ihre bloße Anwesenheit. Aber …

Noch war er am Leben.

Diese zweite, bewußtere Überlegung elektrisierte ihn. Seine Finger zuckten zu den Instrumenten. Mit einer einzigen kontinuierlichen Willensanstrengung stellte er einen Kurs ein, der auf die schmale Öffnung zwischen zwei der Kolosse zielte, wartete, bis die Pinasse die Korrektur befolgt hatte — und drückte entschlossen den weißen Schalter herunter.

Die Kräfte, denen sie sein Boot ausgesetzt hatten, richteten sich — ging es ihm durch den Kopf — mutmaßlich nach dessen gedrosselter Beschleunigung; sie ließen sich überwinden, wenn er auf volle Kraft …

Entsetzt zuckte er zusammen, denn ihn umgab Schwärze, ein Abgrund an Finsternis, nicht eingebildet, sondern wirklich. Er zog keuchend den Atem, ein, schaltete mit einem Ruck den Hyperantrieb aus.

Nach einem Augenblick der Fassungslosigkeit entsann er sich, daß er einen kaum merklichen Zug verspürt hatte. Nichts existierte noch — weder Schiffe, noch Sterne, noch der Feuerball der blauen Sonne.

Nichts. Und doch arbeiteten die Bildschirme. Sie registrierten Dunkelheit ohne einen einzigen Lichtschimmer.

Nach einem Moment drückte Neelan auf einen Knopf an der Instrumententafel. Unverzüglich glühte ein Wort auf:

METALL

Umgeben von Metall! Das hieß ...

Er befand sich im Innern eines Raumschiffs.

In einem der kilometerlangen Kolosse.

Auf der Erde verfügten die Waffenschmiede über Materiesender, mit denen Gegenstände sich durch physische Hindernisse hindurch und über große Entfernungen hinweg befördern ließen. Die Versetzung seiner Pinasse in den Laderaum einer größeren Maschine lag durchaus im Bereich des Möglichen. Sie ließ sich sogar ...

Unvermittelt, mit niederschmetternder Wucht, ergriff die Erkenntnis seiner Lage Besitz von ihm. Er fiel zurück in den Sessel, geschwächt und erschöpft von dem Ansturm seiner Gefühle. Es dauerte eine Weile, bis seine Gedanken sich beruhigten.

Er befand sich in der Gewalt anderer; irgendwann würde er erfahren, welches Schicksal ihm zugedacht war.

Doch die Minuten verstrichen ohne ein Zeichen seiner Bezwinger. Schließlich spürte er Hunger. Er schaltete die Kochröhren ein und bereitete sich eine Mahlzeit. Beim Essen begann er an seiner instinktiven Reaktion zu zweifeln, abzuwarten, ohne sich von der Stelle zu rühren.

Schließlich hatte er es mit intelligenten Lebewesen zu tun, die ...

An diesem Punkt hielten seine Gedanken erneut inne, frappiert und wie betäubt. Intelligent! Der Begriff war ungeeignet. Er beschrieb nicht, worauf er gestoßen war.

Das menschliche Gehirn vermochte die Wirklichkeit nicht zu erfassen. Ein derart ungeheuerlich entwickelter

Geist, ein wissenschaftlicher Kenntnisstand solchen Ausmaßes ...

Der Kopf wirbelte ihm, seine Nerven streikten. Mit einer gewaltsamen Anstrengung zwang er sich zurück zu seinem Gedankengang.

Letztlich zählte derzeit nur eins: Sie ließen ihn am Leben. Was bedeuten mochte, daß er sich in irgendeiner Beziehung als nützlich erweisen konnte. Daß man etwas von ihm wollte.

Neelan beendete seine Mahlzeit und streifte sich danach langsam einen Raumanzug über. Er fröstelte — und empfand doch Entschlossenheit.

Als er fertig war, öffnete er die Luftschleuse, dachte finster, wie weit davon entfernt er war, Gil zu retten — und trat dann vorsichtig hindurch.

Draußen herrschte Schwerelosigkeit; ein Stoß gegen die offene Schleuse genügte, um ihn davonschweben zu lassen. Seine Handlampe zerteilte die Dunkelheit, enthüllte eine Ebene aus Metall, Wände, die sich in der Ferne abzeichneten, und in den Wänden die Umrisse weiterer Durchgänge.

Der Anblick war so gewohnt und alltäglich, daß ein erheblicher Teil einer Unruhe von ihm wich. Wenn irgendein Durchlaß sich öffnen ließ, würde er einfach dem dahinterliegenden Gang folgen.

Gleich das erste Schott gab dem Druck seiner Hand nach.

Perplex wie er war, brauchte er einen Augenblick, ehe er scharf die Luft einsog.

Aus einer Höhe von etwa drei Kilometern starrte er auf eine Stadt hinunter. Zahllose indirekte Lichtquellen ließen sie strahlen und glitzern; weitläufige Parkanlagen umgaben sie, und dahinter erstreckte sich eine grüne Landschaft mit Wiesen, Wäldern und sprudelnden Bächen.

Auf den drei Seiten, die er überblicken konnte, verschwamm die Szenerie im Dunst der Ferne.

Abgesehen von dem offenkundig begrenzten Horizont hätte es sich um die Erde handeln können.

An diesem Punkt traf ihn der zweite Schock. Eine Stadt, ging es ihm durch den Kopf, eine ganze Stadt im Innern eines Raumschiffs!

Seine Vorstellungskraft verweigerte ihm den Dienst. Der Kopf summte ihm. Er hatte das Raumschiff auf anderthalb Kilometer Länge geschätzt. In Wirklichkeit mußte es fünfzigmal so lang sein und mit seinesgleichen wie ein Planetoidenschwarm, bemannt von unglaublichen Wesen, durch den Raum kreuzen.

Nur mit Mühe erinnerte Neelan sich wieder an seine Absicht. Er zwang sich zu kühlem, praktischem Denken, während er im Geist die Ausmaße des größten Durchlasses abschätzte und dann zu seiner Pinasse zurückkehrte.

Einen Augenblick lang frage er sich, ob die Lebewesen den Start zulassen würden. Alles hing davon ab, was sie mit ihm im Sinn hatten. Seine Zweifel vergingen, als die Pinasse sich in Bewegung setzte, durch die Öffnung glitt und gleich darauf am Stadtrand aufsetzte.

Kaum war er gelandet, als ihm unangenehm klar wurde, daß er genau das getan hatte, was man von ihm erwartete.

Irgendeine gezielte Absicht verfolgten diejenigen, die das Schiff bemannten; und wenn Vorsichtsmaßnahmen ihn auch lächerlich anmuteten, konnte es doch nicht schaden …

Grimmig analysierte er die umgebende Luft. Der Druck betrug genau eine Atmosphäre, der Sauerstoffgehalt neunzehn Prozent, Stickstoffanteil neunundsiebzig, die Temperatur zweiunddreißig Grad, die Schwerkraft 1 g …

Er hielt inne, bebend vor unheilvollem Argwohn. Die Erde, dachte er, so mustergültig imitiert, daß …

Was er erblickte, mußte eine unmenschlich perfekte Nachahmung sein, im Bruchteil eines Augenblicks erschaffen für — ihn.

Irgend etwas wollten sie von ihm.

Mochten sie ihn anfangs auch negativ eingestuft haben, irgendein Wesenszug hatte in dem enormen Intellekt der Wesen einen Sinneswandel bewirkt — sie veranlaßt, ihn weiter zu beobachten.

Unbehaglich starrte Neelan auf die Schirme. Er erblickte nichts außer leeren Straßen, die sich in alle Richtungen erstreckten — eine verlassene Stadt.

Er entledigte sich seines Raumanzugs. An Widerstand war nicht zu denken. Geschöpfen, die beiläufig, in Sekundenschnelle, eine irdische Umgebung für ihn erschaffen konnten, war er ausgeliefert.

Er setzte den Fuß aus der Pinasse und wurde von tiefem Schweigen empfangen.

Kein Luftzug, nirgends eine Bewegung. Die nächsten Bäume standen in der Totenstille da, ihre Äste ragten auf, die Blätter hingen steif und reglos. Die Szene erinnerte an eine Miniatur unter einer Glasglocke, einen geschnitzten Garten in einer Flasche, mit einer winzigen menschlichen Figur.

Nur hatte er nicht vor, reglos zu verharren.

Das erste weißschimmernde Gebäude, zu dem er gelangte, war lang, aber nicht besonders hoch. Der Summer reagierte, sein Pochen hallte hohl wider, und nach einer Weile drehte er den Knopf.

Die Tür öffnete sich und enthüllte unvermittelt, ohne eine Andeutung von Flur oder Foyer, ein geschmackvoll eingerichtetes Schlafzimmer. Es war geräumig — und kam ihm bekannt vor.

Mit gerunzelter Stirn trat Neelan ein, blieb stehen, versuchte sich zu erinnern, woher die Vertrautheit rührte. Er grübelte immer noch, als ...

Plötzlich war er nicht länger allein. Eine Frau und ein Mann standen neben dem Bett, über einen zweiten Mann gebeugt, der unter den Decken lag.

Er konnte dessen Züge von einem Standort aus erkennen, ein gequältes, schmerzverzerrtes Gesicht ...

Neelans Körper verkrampfte sich. Ein heiserer Schrei entrang sich ihm. Seine Knie drohten nachzugeben, während er zum Ausgang stürzte. Er stolperte, raffte sich auf, fiel in seiner Benommenheit über die Schwelle und stürzte auf die Straße.

Er blieb liegen, rang nach Klarheit, versuchte zu begreifen, was seine Gedanken nicht fassen wollten.

Der Kopf wirbelte ihm, aber er hegte nicht den Schatten eines Zweifels an dem Anblick, der sich ihm geboten hatte. Die beiden Gestalten, die sich über das Bett geneigt hatten, waren Zeydel und die Ischerkaiserin gewesen.

Bei dem Schlafzimmer handelte es sich um das Palastgemach, in das er vor fast zwei Monaten geschafft worden war, nachdem der Sensor seine Widerstandsfähigkeit gegen Folter getestet hatte.

Und der Mann, der im Bett lag, war — er selbst.

Neelan spürte, wie langsam eine Spur Kraft in seine Glieder, ein Rest Vernunft in sein Bewußtsein zurückkehrte.

Unsicher erhob er sich. Das helle indirekte Licht, der Anblick der Gebäude, der Bäume halfen ihm, seine Fassung wiederzugewinnen. Eine Vorspiegelung, dachte er angespannt, ein nachgestelltes Ereignis, herausgepickt aus seiner Erinnerung.

Aber wieso gerade diese Episode? Weshalb irgendeine? Warum? Warum?

Während es ihm noch kalt über den Rücken rann, wurde ihm klar, was er tun mußte. Er fühlte sich abgestoßen, fast angewidert; dennoch zwang er sich, einen Blick durch die Tür zu werfen. Das Zimmer war leer — und seine Erleichterung so gewaltig, daß er schlucken mußte.

Rasch begab er sich in die Stadt. Er schritt erst langsamer aus, als die Stille und die Einsamkeit ihm wieder zusetzten, eine unnatürliche Atmosphäre, die wie ein Leichentuch auf ihm lag.

Er durfte sich nicht zermürben lassen, schärfte er sich

ein. Was immer seine unsichtbaren Bezwinger für ihn bereithielten, er mußte ihm ins Auge blicken.

Freundlich gesonnen waren sie nicht; soviel stand fest. Zu rasch, zu unbedenklich war die Erwägung aufgetaucht, ihn zu töten. Eiskalte Berechnung mußte hinter jedem Aufschub stecken; ein fremdartiges Interesse, das jeden Augenblick erlöschen konnte — womit sein Ende gekommen war.

Nun gut, wenn es nicht anders ging. Stillzuhalten gedachte er nicht; alles andere war besser als diese Grabesruhe.

Abrupt wandte sich Neelan einem kleineren Wolkenkratzer aus Marmor mit dreißig Etagen zu. Das imposante Portal gab beim Öffnen, wie schon im ersten Gebäude, unmittelbar den Blick auf einen Raum frei.

Sämtliche Wände bestanden aus Metall; vor eine Instrumententafel war ein Mehrzwecksessel in den Boden eingelassen. Die Ähnlichkeit mit dem Navigationsraum seiner Pinasse war derart frappierend, daß Neelan den Augenschein akzeptierte.

Er versuchte zu erkennen, welchen Augenblick im Ablauf der Ereignisse die Kopie eingefangen hatte. Das jähe, aus dem Nichts erfolgende Erscheinen eines Abbilds seiner selbst im Pilotensessel erschütterte ihn nur noch wie der Einschlag einer nahen Explosion, ohne seine Widerstandskraft vollends zu brechen.

Er zwang sich, hinzusehen, spürte, wie eisige Finger über seinen Rücken krochen, brachte es endlich über sich, näherzutreten.

Er erwartete, daß der Körper verschwinden würde. Doch er blieb. Er rechnete damit, daß das Abbild sich unter seiner Berührung als Illusion erweisen würde. Aber es hatte Bestand. Seine Finger spürten Stoff und warme Haut.

Der Doppelgänger in dem Sessel reagierte nicht. Er starrte reglos auf den zentralen Bildschirm.

Neelan hätte sich halb umwenden müssen, um dem

Blick zu folgen, und jetzt, nachdem er seine Scheu vor dem Körper überwunden hatte, empfand er kompromißlose Entschlossenheit. Eins nach dem anderen, sagte er sich.

Er biß die Zähne zusammen, packte sein anderes Ich bei den Schultern und bemühte sich unter Einsatz seiner gesamten Körperkraft, das Abbild aus dem Pilotensessel zu zerren.

Umsonst; er hatte weder Erfolg noch erzielte er irgendeine Reaktion. Der Kopf blieb steif vorgebeugt, die Augen fuhren fort, geradeaus zu starren. Langsam wandte Neelan den Blick in dieselbe Richtung.

Er stieß einen Seufzer aus, als er auf dem Schirm die aufs Äußerste konzentrierten Züge Innelda Ischers gewahrte. Hier war die letzte Aufforderung der Kaiserin an ihn nachgestellt; nur ihre eindringliche Stimme fehlte, mit der sie ihn zur Landung beschwor. Wie wenig sie den Impuls begriffen hatte, der ihn wirklich trieb.

Bei dem unvermittelten Gedanken an Gil überfiel ihn tiefe Traurigkeit. Nach Tagen und Wochen in der Wüstenhölle würde es, konnte es für ihn kaum noch Hoffnung geben.

Neelan hatte die Augen geschlossen, während die Überlegung ihn quälte. Er öffnete sie, als feiner, heißer Sand ihm ins Gesicht peitschte; öffnete sie und glaubte, nicht mehr bei Verstand zu sein.

Er stand nicht länger im Navigationsraum, aber auch nicht in einem Gebäude. Die Stadt war verschwunden. Er verkrampfte sich, wollte sich aufrichten und begriff, daß er in einer weiten roten Wüste unter einer riesigen, aufgeblähten Sonne lag. Weit zu seiner Linken, fast verhüllt von einem Staubvorhang, brannte eine zweite Sonne herab, weitaus kleiner, von der Farbe geronnenen Blutes in dieser Welt aus pulvrigem Sand.

Unweit von ihm lagen weiteren Gestalten. Einer von ihnen drehte sich mühsam zur Seite, ein kräftiger, gutaussehender Mann, dessen Lippen sich bewegten. Lebensmittelbehälter kamen bei seiner Bewegung in Neelans Blickfeld, Maschinen, eine Wasseraufbereitungsanlage — und dann heftete sein Blick sich auf den Mann selbst.

»Gil!« schrie er. »Gil, *Gil!*«

»Dan!« Die Antwort schien von weit, weit her zu ihm zu dringen, mehr ein verwehender Gedanke als ein Laut; ein erschöpfter Seufzer, der die weite Nacht überbrückte. Er kam wieder, fern, schwach, aber dennoch klar — und er galt Neelan. »Dan, wo bist du? Wie bringst du das zuwege? Ich spüre, daß du nicht in meiner Nähe bist... Dan, ich bin krank. Ich werde sterben. Wir schleppen uns über einen erratischen Planeten, der einem der beiden Centauririesen immer näher kommt. Die Stürme werden heißer und heftiger. Wir... o Gott!«

Die Unterbrechung war so schroff, daß sie schmerzte wie Feuer. Die Verbindung riß wie ein überdehntes Band. Unzählige Lichtjahre schoben sich unerbittlich in die Kluft.

Wann der Umschlag erfolgte, wußte Neelan nicht zu sagen. Als erstes wurde ihm bewußt, daß er weder auf Sand noch auf Metall lag. Anfangs registrierte er das nur vage.

Überwältigend stark erfüllte ihn der Gedanke nicht nur an Gil, sondern auch an das Wunder, das seine Bezwinger bewirkt hatten. Durch Intensivierung der schwachen Bande zwischen ihm und seinem Bruder hatten sie über Lichtjahre hinweg eine Gedankenverbindung geschaffen, einen unmittelbaren, unglaublichen Kontakt, der...

Eigenartig, um ihn herrschte Finsternis, bläuliche Dunkelheit. Neelan wollte sich aus seiner liegenden Stellung aufrichten und fiel wieder zurück, als seine Hände den Boden durchdrangen.

In verblüfftem Befremden gewahrte er, daß unter ihm ein halbdunkler Raum in dunstiger Tiefe verschwamm. Instinktiv zuckte er hoch und bemerkte erst jetzt das Ausmaß der Fremdartigkeit. Verschwunden war der Metallboden und auch der Sand — oder hatte es sich dabei nur um eine Illusion gehandelt, hervorgerufen durch den kurzen Augenblick, in dem er den fernen höllischen Planeten mit Gils Sinnen erlebt hatte?

Panik überfiel ihn mit körperlicher Wucht, denn — an die Stelle des Bodens war ein Geflecht über Kreuz verlaufender Taue getreten, wie das Takelwerk jener Schiffe, die in grauer Vorzeit die Meere auf der Erde befahren hatten, wie das Netz riesiger Spinnen in einem Alptraum, wie ...

In schrecklichem Begreifen brach der Gedanke ab. Eisig lief es ihm über den Rücken. Wie — *ein Spinnennetz!*

Nichts anderes hatte er vor sich.

Neelan bäumte sich auf und warf sich auf den Rücken, um kraftlos liegenzubleiben. Die Stadt war verschwunden und mit ihr der leuchtende Himmel. Statt dessen ...

Unirdisch düstere, bläulich-dunkle Welt. Und Netze — Meilen über Meilen. Sie liefen in die Höhe, wurden im Dunst unsichtbar. Sie erstreckten sich in alle Richtungen, verschwammen im Halbdunkel wie Gebilde aus einem furchteinflößenden Schattenreich; und barmherzigerweise waren sie anfänglich unbelebt.

Ihm blieb Zeit, sich zu stählen für den entsetzlichsten Schock, dem sein Wahrnehmungsvermögen je würde standhalten müssen. Zeit für die Erkenntnis, daß dies das wirkliche Innere des Schiffes war — und daß es bewohnt sein *mußte.*

Weit über sich gewahrte er den Schatten einer Bewegung. Steif, mit eiskalten Gliedern, die jeden Augenblick weiter abstarben, lag er da. Spinnen — dieses Gezücht, dachte er voller Ressentiment, war also die Krone der Schöpfung, Höhepunkt intelligenter Entwicklung, Herr über das Universum.

Immer niederdrückender schien diese Vorstellung auf ihm zu lasten. Es dauerte lange, bis er gewahr wurde, daß aus einer verborgenen Quelle ein matter Lichtstrahl über ihn hinspielte; und dann ...

Ein Donnerschlag geistiger Impulse erschütterte sein

Bewußtsein, ließ jeden Nerv unter der Rückwirkung erbeben. Wie eine Weide im Sturm schwankte sein Körper im Rhythmus des Ansturms mächtiger Gedanken:

— Analyse negativ... Physische Kontakte inexistent —

Energiezufuhr hat verstärkend auf das Spannungsverhältnis gewirkt. Die Kontaktaufnahme zu seinem Bruder wurde über -xxx?? hinweg möglich.

— aber nicht physisch. Kalt.

Ich wollte lediglich meine Überraschung kundtun, mächtiger -xxx!! (unverständlicher Titel). *Wir haben es hier zweifellos mit einer Äußerung des eigenartigen Gefühlslebens dieser Gattung zu tun. Am besten fragen wir ihn selbst —*

MENSCH!

Neelans Bewußtsein, auf dem bereits der Druck der titanischen Gedanken lastete, stockte unter der anbrandenden Vehemenz.

»Ja?«

Unwillkürlich hatte er laut gesprochen. Dennoch verhallte seine Stimme in der finster-bläulichen Weite und wurde von der Stille verschluckt.

MENSCH, WESHALB WILLST DU DEINEN BRUDER RETTEN?

Neelan schrak zurück vor dem Dröhnen, bis er das Netz in seinem Rücken spürte. Fassungslosigkeit überkam ihn; die Frage schien ihm die sinnloseste, die je an ihn gerichtet worden war. Dann ...

Weshalb will ich Gil retten? dachte er konsterniert. Natürlich, weil Gil sein Bruder war; weil niemand sie als Halbwüchsige auseinandergebracht hatte; weil ...

Ehe er auch nur beginnen konnte, die einfachen Grundtatsachen der menschlichen Natur zu erläutern, die dabei im Spiel waren, toste die gedankliche Donnerstimme von neuem gegen seine Sinne:

MENSCH, WARUM HAST DU DAS VERMÖGEN AUSGESCHLAGEN, DAS DIE FRAU DIR GEBOTEN HAT?

MENSCH, WESHALB HAST DU DICH FOLTERN LASSEN, STATT ZU DEINEM VORTEIL NACHZUGEBEN?

Neelan schüttelte sich betäubt, aber so erschöpft er geistig auch war, begann ihm doch ein Licht aufzugehen. Die Spinnen suchten die menschliche Gefühlswelt zu ergründen, *ohne selbst zu Gefühlsregungen fähig zu sein.*

Plötzlich erfaßte ihn tiefes Mitleid. Es gab kein anderes Wort, um das Gefühl zu beschreiben, das ihn durchströmte. Denn die Geschöpfe, mit denen er es zu tun hatte, waren Blinde, die wissen wollten, was Farbe hieß; Taube, die erwarteten, daß er ihnen die Bedeutung von Lauten erklärte.

Sein Mitleid schlug um in Geringschätzung — in die Art von Verachtung, wie Menschen sie seit undenklichen Zeiten für Tieferstehende empfunden hatten. Armselige, einseitige Geschöpfe, Flickwerk der Natur, wie trübe mußte ihre Existenz in dem engen Bereich ihrer Bewußtseinsregungen aussehen. Sie konnten ...

Das ungeheuerliche Getöse der Gedanken über ihm durchschnitt mit zermalmender Gewalt seine Überlegungen. Diesmal galt es nicht ihm — aber dennoch beraubte der ersten Ansturm Neelan seiner mühsam wiedergewonnenen Fassung:

— BEDAUERLICH, DASS DER TOD SEINES BRUDERS DIE VERBINDUNG UNTERBROCHEN HAT —

— DAS BRAUCHT UNS NICHT ZU KÜMMERN! WIR SIND AUF DER RICHTIGEN SPUR. EIN WEITREICHENDES EXPERIMENT IST ANGEBRACHT —

-X-XX?! SOLL UNVERZÜGLICH BEGINNEN.

Neelan dachte nicht mehr bewußt. Gil tot — Experiment — Sein Entschluß übersprang die dazwischen liegenden Lücken, trieb ihn ohne Verzug zur Tat.

Seine Hand fuhr zu dem Schreibstift, den Zeydel ihm ausgehändigt hatte, damit er Greer tötete. Er preßte die winzige Waffe gegen die Schläfe. Die beiden Detonationen klangen wie eine einzige langgezogene.

15. KAPITEL

Die Bresche in der Palastmauer führte in den Hauptkorridor. An dessen Wänden zeigten die Spuren des Energiebeschusses, wo die Kämpfe stattgefunden hatten.

Neben ihr erkundigte Prinz del Curtin sich besorgt: »Wollen Sie sich nicht hinlegen, Innelda? Es ist schon nach vier. Die Waffenschmiede haben auf unsere Signale bis jetzt nicht reagiert. Heute nacht können wir für Captain Hedrock ... für Ihren Gemahl nichts mehr tun.«

Sie gebot ihm ungeduldig mit einem Wink zu schweigen. Ein Gedanke beherrschte sie, ein einziger Gedanke, dessen Intensität sie fast körperlich zu spüren glaubte; der sie derart schmerzte, daß er ihr Qual bereitete:

Sie mußte Hedrock zurückhaben. Ganz gleich, zu welchem Preis, sie mußte ihn wiederhaben.

Sonderbar, ging es ihr durch den Kopf, wie sie, die hart, kalt und berechnend, fast unmenschlich in der Verfolgung des Staatsinteresses sein konnte — wie sie sich in diesem Punkt nicht von jeder anderen Frau unterschied. Als ob die Entscheidung für einen Mann sie buchstäblich verwandelt hätte.

Als Hedrock ihr am Vorabend um acht Uhr gemeldet worden war, hatte sie ihren Entschluß bereits gefaßt. Sie hatte sich einzureden versucht, daß ihre Entscheidung rein verstandesmäßig war, Konsequenz der Tatsache, daß das Haus Ischer einen Erben brauchte.

In Wirklichkeit hatte sie sich als Vater keinen Mann außer Hedrock vorstellen können. Bei der ersten Audienz, die sie ihm ein halbes Jahr zuvor gewährt hatte, hatte er ihr kühl erklärt, er wäre ausschließlich an den Hof gekommen, um sie zu heiraten. Das hatte sie zunächst belustigt, dann geärgert, schließlich ihren Zorn geweckt, ihn aber auch in eine besondere Kategorie eingestuft — die des einzigen Mannes, der je um ihre Hand angehalten hatte.

Sie war sich völlig im klaren, daß er sich damit einen

Vorteil gegenüber allen anderen verschafft hatte, die denselben Wunsch oder auch Ehrgeiz hegten. Die Hofetikette untersagte es ihnen, das Thema zur Sprache zu bringen. Die Tradition wollte, daß sie selbst die Initiative ergriff. Sie hatte es nie getan.

Letzten Endes hatte sie dann nur an den Mann gedacht, der ihr wirklich einen Antrag gemacht hatte. Er war auf ihre dringliche Aufforderung hin um acht Uhr eingetroffen und hatte sich ohne Umschweife mit einer sofortigen Trauung einverstanden erklärt.

Die Zeremonie hatte bei aller Einfachheit öffentlichen Charakter — insofern, als sie ihr Eheversprechen vor den Holokameras gab, damit alle Welt sie erblickte und ihre Worte vernahm.

Hedrock war nicht auf dem Schirm erschienen. Sein Name wurde nicht genannt. Er war »der verdiente Offizier, auf den die Wahl ihrer Majestät gefallen ist«. Als Prinzgemahl hatte er im Hintergrund zu bleiben.

Nur die Abkömmlinge der Ischerdynastie zählten. Die Männer und Frauen, mit denen sie die Ehe eingingen, blieben Privatpersonen. So wollte es das Gesetz; und sie hatte noch nie damit gehadert. Auch jetzt sah sie dazu keinen Grund; aber inzwischen war sie seit fast fünf Stunden verheiratet, und während dieser Stunden hatte ihre Einstellung sich geändert. Die Gedanken, die ihr kamen, glichen in nichts denen, die sie früher bewegt hatten.

Eigenartige Gedanken, die sich mit den Kindern beschäftigten, die sie zur Welt bringen, denen sie Mutter sein würde und für die eine andere Atmosphäre im Palast einziehen mußte, damit sie dort aufwachsen konnten.

Fast fünf Stunden; dann hatte sie ihm von ihrer Verabredung mit Edward Gonisch erzählt, war mit der Erinnerung an den sonderbaren Ausdruck in seinen Augen gegangen — und jetzt die Verwüstung, die sich ihrem Blick bot, und die zunehmend greifbare Erkenntnis, daß Hedrock entführt worden war und sich in den Händen ihrer Erzfeinde befand.

Sie wurde gewahr, daß jemand, der Hofkanzler, ihr die Vorkehrungen aufzählte, die getroffen worden waren, um zu vermeiden, daß die Meldung von dem Angriff auf den Palast durchsickerte.

Eine Nachrichtensperre war verhängt und sämtliche Zeugen unter Strafandrohung zur Verschwiegenheit verpflichtet worden. Bis zum Morgengrauen konnten die Reparaturarbeiten beendet sein, ohne daß eine Spur zurückblieb. Etwaige Gerüchte, die danach noch die Runde machten, ließen sich als Hirngespinste abtun.

Bei Hofe hatte man schnell und wirksam gehandelt. Die Zensur hatte verhindert, daß das Prestige der Dynastie einen schweren Schlag erlitt. Belohungen und Ehrungen würden dafür ausgeteilt werden müssen, doch jetzt zählte nur eins:

Sie mußte ihn zurückhaben.

Allmählich erwachte sie aus ihrer Bedrückung. Zu ihrer Überraschung erkannte sie, daß ihre Gruppe die brummenden Reparaturmaschinen bereits hinter sich gelassen hatte und sich weiter durch den zerstörten Korridor bewegte.

Sie war in der Lage, sich wieder stärker auf ihre Umgebung zu konzentrieren. Sie mußte herausfinden, was genau sich zugetragen hatte, und dann handeln.

Sie musterte die angesengten Wände. Ihre grünen Augen blitzten. Mit einem Anflug ihrer gewohnten Ironie bemerkte sie:

»Nach der Richtung zu urteilen, in die die Blasterspuren weisen, scheinen bis auf die Bresche in der Mauer sämtliche Schäden auf das Konto unserer Seite zu gehen.«

Einer der Offiziere nickte grimmig.

»Sie hatten es ausschließlich auf Captain Hedrock abgesehen. Dabei benutzten sie einen besonderen Lähmstrahl, der unsere Leute wie Kegel gefällt hat. Die Männer beginnen sich inzwischen zu erholen, ohne daß bis jetzt Nachwirkungen aufgetreten sind — wie General Grall, nachdem Captain Hedrock ihn im Anschluß an seine Behauptung, er litte unter Herzschwäche, außer Gefecht gesetzt hatte.«

»Aber was hat sich im einzelnen abgespielt?« forschte sie scharf. »Holen Sie mir jemand, der von Anfang bis Ende zugegen war! Hat Captain Hedrock geschlafen, als der Angriff einsetzte?«

»Nein ...« Der Offizier zögerte. »Nein, Majestät, er hielt sich im Kellergewölbe auf.«

»Wo?«

Der Oberst machte ein unglückliches Gesicht. »Majestät, sobald Sie und Ihre Begleiter den Palast verlassen hatten, begab Captain Hedr ... ah ... Ihr Gemahl ...«

»Nennen Sie ihn Prinz Hedrock!« befahl sie ungeduldig.

»Danke, Majestät. Prinz Hedrock begab sich in einen der nicht mehr benutzten Lagerräume, entfernte dort einen Teil der metallenen Wandverkleidung ...«

»*Was* tat er? — Aber fahren Sie fort!«

»Ja, Majestät. In Anbetracht seiner neuen Position war die Palastwache ihm natürlich dabei behilflich, das Wandstück abzumontieren, danach zu den Aufzügen und bis in den Korridor zu schaffen.«

»Natürlich.«

»Die Wachen haben mir gemeldet, die Platte hätte kein Eigengewicht gehabt, der Beförderung aber einen gewissen Widerstand entgegengesetzt. Sie war annähernd sechzig Zentimeter breit und zwei Meter hoch; und als Cap ... als Prinz Hedrock hindurchtrat, verschwand und wieder zurückkehrte, schien sie ...«

»Als er was? Oberst, wovon sprechen Sie?«

Der Offizier verbeugte sich. »Verzeihen Sie, daß ich so verwirrt bin, Majestät. Ich habe nicht alles beobachtet und muß mich selbst auf verschiedene Berichte stützen; aber ich habe mit eigenen Augen gesehen, wie er in der abmontierten Platte verschwunden und vielleicht eine Minute später wieder aufgetaucht ist.«

Einen Augenblick lang sah die Kaiserin ihn fast ausdruckslos an. Sie wußte, daß sie letzten Endes in Erfahrung bringen würde, was sich tatsächlich zugetragen hatte; noch aber schienen Sätze, die für sich genommen keinen Sinn ergaben, die Ereignisse eher zu verwischen als zu klären.

Hedrock hatte das Kellergewölbe des Palastes aufgesucht, dort ein Stück Wand entfernt — und dann?

Sie stellte die Frage mit Nachdruck, und der Oberst entgegnete: »Dann, Majestät, hat er die Platte nach oben geschafft und gewartet.«

»Das war vor dem Angriff?«

Der Offizier schüttelte den Kopf. »Nein, während des Angriffs. Er war noch nicht wieder oben angelangt, als die Außenmauer unter dem konzentrierten Feuer der angreifenden Raumschiffe nachgab. Das hat ihn aber nur dazu veranlaßt, sich bei seiner Rückkehr nach oben noch mehr zu beeilen, wo er gefangengenommen wurde.«

Wieder verspürte Innelda Ratlosigkeit. Die Schilderung war präzise, aber sie klärte nichts.

Hedrock mußte gewußt haben, daß Gefahr drohte, sonst hätte er sich nicht im Anschluß an ihren Aufbruch in den Lagerraum begeben. Soweit war seine Vorgehensweise schlüssig. Sie deutete auf einen Plan hin.

Gänzlich unverständlich war dagegen, daß er anscheinend zwar die hinauftransportierte Platte dazu benutzt hatte, um sich vor den Augen der Streitkräfte der Waffenläden wie der Palastwachen an einen anderen Ort zu versetzen — ein technisches Problem, das, wie man munkelte, die Waffenschmiede gemeistert hatten. Anstatt wegzubleiben, war er jedoch zurückgekehrt — war gegen jede Vernunft zurückgekehrt und hatte den Waffenschmieden Gelegenheit gegeben, sich seiner zu bemächtigen.

»Was ist aus der Platte geworden?« forschte sie resigniert.

»Sie ist in Flammen aufgegangen, nachdem Prinz Hedrock seine Warnung an das Ratsmitglied Peter Cadron gerichtet hatte, das den Angriff leitete.«

»Seine Warnung...« Sie wandte sich an del Curtin. »Prinz, vielleicht gelingt es Ihnen, eine zusammenhängende Darstellung zu erhalten. Ich weiß nicht mehr weiter.«

»Wir sind alle übermüdet, Majestät«, entgegnete der Prinz. »Auch Oberst Nison hat heute nacht kein Auge zugetan.« Er wandte sich an den Offizier, dem das Blut ins Gesicht gestiegen war.

»Oberst, wenn ich recht unterrichtet bin, hat der Beschuß der angreifenden Kriegsschiffe die Außenmauer durchschlagen. Dann ist einer der Kreuzer längsseits gegangen und hat Streitkräfte abgesetzt, die gegenüber dem Feuer der Palastwachen immun waren — trifft das zu?«

»Völlig, Sir.«

»Angeführt wurden die Angreifer durch Peter Cadron vom Rat der Waffenschmiede. Als sie durch den Korridor bis zu einem gewissen Punkt vorgedrungen waren, wurden sie dort von Prinz Hedrock erwartet. Er hatte eine bis dahin unentdeckt verborgene elektronische Platte, oder einen Schild, sechzig Zentimeter mal zwei Meter, aus dem Kellergewölbe heraufgeschafft. Als er sicher sein konnte, daß alle Anwesenden ihn erblickt hatten, trat er *in* die Platte, wobei er verschwand.

Die Platte blieb stehen und schien von der Rückseite aus gestützt zu werden; das würde den Widerstand erklären, den die Wachen wahrgenommen haben, als sie das Wandstück für Prinz Hedrock nach oben trugen. Nach einer Minute tauchte der Prinz wieder aus dem Schild auf und sprach gegenüber Cadron eine Warnung aus.«

»Richtig, Sir.«

»Wie lautete die Warnung?«

»Er fragte Cadron, ob er vergessen habe, daß durch die Statuten der Waffenläden jedwedes Vorgehen gegen das Kaiserhaus und die Regierung strikt untersagt sei; er warnte ihn, daß der Rat der Waffenschmiede seine Anmaßung bitter bereuen und man ihn lehren werde, daß er nur eine der beiden Säulen des Ischerreichs repräsentiere.«

»*Das* hat er gesagt!« Ihre Stimme klang erregt, ihre Augen sprühten. Sie fuhr zu del Curtin herum: »Haben Sie das gehört?«

Der Prinz verneigte sich, um sich dann wieder Nison zuzuwenden. »Meine letzte Frage lautet: Hatten Sie den Eindruck, daß Prinz Hedrock in der Lage war, seine Drohung gegenüber den Waffenschmieden wahrzumachen?«

»Nein, Sir. Ich hätte ihn selbst von meinem Standort aus erschießen können. Physisch gesehen befand er sich — und befindet sich, wie ich annehme, noch immer — gänzlich in ihrer Gewalt.«

»Danke«, erwiderte der Prinz. »Das wäre alles.«

Die Tatsache blieb, daß sie Hedrock retten mußte.

Sie schritt auf und ab, hin und her. Der Morgen dämmerte herauf und schickte graues, trübes Licht durch die hohen Fenster ihres Arbeitszimmers, gegen das die künstliche Beleuchtung ankämpfte.

Sie gewahrte, daß Prinz del Curtin sie besorgt beobachtete, verlangsamte ihre raschen Schritte und sagte:

»Ich kann es nicht glauben. Ich kann nicht glauben, daß Hedrock lediglich auftrumpfen wollte. Ich halte es durchaus für möglich, daß irgendwo eine geheime Organisation existiert, über die wir nichts wissen. Schließlich ...«

Sie wandte sich heftig zu ihm um. »Prinz«, preßte sie hervor, »er hat mir *versichert,* daß er weder jetzt noch jemals die Sache der Waffenläden zu seiner eigenen machen würde.«

Del Curtin runzelte die Stirn. »Innelda«, entgegnete er mitleidig, »Sie erregen sich unnütz. Menschen sind so beschaffen, daß es sie drängt, ihre Macht früher oder später unter Beweis zu stellen. Gäbe es eine derartige Organisation, hätten wir davon erfahren.«

»Wir haben die Anhaltspunkte übersehen. Begreifen Sie das nicht?« Ihre Stimme bebte. »Sie brauchen nur an die Platte zu denken, die er aus dem Lagerraum entfernt hat — wie konnte sie dort hingegelangen? Ist das nicht ein Indiz für die Macht der Organisation?«

»Auf alle Fälle«, erwiderte der Prinz bedächtig, »wären die Ischers geschworene Feinde jeder Untergrundorganisation.«

»Die Ischers«, sagte sie eisig, »lernen allmählich, daß sie nicht nur Herrscher sind, sondern auch menschliche Züge besitzen, und daß die Welt zu immens ist, um von einigen wenigen Gehirnen gänzlich erfaßt zu werden.«

Sie starrten sich gegenseitig an, zwei Menschen, deren Nerven zum Zerreißen gespannt waren. Die Kaiserin war es, die sich als erste faßte. Erschöpft sagte sie:

»Ich kann kaum glauben, Prinz, daß wir beide, die wir immer wie Geschwister füreinander empfunden haben, uns wirklich streiten sollten. Es tut mir leid.«

Sie näherte sich ihm und legte ihre Hand auf die seine. Er nahm sie und küßte sie; Tränen standen ihm in den Augen, als er sich aufrichtete.

»Majestät«, sagte er heiser, »ich bitte um Vergebung. Ich hätte an die nervliche Beanspruchung denken müssen, der Sie ausgesetzt sind. Sie brauchen nur zu befehlen. Wir haben Macht; nötigenfalls können wir eine Milliarde Soldaten aufbieten. Wir können den Waffenschmieden mit einem Krieg drohen, der eine Generation lang dauert. Wir können jeden hinrichten lassen, der sie unterstützt. Wir...«

Innelda schüttelte resigniert den Kopf. »Mein Lieber, Sie wissen selbst nicht, was Sie da sagen. Normalerweise würde dieses Zeitalter von Revolutionen erschüttert werden. Die Menschen sind orientierungslos, die Maßstäbe ins Wanken geraten. Die Bürokratie verfolgt egoistische Interessen, die Gerichte sind korrupt, Wirtschaft und Banken plündern die Konsumenten. Jede Schicht steuert ihre eigenen asozialen Einstellungen und Verhaltensweisen bei. Wir sind nur noch Passagiere, nicht mehr Lenker in dem dahinrasenden Flugwagen.

Abgewendet worden ist die Explosion bis jetzt durch unsere hochentwickelte Wissenschaft, den automatisierten Güterausstoß, die Ausbeutung und Besiedlung der verschiedenen Monde und Planeten und nicht zuletzt durch die Existenz der Waffenläden, die als stabilisierender Faktor wirken. Mindestens eine weitere Generation lang dürfen wir nichts unternehmen, was dieses Gleichgewicht stören könnte.

Ich setze meine Hoffnung nicht zuletzt auf eine neue geistige Trainingsweise, die durch die Waffenschmiede entwickelt worden ist und die Vorzüge der gebräuchlichen Methoden mit einer Stärkung ethischer Haltungen verbindet.

Sobald wir die Gefahr überwunden haben, die von dem Giganten droht ...«

Der perplexe Ausdruck, der in die schmalen Züge des Prinzen trat, ließ sie abbrechen; ihre Augen weiteten sich. Sie flüsterte:

»Das ist unmöglich. Er ... kann ... nicht ... der Gigant ... sein. Warten Sie ... warten Sie, sagen Sie nichts. Wir können das unverzüglich klären ...«

Sie eilte zu einem Holoset und befahl mit müder Stimme:

»Bringen Sie den Häftling Edward Gonisch zu mir!«

Der Psychoprognostiker beantwortete ihre Frage ruhig: »Auf den elektronischen Schild, durch den er verschwunden sein soll, kann ich mir keinen Reim machen; ansonsten — in der Tat, Majestät, ist Hedrock einer der Riesen, beziehungsweise« — er zögerte, dann sprach er langsam weiter: »am Ende sogar, dieser Gedanke kommt mir eben erst, *der* Riese.«

Die Bedeutung des Zögerns entging ihr. Erschöpft schloß sie die Augen. »Warum sollte er denn die Frau heiraten wollen, deren Herrschaft er zu zerstören trachtet?«

»Majestät«, sagte Gonisch betont, »wir haben erst vor zwei Tagen festgestellt, daß Hedrock die Waffenschmiede in die Irre geführt hat. Die zufällige Aufdeckung seiner überlegenen Geisteskräfte hat den Beweis erbracht, daß für ihn die Ischerdynastie wie die Waffenläden nur Mittel zum Zweck sind. Worin dieser Zweck besteht, beginne ich erst zu ahnen. Wenn Sie mir einige Fragen beantworten würden, könnte ich Ihnen in wenigen Minuten mitteilen, wer Robert Hedrock ist — oder besser war.

Ich sage bewußt ›war‹. Leider muß ich Sie davon informieren, daß der Rat der Waffenschmiede entschieden hat, ihn in einem eigens für diesen Zweck konstruierten Gemach zu verhören und anschließend unverzüglich hinzurichten.«

Schweigen senkte sich über den Raum. Inneldas physische Kraft reichte nicht mehr aus, um auf den Schock zu reagieren. Sie verharrte wie angewurzelt, mit tauben Gliedern, ohne einen Gedanken fassen zu können. Wie abwesend betrachtete sie Gonisch, während dieser weiterredete:

»Mir waren natürlich alle Informationen über Hedrock zugänglich, die die Waffenschmiede besitzen. Meine Nachforschungen haben mich in obskure Bereiche geführt, die mir anfangs abwegig erschienen. Falls in der Chronik des Hauses Ischer aber ähnliche Hinweise existieren, was ich fast annehme, dann bildet das Wandstück aus dem Kellergewölbe nur das letzte Glied in einer langen Kette. Doch lassen Sie mich fragen:

Existiert irgendein Bild, ein Film oder eine andere Aufnahme von dem Ehegatten der Kaiserin Ganeel?«

»Also — nein!« Innelda rang nach Atem; plötzlich schien das Zimmer sich vor ihren Augen zu drehen. Benommen brachte sie hervor: »Mr. Gonisch, er hat mir einmal gesagt, bis auf mein dunkles Haar erinnere ich ihn an Ganeel.«

Der Psychoprognostiker verneigte sich ernst. »Wie ich sehe, Majestät, beginnen Sie bereits ebenfalls, sich in diesen seltsamen Gefilden zu bewegen. Bitte denken Sie nun zurück, so weit Sie können, vergegenwärtigen Sie sich die

Geschichte Ihrer Vorfahren und versuchen Sie sich zu erinnern: Wessen Bilder fehlen, die der Kaiser oder die der Ehegatten von Kaiserinnen?«

»Fast ausschließlich letztere«, sagte sie. »Auf die Art hat die Tradition sich herausgebildet, wonach der Prinzgemahl sich jeweils im Hintergrund zu halten hat.« Sie zog die Brauen zusammen. »Soweit ich weiß, existiert nur von einem einzigen Kaiser kein Bild oder Porträt. Das ist allerdings begreiflich. Als Begründer der Dynastie war ...«

Sie brach ab. Sie starrte Gonisch an. »Sind Sie wahnsinnig?« flüsterte sie. »Sind Sie *wahnsinnig?*«

Der Psychoprognostiker schüttelte den Kopf. »Sie können jetzt von einer regelrechten Eingebung sprechen. Meine Befähigkung kennen Sie: Ich bringe Tatsachen in Erfahrung; sobald ich über zehn Prozent verfüge, stellt die richtige Antwort sich von selbst ein. Man nennt das Intuition; in Wirklichkeit handelt es sich um die Fähigkeit des menschlichen Gehirns, nicht nur binnen eines Augenblicks Tausende von Details zu koordinieren, sondern durch logische Schlußfolgerung auch verbleibende Lükken zu schließen.

Zu den Tatsachen im vorliegenden Fall gehört, daß in der Auskunftszentrale der Waffenläden nicht weniger als siebenundzwanzig wichtige Bildaufzeichnungen fehlen. Ich habe mich mit den schriftlichen Zeugnissen der Betreffenden befaßt; analytische Fähigkeit und Denkweise sind ganz zweifellos identisch.

Sie mögen darüber nicht unterrichtet sein, aber wie der erste Ischer ist auch unser Gründer, Walter S. de Lany, nur ein Name ohne Gesicht.«

»Aber wer kann er sein?« forschte Prinz del Curtin. »Offenbar hat die Menschheit zu irgendeinem Zeitpunkt einen Unsterblichen hervorgebracht, der ...«

»Hervorgebracht ist nicht ganz der richtige Ausdruck. Es muß sich um künstliche Einwirkung handeln. Ein natürlicher Vorgang hätte sich im Laufe der Jahrhunderte unzählige Male wiederholt. Und es muß sich um einen umwiederholbaren Zufall gehandelt haben, denn alles, was der Mann jemals getan oder geäußert hat, belegt sein leidenschaftliches Interesse am Wohl der menschlichen Gattung.«

»Aber«, wandte der Prinz ein, »was hat er im Sinn? Weshalb hat er Innelda geheiratet?«

Einen Augenblick lang schwieg Gonisch. Er schaute die Frau an, die seinen Blick erwiderte; das Blut war ihr in die Wangen gestiegen. Dann nickte sie, und Gonisch antwortete sanft:

»Ihm geht es offenkundig darum, das Blut der Ischerdynastie möglichst rein zu erhalten. Er hofft darauf, daß bestimmte Eigenschaften sich weitervererben, und bis jetzt hat die Geschichte ihm recht gegeben. Sie beispielsweise entstammen einer der zahlreichen Verästelungen des Familienstammbaums. Mit Hedrock sind Sie so entfernt verwandt, daß von Verwandtschaft kaum noch die Rede sein kann.

Er hat bei einer Gelegenheit mir gegenüber bemerkt, die Herrscher der Dynastie neigten dazu, brillante, aber labile Frauen zu heiraten und dadurch die Familie immer wieder in Gefahr zu bringen. Es wären die Kaiserinnen, meinte er, die durch die Ehe mit nüchternen, fähigen Männern für Kontinuität sorgten. Sie ...«

»Angenommen ...« — Die Kaiserin unterbrach ihn nicht bewußt; wie der Gedanke ihr kam, so sprach sie ihn aus. »Angenommen, wir würden versuchen, Sie gegen ihn auszutauschen?«

Gonisch zuckte die Achseln. »Sie würden wahrscheinlich seine Leiche für mich einhandeln.«

Ihr wurde heiß und gleich darauf kalt bei dieser Antwort. Der Fieberschauer verging, ließ sie kälter, gesammelter zurück. Der Tod war eine Drohung, der sie mit steinernen Zügen getrotzt hatte und bereit war, wieder Trotz zu bieten, ob es um sie selbst ging oder um *ihn*.

»Angenommen, ich offeriere den interstellaren Antrieb?«

Ihre Intensität schien den Psychoprognostiker in Erstaunen zu versetzen. Er trat einen Schritt zurück und starrte sie an. »Majestät«, sagte er, »ich kann Ihnen weder eine Eingebung bieten, noch irgendeine logisch begründete Hoffnung.

Dabei muß ich gestehen, daß der elektronische Schild mir Rätsel aufgibt. Worum es sich dabei handeln, oder inwiefern er Hedrock nutzen könnte, übersteigt meine Einschätzungsmöglichkeiten. Zu welchem Zweck er auch *in* diesen Schild oder *durch ihn hindurch* getreten sein mag, ich sehe keine Möglichkeit für ihn, durch die stählernen Wände eines Kriegsschiffs oder der Verhörzelle zu entkommen.

Naturwissenschaft und Technik bewegen sich in Zyklen, und wir befinden uns auf dem dynamischen Höhepunkt des jüngsten Zyklus. Diese technischen Errungenschaften hat er gegen sich. Im nächsten Jahrhundert, wenn die lange Welle wieder abflacht, mag die Zeit für einen Unsterblichen arbeiten — vorher nicht.«

»Und wenn er die Wahrheit einräumt?« warf del Curtin ein.

»Niemals!« brauste die Kaiserin auf. »Das hieße um Gnade flehen. Niemand aus der Familie der Ischer würde sich soweit erniedrigen.«

»Sie haben recht«, sagte Gonisch, »wenn auch nicht nur aus diesem Grund. Mehr werde ich dazu nicht sagen. Jedenfalls kann eine Preisgabe der Wahrheit außer Betracht bleiben.«

Die Kaiserin achtete kaum auf seine Worte. Sie wirbelte zu ihrem Vetter herum. Kerzengerade, mit erhobenem Kopf befahl sie ihm:

»Kümmern Sie sich darum, daß ein Kontakt mit den Waffenschmieden zustandekommt! Bieten Sie ihnen Gonisch, den interstellaren Antrieb, bieten Sie ihnen offizielle Anerkennung, selbst die Eingliederung ihrer Gerichte in den Justizapparat — wenn sie Hedrock freilassen. Sie müßten nicht zurechnungsfähig sein, würden sie dieses Angebot ausschlagen.«

Ihre leidenschaftliche Gewühlsaufwallung ließ nach; sie gewahrte, daß der Psychoprognostiker sie düster anschaute. »Majestät«, erwiderte er bedrückt, »Sie haben offenkundig vorhin nicht auf meine Worte gehört. Seine Hinrichtung sollte binnen einer Stunde nach seiner Festnahme erfolgen. Weil er sich den Waffenschmieden schon einmal entzogen hat, ist dieser Beschluß inzwischen unweigerlich in die Tat umgesetzt worden. Der beispielloseste Lebensweg in der Geschichte hat damit sein Ende gefunden. Und, Majestät ...«

Der Psychoprognostiker blickte sie eindringlich an. »Letztlich auch zu Ihren Gunsten. Sie wissen ebenso gut wie ich, daß Sie keine Kinder bekommen dürfen. Sie ...«

»Was soll das heißen?« stieß del Curtin fassungslos hervor. »Innelda ...«

»Kein Wort mehr!« Ihre peitschende Stimme verriet Verletztheit und Zorn. »Prinz, lassen Sie diesen Mann wieder in seine Zelle schaffen! Er benimmt sich unerträglich. Und ich verbiete Ihnen, auch nur ein Wort mit ihm über Ihren Souverän zu wechseln.«

Der Prinz verbeugte sich. »Ihr Wunsch ist mir Befehl«, sagte er kalt. Er wandte sich ab. »Hier entlang, Mr. Gonisch!«

Sie hatte sich gefragt, ob sie noch tiefer verwundet werden könnte — und nun hatte man ihr auch das nicht erspart. Ihre Welt war in Stücke zerbrochen. Lange Minuten verstrichen, ehe ihr dämmerte, daß sie im Schlaf Trost finden würde.

16. KAPITEL

Der Raum, in dem Hedrock sich wiederfand, erinnerte eher an eine metallene Gruft. Neben Peter Cadron verhielt er auf der Schwelle; ein spöttisches Lächeln trat auf seine Züge. Er nahm wahr, daß Cadron ihn aus schmalen Augen beobachtete; und seine Lippen verzogen sich.

Mochten sie grübeln und zweifeln. Einmal hatten die Waffenschmiede ihn überrumpelt. Diesmal war er gewappnet.

Nacheinander musterte er die neunundzwanzig Männer, die um den hufeisenförmigen Ratstisch saßen. Er wartete, bis Peter Cadron, der dreißigste, sich an den Tisch begeben und Platz genommen hatte; wartete, bis der Offizier, der die Wachtposten befehligte, meldete, daß der Häftling andere Kleidung erhalten hatte, keine Ringe mehr trug und ergebnislos nach sonstigen Waffen durchleuchtet worden war. Danach zog der Offizier sich mit seinen Leuten zurück, doch Hedrock wartete unverändert.

Grimmig lächelnd stand er da, während Cadron die getroffenen Vorsichtsmaßregeln erläuterte; erst dann, mit kühler Miene, schritt er langsam zu dem offenen Ende des Tisches. Er sah, daß die Blicke der Männer auf ihm ruhten. Einige starrten ihn neugierig an, andere erwartungsvoll, mehrere feindselig. Alle schienen darauf zu warten, daß er das Wort ergriff.

»Meine Herren«, begann Hedrock mit seiner tragenden Stimme, »ich möchte Ihnen eine Frage vorlegen: Weiß irgendeiner der Anwesenden, wo ich gewesen bin, nachdem ich durch den Schild getreten war? Falls das nicht der Fall sein sollte, würde ich vorschlagen, mich unverzüglich freizulassen, weil dem Rat der Waffenschmiede sonst eine böse Überraschung ins Haus steht.«

Seine Worte wurden schweigend aufgenommen. Die Männer wechselten Blicke. »Ich würde sagen«, bemerkte endlich der junge Ancil Nare, »die Hinrichtung sollte sogleich erfolgen. *Jetzt* ist er schutzlos; jede Kugel, jeder Energiestrahl würde ihn das Leben kosten. Ob das angesichts seiner eigenartigen Ausführungen in zehn Minuten auch noch der Fall sein wird, wissen wir nicht.« In seiner Erregung stand Nare auf, während er schloß: »Meine Herren, wir sollten unverzüglich handeln!«

Hedrocks lautes Klatschen durchbrach die anschließende Stille. »Bravo«, rief er. »Ein so guter Ratschlag sollte befolgt werden. Versuchen Sie doch, mich zu töten! Lassen Sie die Wachen auf mich feuern; erteilen Sie den Befehl, mich niederzuschlagen!

Wie Sie es auch anstellen, Sie werden sich wundern.« Sein Blick wurde eisig. »Und das haben Sie sich selbst zuzuschreiben.

Augenblick!« Seine Stimme schnitt Deam Lealy, der zum Sprechen angesetzt hatte, das Wort ab. »Vorläufig rede *ich* noch. In Wirklichkeit hat der Rat sich zu verantworten, nicht ich. Noch kann er einen milden Urteilsspruch erwirken, falls er ohne Wenn und Aber einräumt, daß er mit dem Angriff auf den kaiserlichen Palast seine eigenen Statuten gebrochen hat.«

»Ich muß sagen«, machte eines der Ratsmitglieder sich Luft, »diese Unverschämtheit geht wirklich zu weit. Ich ...«

»Lassen Sie ihn reden«, besänftigte Peter Cadron. »Dadurch erfahren wir mehr über seine Motive.«

Hedrock verneigte sich ernst. »Das werden Sie in der Tat, Mr. Cadron. Meine Motive beziehen sich ausschließlich auf den Befehl des Rats, den Palast anzugreifen.«

»Ich kann Ihren Ärger darüber durchaus nachfühlen«, erwiderte Cardon ironisch, »daß der Rat sich nicht, womit Sie anscheinend gerechnet haben, an eine über dreitausend Jahre alte Bestimmung gehalten und Ihnen statt dessen einen Strich durch die Rechnung gemacht hat.«

»Ich habe keineswegs damit gerechnet«, sagte Hedrock gelassen. »Meine Mitbeobachter und ich« — es konnte nicht schaden, wiederum anzudeuten, daß er nicht allein stand — »haben im Gegenteil mit Bedauern die wachsende Anmaßung des Rates registriert, seine zunehmende Überzeugung, er sei niemandem Rechenschaft schuldig und könne deshalb seine eigenen Statuten mißachten.«

»Unsere Statuten«, erklärte Bayd Roberts, das älteste

Ratsmitglied, gemessen, »gebieten uns, alles zu tun, was unsere Selbstbehauptung erfordert. Die Einschränkung, die uns untersagt, Person und Residenz des jeweils regierenden Monarchen und seines Erben oder Thronfolgers anzugreifen, muß in extremen Notfällen wie diesem außer acht bleiben. Sie werden im übrigen wahrgenommen haben, daß wir für die Abwesenheit der Kaiserin während des Angriffs gesorgt haben. Damit ...«

»Ich muß Sie unterbrechen«, rief Cadron. »Unglaublicherweise hat der Häftling es verstanden, die Debatte in eine ihm genehme Richtung zu lenken. Wir mögen wegen der Attacke auf den Palast zwiespältige Gefühle hegen; das heißt aber noch lange nicht, daß wir uns für unsere Handlungsweise dem Häftling gegenüber zu rechtfertigen hätten. Infolgedessen ...«

Er befahl in den Zusatzholo seines Sitzes: »Wache, kommen Sie herein und stülpen Sie dem Häftling die Haube über den Kopf!«

Hedrock lächelte ironisch, während die Wachtposten den Raum betraten. »Bereiten Sie sich auf die Überraschung vor, meine Herren«, sagte er.

Ohne Widerstand ließ er sich ergreifen. Die Haube senkte sich über seinen Kopf ...

Da geschah es.

Sobald Hedrock eine halbe Stunde zuvor im Palast durch das Wandstück getreten war, das er hatte nach oben schaffen lassen, fand er sich in einer dämmrigen Welt wieder.

Lange Zeit verharrte er reglos, ließ seinem Körper Zeit, sich umzustellen, und hoffte dabei, daß niemand versuchen würde, ihm durch das elektronische Kraftfeld zu folgen.

Hinter seiner Sorge steckte kein persönliches Motiv. Der Vibrationsschild war auf ihn und niemanden anders abgestimmt; während der langen Jahre, in denen er den Teil einer Wand im Kellergewölbe des Palastes gebildet hatte, hatte die einzige Gefahr darin bestanden, daß jemand versehentlich damit in Berührung kam und Schaden erlitt.

Hedrock hatte sich oft gefragt, was einem solchen Pechvogel zustoßen mochte. Mehrere Tiere, die er gekennzeichnet und durch ein Versuchsmodell geschickt hatte, waren aus Tausenden von Kilometern Entfernung zurückgesandt worden.

Einige waren nie wieder aufgetaucht — trotz der hohen Belohnung, die auf der Kennmarke vermerkt stand.

Nachdem er sich nun selbst hier befand, hatte er keine Eile. Die normalen Gesetze von Raum und Zeit besaßen keine Geltung in diesem Reich des Dämmerlichts.

Es lag auf allem und war doch nirgends. An keinem anderen Ort konnte man so leicht in Wahnsinn verfallen wie hier, wo der Fluß der Zeit nicht existierte, wie er für den Körper galt, der in diese Welt vordrang.

Hedrock hatte festgestellt, daß ein Aufenthalt von sechs Stunden seine geistige Gesundheit ernstlich in Gefahr brachte. Früher am Abend hatte er die Pseudowelt durch einen Schild gleicher Beschaffenheit in seinem unterirdischen Zufluchtsort für zwei Stunden normaler Zeit aufgesucht und bei der Gelegenheit erfahren, daß die Kaiserin ihn heiraten wollte.

Zumindest vorläufig gewährte dieser Umstand ihm Sicherheit; außerdem erhielt er dadurch Zugang zu der Platte im Kellergewölbe des Palastes. Folglich war er rasch zurückgekehrt, um sich die verbleibenden vier Stunden aufzusparen.

Mehr als diese Höchstgrenze durfte er jetzt nicht in Anspruch nehmen; noch besser waren zwei oder drei. Danach galt es monatelang zu warten, bis er sich der halluzinatorischen Umgebung wieder aussetzen konnte.

Der Grundgedanke der Erfindung war ihm während einer seiner Amtszeiten als Vorsitzender des Rates der Waffenschmiede dargelegt worden; einer enorm einflußreichen Stellung, die ihm ermöglicht hatte, dem brillanten jungen Wissenschaftler, der die Idee gehabt hatte, ein ganzes Physikerteam zur Verfügung zu stellen.

Die Materiesender der Waffenläden überbrückten die Entfernung zwischen zwei Punkten durch die mechanische Umsetzung der Einsicht, daß der Raum in Wirklichkeit nicht existierte. Der Einfall des jungen Forschers lief darauf hinaus, den Prozeß umzukehren und einen illusionären Raum dort zu schaffen, wo bis dahin nichts sich befunden hatte.

Das Team gelangte zum Ziel und legte Hedrock einen Bericht vor. Dieser studierte ihn, um anschließend den Physikern mitzuteilen, daß der Rat sich zur Geheimhaltung entschlossen habe. Den Rat wiederum informierte er über den angeblich negativen Ausgang der Forschungsarbeiten.

Das manipulierte Resultat wanderte in die Datenspeicher der Auskunftszentrale — für den Fall, daß eines Tages jemand auf dieselbe Idee kommen sollte. Praktisch hieß das, daß für die Waffenschmiede das Problem als Gegenstand weiterer Untersuchungen ausschied.

Eines Tages, allerdings nicht sehr bald, würde er die Erfindung freigeben.

Es war, überlegte Hedrock grimmig, während er darauf wartete, daß sein Körper sich an die veränderten Verhältnisse gewöhnte, nicht die erste, die er in die Hand bekommen und der Öffentlichkeit vorenthalten hatte.

Seine eigene Entdeckung, die der elektronischen Materiekontrolle, hatte er zwanzig Jahrhunderte lang verheimlicht, ehe er sie dazu nutzte, ein Gegengewicht zur Dynastie der Ischer in Gestalt der Waffenläden zu schaffen.

Noch mehrere weitere Erfindungen hielt er zurück, stets nach dem Prinzip, sie dann zugänglich zu machen, wenn sie den freiheitlichen Aufschwung des menschlichen Geistes förderte, anstatt der Tyrannei einer kleinen Gruppe zugute zu kommen.

Während der innovatorischen Spurts, die alle paar Jahrhunderte aufeinander folgten, wurden genügend verheerende technische Neuerungen von Wissenschaftlern entwickelt, die die praktischen Konsequenzen ihrer Arbeit nicht bedachten.

Weshalb sollten immer wieder Abermillionen Menschen sterben, nur weil weltfremde Gelehrte die menschliche Natur nicht in Rechnung stellten?

Natürlich gab es dann noch jene Leute, die den technischen Fortschritt nach seinem Wert für sich selbst oder für eine bestimmte Gruppe beurteilten. Unterdrückten sie eine neue Entdeckung, wie die Kaiserin im Falle des interstellaren Antriebs, dann mußten sie zur Preisgabe ihres Geheimnisses gezwungen werden.

Manches Mal war die Entscheidung ihm schwergefallen, aber wer sonst besaß die Macht und die nötige Erfahrung? So oder so, sein Ermessen gab den Ausschlag.

Er schüttelte den Gedanken ab. Sein Körper hatte sich umgestellt. Die Zeit zum Handeln war gekommen.

Hedrock schritt durchs Dämmerlicht vorwärts. Die Menschen im Palast standen starr wie geschnitzte Figuren an einem dämmrigen Abend. In seinem zeitlichen Verhältnis zu ihnen war kein einziger Augenblick verronnen.

Er achtete nicht auf sie, selbst wenn sie ihm im Weg standen, sondern schritt durch sie hindurch, als wären sie Schatten.

Wände wichen vor ihm, doch mußte er dabei behutsam verfahren. Nur zu leicht hätte er durch den Boden und weiter in die Erde sinken können. Bei den anfänglichen Laborversuchen war genau dies in einem Fall geschehen.

Das Physikerteam war schließlich auf den Ausweg verfallen, neuen Raum nur teilweise zu erzeugen und einen Ring zu konstruieren, mit dem das ursprüngliche Ausmaß erhöht oder verringert werden konnte, je nachdem, ob es galt, massive Substanzen zu durchdringen.

Diesen Ring — der zweite, den er trug, diente einem anderen Zweck — benutzte Hedrock, wann immer er an

Wände gelangte: ein leichter Sprung, gefolgt, sobald seine Füße den Boden verließen, von einer Aktivierung des Rings; dessen rasches Wiederausschalten und zuletzt eine sanfte Landung auf einem Boden, der wie Morast unter seinen Füßen nachgab.

Kein Kunststück für geschmeidige Muskeln wie die seinen.

Er gelangte zu dem Versteck voller Maschinen, das er vor langer Zeit auf den Pseudoraum eingestellt hatte. Es umfaßte Waffen, ferngesteuerte mechanische »Hände« und eine Pinasse, die mit magnetischen Hebevorrichtungen ausgerüstet war. Das Boot selbst, wie auch jedes einzelne Gerät, verfügte über die gleiche Regelvorrichtung, die in den Ring eingebaut war. Sie ließen sich sämtlich, einschließlich der beiden Ringe, über eine Zentralschaltung von der Instrumententafel der Pinasse aus bedienen.

Der zweite Weg und die entsprechenden Regler an den Geräten kontrollierten die andere nützliche Konsequenz der Erfindung — die Möglichkeit, sich kurze Strecken vorwärts und rückwärts in der Zeit zu bewegen.

Theoretisch ließen sich damit Jahre zurücklegen; praktisch grenzte die zerrüttende Wirkung des Pseudoraums auf den menschlichen Verstand die Bewegungsfreiheit in beiden Richtungen auf wenige Stunden ein.

Hedrock hatte festgestellt, daß neun Stunden in jeder Richtung, achtzehn insgesamt, die sechs normalen Stunden entsprachen, sich eben noch ertragen ließen.

Mit der Zeitwippe, die die Physiker der Kaiserin sieben Jahre zuvor unabsichtlich konstruiert hatten, hing diese Methode der Zeitreise in keiner Weise zusammen. Das Prinzip der Wippe führte zur Speicherung von Zeitenergie im menschlichen Körper, der letztendlich zerstört wurde.

In *diesem* Raum existierte keine Zeit; hier wurde der Raum auf eine bestimmte Zeit in der Normalwelt abgestimmt.

Hedrock steuerte die Pinasse zu der Stelle, an der der Kreuzer der Waffenläden neben der Bresche in der Palastwand beigedreht hatte. Behutsam lenkte er sein Boot durch die harte Hülle des Kriegsschiffs; dann stellte er den Antrieb ab und justierte die Zentralschaltung auf Höchstleistung — dreifache Normalzeit.

Angespannt wartend, beobachtete er die hochempfindlichen Relais. Bald mußten sie ansprechen, mußten das Boot ...

Ein Licht glühte auf, der Schalter sprang hoch. Die Pinasse paßte sich der Normalzeit des Kreuzers an. Gleichzeitig spürte Hedrock eine Bewegung.

Das Kriegsschiff startete; er und sein kleines Boot stiegen mit ihm auf, gerade weit genug am »Rande« des Pseudoraums, um nicht durch die Hülle des Kreuzers zu fallen.

Wenn er keinen Fehler begangen hatte, befanden sich jetzt zwei Hedrocks in dem Schiff — er selbst hier in der Dämmerwelt, er selbst aber auch *nach* der Rückkehr von seinem Ausflug in den Palast, von den Waffenschmieden gefangengenommen und an Bord des Kreuzers geschafft.

Darauf bauen durfte er nicht ohne weiteres. Bewegungen in der Zeit erschwerten das Auffinden anderer Menschen außerordentlich. Folglich ...

Konzentriert ließ er den Blick über die Bildschirme wandern. In der Tat, dort war er, umgeben von Wachen.

Der Hedrock dort draußen war bereits von seinem Ausflug in die Zeit zurückgekehrt und wußte im Gegensatz zu ihm, was sich zugetragen hatte. Dennoch — lange konnte es nicht mehr dauern.

Und so war es auch.

Der Kreuzer raste zu seinem Bestimmungsort. Der Gefangene wurde in das mit metallenen Wänden versehene Gemach gebracht. Hedrock zwang seine Pinasse durch die massiven Mauern und machte sich an die Arbeit.

Als erstes fuhr er ein Mikrophon aus; und während er dem Wortwechsel lauschte, schaffte er einige Geräte aus dem Boot. Sobald die Wachen mit der Haube eingetreten waren, wartete er bis zum letzten Augenblick, ließ dann eine Greifvorrichtung herunter und holte die Haube in den Pseudoraum herüber.

Die Finger auf die Zentralschaltung gelegt, wartete er, wie die Dinge sich weiter entwickeln würden.

In dem Gemach verrieten tiefe Stille und fassungslose Blicke den konsternierten Zustand der Ratsmitglieder. Hedrock, der Gefangene, lächelte ironisch, traf aber keine Anstalten, sich aus dem Griff der Posten zu befreien.

Er empfand kein Mitleid. Was zu tun blieb, mußte getan werden, und er gedachte es gründlich zu besorgen. Eisig bemerkte er:

»Ich habe nicht die Absicht, weitere Zeit mit Debatten zu verschwenden. Daß Sie mich hinrichten lassen wollten, obwohl die Pp-Maschine meine Uneigennützigkeit bestätigt hat, demonstriert jene Sorte Konservativismus, der noch immer das zu vernichten trachtet, was er nicht begreift.

Dieser Konservativismus soll lernen, daß eine Macht existiert, die selbst den Waffenschmieden überlegen ist.«

Peter Cadron entgegnete kalt: »Die Waffenläden anerkennen keine solche Macht. Wachen, tötet ihn!«

»Schwachkopf!« rief Hedrock. »Cadron, Sie zumindest hätte ich für intelligenter gehalten.«

Ohne sich zu den Wachen umzublicken, wußte er, was sich jetzt ereignen würde.

In dem Pseudoraum betätigte sein früheres Ich die Regelschaltung, worauf alles in seiner Bewegung erstarrte. Ohne Hast entwaffnete das andere Ich erst die Posten, um dann den Ratsmitgliedern Ringe und Zusatzholos abzunehmen. Anschließend legte er ihnen Handschellen an und kettete sie in einer langen Reihe um den Tisch zusammen. Den Wachen fesselte er Arme und Beine ebenfalls mit Handschellen und setzte sie draußen im Flur nieder. Dann schloß er die Tür ab.

Er kehrte an die Instrumententafel zurück, schaltete den

Zeitablauf auf normal und lauschte dem Aufruhr der Männer, die ihre Lage erkannten.

Die Bestürzung war allgemein. Die Männer zerrten an ihren Fesseln, schrien erregt durcheinander, sanken schließlich bleich und verstört zurück. Hedrock wußte, daß sie nicht um ihr Leben fürchteten; überdeutlich ließ sich erkennen, wie vor ihrem inneren Auge ein Schreckensbild entstanden war — die Vernichtung der Waffenläden. Er wartete ab, und als ihre Aufmerksamkeit wieder ihm galt, erklärte er:

»Meine Herren, beruhigen Sie sich! Ihre Organisation schwebt nicht in Gefahr. Diese Situation wäre niemals eingetreten, wenn Sie mir nicht derart blindlings nach dem Leben getrachtet hätten.

Ihr eigener Begründer, Walter S. de Lany, hat bereits die Gefahr erkannt, die dem Staat von einem unüberwindlichen Zusammenschluß wie den Waffenschmieden drohen könnte. Er war es, der deshalb eine wohlgesonnene Beobachtergruppe ins Leben gerufen hat — gutwillig, ohne eigenen Ehrgeiz, mit dem Auftrag, sich nicht einzumischen, solange die Waffenläden sich an ihre Statuten halten. Eben gegen diese Statuten, gegen ihren einzigen unveräußerlichen Artikel, aber haben Sie verstoßen.«

Er hielt inne, und während er mit gekünsteltem Zorn in die Runde blickte, schätzte er kühl die Wirkung seiner Worte ab. Insgesamt war er zufrieden mit der scheinbaren Erklärung, die er vortrug. Ihren Sinn — den Umstand zu verbergen, daß nur ein einziger Unsterblicher existierte — schien sie ihm zu erfüllen.

Er sah, daß mehrere Männer sich wieder soweit erholt hatten, um zum Sprechen anzusetzen. Scharf schnitt er ihnen das Wort ab.

»Folgende Forderungen werden Sie erfüllen. Erstens haben Sie über das Vorgefallene Schweigen zu bewahren. Die Beobachter wünschen nicht, daß ihre Existenz bekannt wird.

Zweitens werden Sie geschlossen zurücktreten. Sie

können sich wieder zur Wahl stellen, aber erst für die übernächste Amtsperiode. Der geschlossene Rücktritt des Rats wird der Gilde in Erinnerung rufen, daß ihre Satzung nicht nur auf dem Papier existiert.

Schließlich werden Sie morgen gegen Mittag die Kaiserin wissen lassen, daß Sie bereit sind, mich gegen den interstellaren Antrieb auszutauschen. Ich habe Grund zu der Annahme, daß sie die Antriebstechnik von sich aus veröffentlichen wird. Geben Sie ihr dennoch Gelegenheit, sich als großmütig zu erweisen. Haben Sie dazu noch irgend etwas zu sagen?«

Seine Stimme mußte sie in Bann gehalten haben. Kaum hatte er geendet, als lautes, gereiztes Stimmengewirr einsetzte, gefolgt von Schweigen, vereinzeltem Raunen und erneuter Stille. Hedrock war nicht entgangen, daß drei oder vier Männer, darunter Peter Cadron, sich an keiner der beiden Kundgebungen beteiligt hatten. Es war Cadron, an den er sich wandte.

»Ich denke, Mr. Cadron kann als Ihr Sprecher fungieren. An seinen Fähigkeiten dürfte kein Zweifel bestehen.«

Cadron erhob sich, ein kräftig gebauter Mann Mitte der Vierzig. »Ja«, versicherte er, »das kann ich. Und ich denke, die Mehrheit teilt meine Meinung dahingehend, daß wir Ihre Bedingungen annehmen.«

Niemand widersprach. Hedrock neigte förmlich den Kopf und sagte laut:

»Eins, Sie können mich jetzt herausholen.«

Er mußte im selben Augenblick verschwunden sein.

Sie dachten nicht daran, irgendwelche Bravourstücke anzustellen, die beiden Hedrocks, die sich jetzt gleichzeitig in dem dämmrigen Pseudoraum befanden. Das Risiko, unwiderruflich wahnsinnig zu werden, war zu groß, um mit der Zeit zu experimentieren. Der Umstand blieb eigenartig, war aber seit langem belegt.

Der frühere Hedrock befreite den Rat, ehe er an der Instrumententafel Platz nahm und das Boot in die Zeit wie zum Palast zurück lenkte. Der andere saß an seiner Seite und starrte düster ins Leere.

Er konnte sich seine gedrückte Stimmung selbst nicht erklären. Was zu tun blieb, war zweitrangig. Zwar war der interstellare Antrieb immer noch nicht zum Besitz der gesamten Menschheit geworden — aber die psychologische Tendenz ging so eindeutig in diese Richtung, daß am Endergebnis kein Zweifel mehr bestehen konnte, mochte Innelda den Antrieb auch als Verhandlungsobjekt nach wie vor zurückhalten.

Weit weniger gefiel ihm die Handlungsweise, zu der er sich soeben gezwungen gesehen hatte. Daß er, der den gegenwärtigen Rat der Waffenschmiede schätzte, nicht umhin gekonnt hatte, gegen ihn vorzugehen, widerstrebte ihm zutiefst. Dennoch ...

Wirkliches Bedauern war nicht am Platze. Der einzige Unsterbliche auf der Erde mußte davon ausgehen, daß Selbstverteidigung zur Rettung seines Lebens sich lohnte. Er konnte nicht aus seiner Rolle, und solange er imstande war, sich zu schützen, mußte die Welt sich mit ihm abfinden.

Hedrock verzog das Gesicht und sah, daß sie am Ziel angelangt waren. Im Zwielicht des Schattenpalastes ragte der sanfte Flammenglanz des elektronischen Schildes auf.

Sie verzichteten auf die Erprobung jedes Paradoxons. Sein früheres Selbst trat durch den Schild und erstarrte zu einer weiteren Schattengestalt auf dem Palastflur.

Hedrock brachte den Schild zum Verglühen, ehe er die Pinasse über die dunkle Stadt hinweg zu einem seiner geheimen Appartements steuerte. Rasch stellte er die Relais darauf ein, das Schiff für künftige Fälle auf Normalzeit zu halten; dann ließ er sich von einer Hebevorrichtung in die Wohnung befördern.

Lebendig in die Normalzeit zurückgekehrt, begab er sich sofort zu Bett. Erschöpft sank er augenblicklich in Schlaf.

Am darauffolgenden Tag erwachte er kurz nach Mittag

und schaltete, während er aß, die Holonachrichten ein. Der interstellare Antrieb wurde nicht erwähnt.

Stirnrunzelnd schaltete Hedrock mehrere Relais zwischen, ehe er über den Holoset die Waffenschmiede anrief. Er lächelte grimmig, als Peter Cadrons Züge auf dem Schirm erschienen.

Dessen Gesicht erhellte sich, während er rief: »Hedrock, Sie sind es.«

»Ja.«

»Hedrock, lassen Sie mich sagen, daß ich mich freue, Sie zu sehen. Der noch amtierende Rat ist sich darin einig, daß er die Ereignisse bedauert.«

»Danke. Man will mir also definitiv nicht mehr übel?«

»Sie haben unser Wort.«

Hedrock seufzte. In gewisser Weise erleichterte ihn die Mitteilung. Schließlich wollte er wissen: »Haben Sie das Austauschangebot unterbreitet?«

»Das hat sich erübrigt.« Die dunklen Augen des Mannes glühten. »Hedrock, wir haben Ihren Anruf geradezu sehnlich erwartet.«

»Ja?«

»Die Kaiserin hat uns eine mehr als bemerkenswerte Abmachung angetragen: Anerkennung der Waffenläden — samt Sitz und Stimme in der Regierung. Das kommt einer bedingungslosen Kapitulation gleich — und im Gegenzug brauchen wir lediglich Sie auszuliefern, wie es Ihrem eigenen Wunsch entspricht.«

»Sie haben natürlich abgelehnt.«

»Was?« Cadron starrte ihn an.

»Cadron, erzählen Sie mir nicht, daß der Rat eine Annahme auch nur in Betracht gezogen hat«, sagte Hedrock schroff. »Zwischen den beiden diametral entgegengesetzten Kräften unserer Gesellschaft darf es keine Übereinkunft geben.«

»Aber«, protestierte Cadron, »das war doch einer der Gründe, die Sie uns selbst für Ihren Aufenthalt am Hof genannt haben.«

»Als bloße Finte«, erwiderte Hedrock. »Während der Zivilisationskrise, die sich abzeichnete, mußte jemand den Kontakt zwischen den Waffenschmieden und der Kaiserin halten. Warten Sie!«

Mit großem Nachdruck redete er weiter, bevor Cadron ihn unterbrechen konnte.

»Cadron, die Waffenschmiede bilden die *permanente* Opposition. Die Opposition alten Stils litt darunter, daß sie selbst nach der Regierungsgewalt strebte. Nur zu oft war ihre Kritik heuchlerisch, waren ihre Ziele selbstsüchtig. Sie *hungerte* nach Macht.

Niemals dürfen die Waffenschmiede solchen Machtgelüsten Raum geben. Soll die Kaiserin selbst Ordnung schaffen. Sie mag nicht verantwortlich sein für die allgemeine Korruption, aber an ihr liegt es, ein Ende damit zu machen.

Die Waffenschmiede haben daran keinen Anteil. Sie sehen nicht gleichgültig zu, aber sie haben darauf zu achten, daß sie jedem, der sich dagegen wehrt, geknechtet zu werden, Beistand bieten — im Sonnensystem *und bald auch darüber hinaus.*

Die Waffenläden stehen den Unterdrückten offen; im übrigen betreiben sie keine Politik.«

»Dann sollen wir also ...«

»Mich gegen den interstellaren Antrieb austauschen und gegen sonst nichts. Im übrigen, Cadron ...« Hedrock lächelte. »Ich habe Sie immer gut leiden können. Richten Sie dem zurückgetretenen Rat meine besten Wünsche aus. Ich gedenke, mich in einer Stunde bei Hofe einzufinden — und ich hoffe, daß Sie alle dann nie wieder von mir hören werden. Leben Sie wohl, und viel Glück!«

Mit einer raschen Handbewegung schaltete er den Holoset aus und blieb davor sitzen, erfüllt von dem Schmerz, den er aus so vielen Jahrhunderten kannte.

Er verdrängte die tiefe Einsamkeit aus seinen Empfindungen. Pünktlich zur angekündigten Zeit landete sein Flugwagen auf dem Palast.

Während sie miteinander sprachen, beobachtete er die Kaiserin unter halbgeschlossenen Lidern hervor. Sie saß steif neben ihm, eine schlanke, anmutige junge Frau mit charakteristisch langen Gesichtszügen, deren grüne Augen ihre Gedanken verbargen.

Sie hatten den künstlichen Palmengarten im vierunddreißigsten Stock aufgesucht. Eine leichte Brise umfächelte sie; indirektes Licht erhellte sanft die Umgebung. Zweimal küßte er sie, in der Einsicht, daß ihre Reserviertheit auf verborgene Motive zurückging, die er ergründen mußte.

Jeden seiner Küsse nahm sie teilnahmslos hin.

Stirnrunzelnd rückte Hedrock von ihr ab. »Innelda, was hat sich bei dir geändert?«

Als sie schwieg, drang er weiter in sie: »Ich komme zurück und erfahre als erstes, daß Prinz del Curtin, dem du vertraut hast wie keinem anderen, aus dem Palast verbannt ist. Weshalb?«

Die Frage schien sie aus ihrer Einsilbigkeit zu reißen. Mit einem Anflug ihres gewohnten Temperaments erwiderte sie: »Mein Vetter hat die Unverfrorenheit besessen, ein Ziel zu kritisieren, das ich mir definitiv gesetzt habe. Ich lasse mich auch von denen nicht bedrängen, die ich schätze.«

»Bedrängen«, wiederholte Hedrock nachdenklich. »Das sieht dem Prinzen gar nicht ähnlich.«

Stille. Hedrock schaute sie von der Seite an, um dann beharrlich fortzufahren: »Meinetwegen hast du auf den interstellaren Antrieb verzichtet. Nun hast du mich zurück, aber du reagierst, als ob dir das nichts bedeutete.«

Während des langen Schweigens, das folgte, kam ihm zum erstenmal der Gedanke: Kannte sie am Ende die Wahrheit über ihn? Bevor er fragen konnte, murmelte sie:

»Was soll ich dir noch sagen, Robert? Die Dynastie wird einen Erben haben. Das Haus Ischer wird weiterbestehen.«

Die Mitteilung, daß sie ein Kind haben würde, berührte

ihn weniger als ein anderer Umstand. Sie war informiert. Das allein zählte für die Zukunft.

Hedrock seufzte. »Ich habe etwas übersehen. Du hast Gonisch in Gewahrsam, nicht wahr?«

»Ja, ich habe Gonisch; und ich brauchte ihm nicht viel zu sagen. Einige wenige Worte, und er hatte die Lösung.«

Nach langer Zeit forschte er: »Was willst du nun tun?«

Ihre Antwort kam wie von weit her. »Eine Frau kann keinen Unsterblichen lieben. Die Verbindung würde sie an Geist und Seele zugrunderichten.» Wie zu sich selbst fuhr sie fort: »Mir ist jetzt klar, daß ich dich nie geliebt habe. Du hast mich fasziniert — und vielleicht sogar leicht abgestoßen. Trotzdem bin ich stolz darauf, daß ich mich unwissentlich für dich entschieden habe. Unser Geschlecht hat noch nicht allen Lebenswillen verloren. — Robert!«

»Ja?«

»Die anderen Kaiserinnen — wie war dein Leben mit ihnen?«

Hedrock schüttelte den Kopf. »Du kannst nicht von mir erwarten, daß ich darüber rede. Ich möchte, daß du dich entscheidest, ohne an die Vergangenheit zu denken.«

Ihr Auflachen klang brüchig. »Du glaubst, ich wäre eifersüchtig. Das brauchst du nicht zu meinen.« Sie sah ihn an. »Künftig bin ich Mutter, eine Mutter, die die Liebe und den Respekt ihres Kindes gewinnen will. Für eine Kaiserin aus dem Hause Ischer ist das keine Frage — aber ich will dich nicht bedrängen.«

Ihre Züge verdüsterten sich. Mit plötzlicher Heftigkeit schloß sie: »Ich muß erst darüber nachdenken. Bitte geh jetzt!«

Sie hielt ihm die Hand hin. Ihre Finger kamen dem Druck seiner Lippen nicht entgegen, und Hedrock kehrte grübelnd in seine Räume zurück.

Einige Zeit verging, ehe ihm Gonisch einfiel. Die Wachen brachten den Psychoprognostiker ohne Einwände zu ihm und entfernten sich.

Eine Weile saßen sie da und blickten sich an. »Mir ist klar«, sagte Gonisch endlich, »daß ich keine Erklärung erhalten werde.«

»Später vielleicht«, erwiderte Hedrock. »Was werden *Sie* unternehmen?«

»Nichts.«

»Sie wollen sagen …?«

»Nichts. Sehen Sie, mir ist ganz klar, wie durchschnittliche und selbst überdurchschnittliche Menschen reagieren würden. Ich werde niemals ein einziges Wort darüber verlieren.«

Hedrock schwieg erleichtert. Er kannte den Mann und seine kompromißlose Rechtschaffenheit. Seine Zusage entsprang einer Betrachtungsweise, die sich an Illusionslosigkeit von niemandem übertreffen ließ. Er gewahrte, daß Gonisch ihn musterte. Der Psychoprognostiker bemerkte:

»Bei meiner Ausbildung würde ich nie den Versuch unternommen haben, die Wirkung der Unsterblichkeit auf andere zu testen. Aber Sie haben das getan, nicht wahr? Wo? Und wann?«

Hedrock schluckte schwer. Die Erinnerung brannte wie Feuer in ihm. »Auf der Venus«, gab er leise zur Antwort, »während der Anfänge der interplanetaren Raumfahrt. Ich habe Wissenschaftler für eine isolierte Siedlerkolonie angeworben, sie eingeweiht und mich daran gemacht, mit ihrer Unterstützung der Ursache meiner Unsterblichkeit auf den Grund zu gehen.

Fürchterlich …« Seine Worte kamen mühsamer. »Sie konnten nicht mit ansehen, wie ich jung blieb, während sie alterten. Nie wieder.«

Er schauderte. Der Psychoprognostiker fragte rasch: »Und wie hat — Ihre Frau reagiert?«

Hedrock schwieg lange Zeit. »Bisher sind die Kaiserinnen des Hauses Ischer noch immer stolz auf ihre Verbindung mit dem einzigen Unsterblichen gewesen«, sagte er dann. »Um der Kinder willen haben sie sich mit der Situation abgefunden. Mehr möchte ich dazu nicht sagen.« Er runzelte die Stirn. »Manchmal habe ich mir überlegt, ob ich nicht öfter heiraten sollte. Immerhin könnte — ich betone *könnte* — die Unsterblichkeit sich auf diese Weise eines Tages weitervererben. Dies ist jetzt meine dreizehnte Ehe. Ich ... ah ... habe es nicht öfter übers Herz gebracht, obwohl ...« — er blickte auf — »ich eine Methode entwickelt habe, um äußerlich zu altern, jedenfalls so weit, um bei denen eine psychologische Wirkung zu erzielen, die die Wahrheit kennen.«

Gonischs Züge trugen einen eigenartigen, grimmigen Ausdruck; Hedrocks Augen verengten sich, als er die Miene gewahrte. »Was haben Sie?« wollte er wissen.

Der Psychoprognostiker entgegnete: »Ich glaube, Innelda liebt Sie, und das macht die Sache sehr schlimm. Sehen Sie, sie darf keine Kinder bekommen.«

Hedrock sprang aus seinem Sessel auf und trat so nahe an den Prognostiker heran, als wollte er tätlich werden. »Ist das Ihr Ernst? Sie hat mir doch selbst gesagt, daß ...«

Gonischs finstere Miene erhellte sich nicht. »Seit ihrer frühesten Kindheit haben wir uns mit der Kaiserin eingehend befaßt. Natürlich sind ihre Unterlagen nur den drei Psychoprognostikern und den Ratsmitgliedern zugänglich. Gerade bei alten Familien treten solche Erscheinungen auf. Ich hoffe, Sie sehen mir die Formulierung nach, aber sie entspricht der Wahrheit.«

Der Prognostiker musterte Hedrock durchdringend. »Ich weiß, das durchkreuzt Ihre Pläne, aber nehmen Sie es nicht so tragisch. Prinz del Curtin ist der nächste in der Erbfolge und dürfte die Dynastie fortsetzen. In einigen Generationen wird wieder eine Frau den Thron besteigen, die Sie dann heiraten können.«

Hedrock hörte auf, in dem Raum hin und her zu gehen. »Seien Sie nicht so ekelhaft gefühllos«, fuhr er Gonisch an. »Ich denke nicht an mich. Innelda ist so eigensinnig wie alle Frauen, die je den Namen Ischer getragen haben. Sie wird auf das Kind nicht verzichten wollen; das macht mir Sorgen.« Er starrte den Prognostiker an. »Sind Sie ganz sicher? Machen Sie mir nichts vor, Gonisch.«

»Ich scherze nicht, Hedrock«, erwiderte dieser steif. »Die Geburt des Kindes wird die Kaiserin das Leben kosten und ...« Er brach ab; sein Blick war auf die Tür hinter Hedrock gerichtet.

Dieser wandte sich langsam zu der Frau um, die dort stand, die ihm mit klirrender Stimme befahl:

»Captain Hedrock, Sie nehmen Ihren Freund Gonisch mit und verlassen auf der Stelle den Palast! Kommen Sie erst zurück, wenn ...«

Sie hielt inne und verharrte einen Augenblick lang, als sei sie aus Stein gemeißelt. »Niemals«, preßte sie dann hervor. »Kommen Sie niemals wieder! Ich könnte es nicht ertragen. Leben Sie wohl.«

»Warte!« schrie Hedrock. »Innelda, du darfst dieses Kind nicht zur Welt bringen. Du ...«

Er sprach zu einer geschlossenen Tür.

17. KAPITEL

Abgesehen davon, daß er die Augen krampfhaft geschlossen hielt und alle seine Muskeln sich wie Stränge versteift hatten, erlebte Neelan den Augenblick, nachdem er abgedrückt hatte, als — normal.

Der Schock der Erkenntnis, noch am Leben zu sein, sprang über von Nervenstrang zu Nervenstrang in konvulsivischem Begreifen. Die beiden Patronen, deren kaum vernehmbare Detonationen überlaut in einen Ohren widergehallt hatten, hatten ihn nicht berührt. Das bedeutete ...

Was für ein Tor, was für ein entsetzlicher Tor war er gewesen, sich derart mitspielen zu lassen!

Er lehnte sich zurück, immer noch mit geschlossenen Augen, ließ seinen Körper sich beruhigen, seine Gedanken langsamer fließen, verebben. Nirwana hatten in grauer Vorzeit die indischen Fakire den Zustand der Selbstvergessenheit, des völligen Aufgehens im kosmischen Nichts, genannt, und seit Jahrtausenden bediente man sich seiner als Basis für jede Form geistigen Trainings.

Allmählich wurde er sich eines stetigen Pulsierens bewußt, dessen Rauschen seinen Kopf ausfüllte. Aber diese körperliche Phase, das Hämmern seines Herzens, begleitet vom Murmeln des kreisenden Blutes, von Zehntausenden winziger Muskelspannungen — auch diese Phase ging vorüber.

Unendliche Ruhe und grenzenloser Friede breitete sich in ihm aus.

Sein erster bewußter Eindruck nach diesen Sekunden völligen Loslassens bestand darin, daß die Lehne eines Sitzes gegen seinen Rücken drückte. Gleich darauf wußte er, daß dieser Sitz in der Steuerzentrale eines Raumboots montiert war, daß es sich um den Mehrzwecksessel in seiner Pinasse handelte.

Er saß in seiner eigenen Maschine; und nur wenige Minuten waren verstrichen, seit er erstmals die fremden Raumschiffe gesichtet hatte. Alles übrige war — nicht eigentlich Einbildung, sondern gezielt erzeugte Sinnestäuschung, Trugbilder, die seine Wahrnehmungskraft im Blitz des Ansturms überwältigt hatten, noch ehe er begriff, was ihm widerfuhr.

Neelan seufzte und schlug die Augen auf. Ohne Eile ließ er die vertraute Umgebung auf sich einwirken. Hier, nirgendwo anders, hatte seine Konfrontation mit den Spinnen sich von Anfang bis Ende abgespielt. Solange er nicht gewaltsam von Bord geholt oder die Pinasse vernichtet wurde, würde er hier bleiben.

Er beugte sich vor, musterte die leuchtenden Bildschirme und sah ...

Ein Schiff! *Ein einziges,* nicht Hunderte.

Sein Gleichmut zerstob mit einem Schlag; seine Überraschung stieg noch, als er erkannte, daß er sich nicht einmal im Innern des fremden Schiffs befand. Seine Pinasse trieb im Raum, war nicht aufgebracht worden. Er war frei, konnte handeln.

Er handelte. Seine Finger zuckten zum Antriebsschalter, drückten ihn. Das Boot schien buchstäblich an seinen Fesseln zu zerren. Es wurde erschüttert, bäumte sich auf. Neelan brach der Schweiß aus; ihm war, als würde sein Körper auseinandergerissen.

Schaudernd schaltete er den Antrieb aus; doch nach einem Augenblick lächelte er durch zusammengebissene Zähne. Dies jedenfalls war Wirklichkeit; die Maschine hatte reagiert. Sein Fingerdruck hatte Energie durch Leitungen geschickt.

Mensch, es wird dir nicht gelingen!

Er hatte mit einer Reaktion gerechnet, hatte sich instinktiv auf den titanischen Anprall vorbereitet. Doch die Erschütterung gestaltete sich ganz anders, als er befürchtet hatte.

Dem fremden Gedanken gebrach es an Kraft. Er schien von weither zu ihm zu dringen. Und wieder empfand er tiefes, fassungsloses Erstaunen. *Dies,* was er jetzt wahrnahm, entsprach der Wirklichkeit. Zuvor mußte den Spinnen die völlige, sekundenschnelle Überwältigung seines Geistes gelungen sein.

Nun aber schrumpften die Wesen, die anfangs so übermächtig gewirkt hatten, mit jeder Minute weiter zusammen.

Aus Hunderten von Schiffen war eines geworden. Die übermenschlich anmutende Kontrolle seines Willens war soweit verebbt, daß ...

Der triumphierende Gedanke brach ab, als der fremde Impuls ihn erneut berührte, kalt, stählern, von unbarmherziger Konsequenz.

Du kannst uns nicht entrinnen. Sobald du deinen Zweck erfüllt hast, werden wir dich vernichten. Dein geistiges und körperliches Aufbegehren gegen dein Schicksal ist unnütz. Blick um dich!

Den Schluß dieser gnadenlosen Mitteilung erfaßte Neelan kaum noch. Er lehnte sich in seinen Sitz zurück, hielt den Atem an — und begriff.

Es trifft zu, fuhr der Spinnengedanke in seiner eisigen, unmenschlich präzisen Art fort, *daß du dich unserer geistigen Gewalt entzogen und festgestellt hast, daß nur ein Schiff existiert.*

Dich weiter in unserer Macht zu haben, wäre natürlich einfacher für uns. Aber wir akzeptieren die Situation. Wir beabsichtigen, deine gefühlsmäßige Beziehung zu deinem Bruder weiter zu untersuchen. Du wirst dabei keine Schmerzen erleiden. Da du nicht fliehen kannst, erwarten wir deine Mitarbeit. Sterben wirst du zu gegebener Zeit. Den Augenblick deines Todes werden wir dir mitteilen. Damit haben wir dir Klarheit verschafft, wie es deinen eigenen Wertvorstellungen entspricht.

Neelan regte kein Glied. In die absolute Faszination, die er empfand, mischte sich schieres Entsetzen. Keine Furcht; nicht ein einziger Nerv seines Körpers zuckte angstvoll. Nur …

Diese Geschöpfe meinten, menschlichen Wertmaßstäben zu entsprechen, wenn sie ihn über den Zeitpunkt seines Todes unterrichteten. An seiner Mitwirkung war ihnen gelegen; indem sie ihm ihre Pläne erläuterten, glaubten sie, ihn durch deren zwingende Logik von selbst zu überzeugen; auf diese Weise konnte alles weitere reibungslos ablaufen.

Kein Aufbegehren; keine Empörung — bis zum unvermeidlichen Ende. Erwies Flucht sich als unmöglich, dann fügten diese Geschöpfe sich offenkundig mit stoischer Ruhe in den Tod — und versuchten nicht, die Hand noch zu beißen, die sich ausstreckte, um sie zu zermalmen.

Neelan lächelte ohne Freundlichkeit. »Ihr scheint es ziemlich weit gebracht zu haben«, bemerkte er schroff. »Euer Schiff besitzt die Ausmaße eines kleinen Mondes. Offenkundig ist eure Zivilisation intellektuell hoch entwikkelt. Mich würde die Welt interessieren, die euch hervorgebracht hat, eure Technik, euer Alltagsleben.

Zweifellos hat eure Art Logik sich als erfolgreich erwiesen. Die Natur kann sich zu ihrer Errungenschaft beglückwünschen; aber ebenso fest steht ...«

Er beugte sich vor; sein Gesicht verzerrte sich, und er spie die Worte fast aus: »Ebenso fest steht, daß Menschen von anderem Schlag sind. Euch mag es wenig kosten, mir den Garaus zu machen, aber jedenfalls sollt ihr merken, daß ich mich nicht in meinen Tod ergebe, daß ich kämpfe, solange noch ein Funke Leben in mir ist.«

Neelan war außer Atem, als er schwieg, und über sich selbst erstaunt. Reuig dachte er, daß er zu sehr aufgetrumpft hatte; auf die Spinnen mußte er wie ein wildes Tier gewirkt haben, das sie trotzig anzischte. Erneut erreichte ihn ein Gedanke:

Du wirst feststellen, daß wir besser über deine Psychologie orientiert sind, als du meinst. Noch einmal — blick um dich!

Diesmal drang die Aufforderung in sein Bewußtsein. Er runzelte die Stirn, schüttelte seine Gefühlsaufwallung endgültig ab und war wieder er selbst.

Er sah, was die Spinnen meinten.

Das riesige Schiff, dem er ausgeliefert war, hatte seine Stellung verändert; seine enorme Masse füllte jetzt die Bug- und teilweise die Seitenschirme.

Den Heckschirm nahm grenzenlose Schwärze ein, und in dieser Nacht schwammen zwei weißgelbe Sonnen.

Noch waren sie klein, leuchtender als helle Sterne, dann kaum größer als kleine Bälle. Aber sie wuchsen. Und nahmen zu.

Weit links tauchte eine dritte, noch winzigere Sonne auf. Bald betrug der Durchmesser der beiden größeren je fünfzehn Zentimeter, ihre Entfernung voneinander einen knappen halben Meter. Der Abstand nahm ständig zu; die eine blieb klein, während die andere näherrückte, anschwoll.

Die zweite Sonne wanderte weiter und weiter nach links. Am Ende bezifferten die Rechenanlagen die Entfernung noch auf fünf Milliarden Kilometer.

Weitere Messungen ergaben, daß der Winkeldurchmesser der beiden näheren Gestirne des Systems den der irdischen Sonne übertraf. Die Helligkeit des direkt benachbarten belief sich auf 1.12, die des weiter entfernten auf 0.32 Sol; die Masse beider Sterne betrug, verglichen mit Sol, 1.14 beziehungsweise 0.97.

Die dritte Sonne funkelte als bloßer Lichtfleck in der Ferne. Seine unzureichenden Instrumente ermöglichten keine rasche Bestimmung ihrer Merkmale. Ihre bloße Existenz jedoch veranlaßte Neelan, weiterzufahnden; und nach einem Augenblick stieß er auf einen roten Punkt, die vierte Sonne dieses Systems.

Der kalte Impuls drang wiederum in sein Bewußtsein.

Mensch, du hast recht. Dies sind die Sterne der Konstellation, die ihr Alpha Centauri nennt. Die beiden näheren sind Alpha A und B. Die dritte weiße Sonne heißt Alpha C, und der unbedeutende rote Punkt ist natürlich Proxima Centauri, der sonnennächste Stern. Diese beiden brauchen uns nicht zu kümmern. Uns interessiert lediglich die Angabe deines Bruders, der von einem Planeten mit erratischer Bahn gesprochen hat.

In diesem System existiert nur ein erratischer Himmelskörper. Er kreist abwechselnd um Alpha A und B und beschreibt dabei eine Bahn, die einer 8 ähnelt und die durch seine ungewöhnliche Geschwindigkeit von fast fünftausend Kilometern in der Sekunde ermöglicht wird. Diese exzentrische Umlaufbahn führt ihn sehr nahe an jeden Stern heran, worin er einem Kometen ähnelt, ohne beider Anziehungskraft aber jemals entfliehen zu können. Die Schwerefelder von Alpha A und B fangen ihn nacheinander ein und schleudern ihn auf seiner Bahn weiter.

Gegenwärtig nähert der Planet sich immer mehr Alpha A, dem Stern vor uns. Wir wünschen deine Verbindung zu deinem Bruder zu nutzen, um seinen Körper zu orten und das menschliche Empfinden dabei genauer zu ergründen.

Daran mitzuwirken, liegt sicherlich in deinem eigenen Interesse.

Das ließ sich kaum leugnen. Nur...

»Aber er ist tot«, rief Neelan.

In der Tat. Das ist das Erstaunliche. Dein Bruder ist tot, und doch hat deine gefühlsmäßige Bindung an ihn zugenommen, statt nachzulassen. Das eröffnet uns eine einzigartige Möglichkeit, Sinneswerkzeuge zu studieren, die unter intelligenten Lebensformen nicht ihresgleichen besitzen.

»Aber...«, setzte Neelan erneut an und hielt inne.

Daß die Spinnen unbeirrbar uneinsichtig blieben, stimmte ihn hoffnungslos. Er trauerte um seinen Bruder; das überstieg ihr Begriffsvermögen. Es war schrecklich, sich Gil vorzustellen, wie er starr in einem endlosen Sandmeer lag, wie sein Körper sich aufzulösen begann unter einer immer brennenderen Hitzeglocke, während der Planet einer seiner beiden Muttersonnen mit jeder Sekunde fünftausend Kilometer näherrückte.

Der Gedanke war furchtbar — und doch empfand er zugleich Erleichterung darüber, daß Gil tot war. Er litt nicht mehr unter sengender Glut und stechendem Sand; seinen sterblichen Überresten setzten weder Hunger und Durst noch länger zu, weder Angst noch grundlose Hoffnung. Der Tod hatte Gilbert Neelan ereilt, wie er früher oder später niemanden verschonte.

Wobei natürlich die Tatsache bestehen blieb, daß die Spinnen Gil, hätte er nur kurze Zeit länger ausgehalten, möglicherweise aus purem Wissensdurst gerettet haben würden — nur um ihnen später beiden den Tod zu geben.

Neelan lächelte freudlos. Das war offenkundig keine Lösung.

Er schüttelte sich. Was nutzte es, dachte er müde. Wenn diese Geschöpfe eine so grundlegende menschliche Empfindung wie Trauer nicht begriffen, war es sinnlos zu erwarten, daß sie wußten, was Gnade hieß.

Die Mentalitäten beider Seiten lagen weltweit auseinander. Unvermittelt spürte Neelan hilflosen Zorn. Glaubten sie wirklich, er würde sich ihnen ausliefern, wenn sie ihm ein Experiment als Preis für die Suche nach seinem toten Bruder antrugen?

»Ihr Ungeheuer«, stieß er hervor, »macht doch gleich ein Ende! Auch wenn eurem eingleisigen Denken das nicht einleuchtet, kann ich mich grämen, weil jemand tot ist, ohne daß ich deswegen seinen Leichnam unbedingt sehen muß.«

Schweigen.

Es ist deutlich, Mensch, daß du unser Bestreben nicht verstehst. Wir beabsichtigen, deinen Bruder wiederzuerwecken. Das muß bald geschehen, weil in der Hitze, der er ausgesetzt ist, sein Kadaver binnen kurzem verwest sein wird. Entscheide dich nun — rasch!

Neelan lag unter einem Licht. Wo er war, oder wo die Spinnen ihn glauben machen wollten, daß er sich befände, wußte er nicht zu sagen.

Natürlich war ihm keine Wahl geblieben. Undenkbar, daß Gil nicht die Möglichkeit erhalten sollte, noch einmal zu leben, selbst wenn das seinen neuerlichen — gewaltsamen — Tod einschloß.

Neelan beobachtete das Licht. Es hing über ihm in der Finsternis, oder — der sonderbare Gedanke kam ihm in den Sinn — blickte er darauf hinab?

Es spielte keine Rolle. Nichts existierte außer dem Licht, das in der Dunkelheit leuchtete, leuchtete, leuchtete. Nach einer Weile fiel ihm auf, daß es kein weißes Licht war; und doch schien es keine eindeutige Farbe zu besitzen. Es war auch nicht warm; es ...

Die Überlegung brach ab; er fröstelte. Als er an Wärme gedacht hatte, hatte er die Kälte gespürt, die ihn umgab.

Das Licht war — Eis.

Der Gedanke wirkte wie ein Signal.

Empfindungen, drang der ferne Spinnengedanke zu ihm, *sind Energie. Sie überbrücken unverzüglich jede Distanz. Euer Kontakt ist nur deshalb schwächer geworden, weil ihr beide geglaubt habt, er müsse nachlassen.*

Diese Auffassung gründet im Unbewußten. Eure Nervensysteme wurden sich der zunehmenden Entfernung bewußt, als dein Bruder zum Centaurus startete; und instinktiv reagierten sie auf den Umstand. Als es gespürt hat, wie er starb, hat dein Nervengewebe ohne weiteres die Verbindung abgebrochen.

Begreife, Mensch, daß der Tod kein Hemmnis darstellt, ehe der Körper verwest und auf Reize nicht mehr reagiert. Wisse, daß deine Gattung so bemerkenswert ausgestattet ist wie keine andere — und akzeptiere das Ergebnis.

Der Wechsel erfolgte augenblicklich. Er lag, gewahrte Neelan, am grasbewachsenen Ufer eines Flusses. Das Wasser gurgelte über Steine. Eine sanfte Brise wehte ihm ins Gesicht, und hinter den Bäumen zu seiner Linken stieg eine Sonne majestätisch über den Horizont.

Um ihn herum standen Behälter, Kisten und mehrere Maschinen. Dazwischen lagen vier ruhig schlummernde Männer. Unter ihnen befand sich Gil.

Einen Moment lang schwindelte es Neelan. Dann beherrschte er sich und dachte verzweifelt: »Nimm dich zusammen! Was du siehst, ist nur Trug, eine Täuschung, die sie dir vorspiegeln. Gil schmachtet auf einem wüstenhaften, höllischen Planeten. Dies ist ein Eden, eine Traumwelt.«

Mehrere Sekunden verstrichen. Gil schlief mit gerötetem Gesicht. Sein Atem ging schwer; er atmete keuchend, als kehrte das Leben in ihn zurück, und seine Lungen könnten nicht genug Sauerstoff aufnehmen.

Ein Gedanke meldete sich schwach in Neelans Bewußtsein. »Wasser«, besagte er. »O Gott, Wasser!«

Er hatte diesen Wunsch nicht im Geiste formuliert.

Neelan warf sich der Länge nach ans Ufer. Die ersten beiden Male zitterten seine hohlen Hände so heftig, daß die kostbare Feuchtigkeit ins Gras lief. Dann kehrte seine Überlegung zurück, er durchwühlte eine der Kisten und stieß auf ein Gefäß.

Er träufelte Gil Wasser in den Mund und ließ es über sein Gesicht rinnen. Mehrfach wurde der ausgemergelte Körper von heftigen Hustenanfällen geschüttelt, aber das war nur gut — lange nicht mehr benutzte Muskeln erwachten wieder zum Leben. Neelan ließ in seinem Bemühen nicht nach.

Gils Herz schlug regelmäßiger; und die ersten gedanklichen Vorstellungen stellten sich zögernd in einem Bewußtsein ein, das lange brachgelegen hatte. Neelan nahm sie auf; die vertraute nervliche Verbindung kehrte zurück, und zufrieden registrierte er, wie Gil sich regte.

»Dan ...« Der Gedanke klang perplex. »Wo kommst du denn mir nichts dir nichts her?«

»Von der Erde.« Neelan sprach die Worte laut aus.

Die Antwort schien Gil zufriedenzustellen. Er seufzte, drehte sich auf die Seite und fiel wieder in tiefen Schlaf.

Neelan durchsuchte die Behälter nach Nahrungsmittelkonzentrat. Er fand eine Flasche und schob Gil eine Tablette in den Mund. Sie würde sich langsam auflösen und ...

Zufrieden darüber, daß er im Augenblick alles getan hatte, was in seiner Macht stand, trat Neelan zurück; und nun erst waren die übrigen Männer keine Hindernisse mehr, über die er hinweggetreten war, während er sich um Gil kümmerte.

Er schämte sich deswegen nicht. In kritischen Situationen genossen diejenigen Vorrang, die einem am nächsten standen.

Erst kam Gil; dann ...

Nacheinander versorgte er die drei Männer mit Wasser und Konzentrattabletten. Als er sich nach getaner Arbeit aufrichtete, erreichte ihn ein Gedanke.

Er hat sich um alle gekümmert. Das Reaktionsmuster bezieht sich also nicht ausschließlich auf eineiige Zwillinge.

Der kurzen Bemerkung folgte keine weitere. Doch sie reichte, um Neelan erstarren zu lassen. Eiskalt rann es ihm über den Rücken, während das drohende Verhängnis ihm erneut vor Augen trat.

Vergessen hatte er die Spinnen nicht. Doch wichtigere Ereignisse hatten den Gedanken an sie in den Hintergrund gedrängt.

Nun hatte die tödliche Wirklichkeit ihren Anspruch wieder angemeldet.

Die niederdrückende Gewißheit lastete auf Neelan, während die Minuten sich zu Stunden dehnten, ohne daß ein weiterer fremder Gedanke sich einstellte. Er starrte zu dem blauen Himmel hoch, zu der mächtigen gelb-weißen Sonne — und verwünschte die Spinnen.

Zugleich aber gab er sich keiner Täuschung hin, daß er damit handelte wie jene längst vergangenen Wilden, die gegen die Dämonen der Luft die Fäuste geschüttelt und Beschwörungen angestimmt hatten.

Endlich ruhiger geworden, begann er seinen Patienten Fruchtsaftkonzentrat einzuflößen, das er in Wasser auflöste. Einer der Männer, von schlanker Statur mit ansprechenden Zügen, erwachte lange genug, um ihn erstaunt anzulächeln. Er stellte jedoch keine Fragen, und Neelan verzichtete auf freiwillige Auskünfte.

Als die Patienten wieder schliefen, stieg er auf den höchsten Baum, den er finden konnte, und musterte von dort die Umgebung. Doch er erblickte nur Bäume, niedrige Anhöhen und in weiter Ferne, im Dunst kaum erkennbar, eine größere Wasserfläche.

Was sein Interesse stärker weckte, waren gelbe Farbtupfer inmitten einer Baumgruppe, die einen knappen halben Kilometer weiter an dem Fluß wuchs.

Er kletterte nach unten und folgte mit einiger Spannung dem Flußlauf. Er mußte die Entfernung unterschätzt haben, denn als er mit einem Behälter voller Früchte zurückkehrte, hatte die Sonne den Zenit bereits überschritten.

Aber die Wanderung hatte ihm gut getan; er fühlte sich frischer und überlegte, ob sich unter der Ausrüstung ein Analysenautomat finden mochte.

Er stieß auf keinen, entdeckte dafür jedoch eine Reihe anderer Geräte, darunter einen Prozeßschreiber zur Kennzeichnung von Markierungsscheiben, die bei der Terrainvermessung benutzt wurden. Davon hatten die Männer an ihren verschiedenen Landepunkten wahrscheinlich eine ganze Menge zurückgelassen.

Die Sonne neigte sich allmählich; spät am Nachmittag stieg das zweite Gestirn, eine kleinere, fahle Scheibe, empor. Die Luft erwärmte sich zunächst weiter, kühlte dann aber ab, als die größere Sonne hinter den Horizont sank und die »Nacht« einsetzte.

Die Stimmung erinnerte an einen diesigen Tag auf der Erde, wenn die Sonne schwach durch dichtes Gewölk schien; doch hingen keine Wolken am Himmel, und es war weder feucht noch drückend. Der leichte Luftzug hielt an. Auch die dritte Sonne ging auf, ohne daß ihr matter Schein die Landschaft merklich erhellte.

Das anhaltende helle Dämmerlicht begann Neelan lästig zu werden. Er wanderte am Ufer auf und ab und dachte dabei:

Wie lange sollte dieses ... dieses unmenschliche Experiment noch dauern? Wie lange wollten die Spinnen ihn martern?

»Verflucht«, tobte er in plötzlichem Zorn, »weshalb gebt ihr mir nicht die Pinasse zurück und fliegt eurer Wege? Die glühend heiße Welt habt ihr uns doch erspart. Warum wollt ihr uns trotzdem umbringen?«

Überraschenderweise erfolgte die Erwiderung sogleich. Sie schien aus dem fahlen, wolkenlosen Himmel zu ihm herunterzutreiben, präzise und gänzlich leidenschaftslos.

Dein erstes Ansinnen, Mensch, läßt sich nicht erfüllen. Beim Eintritt in unser Magnetfeld hat sich dein Schiff aufgelöst. Die Komplexe Energieverbindung, die sich dabei gebildet hat, ist unserem eigenen Potential bereits zugeführt worden.

»Ihr habt das Boot vernichtet!« Neelan stand schrekkensstarr. Was sich im einzelnen zugetragen hatte, wie die Zerstörung sich abgespielt hatte, blieb noch unklar. Allein die Mitteilung aber genügte, um ihm die Fassung zu rauben.

Die Pinasse existierte nicht mehr. Ein Stück seines Lebensfadens war gekappt.

Sein Ausruf hatte keine Reaktion zur Folge.

Auch deine zweite Forderung, setzte sich der Spinnengedanke fort, *ist unerfüllbar. Wir sind nicht ganz das, was wir zu sein scheinen. Zu den großen Errungenschaften der Natur, wie du zu denken scheinst, läßt unsere Gattung sich nicht rechnen. Dieses Schiff beherbergt alle Überlebenden unserer Spezies. Wir, die wir hier leben, sind unsterblich, Sieger im Macht- und Daseinskampf auf unserer Welt. Jeder hat seine Rivalen ausgeschaltet und ist unbezwingbar in seinem Bereich.*

Wir wünschen nicht, von anderen Lebensformen des Universums entdeckt zu werden. Ein Zufall hat dich in unsere Mitte geführt; deshalb mußt du sterben. Ist dir das klar?

Neelan wußte nichts zu entgegnen. Diese Logik duldete keinen Widerspruch. Der Tod war die Quittung für sein Wissen.

Wir beabsichtigen, teilte der kalte Gedanke ihm mit, *unsere Untersuchung des menschlichen Gefühlslebens auf der Grundlage der Kenntnisse zu Ende zu führen, die wir durch dich erlangt haben, und anschließend dieses Gebiet für immer zu verlassen. Dazu werden wir einige Zeit benötigen. Inzwischen hast du keine weiteren Antworten von uns zu erwarten. Verhalte dich entsprechend.*

Langsam kehrte Neelan in das Lager zurück. Der

schlanke, erschöpft wirkende Mann, der ihn zuvor angelächelt hatte, richtete sich mühsam auf.

»Hallo«, begrüßte er ihn aufgeräumt. »Mein Name ist Kerschaw — Derd Kerschaw. Sie müssen Dan Neelan sein. Danke, daß Sie uns gerettet haben.«

»Sie bedanken sich zu früh«, erwiderte Neelan.

Aber der Klang der menschlichen Stimme belebte ihn — und brachte ihn auf einen Gedanken.

Mit der Hoffnung stellte Furcht sich ein. Neelan arbeitete wie unter einer drückenden Last, in der Erwartung, jeder Augenblick könnte den Tod bringen.

Mit Gils Blaster schnitt er Baumstämme in zollstarke runde Scheiben, die er in den Markierungsschreiber schob. Das Gerät stanzte einen rasch eingegebenen Text in die Oberfläche; er bestand aus einer Positionsangabe, einer knappen Beschreibung der Spinnenwesen und einem Hinweis auf ihre Drohung.

Für jede einzelne Scheibe veränderte er die Antischwerkraftjustierung des Schreibers und verfolgte, wie sie nach oben schwebten, zwischen zwanzig und zweihundert Metern hoch je nach Einstellung.

Der unstete Luftzug trug die Scheiben mit sich fort. Einige setzten sich nur zögernd in Bewegung, und Neelan schwitzte, weil sie kaum von der Stelle zu kommen schienen. Andere wurden rasch davongetragen.

Neelan wußte, daß manche in Bäumen hängenbleiben, manche auf Anhöhen landen würden. Eine genügende Zahl aber würde jahrelang in der Atmosphäre treiben, und von Stunde zu Stunde würde die Suche nach ihnen sich schwieriger gestalten.

Die Spinnen konnten nicht mehr darauf bauen, daß ihre Existenz unentdeckt blieb.

»Zwei Tage«, stöhnte Neelan laut in seiner Unruhe, »nur zwei Tage, damit sie sich in alle Winde zerstreuen ...«

Schließlich hielt er inne, um den Männern wieder Nahrung und Wasser einzuflößen, wobei er ihnen die Minuten kaum gönnte, für die er seine Arbeit unterbrechen mußte. Er selbst aß nichts, sondern fällte den nächsten Baum und begann mit dem Zuschneiden. Während er die Scheiben aufstapelte, wurde er gewahr, daß Kerschaw zu dem Prozeßschreiber gekrochen und dabei war, den einprogrammierten Text mit seinem Zusatzholo abzurufen.

Nach einer Weile blickte er Neelan skeptisch an. »So sieht unser Problem also aus«, meinte er. »Und Sie glauben, die Scheiben werden ihren Zweck erfüllen?«

»Die Spinnen sind durch und durch logisch veranlagt«, erwiderte Neelan. »Eine vollendete Tatsache werden sie immer akzeptieren. Daß sie uns im Augenblick in Ruhe lassen, liegt daran, daß sie sich zur Erde begeben haben, um die Menschen und ihre Gefühle eingehend zu studieren. Zumindest haben sie mir das mitgeteilt, mit dem Zusatz, ich würde längere Zeit nichts von ihnen hören. Die Entfernung dürfte ihre telepathischen Fähigkeiten übersteigen.«

Kerschaw schwieg nachdenklich; dann fragte er: »Welche Aussichten haben wir eigentlich, gerettet zu werden? Was ist aus Greer und dem Sternenschiff geworden?«

Neelan gab ihm Auskunft und schloß verbissen: »Ich weiß, es sieht schlecht aus für uns, aber die Spinnen haben erwähnt, sie hätten definitiv vor, diese Gegend zu verlassen. Was sollte sie dazu veranlassen, wenn nicht der Umstand ...

Kurz gesagt: Sie müssen wissen, daß mächtige Schiffe bald regelmäßig von der Erde zum Centaurus fliegen werden. Die Waffenschmiede müssen die Kaiserin gezwungen haben, die Antriebstechnik zur Nutzung freizugeben.«

»Dann schneiden und stapeln Sie am besten weiter die Scheiben«, meinte Kerschaw ruhig, »und ich schiebe sie in die Maschine. Ich ...«

Er brach ab und schwankte. Seine Augen starrten an

Neelan vorbei in die Höhe. Dieser fuhr herum, folgte dem konsternierten Blick und gewahrte …

Ein Schiff!

Einen schrecklichen Augenblick lang dachte er, es sei das Spinnenschiff, das in weiter Ferne sichtbar würde. Dann glänzte das melierte Metall in der Sonne, und die großen Buchstaben am Rumpf leuchteten auf:

WS-CENTAURUS 719

Das Schiff war keineswegs weit entfernt, sondern flog relativ niedrig. In weniger als achthundert Metern Höhe raste es über ihnen dahin und war hinter dem Horizont verschwunden, während Neelan noch unablässig den Energiestrahl seines Blasters nach oben sandte.

Erschöpft sank er ins Gras, nur um von Kerschaws drängender Stimme angestachelt zu werden:

»Mann, kommen Sie zu sich! Wir können überhaupt nicht genug Scheiben aufsteigen lassen. Haben Sie gesehen, daß das der siebenhundertneunzehnte Sternentransporter der Waffenschmiede war? Er muß vollgestopft sein mit Siedlern.«

Neelan nickte bedrückt. »Es kann Jahre dauern, bis uns wieder einer überfliegt. Wer sagt uns, daß sie nicht die anderen Planeten zuerst kolonisieren? Jedenfalls müssen wir hier ausharren. Über eine Welt dieser Größe könnten wir den Rest unseres Lebens streifen, ohne jemals einem Siedler zu begegnen.«

»Ja«, bestätigte Kerschaw, »wir müssen hierbleiben.«

Langsam vergingen die Monate.

18. KAPITEL

Del Curtin war es, der Hedrock am letzten Tag in den Palast schleuste. »Jemand muß zu ihr, auf den sie vielleicht doch noch hört«, hatte der Prinz gewispert. »Meine Freunde werden ihren neuen Arzt, diesen Telinger, wissen lassen, daß Sie hier sind. Bleiben Sie in Ihrem Gemach, bis Sie Bescheid erhalten.«

Das Warten war quälend. Hedrock wanderte auf den dicken Teppichen hin und her und dachte an die Monate, seit er aus dem Palast verbannt worden war. Die letzten Tage hatten ihm am meisten zugesetzt.

Auf ungeklärte Weise hatte das Gerücht sich verbreitet. Von fern und nah drang es zu Hedrock. Die Holosendungen würdigten es keiner Erwähnung; offiziell wurde nichts bekanntgegeben; wie es durchgesickert war, ließ sich unmöglich feststellen.

Doch es lief in den Restaurants um, die er gelegentlich aufsuchte. Es kursierte auf den Straßen unter den Leuten, an denen er vorüberging. In den öffentlichen Flugwagen bildete es das ständige Gesprächsthema.

Es war weder hämisch noch bösartig. Es besagte lediglich, daß die Geburt eines Thronfolgers täglich bevorstehe. Im Ischerreich harrte man aufgeregt der Verlautbarung.

Der entscheidende Tag war da — ohne daß es jemand wußte.

Gegen zweiundzwanzig Uhr trat die Krise ein. Eine Nachricht Dr. Telingers riß Hedrock aus seinem Brüten und holte ihn in die Gemächer der Kaiserin.

Telinger erwies sich als Mediziner mittleren Alters, der den Besucher mit tiefen Sorgenfalten im Gesicht begrüßte.

Hedrock wußte, daß sich dem Mann außer seiner Schwäche nichts vorwerfen ließ. Er war an den Hof beordert worden, nachdem die Kaiserin seinen Vorgänger, der ihr dreißig Jahre lang als Leibarzt gedient hatte, kurzerhand entlassen hatte. Bei einem Tischgespräch, an das

Hedrock sich noch erinnerte, hatte sie Dr. Neel als Quacksalber bezeichnet, der sich als Arzt nur noch andienen könne, weil er sie zur Welt gebracht habe.

Zweifelsohne hatte er ein offenes Wort mit ihr geredet, das Innelda ihm wenig gedankt hatte.

Und ebenso unzweifelhaft hatte sie, wie Hedrock erkannte, während er Dr. Telinger zuhörte, dem Nachfolger nie eine gründliche Untersuchung gestattet. Sie hatte ihre Wahl mit Bedacht getroffen. Dem Mann war anzusehen, daß die Ehrfurcht vor seiner kaiserlichen Patientin ihn viel zu sehr eingeschüchtert hatte, um sich ihr gegenüber durchzusetzen. Nur…

»Ich habe die Wahrheit eben erst festgestellt«, stammelte er beinahe. »Sie steht unter schmerzstillenden Mitteln, ist aber bei Bewußtsein. Prinz Hedrock, Sie müssen ihr zureden. Entweder das Kind oder sie. Ihre Überzeugung, daß sie die Geburt überstehen wird, ist gänzlich unbegründet.

Sie hat mir mit dem Tod gedroht«, schloß er bebend, »wenn das Kind nicht am Leben bleibt.«

»Lassen Sie mich mit ihr sprechen«, sagte Hedrock.

Sie lag ohne einen Laut im Bett. Ihre Wangen wiesen keine Spur Farbe mehr auf; ihre Bust hob und senkte sich so geringfügig, als wäre sie schon tot.

Arme Despotin, dachte Hedrock, während er ihre stillen und doch angespannten Züge betrachtete, arme, unglückliche Despotin, getrieben von inneren Zwängen, die sie weder versteht noch zu beherrschen weiß.

»Innelda«, sagte er leise.

»Robert — du — bist es.« Ihre Antwort kam langsam, stoßweise und doch heftig. »Ich habe — doch befohlen — dich nicht — holen — zu lassen.«

»Deine Freunde lieben dich. Sie möchten, daß du weiterlebst.«

»Sie — hassen — mich. Sie halten — mich — für unvernünftig. Aber ich — werde es ihnen — zeigen. Ich will leben — aber mein Kind *muß* leben.«

»Prinz del Curtin hat eine schöne und kluge Frau geheiratet. Sie werden Kinder haben, die der Thronfolge würdig sind.«

»Kein Kind außer meinem — und deinem — wird den Namen Ischer tragen. Verstehst du nicht — die direkte Linie muß fortgesetzt — werden. Sie ist — noch nie — unterbrochen worden. Nun wird sie weiter — Bestand haben. Verstehst du nicht?«

Hedrock empfand tiefe Trauer. Er verstand nur zu gut. Als er längst verblichene Monarchen unter allen möglichen Vortäuschungen dazu gebracht hatte, Frauen mit ausgeprägtem Familiensinn zu heiraten, hätte er sich nicht träumen lassen, daß dieser Wesenszug jemals unerwünschte Folgen haben könnte.

Jetzt hatte er eine Tragödie heraufbeschworen.

»Robert — bleibst du bei mir — und hältst meine Hand?«

Er blieb und wartete, während ihr Leben zerrann; wartete, bis der Tod auf ihrem erkalteten Körper lastete und das quäkende Geschrei des Babys hilflosen Zorn in ihm weckte auf alle Säuglinge und die miserable Unsterblichkeit, die sie verkörperten.

In einem halben Lichtjahr Entfernung setzte ein hundert Kilometer langes Schiff sich langsam in Bewegung. Große Gedanken zuckten und brandeten in ihm:

... Die zweite prinzipielle Untersuchung hat ebenso wenig greifbare Resultate erbracht wie die erste. Einige Gesetzmäßigkeiten kennen wir — aber weshalb hat diese Herrscherin, der eine Welt gehörte, ihr Leben für ihr Kind geopfert, obwohl ihr Ich vor dem physischen Tod zurückgeschreckt ist? Ihre Begründung, sie selbst müsse die Linie weiterführen ... logisch unzureichend. Minimale genetische Umsteuerungen, für die genügend Männer und Frauen verfügbar sind, hätten die direkte Fortpflanzung gesichert.

Es bleibt nur übrig, sie ins Leben zurückzurufen und die

Gefühlsregungen aufzuzeichnen, mit denen ihre Umgebung auf die Wiedererweckung reagiert.

Wir brauchen nicht über Centaurus zurückzukehren. Unser Gefangener — Neelan — hat geschickt die Logik zunichte gemacht, die seinen Tod erfordert hätte. Durch Zufall ist er bis jetzt nicht geborgen worden. Stündlich ... zu erwarten. Wir können die Galaxis binnen einer... (Periode) verlassen.

Soviel haben wir in Erfahrung gebracht: Auf diese Gattung wartet die Herrschaft über das Sevagramm.

NACHWORT

von
RAINER EISFELD

I

In seiner Ausgabe vom 6. Juni 1968 veröffentlichte das Science Fiction-Magazin *If* zwei Anzeigen. Der Text der einen lautete: »Wir, die Unterzeichneten, sind der Überzeugung, daß die Vereinigten Staaten in Vietnam bleiben müssen, um ihrer Verpflichtung gegenüber der Bevölkerung dieses Landes nachzukommen.« Unterzeichnet war diese Annonce — was niemanden überraschen konnte — von John W. Campbell jr., Edmond Hamilton, Robert A. Heinlein und Jack Williamson; aber auch von 68 weiteren Science Fiction-Autor(inn)en, darunter Poul Anderson, Leigh Brackett, Marion Zimmer Bradley, Fredric Brown, Hal Clement, Raymond Z. Gallun, Larry Niven, Alan E. Nourse, Jack Vance und Robert Moore Williams.

Die zweite Anzeige verkündete knapp: »Wir wenden uns gegen die Teilnahme der Vereinigten Staaten am Krieg in Vietnam.« Sie war — was ebenso wenig erstaunen konnte — unterschrieben von Isaac Asimov, Ray Bradbury, Philip K. Dick, Ursula K. Le Guin und Kate Wilhelm; weiter von 77 anderen Schriftsteller(inne)n, unter ihnen James Blish, Anthony Boucher, Samuel R. Delany, Lester del Rey, Thomas M. Disch, Philip José Farmer, Harry Harrison, Daniel Keyes, Damon Knight, Fritz Leiber, Judith Merril, Alexei Panshin, Joanna Russ, Robert Silverberg, Norman Spinrad und Donald A. Wollheim.

Zu diesem Zeitpunkt, im Juni 1968, hatte die Auseinandersetzung über die Intervention der USA in Vietnam innenpolitisch wie international bereits einen hohen Grad erreicht. Den Hintergrund dafür bildete insbesondere die immer stärkere Ausweitung des Bombenkrieges seit 1965 — nicht nur gegen Nord-, sondern auch innerhalb Südvietnams: durch Flächenbombardements, Einrichtung von »Feuer frei«-Zonen, Einsatz von Napalm-, Kugel- und Phosphorbomben, Verwendung von Herbiziden, Umsiedlungen und Deportationen sowie die zunehmende Brutalisierung und Verrohung auch der Bodenkämpfe wurden in immer wachsenderem Maße die südvietnamesische Zivilbevölkerung und ihrer Ernährungsbasis getroffen. Nach den offiziellen Feststellungen des amerikanischen Senatsausschusses über die Lage der Flüchtlinge in Südvietnam wurden Hunderttausende von Zivilisten — insbesondere Kinder — getötet und ein Flüchtlingsstrom von mehreren Millionen Menschen in Bewegung gesetzt.

Am 17. April 1965 hatten beim 1. Marsch auf Washington 25 000 Demonstranten gegen die Vietnampolitik der Regierung protestiert; bis zu den beiden »Vietnamtagen« gegen Jahresende war die Zahl allein der protestierenden Studenten bereits auf über 100 000 angewachsen, die an mehr als 30 Universitäten und Colleges gegen den Krieg demonstrierten. 1966/67 trat auf Initiative von Lord Bertrand Russell und Jean-Paul Sartre in London und Stockholm das »1. Russell-Tribunal« zusammen, um zu untersuchen, ob sich die USA in Vietnam der Aggressionshandlungen und Kriegsverbrechen schuldig machten; Günther Anders, James Baldwin, Simone de Beauvoir, Stokeley Carmichael, Isaac Deutscher und Peter Weiss gehörten zusammen mit anderen diesem privaten Forum an. Der ebenso moralisch wie politisch motivierte Protest griff zu dieser Zeit auch auf die Freie Universität Berlin sowie auf einzelne Hochschulen der Bundesrepublik — insbesondere Frankfurt — über und trug wesentlich dazu bei, die »Studentenrevolte« auszulösen.

Am 6. Juni 1968, dem Tag, an dem die beiden Erklärungen in *If* erschienen, wurde Robert Kennedy, Bruder des 1963 in Dallas umgebrachten US-Präsidenten, in Los Angeles ermordet. Er und Senator Eugene McCarthy waren im Präsidentschafts-Vorwahlkampf scharf mit der Vietnampolitik der Regierung Lyndon B. Johnson ins Gericht gegangen. Und die Protestmärsche auf Washington waren mittlerweile, in Norman Mailers Worten, zu »Heeren aus der Nacht« angewachsen. Ein immer tieferer Riß ging durch die amerikanische Gesellschaft.

Dieselbe Kluft zwischen Falken und Tauben teilte, wie auf den ersten Blick deutlich wurde, auch die Gruppe der Science Fiction-Autoren. Beim zweiten Hinsehen fiel auf, daß Namen fehlten. Freilich: Cyril M. Kornbluth und Henry Kuttner waren seit einem Jahrzehnt tot; der (1987 gestorbene) Alfred Bester hatte sich damals bereits ebenso lange aus dem Genre zurückgezogen, Kurt Vonnegut sich eigentlich nie dazugerechnet. Dennoch hatten Schriftsteller wie Frank Herbert, Frederik Pohl, Robert Sheckley, Theodore Sturgeon und Robert Zelazny keine der beiden Anzeigen unterzeichnet. Ebenso wenig tauchte der Name A. E. van Vogts auf.

Van Vogts Schweigen war besonders auffällig. Nicht nur im Zweiten Weltkrieg, sondern auch aus Anlaß des Kalten Krieges hatte er sich mit politisch unterlegten Erzählungen zu Wort gemeldet, auf die sogleich zurückzukommen sein wird. 1962 hatte er seinen bereits im Vorwort erwähnten Roman über Gehirnwäsche im maoistischen China, *The Violent Man,* veröffentlicht; der Anhang listete mehr als fünfzig Werke auf, die er zu Rate gezogen hatte. Diese sorgfältig geschriebene Studie über die psychischen Ursprünge von Aggressivität und autoritärem Verhalten hatte jedoch die Hoffnungen nicht erfüllt, die ihr Autor an sie knüpfte: Angesichts der Bedeutung des Themas hatte van Vogt damit gerechnet, einen potentiellen Bestseller verfaßt zu haben — doch erst 1978 wurde *The Violent Man* als Taschenbuch nachgedruckt.

In dem Roman hatte A. E. van Vogt einen beträchtlichen Teil der psychotherapeutischen Erfahrungen und Einsichten verarbeitet, die er bei der Anwendung der »neuen

Wissenschaft der Dianetik« (van Vogt) gewonnen hatte: Bis 1961 leitete er die Hubbard Dianetic Research Foundation in Los Angeles und praktizierte selbst als »Auditor« dianetische Therapie zur »Beseitigung psychischer bzw. psychosomatischer Störungen« und zur »Freisetzung der im Menschen vorhandenen geistigen Reserven« — so der Eigenanspruch der Dianetik. Dabei handelte es sich um jene Heilslehre, die der Science Fiction-Schriftsteller L. Ron Hubbard (1911—1986) mit einem Artikel in *Astounding Science Fiction* und seinem anschließenden Buch »Dianetik: Die moderne Wissenschaft der geistigen Gesundheit« 1950 begründet und später zur »religiösen Philosophie« der Scientology-Kirche (mit entsprechenden Steuervorteilen) weiterentwickelt hatte. Diese »Science Fiction-Religion« spricht, wie Christopher Evans in einer kritischen Analyse schrieb*, in erster Linie

> die mit einer mittleren Intelligenz ausgestatteten, einigermaßen belesenen und an ihrer Persönlichkeit interessierten Menschen an, denen aus irgendeinem Grunde keine Möglichkeit geboten wurde, eine vertiefte Bildung zu erlangen... Für sie bedeuten das Selbstvertrauen der Scientologen, die rasche Einführung in eine private Fachsprache und der Erwerb von Zeugnissen, Diplomen und so weiter, das unmittelbare Reagieren Gleichgesinnter auf sie und die Verheißung wundersamer Errungenschaften ein Fanal der Hoffnung... in der Scientologie findet jeder, der guten Willens ist — sofern er zahlt, was gefordert wird — ... die Aufmerksamkeit anderer Scientologen. Und es gibt nichts, was die unbehausten Seelen in unserer Gesellschaft dringender benötigen, als die persönliche, uneingeschränkte, urteilsfreie Aufmerksamkeit eines anderen Menschen.

---

* »Kulte des Irrationalen«, Reinbek 1979, S. 148. — Van Vogst eigene Einschätzung der Dianetik (auf die Scientologie hat er sich nie eingelassen) findet sich in dem Interview: »Van Vogt on Dianetcis«, *Spaceway Science Fiction,* Vol. 2 No. 3, Februar 1955, S. 43—53.

Bei van Vogt scheint ein wesentliches Motiv für seine anhaltende Beschäftigung mit Dianetik darin bestanden zu haben, daß — wie er Charles Platt berichtete (vgl. das Interview in Platts *Who Writes Science Fiction?*) — die anhaltend schwache Gesundheit seiner ersten Frau Edna Mayne Hull durch dianetische Therapie zwei Jahrzehnte lang stabilisiert wurde, ehe sie 1970 an Krebs erkrankte und 1975 starb.

Alle Anzeichen sprechen dafür, daß *The Violent Man* A. E. van Vogts Versuch darstellte, aus dem Science Fiction-Genre mit einem politisch-psychologischen Roman ebenso auszubrechen, wie Isaac Asimov dies mit seinen naturwissenschaftlichen Veröffentlichungen gelungen war. Hätte der Absatz des Buches den Erwartungen entsprochen, »würde van Vogt sehr wahrscheinlich weitere Bücher für ein breitestmögliches Leserpublikum produziert haben; wie die Dinge lagen, kehrte er zurück zur Science Fiction« (Arthur Jean Cox im *Dictionary of Literary Biography** über van Vogt).

Die Rückkehr bereitete ihm jedoch nicht unerhebliche Schwierigkeiten. Zwar hatte er in dem Jahrzehnt von 1952—61 zahlreiche Kurzgeschichten der »golden age«-Periode zu jenen im Vorwort eingangs erwähnten »fix up novels« zusammengefaßt; auch waren die Magazinversionen von *Universe Maker* (dt. »Die Schatten«, später »Der Zeitspieler«) und *Pawns of Null-A* (dt. »Die kosmischen Schachspieler«) in Buchform erschienen. All diese Romane trugen nicht wenig zum Ausbau seines Renommees bei. Während derselben Zeit aber hatte van Vogt keine einzige neue Kurzgeschichte geschrieben und nur einen neuen Roman verfaßt — *The Mind Cage* (1957; dt. »Das andere Gesicht«, später »Die Denkmaschine«). Seine »Rückkehr« begann zögernd mit kürzeren Erzählungen — eine, höchstens zwei pro Jahr zwischen 1963 und 1968. Ein Jahr später faßte er einen Entschluß:

---

* Band 8: *Twentieth Century American Science Fiction Writers,* Teil II, Detroit 1981.

> Wie stellt man es an, wieder vollberuflicher Schriftsteller zu werden? Ich entschied, daß ich einen festen Auftrag brauchte. Deswegen verfaßte ich sechs Dispositionen, schrieb zu jeder einige Kapitel und schickte sie Donald Wollheim (damals Herausgeber der Ace Books), der mir grünes Licht gab ... Bei allen Unterschieden im einzelnen behandeln die sechs Romane samt und sonders die Problematik von Frieden und Gewalt.*

1970 erschienen die beiden ersten Titel — *Children of Tomorrow* (»Kinder von morgen«) und *Quest for the Future* (»Palast der Unsterblichkeit«) —, gefolgt von *The Battle of Forever* (»Kampf um die Ewigkeit«), *The Darkness on Diamondia* (»Chaos über Diamantia«), *Future Glitter* (»Das Gedankenfenster«) und schließlich *The Anarchistic Colossus.* Van Vogts »klassische«, bis kurz vor ihrem Ende untrennbar mit *Astounding Science Fiction* verbundene schriftstellerische Phase hatte von 1939—51 gedauert; die aufgeführten sechs Romane leiteten die zweite, »moderne« Etappe seiner Laufbahn als Science Fiction-Autor ein.

II

Frieden und Gewalt — oder, als Problem formuliert:

> Der Mensch kann nur unter Menschen bestehen. Immer jedoch drohen durch Menschen auch Gewalttat und Vernichtung ... Wie ist unter Menschen Friede möglich, und wie kann er gesichert werden?**

Zur Lösung dieses Problems hat van Vogt immer neue Wege anvisiert: schrittweise Schaffung einer herrschafts-

* Brief an John W. Campbell jr. vom 20. 2. 1970. Copyright © 1986 by Perry A. Chapdelaine, Sr., for AC Projects, Inc.

** Christian Graf von Krockow: »Soziologie des Friedens«, Gütersloh 1962, S. 7, 11.

freien Ordnung — »Anarchie« — durch Integration von Verstand und Gefühl (»Welt der Null-A«); Existenz einer mächtigen permanenten Opposition (»Die Waffenläden von Ischer«); Verbindung von sozialistischem Gruppen- und kapitalistischem Unternehmerprinzip (»Die Denkmaschine«). Zugleich jedoch erweist er sich als profunder Skeptiker: Als die Idee der Waffenläden entsteht, die die Gesellschaft stabilisieren sollen, hat ein atomarer Weltkrieg bereits eine Milliarde Opfer gefordert; drei Atomkriege haben die Erde verheert, ehe der Kompromiß zwischen Kapitalismus und Sozialismus diktatorisch durchgesetzt wird.

Die Drohung des nuklearen Konflikts hat van Vogt aber keineswegs nur in solcher angedeuteten Form beschäftigt. Sie bildet das Thema seiner 1949 veröffentlichten Erzählung *The Earth Killers,* deren Aussage von der damals — und heute nach wie vor — populären Dämonologie des Kalten Krieges erheblich abstach. Zwar hatte in den USA die antikommunistische Hysterie ihren Höhepunkt noch nicht erreicht; Senator Joseph McCarthy, dessen Hexenjagdmethoden einer ganzen Ära ihren Namen geben sollten, erschien erst ein Jahr später auf der politischen Bühne der USA. Aber die politische Rhetorik der Truman-Regierung, verstärkt durch die 1947 eingeleitete Loyalitätsüberprüfung aller Bewerber und Beschäftigten des öffentlichen Dienstes, schürte bereits den »red scare«, die Angst vor den »Roten«. Außenpolitisch wirkten die sowjetische Berlin-Blockade, der kommunistische Umsturz in der Tschechoslowakei sowie der Sieg der Armeen Mao-tse-tungs im chinesischen Bürgerkrieg in dieselbe Richtung. Durch mittlerweile freigegebene amerikanische Regierungsdokumente wissen wir außerdem, daß in immer neuen Memoranden der Vereinigten Stabschefs seit 1947 atomare Schläge gegen den »potentiellen Feind«, die UdSSR, ins Auge gefaßt wurden. Derartige strategische Überlegungen spiegelten die verbreitete Einschätzung wider, die Sowjetunion steuere einen expansionistischen Kurs, allerorten seien kommunistische fünfte Kolonnen am Werk, und ständig drohe die »kalte« politische in eine »heiße« militärische Auseinandersetzung umzuschlagen.

Überdies ließ sich absehen, daß nukleare Waffen nicht auf Dauer ein probates, einseitig verfügbares Mittel gegen die »Horden der Roten Armee« (so die US-Zeitschrift *Collier's* 1951) bleiben würden. Noch bevor im August 1949 die erste sowjetische Kernwaffe detonierte, tauchte im Anschluß an Hiroshima und Nagasaki der bevorstehende Dritte Weltkrieg, geführt als »1. Atomkrieg« (Theodore Sturgeon 1946 in seiner Kurzgeschichte *Memorial*), als Thema zahlreicher Science Fiction-Erzählungen auf.

Van Vogts *The Earth Killers* beginnt scheinbar ganz analog: 1979 fallen Atombomben auf die fünfzig größten Städte der USA; 40 Millionen Menschen kommen um. Testpilot Captain Robert Morlake, mit dem Raketenflugzeug S29A vom Luftwaffenstützpunkt Kane Field in Illinois aufgestiegen, wird Zeuge, wie eine dieser Bomben, unmittelbar von oben kommend, an ihm vorbei auf Chicago herunterstürzt. Sein Versuch, sie von ihrer Bahn abzudrängen, mißlingt; er selbst kann sich mit seiner Maschine zu einem geheimen Luftwaffenstützpunkt in Texas retten.

Der Befehlshaber der amerikanischen Truppen in Europa stellt allen europäischen und asiatischen Ländern unverzüglich ein Ultimatum: Entweder sie öffnen amerikanischen Suchtrupps ihre Grenzen, oder sie werden von US-Überseebasen aus durch Luftwaffe und Marine nuklear bombardiert. Sämtliche Regierungen, auch die der UdSSR und Chinas, beugen sich dem Ultimatum — doch Anhaltspunkte, die auf eine Vorbereitung des Überraschungsangriffs hindeuten, dem die USA zum Opfer gefallen sind, werden nirgends entdeckt. Ebenso bleibt die befürchtete Invasion der USA nach der Attacke aus.

Unter diesen Umständen schießen die Spekulationen über den Zweck des Überfalls ins Kraut:

Unter den zahlreichen Zeitungsartikeln und Kommentaren, die er gelesen hatte, enthielt, so schien es Morlake, gerade ein einziger eine vernünftige Überlegung: das Land war nicht in der Absicht bombardiert worden, es zu vernichten oder zu erobern, sondern schlicht und einfach mit dem Ziel, seine politische Ordnung zu verändern. Die Beseitigung der gebildeten, politisch bewußten amerikanischen Großstadtbevölkerung, die sich Gehör zu verschaffen wußte, sich einmischte, mußte bewirken, daß die Macht an die isolationistisch gestimmten ländlichen Gemeinden zurückfiel. Jedes kapitalistische Land auf der Welt würde von den Absatzmärkten profitieren, aus denen die amerikanische Industrie sich zurückziehen mußte. Und das Dutzend kommunistischer Staaten hatte seine Gründe, ein Ende des amerikanischen Einflusses in Europa, Afrika und Asien herbeizuwünschen.

Blieb der Aggressor noch einige Jahre lang unentdeckt, dann stand zu erwarten, daß die gewählten Vertreter der vorsichtig agierenden, überwiegend agrarisch strukturierten Einzelstaaten nicht wagen würden, zurückzuschlagen. Der Süden ging bereits dazu über, ›Jim Crowism‹, die brutale Niederhaltung der Schwarzen, wieder einzuführen. Und es gab niemanden, der ihn daran hätte hindern können.

Der Hinweis auf »Jim Crowism« enthält die erste versteckte Anspielung auf die Lösung des Rätsels, das van Vogt dem Leser präsentiert. Geklärt wird es am Ende durch Morlake, dessen Beobachtung zunächst alles andere als willkommen ist: Nachdem er es abgelehnt hat, seine Wahrnehmung so umzudeuten, daß mit der Verfälschung der beobachteten Bombenanflugbahn ein bestimmtes Land automatisch zum Feind gestempelt würde, macht man ihm den Prozeß und verurteilt ihn unter dem herrschenden Kriegsrecht wegen grober Pflichtverletzung:

Das Urteil lautete auf dreißig Jahre, und er hatte damit noch Glück. Einen Monat später hing man Men-

> schen an den Straßenlaternen auf, und Hochverratsprozesse schossen in einem Land, das seinen Angreifer nicht aufzuspüren vermochte, wie Unkraut aus dem Boden.

Nach drei Monaten, als die S29A von einem Luftwaffenoffizier unter Anleitung Morlakes in den Osten der USA zurücküberführt werden soll, gelingt es diesem, mit der Maschine zu fliehen. Seine Versuche, Kontakt zu ehemaligen Freunden aufzunehmen, scheitern jedoch; Indizien deuten darauf hin, daß eine Gruppe existiert, die von ihm weiß und ihn auszuschalten sucht.

Mittlerweile hat das Militär unter dem Befehl von General Mahan Clark sich als oberste Autorität in dem verwüsteten Land etabliert. Jedoch gewinnt der dienstälteste überlebende Senator, Milton Tormey, wachsenden Einfluß auf den General. Nach Monaten gelingt es Morlake, Kontakt zu Tormeys Frau aufzunehmen, die sich dem ehrgeizigen, skrupellosen Politiker — der sich zweimal vergeblich um die Präsidentschaft beworben hat — zunehmend entfremdet hat. Tormey, dem Morlakes Auftauchen nicht verborgen geblieben ist, bereitet ein Attentat vor, bei dem Clark mit seinem Stab umkommen und Morlake als der Schuldige erscheinen soll. Dieser durchkreuzt den Plan jedoch und erschießt den Senator, der mit den Worten: »Euch Niggerfreunden haben wir's heimgezahlt« stirbt. Tormey hatte an der Spitze der fanatisierten Gruppe gestanden, die die amerikanische Mondbasis infiltriert und Kernsprengköpfe gegen die USA gelenkt hatte:

> Der erste Atomkrieg hatte sich nicht als internationaler Konflikt ereignet, sondern als Bürgerkrieg. Nach Tormeys Tod würde die Gruppe sich auflösen. Eine Bande rassistischer Amerikaner.

Gleich in zweierlei Hinsicht sticht van Vogts Kurzgeschichte von der übergroßen Mehrzahl der damals veröffentlichten SF-Erzählungen zum Thema »Atomkrieg« ab: Sie spielt erstens die Folgen eines solchen Konflikts weder gewollt optimistisch herunter, noch malt sie die Konsequenzen in apokalyptischen Bildern aus; zweitens fügt sie sich ebenso wenig dem vorherrschenden Schwarz-Weiß-Klischee, der Tendenz, den außerpolitischen Gegner zu verteufeln, die eigene Gesellschaft dagegen von Fehlern möglichst reinzuwaschen.

Um so mehr fällt auf, daß keine der Studien, die das Thema »Science Fiction, Atombombe und Kalter Krieg« behandeln, *The Earth Killers* auch nur erwähnt — weder Martin Schäfers »Science Fiction als Ideologiekritik?« (1977), noch T. A. Shippeys *The Cold War in Science Fiction* (1979), noch schließlich Paul Brians' *Nuclear War in Science Fiction* (1984). Des Rätsels Lösung liegt darin, daß alle diese Untersuchungen sich auf das renommierte Magazin *Astounding Science Fiction* konzentrieren, ansonsten allenfalls Galaxy oder das *Magazine of Fantasy and Science Fiction* erwähnen. Seit Anfang 1949 hatte van Vogt jedoch begonnen, sich langsam, aber stetig von ASF abzuwenden. In einem Brief an John W. Campbell jr. vom 12. 6. 1951* nannte er den Grund: ASF zahlte nach wie vor 1—1¼ Cent Honorar pro Wort, während andere Magazine ihm das Drei- bis Vierfache boten — ein unweigerlich ausschlaggebender Gesichtspunkt für jemanden, der wie van Vogt gezwungen war, von seinen schriftstellerischen Einkünften zu leben. Lediglich einer der drei Romane und nur 3 der 11 Kurzgeschichten, die van Vogt 1949—51 veröffentlichte, erschienen noch in ASF. *The Earth Killers* wurde an vergleichsweise entlegener Stelle publiziert — in dem Magazin *Super Science Stories,* das 1949 (nachdem es bereits 1940—43 erschienen und dann vom Markt verschwunden war) einen zweiten Versuch startete — nur, um 1951 erneut sein Erscheinen einstellen zu müssen. Bis heute gehört die Erzählung zu van Vogts weniger bekannten Kurzgeschichten.

Daß der erste nukleare Konflikt sich darin als amerikanischer Bürgerkrieg erweist, ausgelöst durch rassistische Südstaatler, mag auf den ersten Blick weit hergeholt anmuten. Doch seit 1978 kursieren in den USA die sogenannten *Turner Diaries* (»Turner-Tagebücher«), unter dem Pseudonym Andrew MacDonald verfaßt von der amerikanischen Nazigröße William Pierce, der sich bemüht, Angehörige des Ku-Klux-Klan, antisemitischer und nazistischer Gruppen zu einer »National Alliance«, einem nationalen Bündnis, zusammenzufassen. Die fiktiven »Tagebücher«, angesiedelt im Jahre 1991, beschreiben die Aktivitäten einer »arischen« Terrorgruppe, der es gelingt, in den USA die Revolution von rechts auszulösen. Die Niedermetzelung von Schwarzen, Juden, Liberalen und »Rassenschändern« mündet in den nuklearen Bürgerkrieg, der mit der endgültigen Vorherrschaft der Weißen endet. Van Vogt hat also nur die zunehmend mörderischen Phantasien frustrierter amerikanischer Rassisten vorhergesehen.

III

Während des Kalten Krieges steuerte van Vogt mit einer politischen Science Fiction-Erzählung dergestalt gegen den vorherrschenden Trend auch innerhalb des Genres selbst. Im Laufe des Zweiten Weltkrieges hatte er sich, eingekleidet in eine Science Fiction-Handlung, mit der Nazi-Ideologie auseinandergesetzt und zugleich über die Motive spekuliert, die das Dritte Reich veranlaßt haben mochten, die militärische Konfrontation mit ganz Europa, einschließlich der Sowjetunion, zu suchen. Das Ergebnis war die Kurzgeschichte *Secret Unattainable* (ASF 1942 zu deutsch etwa »Ziel unerreichbar«), konstruiert aus fiktiven, von 1937—41 datierenden deutschen Dokumenten — ersonnener Korrespondenz zwischen Himmler, Heydrich und verschiedenen Regierungs- bzw. Gestapodienststellen des Dritten Reiches, Protokollen und Memoranden.

Secret Unattainable — wie auch *The Earth Killers* niemals ins Deutsche übertragen — setzt damit ein, daß Prof. Johann Kenrube mathematisch die Existenz des Hyperraums nachweist. Kenrube war vor 1933 Mitglied der SPD — ebenso sein Bruder, den die Nazis bei Gelegenheit des sog. »Röhmputschs« 1934 ermordet haben. Er stellt die Konstruktion einer Maschine in Aussicht, die nicht nur die Überbrückung des Hyperraums erlaubt und sich auf jeden anderen Planeten in der Milchstraße abstimmen läßt, sondern auch ermöglicht, dessen Bodenschätze direkt auszubeuten. Dadurch ließe der Mangel an rüstungs- und kriegswichtigen Rohstoffen in Deutschland sich beheben.

Die Konstruktion eines Modells der Maschine erfolgt unter Aufsicht der Gestapo. Nachdem es gelungen ist, die Ölvorräte eines fremden Planeten anzuzapfen, entscheidet Hitler sich für den Einmarsch in die Tschechoslowakei. Das Modell explodiert jedoch — anscheinend infolge der Energieabstrahlung einer blau-weißen Sonne, die nach Kenrubes Erklärung auf die Hyperraumkoordinatenebene des untersuchten Planeten geraten sein muß. Kenrube stellt die Einsatzmöglichkeit einer fertigen Hyperraummaschine als Waffe in Aussicht: Sie werde den Transport von Truppen an jeden Punkt der Erde ebenso gestatten wie die Zerstörung feindlicher Vorräte.

Der Bau der eigentlichen Maschine wird 1919 in Angriff genommen, mit der Perspektive ihrer Fertigstellung bis 1941. Die Nazis planen, nacheinander in England, der Sowjetunion und den USA mit Hilfe der Erfindung Kenrubes einzufallen. Vor der endgültigen Inbetriebnahme der Maschine, die in Anwesenheit höchster Naziführer, darunter Hitlers selbst, erfolgen soll, wird Kenrube in »Schutzhaft« genommen und die Vorführung einem Gestapowissenschaftler übertragen, der als sein Assistent gearbeitet hat. Kenrube hat die Maschine jedoch auf sich selbst abgestimmt. Ehe er seinen Bewachern entkommt, läßt er sie wissen, daß die Naturgesetze, die die Konstruktion der Maschine ermöglicht haben, eine Kontrolle nur durch Menschen erlauben, deren verstandes- und gefühlsmäßige Einstellung einer fortgeschrittenen Zivilisationsstufe entspricht und zur Denkweise der Nazis in diametralem Gegensatz steht:

> Hier habt ihr eure Maschine. Sie steht da, einsatzbereit zu jedem Zweck — vorausgesetzt, ihr ändert zuvor eure Denkweise derart, daß sie den tatsächlichen Beziehungen zwischen Mensch und Materie entspricht.
>
> Ich zweifle nicht, daß ihr imstande seid, tausend Nachbildungen zu bauen, aber seid auf der Hut — jede Maschine wird sich wie Frankensteins Ungeheuer gegen euch wenden. Manche werden die Zeit verzerren. Andere werden euch Rohstoffe liefern, die verschwinden, noch während ihr danach greift. Aus wieder anderen werden eklige Substanzen in eure grüne Erde quellen, und noch anderen werden vernichtende Energien entströmen. Nie aber werdet ihr wissen, was euch bevorsteht; kein einziger eurer Wünsche wird sich erfüllen.
>
> Nicht, als ob die Maschine einen eigenen Willen besäße. Ihre Arbeitsweise folgt Gesetzen, die ihr erlernen müßt. Beim Erlernen werden sich eure Einstellungen, eure Lebensauffassung wandeln. Die Maschine wird die Welt verändern. Schon lange vorher aber wird es die Nazis nicht mehr geben. Was sie unternommen haben, läßt sich nicht mehr rückgängig machen; ihre Vernichtung steht fest.

Dem Assistenen Kenrubes gelingt es nicht, die Hyperraummaschine auf die zuvor mit Kenrube zusammen ausgewählten Planeten abzustimmen. Statt dessen stellt die Maschine sich auf einen Punkt ein, der mehrere Meilen unter der Oberfläche einer Wasserwelt liegt. Deren Fluten ergießen sich als reißender Strom aus der Maschine. Hitler und seine Paladine entkommen nur, weil sie sich hinter einer Stahlwand aufgehalten haben und ein Wagen mit laufendem Motor bereitsteht. Der Traum von einer unbegrenzten Rohstoffversorgung des Dritten Reiches ist ausgeträumt. Drei Monate später überfallen die Deutschen die Sowjetunion.

Fast noch stärker als zwanzig Jahre später im Falle von *The Violent Man* fällt bei *Secret Unattainable* die Sorgfalt auf, mit der van Vogt den zeitgeschichtlichen Hintergrund recherchiert hat. Die Anlage der Kurzgeschichte in Form einer fiktiven Korrespondenz, deren Tonart bestimmt wird durch Himmlers und Heydrichs machtpolitischen Zynismus, vermittelt einen keineswegs unrealistischen Eindruck von der Herrschaftswirklichkeit des Dritten Reiches.

Immer wieder hat A. E. van Vogt politische Entwicklungen in seinen Erzählungen verarbeitet: wie die Pathologie und Aggressivität des Faschismus in den 40ern, so das sozialistische Experiment und seine Entartung zum stalinistischen bzw. maoistischen Terror in den 50er und 60er Jahren. Durchgängig aber sind Anstöße auf sein Werk ausgegangen von jener Erschütterung der liberalen Demokratien im 20. Jahrhundert durch autoritäre Tendenzen, wirtschaftlich-politische Krisen, Krieg und Bürgerkrieg, die die drängende Frage aufgeworfen hat, wie weit und wodurch stabile und zugleich menschenwürdige Verhältnisse sich überhaupt noch anhaltend gewährleisten lassen.

Das in parlamentarisch-demokratischen Staaten heute selbstverständlich gewordene Mittel, eine als ungerecht, unfähig oder nicht mehr repräsentativ empfundene Regierung abzulösen und durch eine andere zu ersetzen, ist die Existenz einer Opposition. Im Gegensatz zum Widerstand stellt Opposition die existierende politische Ordnung — das Regierungs*system* — nicht in Frage und verzichtet auf Gewaltanwendung. Widerstand hieß in der neueren Geschichte regelmäßig entweder Revolution oder Bürgerkrieg. Damit in Europa die Abschwächung des bewaffneten Widerstandes zur Opposition erfolgen konnte, mußten erst die konfessionellen Konflikte — die (Bürger-) Kriege um den rechten Glauben — entschärft und danach der monarchische bzw. diktatorische Absolutheitsanspruch — die unumschränkte Ausübung politischer Herrschaft über die Gesellschaft — gebrochen werden. Von da ab war »nicht mehr die Staatsform umstritten, sondern die Menschen, die den Staat regierten. Natürlich gab es Gegensätze genug; aber sie hatten nicht mehr die Tiefe letzter Überzeugungen und Prinzipien« (K. Kuxen).

Wo in der Gegenwart, wie im real existierenden Sozialismus, Einparteiensysteme bestehen, ist Widerstand wiederholt aufgeflackert — in der DDR, in Ungarn, in Polen. Gegen die Terror- und Folterregime Südamerikas, Afrikas und Asiens bleibt Widerstand so unerläßlich wie eh und je. Bei entsprechenden Voraussetzungen jedoch kann der Schritt vom Widerstand zur Opposition als Etappe der Zähmung und Zivilisierung politischer Konflikte kaum überschätzt werden. Nicht umsonst hat die schwarze Bürgerrechtsbewegung der USA bei ihrem Kampf um die Gleichberechtigung der Afroamerikaner nicht von Widerstand gesprochen, sondern den Begriff des »zivilen Ungehorsams« geprägt — jenen Begriff, der zweieinhalb Jahrzehnte später von der Friedensbewegung übernommen wurde.

Opposition nun setzt die Existenz unterschiedlicher politischer Parteien voraus — Parteien, deren Mitglieder und Anhänger mit der angestrebten Regierungsverantwortung durchaus auch materielle Interessen verbinden. Zwar sind politische Änderungen ohne personellen Wechsel im Regierungs- und Verwaltungsapparat nur selten zu haben; neben Macht und Einfluß aber machen Einkommen und Sozialprestige solchen Wechsel attraktiv. »To the victors the spoils — den Siegern die Beute«, nämlich alle besetzbaren Ämter im öffentlichen Dienst: diese drastische Formulierung, vor einhundertfünfzig Jahren in den USA geprägt, beschreibt Absicht und Vorgang. Mit A. E. van Vogts Worten aus den »Waffenschmieden«:

> Die Opposition alten Stils litt darunter, daß sie selbst nach der Regierungsgewalt strebte. Nur zu oft war ihre Kritik heuchlerisch, waren ihre Ziele selbstsüchtig. Sie *hungerte* nach Macht.

Menschen sind jedoch bekanntlich keine Engel; *weder* Idealismus *noch* Interesse lassen sich trennen von Politik, der Bewahrung oder Veränderung bestehender Verhältnisse entsprechend dem, was Gruppen und einzelne für sinnvoll halten. Dieser Prozeß wiederum bedarf, wie gesagt, des Einsatzes von Macht; und nur Macht*wechsel* — »Rotation« im Amt, wenn man so will, wie immer man dann streiten mag über die sinnvolle und angebrachte Häufigkeit der Rotation —, nur Wechsel vermag den Mißbrauch erlangter Macht zu steuern. Das Ziel der (an die wiederkehrende Befragung der Wähler gebundenen) Machterringung von vornherein als selbstsüchtig, als Macht»hunger« zu denunzieren, wie van Vogt dies tut, ist deshalb eine im Kern *unpolitische* Aussage, kaum verschieden von Stammtischparolen der Art, Politik sei eben ein »schmutziges Geschäft«.

»Die Philosophen haben die Welt nur verschieden interpretiert. Es kommt darauf an, sie zu verändern«, lautet eine vielzitierte These des jungen Marx. Spätestens seit dem Anbruch der Industriellen Revolution — so hat der Politologe Christan Graf von Krockow, bereits weiter oben zitiert, die Marxsche These abgewandelt — ist es vor allem *möglich* geworden, die Welt zu verändern; und seit der Mensch dies vermag, läßt er dem Gedanken, dem Wort die Tat folgen. Unwiderruflich *will* er verändern, *will* Einfluß nehmen; und noch dort, wo der einzelne dies unterläßt, gestattet er durch sein Unterlassen anderen, Einfluß auszuüben. Politik besteht nicht nur im Handeln, sondern immer auch im Verzicht auf eigene Aktivität.

Peter Cadron und der Rat der Waffenschmiede haben dies sehr wohl erkannt; nicht umsonst wären sie bereit, Inelda Ischers Angebot einer Regierungsbeteiligung zu akzeptieren. Bliebe die Organisation der Waffenschmiede ihrem Streben überlassen, so stünde sie von diesem Augenblick an da als künftige Variante der Opposition unserer Tage, nicht aber als Alternative. Nur weil wiederum van Vogts »deus ex machina«, der Übermensch Robert Hedrock, einziger Unsterblicher der Erde, eingreift, entspricht die herbeigeführte Lösung gerade nicht menschlichem Verständnis (eben dem der Waffenschmiede) eigener Interessen.

Freilich gilt es, wie schon bei der Erörterung des Prinzips der Opposition deutlich wurde, Politik als Machtkampf zu *zähmen,* sie weder zu reduzieren auf Unterdrückung und rigorose Abschneidung alternativer Entwicklungsstränge, noch sie ausarten zu lassen zum Blutbad des wiederkehrenden Bürgerkriegs. Diesem Ziel dient die Organisation der Waffenschmiede als — bis zu dem gerade erwähnten Augenblick — permanente, ständige Oppositionskraft selbst getroffener Entscheidung. Keine Gruppierung also, die auf ewig in die Opposition gedrängt wäre, nur weil beispielsweise die Wähler den inhaltlichen Unterschied zwischen ihr und der Regierung nicht mehr zu erkennen vermöchten; weil der innenpolitische Status quo zur völligen Unbeweglichkeit erstarrt wäre; oder weil materieller Wohlstand die politische Apathie der Wähler aufs äußerste gesteigert hätte.

Wenn diese permanente Opposition aber nicht nach Wechsel und damit selbst nach der Regierung strebt, was ist dann ihre Funktion? Wie wirkt sie von unten der Gefahr »ständiger Verrottung von oben« (Kluxen) entgegen, dem ewigen Hang jeder Regierung zur Befriedigung eigener und Benachteiligung anderer Interessen, zur Ansammlung von Macht auf Kosten aller, die von der Regierung ausgeschlossen sind? Antwort: Sie durchbricht auf Dauer das staatliche Monopol legitimer Gewaltsamkeit; genauer gesagt: sie verhilft anderen — potentiell jedem — dazu, indem sie ihnen Waffen verkauft, dieses Monopol zu durchbrechen.

Wie die Entwicklung vom Widerstand zur Opposition, so bedeutet auch die allmähliche Herausbildung erst des fürstlichen, dann des staatlichen Gewaltmonopols historisch einen entscheidenden Schritt auf dem Weg zu friedlicheren Verhältnissen. In der mittelalterlichen Kriegergesellschaft griff der einzelne, die Sippe, der Stamm ganz selbstverständlich zum Mittel der Gewalt; entsprechend groß war das herrschende Maß an körperlicher Bedrohung. Noch im nordamerikanischen Westen des 19. Jahrhunderts, unter den gewalttätigen Verhältnissen einer agrarischen Pioniergesellschaft, konnte dem Wortwechsel jederzeit der Griff zur Waffe folgen; hier liegen wesentliche Wurzeln der Herausbildung jener »Schußwaffenkultur« in den USA, von der gleich noch die Rede sein wird. Die »horse opera«, die Pferdeoper des Westens, lebt bekanntlich von der Verklärung dieser Verhältnisse; soweit bloße »space opera«, hat Science Fiction dem Western ein gerütteltes Maß an Klischees entliehen.

»Monopol legitimer physischer Gewaltsamkeit« hat der Soziologe Max Weber das Endprodukt des beschriebenen Zentralisierungsvorgangs genannt: Der Staat ist es heute, der mit weitgehendem Erfolg das alleinige Recht zu gewaltsamem Vorgehen beansprucht und solchem Vorgehen von seiten Dritter durch Gesetzgebung wie Rechtsprechung enge Grenzen zu ziehen sucht. Der Sozialwissenschaftler Norbert Elias hat zusätzlich herausgearbeitet, wie mit der Herausbildung des Gewaltmonopols ein psychischer Lerneffekt einherging: Nicht nur durch äußere Zwänge wurde die Gesellschaft stärker befriedet. Auch die Selbstkontrolle des einzelnen nahm zu; die inneren Hemmungen, zum Mittel der Gewalt zu greifen, wuchsen. Wie wenig stabil diese Hemmungen nach wie vor sind, erleben wir allerdings tagtäglich.

Was ist vor dem Hintergrund dieser Entwicklung zu halten von van Vogts Rezept einer permanenten Opposition unter Waffen an Stelle der wechselnden Opposition ohne reale Machtmittel, wie wir sie kennen? Was von seinem

Satz, wonach das »Recht auf Waffen« identisch ist mit dem »Recht auf Freiheit«?

V

»Ich kann den Satz nicht hören«, hat Isaac Asimov aber diesen Einfall seines Schriftstellerkollegen A. E. van Vogt geschrieben, »ohne daß er mich zum Widerspruch reizt. Die Behauptung, die Freiheit sei tot, falls ausschließlich die Regierung über Waffen verfüge, gilt doch nur dann, wenn den Regierten zugleich der rechtsstaatliche Schutz entzogen wird. Ganz zu schweigen von der Alternative — daß jeder Schurke, jeder Verrückte, jeder selbsternannte Freiheitskämpfer und Guerillero sich Waffen beschaffen kann.« Andere Kritiker sind noch weiter gegangen und haben bemerkt, van Vogts Satz eigne sich vorzüglich als Parole für die National Rifle Association, jenen Interessensverband, dessen mächtige Lobby im amerikanischen Kongreß noch jede Initiative für eine wirksame Schußwaffenkontrolle zu Fall gebracht hat.

Die These vom allgemeinen Waffenbesitz als Barriere gegen Tyrannei, auf die Asimov anspielt, verweist auf eine politische Denktradition, die die Entwaffnung der Gesellschaft, wie sie einherging mit der Zentralisierung der Gewaltausübung beim Staat, nicht nur positiv eingestuft hat. Diese Denkschule gewann im angelsächsischen Raum stärkere Verbreitung als auf dem europäischen Kontinent; sie entstand während der langanhaltenden Kämpfe gegen den monarchischen Absolutismus. Als freiheitliche Alternative zur fürstlichen Söldnerarmee, die jederzeit gegen die eigene Bevölkerung eingesetzt werden konnte, galt ihr das Volksheer — mehr noch, die bei Bedarf ausgehobene Volksmiliz als Gegenstück zu *jeglicher* Art stehendem Heer, von dem man eine Militarisierung der Gesellschaft fürchtete. Volksmiliz aber hieß: Bewaffnung der Bürger. (Diese radikal-liberale Tradition wirkte vom Bürgertum aus, sozialistisch gewendet, beispielsweise auf jene Arbeiter weiter, die Ende der 30er Jahre, als General Francos Truppen — letztlich erfolgreich — gegen die spanische Republik putschten, sich Waffen beschafften und diese auch außerhalb der Kämpfe als Zeichen ihrer unmittelbar ausgeübten Macht jederzeit sichtbar trugen.)

Zweifellos muß man hier den Ursprung der Ideen suchen, die dem Ischer-Zyklus zugrundeliegen. Van Vogt hat seinen Kritikern entgegengehalten, der von ihm formulierte Satz beziehe sich auf *Defensiv*waffen; mehr als einmal werde in den Erzählungen des Zyklus' erwähnt, daß die Waffenschmiede ein elektronisches Kontrollsystem entwickelt hätten, welches die ausschließliche Verwendung der verkauften Waffen zu Verteidigungszwecken — und zwar, der Absicht nach, in erster Linie gegen Übergriffe des Staates — gewährleiste. Freilich findet sich in den »Waffenläden« selbst bereits ein Hinweis darauf, wie problematisch dieses Argument, aller vordergründigen Logik ungeachtet, bleibt. Die entsprechenden Sätze hat der Autor Innelda Ischer in den Mund gelegt:

> Wir müssen feststellen, daß jeder Psychopath, den wir unschädlich machen wollen, bereits einen Waffenladen aufgesucht hat ... Wir bemühen uns, mit der Gesetzlosigkeit aufzuräumen, und Millionen spotten der Gesetze, weil die Waffenläden ihnen die Mittel dazu liefern. Wenn diese — Waffenschmiede ihre Erzeugnisse wenigstens nur an ehrbare Bürger verkaufen würden! Aber jeder Übeltäter kann sämtliche Straftaten begehen und sich dann gegen den Zugriff des Gesetzes verteidigen ...

Ein Blick auf die (mit dem Wort des amerikanischen Historikers Richard Hofstadter) Schußwaffenkultur, die sich — wie erwähnt — in den USA herausgebildet hat, kann Maßstäbe liefern für eine noch grundsätzlichere Einschätzung der Gesellschaft, die van Vogt entwirft. »Schußwaffenkultur« bedeutet zum einen eine in der Bevölkerung vorherrschende, emotional tief verankerte Überzeugung vom Recht jedes einzelnen, eine oder mehrere Waffen zu erwerben; zum anderen die entsprechende Durchlässigkeit der Gesetze, die den Verkauf, den Besitz und das Mitführen von Waffen regeln; zum dritten schließlich eine geradezu enorme, unter den entwickelten Nationen einzig dastehende Aufrüstung der amerikanischen Gesellschaft mit Schußwaffen in Privatbesitz, deren Zahl bereits vor anderthalb Jahrzehnten auf 50 und 1980 auf 100 Millionen geschätzt wurde.

Die sozialpsychologischen wie die realen Auswirkungen lassen sich mit Händen greifen. Hatte vor zwei Jahrzehnten noch von drei US-Bürgern einer erklärt, er wage sich bei Dunkelheit keine Meile weit aus seiner Wohnung ins Freie, so war diese Zahl vor einem Jahrzehnt auf 45 % gestiegen und ist seitdem weiter geklettert. Hatte die Zahl der Morde durch Schußwaffengebrauch vor zwei Jahrzehnten in den USA knapp 8000 betragen, so wurden 1980 1800 Morde — fast ein Viertel dieser Ziffer — allein in New York verübt. In der Gesellschaft mit der laxesten Waffengesetzgebung aller Industrieländer — eben den Vereinigten Staaten — belief sich im selben Jahr die Zahl aller Morde, gemessen an der Gesamtbevölkerung, auf das zehnfache der englischen (oder auch der italienischen) Quote.

Eine derartige Verbreitung von Schußwaffen wie in den USA fördert eine Mischung aus trügerischem Sicherheitsdenken und dauernder Verunsicherung. Sie fördert Gewalt- und Drohphantasien und steigert die Brutalisierung der Verhaltensmuster.

Man stelle sich nun eine Gesellschaft vor, in der eine mächtige Organisation nicht jahrzehnte-, sondern jahrhunderte- und jahrtausendelang den Bürgern eingehämmert hat, das Recht auf Waffen bedeute das Recht auf Freiheit; in der diese Organisation ebenso lange Waffen feilgeboten hat, die der Ausrüstung von Militär und Polizei stets überlegen waren; in der die raffinierte Elektronik der Waffenläden zudem dafür gesorgt hat, daß jeder Staatsbedienstete im weitesten Sinne vom Erwerb einer solchen Waffe ausgeschlossen blieb.

Stünde wirklich zu erwarten, daß die Konsequenzen dieser Verhältnisse sich beschränkten auf die bloße Abwehr despotischer Maßnahmen der Ischerdynastie? Würden nicht viel eher soziale Angst und Aggressivität zur Siedehitze ansteigen, der Staat mit seiner Durchsetzungsfähigkeit mehr und mehr jede Loyalität seiner Bürger einbüßen und längst, ehe viertausend Jahre verstrichen wären, ein Umsturz die Waffenschmiede mit oder ohne ihren Willen in den Sattel — sprich: an die Regierung — befördern?

Van Vogts Zeichnung der Ischerzivilisation mit ihrer vorgeblichen »Machtbalance« zwischen Waffenschmieden und kaiserlicher Dynastie gleicht einem prächtigen Luftballon — einem der ungewöhnlichsten, den das Science Fiction-Genre produziert hat; doch ein Stich mit der Nadel nüchterner Analyse läßt die bunte Schöpfung zerplatzen.

Dennoch nimmt van Vogt mit seiner Konstruktion einer rein *defensiven* Waffentechnik eine Überlegung um Jahrzehnte vorweg, die in der Militärpolitik unter dem Stichwort »defensive« — an Stelle offensiv nutzbarer — Verteidigung inzwischen Gegenstand ernsthafter Debatten geworden ist. Defensive Verteidigung, auch defensive Abschreckung genannt, bezieht sich auf das gegenseitige Verhältnis der beiden großen Militärblöcke, der Atlantischen Allianz und des Warschauer Pakts; das Modell wird diskutiert für den europäischen Bereich, wo es in der Berührungszone beider Bündnisse das gegenwärtige Drohsystem der atomaren Abschreckung ersetzen soll.

Ausgangspunkt ist dabei die Überlegung, daß für Länder von der Größe und Bevölkerungsdichte der europäischen Staaten nukleare Abschreckung in der Konsequenz nicht die Verteidigung, sondern die sichere Selbstzerstörung des eigenen Landes bedeutet: Die Orte der Bundesrepublik liegen, in der Sprache amerikanischer Einsatzoffiziere, »nur ein bis zwei Kilotonnen auseinander«. Der Sprengkopf einer Pershing II besitzt jedoch bereits eine Sprengkraft von 10—20 kt; die sowjetische SS-20 ist mit drei Sprengköpfen zu je 150 kt ausgerüstet. In der Bundesrepublik und in der DDR würden heute bei einem »Schlagabtausch« mit Kernwaffen zwischen 10 und 20 Millionen Menschen sofort sterben oder schwer verletzt werden; Europa, das durch die atomare Abschreckung angeblich geschützt werden soll, würde in einem nuklearen Feuersturm verheert und radioaktiv verseucht.

Bereits in der Gegenwart mobilisieren die Doktrin und die Realität der atomaren Abschreckung auf beiden Seiten Angst, Bedrohungsvorstellungen und Konfrontationsdenken. Ständig eskaliert das Wettrüsten: Immer neue strategische »Verwundbarkeitslücken« werden entdeckt, die es zu schließen gilt, deren Überkompensierung aber den potentiellen Gegner nur wiederum zum Nachziehen veranlaßt. Ein Denken in Projektionen und Stereotypen wird durch die laufende Beschwörung der äußeren Bedrohung gefördert; dabei verschwimmt mehr und mehr, was eigentlich Ursache, was Folge der nuklearen Drohpolitik ist. Nicht zuletzt dadurch schwindet aber die Rationalität der politisch-militärischen Entscheidungsprozesse in Krisensituationen, auf die zu bauen das System der atomaren Abschreckung gerade vorgibt.

Die Alternative der strikt defensiv orientierten Verteidigung sieht den Abzug sämtlicher Kernwaffen aus Europa sowie eine panzerfreie, truppenreduzierte Zone in Mitteleuropa vor, die die Kräfte beider Seiten auseinanderrükken läßt. Quantitative konventionelle *Auf*rüstung mit dem Ziel gesteigerten Offensiv-(»Vergeltungs«-)Potentials wird ersetzt durch qualitative *Um*rüstung zur Erreichung ausschließlicher Defensivfähigkeit. Die technische Grundlage defensiver Verteidigung bildet die bereits erfolgte Entwicklung hocheffektiver konventioneller Präzisionswaffen, in erster Linie Raketen, zur Panzer- und Flugzeugabwehr. So ließen sich beispielsweise für 100 Flugzeuge des Typs »Tornado« oder 3000 Panzer vom Typ »Leopard 2«, beide fähig zu raumgreifenden offensiven (oder präventiven) Aktionen, 400 000 (in Worten: *vierhunderttausend)* modernste Artillerieraketen beschaffen.

Sie wären erforderlich für eine »Netzverteidigung«, die auf eine umfassende »Technotaktik« (Horst Afheldt) setzt: Kleine, hochbewegliche Einheiten, ausgerüstet mit derartigen Präzisionswaffen, bilden ein tiefgestaffeltes, raumdeckendes Sperrnetz. Solche Einheiten sind untauglich für einen eigenen Angriff, aber durch die waffentechnische Entwicklung begünstigt gegenüber angreifenden Bomberstaffeln und gepanzerten Großverbänden. Weder geht von ihnen eine Bedrohung aus, noch bilden sie aufgrund ihrer Dezentralisierung militärisch lohnende Ziele. Sie wären aber ausreichend imstande, die Truppen eines Gegners abzunutzen und zu zermürben, um selbst abschrekkend zu wirken. Zugleich könnte die Umrüstung im Sinne eines eindeutigen Defensivkonzepts als politisches Signal wirken — als vertrauensbildende Maßnahme und zugleich als Ausstieg aus dem Wettrüsten.

An dieser Stelle muß die Erörterung der defensiven Verteidigung abgebrochen werden. Deutlich wird jedenfalls die außenpolitische Parallele zu van Vogts innenpolitisch gezielter Idee. Elektronische Kontrollvorrichtungen, die eine individuell einsetzbare Waffe erst dann funktionieren lassen, wenn ihr Träger attackiert wird, dürften auf lange Zeit Science Fiction bleiben; eine Gesellschaft, in der solche Waffen allgemein verfügbar wären, könnte man sich kaum wünschen. Die — technisch bereits realisierbare — Welt der Verteidigungsnetze und Technokommandos dagegen bedeutet die Übertragung eines Grundgedankens der »Waffenläden« auf das Verhältnis zwischen unterschiedlichen Gesellschaften. Dort, im Bereich von Rüstung und Verteidigung, könnte dieser Gedanke ein Stück weit beitragen zu mehr Rationalität und Kalkulierbarkeit — solange der Politik zwischen Staaten noch jene sprichwörtlich wölfischen Züge anhaften, die der Mensch im Verhältnis zu seinesgleichen so mühsam zu zähmen bemüht ist.

ANHANG

A. E. van Vogt, John W. Campbell Jr. und ›Astounding‹

Die ›Goldene Ära‹ der SF im Spiegel einer Korrespondenz

Mehr als 7000 Nahaufnahmen funkte die amerikanische Raumsonde Mariner 9 vom Mars zur Erde, während sie 1971/72 um den Planeten kreiste. Unbekannte und unerwartete Details wurden sichtbar — Cañons, Krater, Schildvulkane. Die Internationale Astronomische Union setzte eine Kommission ein, um Namen für die neuentdeckten Oberflächenmerkmale festzulegen — darunter alle Krater von mehr als 100 Kilometern Durchmesser. Nicht zuletzt dank der Hartnäckigkeit des renommierten Astrophysikers Carl Sagan heißen vier dieser Krater heute (H. G.) *Wells,* (Stanley G.) *Weinbaum* — nach dem Autor der »Mars-Odyssee« —, (Edgar Rice) *Burroughs* — und (John W.) *Campbell.*

James Gunn, Anglistikprofessor an der University of Kansas und selbst Verfasser zahlreicher Science Fiction-Romane, hat John W. Campbell jr. (1910—71), von 1937 bis zu seinem Tod Herausgeber von *Astounding Science Fiction* (seit 1960 *Analog Science Fact/Science Fiction),* in einer einfühlsamen Studie* als »Türhüter der Science Fiction« in den 40er Jahren bezeichnet und dies wie folgt erläutert:

> (Campbells Vorgänger Orlin) Tremaine schlug die Richtung ein, Ideen in den Mittelpunkt zu rücken, die Campbell weiterführte und mit seinen eigenen Vor-

* »The Gatekeepers«, *Science Fiction Studies,* Vol. 10, No. 29 (März 1983), S. 18.

> stellungen verband, um ein Magazin herauszubringen, das, für sich genommen, Science Fiction definierte. SF war das, was Campbell in *Astounding* veröffentlichte — konzentriert auf das konsequente Durchspielen von Ideen, wissenschaftsorientiert, fasziniert vom technischen Fortschritt, dabei zugleich pragmatisch und respektlos; was in anderen Magazinen erschien, mußte sich daran messen lassen ... Ein Buchmarkt, der diesen Namen verdient hätte, existierte noch nicht. Deshalb fungierte Campbell als Torhüter. Was er für *Astounding* akzeptierte, war SF; was er ablehnte, zählte nicht dazu.

Gunn erwähnt noch einen handfesteren Grund für Campbells herausragende Stellung: *Astounding* zahlte bei Annahme, andere Magazine erst bei Veröffentlichung eines Manuskripts — und das Worthonorar lag bei *Astounding* mit 1 bzw. 1¼ Cent zunächst doppelt so hoch wie beispielsweise bei *Amazing*. Was das während der Weltwirtschaftskrise hieß, hat A. E. Vogt ohne Umschweife klargemacht: »Ich lebte damals in Winnipeg in der kanadischen Provinz Manitoba. Wer dort während der Wirtschaftskrise über eine halbwegs regelmäßige Einkommensquelle verfügte, der legte ihr gegenüber Respekt und, ich möchte fast sagen, Folgsamkeit an den Tag ... Ich hatte keine Furcht, einem Einbrecher gegenüberzutreten. Jede auch nur mögliche Bedrohung des eigenen Verdienstes aber war damals etwas ganz anderes.«*

Seine Position diente Campbell aber keineswegs nur dazu, Manuskripte anzunehmen oder abzulehnen. Wiederum in James Gunns Worten:

> Campbell begab sich aktiv auf die Suche, um bestimmte Arten von Erzählungen zu erhalten. Er bekehrte neue Autoren zu seinen Vorstellungen; etablierte suchte er in andere Richtungen zu lenken. In

* Brief an Perry A. Chapdelaine, Sr. vom 10. Juni 1984.

> Leitartikeln, in Briefen und in persönlichen Gesprächen setzte er seinen Autoren Ideen in den Kopf, von denen sie nicht ohne weiteres wieder loskamen... Zwischen 1937 und 1950 formten und erneuerten die Autoren, die auf Campbell reagierten, wie auch Campbell selbst Science Fiction auf den Seiten von *Astounding.*

Das berühmteste Beispiel für Ideen, die Campbell einem seiner Autoren eingegeben hat, dürften die drei Grundregeln der Robotik sein.

1. Ein Roboter darf kein menschliches Wesen verletzen oder durch Untätigkeit gestatten, daß einem menschlichen Wesen Schaden zugefügt wird.
2. Ein Roboter muß den ihm von einem Menschen erteilten Befehlen gehorchen, es sei denn, ein solcher Befehl kollidierte mit Regel Eins.
3. Ein Roboter muß seine eigene Existenz schützen, solange dieser Schutz nicht mit Regel Eins oder Zwei kollidiert.

Isaac Asimov, dessen positronische Roboter bekanntlich nach diesen Gesetzen funktionieren, hat nie den geringsten Zweifel daran gelassen, daß die drei Grundregeln nicht von ihm selbst entwickelt wurden, sondern im wesentlichen auf Campbell zurückgehen. Andere Science Fiction-Autoren waren — verständlicherweise — mit derartigen Bekundungen weniger offenherzig. Wie weit Campbell seinen Autoren-»Stall« tatsächlich beeinflußt hat, ließ sich deshalb im einzelnen kaum sagen.

Dann erschien vor drei Jahren, herausgegeben von Perry A. Chapdelaine, Sr., Tony Chapdelaine und George Hay, der erste Band mit Campbells Korrespondenz (*The John W. Campbell Letters,* AC Projects, Incs., 1985); der zweite Band befindet sich in Vorbereitung. Den dafür vorgesehenen Briefen lassen sich Einzelheiten darüber entnehmen, wie weit A. E. van Vogt in einigen Erzählungen

Anregungen Campbells mehr oder minder direkt umgesetzt hat.

Am ausführlichsten fiel Campbells Vorgabe im Fall der 1943 erschienenen Kurzgeschichte »Der Sturm« aus — neun Jahre später eingebaut in van Vogts Roman *The Mixed Men* (dt. »Das Reich der fünfzig Sonnen«). Der Gedanke, einen kosmischen Sturm zu schildern, war van Vogt selbst gekommen, und er hatte sich bei Campbell erkundigt, ob ein solches Phänomen vorstellbar wäre und wodurch es ausgelöst werden könnte. Nachstehend links Auszüge aus Campbells undatiertem Antwortbrief von 1941, rechts van Vogts Schilderung des Sturms:

... Spektralanalysen zeigen, daß diffuse interstellare Gase den Raum erfüllen — darunter natürlich Kalzium, Natrium und Wasserstoff und vermutlich die meisten anderen Elemente. Alle Sterne hinterlassen bei ihrer Bewegung durch den Raum derartige Gasspuren und geben Elektronen ab — beziehungsweise Positronen, falls es sich um Antimateriesonnen handelt ...

Wir wissen, daß Sterne sich in Gruppen voranbewegen, die von einem Dutzend bis zu mehreren Millionen Sonnen reichen können, wobei sie eine gemeinsame Richtung einschlagen und annähernd dieselbe Geschwindigkeit erreichen. Man kann vermuten, daß solche Sonnen einen gemeinsamen Ursprung haben und noch andere gemeinsame Merkmale aufweisen — beispielsweise sämtlich entwe-

Über die Meilen und die Jahre trieben die Gase. Abgestoßene Materie aus zehntausend Sonnen, diffuse Miasmen erschöpfter Explosionen, erloschener Höllenfeuer und hundert Millionen tobender Sonnenflecken — formlos, ziellos.

Aber es war der Anfang.

In die große Schwärze krochen die Gase. Kalzium war darin, Natrium und Wasserstoff; und die Geschwindigkeit der Drift variierte bis zu zwanzig Sekundenmeilen.

Während eines unmeßbaren Zeitraums erfüllte die Schwerkraft ihre Aufgabe. Die unfertige Masse formte sich zu Massen. Gewaltige Gaswolken nahmen in weit auseinanderliegenden Gebieten Gestalt an, bewegten sich weiter und weiter und weiter.

Schließlich gelangten sie an eine Stelle, an der tausend loder aus positiver oder aus Antimaterie bestehen.

Das Sonnensystem kreuzt gegenwärtig den Kurs eines Sternenstroms, einer Gruppe verwandter Sonnen, zu denen Sol nicht gehört …

Würde unsere Sonne den Weg einer Gruppe von Antimateriesonnen überqueren, dann wäre der Raum um diese Sonnen mit negativ geladenen Gasen angefüllt, unser System und seine Umgebung dagegen auf eine Breite von 5 bis 15 Lichtjahren mit positiven Gasatomen und Elektronen.

Ein negatives Kalziumatom, das sich uns näherte, würde auf den Elektronennebel treffen, und die um den Kern kreisenden Positronen würden mit einem Schauer harter Strahlung detonieren. Der entblößte Kern, der jetzt eine gewaltige, instabile Negativladung trüge, würde Elektronen abstoßen, positive Atomkerne dagegen anziehen — falls er in dem fast vollkommenen Vakuum nahe genug an einen solchen Kern herankäme, ohne von den Elektronen des positiv geladenen Kerns abgestoßen zu werden. Nehmen wir an, er würde auf ein Natriumatom treffen. Das Ergebnis wäre eine augenblickliche, außerordentlich heftige Entladung. Der verbliebene Rest des schweren negativen Kalziumdernde Antimateriesonnen lange zuvor den »Kurs« des Hauptstroms positiv geladener Sonnen gekreuzt hatten. Ihn gekreuzt und *ihre* gasförmigen Absonderungen hinterlassen hatten.

Der erste Zusammenprall beschleunigte die riesigen Gaswelten. Der positiv geladene Elektronennebel schoß, als hätte man ihm die Sporen gegeben, hinein in den ebenso heftig reagierenden negativ aufgeladenen Positronenschleier. Augenblicklich detonierten die leichten äußeren Positronen und Elektronen in einem Schauer harter Strahlung.

Der Sturm war entfacht.

Die entblößten Antimateriekerne, nun mit gewaltigen, instabilen Negativladungen versehen, stießen Elektronen ab, während sie positive Atomkerne anzogen. Die freigesetzten positiven zogen ihrerseits negative Kerne an.

Die Heftigkeit der aufeinanderfolgenden Entladungen überstieg jedes Vorstellungsvermögen.

Die entgegengesetzt geladenen Massen wirbelten und wogten in gewaltigen Kataklysmen teilweiser Anpassung. Sie hatten sich in unterschiedliche Richtungen bewegt. Mehr und mehr vereinigten sie sich zu einem kochenden, brodelnden Strudel.

atoms aber würde jetzt, als Resultat der Explosion, die die beiden Atome fast vollständig vernichtet hat, annähernde Lichtgeschwindigkeit aufweisen ... Würde dieses negative Partikel auf den nächsten positiven Kern prallen, käme es wiederum zu einer Reaktion, die Überbleibsel von Atomen und harte Strahlung in alle Richtung schleudern würde ...

Hin und wieder würden die dünnen Gase sich verdichten und Böen hervorrufen – Böen, die fünf oder auch zehn Jahre anhalten könnten. Und im Falle einer Nova, oder erst recht einer Supernova, wäre wirklich der Teufel los. Das plötzliche, unerwartete, gewaltige Einsetzen des Sturms, dem das jäh auflohende Licht nur geringfügig vorauseilen würde, wäre von immenser Wirkung. Ein Raumschiff, das mit einer noch zurückhaltend geschätzten Geschwindigkeit von einem halben Lichtjahr in der Minute durch den interstellaren Raum kreuzte, würde auf das Herz des Sturms treffen, noch ehe man an Bord die Wirkung der Nova registriert hätte ...

Der neue Kurs wurde stetiger. Auf einer Breite von neun Lichtjahren, mit einem beachtlichen Bruchteil der Lichtgeschwindigkeit, toste der Sturm seinem Ziel entgegen ...

In seinem vierhundertneunzigsten siderischen Jahr kreuzte der Sturm die Bahn einer Nova genau im kritischen Augenblick.

Sie begann sich zu bewegen!

... Der volle Aufprall einer negativ geladenen Nova auf positiv geladene Gase, die bereits durch entfesselte Antimaterie zur Raserei getrieben waren – das war der neue, größere Sturm.

Die explodierende Riesensonne verlieh dem Gebilde zusätzliche Wucht. Und noch etwas weit Tödlicheres.

Geschwindigkeit! Gipfel um Gipfel an Schnelligkeit übersprang das tobende Ultrafeuer. Die rascheren Spitzen des Sturms tanzten und loderten mit schlechtweg höllischer Wut.

Die irrsinnige Aufeinanderfolge der Reaktionen überstieg fast die Beanspruchungsfähigkeit der Materie. Voraus raste das Licht der Nova, das mit fast dreihunderttausend Sekundenkilometern jedem seine Warnung zulohte, der wußte, daß es am Rande eines interstellaren Sturms aufblitzte ...

Jener Zusammenprall eines Raumschiffs mit einem interstellaren Sturm, auf den Campbell anspielt, stellt bekanntlich einen Höhepunkt der Handlung des »Reichs der fünfzig Sonnen« dar. Bei dem umfassenderen Zusammenstoß freilich zwischen dem irdischen Raumschiff *Star Cluster,* kommandiert von Lady Gloria Laurr, und der (auf menschliche Ursprünge zurückgehenden) Zivilisation der Großen Magellanschen Wolke, den van Vogt sich für diese Handlung ausgedacht hat, bilden Campbells Anmerkungen zum Stichwort ›kosmischer Sturm‹ doch nur eine — wenn auch wichtige und ungemein faszinierende — Episode.

Anders im Falle des Grundgedankens der 1944 erschienenen Kurzgeschichte *Far Centaurus* (dt. 1956, in *Utopia*-Magazin, als »Terra — Alpha Centauri und zurück«), der unmittelbar zurückgeht auf eine Kritik Campbells an »Der Waffenladen«, der zweiten Erzählung des vorliegenden Bandes. »Ein Punkt, von dem Sie mich nicht überzeugen werden«, schrieb er van Vogt am 12. Juni 1942, »ist Ihre Angabe, der Vibrationsprozeß, der die Errichtung der Waffenläden ermöglicht habe, sei viertausend Jahre zuvor entdeckt worden, ohne daß in der Zwischenzeit jemand erneut darauf gestoßen wäre. Wann immer der gesellschaftlich-technische Druck einen bestimmten Punkt erreicht, führt er fast automatisch auch zu bestimmten Erfindungen. Die Entdeckung, daß Batterien elektrischen Strom lieferten, erzwang die Entdeckung des Elektromagnetismus, diese die Entwicklung des Dynamos, diese wiederum diejenige des Elektromotors. Und was Edison gelang, wäre auch irgend jemand anderem gelungen — die technischen Erfordernisse der Zeit verlangten zu offenkundig danach.«

Am Beispiel des Sprungs zu anderen Sternensystemen erläuterte Campbell die Pointe seiner Auffassung anschließend anhand des Entwurfs einer Erzählung:

1993 baut der fähige Konstrukteur A ein Raumschiff, das zum Centaurus fliegen soll, während er und die Mannschaft im Tiefschlaf liegen — ein Prozeß, der von einem mitfliegenden Mediziner entwickelt wurde. Sie starten, versetzen sich in künstlichen Schlaf und erreichen 500 Jahre später das Centauri-System, wo sie automatisch geweckt werden. Sie steuern den nächsten Planeten an und entdecken, daß es sich um eine bewohnte, hochentwickelte Welt handelt. Sie sichten riesige Städte. Als sie sich nähern, tauchen Raumschiffe eines immens fortgeschrittenen Typs auf und nehmen sie in Empfang.

Sie sind bemannt von — Menschen. Eingeborene des Planeten — Nachkommen der ersten Siedler, die vor drei Jahrhunderten mit dem Donaldsonantrieb von der Erde hierhergelangt sind. Seit fünfzig Jahren hat man das Forschungsteam erwartet. Man feiert sie, führt sie durch die Museen, stellt in einem davon ihr Raumschiff auf und bringt sie eine Woche später zur Erde zurück. Der Flug dauert drei Stunden.

»Haben Sie jeden einzelnen Faktor geprüft, der zu diesem Flug beiträgt?« will der Mediziner vor dem Start von dem Konstrukteur wissen. »Alle«, erwidert dieser. »Wir werden es schaffen und als die ersten Menschen zurückkehren, die Centaurus erreicht haben.« Aber den Faktor des menschlichen Fortschritts hat er übersehen.

Wer »Terra — Alpha Centauri und zurück« kennt, weiß, daß die Geschichte nach genau diesem Muster konstruiert ist — bis hin zu der Stelle, an der die Besatzung des Schiffes die Wahrheit verkraften muß:

Ich saß eine Stunde später im Pilotensessel, als ich den Schimmer in der Schwärze gewahrte. Ein silbriges Aufblitzen, ein explosionsartiges Anschwellen. Im nächsten Augenblick hatte ein gewaltiges Raumschiff, eine Meile entfernt, seine Geschwindigkeit der unseren angeglichen.

Blake und ich sahen uns an. »Lautete die Mitteilung nicht, dieses Schiff hätte seinen Hangar vor zehn Minuten verlassen?« fragte ich.

Blake nickte. »Sie brauchen von der Erde zum Centaurus drei Stunden.«

Das war mir entgangen. Ein Schlag durchfuhr mich. »Was!« rief ich. »Und wir haben volle fünfhun...«

Ich brach ab und verharrte wie erstarrt. »Drei Stunden!« flüsterte ich. »Wie *konnten* wir den menschlichen Fortschritt vergessen!«

Im Nachwort zu der Kurzgeschichtensammlung *Destination Universe* (1952), in die *Far Centaurus* aufgenommen wurde, hat van Vogt die Pointe seiner Erzählung als »ebenso unerwartet wie zum Nachdenken anregend« bezeichnet und hinzugefügt, für einen Teil dieser Auffassung sei er John W. Campbell jr. zu Dank verpflichtet.

Ähnlich grundsätzliche Überlegungen wie der Frage des technischen Fortschritts hat Campbell in seiner Korrespondenz dem Thema des Übermenschen in der Science Fiction gewidmet. »Es gibt Erzählungen, die sich nicht schreiben lassen«, vermerkte er in einem Brief vom 10. Januar 1962. »Die Geschichte des Übermenschen vom Standpunkt des Übermenschen könnte offenkundig nur von ihm selbst verfaßt werden. Oder kann ein achtjähriges Kind sich wirklich vorstellen, was Liebe zwischen Erwachsenen bedeutet?«

Den Ausweg aus dem Dilemma hatte Campbell bereits ein Jahrzehnt zuvor, in einem Brief vom 18. Juni 1953, am Beispiel von van Vogts Roman »Slan« aufgezeigt:

> Während seiner Kindheit und Jugend muß ein Übermensch die menschliche Ebene durchlaufen. Sein Entwicklungsstand wird eine Stufe erreichen, auf der er dem erwachsenen Menschen unterlegen ist, eine nächste Stufe, auf der er ihm gleichkommt — und schließlich die Endphase, die ihn unserem Verstand entzieht.

> Die Situation läßt sich mithin auf die Weise bewältigen, daß man Vertrauen, Verständnis, Sympathie für den Protagonisten der Handlung *als Person* schafft, indem man ihn während der Stufen porträtiert, auf denen er den Menschen noch nicht übertrifft — und dafür sorgt, daß Vertrauen und Sympathie, einmal geweckt, sich auf die spätere, übermenschliche Stufe übertragen ... Der Leser folgt den Handlungen des unentwickelten Übermenschen ... Projektion übernimmt den Rest.

Und, bezogen auf die Entstehung von »Slan«, fügt er hinzu: »A. E. van Vogt reagierte mit der Ausarbeitung von ›Slan‹ auf diesen Hinweis von mir. Die Hauptfigur wird eingeführt als Jommy, der fast hilflose, gejagte kleine Junge; weiter geschildert als Jommy Cross, der (mit einem menschlichen Erwachsenen vergleichbare) Jugendliche; und schließlich einen Augenblick lang als John Cross, der Übermensch, wahrgenommen ... Die Unmöglichkeit, den Übermenschen darzustellen, lag also den Initiativen zugrunde, die ich damals, 1939, unternahm, um zu einem neuen Typus Erzählungen vom Übermenschen zu gelangen.«

Im Lichte solcher Hinweise wird deutlicher als bisher, wie weit die »Goldene Ära« der Science Fiction tatsächlich John W. Campbell jr.'s Schöpfung war. Sie fand mit ihrer Größe und ihren Grenzen ihr Ende, als 1949/50 kurz nacheinander Anthony Bouchers *The Magazine of Fantasy and Science Fiction* und Horace Golds *Galaxy* auf dem Markt erschienen und bewirkten, was *Thrilling Wonder Stories* oder *Planet Stories* oder *Startling Stories* nicht gelungen war — einer anderen Art Science Fiction Prestige zu verschaffen, als Campbell sie tolerierte und veröffentlichte.

HEYNE BÜCHER

HEYNE SCIENCE FICTION

Romane und Erzählungen internationaler SF-Autoren im Heyne-Taschenbuch.

06/4412 - DM 12,80

06/4414 - DM 6,80

06/4413 - DM 9,80

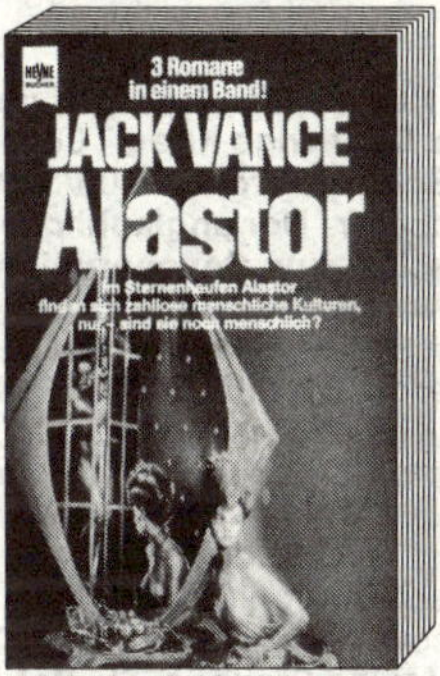

06/4415 - DM 14,80

06/4420 - DM 12,80

06/4433 - DM 14,80

06/4430 - DM 7,80

06/4443 - DM 9,80

BIBLIOTHEK DER SCIENCE FICTION LITERATUR

Bd. 39: Sterling E. Lanier, **Hieros Reise** 06/39
Bd. 41: Christopher Priest, **Der steile Horizont** 06/41
Bd. 43: Ursula K. LeGuin, **Planet der Habenichtse** 06/43
Bd. 44: Theodore Sturgeon, **Baby ist drei** 06/44
Bd. 45: Roger Zelazny, **Herr des Lichts** 06/45
Bd. 46: Karel Ćapek, **Der Krieg mit den Molchen** 06/46
Bd. 47: Ursula K. LeGuin, **Die Kompaßrose** 06/47
Bd. 48: Algis Budrys, **Projekt Luna** 06/48
Bd. 49: Walter M. Miller jr., **Lobgesang auf Leibowitz** 06/49
Bd. 51: Brian W. Aldiss, **Helliconia: Sommer** 06/51
Bd. 52: Brian W. Aldiss, **Helliconia: Winter** 06/52
Bd. 53: David Lindsay, **Die Reise zum Arcturus** 06/53
Bd. 54: Jack Williamson, **Wing 4** 06/54
Bd. 55: Harry Harrison, **Todeswelten** 06/55
Bd. 57: Daniel Keyes, **Charly** 06/57
Bd. 58: A. E. van Vogt, **Null – A** 06/58
Bd. 59: James Blish, **Der Gewissensfall** 06/59
Bd. 60: Kit Pedler/Gerry Davis, **Mutant 59: Der Plastikfresser** 06/60
Bd. 61: Brian W. Aldiss, **Der lange Nachmittag der Erde** 06/61
Bd. 62: Edgar Pangborn, **Der Spiegel des Beobachters** 06/62
Bd. 63: Michael Moorcook, **I.N.R.I. oder die Reise mit der Zeitmaschine** 06/63
Bd. 64: Stanley G. Weinbaum, **Mars-Odyssee** 06/64
Bd. 65: James Tiptree jr., **10 000 Lichtjahre von zu Haus** 06/65
Bd. 66: Philip K. Dick, **Irrgarten des Todes** 06/66
Bd. 67: Eric Koch, **C.R.U.P.P.** 06/67
Bd. 68: Daniel Keyes, **Kontakt radioaktiv** 06/68
Bd. 69: Ian Watson, **Der programmierte Wal** 06/69
Bd. 70: Ward Moore, **Der große Süden** 06/70
Bd. 71: Isaac Asimov, **Die Stahlhöhlen** 06/71
Bd. 72: Isaac Asimov, **Die nackte Sonne** 06/72
Bd. 73: A. E. van Vogt, **Ischer** 06/73
Bd. 91: James Gunn (Hrsg.), **Von Poe bis Wells** 06/91
Bd. 92: James Gunn (Hrsg.), **Von Wells bis Stapledon** 06/92
Bd. 93: James Gunn (Hrsg.), **Von Huxley bis Heinlein** 06/93

Programmänderungen vorbehalten.

WILHELM HEYNE VERLAG MÜNCHEN

HEYNE BÜCHER

HEYNE FANTASY

Romane und Erzählungen internationaler Fantasy-Autoren im Heyne-Taschenbuch.

06/4428 - DM 10,80

06/4429 - DM 10,80

06/4451 - DM 9,80

06/4440 - DM 9,80

06/4466 - DM 8,80

06/4419 - DM 12,80

06/4473 - DM 14,80

06/4478 - DM 9,80